光绪

主张改革的囚徒皇帝

立德 / 编著

江西美术出版社
全国百佳出版单位

图书在版编目（CIP）数据

光绪：主张改革的囚徒皇帝 / 立德编著. -- 南昌：江西美术出版社，2020.1

ISBN 978-7-5480-6864-8

Ⅰ. ①光… Ⅱ. ①立… Ⅲ. ①传记文学—中国—当代 Ⅳ. ① I25

中国版本图书馆 CIP 数据核字（2019）第 022755 号

出 品 人：周建森
企　　划：北京江美长风文化传播有限公司
责任编辑：楚天顺　朱鲁巍　　策划编辑：朱鲁巍
责任印制：谭　勋　　封面设计：韩立强

光绪：主张改革的囚徒皇帝
GUANGXU：ZHUZHANG GAIGE DE QIUTU HUANGDI

编　　著：立　德
出　　版：江西美术出版社
社　　址：江西省南昌市子安路 66 号
网　　址：www.jxfinearts.com
电子信箱：jxms163@163.com
电　　话：010-82093785　　0791-86566274
发　　行：010-58815874
邮　　编：330025
经　　销：全国新华书店
印　　刷：三河市恒升印装有限公司
版　　次：2020 年 1 月第 1 版
印　　次：2020 年 1 月第 1 次印刷
开　　本：889mm × 1194mm　1/32
印　　张：23.5
ISBN 978-7-5480-6864-8
定　　价：48.00 元

前言

龙登大宝竟可哀，
又见垂帘太后来。
御海愁波深几许，
烟台哭罢哭瀛台。
——富察·鹤年先生作《清帝十二咏之十一·德宗光绪皇帝》

爱新觉罗·载湉，生于清同治十年（1871年）。1875年，同治皇帝去世。依照封建社会的惯例，选择皇统继承人的顺序是所谓“父死子继、兄终弟及”，而载湉与他的前任同治皇帝之间，既不是亲父子，也不是亲兄弟，载湉的父亲是道光皇帝的第七个儿子醇贤亲王奕譞，这样论起来，载湉不过是同治皇帝的叔伯兄弟而已，本来是轮不到他去坐同治死后空下来的那把团龙交椅的。但是由于短命的同治皇帝没有留下子嗣，选来选去，就把载湉给选上了，四岁的他，变成了同治之后的大清第十一位皇帝，也就是光绪皇帝。在名义上，光绪是过继给同治死去的父亲咸丰为子，而且有言在先，将来光绪生下的儿子同样要为死去的同治接续香火。这样看上去是把关系理顺了，但实际上，光绪的被“破格提拔”，完全是他姨母老佛爷慈禧太后的一个阴谋。对权力欲罢不能的慈禧太后，从一开始就没有打算为大清寻找一个真正的皇帝，而由她自己怀抱幼主垂帘听政，才是她既定的方针和理想的模式。因此，光绪和同治一样，也被慈禧那片冲不破、拨不开的浓重阴影久久地笼罩着。

光绪正是在这样的尴尬中度过了他的帝王生涯。他所生活的年代，也是一个跨世纪的年代，但是很不幸，那是世界资本主义向帝国主义阶段飞速发展的年代，也是封建主义的中国向殖民地半殖民地泥沼飞速沦落的年代。在那种情况下，即便是康乾再世恐怕也无力回天，何况他这样一个处处被“母后”掣肘的儿皇帝呢。

与同治不一样，光绪终于熬到了有资格亲政的时候，但是，那时的国势已然颓败不堪，而且即使在那样的危难时刻，慈禧仍然不肯松开她紧握了几十年的印把子。光绪不得不在夹缝中求生存，这是何等艰难的事情呀！艰难到身为一国之君却不能保护生身的父亲、不能保护心爱的女人，甚至连一棵树都保护不了！他不齿于向洋人低头屈膝，却没有权力拒绝在卖国条约上签字画押；他不甘于让国家落后挨打，却无力把新政推行到底；他不屑于永远当儿皇帝，但最终连自己的生命都被“母后”亲手扼杀了！

光绪三十四年（1908 年），三十八岁的光绪皇帝终于从慈禧太后的阴影下彻底解脱了，如果他知道慈禧只比他晚死了一天，他的心里会有什么样的感慨？光绪驾崩后，被谥为“同天崇运大中至正经文纬武仁孝睿智端俭宽勤景皇帝”，庙号德宗，葬于崇陵。

本书极力从大历史的角度讲述故事，又从故事叙述的角度去反映历史，作品读来引人入胜而又催人泪下……

目录

第一章

胆包天偷情醇王府
血染地寻凶济南城

那个洋人操着生硬的中国话说："王大人，要包庇你管辖的匪徒吗？""不，不，不！洋大人息怒，这事在下刚刚得到报告，详情不知，等我亲临现场查明此事，一定将凶手捕获交洋大人发落。""限你三天破案！"

午后，鬼热的天气，狗都热得躲在荫凉里伸长舌头直喘。

整个醇亲王府在这闷热的午后静悄悄的，见不到一个人影，也听不到半点声响。

西院一间偏房内，一对男女，顾不上这盛夏的炎热，赤身裸体地拥抱在一起，忘情地扭动着身躯，因久别而压抑心头的情火燃烧着。

一个女佣来此房取东西，刚一推开门，见到床上的那场面，羞得头一低，转身就跑，一头撞在一个太监的怀里。这太监一向好多管闲事，一见这女佣羞得绯红的脸，就知道房内有戏，推门一看，果不出所料。

这还了得，偷情竟敢偷到王府了。

"快来人呀，拿贼拿赃，捉奸捉双。"这太监扯着公鸭嗓子一喝，不知躲在何处的人仿佛从地里冒了出来，都急匆匆向西院赶来。

喊叫声、跑步声、喘息声、叫骂声，把静悄悄的王府搅浑了。

"这是哪来的野小子，竟敢来王府做这苟且之事！"

"这小娘们儿，还说是刚选进来的秀女，竟这般无耻地偷情！"

"你小子别只顾看，快，快去报告给王爷，听他怎么处分！"

"去，快去！"

正在午睡的醇亲王奕譞也被刚才的吵闹声惊醒了，他睡眼惺松地坐在太师椅上，刚端起茶杯就有太监来报，说王府内有人偷情。

一向笃信程朱理学、讲究人伦礼法的醇亲王一听说，就气不打一处来，挥挥手说："别说了，给我吊起来打，照死里打，真是岂有此理！"

"是！王爷。"

王府前院，一棵高大挺拔、苍翠浓郁的千年白果树上，正吊着这位敢闯入王府偷情的野小子，四周围满了人。

"说，你叫什么名字，哪来的？"

"不说，再打，狠狠打，这小子挺有种的！"

"王府警卫森严，他是怎么混进来的？"

"那个秀女也不能放过，他们原先一定是相好的，秀女进了王府，这小子也敢追进来，真是色胆包天！"

"打，再打！"

皮鞭每抽一下，那人身上就多一道血痕。一人打累了，又换一人再打，不久，那人已被打得皮开肉绽。

"说，不说还要打！"一人气喘吁吁地说。

"啪——"又一皮鞭落下。

"不能再打了，这不关他的事，都是我的错。"那秀女哭喊着从里面跑出来，跪在地上，向举鞭的人求饶，"要打你打我吧，求求你，让他走吧！我们从小青梅竹马，相爱多年……"

"嘿，不打你已给你留面子了，你还给他求情，看样子你们感情挺深的，我四爷今天偏要鞭打鸳鸯散。"

"啪——"又一鞭。

"再打，我就死在你们面前！"那秀女已没有泪，一字一句地说。

"好，我就看你死！"

又一鞭落下。

"咚——"那秀女一头撞在坚硬挺拔高大苍翠的白果树上，顿时脑浆迸裂。

“玲玲，你不能死，玲玲，你不能死！”浑身是血的人，虽然被吊着，看见惨死的情人，他挣扎着、呼唤着，“玲玲，我的玲玲！”

“四爷、总管大人，求求你别让人打了，再打他就要死了。”一名仆从跪在四爷面前，哀求着，“四爷，他是我家的堂兄弟，是我引他进府的，你要打就打我吧！放过我这兄弟吧！求求你，四爷！”

“好呀！原来是你吃里爬外，引招自家兄弟来王府偷情。来人！连李同山一起打。”四爷冲着几名打手吆喝着。

“这与我大哥无关，这与我大哥无关！你们这帮禽兽！”

“啪——”又一鞭落下。

那人大叫一声，一口鲜血喷了出去，洒在那千年白果树苍翠的碧叶上，多么醒目、灿烂。树上的碧绿和树下的血红形成强烈的对比，更让人感到酷夏的残酷。

不知何时，醇王爷走了出来，看到这场面也感到恶心、刺目。

“别打了，看不见吗？人都死了，再打有何用？”醇王爷摇着蒲扇慢条斯理地说。

“是，王爷。这李同山引人入府，败坏王府名声，该如何处置？”

四爷话音未落，有家丁来报：“前门有一和尚来化缘，王爷是否准许进？”

“和尚？赶他走！”

“阿弥陀佛，罪过，罪过！”

醇王爷话音未落，那和尚已闯了进来。

“大师父前来化缘，不知想要多少银两，尽管开口。”醇王爷平静地说。

“能饶人处且饶人……”

“大师父，你要什么，就直说吧！”醇亲王奕譞皱了一下眉，仍心平气和地说。

“施主，贫僧不化钱，只来超度灵魂，化解前世恩怨，普救尘世生灵，你让我把这位尘中人带走吧！”他说着，指了指跪在地上的李同山。

“这——好吧！”

“阿弥陀佛！施主，千年白果得这一对痴男怨女的热血滋润，灵气自根生，这是缘也是数更是孽。”

这位大师的话音未落，后庭院一位女佣跑来报告说：“王爷，福晋生下一贵子。”

“啊，是男的？”醇王爷喜不自胜。

“施主，恭喜，恭喜！”

这位大师父说完，拉起跪在地上的李同山就向门外走去。

恰在此时，醇王福晋的寝室里，那位刚来到人间的皇族后人正拼命哭喊着：“哇……”

一股祥瑞之气在暮色中升腾开来，似龙似凤，盘旋着，袅娜着，飞向天际。

北京西郊一座破败的寺庙里，一个满身青一块紫一块的人跪在佛祖像前，满含悲愤与委屈的脸上流下两行清泪。

“弟子识心中众生，自性自度。”

“阿弥陀佛，从此世无李同山，你法号就叫心诚吧！”

“谢师父！”

一缕清香从佛祖的神龛上升起，飘飘散散，在心诚的周围环绕。

月亮和着木鱼声一同升起、升起……

大雪将整个济南府裹了个严实。

府台大人王正起从暖和的被窝里伸出头向窗外望去，天已微明，整个世界一片银白，他伸手将窗户开了个小缝，想看个究竟，这雪到底有多厚。

一股寒气从外面袭来，他还没来得及关上窗户，四姨太就伸出白嫩的手在他的老脸上拧了一把，骂道：“死老东西，天还没亮呢！你犯什么神经病，还不快睡！”

“好乖乖，我再陪你多睡一会儿吧。”

说着，王正起头一缩，又钻进被窝。

恰在这时，外面响起“咚咚咚”的捶门声，紧接着一声气喘吁吁的喊叫：“大人，大人，快起，快起！”

四姨太一听外面的喊叫，小声说道：“别理他。”

王正起装作没听见，任他叫喊。

“大人，大人，快起，快起，出事了，出人命案子了！”

外面人将门捶得更紧了，喊得也更急了。

王正起气得将被子一掀，冲着外面的家兵大喊一声：“你喊得老子一顿好觉也没睡成。”

“大人，出事了，有人命！”

“不就死几个人吗？这年头死几个人算个啥，起来我不宰了你！”

“不，大人，是洋人死了！”

“什么？洋人死了？”王正起一惊，立即不相信地反问一句。

“是的，大人，死的全是洋人。”

王正起也不再叫骂，一把推开姨太太坐了起来，忙着穿衣服。

“哼！洋人有什么了不起，整天在咱大清国作威作福。”姨太太嘟嘟咕咕骂了一通，也急忙服侍王正起起床穿衣。

王正起开门一看，见家兵王保站在门口冻得直跺脚，口、鼻直往外冒热气，立即问道：“到底怎么回事？”

“大人，几个洋人在前面大厅等得不耐烦了，他们一个个气呼呼的，口口声声说他们的人被杀了许多，要大人你快速追查凶手，否则将把此事告到北京，听那口气，还要找老佛爷的麻烦呢！”

王保还要说下去，王正起打断他的话说：“好，别说了，快带我去见洋大人。”

王正起也不知到底出了多大事，心里嘀嘀咕咕地来到前门客厅，刚进门就见几个洋人气哼哼地坐在那里等着，他立即举手打躬道：“各位洋大人早，这么早来我府到底有何事，尽管说，我王某一定照办，一定照办！”

为首的那个洋人站了起来，操着生硬的中国话说：“王大人，在你的辖区内，竟有人大胆妄为，跑到我们教堂内行凶，杀死多人，还放火烧了一个教堂，死伤好多人，你口口声声保证我们的安全，这怎么交代？”

“这，真有此事？”

王正起不敢相信，他平时处理的案子多是洋人打死当地老百姓的，虽说有一些老百姓不服气，和洋人相争斗，也发生打斗，但杀死洋人的事他还是头一次听说。

“哼！王大人不信，要包庇你管辖的匪徒吗？如果王大人不过问，我等将到北京找我大英帝国的大使到总理衙门质问。”

“不，不，不！洋大人息怒，这事在下刚刚得到报告，详情不知，等我亲临现场查明此事，一定将凶手捕获，交洋大人发落。”

“限你三天破案！”另一个洋人站起来说。

“三天？太少了，我将尽力去查处，一定能抓到凶手，请洋大人放心！”

“那好吧，限你十天交出凶手！”

“十天？”王正起略一思索说，“好吧，在下一定竭尽全力追捕凶手。”

“到时不交出凶手，我们一定到北京告你，我大英帝国的炮舰是厉害厉害的。”一个洋人跷着大拇指对王正起说。

“明白，明白！”王正起只好点头称是。

“那我们走了！”

“洋大人走好，洋大人走好。”

王正起点头哈腰地把洋人送出好远。

“呸！鬼奶奶的老子的觉也没睡好。”等洋人走远，王正起回头不服气地骂了一句。

骂归骂，事情仍得做，况且这可不是小事，洋人是惹不得的，别说是自己这么个小府台，就是老佛爷慈禧太后都惧怕洋人，这事弄不好，自己丢官事小，引起两国交兵，自己全家性命搭上也不能拉倒，几年前的第二次鸦片战争就是为几个洋人的性命引起的。想至此，王正起打了个冷战，这才感到今天的天冷，这么好的雪景也没有心思欣赏，急忙命令佣人准备早餐。

早饭后，王正起急忙升堂，带领几位当地官员和亲兵赶到案发地点，远远就望见济南府东南角的一座大教堂正在时断时续地冒着烟。火已被扑灭，但整个教堂已化为灰烬，到处是残垣断壁，周围围满了看热闹的群众，尽管人们叽叽喳喳，但谁也没有上前，只有一些洋教士在翻捡着什么，口里骂骂咧咧。老百姓边看边说，甚至有人叫好。

王正起分开众人，和官兵一起到周围及教堂内查看一遍，从洋教士介绍中得知，昨天晚上后半夜，突然闯进几名穿黑衣的凶手，见人就杀，还放了几把火，把教堂给烧了，由于天黑，还下着雪，他们分辨不出黑衣蒙面人是男是女，据估计可能是男的。从死去的几名传教士身上的伤口看，洋人是被用刀杀死的，且凶手必定身强力壮，可能还会武功。因为这几名被杀的传教士都身高人大，颇有体力，但每人身上仅是一刀就结果性命，似乎还没来得及反抗就做了刀下鬼，可见来人的身手。

王正起让手下仔细搜索蛛丝马迹，查找尸首，一共二十一具尸体，有被杀的，也有被烧死的，所找到的痕迹也仅是一串血迹，从教堂隐向西北，但十米之外，连血迹也没有了，脚印也被前来看热闹的群众破坏了。如果说最重要的线索就有一条，前来教堂行凶的人中可能有一人被一名传教士用枪击伤，那滴溅在雪地上而洒向西北十多米的血迹可能就是中枪者留下的。

王正起大致问了几个仅受到惊吓而没有死的传教士，他们也只能说个大概：来人一律是黑衣盖面，但究竟有几人，他们也不知道。这下王正起可犯难了，根据描述和现场查勘，这可能是一起预谋已久的案子，并且是一个团伙，作案的动机不说他也清楚。这些洋人平日里太不像话，为非作歹，什么恶事都干，死也不亏，杀他们老百姓都会叫好。但王正起可真的怕起来，十天破案不容易，但无论如何必须尽快抓到凶手。

王正起派兵驱散围观的人，安慰了一下洋教士，又下令派人立即着手修建教堂，一面回府派人破案，并迅速将此事报告给上司巡抚大人丁宝桢，并征求他的意见。

二十多个洋人被害，这可不是一件小事，王正起急得像热锅上的蚂蚁，在大厅内踱来踱去，骂来骂去，却一直想不出破案的办法。

这时，师爷刘鹗从外面进来，刘鹗还没开口，王正起就急忙停步说道：“铁云，快给我想想办法，这个案子到底如何破？”

“大人，你说的洋教案一事？”

“不是这事还能有什么更让我心急的，你知道这帮洋人是惹不得的，我平时小心再小心，想不到在我的地盘上还是惹出了这等麻烦。这老虎屁股太后都不敢摸，竟有这等大胆的毛贼，让本官抓住一定千刀万剐！”

“大人息怒，现在可不是发怒的时候，应立即着手破案。”

“可这案从何下手？简直是无头案！”

“不可操之过急，慢慢查找总会有线索的，只是十天的时间太紧，但不知大人是如何看这事的？”

“根据现场周围一串殷红的血迹，又听活着的洋人讲他们曾开枪射击，可能击中一位，这血可能就是凶手留下的。那凶手中了枪无论伤势轻重一定要包扎，我已传令到周围大小药店和郎中，凡是遇到枪伤者一定前来报案，否则，一经查出隐匿不报者抄斩全家。同时，我又暗中派出按察司和一些捕快秘密侦破此案，凡是可疑的人全部抓获。”

刘鹗沉思一下说：“王大人，你对凶手有何估计？”

“这——”王正起抬头看了一下刘鹗，不置可否地说，“铁云，你的看法呢？”

“大人，自我大清立朝以来，各地反抗势力就不断兴起，像白莲教、天地会、天理会、太平教、捻党之类。今天这件洋教案是否与这些民间的秘密组织有关呢？”

“嗯，这事我也考虑过，但据我所知这些组织早已被消灭镇压，虽有个别人暗中信奉，但早已不成气候，况且这些组织多在江浙、安徽等地，没听说我们山东一带有什么组织！”

“大人，据在下探得我们济南府一带也有一民间秘密组织，他们有男有女，经常在一起集会、练拳，做一些有反大清律例的事，但尚不成气候，不知此事是否与他们有关联？”

“你整日待在府内，很少外出，如何知道这等民间之事？”王正起不相信地问。

“这……”

“难道你也是其中一员吗？”王正起笑了笑说。

“不，不，我有一个亲戚是其中的一名信徒，我是从他那里得到消息的。”

“噢，是这样，既然你估计此案可能与这股匪徒有关联，何不暗中侦查一下，万一有所收获，这可是大功一件。”

“大人，功不功是小事，在下只想帮助大人侦破此案，让大人早早解除这心头之忧。”

“好的，难得你一片诚心，这事就由你去办理，需要人马或费用尽管说。”王正起满意地拍着刘鹗肩膀说。

“这事不可声张，当然也无须什么人马，至于费用，小的也还拿得出。”

“既然这样，你就火速行事吧，果真破获此案，本官一定重重有赏！”

“谢大人对在下的信任，不过，大人仍不能放松其他方面的搜捕。”

“当然，当然！”

刘鹗告别府台大人王正起，来到济南西北十多里的一个村庄，找到自己的那位亲戚家，轻轻敲了几下门。

“来了！”一声答应，开门的正是自己的表弟李金图，“哦，是表哥，有事吗？”

“到屋里再说吧。”刘鹗答道。

两人说着进入屋内，坐定，刘鹗才开口说道：“金图，表哥给你带来一个发财升官的机会，你可不能错过。”

“升官？小弟不是那块料，发财倒是小弟梦想的事，不知表哥说的是什么机会，我能否担当得起？”

“你一定能，就看你愿不愿做？”

“表哥你就别卖关子了，直说吧，也让我好好想想。”

“好吧，你知道，你表哥在府台大人手下做事，消息灵通一些。最近发生一件事让府台王大人坐卧不宁、吃住不安，为此，府台大人绞尽脑汁也不得解决，准备悬赏求人办理——”

“表哥，你说的事可是指济南火烧洋教堂一事？”

“你已经知道了？”

“传这样的事还能不快？死了二十多个洋人，轰动整个济南府，人都当头号新闻呢！府台大人不为这件事苦恼还能为啥事？洋人是惹不得的，弄不好，他王正起丢官是小事，说不定还要满门抄斩。”

“好了，好了，金图，既然你知道我就直说了，你若知道这凶手的消息可是大功一件，必有重赏。”

“哼！表哥，你当我是什么，我李金图再穷也不是靠出卖朋友发财的人。即使我知道也不会说，何况我一无所知，表哥你如果有事就回去吧，没事就在这里喝碗水，休要再提此事，我帮不上忙，也不想发财。”

刘鹗一见李金图说话动气，不肯帮忙，便也脸一板，硬了起来。

“金图，你表哥也不是那种出卖朋友的人，但人活着也要讲究分寸，知道个远近，做事也要灵活一些。你知道我今天来的真正目的是什么？”

李金图一愣，抬头看看气哼哼的表哥，缓了缓语气说：“表哥，什么事，你就直说吧！我们毕竟是姑舅老表。”

"亏你还说得出口，不是这样的亲戚关系，我会跑十多里急匆匆赶来吗？我不知道这大冷的天待在家里舒服吗？"

"表哥，我的性子你是知道的，你别生气，快说吧！"

"唉，金图，我把这消息告诉你也就是出卖朋友、出卖官府吧。"刘鹗抬眼看了一下李金图又慢慢说，"金图，你和你们教坛的兄弟将有灭门大祸！"

"什么？表哥，你说清楚点，我们教坛的事官府怎么会知道？你从哪里得知我也是教坛的成员？"

"嘿嘿，金图，你应该知道我在府台大人那里的位置，什么事也瞒不住我，不过，这事我也是刚刚知道。洋人被杀，洋教堂被烧，王大人已派出几批捕快四处追捕凶手，也许见追查太紧，或其他什么原因，你们教坛中有人被捕，经不起严刑拷打，已经招供出不少人，并说出这刺杀洋人的事也是你们内部兄弟干的，王大人正在集中人马前来追捕，这追捕的人中就有你的名字，我得到这一消息，才找个借口前来告诉你，不想你竟信不过我。"

李金图听表哥这么一说，心中也是一惊，最近入坛人数增多，难免有所疏忽，混进一些贪生怕死之徒，况且他虽然没参与这次刺杀洋人的案件，但多少也了解一点，具体情况不太知道。

刘鹗连哄带蒙，李金图不能不信，他疑惑地问道："表哥，那被捕的人叫什么？"

"现在那人已被严密监视起来，不准与外人接触，还在进一步审讯，具体姓名我也不便过问，以免引起怀疑，但听内部人说此人个子不高，也很瘦弱。"

李金图不再说话，思索一下问道："表哥，那我得先躲一躲了？"

"金图，你想想，你上有老下有小，躲得了和尚还能躲得了庙？况且上了官府的花名册，躲到哪一天才是尽头呢？"

"那你说怎么办？"李金图有点泄气地说。

"刚才来的路上我一直在寻思这事，起初也是想通知你，让你先躲一阵，但后来一想，躲过初一也躲不过十五，不如彻底解决这飞来的横祸，永无后顾之忧。”

“表哥，你就看在我们是亲戚的分上，讲一讲到底如何彻底解决后顾之忧。”

刘鹗顿了一下说：“金图，这办法包在我身上，不过你得把详细情况讲给我知道，我才能全面考虑，为你筹划。”

李金图叹了口气说：“那好吧，你也不是外人，我就讲给你听。”

事情原来是这样的：不知从何时起，这济南府周围产生了一个民间秘密组织，也没有什么名称和组织章程，但参加者多是当地受苦的农民百姓，他们秘密结社练习拳法，操演刀枪，一为强身，二为保家。因为自从洋人来到济南后，建立了教堂，时常以传教为名四处招摇撞骗，抢掠财物，奸淫妇女，甚至拐卖儿童，这一组织可能就是针对洋人的胡作非为而产生的。起初加入者较少，渐渐人们觉得加入的好处多，强壮了身体还团结了乡邻，由开初的一些男子集会，后来发展到一些小媳妇、大闺女也组织了起来。

就在这一组织不断壮大的时候，却接连发生几起意外的事，搅得大家不得安心。

就在最近半个月，济南西北一带村庄接连有五个不到十岁的儿童失踪；可急坏了这里的村民，四处寻找不见任何踪影，活不见人死不见尸。如果说是丢失，十年八年的丢一个倒还可信，这短时间内竟接连有儿童丢失的，不能不令人起疑，各种传说都有，报告官府那是一点儿用没有。为了帮助村民解难，这里教坛的一个头领便组织几名精明能干的兄弟来解开儿童丢失之谜。

这一天，赵大顺装扮成一个补鞋匠在周围几个村子里巡视，来到梨园村时，见一个卖糖葫芦的人正挑着一个很沉重的担子向村外走去，尽管挑得很吃力，仍快步地走着。

赵大顺心中犯疑，便冲着那人喊一声：“喂，大哥，稍停一停，买几个糖葫芦回家给孩子吃。”

“卖光啦。”

那人答一声，头也不回地走开了，脚步比原先更快。

赵大顺急忙从旁边抄近路迎了上去，拦住他说：“喂，买你几个糖葫芦，你怎么不停一下就走开，你不是说没有吗？这是什么？”

那人一看势头不对，装着笑脸说：“小兄弟，别生气，我们都是生意人，我忽然想起昨天有人订购的糖葫芦忘记给人送去，这才急匆匆赶回，请谅解，请谅解。”

说着，这人递给赵大顺一把糖葫芦，并说道：“这些，我送给你了。”

赵大顺急忙伸手去接，装着不小心的样子把几个糖葫芦碰掉在他旁边的一个箩筐内，又慌忙去拾：“看我慌的。”

“我来拾。”

那人立刻要去拾糖葫芦，赵大顺早已抢先拾起一个说：“还是我来吧！”

赵大顺边拾边顺手捏一捏箩筐里一个扎得很紧的大袋子说：“这是什么？”

“这——”

那人脸色一变，答不上话，赵大顺一把提起袋子，迅速掏出刀把袋口割开，啊！一个昏迷不醒的小男孩。

这卖糖葫芦的人见事已败露，抡起扁担向他头上猛砸。赵大顺早有防备，身子一躲，飞起一脚把那人踢翻在地，接着三拳两脚制服了这人，并结结实实地捆绑起来。

这时，梨园村里的百姓也有几人赶来。经过辨认，这袋中的孩子是本村农民张雨生的儿子，今年才八岁，不知怎么被这卖糖葫芦的人整昏迷装进袋中。这张雨生也是赵大顺他们教坛的一名成员，一见这情形，气得破口大骂，举拳就打，赵大顺急忙拦住他说：“张兄弟，暂且息怒，现在还不是打的时候，这事情背后可能比较复杂，先进行审讯，然后再做处理。”

张雨生这才止住愤怒，和赵大顺一起将这卖糖葫芦的人押起来进行审问。

“你叫什么？拐骗儿童干什么？最近丢失的几个孩子是否都是你干的？”

赵大顺这样问了两遍，这人就是不开口，张雨生在旁边沉不住气了，朝着这人屁股就是一脚，骂道：“不说今天剥了你的狗皮！”

张雨生说着，举拳还要打，赵大顺摆摆手，对这卖糖葫芦的人说道：“你老实交代，我们根据情况酌情处理，如果不老实交代或隐瞒抵赖，除了皮肉之苦外决不轻饶，你说不说？”

赵大顺见这人只是低头装傻，一拍桌子大喝一声：“来人，给我用皮鞭重打！”

从旁边上去两人拉起这人就走，那边皮鞭还没落一下，他就哭喊着饶命。

“别打了，我说，我说！”

“停。只要你愿意交代，我们会恩怨分明的。”赵大顺让人把他押过来。

“我叫陈同州，原是做糖葫芦生意的，前不久经别人介绍加入了洋人的教，他们出高价让我收买幼童，我该死，鬼迷心窍，竟答应了他们——”

“洋人！”赵大顺听到这里一拍桌子问道，“他们要这些幼童做什么用？”

“我确实不知道。”

“哼！你给他们骗卖了几个幼童？”

“算上刚才这个一共两个。”

“最近失踪许多孩子怎么解释？不是你干的还有谁？给我如实交代！”

“我该死！”陈同州照着自己的脸打一下说，“不过，我确实就干了两次，其他失踪的孩子不是我干的，他们收买许多人给他们收购幼儿。”

“你说，你是怎样将这些孩子骗到手的？”

“我以卖糖葫芦为名，有孩子来买时，我就给他们吃，我事先在这糖葫芦里下了麻醉药，可以让他们昏迷几个时辰不醒。”

“那麻醉药你是从哪里得来的？”

“都是洋人给的。”

赵大顺沉思一下又说：“你真的不知道洋人要这些孩子做什么用吗？”

“我确实不知，确实不知！”

赵大顺见一时审问不出什么，便带陈同州到后院去抢救张雨生的孩子。这时，早有几名郎中在给孩子灌药，陈同州也上前帮忙，总算让孩子苏醒过来。

救活了孩子大家算松了口气。不久，这里已会聚了闻讯赶来的一些教坛会员，大家七嘴八舌地议论洋教士收购儿童的事，人人十分气愤，个个摩拳擦掌，都要去教堂找洋人算账。

“赵大哥，还等什么，这事是明摆着的，先宰了这狗日的卖糖葫芦的，再杀进教堂，一把火燎了这些洋人。”有人说道。

“我看不行，不如报告官府，让府台大人找洋人算账。”另一个接道。

“呸！还报告府台大人呢！当官的没个好东西，当今圣上都怕洋人，报告官府又有屁用？还不如咱自己杀他几个解解心头之恨呢！”又有人接道。

“赵大哥，还等什么，你点个头吧！”有人急道。

经大家这么一说，赵大顺也没有了主张，他挥手让大家静一下，便说道：“这事涉及的事较严重，作为分坛主我也不能做主，我们先向总坛主海静大师请示一下再说。”赵大顺停了一下又说道，“大家先回去，官府不为我们做主，这个公道咱自己去讨，这次决不退让。”

赵大顺把这里的事安排好后，就一个人独自去找总坛主海静大师。

第二章

奏密札陷害丁巡抚
传帝位倚重恭亲王

慈禧急忙屏退宫女，单独留下李总管。这时，李莲英才凑上前，躬身对慈禧说：“老佛爷，皇上准备将皇位传给恭亲王！”慈禧猛地一哆嗦，叫道：“这个逆子竟是个吃里爬外的不肖子孙，看我如何收拾你们！”

鸡头山。

济宁寺。

“总坛主，这洋人收掠幼儿一事到底如何处理，你给拿个主意吧！”赵大顺问道。

海静大师叹口气说道：“当今同治皇帝虽说年轻有为，出现中兴气象，这实是大清王朝的回光返照，亡国天数已定，举国上下已是危机四伏。天王洪秀全及手下大小诸王虽都归天，但各路反清教坛已根深蒂固。更可恶的是洋人早有侵吞我大清的野心，这洋教堂实际就是他们进攻我大清国的奸细部队，他们抢掠幼儿可能是想配制什么丹药或搞什么鬼把戏试验，要咱大清国亡国灭种。大清朝再腐败也是咱炎黄子孙，不能坐视咱炎黄子孙受人凌欺，官府怕洋人，咱可不能怕洋人，必须给官府做个样子，杀他几个洋人，这就叫杀鸡给猴看，让洋教士也知道咱大清的老百姓不是好惹的。”

“坛主，你是说可以拿他几个洋教士解解心头之恨，也灭灭洋人的威风？”

“嗯！”海静大师点点头说，“不过，这事千万不可声张，可暗中派人行事，如果明斗，官府一定偏向洋教士，反而暴露咱义和拳的势力，对扩大义和拳的力量不利。”

赵大顺明白了海静大师的心意，他略有所思地说：“派几位身强力壮的好手，神不知鬼不觉地潜入教堂夺回被拐骗的孩子，然后再来一把火烧他个鬼哭狼嚎。”

海静大师微笑着点点头。

说干就干，赵大顺回来后又重新审问了陈同州，了解了一些关于教堂内部的情况，并亲自到教堂内查看了地形。就这样，在那个风雪交加的夜晚，他亲自带领几名兄弟潜入教堂内部。

夜深深，雪飘飘。

赵大顺等五人躲过洋教堂的看守，把整个教堂几乎搜寻了一遍，也没发现一个幼儿的踪影。

赵大顺心中暗想：这些孩子要么被运往外地，要么已经被害，但他们不能白来，一定要干掉几个洋教士。他做了个杀的手势，几人便分头潜入房中刺杀洋人，他便寻了个合适的地方取出火石火镰子点火烧教堂。

尽管落着雪，但风助火威，不多久，整个教堂一片火海，他下令让兄弟们撤走，就在这时，许多洋人被大火惊醒，一个兄弟不小心被洋人发现，随着“砰砰”的枪声，那位兄弟胳膊中弹，赵大顺立即掩护他逃走。大家都安全离去，但雪地上留下一串殷红的血迹。

李金图虽然没有直接参与这次火烧洋教堂的行动，但他也是参与这事的执行人之一，他略知道这件事是由分坛主赵大顺组织的。

刘鹗从李金图那里得知这火烧洋教堂的大案的确是这济南府的义和拳教民所为，心中十分高兴，但他仍装出十分同情的口气说：“金图，事情既然如此，府台大人那里的事我多周旋一下就是，大不了你表哥回家种那二亩薄地。你也要自己争气。”

“表哥，我该怎样做才好？”

“怎样做你应该明白！”刘鹗做出生气的样子说，接着又叹了口气，“唉，金图，胳膊扭不过大腿，姑妈就你一个儿子，你要有个三长两短，姑妈还怎么活，我又怎么能对得起她老人家。躲不是长久之计，要想过上安稳日子，你必须洗刷罪名，让府台大人信任你。”

“怎样才能让府台大人信任？”

刘鹗向门外看了看，压低声音说：“只要你帮助府台大人查出这火烧洋教堂的人就可以了，不仅能洗刷所有罪名，还可以得到一大笔奖赏，用这笔钱你买田置地或经营买卖都行。如果你担心别人知道是你干的，也可以带着姑妈远走他乡。况且，你不说，我不说，别人怎么会知道是你干的！”

刘鹗见李金图沉默不语，又诱骗说：“就是你不说，那位被府台大人抓住的拳民也可能供出他们，他们也同样被抓，你不但失去将功折罪的机会，还会罪加一等，这是何苦呢？”

“表哥，让我再想想。”李金图有点动摇了。

“表弟，还再想什么，我这办法不错，包你将来不愁发财，你想想：整日当个拳民暗中与官府作对有什么好处，谁能接济你一把米一口粮。你瞧瞧这家里穷的，姑妈一天天老了，一天好日子也没过上，你也老大不小了，快三十了，连个媳妇也没娶上，谁会为你考虑……”

刘鹗还要说下去，李金图打断他的话说：“表哥，别说了，我干！你说让我做什么？”李金图终于在刘鹗的利诱下答应了。

“你就先摸清火烧洋教堂的指使人和领头人就可以了。”

“好吧，现在我也不清楚，必须慢慢打听。”

“尽量越快越好，我提供给你一个线索：其中有一人中了枪伤，至于伤在哪里尚不清楚。”

刘鹗见一切顺利，也不愿久留，临行前再三叮嘱他说：“这事一定要做得谨慎，不可声张，也不能打草惊蛇，你一旦得到消息不可到府衙找我，只可到家中找我，以免引起你们义和拳的拳民怀疑。”

刘鹗匆匆赶回府衙，见过府台王正起，将所得消息向王正起详细汇报了一遍。王正起正愁此案已过两日仍没有丝毫进展，闻听刘鹗的汇报喜出望外，拍着刘鹗的肩膀说：“刘师爷，这件事就交给你了，巡查司、案查司都是些白吃饭的蠢东西，一旦这案破获，我一定奏明朝廷推荐你升迁。”

“谢府台大人栽培！”刘鹗深鞠一躬。

“铁云，客气什么，你我情同手足，荣辱与共，不是吗？”

“是，是！多谢王大人信任，在下一定不辞万苦把这事办好！”

两人正在叙说，下面有人送来公函，王正起拆开一看，是山东巡抚丁宝桢派人送来的，只见上面写道：

济南府王正起台鉴：

西洋教士平素作恶多端触怒百姓，群起怨之，这是罪有应得，此案不必重责，明紧暗松，久之，以无头案奏之即可。

山东巡抚丁宝桢

王正起看罢，急忙把这信又递给刘鹗说道：“唉，到嘴的肉又要丢！”

刘鹗拿起信函仔细审阅一遍，沉思片刻说道：“王大人，丁巡抚是你的顶头上司，这人一向刚正有威，做事耿直，他既如此处理这事，大人也不能不考虑他的态度。”

“我本想就这事取悦上司再升它一官半职，想不到丁宝桢这一插手，一切希望都将成为泡影，这真是——”

“王大人也不必泄气，应该仔细考虑考虑，另想办法。”

“你知道丁宝桢可不是好惹的，安德海权倾一时，受宠于西太后，他都敢杀掉这人，这事不可莽撞。”

原来这安德海是大内总管，人称小安子，深得慈禧太后宠信，权盛一时，也许他是活得不耐烦了，竟想出京游赏一番。便以为皇上督办龙衣为名，乘龙舟南下观光，一路上风风光光，喜气洋洋，好不自在。但按照清朝祖制，内监不准出京，内监出京人人有权诛之。这小安子偏不信邪，仗着太后的势力离京外出，不仅不乔装隐蔽，反而到处招摇过市，一路上无人敢问。来到这山东地界，偏偏碰上天不怕地不怕的丁宝桢，斩了安德海。虽然西太后十分气恼，但人已死了，这又确实是按祖训办事，她也是哑巴吃黄连，有苦难诉，到底没能怎么着丁宝桢。相反，丁宝桢却因此而名声大振。

这洋教案发生后，王正起按规定先汇报给巡抚大人，征求一下意见，却想不到是如此答复，王正起当然十分失望。

刘鹗一见王正起垂头丧气的样子，凑上前小声说道："有句话，小的不知当讲不当讲？"

王正起打眼看了他一下说："你我如此关系，还能信不过我，什么话尽管说，说错也无妨。"

"既然王大人这样说，我就直说吧，无毒不丈夫，王大人要想升迁就得……"

刘鹗向周围看了看，便给知府王正起出了一个计谋。

不几天，李金图来到刘鹗的家中，把他这几天探听到的消息告诉了刘鹗。刘鹗从李金图那里不但得知这火烧洋教堂案的领头人赵大顺是义和拳的一个分坛主，还知道总坛主是鸡头山济宁寺的海静大师，总坛也设在那里。

有了这两条消息，刘鹗喜不自胜，拍拍李金图的肩头说："表弟，一旦抓获这些人，你可就发大财了。"

"小弟不求发财，只想平安过日子。"

"日子要安安稳稳地过，财也要发，马无夜草不肥，人无横财不富，你就好好等着吧！给，这十两银子是表哥先奖赏你的，有什么信息赶快通知我。"

刘鹗说着，递上一锭银子给李金图。李金图掂了掂银子说道："表哥，你一定不能让府台大人泄出我的名字。"

“那当然，这你就放心吧！”

刘鹗送走李金图，立即又赶到府衙，把所探到的信息转告给王正起。

王正起握着刘鹗的手说：“铁云，就按你所说计划行事吧！”

当天夜里，王正起调动两队官兵和几名捕快悄悄出发，兵分两路，直抵梨园村和鸡头山济宁寺。

由于计划周密，行动迅速而又隐蔽，再加上对方毫无戒备，赵大顺和海静大师等人全部被抓获。

赵大顺和海静大师被反绑着带了上来，王正起威严地扫了他们一眼说道：“见本府大人为何还不快下跪？”

“哼！狗官，吃里爬外，只会做洋人的走狗！”赵大顺轻蔑地看着王正起骂道。

海静大师也骂道：“大清的天下都丧在你们这些洋人走狗的手里，对老百姓作福作威，对洋人却点头哈腰，奴颜婢膝，还想让我们下跪，呸！”

王正起被骂得脸一阵青一阵白，但这种变化在他那老脸上只是一闪，然后哈哈大笑地说道：“骂得好，骂得好！”

两人一愣，见王正起是这姿态，大出他们意料之外。

王正起见这两人一怔，又缓缓地说：“海静大师、赵大顺，我王正起也是炎黄子孙，能不憎恨洋人同情我炎黄兄弟姐妹吗？我何尝想抓你们，这是上面的手令，我是身不由己，身不由己呀！”王正起装着十分痛苦的样子摇摇头说道：“不过，我王正起也是血性男子汉，一定会竭力保护你们的，但你们也不能让我失望，和我王正起配合好。我立即报告给巡抚丁大人，劝他先放过你们，你们放心，我一定做到。”

还没等他们两人发话，王正起就派人把他俩带下去。临走时，再三叮嘱：“一定要好好照顾两位，千万不可与他们过不去！”

这两人刚被带下去，刘鹗就从后帐中走出，笑着对王正起说：

“王大人，现在可以进行第二步计划了。先派人将这两人押送给巡抚大人丁宝桢，然后再写一份奏折密送京师，告诉皇上及西宫皇太后，洋教案已破，要犯被抓并押送到山东巡抚丁宝桢那里。”

王正起捋着两撮浅浅的胡子说：“就这么办！只要第二步计划成功，我看他丁宝桢如何收场！”

第二天早饭后，王正起就派一队官兵把两名要犯赵大顺和海静大师押送到山东巡抚丁宝桢那里，并附上短函一封。

山东巡抚丁宝桢接到报告，随便翻看一下，便命人将押解来的赵大顺和海静大师暂且关押在大牢内，等几天再进行审问。

丁宝桢心中寻思道：这济南洋教案，是由洋人作恶多端自取灾祸，本打算不追究，想不到王正起这么快就将此案破了。既然如此，也罢，洋人追究此事或朝廷上问起，此事也好有个交代。

丁宝桢还没来得及审讯这两名要犯，却发生了一件意外之事，让他吃惊不小。

事情是这样的：赵大顺和海静大师被押解到丁宝桢那里的第二天，丁宝桢本有同情这些受洋教士所欺压的老百姓之心，因此，对这两名要犯也没有特别关押，仅仅关押在一般牢房内，看守也如平常一样，没有加强防守，事情就出在这里。这天晚上，牢房被劫，两名要犯没有了，直到第二天早上，狱卒才发现失踪了两名要犯，方报告巡抚大人丁宝桢，再派人查找，哪还有踪影？

丁宝桢一听犯人越狱逃走了，也是吃惊不小，如果没有抓到犯人倒还罢了，大不了推说一时无法破案。而现在犯人被抓，又在自己手下失踪，这个责任非同小可，万一洋人知道这要犯被抓又逃脱，他丁宝桢将如何交代，朝廷怪罪下来，轻则说自己玩忽职守，重则责怪自己，有私通匪徒之嫌。

丁宝桢想至此，立即派人去找知府王正起，共商要犯被劫之事。

王正起一听巡抚大人丁宝桢特派人前来邀请，说有要事相商，心中十分高兴，知道一切都在按计划向前发展。于是，急忙找到知府衙门师爷刘鹗写下奏折一份派人火速送往北京，然后才衣冠整齐地乘轿前往巡抚大人府宅。

王正起拜见丁宝桢礼毕，丁宝桢就急急忙忙地问道："王知府，你是否把捕获火烧洋教堂的凶犯一事告诉了洋人？"

"回丁大人，下官刚刚捕住这几人就将要犯解往大人处，尚没有通知洋人，一切听从丁大人处置。"

"王府台，说来你可能也觉得吃惊，你派人押解来的两名重犯昨夜被人劫走，现在正派人四处查寻！"

王正起故作吃惊地说："这如何是好？"

"你暂且不必声张，对外只说此案尚在追查中，你我再火速派人四处追捕逃犯，在缉拿归案后，再对外宣布此事，对你的下属也要让他们保守秘密，你看怎样？"

王正起沉思片刻说："只好如此！我回去后立即派出几名有胆略的捕快寻捕被劫之人。大人你这里也抓紧行动，我们共同努力，争取早早结案。"

"这事你就多费一些心吧！"

"应该如此，丁大人尽管放心，我会将此事处理停当！"

商定完毕，王正起告别丁宝桢回知府衙门。

北京。

总理衙门大堂。

恭亲王奕䜣正苦口竭力地向两名英国外交大使解释着他们的质问。

"总理大臣阁下，这济南凶案你如何解释？条约上明明写着，外国传教士有来华自由传教和修建教堂的权力，你们的国民竟如此野蛮残忍，你作为总理大臣如何面对各国公使？"

"理查德先生息怒，这事我们也刚刚得到消息，已火速传下圣旨令山东巡抚丁宝桢即日破案，请相信我大清朝对贵国的诚意，这不过是几个刁民私自犯禁，一旦捕获，凶犯一定交贵国使馆处决。”

“你们清朝国民极端野蛮不文明，杀人放火无恶不作，必须狠狠镇压一批，否则，会出现一个山东的洪秀全。”

“这事我已派人全力查处，我想不久就可以破案，丁宝桢这人比较有能力，对朝廷忠心耿耿，办事也果断坚决有智谋，此事交给他，贵国可以放心。”

“限你们十天破案，交出凶犯。否则，我大英帝国的兵舰将再次攻击你们的朝廷，踏平山东全境！”

“约翰·思扬先生息怒，我们一定尽力去做！”

“不行，十天必须破案，不然有你们好看。”

“是，是！十天破案。”

“那么死者家属的抚恤如何安排？”

“这事好说，这事好说，我们一定尽力让贵国政府满意！”

“哼！当今皇上对这事有何看法？”

“理查德先生，皇上最近龙体不适，此事尚没呈报给他。”

“那么慈禧太后呢？”

“太后也因圣上龙体不适而无心过问此事，但太后答应一定严惩凶犯，以重金抚恤大英帝国的死难家属。”

“嗯！”

两名英国驻华公使听完恭亲王奕䜣不停地承诺和赔礼，才气呼呼地离去，奕䜣将他们送出老远。

回到衙门大堂，奕䜣出了一身汗，他急得直打转，自己刚才的承诺是他为哄住洋人而信口说出的，而洋人要真闹起来，这事就惹大了，但愿不会引起什么纷争。不过，此事必须先向太后汇报一下，以防在事态扩大后，自己落个知而不报的罪名。

奕䜣将这里的事务简单处理了一下，就进宫面见两宫皇太后。

储秀宫。

慈禧太后独自一人坐在房中，尽管表面上显得那么平静、安然，而内心却在翻腾着，寻思着这宫中的大小事务，特别是近期皇上的疾病虽经御医救治，仍不见一丝好转，相反有一天重似一天的趋势。作为太后见自己的亲生皇儿病到这种地步，怎么能不心急如焚呢？然而，几十年的宫廷生活，她在皇权和内宫的争斗中练就了泰山崩于前而颜色不动的风度，所以在即将面临的一场新的权力争夺战的前夕，她仍能做出若无其事的样子。

恰在这时，有太监来报，说恭亲王奕䜣有事要面见太后。慈禧一愣神，忽闻是恭亲王求见，就对来报太监说："既然是恭亲王来见，快请他进来，我正有事要找他呢！"

不多久，恭亲王奕䜣入内拜见太后，礼毕赐座。太后若无其事地问道："恭亲王这大冷天急匆匆来见本宫，不知有何要事？"

"回太后，臣有事奏报太后！"

"什么事？"

"山东济南府最近发生了一件特大火烧洋教堂的案子，死伤二十多人，尚未破案，而英国驻华大使理查德和约翰·思扬多次到总理衙门质问此事，要我大清国重金赔偿损失并限期追捕到凶手，这——"

"嗯，这事我知道！给你看这奏折也就明白了。"

慈禧说着，将一份奏折递上，奕䜣急忙接过一看，是济南府台王正起送来的，上面写着：

> 十一月初八，济南府发生一洋教案，拳民数人夜入洋教堂，杀死并烧死烧伤洋教士多人。下官接报后，即刻遣捕快、衙役追捕凶犯，三日后，捕获主犯两人，从犯四人，并押解山东巡抚丁宝桢处关押。
>
> 案发后，下官将此事急报丁巡抚，让他协助臣破案，丁巡抚推说洋人咎由自取，自取死亡，不可严追，可以无头案拖之。今臣将要犯解往丁巡抚处，他不审不问，第二日密令手下放之，对外扬言是犯人越狱，并再次假

意追捕犯人，以塞他人耳目，此事确凿，请皇上详察。

臣　济南王正起

奕䜣看罢，抬眼瞟一下慈禧太后的表情缓缓说道："太后，这事——"

"好个丁宝桢，竟敢怂恿拳民与朝廷作对，真是胆大包天！"

"也许丁宝桢有他的难处，这些洋人在我大清国内也太——"

"恭亲王，这些洋人你惹得起吗？如果引起外乱，怎能对得起列祖列宗，自大行皇帝宾天至今，国内尚安，外乱已无，这太平之世难得维持，不可放纵百姓与洋人作对引出国祸。丁宝桢实是不识大体，误国误民！"

慈禧说着，一脸严峻的神色。

奕䜣不好再插嘴为丁宝桢辩解什么，心中想道：哼！你口口声声为大清国，还不是想借此机会除去丁宝桢，为安德海一事，你一直耿耿于怀，这事果让这狠毒的女人抓住把柄，丁宝桢这次恐怕不死也要罢官，我不能见死不救。

奕䜣正琢磨如何解救丁宝桢，忽听慈禧太后又说道："恭亲王，这事我们不提，先说别的，刚才我正准备派人到府上请王爷，不想王爷自己来了。"

奕䜣一惊，忙说道："臣刚才听李总管说太后找我，刚才只顾说那洋教案的事，把太后的事给忘了，该死，该死！但不知太后找臣有何事？"

"皇上已病多日，不见好转，这大统之事你看由谁承继最为合适？"

奕䜣一听此话，吓得面色苍白，扑通跪地说道："回太后，当今皇上正值盛年，血气方刚，偶染小病，让御医认真治疗就是，立嗣之事，现在尚不应考虑，特别是正值皇上有病期间，不知太后意下如何？"

慈禧叹一声说道："恭亲王，你也知道，皇上这病是天花麻疹，我大清朝入主中原二百年有余，皇子皇孙、王公贝勒因这天花症不治而死者有多少！当今皇上是我的亲生骨肉，作为皇额娘，我何尝不希望他早日康复，入朝主事，我和慈安太后也可享几天清福，只是皇上的病一天重似一天，让我坐卧不宁，只怕皇上——”

慈禧说着，摇了摇头，从眼角滑下几滴清泪。

奕䜣见皇太后如此伤心，也不好安慰，沉思一会儿说道：“听说同治皇后阿鲁特氏的产期不远，可等皇后分娩后再议定此事。”

“皇后虽身怀有孕，但产期尚早，况且也不知是阿哥还是格格，只是皇上的病恐难支撑到月底，这国不可一日无主，此事恭亲王可考虑一下，但不必现在回答本宫，也不必外传。”

“是，太后，臣想探视一下圣上龙体，看圣上病情是否有转机，再寻求天下名医为圣上治病，太后不必过虑。”

“谢恭亲王！”

慈禧太后看着恭亲王奕䜣离去，急忙冲着门外喊了一声：“小李子！”

“嗻！奴才在。”李莲英跌跌爬爬地跑进来跪下说道。

“恭亲王已去东暖阁，你速去派人探听他与皇上的谈话，如实回报本宫，不得有误！”

“是！”

太监总管李莲英起身刚要离去，忽又想起什么，回身对慈禧太后说：“老佛爷，你刚才同恭亲王谈话，是否套出点什么？”

“你速去东暖阁，这事回头再讲。”慈禧不耐烦地说。

“是！”李莲英说完匆匆离去。

奕䜣急匆匆来到东暖阁，御前太监传报同治皇上。同治帝病入膏肓，听说皇叔来见，急忙传旨请皇叔入室，这是皇上病重以来首次接见外臣。

奕䜣由太监引着，入内拜见皇上，看到骨瘦如柴、满脸疱痍的皇上，心中一阵酸楚，泪水上涌，他强忍悲哀把泪咽了下去，直直地跪在地上说道:“皇上，你安心养病，我马上回去派出特使到全国各地调征名医，再另请西洋医生前来探视皇上，望皇上早早康复，入朝主政。”

同治帝惨淡地笑一下，有气无力地说道:“谢皇叔，朕恐怕不行了，朕的病除了天花之外还有其他不治之症，唉！朕对不住列祖列宗，想不到朕冲龄继承大统，刚刚独立执政就得此病，现在想来，朕实感惭愧。”

“皇上，千万别这么说，世上无难事，只怕有心人，哪有治不好的病，臣一定设法为皇上治好病。”

“皇叔，别安慰我了，朕有一事相托，望皇叔答应。”

“皇上，有什么话你就直说吧，只要臣能办到，誓死不辞！”

“朕今年方十九岁，皇后刚刚身怀有孕，分娩之期尚早，也不知男女，这大统之事本应由溥字辈中寻找，但朕思虑再三，溥字辈中唯溥伦年长，只是此人胸无大志、平庸无能，恐坏我大清基业，其余溥字辈中人都年幼无知，不可主持朝政。”

同治帝缓了一口气接着说道:“先宣宗道光在位时，一向偏爱皇叔，称赞皇叔的才智，但皇祖又喜欢先父皇的温厚仁慈，在承继帝业时，先皇祖一直举棋不定，才致使御箧内藏有两项遗诏，让先父皇终生不得与你为难，可见先皇祖多么器重皇叔。”

同治帝今天突然说出压抑在奕䜣心头几十年的话，这话奕䜣不知在腹内说过多少次，心中也不知有过多少次的揣摩、衡量，当年和大行咸丰皇帝争皇位时，自己反复思量不比大行皇帝差，而御箧中，先父皇仍将皇位传给四阿哥奕詝，自己虽然十分气恼，但也深知先父皇的关怀与厚爱，同一御箧内存放两份遗诏这是大清祖制绝无仅有的事。为了争夺皇位，诸阿哥之间反目为仇者，不说唐代的李世民与李建成，就自己大清朝来说吧，先祖中雍正帝为了皇位手足之间相互残杀，以致累及子孙而成后患。父皇难道能没考虑到此事吗？一箧两份遗诏，可见用心良苦。也许父皇考虑到四阿哥奕詝的仁慈，才让他承继大统，自己这才保住王位，并一直受到重用，在朝中执掌重权。相反，如果父皇将这皇权给了自己，我奕䜣能容下四阿哥奕詝吗？况且，自己在咸丰继位后一段时间一直耿耿于怀，偶尔，还有一些非分之想，这实是自己的不应该，今天皇上提及这谁也不敢说的事，他怎能不震惊呢？

奕䜣再次跪地，热泪盈眶地泣诉道："皇上，还提这些陈年旧账干什么？臣心中实在有愧，没能尽到一个辅政亲王的职责。"

"皇叔请起，听说先父皇宾天之时，也曾托孤，先父皇虽与皇叔在幼年时有争位之嫌，但先父皇一直是敬重皇叔的。"

"皇上，别说了，有什么事你就直说吧，老臣定不负圣望！"奕䜣哭泣着说。

"皇叔，朕考虑再三，这大清几百年的基业唯你可承继，虽不合祖制，但这是万全之策。"

奕䜣做梦也想不到皇上托给自己的竟是这事，吓得再次跪倒在地，颤抖地说："皇上，万万不可！臣万死也不敢有此非分之想。蒙皇上对臣的信任，臣一定尽一切办法为皇上择医治病，万一不济，臣也要辅佐皇后所生之子承继大统。"

同治帝强撑着身子向奕䜣摆摆手说："皇后阿鲁特氏为人宽厚仁爱，性情也软弱，一向与东太后关系较密，为此，西太后内心十分气恼，但碍着朕的面子尚能见容，一旦朕驾崩，皇太后能否容下皇后尚存疑问，那腹中遗子继承大统之事就更不用说了。"

奕䜣想不到皇上今天竟吐肺腑之言，他如何不知道西太后慈禧的为人，对皇上、皇后和两宫太后的关系他更是明白。

当初同治帝册立皇后时，当时皇后候选人有两个：一个是兵部侍郎凤秀的女儿，慈禧太后与凤秀交往甚密，一心想立凤秀之女为皇后。但由于同治帝本人喜欢礼部尚书崇绮的女儿，同时，慈安太后也支持同治帝的选择，结果崇绮的女儿被立为皇后，就是这今天的阿鲁特皇后，凤秀的女儿仅立为慧妃，且不受同治帝所喜爱。阿鲁特皇后本不受慈禧所喜爱，况且她婚后一直和慈安皇太后关系密切，更是让慈禧气得直跺脚。更有甚者，这阿鲁特皇后也不赞成慈禧在宫中作福作威的样子，有时还支持同治皇上与慈禧太后对着干。

记得同治帝独立执政之初，国内发生了一件大案，就是两江总督马新贻被刺死，凶手张文祥当场被抓。这事报到京中，一时轰动朝野，朝廷一品命官被杀，这还了得，如果不重惩凶犯，谁还敢再做官，当时众说纷纭。等到犯人张文祥送到刑部审理，案情并非常人所认为的那样简单。

原来这两江总督马新贻本是好色之徒，但善于在官场上拍马钻营、欺上蒙下，几年间由一个县令升迁为两江总督。一当上大官，马新贻隐藏心底的欲望上涨了，他便利用手中职权玩弄女性，甚至连自己的亲戚也不放过。

马新贻有一个内弟叫张文祥，为人憨厚耿直，娶了一个杨柳细腰、妩媚动人的漂亮妻子。马新贻见到这位内弟媳后，口水直往肚里咽，他认为自己身为两江总督，一省大员，不知玩弄过多少漂亮女人，但与他这位内弟媳相比，真是小巫见大巫。为此，马新贻心生一计，给张文祥在远离省城的地方安了一个职务，让他外出任职。这样，家眷便以至亲关系住进了总督府。

张文祥走后，马新贻便把魔手伸向这位美丽动人的内弟媳。起初这女人不从，后来，马新贻威逼利诱终于把这女人弄到手了。没有不透风的墙，没多久，这事被马新贻的夫人张氏发觉，这还了得，你玩弄女性我不管，竟玩弄起我娘家弟媳妇，这传出去多丢人！张氏一气之下跟马新贻闹得天翻地覆，并威胁她丈夫说，如果再与弟媳妇有来往，她便上京状告皇上，撤他的职。

马新贻与那女子一合计，一不做二不休，要想永久快乐必须除去这眼中钉，就这样，马新贻神不知鬼不觉地毒死妻子张氏，又准备再设法铲除张文祥。不想，张氏早已把消息送给弟弟张文祥，张文祥接到姐姐的信后即刻赶回，但为时已晚，姐姐已死，妻子已被人霸占。他欲哭无泪，欲告无门，便装作不知，来见马新贻，亲手杀死妻子，又亲手杀死了这两江总督马新贻。

张文祥虽被当场抓住，但他认为大仇已报，任官府如何处置。

刑部审理后报给皇上批示，同治帝尚没下批，这慈禧太后也听到此案，也许她一向“垂帘听政”行使权力习惯了，乍一放权，觉得心里空虚，主动找到皇上，要求重惩张文祥，诛灭九族，为一品大员申冤。她的理由是：一个下人随随便便就敢杀死一品大员，可见百姓的反抗野心到了什么地步，马新贻虽有错，但毕竟是生活小节，不当死。而张文祥是以下犯上，理应重惩，如果不重惩，必然放纵平民百姓的谋反情绪。

同治帝虽口头答应但并没最后下批，回宫后把这事说给皇后阿鲁特氏听，皇后认为太后是危言耸听，况且马新贻被杀也是他咎由自取。如果朝中官员都像马新贻那样，岂不腐败到亡国的地步。现在外患仍在，官员应致力于治理国事，为国出力，要严肃官纪，对张文祥不必处死，充军流放即可。

同治帝也觉得慈禧太后的建议不当，而皇后阿鲁特氏的说法更有道理。他接受了皇后的见解，将张文祥流放。

慈禧太后知道后，气得大骂同治帝是昏君，竟敢违背她的心意而听信皇后的一派胡言。从此，西太后更加嫉恨这阿鲁特皇后，仿佛是这皇后夺去她的儿子，是这皇后夺去她的权威，同治皇上不听她的话都是因为有了这贱女人的枕边风。

奕䜣跪在地上早已泪流满面，他用袍袖抹一把脸上的泪水说：“皇上，纵是太后她不容皇后娘娘，老臣还能再活几年！满朝大臣，西太后也仅仅对东太后及臣有所顾忌，臣万死也要保住皇上的骨肉。至于皇上所托的大统之事，臣实不能接受，请皇上三思。”

恰在这时，外面响起了脚步声，御前太监来报，说皇后娘娘来服侍皇上用药。同治帝挥手让恭亲王奕䜣退下，奕䜣觉得自己已与皇上交谈甚久，怕影响皇上休息，便告辞回府。

慈禧太后在李莲英走后回顾了一下自己和恭亲王奕䜣的对话内容，心中寻思，从谈话中看，恭亲王对皇上的病确实不甚了解，看来似乎没有插手王权之意。不过，对奕䜣也不能掉以轻心，知人知面不知心，谁知道他奕䜣心中打的啥鬼算盘？还是小心点好，我那拉氏可不能在阴沟里翻船。满朝文武和这皇宫内外能与我那拉氏抗衡者能有几人？不外乎那东宫的慈安和这个奕䜣，哼！早晚我也让你们栽在我手里，等着瞧吧！

慈禧太后正靠着火炉想心事，忽报李总管回来了，便急忙让他进来。

从李莲英那诡秘的神色中，慈禧知道这次打探收获一定不小，急忙屏退宫女，单独留下李总管。

这时，李莲英才凑上前，躬身对慈禧说："老佛爷，大事不好，皇上他——"

慈禧一惊，忙问道："皇上他怎么啦？"

"皇上准备将皇位传给恭亲王！"李莲英贴着慈禧的耳根子说。

"什么？"慈禧猛地一哆嗦，叫道，"不可能！"

"小的探听得一清二楚，这是奴才亲耳所听，绝对可靠！"

"哼！这个逆子是不想好了，白费我一番心血生养了他，竟是个吃里爬外的不肖子孙，看我如何收拾你们！"慈禧喃喃自语。

李莲英急了，忙问道："老佛爷，你快拿个主意吧！再晚一切都完了。"

"心急吃不了热豆腐。"慈禧慢条斯理地说，"那恭亲王有什么反应？"

"他极力推辞。"

"是真推辞还是假推辞。"

"奴才看不清他的表情，但从声音中，奴才觉得他可能是真推辞。"

"会不会是皇上在试探他的心意？"

"这——小的不知，莫非皇上想临终托孤于恭亲王？"

"小李子，算你聪明，这才是皇上的真正用意，目前那阿鲁特氏皇后已身怀有孕，虽不知男女，但皇上可能估计是阿哥，他这临终托孤可是一箭双雕。"

"此话怎讲？"李莲英不解地问。

"你怎么聪明一世、糊涂一时？皇上先试试恭亲王有无窥视皇位的野心，他如此一说，就是恭亲王有此野心也不得不压抑心底，一心辅佐皇上的那未出世的遗孤。另一方面嘛，他将如此重任委托给恭亲王，一是让恭亲王觉得这是圣上的特殊恩宠与信任，奕䜣也就可能凭着皇上的无限信赖为皇上死心塌地地卖命。同时，这样也就断了两宫皇太后再次垂帘听政的念头。"

"这——奴才实在不明白，如果是皇上遗孤承续大统，如此年幼无知，岂不更需要太后的垂帘听政吗？"

"啪！"慈禧对着李莲英的后脑袋瓜拍了一巴掌，骂道："怎么这么笨呢？那时候，我不老也老了，成为太皇太后，垂帘听政的太后只可能是那阿鲁特氏贱人，还不知把我扔到什么地方呢？"

"噢，原来是这样，小的明白了，这是皇上在利用那恭亲王奕䜣给他服务？"

"就是这样。"

"那恭亲王难道看不出皇上的用意吗？"

"那奕䜣又岂是个善茬，如果再来个将计就计，这宫中又杀机四伏了。唉！人活着也真够累的。"慈禧长长叹口气说。

"那我们应该怎么做？"

"首先就是要控制皇上，隔绝他和一切外人的联系，特别是那东宫和这恭亲王的联系。第二步就是寻找接班人，一旦找到合适的人选就把皇上——！"慈禧说着做出一个"杀"的动作。

"老佛爷，这——"

"这什么？"

"这皇上可是您老人家的亲骨肉！"

"谁叫他吃里爬外！"

"那皇后阿鲁特氏能否与皇上接触？"

慈禧略一思索说："平时可以，必要时也不准他们相见，明白吗？"

“奴才明白！”

“明白就好，你尽管大胆地去做，有我给你撑腰，怕什么？”

“奴才为皇太后万死不辞，这控制皇上之事不难，但不知老佛爷所找的接班人是什么要求？”

“你认为呢？”慈禧抬眼瞅一下李莲英说。

李莲英献媚道：“当然越小越好，但万万不可在溥字辈中寻找，那样太后岂不又是太皇太后，最好仍在皇上同辈人中寻求，由载字辈人继承皇位，老佛爷仍不失太后身份，照样垂帘听政，只是那东宫慈安太后也要参与有点不妥。”

“算你聪明，看样子这榆木疙瘩脑袋也开窍了。”

“这载字辈中谁最合适呢？”李莲英小眼睛一眨，贼眼珠直打转地说，“奴才忽想起一人，不知老佛爷是否满意？”

“谁？”

李莲英再次躬身凑在慈禧耳根上嘀咕一句，慈禧一听笑了，拍着李莲英的脊背说：“正合本宫的心意，小李子真不愧是本宫的左膀右臂，所想之事不谋而合！”

“哈哈，谢老佛爷夸奖，还有什么吩咐？”

“这里有一道懿旨，你速派人传调李鸿章淮军入京，此事万万不可声张。”

“奴才遵命！”李莲英一抖马蹄袖跪下接旨。

第三章

不得意冶游染花柳
难称心禅让惹风波

“都是吃里爬外的下贱骨头！想与我较量，我就让你死快点，这可不能怪我心狠，是你自己找死，早死也是死，晚死也是死，今晚就叫你死，免得夜长梦多。”慈禧说完，将那份遗诏撕得粉碎，扔在地上，又狠狠地踩了一脚。

恭亲王府。

奕䜣一人独自在书房内来回踱步，思考着刚才同皇上的交谈，分析皇上的用意。

皇上今天推心置腹，讲出一些肺腑之言，大有临危托孤之意。从皇上的表情看，皇上确实病得不轻，并不仅仅是出天花，也许还有其他病，万一皇上驾崩，自己应该如何做呢？

我奕䜣虽为皇叔，但由于与慈禧太后的一些隔膜，自己与皇上也并不是关系融洽，心中有时也相互防范。记得重修圆明园时，自己就和皇上发生了矛盾，还差点连王爵也给丢了。

事情的经过是这样的：这同治帝外柔内刚，与其母后慈禧颇为相似，自从大婚独立执政后，每事亲自过问，遇事处理也雷厉风行，很得一班朝臣拥戴。母后慈禧虽归政于同治，但遇有军国大事或一品大员升迁之类的事便亲自问询，甚至派内监密行查探，事后还当面训斥，责他不来禀告。而这同治帝也刚强倔强，认为母后归政就不必干涉国政，母后越是让他禀报，他越是不去禀报，因此母子之间关系日渐疏远。

而慈安太后自从归政后，独在深宫静养，以安度天年，凡事不闻不问。同治帝每次拜谒时总是和颜悦色，关怀备至，没有丝毫太后训斥的容颜。这样一来，同治帝渐渐疏离了自己的亲生母后，而与慈安太后关系切近，把慈禧太后恨得直咬牙。

后来为了一件微不足道的小事，母子两人简直要闹翻了。

那是去年夏季，四川总督一职空缺，同治帝立即从吏部抽调一官员递补上。偏在这时，有人花了二十万两银子走李莲英与慈禧太后的后门想谋得这一职位，慈禧太后当时满口答应。想不到皇上没给她打个招呼竟另安排他人，慈禧太后在别人面前许下的诺言无法兑现，自觉脸面无光，还白白失去这二十万两银子的收入，能不气恼皇上吗？她派太监把皇上叫去狠狠训斥了一顿，并威逼同治帝将那官员调回，重新补上她的这个人情。同治帝不买账，反而和母后大吵了一顿。

同治帝回到乾清宫越想越窝气，他便把泄露这消息的太监找来，一气之下杀了两个太监。慈禧听了更是大发雷霆，认为这是皇上杀鸡吓猴，给她难看，一连几天不愿吃饭，最后还是同治帝前去赔礼方才气消。

同治帝虽然赔了礼，但心中仍十分气恼，从此不愿入储秀宫拜见西太后。同治帝情绪低落，心情懊丧，内侍文喜和桂宝等人便怂恿同治帝搞一些娱乐活动，重建圆明园。同治帝也早有此意，每次外出来到圆明园时，他都十分伤感，这是大清国的耻辱，这是先父皇大行皇帝的屈辱，为此，先父皇命丧承德，同治帝每想到此事都觉得心中有愧，想重修这被英法侵略军焚烧的园林，以洗先父皇之辱。

这事还没着手实施，恭亲王奕䜣知道了，他考虑到国家刚刚平稳，财政收入也不宽裕，再加上这几年表面上虽然太平，而实际上危机四伏，西欧各大国与东洋日本，还有沙皇俄国都在虎视眈眈地觊觎大清朝这块肥肉。现在皇上刚刚独立掌政就不思进取，大兴土木，这大清几百年的基业将如何延续？想来想去，他不出面还有谁出面呢？身为亲王，又是皇叔，先皇临终还有托孤之辞。

这天，奕䜣来到养心殿面见同治皇上，苦口婆心地劝谏皇上不能重修圆明园。同治帝本来因与母后的关系破裂而心情不好，最近为了修建圆明园之事心中稍稍快活一些，想不到这恭亲王竟絮絮叨叨讲了半天，什么君德、俭德、勤政强国之类的话，气得同治帝一拍御案站了起来：“奕䜣，你有完没完，要知道我是皇上，朕已经独立执政，不需要你们在朕面前指手画脚！如果你们都活够了，朕立即送你们下地狱。”

奕䜣还要辩解几句，同治帝说完，气得将御案上的奏折打翻在地，拂袖走了。奕䜣无可奈何地摇摇头退出。

奕䜣退出后，同治帝越想越气，这些老朽都向他施加压力，一个个虽然口口声声归政不干预政事，但事事又都钳制他的手脚，做什么事都不能自由自在，哪有一国之君的风度与权威。“哼！不杀他几个，这些人是不能老老实实地待在家里！”同治自言自语。

他想起先祖康熙计杀鳌拜，剪除一帮大臣才得以独掌国事，自己何不效法先祖呢？

于是，同治帝召见军机大臣大学士文祥等人，命他前往恭亲王府下旨，赐死恭亲王奕䜣。这几位军机大臣一听，吓得扑通跪倒在地，一齐叩头为奕䜣求情。

同治帝一见这些军机大臣都下跪求情，冷笑一声说道：“哼！你们都是他的党羽。”

文祥等人更是叩头求饶：“皇上息怒，臣等不是为他求情，恭亲王劳苦功高，勤劳俭朴，有罪也不能赐死，先皇对他都特别器重，望圣上看在先皇的分上免他一死。”

“好，死罪免去，活罪不饶，革去王爵！”

就这样，恭亲王的王爵给免了。

一天，同治帝去拜见慈安太后，谈及此事，慈安方知恭亲王的王爵被革了，大惊道：“皇上，你先皇祖在世时，特别器重恭亲王，在择定皇嗣时一直犹豫不决，最后选定你先父皇，但在御箧内留有两份遗诏，这是我大清朝从没有的先例。你先父皇在位时一直都很看重恭亲王，恭亲王也确实为我朝立下汗马功劳，他为人又谦逊俭朴，深为朝中大臣敬仰。况且，现在国力尚不富足，修建圆明园一事可以适当缓一缓，你可以先让人预算一下，然后酌情处理，一切由皇上认真思考后再慎重对待。”

后来，同治帝让人预算重新修建圆明园的费用，果然花费太大，国力一时难以支付，只好暂停，等国库充裕时再做考虑。

又过了一段时间，同治帝消了气，心平气和地思考恭亲王奕䜣的话，也认为劝谏得有理，便重新下了一道圣旨，恢复了恭亲王的王爵。

奕䜣回顾了和同治皇上这一段时间所发生的事，又仔细思考了和同治帝的这次谈话，他又想起慈禧太后决定对山东巡抚丁宝桢的惩处，决定再到钟粹宫找慈安太后商量一下。

钟粹宫。

慈安太后也是心神不宁，自从归政后，她虽深居宫中颐养天年，但最近发生的一些事不能不令她心急如焚。

这同治帝虽不是亲生，但对自己在感情上却胜过对他的亲生母后慈禧。慈安太后一向疼爱同治，关心他的生活，关怀他的健康，体贴他为政的难处，完全用一颗真诚的母爱之心去爱同治，却不同于慈禧用太后的威仪让同治接受自己的呵护。这月，同治帝一病不起，不仅病情丝毫没有减轻，相反有所加重，怎能不令她心急呢？特别是同治皇上这病，对外也不好意思开口，真是又心疼又气恨，她一气之下把同治帝手下文喜和杜宝两个太监给关了起来，但仍感到不解恨。

慈安太后正在沉思之际，太监来报，说恭亲王奕䜣叩见太后，慈安立即命人让他进来。

奕䜣叩拜完毕，见慈安泪眼红肿，惊问道：“太后有何伤心事，如此悲戚？”

“皇上的病情不见任何好转，更有恶化的倾向，这怎能不让本宫忧虑？”

“太后，这皇上到底是何病？如果是天花、麻疹也该痊愈了，如今却有加重的趋势，这到底是为何？”

“唉！这话都无法向外开口，不过，恭亲王也不是外人，我也就直说了。”

原来同治帝想重新修建圆明园，因奕䜣阻谏，再加上国库空虚没能修成，心中好大不快。内侍太监文喜、杜宝见皇上整日不开心，私下一合计，要帮皇上找乐去。

这天，他们两人不知从何处弄来一本春宫画册，悄悄放在同治帝的御榻旁。同治皇上回来后翻看此画册，不但没有斥骂他二人，还大大夸奖了一番，问他们从何处得来。这两人一见皇上感兴趣，就添油加醋地将京城内各大妓院的名妓和风流韵事胡吹一通，青春年少的皇上哪经得起这等事的诱惑，便由这二人做伴，乔装成商人模样，到有名的妓院试一试。

皇上宫中虽有皇后、皇妃多人，但她们多灌输于宫廷的礼仪风范，讲究人伦有度，哪像妓院里的风尘女子仪态万方，柔情千种。同治帝野情初试便欲罢不能，很为自己懂得太晚而叹息。起初十天半月悄悄溜出去一次，后来干脆出重金包了几个有名妓院的名妓，除皇上之外，任何人不得染指。

一时间，京中盛传来了一个广州经商的富家少爷独领京中几大名妓的风骚。此事一传出，偏偏有人不服气，特别是那些原先和这些名妓有来往的年轻人，他们由于不知这广州富商少爷的来历，欲与同治皇上比试高低。

此时，京都长青院有一名妓名叫梁秀秀，那相貌就不用说了，说她有沉鱼落雁之容、闭月羞花之貌并不过分。总之，同治帝一见就在心中叫绝，回去后就骂选秀女的不是眼瞎就是色盲，说宫中粉黛三千人，没有一个抵得上秀秀，当场就给秀秀送了一个雅号叫瑶仙，就是西天瑶池仙女下凡尘之意。从此，这“瑶仙”的称号便在京中叫开了。

瑶仙所在的长青院仍门庭若市，长青院老板靠着这棵摇钱树很快富甲京城，成为当时京中有名的三大巨头之一。

同治帝为了独占花魁，重金包下瑶仙，可惹恼了京中的一些好色的富家子弟。其中有一个叫张保全的富商，在京中经营珠宝店，大大小小有四个铺子，手中财产多少不得而知，在一些朋友的唆使下，他要与这广州富少比试个高低。要是能打败这广州来的少爷也好为京中的哥们儿出气，看看是京派厉害还是广派厉害。

就这样，瑶仙的身价每日成百倍地上涨。张保全的铺子经营实力一天天减弱，最后只能勉强经营一些劣质珠宝，高价的珠宝已无力用现款支付，后来只是直咬牙硬撑下去，他不明白这广州来的富少怎么有那么多钱能把他拖垮。他四处找人打听也是云里雾里，只听说这少爷与京中一家王爷是亲戚。

其实，同治帝也让张保全给逼得够呛，他把宫中的一些银两全花光了还不够，不得不想法动用国库，而这管国库的官员又是个呆鸟，认为皇上没有正当理由不得动用国库里的财富。最后由文喜出面找到北洋大臣李鸿章，私下挪用了一些扩建北洋舰队的军费才算在实力上打败那珠宝商张保全。

古人说："两虎相争，必有一伤。"这同治帝与张保全争秀秀，实际上两败俱伤，张保全的珠宝铺几乎关闭，同治帝耗费了军费不说还惹得了一身病。一旦同治帝不在的时候，老板为了赚钱，又暗中让秀秀接客，同治皇上被人骗了自己也不知道。就这样，同治帝染上了性病，当时人称"花柳病"。

皇上得了这病又不好意思开口，对外只说是得了天花，御医也是个蠢蛋，一味地按天花治疗。再加上皇上纵欲过度，体质衰弱，这一病就倒下了，每天不断治疗就是不见好转，后来等发现是花柳病，为时已晚，早已毒气攻心，传遍全身，到了今天这必死无疑的地步。

恭亲王奕䜣听罢慈安的叙述，确实吃惊不小，说道："唉！老臣做梦也不知道皇上竟会这样，若是早有信息，就是死也会阻拦圣上出宫胡闹。"

“我也是在最近探知皇上的病情实症时才得知的，可惜为时已晚，也怪我整日深居宫中，对皇上关心太少！”慈安太后自责道。

“太后千万不能这么说，也许这是我大清朝的气数吧！臣曾听先父皇讲过我们祖上陵寝风水的事，说这是命中的气数。”

“这到底是什么气数，本宫怎么没听先父皇讲过？”

“还是臣做阿哥时，一天在上书房读书，父皇来查问功课，谈及祖上之事，父皇说先祖为辽阳总兵时，曾在白山黑水之间请了一位风水大师给查看一块风水宝地，说在此安放陵寝后辈必出至尊，但此地有一大缺陷，由于受外来山势所挡，此龙脉受阻，绕山后虽然重又续上龙脉，但子孙后人为皇帝者必然短命。”

“哦，原来是这样，难道没破除的方法吗？”慈安太后问道。

“据说先祖也有此问，那风水大师说，这是上苍之数，虽然人为之力可以破除，但效果不一定明显，但是还必须坚持去做。”

“这破除的方法是什么？”

“就是每一代为皇者必须在在位期间亲临辽沈祖上陵寝祭奠。”

“是这样，我也听说过以前几位先皇在位时都曾回辽沈拜祭，只以为是尽尽孝心，不想其中有此缘由。”

“只可惜这拜祭的定例没能坚持下去，被后世子孙给忘却了，如今果有应验。”

“从何时起没有从事这拜祭典礼？”

“最后一次拜祭是先皇祖乾隆皇帝时，也就是那次拜祭的当天先父皇道光降世。”

“竟然这么巧合，果真有什么神秘之数？”

“但先父皇在位时也曾牢记祖训，多次想到东北辽沈祭祖，却一次也没实现夙愿。起初是平定张格尔叛乱，后来是连年与洋人征战，由于鸦片战争的失败，割地赔款，先父皇自感无颜拜见先人，在先祖坟前无法开口，故不愿去辽沈祭祖，为此事一直感到心愧，每每提及此事总是伤心落泪，弥留之际仍觉得愧对列祖列宗，也对不起后世子孙。并再三告诫先皇大行皇帝咸丰，务必亲赴辽沈祭祖，弥补父皇之过失，却想不到先皇竟热河一行英年宾天，也未能如愿，那时，我就有点怀疑此天数难道已经应验了吗？一个人独处时，常想起此事，却谁也没有告知，只想再等几年，待同治皇上年龄稍大，国富民强时，告诫这先祖的例制，劝谏圣上亲赴东北祖宗陵寝拜祭，以完成祖上遗愿。想不到当今圣上这么年轻又染上此病……”

恭亲王说着，已老泪纵横，泣不成声。

慈安太后也是泪下如雨，叹道：“难道这大清的气数已尽？”

恭亲王一抹泪，气恨地说道：“把文喜、杜宝两个逆贼给斩了！”

“这事交给内务府总管崇伦去办就是。”

“太后，老臣罪言，请太后思考。”

“恭亲王，有话请讲。”

“皇上到了这地步，对续统之事太后有何打算？”

“你说呢？”慈安太后问道。

“依老臣之见，皇上之病目前尚无大碍，且皇后阿鲁特氏已身怀有孕，也许不久就会分娩，那时，若生有太子，即使皇上宾天也可后续有人。”

“万一皇上在皇后分娩之先驾崩呢？”

恭亲王沉思一下说：“万一那样，对外可密而不发，只说皇上有病不见外人，等到皇后分娩后，是阿哥则即为续统之人，若为格格再另做考虑，太后以为如何？”

慈安太后点点头：“愿上苍保佑皇上龙体日康，也愿上苍保佑皇后生下阿哥！”

“这只是我们如此计议，但西太后不知有何想法？”恭亲王奕䜣试探着问。

“她，皇上是她的亲生骨肉，岂有不为皇上血脉着想之理，我想此事她会妥善处理的。”

提起西太后慈禧，奕䜣忽然想到山东巡抚丁宝桢的事，急忙说道：“太后，臣有一事相求！”

慈安太后一怔，说道：“请讲！”

这时，恭亲王奕䜣便把最近山东济南府发生的火烧洋教堂一案报告给慈安太后，又把慈禧太后对丁宝桢的不满之事也大致讲了，请慈安太后拿主意。

慈安太后听后，考虑了一下说道：“洋人固然可恶，该杀，但事已发生，为了不引起争端，消除洋人再以此为借口兴兵问罪，最好将大事化小，小事息了，捕捉凶手也可给洋人一个交代。想不到丁宝桢一时大意竟让凶犯得脱，万一传出去，洋人岂肯罢休。最好现在给他信函一封，责令他火速追捕逃犯，早日缉拿归案，能够重新捕获凶犯更好，万一凶犯逃远，再另做处理。”

“太后，这事可给西太后一个把柄，你知道为安德海之事，西太后一直心有芥蒂，早有惩办丁宝桢之意。不过没借口罢了，这事岂不是最好的借口？”

慈安思索片刻，说道：“过去的事早就过去了，她不会小题大做吧？”

奕䜣摇摇头：“太后你和她共事多年，她的脾气太后难道不知？”

“这——”慈安太后寻思道，“当年斩杀安德海之事并不是丁宝桢独自做主，当时丁宝桢也恐事情闹大于己不利，曾上书朝廷定决。那时我与慈禧同时垂帘听政，而斩杀安德海一事却不曾让慈禧太后知道，是本宫恐太监权势太大扰乱朝纲才赞同皇上批旨处斩。不想为了此事，慈禧太后一直耿耿于怀。对本宫，她倒没有什么，对丁宝桢确实心有怨愤。恭亲王，你认为如何处理？”

“就按刚才太后所言，给丁宝桢去一密函，让他火速破案，以防给西太后留下把柄，于他不利。”

“暂且就这样吧，以后你留心一下此事就是。”

“是！太后。”

恭亲王奕䜣这才告别慈安太后回府。

养心殿东暖阁。

同治帝迷迷糊糊睁开双眼，隔着厚厚的窗纸虽然看不清外面的世界，但知道又是一个晴朗的天，尽管是晴天，但在这寒冷的冬日，气温也十分低，他很困难地把手伸出被外，想喝口水滋润一下干裂的双唇，但摸到的杯子里的水却是冰冷的。同治帝叹口气想叫人，声音只能在喉咙以下打转，就是发不出声，无奈，只好闭目等待。

不知过了多久，睡梦中，同治帝听到呼唤，这才睁开疲倦的双眼，看到一个小太监正在给他喂水。

“皇上，你醒醒。皇上，你醒醒。”

同治帝喝了几口参汤，这才感到好受一点儿，用沙哑的声音对小太监说：“你去为朕传军机大臣李鸿藻，不必声张，仅他一人即可。”

“是！”小太监叩头退下。

小太监走后，同治皇上一人再无睡意，他已经感觉到自己的病情在一天天恶化，死神正一步步逼近，死对于他只是早一天晚一天的事了。因此，对于大清朝的续统问题不能不令他忧虑。先父皇英年早逝，自己冲龄继位，两位母后垂帘听政多年，自己大婚之后刚刚独立主持朝政，却由于一时放纵而惹得此病，如今行将归天，有何颜面见列祖列宗。

自己今春刚够一十九岁，正值盛年，立嗣一事从来也没有考虑过。自己也仅仅婚后一年有余，妃嫔虽多，仅皇后阿鲁特身怀有孕，但产期尚早，也不知男女，续统之事不得不另做打算。再说，就是皇后生下男儿，如此幼小怎能处理朝政，让皇后阿鲁特氏垂帘听政更是不可，她本不是搞政治权术的那块料，一向心地善良，为人憨直，岂能执政？况且皇额娘与她关系疏淡，更是容不得她。与其处在极尊位置受人挟迫不得自主，倒不如做一普通人生活逍遥。无论皇后生下阿哥或格格都不必再当那什么劳什子皇上，做一个平常人，过上平常生活，平平安安也就是了。

只是这大清的天下托付何人呢？溥字辈目前尚无能人。两位母后毕竟是女流，慈安太后心胸大度，但太过善良软弱，皇额娘有女豪杰的政治家风度与心机，却又太过心狠手毒，况且也太会享受和奢侈，正值多事之秋的大清王朝怎经得起她的折腾。

唉！皇叔恭亲王奕䜣倒是个合适人选，为人厚道，生活勤俭，又懂得治国安邦，虽然年龄稍大，但朕也顾不了许多了，暂且让他执政再慢慢寻求合适的继承人选吧！

同治帝正在思前想后，御前太监来报说军机大臣李鸿藻叩见皇上，同治帝立即命他进来。

李鸿藻进入东暖阁跪下奏道："臣李鸿藻叩见圣上，祝圣上早日龙体康复！"

"免礼，起来吧。"同治帝轻轻说道。

"谢皇上！"

李鸿藻起来坐定，同治帝屏退左右的人后，缓缓说道："朕口授遗诏，请你代笔。"

"皇上正值盛年体健，偶有小疾，刻日即可康复，不必虑及大统之事。"李鸿藻忽又跪下奏道。

同治帝微叹一声，示意他起来找纸笔，李鸿藻不得已，在御案上取过纸笔，静听圣上吩咐，同治帝这才一字一句地说道：

> 朕六岁继位，一晃十三年矣，然独自为政仅一年有余，欲重振国威，兴我大清，不想患有此不治之症，愧对先圣。今为大清天下有续，朕思虑再三，决定特传位于皇叔恭亲王奕䜣，此乃大清朝续统之上上策，他人不可逆此朱谕。
>
> 钦此
>
> 同治十三年十二月己卯

同治帝边说，李鸿藻边书写，书写完毕，李鸿藻重新一字一句读了一遍，让同治帝听听是否有什么不妥之处。完毕交给同治帝，他盖上玉玺，这才叠起来放在枕下，说道：“时事艰难，赖国有长君，朕为大清天下所虑才传位于恭亲王，但此朱谕暂不必发下，到时再宣布。”

“皇上，你考虑得也是，但圣上龙体不久定会康复，请圣上珍重！”李鸿藻泣诉道。

“作为朕的老师，朕不必欺瞒你，朕之病恐难挨月余。”

李鸿藻泪流满面，已说不出话。恰在此时，外面太监传来话，为了不影响圣上休息，命李鸿藻快快离开。李鸿藻不得已才与同治皇上跪别，不想这竟是他师徒二人的最后一面。

李鸿藻刚刚离开，东暖阁就被慈禧太后派来的大内侍卫戒严了。

同治帝独自一人被监禁在东暖阁内，虽然每天照样有御医诊视，太监、宫女喂饮饭食茶水，但没有外臣来此与皇上谈心解忧。同治帝心中说道，唉，真是世态炎凉，朕仅在病中，连一个看探的人也不来了，别人倒罢了，为何皇后也不来陪陪朕，难道她的心也变了，见朕即将死去而怀有二心不成？

同治帝正在胡思乱想，忽闻殿外有争吵之声，好像有皇后阿鲁特氏的声音。同治帝忍着疼痛，强撑着身子冲着殿外大喊，也许是他的声音微弱，抑或是殿外争吵声太大，谁也没有在意。

忽然，一个太监似乎听到室内皇上喊叫的声音，急忙向争吵的人示意，两边把持殿门的大内侍卫才稍稍消一下气焰。皇后阿鲁特氏乘机闯了进去，来到东暖阁的御榻前放声大哭，一句话也说不出来。

同治一见是皇后，本想说她几句，见此情状也不好再说什么，只缓缓安慰道：“阿鲁特，朕的病是天意，你伤心什么！别哭坏身体，影响腹中孩子健康。”

皇后这才止住哭泣，说道：“皇上，外面的一些狗奴才不让臣妾进来，说没有慈禧太后之命谁也不准进来。”

同治帝一听，气道：“有这事？怪不得这多日来不见外臣入内，朕刚才还埋怨你为何也不来呢！”

“臣妾来过三次，都被他们阻拦，他们说皇上需要休息，不准外人打扰，臣妾实在忍不住，不相信皇上会下此命令，才和这些狗奴才争执起来，若不是皇上在里面呼喊，臣妾还进不来呢！真是狗仗人势！”

同治帝越听越气，狠狠地骂道：“这些狗东西，朕不杀他们不解心头之恨！”

“皇上别气坏了身子，与那些狗奴才一般见识不值得，他们是奉慈禧母后的旨意行事。”

“皇后，皇额娘可能认为朕不久将离开人世，也许有什么新的想法？”

“难道她另有图谋，觊觎皇上的位子？”阿鲁特氏惊问道，“要不怎会派这么多大内侍卫来封闭养心殿呢？”

同治帝没有言语，他考虑一会儿说道：“阿鲁特，你我夫妻恩爱尚不足一年，是朕一时糊涂染此不治之症，不久就要离开人世。”

“不，快别说了，皇上！”皇后用手轻轻捂住同治皇上的嘴，哭泣道。

皇上握住阿鲁特氏的小手说道：“让朕把话说了，以后也许没有机会了。”

阿鲁特氏机械地点点头，泪顺着面颊悄悄滑落、滑落。

“自古至今，为了皇权，多少父子反目，多少兄弟成仇，到头来也是徒奔黄泉，留下把柄给后人嗟叹，尧舜禅让的佳话不再流传。李隆基为情不爱江山爱美人，我朝顺治皇帝为董鄂妃甘愿剃发上五台，朕不认为他们有错，相反却以为他们才是真正的智者。崇祯帝吊死煤山前，拔剑刺向自己的女儿，竟说道：你为何出生在帝王家？只可惜醒悟太迟。朕虽六岁继位，但这一切都是天命，我不过是个聋子耳朵当个摆设，今虽独掌朝政一年，也早已厌倦这深宫生活。正因为如此，才得了这不治之病，若朕能病愈，情愿舍弃这九五之尊，甘愿与皇后做一贫贱夫妻颐享天年。只可惜——”

“皇上的病一定会痊愈的，臣妾每天都为皇上焚香许愿祷告。臣妾虽出生于贫家，也不恋这深宫生活，只想随皇上恩恩爱爱养儿养女过那贫穷生活。”

“皇后能理解朕的苦衷就可以了，朕别无所求，朕死后，你不必悲伤，只相信这是天命，在宫中不必有任何争求，日后生下孩儿，无论男女都不求封赐，做常人平安生活就可以了，也许皇额娘看在朕骨肉血亲上不会为难你们母子，朕在九泉之下足矣！”

皇上也禁不住潸然泪下，皇后更是痛哭不已，二人抱头泪如涌泉，活人做死别，此情是何等悲哀、痛心？而这次果是他们夫妻最后一别。

许久，两人才忍住泪，同治帝从枕下取出遗诏对皇后说：“待朕归天后，你将此遗诏当众交给军机大臣李鸿藻、沈桂芬等人，宣读续统之人，此书万万不可让第三人知道，你妥善保管，快回去吧，以防有人偷听，留太久会让皇额娘怀疑的，估计这里都是她的眼线，朕不知她到底想对朕怎样？”

“臣妾遵旨！”

皇后阿鲁特氏一拜倒地，泪眼红肿，许久才从地上站起，依依不舍地辞别皇上。

阿鲁特皇后刚刚跨出东暖阁，就被几名大内侍卫围住，不由分说，便堵住她的嘴，将她带到西暖阁。西太后慈禧早已坐在那里等待多时了，一脸铁青，见阿鲁特皇后被推来，眼也不抬，只顾不紧不慢地摆弄长长的指甲，许久，才有气无力地问道：“谁准许你到东暖阁去的？”

“皇上在那里，我是他的妻子理所当然到那里看望服侍！”

“小蹄子，嘴倒不饶人，是你硬还是我硬，小李子何在？”

“奴才在！”

“给我掌嘴！”

李莲英从旁边走到阿鲁特皇后面前，皮笑肉不笑地说："皇后，请见谅，奴才这是奉旨行事！"

说着，给了皇后左右四巴掌。

阿鲁特氏两腮被打得红肿，嘴角流血，仍破口大骂。

慈禧眼也不抬，对两个宫女说："搜身！"

接着，上前两个太监抓住阿鲁特氏的胳膊和腿，两名宫女立即搜身。

"太后，果然有！"李莲英扯着破公鸭嗓子尖叫道。

"哼！贱人。"慈禧冷笑一声接过李莲英递上的同治帝传国遗诏，粗粗地看一遍骂道："都是吃里爬外的下贱骨头！想与我较量，我就让你死快点，这可不能怪我心狠，是你自己找死，早死也是死，晚死也是死，今晚就叫你死，免得夜长梦多。"

慈禧太后说完，将那份遗诏撕得粉碎，扔在地上，又狠狠地踩了一脚。

皇后阿鲁特氏在慈禧的笑声中一阵心疼，昏了过去。

"来人，将这贱人送回宫，好好看着。"

"老佛爷，这遗诏的事可能还有外人知道。"李莲英凑上前说道。

慈禧思索一下说："嗯，看字迹不像同治所写，倒像李鸿藻的笔迹。"

"老佛爷，这怎么办？万一传将出去——"

"你可私自到那老滑头那里去一趟，威逼利诱兼施，谅他不敢外传，否则，他长几个脑袋！"

"嗻！遵旨。"李莲英躬身退下。

"哦，哦！饶命，饶命！"

"老爷醒醒，老爷醒醒！"

夫人使劲摇动着梦中发出惊叫的李鸿藻，在夫人的呼唤下，李鸿藻才从噩梦中醒来，用手擦一把头上的大汗说："好怕！好怕！"

"老爷，你做了啥梦，如此紧张害怕？"

“李总管，他——”

“上午李莲英来同你商量什么事，你梦着他了？”

“嗯，不，没做什么噩梦！”李鸿藻仍心有余悸地说。

夜，深深暗夜。

李鸿藻迷迷糊糊刚要入睡，忽听府宅正门方向传来“咚咚咚”急促的砸门声。

不多久，门外就传来家人李安的呼喊声：“老爷，老爷，快起，宫中来人了。”

“什么？宫中来人了？”话只在心里，李鸿藻就一骨碌爬起来，披上大氅。

“老爷，天早哩，起这么早干什么？睡不着也暖暖被窝，死冷的天。”夫人埋怨说。

李鸿藻压低声音说：“宫中半夜来人打门，可能有大事！”

李鸿藻嘴里平静地说着，心中实是七上八下，害怕得很。今天上午李莲英专程来府，威逼利诱，让他对遗诏的事放明智点，这意味着什么？自从李莲英走后，他一直心神不宁，估计最近朝中可能有事。做官多年，磨就了他老成持重的中庸之性，该说就说、不该说绝对不能说。自己虽然满口答应李莲英，只怕他信不过，欲置自己于死地。想至此，他打了一个冷战，不知是天冷还是心惊。但无论如何，宫中来人，死也得去。

李鸿藻急匆匆穿戴整齐，临走时又来到床前，对着多年相伴的夫人说：“我走了，万一回不来，你就让儿子辞官回老家耕种几亩薄地为生吧，今后子子孙孙再也不要做官！”

“老爷，你怎么了，天没亮就说这没头没脑的话，是否这几天被鬼冲着着魔了？”夫人唠叨了几句也没在意。

李鸿藻叹口气，悄悄关上房门走了。

李鸿藻来到前庭，宫内太监已等待多时，二话没说，就催促他快上轿入宫。李鸿藻知道问也没用，急忙上轿。这时，一阵冷风吹来，他又打了一个寒战。刚钻入轿中，太监就轻喊一声：“起轿！”

漆黑的夜晚，李鸿藻的思想只随着轿前太监手中挑起的暗红灯笼在摇晃着，不知吉凶，也不知宫中到底发生了何事，一种不祥的阴云向他袭来，难道……不可能，不可能！他心中否定着……

轿子在东华门外停下，已经有好多轿子停在那里了。太监领李鸿藻从侧门来到养心殿西暖阁，那里灯火通明，早已挤满了人，尽管人很多，但谁也没有吱声，只偶尔有人小声说上一句两句。

李鸿藻进入屋内，举手向众人作揖，这才找个空位坐下，低声问身边先到的御前大臣景寿和奕劻，发生了什么事，这两人也轻轻摇摇头，他知道再问也无益，就悄悄坐着等待。

不多久，又进来几位，有恭亲王奕䜣，惠亲王奕详，弘德殿行走徐桐、翁同龢，总管内务府大臣英桂、崇伦等人。大家都在焦急地等着，显出十分着急的样子。但都不知发生了什么事。正当大家猜测等待的时候，醇亲王踏进房内，鼻尖红红的，似乎行了很长的路，把内心的寒冷都从这鼻尖上表现出来。

二十多人挤在一起，本来空旷、清冷的殿房现在热闹多了，也拥挤多了，吊在中央的宫灯燃烧得更旺了，整个房内有一种暖融融的气氛，人们不再跺脚，也不再搓手，都三个一堆，两个一伙在交头接耳。这些人中，没有参加议论、仅机械地坐在那里想心事的就是恭亲王奕䜣和军机大臣李鸿藻。

“两宫皇太后驾到！”

不知何时，这太监的一声吆喝才提醒在座的王公大臣，今天半夜到此不是谈话叙旧而是有重大国事商议的。他们立即按班次在事先准备好的跪垫后站好，恭恭敬敬地低头垂手敬立等候。

随着执事太监将棉帘挑起，大臣们齐刷刷地抖掉马蹄袖的盖口，跪在地上，红顶子一揭到地，齐声呼道：“恭请两宫皇太后圣安！”

两宫皇太后一前一后来到炕上的一张方几旁，一左一右坐定下来。慈安皇太后扫视一下众人，然后转脸对左边的慈禧说：“人都来齐了？”

“差不多了吧。”慈禧也看了一眼下跪的大臣说。

不知为何，慈禧今天显得特别没有精神，身着便服，满脸疲倦之相，也无往日的粉饰，看起来一夜之间苍老了许多，两颊有点苍白，脸上的皱纹也清晰可见，特别是略有凹陷的双眼，似乎带点血丝，好像一夜也没有合眼。

“都起来吧。”慈安太后也没精打采地说上一句。

“谢两宫皇太后！”

大臣们这才纷纷站起，按次序坐好。

慈安轻轻理一下垂下的云鬓，冲着慈禧点点头。慈禧这才欠了欠身，眼圈一下子红了，沙哑着嗓子，用略含悲戚的声调说：“今儿深更半夜把众家王公大臣请来，实是不得已，有要事烦劳各位亲王大臣定夺。”慈禧又缓缓口气说，“皇上一病多日，危在旦夕，所牵挂的是大清几百年的基业续统问题，我们姐儿俩想请大家拿个主意，皇上无子，谁可嗣立？”慈禧边说边用手拭去腮边滚落的泪花。

“大家先仔细思考一下，然后再做定夺，此事关系大清朝兴衰，不可不慎重！”慈安也哽咽着说。

接下去是沉闷，尽管王公大臣没有说话，但谁心中都在翻腾：这两宫皇太后葫芦里到底卖的什么药，是她们有了人选还是没有人选？如果没有人选，让我来说应该选谁呢？万一她们有了人选，我先开口提议，说错了，岂不会遭到两宫太后的训斥！

整个西暖阁内静悄悄的，只有宫灯发出“嗞嗞”的燃烧声和大臣们偶尔的咳嗽声。这思想激烈斗争的王公大臣里面，最为不安的是奕䜣和李鸿藻。奕䜣知道皇上和自己谈过此事，但皇上是试探自己还是真的托国于己呢？另一方面，皇上是否与两宫皇太后言及此事，如果皇上说了，这两宫太后是什么态度呢？自己并不想发表任何意见，还是听其他人发表见解，如果两宫太后一起要自己做出见解呢？那就坚持等待皇后阿鲁特氏分娩后再做定论。

此时，李鸿藻内心的矛盾似乎有甚于这里所有的王公大臣。

皇上这传国遗诏是皇上亲自口授自己笔录的，既然是皇上的传国诏书中指定了恭亲王奕䜣是皇位继承人，再讨论有何意义，这不是违背皇上圣旨吗？然而，这皇上的遗诏，两宫皇太后一定有所知，昨天太监总管李莲英亲自到府上谈及此事，让自己放聪明点，显然是两宫皇太后对皇上遗诏指定的继承之人不满意，而另有所选。自己怎么办？可能是这外臣中唯一知道遗诏的事，怎么放聪明点？就是不言不语，听他们议论，对两宫皇太后察言观色，再做定夺。太后行事，特别是慈禧太后心狠手毒，说不好，自己身家性命不保，还可能祸及子孙，这年月还是明哲保身吧！只可惜，身为军机大臣，又是皇上的老师，也只能违心行事。圣上，这不能怪老臣，只能怪太后与你作对。

李鸿藻想着心事，悄悄一抬头，与慈禧太后的目光相对，从那威严而阴冷的目光中，他感到浑身一阵麻木，赶紧避开那目光，将身子往下缩一缩。恰在这时，慈禧太后冲着李鸿藻不冷不热地说道：“李大人，你冷吗？”

“不！”李鸿藻一抹脸上惊出的冷汗说道，“谢太后关心。”

慈禧太后这才舒缓了冷峻的目光，慢慢扫视一下众人说道：“各位王公大人，你们考虑好了没有？”

第四章

选嗣君再起垂帘意
恋亲王早怀出墙心

传旨太监展卷宣读："皇帝龙驭上宾，尚未立嗣，特以醇亲王奕谖之子载湉承继文宗显皇帝为子，入承大统为嗣帝位。候嗣皇帝生有皇子，即承续大行皇帝为嗣，特谕。"醇王福晋眼前一黑，险些栽倒在地。

也许早有大臣等得不耐烦了，太后话音一落，只见内务府大臣崇伦出班奏道："皇上无子，可在皇上侄辈中选一年长之人作为皇嗣，继任皇位，如此看来，溥字辈中宣宗长子隐志郡王奕纬之嗣孙溥伦为溥辈最长，可以继承大统。"

慈禧太后还没等他话音落下，就拉着脸训斥道："溥伦虽为溥字辈中最长，但他是过继给隐志郡王奕纬的，血统上稍差一层，你身为内务府大臣，连这点道理都不知道？"

崇伦灰溜溜地退下，慈禧转回身对恭亲王奕䜣说道："恭亲王身为皇室亲王，也是辅政大臣，对这决定大清续统如此重大之事为何缄默不语？"

恭亲王无奈，只好硬着头皮出班奏道："皇上正值春秋鼎盛，偶有疾病，也必能康复，立嗣之事可以暂缓。况且，听说皇后阿鲁特氏已身怀有孕，可等皇后分娩之后，根据男女再做定论。"

慈禧太后闻言，心中暗想：恭亲王也够滑头的，我不拿出最后一招恐怕不行了。于是，慈禧又眼睛一红，鼻子一酸，悲痛欲哭地说道："恭亲王说得极是，只是皇上已经驾崩。"

此话一出，王公大臣脑袋轰地乱作一团，跪地哭声不断。过了一会儿，慈安皇太后才轻轻抹去脸上的泪水说道："众王公大臣，现在不是哭泣的时候，立嗣之事事关重大，请你们速做决定。"

恭亲王奕䜣再次上前奏道："皇后的产期想已不远，不如秘不发丧，待皇后分娩后，如生皇子则立为嗣统，如生为女，再立新君也不迟。"

"国不可一日无主，何况这秘密已经泄出如何能够守住，万一张扬出去，动摇国本，你能担当得起？"慈禧太后一扫刚才的哭泣神色，大声地训斥奕䜣。

奕䜣知趣地退下，御前大臣奕劻上前奏道："可在溥字辈中选择皇上切亲血统，且贤能者为君。"

慈禧没待他说下去，就打断他的话说："溥字辈中无可立君之人，年长的平庸无能，年幼的多为处子，又太小。"

这时，慈安太后待慈禧话音刚落，就接着说道："据我意见，恭亲王的儿子载澂可以入承大统。"

恭亲王奕䜣一听，立即上前扑通跪倒在地叩头谢罪道："载澂一向不守家规，也少读诗书，不懂礼仪，实是一平庸之人，不可立为新君，否则将贻误国事，有辱先祖。"

慈禧这才对奕䜣缓缓点一下头说："载澂虽不可继承大统，但也不像恭亲王说的一无是处。我认为醇亲王的儿子载湉倒是个合适的人选，虽然年仅四岁，但聪明伶俐，相貌英俊，有古代相书上所云的帝王之相，李鸿藻李大人你说呢？"

李鸿藻做梦也想不到慈禧太后这时忽然问起了他，猛一愣神，立即出班上前叩头奏道："太后圣明，老臣也想到醇亲王之子，刚想出班请奏，不想太后先说了，载湉确实是最合适的人选！"

"军机大臣李鸿藻也认为本宫所言极是，其他各位大臣不知有何异议，请速奏来。"

其他人一听，这皇位续统人选一定是两宫太后早就商定好的。谁还这么不知天高地厚，一意逆太后行事，都一起跪下，齐声奏道："两宫太后明鉴，醇亲王之子再合适不过。"

这时，慈禧太后冷峻的脸上掠过一丝不易觉察的笑容，她立即向着众人大声说道："众位大臣请起，这事就这么定了，现在就请李鸿藻执笔传位懿旨。”

王公大臣一听，大局已定，想挽回已不可能，纷纷站起，各找位子重新坐定。慈安皇太后无任何表情，机械听着慈禧太后发话指挥大臣做事。恭亲王奕䜣内心一凉，不知是啥滋味，也悄悄在一个角落里坐下不语。唯一震动极大的是醇亲王奕譞，他向来中庸无为，与人无争，做梦也想不到，众议纷争的皇位继承人竟是自己的儿子载湉，也不知是福是祸，只吓得跪倒在地上站立不起来，众人都纷纷站起坐定，他仍跪倒地上瘫作一团。慈禧皇太后见状，立即命内侍将他扶起，搀到旁边坐定。

不多久，李鸿藻拟定诏书完毕，上面写道：

朕蒙皇考文宗显皇帝隆恩，冲龄入续承祚，倏忽一十三年有余，承蒙两宫皇太后垂帘听政，劳苦功高，嗣奉懿旨，命朕亲裁大政效法先祖、勤政爱民，自唯力疏德薄，恐没列祖鸿业，敢不兢兢业业、孜孜国政，虽无大业鸿图告慰，也削平捻逆，剿灭匪类，国之太平有加，为中外臣民所共睹。朕值盛年，体强魄旺，本年十一月适出天花，虽尽心调治，然天命不可夷，以致弥留之际思虑统绪重事，亟宜求德望懿惠之人为续。兹钦奉两宫皇太后懿旨，醇亲王三子载湉承继文宗显皇帝为子，入承大统为嗣皇帝。嗣皇帝慈仁聪颖，必能担负大任，并考养两宫皇太后，兴国旺民，永保基业。也谨望中外文武臣僚各勤其位，辅嗣皇帝畅国隆业，则朕欣慰也。丧服依旧制，二十七日除。布告天下，咸使闻知！

两宫皇太后押上各自的印宝。

此时此日为同治十三年（1874 年）十二月初六日凌晨。

嗬！冰结得好厚。

醇王福晋叶赫那拉氏刚刚起床，就见面前池塘里的冰又加厚了一层。她绕过池塘，沿着汉白玉小径向前走着，边走边嘀咕着：这宫中到底出了啥事，醇王爷半夜三更就被来轿抬走，至今未归，听说万岁爷在出天花，该不会有什么事吧？她正在想着，跑来一名宫女，慌慌张张地说："快，大福晋，宫中来人下旨，让您接旨！"

醇王福晋一听宫中来人传旨，吓得一身冷汗，不知发生了什么事，急忙向前庭走去，想走快却只抬步就是不向前去，在两名丫鬟的搀扶下才来到大厅。

这时，大厅已站满了人，醇王福晋急忙带头跪下，听读圣旨。

传旨太监这时才展卷宣读：

> 皇帝龙驭上宾，尚未立嗣，特以醇亲王奕譞之子载湉承继文宗显皇帝为子，入承大统为嗣帝位。俟嗣皇帝生有皇子，即承续大行皇帝为嗣。
>
> 特谕

醇王福晋听罢，脑袋"嗡"的一声，眼前一片黑暗，几乎栽倒在地，幸亏两名贴身丫鬟急忙从旁边搀住，醇王福晋这才没有倒下。她勉强直起身子，从太监手中接过冷冰冰的圣旨。她知道这两宫懿旨的圣旨地位，但她更了解自己的姐姐——慈禧皇太后的为人。

醇王福晋在丫鬟的搀扶下站了起来，她轻轻用手中的黄绢拭了拭眼角滚动的泪花，哽咽着说："把阿哥唤醒，给他打扮一下！"

两个侍女退去，她无精打采地坐在椅子上，脑中一片空白。坐了许久，一名宫女才来到她跟前轻声说："大福晋，到后面看看，给阿哥怎么打扮。"

"唉，也许这是命吧！我这几天老是心跳，情绪也不安宁，老觉得要出什么事，今夜王爷被叫起后，我就没睡着，想不到——"。

"阿哥能当皇上，这也是咱们王府的福分嘛！应该高兴才是！"

"唉，这宫中的事——"

醇王福晋叹口气，便随宫女向后院走去。

奶妈蹑手蹑脚来到阿哥的寝房，见四岁的阿哥载湉正在酣睡，小脸蛋红扑扑的实在惹人喜爱。奶妈走上前，轻轻在床边坐下。想唤一声阿哥，话到嘴边，就是叫不出声。哆哆嗦嗦伸出双手，在枕上来回晃动几下，这才轻声叫道："小阿哥，快醒醒。小阿哥，快醒醒。"

这时，载湉才醒来，用白嫩的小手揉了揉睡意惺忪的双眼，睁眼看见奶妈正向自己微笑，也甜甜地笑了。

不久，宫女、丫鬟、侍女、醇王福晋和醇王妻妾挤满了一屋人，但谁也没有大声讲话，都默默地或站立，或来回走动，或手里捧着什么东西，或小声嘀咕着，都围绕着小阿哥在忙碌着。

整整一个时辰，小阿哥被折腾得直叫唤，最后在小阿哥的哭闹下，众人才勉强点点头。

只见载湉一身珠光宝气，崭新的黄色小马褂和宫中送来的黄袍，小脸一红四白，双眼描眉画黛，比往常更有精神。也仅仅是一夜的时间，小载湉在人们心中仿佛变了样，平时被人们忽略的东西，这时人们才又重新记起。

原来载湉和一般人果然不同，出世那天，醇王府发生了一件丑闻，接着发生了一件人命案，恰在这时小阿哥出生，此刻来了一位出家和尚，人们已记不清那位大师说了些什么，但人们总觉得这一切现象背后都透着一些神秘，而这神秘又和小阿哥的命运是相关的。

大家刚刚忙活完，醇亲王就回到王府，众人见王爷毫无表情，说不上是喜是忧，也不敢乱说什么，只让王爷查看一下给小阿哥的打扮是否中意。

奕譞见过载湉，先是点点头，接着内心一阵酸楚和绞疼，这是自己的儿子吗？可从今以后，将永远不再是自己的儿子，他是什么？奕譞说不清楚，不是说不清楚，而是不愿说出口。他无可奈何地走到儿子面前，恭敬地弯腰跪下，强作笑脸地说了几句载湉似懂非懂的话。

小载湉忽然感觉到今天全府上下的人都似乎变了样，奶妈也不似往常那样和他说笑逗乐了，额娘也和自己一下子陌生了许多，总用一种冷冷的目光打量自己，特别奇怪的是阿玛，今天怎么突然向自己跪下了，平时总是阿玛要求自己下跪的。不仅阿玛，全府的人都向自己下跪，小载湉搞不清什么原因，他也懒得搞清，大人的事小孩永远不懂，随便他们怎么做去吧，他只管乐他的。

吃过早饭，小载湉又闹着要到后花园看放风筝，奕譞又跪下说道："今天不看放风筝了，我带你到宫中去。"

"宫中有风筝吗？"载湉奶声奶气地问。

"有，还有最大的风筝呢！"

"能给我一只吗？"

"一定给你。"

"宫中还有什么？比我们家还好吗？"

"比我们家可好多了，要什么有什么，想玩什么有什么，要吃什么有什么，你去不去？"

"阿玛，我去，你也去？"

"好，我陪你去。"奕譞几乎说不出声，呜咽地点了点头。

总算把载湉哄上十六人抬的黄色龙舆，由奶妈搂着，这才进入轿中，刚放下明黄色绘有龙凤图案的轿帘，全府人黑压压地一齐跪下了。

"起驾！"

随着一声响亮的吆喝，那乘十六人抬的黄色龙舆在醇王福晋叶赫那拉氏眼前晃动着，在泪水中一乘轿变为二乘、四乘……终于消失在泪眼中。不知是跪得太久，还是天气太冷，醇王福晋终于一头栽倒，昏了过去。

下午，醇亲王奕譞护送载湉入宫回来，感到脑中一片空白，两腿如灌了铅，看看天色尚早，也无立即回府的心意，在轿前磨蹭几步，这才钻入轿，说了声“到恭王府”。

恭王府。

恭亲王奕䜣一人独自仰卧在书房里，心里极不是滋味，并不是自己没当上皇上而心中委屈难过，自己早已到了知天命而不悔的年龄。对于皇位，如果说自己曾有此心思，那只是做阿哥时，自己确实身为皇子与四阿哥奕詝竞争过，但自己是个失败者，也曾内心自怨与他怨，但自己早就想通了，也许做个平常人最幸福，更能品尝人间的各种天伦之乐，更自由自在些。

当然，也不是因为两宫皇太后看中醇亲王奕譞的儿子，而没有选中自己年长的儿子载澂，为此懊恼。他总有一种怪异的感觉，觉得皇上死得太蹊跷，虽然皇上得了花柳病，但从那天探视的情况看暂时没有什么问题，也不会这么快就死去。但皇上确实死了，让他震惊！还有，就是太后为何不从皇上的子侄辈中选溥字辈的人为皇嗣，就是选兄弟辈的，但为何不选一个载字辈的年长者而选中年仅四岁的载湉呢？虽然醇亲王的福晋与慈禧太后是同胞姐妹，这桩婚事还是西太后的大媒，但醇亲王与慈禧太后的关系也并不是十分融洽，表面上友好的背后，而实质上也是心中彼此都有好多不满。尽管醇亲王有特殊的皇族位置，但他却是那样性情软弱，给人与世无争的无为感觉，他是真的无为呢还是另有所想？

唉！真让人费解！刚刚归天一位年轻的皇上，就产生一位幼小的皇上，这里面包含了什么？

蓦地，一个大胆甚至难以置信的念头袭上心头，难道太后她——，不可能，绝对不可能！这皇上毕竟是她唯一的亲生子，是母亲的心头肉，不可能，绝对不可能！奕䜣自我否定、自我分析着。真是心乱如麻，理也理不清楚，唉！干脆不想了。

奕䜣刚端起酒杯，想呷上一口，暖暖身子，就有人来报，说醇亲王奕譞来见。

奕䜣一愣，谁？醇亲王奕譞。奕䜣猛一激灵，见是不见呢？

奕䜣考虑片刻，向外挥挥手说，让他快进来吧！

家人刚退下，奕䜣内心又是一阵莫名其妙的愤懑，刚刚平静的心又乱了起来。

奕譞是自己的亲兄弟，虽然在当年与奕詝争夺皇位时他年龄尚小，没有机会参与皇位的角逐，与自己也无多大的利益冲突，但不知怎么回事，自己总觉得与奕譞之间似乎有一种说不出口的隔膜，究竟这隔膜是从何时产生的，自己也说不出来。相反，在许多王公大臣眼中，总以为自己和奕譞关系过密，非同一般，是政治上的同盟者。

当然，别人的这种看法不能说毫无根据。特别是在咸丰帝热河驾崩后，慈禧与慈安两位皇太后发动了辛酉政变，逮捕并处死了肃顺、端华、载垣等八大臣。这样，两宫皇太后才得以垂帘听政。然而，这次政变能够成功的背后，就是恭亲王奕䜣和醇亲王奕譞的暗中策划和全力相助。

当初，咸丰帝热河归天，留在热河的顾命大臣肃顺、端华等人便拥戴六岁的载淳继位，这就是同治帝。由于皇上年幼无知，不能独立处理朝政，由谁来做辅政王主持朝事便成为竞争的焦点。一向视权力高于一切的西太后便唆使东太后慈安联合垂帘听政，而肃顺等军机大臣也早有当辅政王的野心。作为七尺男子，又自认足智多谋的肃顺岂肯向两位女流之辈低头服输，一场无声的内部较量势在必行。

凭双方实力而论，肃顺、端华、载垣等人力量雄厚、控制了热河的局势。相反，两宫皇太后却是孤儿寡母，毫无回天之力。在这种情况下，远在京师的两位亲王便举足轻重了。虽然肃顺等人控制了热河，但咸丰的梓宫及新皇帝早晚要回京，同时，京中的卫队及全国的外交军政又都掌握在奕䜣和奕譞手里。

正是看到这一点，慈禧太后才主动拉拢这两位亲王倒向自己一方。

皇太后垂帘听政，这是清朝祖制所从来没有先例的。相反，辅政王听政却是有先朝惯例，况且这军机顾命八大臣中，载垣是怡亲王，端华是郑亲王，奕䜣和奕譞应支持这两亲王辅政来反对皇太后垂帘听政才对，他们本身是亲王，又是当今新皇上的亲叔父，也是最有可能辅政的，为何主动放弃自己的权力而拱手让给两位女人呢?

这里有一段鲜为人知的野史传奇让两位亲王服服帖帖给皇太后办事而无所以求，也正是这里的曲曲折折，让奕䜣和奕譞在政治上亲密地联起手而心理上又产生了隔膜。

西太后慈禧在热河处处受制于肃顺、端华等人，感到势单力薄，无法得手除去肃顺等人，便暗中派心腹太监安德海带两份密旨来找恭王奕䜣和醇王奕譞。安德海先找到奕䜣，呈上太后懿旨，并传达慈禧太后之意，陈述热河危急和其中利害，希望奕䜣能亲自到热河一趟，有要事当面相商。恭王奕䜣思虑再三，也认为有必要热河一行，便以奔丧为名，前往热河。

安德海见恭亲王奕䜣同意前往热河，又来到醇王府，拜见醇王爷奕譞，呈上慈禧太后的另一份懿旨，让他在京中早做准备，预定在京郊密云一带截捕肃顺等人。奕譞做事向来老成持重，以无为而有为，这事也不例外，他心里十分清楚，这是西太后在拉拢自己为她卖命，但由于特殊的利益关系和亲戚关系，他必须这样做。即使他不同意，他的福晋叶赫那拉氏也要迫使他去做，更有另一层微妙的关系，也促使他舍命前往，这层关系只有他和慈禧知道，甚至他的福晋、慈禧的胞妹也不知道。

那是好多年前的事了，咸丰三年（1853 年），叶赫那拉·兰儿被选入宫中做一名秀女。尽管她当时才十七岁，但早熟的兰儿已出落得亭亭玉立，身材丰满，别有一番风韵。但家庭地位的低下，在后宫如云佳丽之中，她的命运是不幸的，反作为一名最普通的秀女在圆明园里侍弄着花草，以孤灯、独月、单鹤为伴，过着一种凄苦无聊而又落寞的生活。

然而，早熟的兰儿曾经热恋过一位富家公子，他们有过一段不是很长久但令她难忘而又心酸的初恋。然而，此时此地，亲爱的人儿不知流落何方，让自己一人独守在这深宫的一个偏小空房里。很多时候，她一个人在夜里悄悄起来，临风洒泪，对月伤怀，低声吟唱她曾唱给她那位以心相许而没能够以身相许的恋人：

碧云天，黄花地，
西风紧，北雁南飞。
晓来谁染霜林醉，
总是离人泪。

这歌声凄凄惨惨戚戚，每当此时，她多么渴望那位心爱的恋人能够突然来到她面前。但她一次次梦想，又一次次失望，最后，她彻底绝望。在残酷的现实中，她清醒地意识到，她的那位恋人永远不会来到这深宫。正是在对男人的渴望中她无意间认识了醇亲王奕譞。

那是一个初春的黄昏，兰儿正在圆明园内侍弄着花草，信口唱着她最喜欢唱的曲儿：

恨相见得迟，
怨归去得疾。
柳丝长玉骢难系，
恨不得倩疏林挂住斜晖。
马儿迍迍的行，
车儿快快的随。
却告了相思回避，
破题儿又早别离。
听得道一声“去也”，
松了金钏；
遥望见十里长亭，减了玉肌：
此恨谁知？

这软绵绵、情幽幽、似流水行云的小曲儿在花丛中萦绕着，恰恰被由此经过的醇王奕谖听到了。他驻步细听，仿佛一只出窠的乳燕在婉转着，撩拨着他的心。奕谖信步向那花丛走去，见到这位轻启朱唇乌发皓齿的女孩正无邪地吟唱着。云鬓乌发，桃腮杏脸，一对如秋水般的眼睛更是不胜春风的娇羞，姗姗秀骨、婀娜多姿。

正值青春韶华之年的奕谖一下子看呆了。他虽整日住在深宫，但觉得这是他生平所见最为动人的女孩。

兰儿正在吟唱，不知何时猛抬头，见一位王爷装束的青年男子正痴呆呆地看着自己，突然感到自己心跳加速，脸更加烫了，急忙低头摆弄手中的花枝。

兰儿虽然垂下头，却用眼波偷偷地扫视这位年轻的王爷，在这刹那间，兰儿的心仿佛白驹过隙，略一思忖，急忙低头下跪躬身施礼："兰儿不知王爷驾到，有失远迎，请王爷恕罪！"

愣了神的奕谖这才从痴呆中清醒过来，急忙还礼道："免礼，免礼！不必客气，本王爷奉旨来此有事。"

"谢王爷！"

兰儿这才如风拂弱柳般缓缓站起，用一对似秋火赛寒星般的目光热辣辣地与奕谖四目相视。瞬间，兰儿仿佛找到了她多年前失落在那郊野大院旁边的爱和恨，奕谖也在这一刻激活了潜藏在心底的青春之火。

从此，他们开始幽会，但这毕竟不是长久之计，兰儿有她自己的想法和大胆的追求，特别是兰儿见这位多情的醇王爷一天也离不开自己的时候，这种想法更加强烈了。

一天晚上，奕谖又像往常一样来到圆明园的仙水轩，兰儿并没有像平时那样早早等在那里。奕谖见兰儿不在，想去找，又担心兰儿来了见不着自己，无奈，只好坐下来等。其实，兰儿早就来了，此时，她正躲在一个幽暗的角落里，观察奕谖的一举一动。

奕谖左等右等，坐卧不宁，又不敢轻易走动，唯恐他人发现。

虽说是王爷，在这夜晚，一个人悄悄地躲在这里也是不大光彩的。

就这样，这位醇王爷足足等了半个时辰，仍不见兰儿到来，估计可能有事而无法脱身，只好悻悻离去。

刚抬步，兰儿迎了上来，并装出气喘吁吁的样子。

奕譞急忙上前，一把抱住兰儿，以心疼而又略带责怪的口气说：“怎么到现在才来，让我苦等了许久！”

兰儿装出委屈的样子，把头埋在奕譞宽大的胸怀里，嘤嘤地哭了起来。奕譞从没有见过兰儿这样，急忙将她的双肩搂得更紧，并不断地安慰。但兰儿哭得更伤心了，虽然这哭声不大，却透出伤心与哀怨，特别是兰儿的一阵阵伤心地抽搐，更搅得奕譞不知所措。

许久，兰儿才止住哭泣，从奕譞的胸前抬起头，哽咽地说：“譞哥哥，原谅兰儿的无知，扫了醇爷的兴，我早就想来了，也担心爷等急了，却无奈来不了，身为下人，受那些太监欺辱，事事怎能如愿？”

“兰儿，这怎能怨你，都是我的错，身为王爷，又是七尺男子汉，不能照顾好自己心爱的人儿，我奕譞算个人吗？”

兰儿急忙用小手捂住奕譞的嘴，娇嗔地说：“醇爷再这么说就折杀兰儿了。”

奕譞紧紧握住兰儿的双手说：“兰儿，你放心，明天我就去找母后，让她给皇上说说，求皇上答应我们的婚事。”

“皇上会同意吗？”

“我想会的，我们是真心相爱，况且这三宫六院，好女人也多得是，皇上还能连一个秀女也舍不得让出吗？”

可是，事出意料，当咸丰帝听母后说，奕譞爱上一个秀女时，咸丰笑了，这有何难，既然是醇王爷看上的，成全他就是了。

过了一会儿，咸丰帝又要求见一见这位让弟弟动心的秀女。

这一见，却引出了奕譞和兰儿的爱情悲剧，也引出了兰儿左右大清天下半个世纪的命运。

自咸丰登基以来，国运不昌，民乱蜂起，咸丰帝不得不整日应付国事、政事和军事，很少有闲心去顾及那些刚选进宫的秀女。隐隐约约记得有个叫兰儿的秀女长得挺丰韵、出色，但早已忘了，如今被他人提及才忽又想起。召进来一见，嗬，今天的兰儿在宫中滋润得更加水灵剔透，让整日泡在朝政中的咸丰帝耳目一新。

咸丰帝已满口答应了母后，今天又想反悔，身为一国之主，金口玉言，岂能出尔反尔，但又实在舍不得这女人，便向母后推说时间尚早，可拖一拖，选定吉日再定此事。这一拖，咸丰帝便趁机把兰儿揽入怀抱。

兰儿的梦想就是出人头地，登上皇后的至尊宝座，如今的梦想虽未成为现实，但已存在这种可能，既然能得到皇上的欢心，王爷又算得了什么？女人，生下来就必须归属于男人，对于女人，男人没有好坏之分，只有强弱尊贵和卑贱、贫穷与富有之分。

咸丰帝渐渐宠幸了兰儿，虽然不再提起兰儿与奕譞的事，但奕譞毕竟是自己的弟弟，咸丰也觉得心中有一丝的过意不去。兰儿就更不用说了，她与奕譞曾有过一段时间的热恋，也曾耳厮鬓染，如今忽又移情别恋，名义上说圣命难违，但内心也有一丝的歉意。如何才能两全其美呢？聪明的兰儿灵机一动，想到了她还未出嫁的妹妹蓉儿，如今也已年方二八，出落得娇美动人，正愁找不到合适的人家。这奕譞是皇上的弟弟，又被封为醇王，人也长得出众，岂不是妹妹千载难寻的佳偶。

兰儿把这种想法说给咸丰皇上听，咸丰帝更是赞成，这是弥补自己食言的最好办法。就这样，由兰儿做媒、咸丰皇上主婚，兰儿的妹妹蓉儿与醇王爷奕譞结为夫妻。

正是有了这些特殊而微妙的关系，醇亲王奕譞才理智上不情愿，而感情上却又不得不前往热河为慈禧卖命。

奕䜣和奕譞的政治上联合正是从这次热河之行才开始的，而他们之间的矛盾也是在这次热河之行之后才产生。

人们常说：世上只有情难说。这话一点儿不假，奕𫍽对慈禧的感情，确切地说是对兰儿的感情是多年前的事了，如今时过境迁，自己又有妻室，况且这福晋还是慈禧的胞妹，按理说，当年的感情应该早已淡忘了。也许是这位多情的醇王爷对初恋之情终生难忘吧，不知为何，咸丰帝驾崩归天，慈禧又密旨一封让他带兵前往热河，奕𫍽久已死灭的心忽又星星点灯，那埋藏心底的情火又燃烧起来。几天后，他便以拜谒灵柩为名，带兵前往热河。

谁知，奕𫍽赶到热河的时候，奕䜣早已解了慈安、慈禧两宫太后之急，当时一颗火热的心就有点酸溜溜的，心里极不是滋味，但又能说什么，他也有一丝的动摇，想放弃支持两宫太后而转头倾向肃顺、端华等人，但理智和情感都使他没有这样做。后来的几次合作中，奕𫍽感觉到慈禧太后和恭王奕䜣有一种说不出的微妙关系，但自己又抓不到把柄，就是抓到把柄又能怎样？！也许奕𫍽太多心了，这或许就是人们常说的吃醋吧！

从此，奕𫍽总在心里把六哥奕䜣当作敌人，确切地说是情敌。为了一个女人——自己的寡嫂，兄弟之间闹到这地步，你说好笑不好笑。

奕䜣还在胡思乱想，醇亲王奕𫍽已步入书房。恭亲王奕䜣急忙起身施礼让座。

"七弟，新皇刚入宫，尚有许多事要你服侍，你不在宫中，来此有什么要事不成？"

奕𫍽抬眼看了一下恭亲王奕䜣，不知此话如何回答，张了几下嘴，才叹口气说："六哥，我有话想请教你一下。"

奕䜣看着一脸诚意而略带一丝凄苦之色的醇亲王奕𫍽，想到往昔两兄弟之间多年的龃龉，又想到今天迎立的新皇上竟是他的儿子，心里升起一阵难以名状之情。

奕䜣冲着奕𫍽点点头，恳切地说："七弟，你我毕竟是手足之情，有什么事就直说吧！"

奕𫍽这才动了几下嘴，开口说道："请六哥给我分析一下，阿哥此番入宫，太后到底有何想法，这么多人选，两宫皇太后为何独选中载湉呢？”

奕䜣不相信地随口反问一句：“七弟果真不知其中缘故，还是——？”

奕䜣想说奕譞是明知故问，但话到嘴边却又咽了下去。

奕譞欠了欠身子说道：“六哥，你也认为我很乐意让阿哥进宫吗？”

奕䜣见奕譞果然对此事一无所知，是诚心来请教自己，这才坦诚地说：“圣上冲龄御立皇位，自然需太后辅佐朝政，如果溥字辈阿哥立嗣，两宫太后便成为太皇太后，不便操纵朝政。”

奕譞听了，点点头说：“两宫太后让载湉以先皇继嗣的身份承接皇位，这样，她们仍是太后，垂帘听政理所当然，再走一次当年同治皇上的老路，唉——”

“不管怎么说，总是你的福分呀！”奕䜣轻轻捋一下胡须看一眼奕譞说道。

奕譞内心一阵发怵，说道：“六哥，这福我可不想享受，我们只想做平常人安度平生。”

“登上九五，这可是古往今来人人舍命追寻的事，七弟果真看破红尘，泰然处之而心不动？”

“六哥——”奕譞几乎带有一丝哭腔地说，“前朝嘉靖之事，你难道不曾听说吗？”

奕䜣当然明白，但他不想提及此事，怕触动奕譞内心的伤痛。

明朝武宗正德皇帝朱厚照死时，因为没有皇嗣，迎立孝宗的弟弟兴献王之子朱厚熜为皇帝，这就是明世宗嘉靖皇帝。朱厚熜由藩王而入承大统，在配享太庙时，有人提议拟定世宗生父为皇考，有人则主张应以武宗叔父孝宗为皇考。双方争执不休，请朱厚熜定夺时，他断然决定以生父兴献王为皇考，但许多朝臣不服，在朝廷上哭谏，连太后也恳请朱厚熜收回成命，结果朱厚熜因此事拘捕几百人，杖死几十人，连太后也被逼死。

奕䜣明白奕谖提及此事的用意，害怕两宫太后为避免走前朝的老路而对自己下毒手。

奕䜣笑了笑说道：“有你和这慈禧西太后特殊的亲戚关系，她不至于对你怎样吧！”

奕谖轻轻摇了摇头说：“六哥，你也开我的玩笑，她是怎样的人，你不比我还清楚？”

奕䜣一听，脸略微有点发热，说道：“七弟，你还为当年的事生我的气吗？我们不过是她手中的一个挡箭的工具罢了，都被她所利用而不知觉悟，还相互猜疑，真是可悲。当初这也不能埋怨你，我也有责任，那时毕竟年轻气盛，后来虽然想通了，但又怎好重提当年事，就这样拖了下来，不想你仍没有忘记，今天又提了起来，似乎仍对我有芥蒂？”

“六哥——”奕谖略带伤感地说，“这都是驴年马月的陈年旧事了，那不过是年轻时的不成熟，现在怎会记恨那时的蠢事，今天提及不过是想让六哥给我分析一下处境，如果真对你有所芥蒂，怎会找到你呢？”

“这事你怎样认为呢？”奕䜣将话题转到正事。

“我有点担心，能保住这头上的顶子就是万幸了！”奕谖说着指了指头上的官帽。

“唉！这女人确实又狠又辣，当年肃顺、端华的惨死，多个心眼也是应该的。以防万一，可以自求解脱，看两宫太后的意思再做打算！”

奕谖也觉得目前只能如此，点点头，沉默片刻才缓缓说道：“整日小心翼翼，不求万贯家产与地位显赫，只想清静无为度平生，却不能够。唉，这人生真是令人琢磨不透！”

“七弟，万事想开点儿，也不必太焦虑，说不定这也是好事，家中能出一帝王毕竟是古来的幸事，既然摊上了，也许这就是人们常说的命吧！”

“六哥，载湉刚进宫，尚没正式登基，这一段时间如果有什么风吹草动的传说，六哥多给提带一下，我走了。”

奕䜣送走奕譞，又回到书房，细细思量刚才的谈话，觉得奕譞这次是真诚的，不像有什么虚假。奕䜣苦笑一下，自言自语地对着窗外轻声说道：“老子云：‘福兮，祸之所倚；祸兮，福之所存。’谁知人生的哪步路是福是祸呢？”

奕䜣又想起那天同皇上的谈话，这事也许只有自己和同治皇上知道，既然皇上归天，自己都这一把年纪，何必还妄想什么皇位之事呢？就是坐了，也说不出是福是祸，还是这样清静自在呀！只是这皇后阿鲁特氏身怀有孕，立嗣之事也许永无希望，只可惜了皇上对自己的一片诚心，不过，这事能埋怨我奕䜣吗？

第五章

放纸鸢双恋荣公子
解玉带单革醇亲王

不知为何，兰儿的心跳在加快，像头小鹿乱撞，浑身不自在。她微低着头，半红着脸儿，偷眼看这仪表堂堂、温文尔雅的少年公子。兰儿心中暗想，无论是我还是妹妹，能与这样的人结为百年之好也算是不枉此生了……

醇亲王奕譞走出恭王府，晕晕乎乎地坐在轿中被人抬回府中，这时天将黑下来。他又像往常一样，来到槐荫斋与儿子逗逗乐趣，但到了门前，却又停下步来，这里再没有往昔二阿哥那脆脆的童音和问候阿玛时的动听声音。

这时，门半开着，里面却是静悄悄的。奕譞轻轻推门进去坐了一会儿，觉得很是无聊，心中老觉得少了点什么，他自己点亮了灯，环顾一下这里的一切，鼻子酸酸的，几乎要流下泪，但他还是控制住了。

不知呆坐了多久，家人来唤时，奕譞才稍觉轻松一些，来到后堂吃饭。福晋叶赫那拉氏早已等候在那里。看着这一桌醇王爷平时最爱吃的饭菜，奕譞知道这是福晋特地为自己准备的。

奕譞踏进门，福晋急忙起身相迎。奕譞知道她心里也不好受，轻轻上前拉住她的手，让她坐下，见眼下有两道泪痕，便安慰说："二阿哥能入宫承继大统，这是好事，应该高兴才是，何必想不开！来，咱们好好喝几杯，整日忙于公事，很少能和福晋单独喝上一杯，今天这大喜之日，你我来个一醉方休！"

醇王福晋知道这是奕譞故意这么说来安慰她的，于是抑制不住内心的委屈伏在奕譞身上放声哭了起来。奕譞也不好说什么话来安慰，紧紧搂住福晋，暗暗把泪咽下肚里。

许久，醇王福晋才止住哭泣，抬起头说道：“这亲王中那么多合适人选，太后为何选中我们家二阿哥？”

“唉！这是西边的意思，因为你是她的胞妹，当然二阿哥是最合适的人选了！”

提起“胞妹”，醇王福晋内心更是一阵酸楚。

醇王福晋清楚地记得，她们姐妹还是少女的时候，兰儿虽为姐姐，但事事都是自己让着姐姐，而不是姐姐让着妹妹。

一天，蓉儿在郊外放风筝，她边牵着风筝线跑，边唱着额娘教给她的江南民间小调：

青青河边草
燕子在林梢
我的风筝满天绕
满天绕
带着你的思念
带着我的笑脸
…… ……

忽然，那只花蝴蝶风筝的线缠在一棵柳树上，蓉儿在下边用力扯着，左扯右拽，怎么也不能把那风筝线从柳枝上扯下来，她急得直想哭。

突然，蓉儿听到一个清脆的声音从身后传来：“小妹妹，让我来帮你试试好吗？”

蓉儿转过身，见是一位官宦人家打扮的子弟，头戴红缎子圆顶方帽，身穿一件淡绿绸袍子，外罩一件碎花暗红马甲，浓眉大眼，面目端正英俊，透出一股英武之气。

蓉儿见不像坏人，脸一红，腼腆地一鞠躬，说道：“那也好，有劳公子相帮了。”

“区区小事，何足挂齿！”

这少年边说着，边脱下脚上的薄底软帮青缎鞋，噌噌几下，爬到柳树上，伸手去取绕在枝头的风筝线，但仍是够不着。由于上面的柳枝太细，不能够继续往上爬，他也急得满头大汗。

在树下张望的蓉儿见他在树上干着急，忙冲着树上的少年公子叫道："喂，小哥哥，你有没有刀？把那上面的细枝儿砍断。"

那少年公子一听，灵机一动，对呀，我怎么没想到呢？他立即掏出腰刀，三下五除二将那细柳枝砍断，帮助蓉儿取下了风筝。

蓉儿收回了风筝，走到少年公子面前感激地说："多谢小哥哥！"

"不用客气，我也是趁这大好春光出来散散步，呼吸一下新鲜空气，在家读书闷死了！"

"小哥哥是读书人，看你上树的动作还像习武之人呢！"

"自小也跟家父学个三脚猫，不过早荒疏了，有愧家父的教导之心。"

"这么说你父亲一定是个领兵的官员？"

"他现在正在甘肃凉州领兵戍边，"荣禄有点得意地说着，顺手拿过蓉儿手中的花蝴蝶风筝说，"啧，这么美的风筝，小妹妹真是手巧！"

"小哥哥真会夸奖，你若喜欢，我哪天给你扎上一个？"

"那太谢谢小妹妹了！"

就这样，他们相识了，从彼此谈话中，蓉儿知道这少年公子叫荣禄，瓜尔佳氏，是满洲正白旗人，父亲叫长寿，正在甘肃凉州任总兵，他家就在这附近。

几天后，他们又见面了。蓉儿给荣禄扎了一个大蜻蜓风筝，比她的那只花蝴蝶可美多了。

他们一起放风筝，一起在这春天迷人的郊野散步、谈心，荣禄给蓉儿讲一些史书上的趣闻和父亲从边疆带来的故事，蓉儿则给荣禄唱一些她额娘教的江南小曲儿。每当这个时候，荣禄听到那动听的曲儿，总是如醉如痴，常常出神地望着天上的蓝天白云或傻乎乎地看着蓉儿那白净俏丽的脸和水灵灵的大眼睛。

这时，蓉儿就会大笑着嘲弄这位少爷。然后，荣禄从痴迷中醒来，红着脸跑着追赶边笑边跑的蓉儿，并冲着她大喊："叫你坏，叫你坏！"

他们疯过、傻过，待平静下来后，荣禄又会央求蓉儿唱曲儿给他听，这时蓉儿会半推半就地唱起她拿手的曲儿：

姹紫嫣红山烂漫
良辰美景似去年
春光好来哟
赏心乐事与谁共欢
奈何天
大好春光都付断井残垣
孤单单的少女哟
…… ……

起初他们十天八天相见一次，后来便三五天相见一次，最后天天相会，虽然会面都没有事先约定，但都不约而同地走到一起，走到他们常去的那棵柳树下，然后再从那棵柳树下走出，一同散步谈心，有时蓉儿给荣禄带来一些她亲手做的点心，让荣禄吃得直流口水，赞不绝口。有时，荣禄也给蓉儿带来一些家中的珍品，让蓉儿玩得高兴。

这天，蓉儿把荣禄送给她的一个玛瑙玉坠儿带回了家。晚上睡觉的时候，蓉儿把玉坠儿拿给姐姐兰儿看："姐姐，这玉坠儿好看吗？"

"哟，这么美，妹妹，在哪捡的？"

"哼！你就是小看人，捡的？才不是呢！是人送的。"

"送的？谁？妹妹有情人了？我说怎么觉得妹妹这段时间有点变样呢？常常曲不离口，在家里跳跳唱唱，原来是有了情人，是怎样的一个人？"

“姐姐，那人叫荣禄，是个总兵的公子，他家的别墅就在这附近，人长得挺帅，也非常有才，对我才好呢！”

“哈，妹妹真有福气。唉！姐姐比妹妹还大两岁，何时才能找到个意中人？”

“嘿，姐姐想找男人了，那好，我明天给荣禄讲讲，问问他有没有合适的朋友或要好的公子，也给姐姐找上一个。”

“去你的，你在外面找野男人，也想让姐姐与你一道同流合污，羞死人，让额娘知道不打死你才怪呢！怪不得那个荣禄会喜欢妹妹，瞧妹妹这张嘴多会说，还不把那小子哄得团团转。唉，妹妹，讲给姐姐听听，你是怎样哄那小情人的？”

“姐姐，谁像你整日躲在家中看那四书五经，还练习写字绘画，多累人！我才不呢！春天的景色那么美，姐姐整日在家不寂寞吗？人常说：哪个男儿不多情？哪个少女不怀春？姐姐，你要出去走走就再也不会在家待住了！”

“哼！我才不呢！谁像你不听额娘的话，整日在外偷情。”

“去，去去！姐姐就是坏，也不知帮帮我，就会挖苦我。”

“姐姐怎么才能帮你呢？”

“对了，姐姐，荣禄让我给绣一个荷包，你知道我笨手笨脚的绣不好，你给我绣一个吧！”

“你送给情人的，让姐姐帮你绣，合适吗？”

“那有什么不合适？给他一个就是。”

几天后，蓉儿把一个精美的荷包送到荣禄手中。

荣禄接过一看，赞叹道：“哦，这么美！想不到你还有这等巧手艺？”

“美吧？”

“美！当今世上可能再没有人能绣出比这更美的荷包了。”

“你知这是谁绣的？”

“难道不是你？”

“我才懒得整日待在屋内挑针弄线呢！这是我姐姐绣的。”

“你姐姐？就是你常说教你识字唱曲儿的那个兰姐姐？”

“对，我姐姐读书，能写字绘画，正如人常赞美她的，琴棋书画无所不通，歌舞女红无所不晓。我姐姐人长得更美，唉，我如能长得像姐姐那样美就好了。”蓉儿既炫耀又泄气地说。

“妹妹别叹气，你长得够美的，也许你认为你比姐姐差，其实比她更美呢！至少在我心中，你就比她美！”

“你可没见过我姐姐，见了她，你就认为我不美了。”

“你姐姐整日待在家里看书学画吗？”

“对，我也想让姐姐出来玩玩，免得在家憋出病，可她就是不愿出来。”

“你应该劝劝她，让她也出来透透气嘛！”

“就是，我明天劝她出来走走。”

第二天，蓉儿同荣禄一同散步时，见到一位带着小花狗踏青的少女，仅仅看一眼，荣禄就看呆了，那目光再也不想离开，他把身边的蓉儿同她比较了一下，觉得蓉儿差多了。只见那位少女年方二八，乌云秀发，杏脸桃腮，眉似春山，眼如秋水，左右一盼，那秋波便如荡漾的秋水，给你无限的遐想。那身衣着得体而又大方、朴实无华，毫无雕饰中又浸透着天然的修饰。一种难以割舍之情从他心中油然而生。

“叫你眼睛直直的，口水流得长长的。”蓉儿笑着照荣禄的脸上拧一下说，“昨天还说和我在一起永不对其他女孩动心，今天就变得成这般馋猫一样，你知道她是谁？”

荣禄经蓉儿这一拧，自觉刚才失态，不好意思地问道：“蓉儿，她是谁？”

“哼！她还能是谁？是我的姐姐兰儿。走，我给你介绍一下。”

荣禄可巴不得，在蓉儿的引见下急忙上前施礼：“书生荣禄拜见兰姐姐。”

兰儿急忙道了个万福：“小女子兰儿拜见荣禄小弟。”

不知为何，兰儿的心跳在加快，也许这是她生平第一次和陌生男子接触，使她浑身不自在。她微低着头，半红着脸儿，只偷偷地向面前这位总兵家的公子瞅几眼。只见这少年公子正处青春韶华，仪表堂堂，既有书生之气，也有英武之姿，温文尔雅中见出雄强与豪迈。兰儿心中暗想，无论是我还是妹妹，能与这样的人结为百年之好也算是可以了。兰儿想到自己渐渐破败的家庭，家境一天不似一天，自己虽然长得有沉鱼落雁之容、闭月羞花之貌，但哪个官宦之家的公子愿意娶一位门不当、户不对的女子呢？唉，尽管自己饱读经书，精通六义经传，又诗文毕精、心高气傲，但空有才华却无人识货！

不知为何，兰儿今天几经妹妹劝说才出来散散心，不但没有解除心中的几番忧愁，反而平白增添几分无名的忧虑。

兰儿尚在思虑自己的家事，只听荣禄说道："兰姐姐，听蓉儿说，姐姐的曲儿唱得好，自己能谱曲、填词，也能唱，姐姐能否给小弟填上一词也谱上一曲，小弟平时听蓉儿唱，自己也跟着学上几句，渐渐也唱上兴头，只恐没人教，有劳姐姐指教。"

兰儿本想一口回绝，但不知为何，话一出口却又改变了语气："像公子这样的家庭和人，自己不会填词那才怪呢！就是真的不会，家中的往来之人多文人雅士也不乏能家，兰儿也仅识几个粗浅之字，哪会填词谱曲，这都是妹妹信口胡诌。"

兰儿还要说下去，蓉儿可急了，忙说道："姐姐，你别谦虚了，我也求你，给他写上一首嘛！这对你来说可是小菜一碟，毫不费劲，你就答应嘛，好姐姐！"

"就是，兰姐姐，我虽读了点书，也多是些史籍典章和用武的兵书，对于填词谱曲可一窍不通。家中的那些文人迂腐得很，整日'之乎者也'，写出的东西一股腐朽气，可不像姐姐谱出的曲儿清新别致，有股新奇之味，让人听了觉得清爽舒畅。"

"你真是谬夸了，你何时听过我谱的曲儿？"

"蓉儿经常唱的那首《河边草》不就是姐姐谱的曲吗？"

"就是小妹不好！"兰儿嗔怪道，这才改口笑着说，"如果荣禄小弟不嫌弃我写的曲儿难听，那我就献丑写上一曲。”

第二日，他们三人再相会时，兰儿果然给荣禄带来一首自己刚写出的曲子，名叫《莲花动》。

荣禄接过词一看，连连拍手称好：“兰姐姐这词填得真妙，前不见古人，后不见来者，清新俊爽中浸透着飘逸与灵气，比柳词庄重，比苏词灵性，比姜白石词新爽，比纳兰词高昂，请姐姐先唱一遍，也让小弟饱饱耳福。”

“贫嘴，昨天还说对词一窍不通，今天却又品头论足。”兰儿故作生气地说。

“都是小弟的不好，还请兰姐姐唱一遍吧！”

“就是，姐姐你就唱吧！”

这时，兰儿才轻启朱唇，柔声细语地唱起来：

碧绿绿水中莲花动
人影随波转
露沾衣花拂面
嫦娥沐水中
画船轻移
载来一弯春梦
轻划慢行
香满扬州城
…… ……

这歌声忽高忽低、忽粗忽细，犹如天宫仙乐在演奏，又似一条小溪在铺满花香的山谷里穿行，让人流连忘返，灵魂也随着那缥缈的歌声飞向九天。

兰儿停下许久，荣禄才回过神来，大声赞叹道：“好，太妙了，直到今天，我荣禄才知道什么是古人所说的余音绕梁三日不绝。恐怕这余音会绕我的耳朵终生不绝呢！”

“荣禄小弟真是好口才，也让兰儿开了眼界，直到今天，兰儿也才知道什么叫口若悬河。”兰儿也微笑着回驳着荣禄。今天，兰儿已不似昨日那么害羞，她大方多了，仿佛一夜之间成熟多了，或许她本来就很成熟。

也许就从这一天起，兰儿变了，荣禄变了，从此，蓉儿也变了。是姐姐夺走了妹妹的情人，还是那位多情的荣禄根本就没有真正爱上这位妹妹，或许命运就是这样吧！

蓉儿很痛苦，但她又说不出什么，埋怨姐姐吗？不能。从此后，她变了，变得沉默寡言了，失去了往昔的欢快与活泼，也许这就叫作成熟。

兰儿呢，她也觉得过意不去，虽然不能说是自己夺走了妹妹的情人，但毕竟是这人先和妹妹相好的，后来才转和自己相爱，这当然要责怪自己。但是再重新让给妹妹吗？也不能。总之，兰儿也变了，变得更加稳重，说话有分寸，处事有谋略了，也许这更应该叫作成熟。

可是，这姐姐的爱情也是短暂的。不久，父亲惠征病故。后来，全家辗转到了京城，宫中选秀女，兰儿参加了，并过关斩将，参加最后一轮角逐也有幸中选了，选进了宫，改变了她一生的命运，也改变了整个家庭的命运。

荣禄也因兰儿的离开而离开自家的郊外别墅，从此再也没有相见。

一晃几十年过去了，回想往事，历历在目，一切犹如昨天。这就是命吧，从小额娘给她们姐妹算命，那算命的人就说姐姐命强，事事都在妹妹上头，让妹妹处处让着姐姐。醇王福晋叶赫那拉氏叹息一声，用手轻轻擦一下眼泪说：“既是姐姐的意思，那就谁也无法改变，姐姐的脾气我是清楚的，过去都那样，更何况是现在呢！”

“别伤心了，无论如何，二阿哥入宫承继大统总是咱家的福气，别人想还想不上呢！我们也不必太过想不开。”奕譞劝慰说。

“好是好，但这对我们家庭是福是祸却也难说。”

“这我也考虑了，为防万一，我决定明天向两宫皇太后提出请告辞职，看她们有何反应。”

“辞就辞吧，伴君如伴虎。辞官做个平常的百姓，过一种常人的日子何乐而不为呢！”

“你能想通就好，我还担心福晋想不通呢！”

“可不是现在，也许十几年前，在家做少女时就想通了。”醇王福晋不无感叹地说。

第二天早晨，醇亲王奕譞来到后宫，叩见两宫皇太后。

“臣奕譞拜见两宫皇太后！”

“免礼，醇亲王，赐座。”

“太后，臣有本奏请太后！”

“醇王爷，都是自家人，有事就直说吧，不必吞吞吐吐。”慈禧太后先发话说。

“既然如此，臣就直说了。”奕譞再次叩首奏道，“臣一向奉行无为，先父皇宣宗成皇帝在位时曾对臣说，‘你庸钝无才，不可久居要职，应急流勇退，不可虚占一爵位而误国误民’。承蒙两宫皇太后和众王公大臣的一致钟爱，新皇得以承继大统，臣思虑再三，愿乞骸山陵，保一王爵，安度晚生。恳请太后准奏。”

慈安太后听罢不解地问：“新君刚立，尚没举办登基大典，万事待兴，正是用人之际，醇王爷为何说出这番话，难道我姐妹二人做事有何不妥，请王爷明言。”

醇亲王奕譞一听慈安太后如此发话，吓得马上跪倒在地，再次叩头谢罪道：“望太后明察，臣刚才一番话语确实是据臣实情，发自肺腑之言，绝无半点猜疑与故弄玄虚，并非太后有何不妥，敬请太后勿虑。否则，臣万死也不敢惹弄太后生气而有伤玉体，还请太后体察臣的忠心。”

慈禧见奕譞诚惶诚恐的样子，这才微微笑着说："王爷怕了，顶子越高胆子越小。那也好，既然王爷有此顾虑也是好事，对于你的辞请，我姐妹也不能做主，就交给六部九卿众大臣廷议再做定论吧。不过，王爷尽管放心，我姐妹都是明白人，王爷的为人我们心中有数，否则，这王公大臣中的阿哥可以承继大统的许多，我姐妹一致赞同二阿哥，多半也是冲着王爷的一向为人而来的。廷议未下来之前，还是请王爷多操劳一些，望新君早日登基，布告天下。"

"谢太后对臣的信任，臣一定尽力而为，一定，一定。"

接着又随便闲谈一阵，醇亲王奕譞这才回府。

奕譞走后，慈安又和慈禧谈了一阵子话，安慰了一下慈禧，让她想开点，不必太过伤心，应以国事为重，如今新君尚未登基，有许多事要她料理，千万不能哭坏身子。接着，慈安又告诫几位值班太监要照顾好小皇上，二阿哥刚来后宫，起初的生活起居可能不习惯，一定要小心侍候。告诫完毕，慈安才回钟粹宫。

慈安走后，慈禧也觉有点疲倦，便喝退身边几位宫女，进帐休息。躺在帐内，慈禧才真正感到劳累。不是吗？这多日来可真没少费心思，那皇上虽是自己的亲骨肉，却是个贱骨头，吃里爬外，胳膊肘向外拐，竟准备把皇权让给奕䜣。若真的成了，这位恭亲王一掌权，哪还有她西太后的名分，怎么不令她气恼？更贱的是这阿鲁特氏皇后也非好东西，不听话，和那皇儿一个鼻孔出气。没办法的情况下只好舍孩子打狼，不如此何以成大事？

想到这里，慈禧又是一阵心酸，皇上毕竟是自己的亲生骨肉，是自己十月怀胎掉下的一块心头肉。慈禧禁不住心头一阵酸楚，泪水从两颊流下。

不知过了多久，泪也流干了，慈禧用手轻擦一下双颊，叹口气想好好睡一会儿，却怎么也睡不着，思绪万千。一会儿想到同治，一会儿想到这刚接来的载湉，忽儿想到咸丰，忽儿又想到荣禄、奕䜣、奕譞……

“小李子——”

“小李子——”

“嗻！老佛爷有何吩咐？”小李子不知从哪个角落窜了上来，一头扎到帐前。

“快给我捶捶背。”

“是！”

李莲英站起来，脱下外罩，这才进入帐中给慈禧太后捶背，他们边捶边谈。

“老佛爷，这次你放心了吧，一切都已随你的愿，完全按你的心愿做了。”

“话可不能说得那么早，不怕一万，就怕万一，你在外面也多长个心眼！”

“小的处处留心着呢！稍有个风吹草动，小的都竖着耳朵听，如今我可让老佛爷训练得像耗子一般精灵。”

此时，慈禧的精神爽快多了，看着惹人喜爱的小李子，笑着说：“李鸿藻那边怎样？”

李莲英知道太后问的是正事，马上迎合说：“没问题，我已经将那吃硬不吃软的老家伙摆平了，他不考虑自己的老骨头，还要为他正在做官的儿子考虑呢！”

“嗯！”老佛爷满意地点点头，“不过，还是留意着点为好。”

“是，老佛爷！东边该不会有什么怀疑吧？”李莲英关切地问。

“哼！只要我略施小计，东边也就服服帖帖，你放心吧，她是我的手下败将，如今留着她不过是个聋子耳朵摆设而已。等过一段时间，就让她永远休息了。”

“皇后那里如何处理？这必须由老佛爷定夺，小的不敢动手。”

“她现在怎样？”

“哭得挺伤心，不吃也不喝，这对腹中的胎儿可不太好，老佛爷，是否放松点儿，让她自由点儿？”

“不行，万一传扬出去，可就前功尽弃了，必须严加看守，死活不必过虑，儿子都舍去了，何况孙子？”

慈禧声音越来越小，最后也许只有她自己才能听见，这毕竟是自己亲儿子的媳妇和骨肉，她怎能下得了手？

过了一会儿，慈禧叹口气说：“小李子，要让她吃饭睡觉，别的事情等分娩之后再说吧！”

“小的一定尽力照办！”

“小李子，醇亲王今天来辞却官职，你认为如何？”

“这——”

“没什么，直说吧。”

“小的认为这是好事，可以让他开缺。”

“我也是这样想的，如果不是东边的从中打把，我当时就准他辞官了，后来只好把此事交给廷议，万一廷议众官员不同意他开缺怎么办？”

“醇亲王为何要求开缺呢？”

“这你还不明白吗？载湉被立为新君，虽说是作为大行皇帝咸丰的继嗣，但他是奕譞的亲生骨肉，实质上奕譞有太上皇之嫌，万一将来朝中诸事对此有所涉及，难道他奕譞不怕涉嫌？惹来闲言碎语？前朝嘉靖之大礼仪事他难道不知，不怕我两宫要他的小命，他如今主动提出辞职，算他聪明，只是朝中那班蠢臣不知做何想法，是否会从中作梗？”

“这——此事可让御前大臣景寿、奕劻、弘德殿行走徐桐从中周旋，代表大臣意见准他开缺。”

“这样也好，不过这事就由你先给他们捎个口信去，就说这是太后的意思，我想他们心中是明白的。”

“是，小的下午就去办这事。”

不几日，廷议结果下来了，同意奕譞开去一切职务，保留亲王世袭的头衔。

奕譞从宫中出来，一路上碰见不少王公大臣出出进进，不住地向他拱手点头，不知是道喜还是挖苦。按理说，辞官一身轻，可奕谖的步子却越来越重。

奕谖刚出宫，四名轿夫早就把轿子准备停当，一致拱手呼喊老爷上轿。奕谖一肚子火正没处发泄，又看这四个不识好歹的人来扰自己的心境，气不打一处来，便斥道：“我要腿干什么，这么近的路就不能走，当年领兵打仗，好几百里都跑过来了，谁稀罕你们献殷勤！”

奕谖还要说下去，转念一想，自己所受的窝囊气何必在这些下人身上出呢？都怪自己没能耐，斗不过人家，说什么呢？

奕谖想到此，气消了许多，向四人摆了摆手说：“你们先回去吧，天还早，我随便溜达溜达，回去告诉福晋，我一盏茶工夫就回家。”

奕谖说完，一个人漫无目的地向王府井大街走去。走不多久，他见前面有一个小酒馆，便迈了进去，想找杯酒喝。

天还没黑，这酒馆里人不多，由于奕谖平时很少在外抛头露面，今天又是便服，进入酒馆也没人认得，只当是一般酒客。

奕谖刚想找个位子坐下，从那边角落里站起一人，向他打招呼说：“喂，这位长者，请到这边来，晚生这边刚刚要来酒菜，尚没动杯，自己一个人也是喝闷酒，看先生的情况，也像一个人，你我都是一人，与其独自喝闷酒，不如两人在一起随便聊一聊，也解解闷，不知先生是否肯赏脸？”

那人说着，做出邀请的姿势。

第六章

饮闷酒邂逅袁世凯
劫官船捆绑李鸿章

“问你是不是，是就说是，不是就说不是，你是李鸿章又怎样？还不是朝廷的走狗、洋人的鹰犬，那些当官儿的怕你，老子却不吃你那一套，别说两江总督，就是三江总督，老子也敢宰了你。”那人说着骂着，提刀向李鸿章靠近。

在这人说话的当口，奕䜣将此人细细打量了一番，只见此人一身书生打扮，年龄尚轻，看样子二十不过，但一脸豪气，举止也还大度，没有读书人的扭捏之态。

虽然此人很年轻，但像长期出门在外的处世神态，奕䜣觉得与自己相比，年龄与地位不大相称。但转念一想，自己这一身打扮，谁又知自己是个王爷呢？尽管年龄不相称，但有志不在年高，年轻人不见得比年龄大的人做事差，更何况他是真心邀请，自己也的确是喝闷酒。也是，与其一个人独酌独饮，倒不如和一个陌生人聊聊天，也听听别人的生活乐趣和烦恼，看看与自己有何不同。

奕䜣这样想着，也拱手还个礼，向那青年的桌子走去。

那青年见奕䜣接受自己的邀请，急忙拉过一把座椅，又叫店小二添了酒杯和碗筷。

两人这才互相推让着坐下，年轻人自我介绍说：“在下姓袁字慰亭，名叫袁世凯，河南项城人，此番来京找寻父亲的一位老友，不想他带兵到江西剿匪去了，我打算明天回老家河南，今日在街上遛逛，随便来此喝杯水酒，不想碰到老先生，也许是我们有缘。来，干一杯！”

“来，干杯！”奕䜣抹了一把胡子说，“这位小兄弟来京找人，听说去江西了，不知是哪位领兵的官爷？”

“淮军将领吴长庆吴大帅。”

“嗯！”奕谖点点头，轻轻嗯了一声。

“先生认识？”袁世凯见奕谖嗯了一声忙问道。

“不仅相识，还曾有一面之交呢！”奕谖随口说一句，但立即又无可奈何地叹息一声，“要是过去，我可给你推荐一下，不过现在不行了。”

袁世凯刚才听说这位长者认识吴长庆，内心一喜，转而又听说“现在不行了”，内心又是一凉。可是，看情景，这位先生浓眉大眼、白净面皮，一副福贵之相，即便不是大官也得是位巨商，只是脸有倦容、愁眉不展，想必心中也有不快。自己来京一晃多日，吴长庆没有见到，又耽搁太久，银两快花光了，毫无收获。本想来京通过吴长庆结识一些有名望之人，走一条终南捷径也许有机会弄个一官半职，却不想一个人也没见到，弄得全盘皆输，正准备打点回老家。今天下午，闲在房内无聊出来走走，随便进来喝杯水酒，谁知刚要端杯见这店内走来对座这位先生。

袁世凯虽是地主家庭出身，从小也读过书，但不太用心，多次科考失败，自己也就灰心丧气了，这才在父亲的指点下来京找事做。他平时在家“四书五经”读得不多，但那些邪门旁道之说却读得不少。如诸葛孔明的《奇门遁甲》，刘伯温的《野地方略》，李宗吾的《厚黑学大全》，朱桂的《奸人术》，还有《麻衣相》《玉玑子》等。所以，袁世凯凭直觉认为此人举止不凡，相貌不俗，这才主动起身相邀。

从谈话中，他得知奕谖认识吴长庆，转而又听奕谖说“现在不行了”，情绪一喜一悲的变化都在心中进行，丝毫没有表现在脸上。尽管奕谖说出了这样的话，袁世凯认为自己能认识这样的人也是好的，忙接着奕谖的话说：“这位先生，都怪我只顾喝酒，也忘了请教先生的尊姓大名？”

“有缘千里来相识，无缘隔壁不相逢。休提什么尊姓大名，你就叫我七先生或七老兄，我就叫你袁小弟吧！我在家排行老七。”

“不，不能，先生比我年长得多，与我父亲相仿，况且与家父好友吴大帅又是相识，应是我的长辈才是。既然你在家排行第七，那我就叫你七叔吧，请先生不要推辞，这七老兄是千万不能叫出口的，先生也就理所当然叫我小侄吧！”

“也好！”奕谟拗不过这年轻人，笑着答应了。

接着，袁世凯敬了奕谟几杯，奕谟也回敬了袁世凯几杯。奕谟平时在府中吃惯了山珍海味，今天乍一到这等小店，吃点素菜小酒倒也觉得新鲜有味，几杯酒下肚，打破了初识的陌生感，话也就多了起来。

“袁小侄，你看这当今的世道，大清的天下可怎么办？老的老，少的少，有能力的不当权，当权的没能力，男的怕女的，大清朝的官儿怕洋人的官儿，这成何体统？祖宗留下的几百年的基业就要完了！”

“七叔，你小声点，这话可不能让外人听见，如果有人报告官府，这可是要掉脑袋的事呀！”

“唉，我还怕官府杀吗？现在不死也同死了差不多，一切都没有了，没有了。”

“七叔，什么没有了？”

“唉，小侄，别提它。来，干杯！”

“是，是！干杯！”

“小的们，再给上菜，有什么上什么。袁小侄你放心，今天我请你，你七叔钱还有的是，官没有了，钱他们还不敢不给。”

“七叔，哪能让你破费！”

“这说什么话，我要钱还有屁用？你要是暂时不想回家，也可暂到我家住上一段时间，等吴长庆回来了，再去找他，如果他不理你，我去找他！哼，这个面子他还不敢不给！”

“这——，那就打扰七叔了。”

“唉，别客气嘛！干大事不必顾小节，像我就是太注重小节，才弄到这地步，悔不该当初——”

袁世凯见奕谡不再说下去，忙接上去说道：“七叔，你原来一定是做官的，后被别人排挤掉了吧？”

“别说这个，来，咱喝！说些别的事儿。”

“好，七叔，你喝，小侄今天能结识你，这是小侄的缘分，让小侄给七叔敬三杯。”

“好，好，我喝！”

“七叔，不瞒你说，小侄原是读书的，但我读了几天书就不想读了，觉得读书没用。”

“怎么？读书没用，怎能说出这混账话，读书无用吗？”

“七叔你别生气，你听我说，人们不是常说：太平时代学文，动乱年代学武吗？你看现在这世道，表面太平，实际上这大清的天下是危机四伏。”

袁世凯向四周看了看，把声音压低了许多。

“你大胆地说，这里没有官府的人，怎么个危机四伏？”

“你看这大清朝内部的官员们是那样腐败，只要有钱，花个几十万两白银就可买到个大官儿当，到任后再加倍从老百姓身上搜刮回来。这还不说，最近反民四处云起，听说我们家乡河南正闹什么教呢！七叔可曾听说最近山东出了件大事？”

“什么事，你说给我听听？”

“就是山东教民火烧洋教堂的事，几十个洋人死于非命。”

“哼，那些洋人是罪有应得，在我大清土地上作福作威，死有余辜！”

“七叔，洋人该死，但朝廷却不是那么硬。听说最近洋人已把此事闹到宫中，连老佛爷都害怕了，要严惩案犯呢！”

“你的消息倒灵通，从哪里得到的？”

“我也是道听途说，不过，是话就有因，前天我还见到几个洋人进京呢！朝廷的官爷这么怕洋人，这样下去洋人就更凶了。”

“唉——你说得也是，自道光皇帝到现在，洋人是得寸进尺，越来越不像话了。”

“这还不算，七叔，你等着瞧，好看的还在后头呢！”

“怎么？”

“你没听传闻，这大清的南边有什么法国人也开始动起了兵，听说西北也闹得凶，东北的沙俄也闹得厉害，那东边的日本也在见机行事，这不是好看吗？他们都来吃大清朝的肉，这样下去，还不吃个精光。”

“唉，真是危机四伏，只可惜那些官儿一个个全是饭桶！”

“七叔，你看见街上的讣告了吧？现已讣告天下，皇上英年早逝，又新立一个更年幼的新君，这大权还不知落在谁手呢！为了皇权，难免不闹别扭，说不定更有戏呢！”

奕譞一听，心中十分不是滋味，端起酒杯一扬头灌下一杯，不耐烦地说道：“别说这个！你还是说说如何抵御这四伏的危机，如果你有什么好的谋略，我一定向朝廷推荐你！”

“七叔，我哪能有什么治国良略，就是真有，你又怎能推荐我呢？唉，也不知那吴大帅为人到底怎样？”

“有没有良略，你随便说说，能不能推荐那也要看机会。”

“好，我只是谈谈自己的一点想法，说不上什么治国之道。”

“但说无妨！”

“七叔，小侄也不知你过去是做什么的，对于治军有何看法？”

“治军？略懂一些，你说说看。”

“这大清朝一天天被洋人所困，国力渐弱，弱就弱在军队太差，没有一支像样儿的部队，什么八旗兵，早就成了饭桶！”

奕譞听这年轻人讲话如此狂妄，心中老大不快，八旗兵可是我大清的看家军队，从首创立国至今不知立过多少汗马功劳，人人出生入死，冲锋陷阵，多次平定边疆，远征沙俄大获全胜，至于最近与洋人交战的失败，这却让奕譞不能不承认袁世凯所言有理，便问道：“八旗兵弱在什么地方？”

“八旗兵的装备太古老、太陈旧，管理太死，指挥操练方略也太落后，不适应新军编制和战争要求。”

奕谖不大服气，接着反问道：“那么新建的湘军和淮军怎样？”

袁世凯笑笑，举杯与奕谖共干一杯，这才说道：“湘军作为新式军队与旧军相比进步了一些，但湘军只能算是新旧之间的过渡军队，装备上、管理上都是如此，这一点上，淮军就做得较好，改变的步子迈得较大，装备上较先进，管理上也多采用现代军队管理方略，值得提倡，我钦佩李中堂李大人的治国治军谋略，也佩服吴长庆的做法，想投到他的手下哪怕做一名士兵也好，只可惜——”

“这事不用急，等等再说吧！按你说淮军就是最好的，值得推广了？”

“可以这么说，据说在当年剿灭太平军时，淮军就显出较强的战斗力，但说淮军没有缺点也是不对的。”

“那你说淮军也要再改革改革啦？”

“不错，淮军的装备较先进，但在总体管理上尚欠缺，它属于私人招募的军队，地方势力严重，有排外情绪，调遣困难，不利于统一指挥。”

这一番话不能不让奕谖从几分醉意中对眼前这位年轻后生佩服，自己这么多年领兵打仗，对于军队的了解也似乎不比这年轻人多。他心中想着，对这年轻人也多了几分喜爱，想不到随便碰得一人，谈论起来都有如此治国治军的远见，可见，这科举考试之外又有多少人才被埋没。想到此，又想考考这人，便问道：“按你说应该建立一支什么样的军队？”

“七叔，我虽不是读书做官走科举之路的料，但私下还真读了不少关于军事方面的书，对于治军略知一二。我认为一个国家的强弱主要在于有没有一支强大的军队，而军队的强弱主要在于编制管理和军需装备上。”

奕谖听了点点头，品一口酒听袁世凯讲下去。

“从这两个方面看，淮军较有发展前途，李鸿章李大帅也很有眼光，他从国外购买了全新的武器装备，军队操练上也完全采用西方的治军方式，但管理上有点陈旧，带有明显的家长个人作风，把兵丁将勇看作自家的财产，外人不得插手，就是插手也指挥不动，不利于朝廷的统一调用。相反，这样的军队发展多了，人人各占一方，容易形成地方的割据势力。当年唐王朝在安史之乱后形成的藩镇割据就是这样的形势造成的，最终架空了朝廷。”

“你的意思是取消地方军队或把他们收回朝廷所有，由朝廷统一指挥？”

“这只是小侄的一人之见，不登大雅之堂，如果传出去，吴大帅不但不会收留小侄，也许小侄的命也将保不住。七叔，这实在是小侄的信口开河，不必往心里去。”

袁世凯自知言多必失，又不知这位刚刚结识的七叔与吴长庆是什么关系，本打算通过自己的一番慷慨陈词让这位七叔赏识，将来能在吴长庆面前保举一下。却不料，这一说到兴奋之处，竟收不住口，这才急刹车为自己开脱一下。

奕譞听了笑笑说道：“知无不言，言无不尽，你我今虽初识，但如同故人，你也别把你七叔看瘪了，我也不是那种靠暗中打小报告往上爬的人。”

奕譞嘴里这么说着，心中却在翻腾，想不到，这人如此年轻竟有这等见识和远谋，真是“人不可貌相，海水不可斗量”。我奕譞如今虽然被迫辞去一切职务，但朝中形势也是一日多变，说不定哪一天还会重新登台掌管大权，袁世凯这等有雄才大略之人不可被他人所用，我不如趁他如今正处于落魄之际收留到府上，将来他必定感激我，为我出生入死，效犬马之力。

想到这里，奕譞又举杯与袁世凯对饮一杯，颇带几分醉意地说：“袁贤侄，不是打算明天回河南老家吗？听七叔的话，别回去了，留京暂住一段时间，说不定吴长庆很快就回来了，你这一走又不知在家停留多久，岂不错失一次机会。”

“这——”

“是不是银两盘缠不足，这没关系，今天就搬到我府居住，平时和我下下棋，陪七叔打打鸟，消遣消遣，放心，七叔养得起你。”

袁世凯一听“搬到我府居住”，心中大喜，知道这位七叔一定是位大官，就是退隐的官儿也值得结交，古语说“瘦死的骆驼比马大”。袁世凯装作不好意思地说道：“恭敬不如从命，小侄就麻烦七叔了，来，让小侄敬七叔两杯！”

“自家人不必客气，好，我们喝酒。”

两杯酒下肚，奕谩叹了口气说：“这大清朝的江山，如今是内忧外患，内部的一些教匪尚不足成气候，可这外国势力一个个虎视眈眈，岂不令人忧虑？”

“七叔说的是，洋人一天比一天放肆，他们船坚炮利，在一系列不平等条约下一步步深入我们大清朝内部，长此以往，可就要坏大事了，可当今朝廷的官员就是不警醒！”

“不是不警醒，咱们没办法阻挡他们的坚船利炮呀！”奕谩颇带几分伤感地摇摇头。

但袁世凯又说道：“七叔，洋人能造枪炮、船只，咱大清国也可学习他们嘛！”

奕谩摇摇头：“难哪！这可不是闹着玩的，谁敢担保不出问题，花上那么多银两再出了问题，谁负责？”

“造不成，可以买洋人的，我们大清国学着用也比没有强，买洋人的东西再来对抗洋人，这不就是‘师夷长技以制夷’吗？他的话多有道理，可就是没人听？要是咱大清国有军舰、有海军，还怕洋人吗？”

“你说成立一支海上军队？”

“对！”

奕谩不置可否地又端起酒杯说：“唉！不瞒你说，以前你七叔我也有此想法，并上奏朝廷实施，皇上还没来得及批下来就驾崩了，新皇还没登基，我就被解职了。”奕谩说的时候是一脸凄容。袁世凯早就看出这位七叔决非一般平民，从谈吐和举止上看都像一个朝中大官，这时才从他自己的话里得到了证实，便试探着问：“小侄山野村夫，孤陋寡闻，不知七叔曾经做官，敢问七叔曾挂何职，因何被朝廷解职？”

奕譞不知为何，从宫中出来，弃轿步行上街，就想溜达溜达，解解心中闷气，却不想碰到这位热情好客而又很善言谈的小青年，他们初次相逢竟谈得如此投机，也许是落魄贬谪之时的心理作怪，奕譞竟有如此雅兴与这年轻人说起心里话，要是在平时，这种人他是理也懒得理的，今天却越说越投机，听袁世凯问话，这才忧伤地说：“贤侄，既然我同意让你搬进我府居住，说明我很看重你，赏识你，也想推荐你，什么话也就不再瞒你，早晚都会让你知道。”

袁世凯见奕譞虽比自己大得多，又是朝廷命官，就算被解了职也比自己一介平民高贵得多，初次相识竟愿对自己倾吐肺腑之言，也十分感动，举杯再次敬这位先生，并且自己虽有醉意也是一饮而尽。

奕譞放下酒杯，这才心平气和地说：“我就是刚刚驾崩的皇上的七叔，人称醇亲王奕譞——”

袁世凯一听，和自己喝了半天酒的这位先生竟是赫赫有名、名震朝野的醇亲王，自己做梦也想不到，原来只估计这人是一位被解职的官员，却想不到是皇室亲王，并且是即将登基继位的新皇上的亲生父亲，他为何解职不说也猜到几分。此时，袁世凯早吓得扑通跪在地上，急忙叩头请罪。

“请王爷恕罪，小人有眼无珠，在王爷面前胡言乱语，无故诽谤朝政。”

袁世凯还要说下去，早被奕譞扶起。

“请起吧，不知者不怪罪，你如此年轻就有如此见识，并敢做敢说值得嘉奖，不必害怕。我说一不二，同意你到我府上居住，陪我下棋消闲，还会后悔吗？”

“多谢王爷看得起小的，在下愿为王爷效犬马之劳，只要王爷不嫌弃小的。”

恰在这时，早有几名醇王府的仆人找来。原来轿夫回家报告醇王福晋说王爷不愿坐轿，上街走走，说不多久就回府。醇王福晋知道王爷近几天心情不好，唯恐在街上有个闪失，眼看天已掌灯仍不见王爷回府，便急忙派人沿街四处寻找。

这时，醇王爷和袁世凯虽然都已酒意正浓，但头脑尚清醒，便在仆人的扶持下，醇王爷上轿回府。他又令仆人帮助袁世凯回客店收拾行李，也搬进醇王府居住。

想不到这偶然的机遇，竟铸就袁世凯将来一生的显赫地位。当然，醇王爷想用袁世凯振兴大清朝的天下，却不曾想，这大清朝的天下竟断送在这位年轻的后生手里。

1875 年 1 月 20 日。

太和殿外披红挂彩，殿檐下摆满了各种金银器皿，流光溢彩，光亮照人，旁边依次排列着木制的斧、钺、爪、戟，再远处插满了各种伞、盖和旗帜，在微风的吹动下，彩旗呼啦啦地迎风飘扬。更远处，太和门东西檐下，放置着各种乐器，有编钟、编磬、笙、琴、箫、鼓、云锣、木管。

漏壶滴到寅时整，随着执事太监一声沙哑的吆喝，各种器乐长鸣，一时间，中和韶乐与丹陛大乐交相齐鸣，由轻缓柔曼渐趋热情奔放，继而又变得高亢激昂。这激越的声乐中透露出高贵和威严。不知何时，那些铜炉、铜鹤中飘起袅袅香烟，那时浓时淡的香气由低而高，弥漫整个大殿，人们透过这浓香淡气、肃穆庄严的气氛，体味着一种说不出的迷茫和怅惘。

幼小而瘦弱的光绪在杏黄色的团龙朝服包裹下显得更加瘦小，冬朝冠上一颗银白色的珠顶在红色的帽绒衬托下显得格外耀眼。小光绪坐在宽大的龙垫上，眨巴着小眼睛无神地望着下边跪满了一大片戴着红缨顶子的年老的与年轻的官员。他不知道这是在干什么，只觉得好玩，但又没人和他一起玩，看着这些人那么滑稽可笑，直想拍手笑，却又笑不出来。他不敢笑，因为他偷眼向旁边望去，看见站在身旁的执事太监正用冷眼瞪着他，干瘪的嘴唇，肿大的眼泡，满是皱纹而冷酷的老脸，和那张尖尖的嘴巴，就让小光绪感到害怕。更让他害怕的是身后这薄帐里的一张女人的脸。昨天晚上，不知啥原因，竟尿了一床，让这位皇阿爸知道后，不但狠狠地朝屁股打了一巴掌，还挨了拧耳朵，现在想来，耳朵好像仍在疼。小光绪轻举小手揉了揉耳朵，向身后转过脸，正碰上那冷峻的目光，他急忙又转回身，老老实实地坐正。

登基大礼已进行到高潮，百官山呼万岁朝拜，礼炮震天齐鸣，一队队大臣跪下站起，进进出出，好不热闹。又一声炮响，恰在这时，太和大殿龙垫前从房顶殿梁上落下一对正纠缠在一起的青斑蛇。人们正在聚精会神地进行着大礼，沉浸在这庆典的欢乐中，小光绪也正独自在龙垫上玩得高兴，猛见大蛇，吓得直哭。两旁执事太监也是一阵心悸，急忙呼唤御前侍卫捉蛇。这一喊，殿前可乱了套，一时间人声嘈杂，好端端隆重严肃的场面仿佛变成了街头集市上看耍猴似的。

等武士把蛇处死携带出去，人们虽然稳定下来，但再也没有刚才那肃穆井然的气氛了，始终有人在小声嘀咕着。

小光绪也许生来怕蛇，经这一吓，不住地揉眼啼哭。

慈安太后没法，只好从帘后走出来安慰，她轻拍着光绪的后背说：“别哭，别哭，还是皇上呢！怎么这么好哭。别哭，马上就完了。”

慈禧一听，马上脸一沉，上前拉住慈安太后的胳膊说：“姐姐，怎么能在这种场面上说快完了呢？”

慈安太后一听，也觉自己刚才所说不妥，一声不响地退回来悄悄坐下。

慈禧太后伸手捏住光绪的耳朵，低声狠狠地说：“别哭！再哭，我拧掉你的耳朵。”

这话果然奏效，光绪咯噔一下不哭了，怯怯地回头瞟了慈禧太后一眼，老老实实地把手从眼睛上放下来坐好。慈禧这才把手从光绪耳朵上收回去，回到帘后的座椅上。

光绪不哭了，呆坐在宽大的龙垫上，眼泪直在眼眶里打转，但他终于忍住了，没让它流出。光绪出神地望着跪班的大臣，他终于在队列中看见他的阿玛奕谖。呀，阿玛也瘦多了，眼圈也好像发红了，光绪死死地盯着阿玛，可阿玛一次也没抬眼看他，他想叫一声阿玛，让阿玛给他做风筝玩，可终于没有叫出口，他觉得身后有一双眼睛正死死地瞪着自己。

登基大典在虎头蛇尾中结束，这真是蛇尾，一对青斑蛇这么一搅和，后边几项礼仪程序尽管一项没少，但与开始相较，显得冷清多了。礼炮也没刚才响，乐曲也没先前洪亮，就连那檐下的香也淡了许多。王公大臣呢？比先前更少了精神，可能是没来得及吃早饭，天快近午，一个个饿得没精打采吧？

大典结束了，两宫皇太后传下话，让奕谖留下陪陪圣驾。

奕谖等众朝臣走散之后，独自在太和殿外徘徊几次，心情十分矛盾。留下吧，见到新皇上难免伤心尴尬，弄不好太后还会怪罪；走吧，违抗太后懿旨，更要引起太后不满，真难哪！奕谖耷拉着脑袋向养心殿走去，没走几步，随行太监将他领进东暖阁。

慈安正忙着比试帘子，她在一堆帘子里挑来捡去，指着一个旧帘子说："这就是当年同治皇上刚继位时，我们姐妹听政用的帘子，一晃多年了，想起真让人伤心，如今又要听政，这帘子是委实不能用了，应该换新的。"

话音没落，她见奕谖进来，赶紧刹住话语，正襟危坐在那帘子后边的一条双人棉垫的长条椅上，这是当年专为两宫皇太后听政时准备的。

奕谖下跪请安后，站到一边和慈安太后闲聊。

"醇王爷这几日不见瘦多了，应多多注意身体，要开春了，地气上升，多发疾病。"

"有劳太后关心，这几日偶感风寒，尚未痊愈，正在治疗之中。"

"哦，怪不得醇王爷如此没精神，不过，醇王爷如今开脱了，这也是好事，倒清静许多，不必为诸多朝事缠身，可以安心享福了。唉，我什么时候也能清静下来该多好，如今又要听政，听政，没办法！”

奕𫍽正不知如何回应慈安太后的话，恰在这时，那边太监一声不大不小的喊叫：“皇上驾到——”

奕𫍽立即下跪叩头请安，慈禧牵着光绪走进屋里。

慈禧和光绪一起在那长条椅上落座，慈安太后稍稍向另一头挪挪坐个边儿。这时，慈禧才拉着光绪的手发话：“请醇王爷上前回话。”

奕𫍽由跪下而躬身起来向前弯腰走几步又重新笔直地跪着，这才说道：“请太后和皇上的安！”

“听说醇王爷有病未愈，应多多注意身体！”

“谢太后关心！臣这几日在家养病，现已好多了，有劳太后挂念，不胜惶恐之至。”

“听说醇王爷一次外出饮酒，无意中结识一位很有才干的小青年？”

奕𫍽一听此话，内心一惊，可见自己的一举一动早有人监视回报，今后不得不小心行事，不能在他人面前流露丝毫的不快和不满。想至此，奕𫍽急忙回答：“回太后的话，有这么回事，他是来京找人，碰巧他找的那人不在，而那人又与我有点熟悉，这人盘缠也不多了，我就让他在府上暂住几日，等几日后他那亲戚回来，我就让他走。”

“醇王爷过虑了，本宫也只是随便问问，决无他意，急人之所难是我祖上留下的美德，我后世子孙岂敢背弃，这是好事，今后可以多做嘛！”

奕𫍽无法对答，他偷眼看了一下坐在太后身边的光绪，见他两眼泪汪汪的一声不响地坐着。光绪见阿玛看他，他回头怯生生地望了两宫太后一眼，见她们没说话，就大着胆儿站起来向奕𫍽走去，扑通跪在奕𫍽的身旁，用手拉着奕𫍽的手来回晃动着，哭喊着说：“阿玛，我要回家，我要回家！”

“回来！”慈禧一声怒喝，也顾不了许多，走上前一把抓起光绪的胳膊，“这成何体统，简直毫无教养！”

光绪哭得更厉害了。奕譞做梦也想不到事情变得这样糟，他浑身发抖，满脸汗水，叩头不已。慈安急忙上前，从慈禧手中接过光绪抱回座位。

“醇王爷跪安吧！”慈禧气哼哼地向奕譞挥了挥手。

奕譞此时可是巴不得，立即转身匆匆退出。只听背后光绪用力撕蹬着，哭喊着：“阿玛，阿玛……”

奕譞的心里不知是啥滋味，他三步并作两步向外走去，穿过一道又一道门，下了一个又一个台阶，两眼模糊，看不清周围的景物和过往的行人。平时入宫出宫都是那样轻松自在，今天为何突然觉得那么疲劳，有那么多的门和数不清的台阶。他喘着粗气，浑身大汗淋淋，走出最后一道宫门，这才稍稍感到一阵轻松，也稍稍放慢了脚步，但始终没敢停步，只略微回头看一眼：“呀！宫门这么高大！”

光绪哭哭啼啼了一个下午，慈禧太后十分气恼，训斥一通便独自休息去了。恰在这时，钟粹宫慈安太后派人来接光绪。慈禧也省得心烦，让人把光绪带走了，天渐渐黑了下来，慈禧折腾了一天，这时她感到十分疲劳。草草吃了点晚饭便上床休息了。

刚睡下不久，总管太监李莲英悄悄进来报告。

“老佛爷，两江总督李鸿章求见，见是不见？”

“让他进来。”

不久，李鸿章毕恭毕敬地走进房内，李莲英道一声安退下了。李鸿章见慈禧太后不发话，急忙下跪行大礼：“臣李鸿章叩见太后！”

李鸿章跪拜后，慈禧一声不响，装作没听见。李鸿章认为慈禧可能考虑别的事，没听见，便放大点声音说道：“臣李鸿章给太后请安！”

“李鸿章，你只管在外逍遥，京中出了这等大事，你也不提前来京一趟，就如此放心在外胡闹，万一出了差错，岂有今天？”

“臣何尝不想早来，只是两江事务繁忙，最近又出了点乱子，一些教匪闹得凶，臣让吴长庆前往剿灭，至今尚不知结果。唉，如今正是多事之秋，难呀！”

“我送出的密旨几时接到的？”

“接到时也挺早，臣当即便上京来了，不想到山东地界时出了点儿差错，差一点儿命都没有了，这才耽搁至今。太后，如今有什么为难之事？”

“唉，都是我那吃里爬外的儿子，他在宾天之际有心将皇权让给他人，连那个不争气的阿鲁特氏皇后也从中捣乱。”

“皇上准备让给恭亲王？”

“你从哪里得到的风声？”

“臣哪也没听到什么风声。”

“那你怎知是让给奕䜣呢！”

“这是臣推算的，太后请想想，满朝文武大臣和亲王能够有资格有能力接替皇位的能有几人？除了奕䜣还有谁？皇上如此做法也算为大清社稷的江山着想。不过，奕䜣这人是不好惹的，太后千万留个心眼，对他可不比奕譞，来硬的一下子拿个精光。奕䜣的才能是满朝文武皆知的，暂时还要重用。当然，对于皇位，如今他的心境也许不再有非分之心了，几十年的风雨磨炼，已不再同当年为皇子时，今天他把这些看得淡多了。奕譞虽然表面看似无为，心境恐怕还没到奕䜣这种地步，他的辞退只是为了身家性命着想，由于新皇上的继位，怕走前朝旧路，这也是他的聪明，待几年后，奕譞清静养性后仍可重新任用，否则，皇上长大后，对太后不利。”

“李鸿章，你看李鸿藻这人怎样？”

“这人文采是有的，但他为人世故圆滑，胆小怕事，不可重用。太后下问，难道他也参与了这次皇权的角逐？”

“没有，他是大行皇帝的老师，我原想提拔提拔他，经你这么一说，也就算了。”

“如今两宫太后二次垂帘听政，不比往昔。如今是大清朝内困外扰的多事之秋，许多国家都在虎视眈眈，还请太后小心从事。”

“唉，你说的也是，我怎能不想把国家治理好，只是大清已呈败亡之相，你看今天新皇的登基大典上，竟出现两次不祥之兆！”

“太后说的是殿上落下一对青斑蛇？也可能是燃放礼炮时，响动太大，从房上震落的，也没什么。”

“话虽这么说，但毕竟是不祥之兆，蛇是屋龙，龙自上摔下岂不预示大清的龙子龙孙要摔倒了。在这太和殿上有多少位皇上登基，但发生这样的事却是第一次。更可恨是东边的说的一句话。”

“东太后说的什么话？”

“她在新皇上吓哭之际，竟哄着皇上说别哭了，马上就完了。你说气不气人，这‘完了’不就说明大清的天下完了吗？”

“东太后只是无心说说，哪有如此深意，当然，大典之时说这种话的确不吉利。”

“发生这两件事实在是太不吉利了，我怎觉得这大清的天下是一天不如一天。”

慈禧说着，猛然想起一件事问道：“刚才只顾讲话，有一件事你忘了告诉我。”

李鸿章一愣：“什么事？”

“你说回京路上在山东地界出了点儿差错，差点儿连命也搭上了，是什么事？”

“提起还怪令人后怕的。”

“讲给我听听。”

“遵旨！”

原来，李鸿章接到慈禧的密旨后，便安排一下两江事务就星夜赶回京城。一天，李鸿章来到山东济南附近，原打算弃船上岸到济南拜会一下山东巡抚丁宝桢。但一想，这次是奉太后密旨回京，况且这一去又要耽搁一些时间，还容易引起太多的人注意，倒不如不声不响地过去算了。就这样，李鸿章仍是随同几名贴身侍卫，乘船前行。

刚过济南不久，天已近晚，一抹晚霞即将沉入西方。李鸿章独自站在船头，望着渐渐隐去的落霞，思索着京城局势的可能变迁。正在这时，有两艘小船向这边包抄过来，截住李鸿章他们的去路，接着，十几个人蹿上船，李鸿章见势不妙，急忙向舱内退去，呼喊侍卫。双方经过十几分钟的撕打，几名侍卫终因寡不敌众被擒，李鸿章也早被一个持刀的汉子拿下。

“大哥，怎么办？”一人说道。

“搜！”那位擒住李鸿章的持刀汉子说。

“是！”

整个船舱被翻了个过儿。

“报告大哥，也没有太多银两，只有一些随身衣物和二百两银子，还有这么一个东西。”

那位持刀汉子接过一名兄弟递上的东西一看：“哦，官印，两江总督。”

几个人小声嘀咕了一会儿，其中一个说道：“前面兄弟探得的情报十分准确，果然是官府的，却不曾想到还是条大鲤鱼，原想是条小毛鱼呢！”

“大哥，怎么办？”

“先审问一下再说！”

“是！”

“喂，你就是两江总督李鸿章？”

“是又怎样？”李鸿章头一昂傲慢地说。

“问你是不是，是就说是，不是就说不是，你是李鸿章又怎样？还不是朝廷的走狗、洋人的鹰犬，那些当官儿的怕你，老子却不吃你那一套，别说两江总督，就是三江总督，老子也敢宰了你。”

那人说着骂着，提刀向李鸿章靠近。

“先别胡来，押回去报告给总坛主处理。”

“是！”

李鸿章见这些人并不敢对自己怎样，只是想把自己押走，也不知押到哪里，就大着胆子说道：“你等大胆的盗贼，竟敢劫持朝廷一品命官，王法不容，要满门抄斩，快把我等放了，否则，官府追究起来，罪加一等。”

几名随行人员见李鸿章叫骂，也大着胆子骂道：“快把我等放了，否则，回到京城，调遣大军一到，杀你等老小不留。”

“还说大话，老子就是要跟朝廷作对，你大军未到，我先把你给宰了！”

一个人说着，提刀就向这位叫骂的侍卫走来。

“先别宰，想宰还不容易，让他多活一会儿，听坛主的。”

“好吧！”那人把刀插回刀鞘，便上前朝那捆绑住的侍卫就是两个耳光，打得那人满口直流血，“叫你再骂！”

李鸿章和其余几人见同这些山野之人无法讲法讲理，为了不吃眼前亏，也都不再言语，一个个被捆得老老实实，由他们押解着走，等见了他们的头头再想脱身的办法。

船和船夫被几人控制着驶向一个河汊。李鸿章几人被带到一个地方。

夜已经很深了，一座偌大的寺庙守卫很严，后院一间禅房里灯火通明。海静大师接过张德成递上来的官印仔细看了看，点点头，对李福田说：“福田，这官印是真的，的确是两江总督大印，你派人将那两江总督李鸿章押来。”

“是！”福田退下。

不久，李鸿章被带了上来。海静大师冲李鸿章点点头，一抱拳，说道：“不知是两江总督李大人到，有失远迎，罪过，罪过。来人，给李大人松绑看座！”

李鸿章舒活一下被捆疼的手，不客气地坐下了，抬头看一眼坐在正面首席位上的人竟是位和尚，很诧异，心道，莫非这位和尚就是他们所谓的坛主，也不知道他们属什么教派，如今各地民间教派林立，好坏难分。不知他们这一教派是否与朝廷对抗，一切要小心从事，敷衍过去再说，将来再调派我的淮军来剿灭他们。

李鸿章正在思索对策，就听海静大师发话了："李大人，我等是本地一个秘密民间教派，其宗旨是劫富济贫，反抗洋教，一般不和官府作对。当然，对待那些贪官污吏、欺压百姓、为非作歹的官员除外，而对一些为民做事、一向秉公正直的官员十分敬仰，并帮助他维护地方治安，也在适当的时候给他们做点事。"海静大师看了李鸿章一眼，又缓缓地说，"像李大人这样的一品朝廷大员——"

李鸿章心一凉，认为他们可能不会放过自己，因为李鸿章明白自己平时的所作所为，虽然不能说是贪官污吏，也为朝廷出过不少力，为民办过不少事，但自己组织淮军镇压太平天国运动和捻军起义，这是人所共知的，万一这些人是捻军遗留下的一个支派或与太平军有什么内在联系，今天可就糟了。他正在胡思乱想，又听海静大师接着说："李总督除了当年在镇压太平军和捻军时沾过老百姓的鲜血，平常所作所为也还算是一位好官。当然，那时李总督是受朝廷所遣，君命在身，身不由己啊！"

李鸿章一听，一颗悬着的心放了下来，马上附和："对，那是身不由己，其实我的心是向着百姓的，我在朝做官时向来憎恨洋人，也经常和洋人作对，正因为这样才被贬到下边做官。任两江总督时，只要是我们大清的百姓和洋人发生冲突，我总是尽力帮助百姓与洋人作对。"

海静大师向李鸿章点点头："这些我们都知道，李大人一入山东地界时，就有兄弟报告过来，说有位朝廷的官儿经过这里，兄弟决定拦截盘问是清官放过，是贪官就宰了，没想到是李总督。"

李鸿章心道，自己早被人家盯上了还不知道，早知如此，就应该先到丁宝桢那里。想到丁宝桢，李鸿章寻思，丁宝桢在山东为官多年，一向名望较高，也许这些人对丁宝桢很敬仰，我先试探一下，如果他们钦佩丁宝桢，我可以说和丁宝桢是至交好友，也许效果更好，想至此，李鸿章向着海静大师说道：“你们山东巡抚丁宝桢一向为官如何？”

“丁巡抚在山东为官多年，敢于惩治一些地方贪官，连人人憎恨的太监总管安德海他都敢杀。”

“丁巡抚在朝中的威信和声誉也很好，我俩是至交，一同为官多年，对于许多问题的见解很相投。”李鸿章故意这么套近乎说。

“但丁巡抚最近在处置济南一件大案时态度却不怎么好！”坐在旁边的几位分坛主有人插话道。

李鸿章一惊：“哦，有这事，什么大案？”

“就是我们的一个分坛的兄弟火烧洋教堂一案。”有人接道。

李鸿章又是一愣，但马上反应过来，随口附和道：“这洋教案我也曾听说，这是洋人罪有应得，他们在我大清国土上作福作威，欺压百姓，死有余辜。要是我在山东，也一定会暗中帮助你们对付洋人的，但不知丁巡抚是如何做的？”

海静大师见有兄弟无意间泄露教中秘密，很是后悔自己提及此事，也忘记叮嘱他们，但听李鸿章这么一说，也就不再制止兄弟们的发言。

其中一人说道：“在这事上，丁巡抚就不如王知府。”

“哪位王知府？”

“济南府的王正起知府，他在丁宝桢的勒令下被迫捉住一些兄弟并交给了丁宝桢，但王知府告诉我们他也恨洋人，同情百姓，又暗中派人把我们的兄弟从丁宝桢那里劫出来放了。”

李鸿章更是吃惊，无意中竟然了解到这轰动中外的火烧洋教堂案内幕以及官府中一些鲜为人知的秘密。但正因他得知这一点，又怕海静大师因他知道得太多而不能放过他，故意说道：“这些丁巡抚也曾写信告诉过我，他让王知府捉捕你们，那是洋人所逼，他故意做给洋人看的。捉住你们的一些兄弟后，丁巡抚又让王知府暗中把你们劫走放了，对外则说是你们自己人劫走的，以此搪塞洋人的追问。你们想想，丁巡抚要想好好看押你们向洋人请功，还不把你们的兄弟押入一个秘密的监牢，派重兵把守，怎会让人劫狱呢？这都是丁巡抚和王知府暗中商定好的，骗骗洋人罢了。我们官府都知道这件事，也都赞成丁巡抚和王知府的做法，更希望各地百姓都像你们兄弟一样共同反抗洋人，赶走洋人，那样我们大清朝就可以太平了。”

李鸿章这一番信口开河的胡吹乱诌却也似乎合情合理，连海静大师也不住点头。

只听海静大师说道：“李大人，我们教派的一个宗旨就是‘扶清灭洋’，只要你们官府同意，我们可以协助你们与洋人作对。”

“这事好说，这次回京，我李鸿章一定把此事奏报皇上，陈述利害，让皇上下旨同意你们‘扶清灭洋’，并恳请皇上批准你们的教派是合法的，那时，你们就可以公开设坛，光明正大地为朝廷做事了，但不知你们的教派是什么名称？”

海静大师还是多了个心眼儿，一听李鸿章如此过问，又冷冷地说：“这事李大人可以回京好好去做，至于皇上是否同意还很难说，因此，我们的教派名称李大人就不必细问了。到时候，皇上果真同意我们是合法的，那时再说不迟。”

李鸿章一听，教派都不愿讲，再问这位坛主之名更是无益，相反，只会遭到怀疑，于是说道：“这位大师说得也是，这事就包在我身上，你们就静候佳音吧！”

第七章

放悲声皇上哭皇嫂
举敦才帝父荐帝师

大殓那天，慈禧看着阿鲁特氏那蜡黄得吓人的脸和那永远无法合上的双眼也感到十分内疚，她悄悄地擦拭着眼泪。光绪也哭得很伤心，人们怎么劝慰也不管用。究竟幼小的光绪为何这么悲伤地号啕大哭，也许只有他自己清楚。

就这样，李鸿章花言巧语骗住了海静大师等人。第二天早晨，海静大师让张德成、福田等人归还李鸿章的船只、银两和官印，也释放了他的侍卫，还好好款待了他们一番，并送他们上路，暗中告诫山东各地的义和拳分坛，不得拦截。就这样，李鸿章顺利赶回京城，恰巧赶上新皇登基大典。

李鸿章讲完自己的山东遭险经历，慈禧说："险是险了点，可也得到一个江湖的大秘密和这官府中一段鲜为人知的掌故。不过，要是你这条命搭了进去可不值得，好在你也过来了！大难不死必有后福。你说说那山东济南洋教案怎么处理？"

李鸿章思索一下说："启奏太后，臣以为，无论朝中官员之间怎样钩心斗角，甚至不择手段，但对洋人都不能流露半点我们官员之间的不和。洋人追究紧了，抓几个平民百姓交上去处死即可，而对这官员之间的矛盾，我们内部解决。"

"像你所探听到的济南府台王正起私下冒充歹人劫狱私放案犯这如何处理？"

"这事可暗中派出巡查调查，如果情况属实，就将他捉拿查办，严惩不贷！"

"不过，丁宝桢也不是什么好东西，如果他真的为朝廷出力，做事认真不苟，对朝廷这等要犯怎能不设重兵看守？这也是他玩忽职守，也要一并追究。”

李鸿章知道慈禧因安德海一案对丁宝桢有成见，就笑了笑说：“太后明鉴，对丁宝桢的处理只可因势利导，不可重责，这是王正起有意算计他，一个在明一个在暗，暗的算计明的，借口当然易找。”

“哼，我看这案子也许不是你所想象得那么简单。如果这是丁宝桢事先得知你从那里经过，暗中派人打劫你，再演出那出戏故意给你看，或丁宝桢勾结义和拳陷害王正起，该如何解释？”

“这——”李鸿章一时语塞，说不出话。

“这不也是暗的算计明的吗？”

等了一会儿，李鸿章缓缓地说道：“太后圣明。臣以为，丁宝桢不是那种人，这一点臣敢用人头保证。”

“你也别太自信，狗心隔毛皮，人心隔肚皮，安德海一事，我就觉得丁宝桢也不是好东西。”

“这……微臣告退。”

北京的早春虽然刮着料峭的寒风，但毕竟是春天，到处散发着春的气息。柳儿吐绿，草儿发芽，报春花在煦暖丽日的普照下，争奇斗妍。更有那呢喃的春燕和翻飞的蝴蝶，给这春天增添了浓浓的生机。

穆宗皇帝同治的皇后阿鲁特氏这几天心情稍稍宽慰了一些，一是慈禧太后及宫中诸太监近日来一直忙于新皇帝的登基大典和两宫皇太后的垂帘听政大典，对她的看守放松了；二是皇位继承的事已经成为事实，任她阿鲁特氏如何哭闹与诉说也无人去听，也无人相信，她虽身为皇后但早已成为一个废人，可有可无。更主要的是阿鲁特氏在绝望中还存有一线微弱的希望，她希望有勇气活下去，把同治皇上的遗腹子生下来，无论是男还是女，这是同治皇上的血肉，应该给他留条根。正是出于这一点考虑，阿鲁特氏在哭干了泪水之后，心境仿佛明亮了许多，她在宫女雪雁的劝慰下开始稍稍吃一点食物，身子也结实了许多，勉强能够下床四处走动一下。

“雪雁，今天是什么日子了？”

“回皇后娘娘，今天是二月二十日了。”

“唉！想不到我这一病躺下竟两月有余，大行皇上宾天两月有余了，也不知大葬之事安排得怎样？”

“娘娘，你别操心那么多了，宫中与朝中这么多人，那事有专门的官员办理，你安心养病吧！身体要紧，千万别想那伤心事！”

“雪雁，你跟随我多年，我什么脾气你还不知道吗？怎能不想呢？”

“娘娘，这参汤都快凉了，你快喝吧。吃完我陪你到房外走走，透透这多日来的闷气。”

“雪雁，这多日来可难为你这么体贴照料我，不知让我说什么好，如果有来世，我一定当牛做马来报答你。”

“娘娘，你这么说可折杀我了，千万不能这么说，服侍娘娘是奴才应该做的事。”

“雪雁，以后别叫什么皇后、娘娘了，我如今已什么也不是，还不知能活到哪一天，你我姐妹相称就可以了。”

“皇后，奴婢不敢，就是娘娘同意，奴婢也不敢，如果老佛爷知道还不要了小的的命，这话可不能让老佛爷知道。”

“你说的也是，这宫中到处都是她的耳目，有个风吹草动她都知道。我虽是皇后，却处处受制于她，就连皇上当年还不是处处受她约束。待皇上独立处理朝事时，她名义上归政，许多大事仍亲自过问，皇上稍有不报，她就不满，有时甚至说出一些让皇上不能接受的话。唉，他们母子不和，我做儿媳的也难一碗水端平，稍稍偏向皇上竟得罪了她，以致弄到今天这种地步。”

“娘娘，别说那陈年旧账，让你心乱伤心了，咱们出去走走吧。瞧！外面的太阳多明亮，春天了。”

“是啊！到处都是春天了，只可惜我的身子太虚，如今又身怀有孕，怎有力气散步，你独自出去玩玩吧，让我一人在屋就是了。”

“娘娘，这哪行？来，我搀你走！”

“好，雪雁，太难为你了。”

雪雁搀扶着阿鲁特皇后走出宫门，来到御花园，她们边走边看，呼吸着新鲜空气，看着路边的花儿、草儿，到处呈现出一派盎然的生机。

“雪雁，早该来走走了，憋了一冬的花儿开了，草儿吐绿了，鸟儿也叫了，真美。”

“这是御花园，专门为皇上和皇后观赏修建的，当然美啦。”

“主要是春天来了，花园是美，野外田园一定更美，只可惜躲在深宫，让大好春光白白流逝了，作为一个平民百姓该是多么自由呀，像那水中的游鱼、空中的飞鸟，无怪乎古人说：‘天高任鸟飞，海阔凭鱼跃。’可我……”

“娘娘，怎么今天一出门就伤起春来，多少平民百姓甚至官宦人家的千金小姐都向往这皇后之位，做梦都想成为娘娘都梦不着。你有了却不知珍惜，反而羡慕起田园里的采茶娘、草原上的牧羊女，真让人不可思议。”

“雪雁，你还小，不懂。人活着应追求一种生存的自由，人们不是常说：‘生命比金贵，为情舍命归。身处牢笼里，虽活犹何为？’而如今，我是一切都没有了，这样苟活着，只是想保留下同治皇上的一点血肉。”

“娘娘，可别说了，看你又流泪了。到那水边去吧，我给你洗洗。瞧！这水多清多纯。古人说‘春江水暖鸭先知’，我看这宫中的水暖是皇后先知了。”

“雪雁，快别开玩笑了，让太后知道，还不知怎么骂我呢！咱们洗洗手就回去吧！”

“你看，你瘦多了，脸也这么苍白，原来娘娘多漂亮，号称宫中第一美人，可今天……”

“别说了，那是过去的事了。雪雁，你听外面又搞什么庆典，黄钟大吕之乐、管弦丝竹之声，还有鸣炮。唉，欢乐是他们的，我什么也没有！”

“娘娘，早晨我听太监说今天是两宫皇太后听政的大典之日。”

“哦，她终于如愿以偿了。”

“她是谁？老佛爷吗？”

“不是她还有谁？”

“新皇上才四岁，她不听政怎么办？也是的，满朝这么多大人，让一个几岁的孩子当皇上，还得找人管理他，真不明白为什么！”

“雪雁，你这话说给我听没什么，万一被别人听见了，可要惹来杀身之祸，你要小心。”

“宫中的规矩真多，这也不能说，那也不能说，这边教，那边我就忘了，以后还有什么不能说，娘娘多提醒我一下。可我确实不明白人们为何都同意让孩子当皇上，娘娘，有人说这是先皇帝的遗诏，这是真的吗？听说先皇上就是这么年轻继位的，他想让别人也这么年轻继位吗？”

“唉，雪雁，你千万不能给别人讲，先皇上正是觉得自己继位时年纪小，无法处理朝政，受制于人不利于大清朝的兴隆，在宾天之前，留下遗诏让恭亲王——他的皇叔掌管朝政，只可惜这事朝中没人知道。”

“娘娘，那遗诏呢？”

“被老佛爷给撕了！”阿鲁特皇后悲愤地望着眼前的清水喃喃自语。

“这不是抗旨吗？”

过了许久，阿鲁特皇后才回过神来，缓缓说道：“对于她，哪还有什么圣旨，你来宫中这几年了，也该知道的。”

雪雁点点头。

“雪雁，咱们回去吧，她们的庆典也该结束了，我也累了，如果有人看见我还有这闲心到花园赏花，还不知怎么想呢！怎对得起先皇上的一片厚爱之情。”

雪雁又搀着阿鲁特皇后走回寝宫。

两宫皇太后听政大典在一片山呼万岁的叫声中结束，慈禧太后满面红光来到养心殿，宣召醇王爷奕譞进殿叙话。

醇亲王奕譞在庆典散后，正准备转身回府，忽听太监传旨宣召，心中一愣，很不自在。上次宣召，不期然差点惹出麻烦来，回去之后，心里也十分难受，好多天茶不思，饭不想。这才刚刚忘记那次的不快，忽又闻宣召，心中怎能不感到阵阵绞痛呢？无奈何，这是皇太后的宣召，圣命难违！

奕譞来到养心殿，慈禧太后早已坐等那里。奕譞急忙恭请圣安，慈禧命他坐下，慢声问了一句：“醇王爷，你可记得今天是什么日子？”

奕譞一愣，心道：难道今天我做了什么错事？这样想着，惴惴不安地问道：“回太后，臣记不得其他了，臣只知道今天是太后听政的大典之日。”

慈禧笑了，然后说道：“难道醇王爷忘了，今天按照大清礼制应是皇子阿哥们新年的典学之日。”

“臣罪该万死，竟把祖上的这一训诫给忘了，该打，该打！”

“王爷最近较忙，偶忘一事也是难免的，人非圣贤孰能无过？不过，王爷应该知道皇上快要六岁（虚岁）了，按照礼制，该入学读书了。发蒙教育关系大清社稷的兴衰存亡，这择师之事不可不慎重再慎重。王爷曾经是先皇帝同治的老师，对皇帝典学之事很是精通，应尽早思考选择一人。”

奕譞答道：“说来惭愧，这事本应考虑到却没有考虑到，而有劳太后亲自过问，实是下臣的罪过，对于择师之人，臣平时也没有考虑过。然而，太后这么一说，臣倒忽然想起一人，但不知是否合太后心意？”

“哦？醇王爷想起一人，那敢情好，不必客套，就直说吧，我们大家共同商量一下，看此人是否合适？”

“回太后，皇上的老师虽不是什么特别重要的职位，但要在教书育人方面有真才实学，德高望重的人才能担当，奴才觉得用大行皇帝当年的熟旧老臣充当可能较好。”

慈禧点点头：“按你说来，这皇上的老师唯有翁同龢了？”

“不能说唯有翁同龢，但臣觉得此人较合适。”

“何以见得？”慈禧有点不服气。

“太后请想，大行皇帝当年的熟旧老臣，仍在弘德殿行走的已无几人，只有翁同龢年纪最轻，才学又高，又有一套教书育人的策略。更何况翁家几代人都是我大清有名望的官员，举家几人都是科考的状元，家学渊源深厚，学问上是没说的，更可贵的是翁家人都是老实厚道，翁同龢更被人称道。”

听奕譞这么一说，慈禧心想：他说的也是，这翁同龢是当年同治皇帝御前侍讲翁心存的儿子，他的哥哥翁同书是安徽巡抚，也是为官清正刚直之人。若说到举家出了几个状元，这话也不假，翁同龢中了状元之后，他的侄子翁增源也相继中了状元，这样的家门，叔侄状元世间极少，学问上不必考虑。至于说到翁家的人都是老实厚道之人，慈禧不觉脸上一阵发红，想起一件往事。

那是翁增源初点新科状元之时，他奉旨宣召入宫。慈禧一见这位新科状元仪表优美，举止端庄大度而又不失文雅，谈吐更是滔滔不绝。慈禧十分高兴，她询问了翁增源的家学与治国方略，并询问了同治皇上的师傅翁心存的身体状况，翁增源都侃侃而答。突然，慈禧话题一转，说李商隐曾有诗句“身无彩凤双飞翼，心有灵犀一点通”，但此句并不甚妥，若改为“灵犀一点有心通”可能更胜原句之意，只是上句思考再三而改不成对。人说新科状元学富五车才高八斗，要翁增源给她对出上句。哪知翁增源听罢，浑身打战，冷汗直流而无言以对。慈禧见状哈哈大笑，这才让翁增源好好回去思考，何时想出对句，立即入宫答对。哪知翁增源第二天就上一份奏折称病辞官归还江苏老家去了。慈禧再三挽留终也无济，只得准奏，虽然那以后再也没有听到他的消息，但偶尔还想起这件半开玩笑的小事。

此事虽然过去多年，但从慈禧刚才微微变红的脸色上，奕谖已猜到这事，但他仍大着胆子说：“太后，翁家父子，两代帝师，这翁同龢也曾为太后你做过侍讲的，他的学问你比我还清楚，翁家为人的老实程度如何，你想必也听说过？”

奕谖这样极力保举翁同龢，除了翁同龢确实有真才实学外，奕谖也是出于对他的一片感激之情。

那是奕谖在被逼无奈的情况下向两宫皇太后提交辞呈奏书后，慈禧当即就想批准他的奏折，由于慈安太后的挽留，后提交朝臣议决，众多的朝臣中，只有翁同龢一人上书请求两宫太后继续留住奕谖。事情虽然没成功，奕谖还是从内心感激他的。

慈禧听过奕谖的话，思索片刻，这才说道：“王爷说得也有道理，就请翁同龢在毓庆宫行走，侍从皇帝。另外，王爷你也不能闲在家中，皇帝年幼，总揽典学的事务繁重，你又有这方面的经验，可以多操心一些。同时，兵部右侍郎夏同善为人也挺诚恳有学问，也可入宫辅教皇上兵法知识。”

奕谖一听，太后同意他的保奏，并且恩准他入宫负责皇帝的典学，也是万分高兴，急忙叩头谢恩。

奕谖和慈禧又谈了一会儿话，正在这时，大内总管李莲英进来在太后耳边嘀咕了几句，只见太后脸色一变，忽又恢复正常，点点头，让李莲英退下。奕谖知道慈禧有事，又不便直问，便告辞回府，慈禧也没挽留。

奕谖刚离去，慈禧就在李莲英的带领下来到后宫花园，正好逢着雪雁搀扶着阿鲁特皇后出来。

慈禧一见，气就不打一处来，捏着尖嗓子，拿腔拿调地说：“嘿，你的雅兴倒不小，你是来赏春的还是来怀春的？同治皇上刚刚宾天，灵柩未寝，大葬之期未到，你不知悲伤，不知到乾清宫吊唁，却私自来后花园赏花玩水，居心何在？身为一国之母，没有半点母仪的风范，却怀有二心，难道也要母后再给你重新续上一个不成？”

“母后，孩儿实在冤枉！孩儿只是——”

“闭嘴，你身怀有孕，这可是同治皇上的唯一的遗孤，你不在宫内好好静养，等待分娩之期，却随便走动，妄想把我那皇儿的骨血坠掉，这妖妇不知家规与宫中礼制，用心狠毒，不加以严惩何以服其他宫人？”

雪雁见慈禧太后气得直跺脚，并要惩治阿鲁特皇后，吓得不知说什么好，急忙下跪哀求道：“请，请太后息怒，皇后冤枉，她在宫中养病多日实在闷得慌，奴才这才请皇后到花园散散步，奴才罪该万死，奴才该死，请求太后饶过娘娘！”

“大胆的奴才，这里哪有你说话的份，不知天高地厚，竟如此大胆插话顶撞太后，真是活得不耐烦了。”李莲英尖声尖气地捏着公鸭嗓子说。

“小李子，给我掌嘴！”

李莲英听见太后发话，二话没说，走上前去，一把把雪雁从地上提起来，朝脸啪啪就是几下。

“再打，看她可好多嘴了。”慈禧气急败坏地说。

“骂别人该死，你们才是该死呢！竟敢违抗皇上的遗诏，私自撕毁诏书、另立新皇！”

“小李子，给我朝嘴打，打断她的舌头，看她再敢乱说！”

慈禧一听雪雁这话，气得浑身直打战，急忙命令李莲英狠打，不容许她再说下去，刹那间，慈禧产生了杀人灭口的念头。雪雁不说这话或许还能活下去，这话一出口，算是死定了。

只见慈禧眨巴一下眼，看见身后不远处有一口水井，计上心来，便出口道：“小李子，这下贱小奴才胡言乱语也不知撒泡尿照照自己的样子，你把她领到那井水边，让她自个儿照照，看看自己的一脸奴才的短命样子，今后也知道自己的身份。”

李莲英心领神会，抓起雪雁就朝那井边走去。雪雁大哭大叫挣扎撕打，终也逃不掉李莲英的手。阿鲁特皇后只顾跪地求饶，哭喊也无济于事。

李莲英将雪雁摁倒，跪在井边，又用力抓住她的头向井下伸去。这样做着，嘴里不停地说着："大胆的东西，快照照你的浪样！"

说着，在身后用大腿一顶，雪雁一头栽入井中，只听扑通一声，再也没有任何声响。

李莲英跑到慈禧跟前一头跪下，假装害怕地说："老佛爷，奴才一不小心，她竟没抓住井沿，栽进去了。"

"哼！这是她命中注定的，我早就看她是个短命的相。"慈禧冷冷一笑，转口又说，"这里短命相的可能还不止她一个呢！"

阿鲁特皇后听说雪雁被扔入井中，大叫一声，只觉得心口一阵绞疼，一头昏倒在地。

等阿鲁特皇后醒来，只感到头懵懵的，下身一阵阵绞疼。天早已黑透了，自己一人躺在床上，手脚冷冰冰的，口干舌燥，周围一片漆黑，连一个点灯的贴身宫女也没有，呼喊几声，微弱的声音也传不出多远，就是能被人听见，谁还敢接近她呢？许多宫女见她处于这等地位，早已溜之大吉。

阿鲁特皇后知道叫也无用，平时只有雪雁一人服侍在身边，而如今，心地善良的雪雁也被害死，还能有谁呢？她勉强坐起，费了好大力气才站起来，摸摸水壶也是空的。本就虚弱的她经过这一折腾就更弱了，可能要流产。

阿鲁特皇后想到自己虽身为皇后，但命运却弄到这等悲惨的地步，雪雁的死无疑是给自己敲响警钟，自己忍辱到今天纯粹是为了皇上的遗骨着想，而如今如果流产了更给太后留下一个把柄，也为自己留下罪名。从现在的这种形势看，就是生下阿哥或格格，自己也难活多久，让一个孩子孤单地留在这充满血腥的宫廷里也会遭人歧视，受到不公平的待遇，与其将来让孩子和自己一样有着相似的悲惨命运，不如现在和自己一起死掉。

想至此，阿鲁特皇后面对乾清宫停放同治帝灵柩的方向跪倒在地，口中呼喊一声："皇上，妾身也随你去了。"

说完，找出一些碎金吞下而亡。

储秀宫。

慈禧正在弹琴，小皇帝光绪一动不动地坐在她身边，聚精会神地听她弹琴。一阵激越高昂而又自信的曲子过后，慈禧停下手来，用手轻轻在光绪白皙的小脸上抚摸了一下，低头问道："皇上，这曲子好听吗？"

光绪一听皇阿爸问话，急忙怯怯地答道："好听，皇阿爸弹的曲子当然是最好听的曲子，要么怎么是皇阿爸呢？"

"皇上，要讲实话，好听就是好听，不好听就是不好听，皇阿爸也不例外，快告诉皇阿爸，这曲子好听吗？"

"皇阿爸，儿臣听不懂，请皇阿爸讲给儿臣听。"

慈禧一听，非常高兴，一把把光绪抱起来。放在腿上，又轻轻在光绪脸上亲吻了一下，说道："皇上，这才对，要讲实话，对谁也不要例外。来，皇阿爸给你讲讲刚才的曲子。"

"儿臣恭听皇阿爸的教诲！"

"皇上真乖，刚才那曲子是中国古代一首著名的曲子叫《十面埋伏》。是楚汉战争时，汉王刘邦的大将韩信布下'十面埋伏'阵法将楚霸王项羽一举打败，这才为汉王夺得天下。记住了吗？下次皇阿爸再弹你能听出来吗？"

"记住了，只要皇阿爸再弹，儿臣一定记得。"

"皇阿爸对你凶吗？"

"皇阿爸很好，也很疼爱儿臣，有时也很凶的，让儿臣害怕。"

慈禧将光绪搂得更紧了，把脸贴在光绪的脸上，心疼地说："皇上，皇阿爸是很疼爱你的。有时对你可能凶一些，那是为你好，因为你是皇上，将来要独掌一国的大权，说话做事要有一代君王的风度，像圣祖康熙皇帝那样，八岁继位当皇上，后来成为一代英明的帝王，你将来也要这样，振兴咱大清的国业。听懂皇阿爸的话了吗？”

光绪点点头：“儿臣今后一定好好听皇阿爸的话，当个好皇上。”

“这才对，只要你听话，皇阿爸一定不会对你很凶。”

慈禧看着怀中开始懂事的光绪，心中也是一阵心酸，有一种说不出的感觉。光绪虽不是自己的亲生儿却更像自己的亲生儿。从血缘上，这是自己亲妹妹的儿子，而妹夫又是丈夫的亲弟弟，世上最亲近的关系也只有这样了。从另一层上讲，这位妹夫——醇亲王奕譞是自己入宫后为秀女时的情人，如果没有他也许永远没有自己今天的位置，自己与他有一种说不出的感觉，是内疚，是惭愧，还是潜藏在心底的爱？

由光绪，慈禧又想到同治，同治是自己的亲生子，但为何与自己的感情隔阂那么大呢？究其原因是自己虽然生下他，但由于那时自己仅是个妃子，慈安皇后无子，由她抚养成人，可见抚养比怀胎更重要。经一事长一智，对这小光绪再也不能吃那过去的亏，自己一定好好抚养、关怀、疼爱、管教，将来他才会服服帖帖听从自己的，当一位自己手下的儿皇帝。想至此，慈禧轻轻问光绪：“皇上，可知道你多大了？”

“回皇阿爸，儿臣再过几个月就六岁（虚岁）了。”

“嗯，按照我们大清皇室祖制，六岁（虚岁）就必须读书习武了，你愿意吗？”

“儿臣愿意，只要能当好皇上，让儿臣做什么都可以。”

“皇上懂事了，皇阿爸一定给你找几位好老师，让你学成文武全才，将来当个好皇帝。”

慈禧话音刚落，那边慈安太后已在几名宫女的簇拥下走进屋来，慈禧急忙放下光绪，施礼让座。

慈安太后刚落座，慈禧就指着光绪对她说：“姐姐，我正要找你讲件事呢！”

“何事？妹妹请讲。”

“还能有啥事，还不是为了新皇上的事。再过一段时间，光绪就六岁整了，也该入学了，不知姐姐如何打算？”

慈安太后答：“此事由妹妹处理就是，细心给皇上选一位有名望的老师就是。”

“姐姐，我思虑再三，想起一人，却不知是否合姐姐的心意？”

“妹妹想起的人一定没错，你先说说看。”

“弘德殿行走、大学士翁同龢。”

慈安略一思考，也点点头说道：“妹妹想得周到，此人也正合我意。”

慈禧笑了，她把此事讲给慈安太后听并非真的征询她的意见，而是说明自己会做事，任何一件事都能做得光彩圆满，不给任何人留下把柄。

慈禧、慈安和光绪他们正在说着，忽然管事太监急匆匆进来报告，说同治皇后阿鲁特氏死了。慈禧、慈安她们都愣住了，但在心中的反应却不一样。慈安太后心中先是咯噔一下，接着是一阵心酸伤感，同治皇上刚刚宾天，这同治皇后就伤心而死了，她身怀有孕，这一死，连同治帝唯一的遗孤也没有了，实在可惜！而慈禧太后的反应是：阿鲁特氏该死，但没想到死得这么快，至少应该等到分娩后，也应给我那短命的儿子留一点骨血，再恨也是自己的儿媳。此时，慈禧也感到心中一片迷茫，她觉得阿鲁特氏是自己逼死的，但她的死无疑又是对自己权势的无声抗议。

大殓那天，慈禧看着阿鲁特氏那蜡黄得吓人的脸和那永远无法合上的双眼也感到十分内疚，她悄悄地擦拭着眼泪。光绪也哭了，不知为啥，他哭得很伤心，也许从这位皇嫂的惨死中，他仿佛看到另一位皇后的惨死，也许又看到另一位皇帝的悲哀。尽管人们几次劝慰与哄骗，光绪仍然无所顾忌地失声痛哭，人们只好把他带走，认为他是小孩，从没见过这样的场面是被吓哭的。究竟幼小的光绪为何这么悲伤地号啕大哭，也许只有他自已清楚。

光绪二年（1876年）2月21日。

又一个明媚的春天，花香蝶影，莺啼燕语，到处透露出盎然的生机。一年之计在于春，一日之计在于晨，万物复苏，人作为万物之灵也正在焕发生机。在一阵高昂激越、热烈奔放、欢乐活泼的乐曲中，光绪皇帝典学的发蒙仪式在养心殿举行。

醇亲王奕谖的朝服焕然一新，一扫往日的愁容和闲适之态，神采飞扬地站立在大殿旁边主持典学仪式。光绪小皇帝更是身着上朝团龙衮服，面南背北正襟而坐，他的前面放置着一张高大的御案，案上备满了文房四宝，两个太监垂手站立两边。随着奕谖一声洪亮的高呼，汉文老师翁同龢、夏同善，满文老师亲王伯彦讷谟祜、景寿和贝勒奕劻等人依次进入养心殿举行参拜大礼。

礼毕，只见翁同龢走到那张高大的御案前挽起袖子，打开宣纸，提起事先准备好的笔，饱蘸浓墨，一笔一画地写下“天下太平”和“正大光明”八个刚劲有力的大字。翁同龢放下自己的笔，又双手捧起一支朱笔让光绪握着，自己握着光绪的小手在这八个大字上临摹。如此来回临摹几遍后，翁同龢见光绪额头微微浸出汗滴，这才停止。他又从桌上拿起一本《帝鉴图》，指着图上的一些帝王画像让光绪辨认，并简单地做着讲解。

这《帝鉴图》是明代神宗时，内阁大学士张居正为神宗编写的，图文并茂，生动传神。光绪也不例外，他随着翁同龢翻动的书页，在一帧帧精美的画面上流连不已，并拿出一副少年老成的样子不断地点头称赞，偶尔还问上几句。

翻看一会儿后，翁同龢待光绪稍稍休息片刻又提笔在一张白宣纸上写下“帝德”二字，先朗声读一遍，再让光绪紧跟着读。等光绪背会，翁同龢又在“帝德”后面写下“如天”二字，再接着带领光绪念并讲解这四个字的意义。

汉文发蒙礼毕，又开始满文发蒙，这样前后进行了近一个时辰，发蒙典礼又在一片欢快的乐曲中结束。

从此，光绪的求学生涯就这样开始了。

光绪每天的生活很程式化，每天早晨起来先是到钟粹宫慈安太后那里请安，然后到储秀宫慈禧太后那里请安。第二件大事就是早饭后跟着两宫太后上朝，上朝结束后再回到上书房听师傅讲课与读书，练习书法或习武练剑。

光绪很聪明，学习也很用功，记忆力和领悟能力都很高。每天从上书房回到后宫后，他总把今天所学的知识讲给慈安太后听听，对于慈禧太后，光绪虽然有点畏惧，但在她面前照样能讲得头头是道，博得慈禧的夸奖，这也是光绪最能讨慈禧欢心的一点。

翁同龢给光绪所传授的课程主要是儒家治世经典“四书五经”。考虑到光绪的年龄，翁师傅首先从《大学》开始，对于如此深奥的儒家经典，年仅六岁的孩子理解起来是非常吃力的，翁师傅先是自己念让光绪听，让光绪有个大致的印象后，就让他自己读，最后翁师傅逐字逐句地讲解，把许多古代帝王将相、仁臣武士的故事加入其中，这是光绪最感兴趣的。小光绪听到高兴处，时常手舞足蹈，有时兴奋得咧开小嘴憨笑，并问个不停，每当此时，翁师傅更是讲得神采飞扬，口冒白沫。

为了让光绪更好地理解所学知识，翁师傅结合儿童学习的特点，和光绪对图画有特别的偏好，就亲自绘制许多图书作为辅助教材帮助光绪增长知识，如《天人交战图》《流民图》《农耕图》等。

这天早朝过后，光绪像往常一样来到上书房听课，翁同龢讲了一会儿，见光绪精力不集中，心道：也许今天皇上累了，就少讲一会儿，让他休息一下再讲。

光绪愣愣地坐了一会儿，突然问道：“翁师傅，丁宝桢是什么人？”

翁同龢微微一怔，他也隐隐听说朝中正在讨论的一件大案，是关于丁宝桢和王正起的。皇帝虽然年幼，但毕竟是一国之主，根据太后的意思，皇上年幼，对于朝中的事尽量讲得少一些，免得皇上分心不用功读书，影响将来处理朝政的能力。但皇上既然问起了，也应该讲一点，便随口答道："丁宝桢是山东巡抚，就是掌管山东一个省的刑察案件和官吏升降的官员。"

"哦，他是好人还是坏人？"

"皇上，判断一个人是不能简单地说他好与坏，应从多方面加以分析，比如从他一向的为人与作风、对工作的态度、做事的动机，还有他所处的立场。有的人表面上很好，暗地里却很坏；有的人给人的表面印象可能不好，但这样的人可能为人非常正直、坦诚。"

光绪似懂非懂地点点头说："判断人好坏还有哪些要求呢？"

翁同龢感到光绪很小，但较懂事，这些判断是非的标准让他早早知道更好，将来也做个明君，便耐心开导说："人人都说好的却不一定好，人人都说坏的也不一定坏，每个人都有他的敌人，一个人只有让他的朋友说好、敌人说坏才是好。如果朋友和敌人都说好或都说坏，他怎能是个好人呢？"

光绪又点点头，翁同龢继续开导说："一个人是好还是坏，主要是要站在你自己的立场，看他对你怎么样。别人都说他好，但他对你却很坏，这样的人你认为是好还是坏呢？有一个人，别人都说他坏，但对你却忠心耿耿，这样的人是好还是坏呢？如果有人用刀砍掉你的手，你会说他是位好人，没有把我的胳膊砍掉，太感谢他了吗？总之，判断一个人不能看表面，要从内心深处分析，从朝廷大局分析。"

"翁师傅，你讲得真好，太感谢你了，你请坐吧！"光绪见翁师傅讲累了，劝说道。

按清廷礼制，给皇上讲书，老师是不能与皇上平坐的，但光绪多次劝翁师傅坐下讲。

翁同龢也确实累了，这才下跪致谢，坐下继续讲。

“皇上将来是天下之主，对朝中许多大臣和国事都要用心分析判断，明白是非，看人不能看表面，听他自己的言语，要看他的行动，特别是他背后的做法。古人不是常说‘忠言逆耳利于行，良药苦口利于病’吗？”

“翁师傅，我懂了，你是说有人只说好却不一定做好事，有人讲话不太中听却是为了你好。”

翁同龢见光绪理解力很强，赞许地点点头，说道：“皇上理解力好，将来定是位明君。”

“谢师傅夸奖，是老师讲得太好了。”

光绪思索片刻，又问道：“上朝时，我听朝中大臣议论起丁宝桢和什么洋教案，为此事皇阿爸十分生气，翁师傅可知此事是怎样一回事？”

“这事老臣也略听闻一二，具体情况不详，皇上年龄尚小，可暂不必询问这事，应好好读书，待长大之后，便可独掌朝政，处理国家大事。”

光绪所问起的这事就是山东济南府的那件火烧洋教堂的案子。这事本来已过一年多，但由于洋人追问得紧，并告到北京总理衙门府奕䜣那里，奕䜣想糊弄过去，无奈英国使节约翰·思扬和理查德抓住这事不放，一定要清廷签订一个条约，否则将派兵攻打山东。奕䜣派人命令丁宝桢尽快破案，这丁宝桢也同热锅上的蚂蚁，他做梦也没想到事态会扩大到这种地步。案犯本已抓住，却在他手下被劫，此事虽然暂时瞒住了，如果尽快捕获案犯还好，不能捕获案犯，朝中知道这事，他丁宝桢是逃不了干系的。另外，丁宝桢知道慈禧太后由于安德海一事对自己早有不满，想找自己的碴尚无借口，这不是自己送上门了吗？

恰在丁宝桢焦急如火燎一般，济南知府悄悄向慈禧太后密奏一封奏折，陈述丁宝桢私放钦犯。这事的始末慈禧也从李鸿章那里得出个大概，但她想以此事为借口严惩丁宝桢，暗告李鸿章不能泄露此事的真相，等到处置丁宝桢后再做定论。

李鸿章不说，朝中大臣怎知此事始末。刑部和吏部把王正起的密折拿来商讨，共同协商处理丁宝桢向洋人谢罪以缩小事端的事。朝中有两派意见：一派是以慈禧、荣禄等人为首的，主张严惩丁宝桢，逮捕入狱，撤职查办；一派是以慈安、奕䜣为首的人，不赞成严惩丁宝桢，认为钦犯被劫这并不能说明是丁宝桢私放案犯，此事应派人详细调查，待水落石出之后再做定论。两方争论了一个上午也没有结果，最后只好不欢而散。

第八章

上书房师徒说今古
储秀宫东西起参商

慈安忙松开光绪的手说:“好，让他留在这里，但不要拿孩子撒气!”说完，气哼哼地走了。慈禧走上前一把拉起倒在地上哭泣的光绪，重重地拍打几下身上的尘土说:“都是她宠坏了你!今后凡事不听我的，我废了你!”

光绪从上书房回到后宫，拜见了皇阿爸慈禧，慈禧把他拉在怀里，用手拍打掉身上的泥土，慈爱地问:“皇上，今天上的什么课?”

“回皇阿爸，儿臣今天收益特别大。”

“哦，学了什么?”

“翁师傅教会我怎样判断一个人是好还是坏。”

“翁师傅讲了什么?”

“翁师傅讲判断一个人是好还是坏主要看他对你怎样，他是怎样说的又是怎样做的。”

“嗯，翁师傅还讲了什么?”

“翁师傅教会儿臣一句名言:‘良药苦口利于病，忠言逆耳利于行。’”

“皇上，那么你看你皇阿爸是好还是坏呢?”

“皇阿爸当然是好人，你有时对儿臣严厉实际是让儿臣处处做得好，将来做一名好皇上，振兴大清的伟业，儿臣知道皇阿爸从内心是疼爱我的。”

这么小的孩子竟能说出这样一番话，慈禧听了也很感动，默默地把光绪搂在怀里，用那渐渐苍老的双鬓在光绪童稚的脸上摩擦着，心里也是涩涩的，不知说什么好。

慈禧，她毕竟是位女人，有血有肉需要人疼爱和理解的女人。

作为母亲，她仅生下同治一人，但由于当时的宫中妃嫔地位，自己生下的孩子自己无权侍养，被迫送给慈安太后抚养，这不能不说是对一位母亲权利的剥夺。结果自己的亲生儿子却和自己有一层无形的感情隔阂，也导致了后来政治上的分歧。“虎毒不食子”，她时常在梦中发出梦呓，从噩梦中惊醒，看着儿子那张狰狞的面孔向自己扑来，用嘶哑的声音向自己嚎叫，每当此时，她总感到惭愧内疚。自从同治死后，特别是儿媳阿鲁特氏吞金死后，她更有一丝不安，猛然间，她觉得自己苍老了许多。

整个大清天下，慈禧不是皇上，胜似皇上，作为皇太后，她权倾天下，要什么有什么，唯一可以同她抗衡的慈安皇太后也在她的铁手腕下渐拜下风。人得到想得到的一切后，还想再要什么呢？那就是感情上的安慰与寄托。自从同治去世后，慈禧感到内心空虚了许多，特别是作为母亲在失去儿子后心中的那片空白更需填补，正因为这样，她把作为一个母亲的爱全都倾注到光绪身上，用光绪来填补心中的那片空白，把光绪作为她自己的私有财产。

过了许久，慈禧才疼爱地对光绪说：“皇儿，只要你听话，皇阿爸不疼你还疼谁呢？我把所有的爱都倾注给了你，皇阿爸不指望你还能指望谁呢？”

光绪也似懂非懂地点点头说，“皇阿爸，我一定听话，好好读书，长大给皇阿爸做事。”

“皇儿真好，长大一定是皇阿爸的好儿子，也是位好皇上。”

在光绪开设的全部课程中，他最讨厌学习满文，这不仅因为满文艰涩难学，更主要的是因为教满文的老师一个个都让人难以接近，不是正襟危坐、不苟言笑，拿出一副师者的严肃样，就是奴颜婢膝、点头哈腰，露出一副让人讨厌的奴才相。只有教汉文的翁师傅和蔼可亲，讲话有时幽默风趣令听者兴趣盎然，特别是翁师傅的为人风范使光绪从内心佩服，他乐意接近他，并把心里不愿讲给他人的话讲给翁师傅听，征求他的意见，让他给自己出主意。这样，随着岁月的流逝，师生之间的感情在日益加深，以致让许多人产生妒意。

一天，光绪又像往常一样来到上书房读书，却不见翁师傅到来，按照往常惯例，每次都是翁师傅先在此等他。今天怎么了，迟迟不见师傅来，光绪也心烦意乱，不想读书，手里拿着一卷《中庸》在门口来回踱着，焦急地等着师傅的到来，不时地派人到宫外打探。

许久，光绪才见翁师傅一脸倦容地走来，光绪急忙上前扶住翁师傅，关心地问："翁师傅，你休息吧，今天的课就不讲了，我自己读。"

翁同龢勉强地笑了笑说："皇上，臣能从府上来到这里，课也就能照常上，现在就开始吧。"

光绪十分感动地说："好吧，那就请老师坐下讲。"

"不，臣还是站着讲吧，万一让宫中的其他人看见，报告给太后，太后会训斥皇上的，臣也要受到指责，上次皇上赐臣坐都受到了太后的训斥，这次就免了吧！"

师徒开始上课，翁同龢讲得很艰难，但讲得很认真；光绪听得很感动，但听得很仔细。今天翁师傅讲的是吴越争霸的事，特别是讲到越王勾践卧薪尝胆忍辱负重复兴国业的事时，翁同龢讲得更是生动。

突然，光绪插嘴问道："做皇上的一定都要忍辱负重吗？"

翁同龢一愣，想不到皇上如此年幼，竟有如此高的悟性，实在让翁同龢喜出望外。但对于幼小的皇上，翁同龢又不便直说什么，只好讲一些古代帝王的故事启发他。

接着，翁同龢又讲了晋国公子重耳几十年漂泊列国，历尽艰辛终于成为"春秋五霸"之一的故事。

"古今成大事者都讲究一个'忍'字，你从这个字的字形上就可明白忍的含义，锋利的刀刃插在心上而不叫疼，这不是一个忍字吗？"

光绪懂事地点点头。

翁师傅又让他翻开书，读《孟子》一篇里的片段："天将降大任于斯人也。必先苦其心志，劳其筋骨，饿其体肤，空乏其身，行拂乱其所为，所以动心忍性，曾益其所不能！”

光绪边读边思，眼睛猛然一亮，心胸开阔了许多。他发自内心地笑了，也感激地看着站在面前的老师，只见翁师傅汗珠直流，嘴上有一丝苦意。光绪知道老师今天是带病坚持给自己讲课，看到老师站在那里吃力的样子，急忙停住朗读，说道：“翁师傅你请坐吧！”

“不，臣没有事，只是昨夜偶感风寒，臣能坚持住。”

“翁师傅你快请坐吧，太后那里有朕在，你不坐我也不坐！”

光绪说着站了起来，翁同龢见光绪站起来，自己也只好坐下。他们师徒这才都坐下继续讲课。

事不凑巧，今天翁同龢坐下讲课又被大内总管李莲英看见了。事情为何这么凑巧？

自从翁同龢出任光绪帝的老师后，由于翁同龢教书认真，为人厚道，深得光绪敬重。同时，光绪聪明伶俐又吃苦好学，进步很快，每当两宫皇太后问及所学，光绪总能对答如流，让两宫太后高兴得直拍手，光绪在宫中的日子也越来越好过。皇上进步如此之快，这不能不说师傅教导有方。因此，两宫皇太后特降旨宣召翁同龢入宫赐宴，并给予嘉奖。这样一来，便遭到许多朝中大臣及宫中诸人的嫉妒，许多人总想寻找翁同龢的不是，让两宫太后降罪于他，大内总管李莲英就是其中一个。

按照清朝宫廷礼制，师傅给皇上讲读是不能平坐的，但有皇上特别恩准的除外。上次翁同龢在光绪的恩准下坐下授课被李莲英发现，他报告给慈禧太后，光绪回宫后，慈禧训斥了光绪一顿。李莲英觉得从别的方面很难找到翁同龢的过错，这一点却是很好的借口。因此，李莲英时常派人来上书房，暗中监视翁同龢授课时的行动，有时他还亲自来偷看。今天光绪赐座被李莲英发现也就不足为怪了。

光绪正在听翁师傅讲课，猛抬头，见慈禧带着李莲英走进房内，急忙起身相迎。翁同龢一见太后驾到，也忙着跪下请安。慈禧站在那儿许久没有讲话，李莲英一步跨到翁同龢面前，用手指着翁同龢说道：“翁同龢你知罪吗？”

翁同龢没有理他，李莲英也觉得自己这样做有违宫廷惯例，讪讪退回一旁。

这时，慈禧才开口道：“翁同龢，你身为尚书，宫中的礼制你不会不知吧？”

“太后，臣知罪，请太后降罪！”

“上次本宫念你初犯只是训斥，这次不能不加严惩，罚俸一月！”

“皇阿爸，这不是翁师傅的错，是儿臣让他坐下讲课的。”

慈禧见光绪为翁同龢说情，把脸一沉，训斥道：“皇上，你身为一国之主，以威君临天下，一言九鼎，出口就是金科玉律，怎能随便更改祖制，以后说话要三思而后行，不可妄自应许！”

“皇阿爸，翁师傅今天病了，站着讲课快两个时辰了，儿臣见他实在太疲劳，才恳请他坐下，请皇阿爸训斥儿臣。”

慈禧见光绪敢和她顶嘴，眉头一皱就想发火，转脸一看翁同龢一脸病容，才压住心中的火气，哼一声，转身离去。李莲英也随着慈禧身后哼声离去。

等到慈禧等人离开后，光绪委屈地哭了。

翁同龢急忙跪请光绪道：“皇上应以身体为重，读书为本，请免哭。”

光绪这才渐渐止住哭泣，上前拉起跪在地上的翁师傅。翁同龢由于这几日有病体弱，再加上刚才下跪的时间太久，一不小心歪倒在地，连光绪也给带倒了。翁同龢艰难地坐起，扶起倒在地上的光绪，光绪趁机躺在翁同龢怀中，用小手抚着翁同龢下巴飘飘的长须。翁同龢一动不动，任皇上抚摸，轻轻地把皇上揽住，尽情地给他温情与慈爱。

慈禧回到储秀宫刚坐下，李莲英就凑上前说道：“老佛爷，皇上如此年幼，可不能娇惯，否则长大之后可就难以驾驭了。”

慈禧点点头没有说话，李莲英见慈禧赞同自己的主张，就大着胆进一步说道：“老佛爷，这皇上如此年幼就偏向他的老师，长大独立执政后难免不重用翁同龢，太后不可不当心，皇上可不是老佛爷的亲儿子。”

慈禧听了，脸一变，她最忌讳别人提及此事。李莲英这么一说，慈禧当然不高兴，冷冷地说：“小李子多嘴，该打。”

慈禧虽然不喜欢别人说光绪不是她的亲儿子，但李莲英说的话也确实戳到慈禧心中的疼处，她的确害怕光绪长大像同治一样不听她的话，更怕光绪也与别人的感情加深而影响她和光绪之间的母子深情。

过了一会儿，慈禧才缓缓地对李莲英说道：“小李子，今后你多留心就是了，皇上有什么不好的尽管告诉我。”

“是！”李莲英献媚地一鞠躬。

“我说的不只是指皇上与翁同龢，更主要的是皇上和东边。”

“小的明白，奴才一定遵命！”

慈禧所担心的并不是皇上和翁同龢的关系，她所担心的是皇上和东宫慈安太后的关系，她决不允许光绪再重蹈同治的覆辙。

停了一下，慈禧又道：“当然，光绪和醇王府人的来往也要留心。”

“老佛爷放心，有小李子在，决不允许任何人从太后手中夺走皇上。”

两人正说着，光绪来了。待光绪拜见落座后，慈禧先问了一下功课情况，光绪都一一回答，最后慈禧才提及今天训斥他的事。

“皇上，今天皇阿爸训斥你，你记恨吗？”

“不，皇阿爸训斥得对，皇上每说话前应三思而后行，身为一国之主应一言九鼎，行事不能违背祖制。”

慈禧满意地点点头：“这才对！”

“皇阿爸，今天翁师傅确实病了，你看在孩儿的面上饶过他吧！”

“翁师傅病了，你应该先派人回报你皇阿爸才对，也不应自作主张，如果你这么一改祖制，其他人也跟着学，这宫中岂不乱了套，那皇帝的天威尊贵放哪里呢？”

光绪听了，也只好无奈地点点头。

过了一会儿，慈禧又说道：“今天看在皇上的面子上，你皇阿爸就饶过你翁师傅。不过，今后可不能违例，有什么特殊情况应先回报皇阿爸。”

光绪一听饶过了翁师傅，不罚他的一月俸禄，忙跪下叩头称谢：“儿臣感谢皇阿爸！”

慈禧忙把他拉了起来，心疼地给他掸去腿上的土。

又是一个金秋季节，八月的乡村是成熟的季节，更是一个丰收的季节。然而，八月的北京，特别是皇宫大内里面却感觉不到一丝一毫的喜悦。相反，深居简出的慈禧太后却碰到了一件令她十分棘手的事，她被迫召回任两江总督的心腹大臣李鸿章商讨对策。

李鸿章从总理衙门府出来也是一筹莫展，真是一波未平一波又起，济南府的火烧洋教堂案尚未有结果，又出了一个“马嘉理事件”。英国政府一气之下，撤去了理查德和约翰·思扬两位驻华公使，换上一位强硬的外交使节威妥玛。这威妥玛一改往昔理查德对大清朝的软面孔，试图用武力解决问题。他们从印度派出军舰五艘，士兵五千人开到天津，扬言不给个说法誓不罢休。

慈禧知道目前的处境，急令李鸿章到天津同英人谈判。李鸿章几经周折才算哄住英人停止进军。李鸿章将谈判的内容报交给总理衙门大臣奕䜣那里，奕䜣一看又是割地赔偿，气得直拍桌子直瞪眼，大骂李鸿章卖国。

李鸿章无奈，只好来到储秀宫奏请慈禧太后，让她定夺。

慈禧太后接过英人提出的要求。第一条是准许英人到云南通商考察，慈禧想了想，唉，这么多地方都通商了，多加上一个云南就加上吧，勉强答应了。这第二条是赔偿英人抚恤银二十万两。太后心道：这些洋人也太心狠了，死几个人就要这么多钱，他们要是缺人就把我大清国的臣民给他几个就是了。

慈禧想想这二十万两白花花的银子有点不舍，就问道：“李中堂，济南一案的银子不是赔了，怎么又要这么多，这云南一案又死了多少洋人？”

“回太后，云南发生的案子洋人也死了十多人。”

“这到底是怎么一回事，究竟是洋人的错还是当地老百姓的错？”

“无法说清是谁的错，公说公理，婆说婆理。是这么回事：英国人马嘉理带领一支探险队来到云南户宋河一带被当地居民拦住盘问，不准他们前行，马嘉理就向当地居民解释他们前行的目的，由于语言不通，双方发生了争吵，当地居民先打死一名英国人，这马嘉理一气之下才开枪打死一名当地居民，结果当地民众倚仗人多势大，一哄而上把马嘉理等人打死了。据说，英国人是走错路了，误入云南，他们本来是去缅甸考察的。唉，这也是我们大清臣民不懂外语的失误。”

李鸿章故意这么说，好让慈禧太后觉得理亏的是我们大清朝，这样就可同意他谈判的结果，不会又骂他无用、卖国。而究其实，这云南“马嘉理事件”纯是英国人的错。这支马嘉理探险队是地地道道的侵略军，以走错路为借口入侵云南边境。不是当地老百姓先打死洋人，而是携带大量枪支的马嘉理所率士兵先开枪打死当地居民多人，以致引起众怒，当地群众才奋起打死了这些侵略军。

慈禧听了李鸿章的叙述，骂道：“洋人可恶，这百姓更可恶，让他们走一趟就走一趟是了，这好，不准走也得走了，真是无中生有，多此一举，都是混账，净给我惹事。羊毛出在羊身上，这二十万两银子一律从百姓身上索取！”

慈禧又看第三条：通商口岸和内地各省，凡涉及英人生命财产的案件，英国有权过问。慈禧暗想，过问就过问，这条不算苛刻，牵扯到英人的利益，人家过问一下是合情合理的，反正没说怎么个过问法。

再往下看，“租界内的外国商品免征重金”“外国商品运往内地各项税金全免”。慈禧火了，哼！这不是跑在我大清国头上拉屎吗？比当年的《南京条约》还厉害。

“李鸿章，这免收税金每年得损失多少，这一条你也答应？”

李鸿章一见慈禧发怒，忙说道：“太后，臣也合计一下，损失不了多少，你想想，每年运往内地的货物是有限的。就是他们运来，咱可以让老百姓不买，他们的货物卖不掉也就不会运来了，这免税金也就少了。”

慈禧不置可否，过了一会儿，慈禧又问道：“恭亲王对此有何看法？”

李鸿章知道奕䜣是满口不同意，但他不能说奕䜣不答应，他怕慈禧见奕䜣不同意自己也动摇了，无法向洋人交代，忙说道：“恭王爷虽然大骂洋人无耻，但他还是默许了，不知太后有何想法？”

“唉！我一个妇道人家能当什么家，说也等于嘴上抹石灰——白说，既然你们都答应了，我的话也就没人听了。”

李鸿章一听，心中十分欢喜，他知道慈禧已经答应了，故意这么说来为她自己推脱责任，于是跪下奏道：“太后忧国忧民之心实在让臣感动，此事臣一定尽力为我大清朝争得一线余地，万一不成，也就只好按这些条件定了。”

慈禧挥了挥手说道：“好了，你们都退下吧，我该休息了。”

“谢太后，臣明日启程赴津。”

不久，李鸿章同英国驻华公使威妥玛在烟台签了这个条约，这就是历史有名的《烟台条约》。

光绪散朝回来，翁同龢早已为他摆好纸笔和今天要读的书，并泡好一杯浓茶。光绪坐在御案前，只顾埋头一口接一口喝茶，就是不读书，也不言语，看样子正为什么事生气。

无奈，翁同龢只好催道：“皇上请读书，今天的功课很多，如此耽搁时间恐不能完成功课，太后会怪罪的。”

光绪一听，火了，猛地站起来，把茶杯一摔，一把拂去案上的纸、笔和书，并大声说道："你们都来教训我，我还算不算皇上，不读书，就是不读书！"

翁同龢知道皇上可能在什么地方受到别人的管教，憋气来到上书房，他一声不响地蹲下身将抛在地上的纸、笔和书一一拾起，整齐地摆放在桌上，并把打碎的茶杯放在一角，重新为皇上泡上一杯茶，这才撩袍跪倒，温和地说："请圣上展卷读书。"

光绪看了看跪在地上的师傅，已鬓角斑白，胡子也变得灰白了，老脸上爬满了皱纹。心中有一种说不出的感觉，这才缓缓坐下，不太情愿地读了起来。

翁同龢站起。

光绪把昨天讲授的功课读了几遍，停下来问道："翁师傅，什么叫不平等条约？"

翁同龢知道光绪问的是最近签订的《烟台条约》，心道：皇上长大了，也应当让他逐渐了解一些国事了，启蒙教育是一种知识的教育，更是思想、品德、能力的教育。想到这里，便说道："不平等条约，就是两国在不合理的条件下使用不公平的原则签署的协定，往往是弱国以屈辱的条件接受强国的要求。"

"既然是不平等条约，为什么要签订呢？"

"国力弱，兵力不强，武器不精，打不过别国，不签订没有办法。"

"最近我大清朝签订的《烟台条约》，我在朝会上听众人议论又是一个不平等条约，到底是对谁不平等的呢？"

"皇上，这条约是对我大清朝不平等的，它答应了洋人许多屈辱的条件。"

"以前签订过这样的条约吗？"

"签订过，有许多呢，我大清朝国力贫弱，列强不断瓜分。这一切有待皇上能勤奋读书习武，早日独理朝政，通过振兴我大清天下来改变！"

翁同龢讲得很激动，光绪听得也很激动。

“我决不辜负老师的希望，一定做个好皇上，振兴大清的天下。”

“皇上有此雄心壮志，老臣能为皇上死也甘心，望皇上今后好好读书，早日学得满腹经纶。”

翁同龢说着，早已泪流满面。

光绪也哭着说：“今天在朝上，我说不签条约，皇阿爸训斥了我一顿。”

原来如此，翁同龢知道皇上生气的原因，便劝慰说：“太后也不想签订，可是没有办法呀，咱大清朝打不过洋人。”

“翁师傅，你不是常说丁宝桢是好人吗？怎么皇阿爸下令免去他的职务呢？”

唉，山东巡抚丁宝桢一向为人正直，为官清廉，却遭小人陷害，又加慈禧一心要整治丁宝桢，终于被革职查办。李鸿章虽然明晰事理，但他迫于太后的压力也不敢讲出真相，只能让丁宝桢蒙冤下去，等待机会再做打算。

翁同龢虽然不知事实的真相，但他是很佩服丁宝桢的，也相信他不会私放钦犯，勾结教匪，有所图谋。但他也不知这事如何给光绪皇上说，只是常说他是好人，期盼光绪将来能给丁宝桢蒙冤昭雪。今天光绪又问及此事，他估计朝中可能又有人提到丁宝桢的事，皇上这才又问起，怎么说呢？

“皇上，一个人是好还是坏也许短时间难以分辨出，但经不住时间的检验，好人终究会被承认的，坏人隐藏得再深也会露出狐狸尾巴的，有句成语叫作：‘路遥知马力，日久见人心。’皇上明白吗？”

“我明白师傅的教诲，人心难测，但时间会让人明白一切的，好人和坏人一经时间的检验自然就一清二楚。”

“对，皇上的分析能力和领悟能力更高了。”

“按翁师傅的意思，丁宝桢是被冤枉了才撤职的，这事我一定报请皇阿爸给他官复原职。”

翁同龢大吃一惊：“皇上，万万不可，这样你会惹怒皇太后的，丁宝桢是好是坏，将来终究是会被查清的，皇上如果一口肯定他是好人，这道理从何说起呢！太后会说你是小孩子气，没有一国之主、一言九鼎的风范！”

翁同龢知道这其中利害，现在可不能让皇上意气用事。否则，太后降罪下来，自己难脱干系，这教唆皇上的罪名谁能担当得起？

“既然翁师傅这么说，我不问及皇阿爸就是了，将来要是发现他是好人，皇阿爸也会给丁宝桢复官的。”

“皇上，我们不谈这些了，还是进行今天的功课吧！”

翁同龢说完，开始讲授新课。

光绪毕竟还是个孩子，尽管翁师傅再三教导他回宫不可提及丁宝桢的事，他心中仍藏不住话。过了几天，光绪终于忍不住向慈禧太后提及了此事。

这天，光绪在宫中玩耍，有几个宫女悄悄说起阿鲁特皇后的惨死，其中一名宫女说道：“好人不长寿，坏人活千年。”

说者无意，听者有心。光绪一听“好人活不长，坏人却长寿”十分不解，翁师傅没有给他讲过这个道理，想问一下，翁师傅又不在。他想起皇阿爸也经常给他讲一些道理，可能皇阿爸知道这个道理，便跑去问皇阿爸。

光绪一到储秀宫，见两宫皇太后正在说话，也不便插话。

两宫太后一见光绪来了，都十分高兴，一致叫他到身边说话，询问了一些功课，光绪都能回答得很好，慈安太后特别夸奖了一番。

突然，光绪插话问道：“‘好人不长寿，坏人活千年’，这是什么意思？”

慈禧和慈安都是一愣，问道：“这是谁教给你的？”

“儿臣刚才听几名宫女说的。”

慈禧一听，骂道：“这些狗奴才都该死，整日议论这议论那，真是胆大包天，不惩治一下还得了。如此下去，还不把皇上给教坏了。姐姐，不能让皇上与这些奴才太过亲近，否则，对皇上的成长不利！”

慈安一听，不置可否，也不好直说什么，只好对光绪说：“皇上，你现在还小，应好好读书，书读多了，人长大了，自然也就能分辨出好人坏人了。”

“这分辨好人坏人的道理翁师傅早就教过了，我懂。不过——”

光绪想起翁师傅不让他问的话，但他不知道能不能问，话到嘴边又咽了下去。

“皇上，不过什么，有话就说，这里没有外人，都是皇阿爸。”慈禧知道光绪想说些什么不敢说的话，便开导说。

“皇阿爸，丁宝桢是不是好人？”光绪终于忍不住说了出来。

“你从哪里听到丁宝桢这个名字的？”慈禧追问。

“以前上朝时不是有许多人议论过他吗？”

“你说翁师傅教过你怎样分辨好人坏人，那你说丁宝桢是什么人？”慈安笑着说。

“丁宝桢是好人。”

光绪一出口，大出两宫皇太后的意料。

“谁告诉你丁宝桢是好人？是不是你的翁师傅？”

光绪见皇阿爸追问起来，想起翁师傅的话，后悔在皇阿爸面前提到此事，忙撒谎道：“是听宫中太监说的。”

“哪个太监？”慈禧紧问不放。

“儿臣想不起来了。”光绪故意装出一种想不起来的样子。

“好好想，告诉皇阿爸。”慈禧改变了刚才问话的态度，开导说。

光绪摇摇头。

慈禧思索一下，还想再问下去，慈安太后忙插话说：“也许他是无意间听太监们议论一下，就这样记住了，刚才听到几名宫女议论的话语才又想起丁宝桢的事。他还是个孩子，不必对他这么凶。”

慈安说着，把光绪拉在自己身边。

慈禧见状，不知为何，一种莫名其妙的怒火从心底升起，她再也抑制不住自己的感情，冲着慈安大声说：“姐姐，我们姐妹不能这样宠惯他，否则，长大后如何驾驭得了他，到那时想管教也晚了。”

慈安一见慈禧一脸凶相，并对自己用这样不客气的态度讲话，似乎所有的错都错在她身上，这火是冲自己来的。

慈安也满脸不高兴地说：“你做过母亲没有？怎能对孩子用这种态度，要用心爱抚他、教育他，不是要你到狱中管制犯人！”

慈禧一听慈安的话是如此生硬，并含着一丝讽刺和挖苦，特别是那句“你做过母亲没有”更刺到慈禧痛处，她恼怒地说：“哼！我没做过母亲，同治帝是谁生的，你呢？做过母亲？一辈子也没尝过怀胎的滋味！”

“同治是我养大的，是我将他抚养成人！”

“哼！抢人家的儿子自己抚养，也有资格在这里炫耀吗？”

“你——，你当我什么都不知道，你有资格说同治是你的儿子吗？虎毒不食子，你却——”

慈安话到嘴边又咽了下去，但她还是忍不住说道：“同治我就不说，阿鲁特皇后是你儿媳，尚怀着皇上的骨血，你都将她逼死，你有资格说同治是你儿子吗？”

慈禧自以为做事十分巧妙，万万想不到慈安对自己的所作所为了如指掌，十分震惊，也十分害怕，可能她所知道的远不止这些，想至此，脸颊微微有点发烧，但慈禧还是强词夺理地说：“你敢血口喷人，我要看看你东太后到底有多厉害，兰姑娘愿奉陪到底！”

“我血口喷人？好！我就让你明白谁在血口喷人！”

慈安怒气冲冲地说着，拉着光绪就向外走。

“把皇上给我留下！”慈禧冲着走到门口的慈安大喊，“光绪，我看你听不听皇阿爸的话，给我留在这里！”

一个硬拉，一个大喊威逼，光绪也不知如何是好。一个慈如母，一个严如父。从感情上说，光绪还是倾向慈安皇太后的，慈安总是用一颗母亲般的心关心光绪，体贴他、安慰他。而慈禧在光绪面前总以尊长的面孔出现，强调绝对的权威，因此，总以威严对待光绪，而作为一个孩子往往难以接受慈禧的这种做法，也许真如慈安所说，她不会做母亲。

光绪走也不是，留也不是，站在门口，一只手在慈安手里，一条腿在门槛内。他抬头看看正用慈母般的目光注视他的慈安太后，又怯生生地回头看一眼正用冷峻面孔瞪着他的慈禧太后，实在左右为难。

慈安见状，不想为难孩子，忙松开光绪的手说："好，让他留在这里，但不要拿孩子撒气！"

说完，带着几名宫女气哼哼地走了。

慈禧走上前一把拉起倒在地上哭泣的光绪，重重地拍打几下身上的尘土说："不要哭，都是她宠坏了你！今后凡事不听我的，我废了你！"

光绪只是一个劲儿地哭。

过了一会儿，慈禧稍稍消了气，这才觉得自己有点过分。她蹲下身，用手绢轻轻擦去光绪脸上的泪水，心疼地说："皇上，你皇阿爸对你要求严还不是为了你好，希望你长大能当个有所作为的好皇帝，想不到皇阿爸的良苦用心得不到别人的支持，反而招来非议。皇上，别人不了解，你可否明白皇阿爸对你的'望子成龙'之心，理解皇阿爸的心？"

光绪渐渐止住哭泣，用力地点点头。

"皇上，你是听你皇阿爸的还是听慈安太后的？"

光绪张了张嘴，他不想说什么，但最后还是说了："皇阿爸，我听你的，儿臣终生不会忘记皇阿爸的教诲。"

无论光绪是出自内心讲的，还是违心说出这些话来安慰这位严厉的皇阿爸，慈禧听了还是满意地笑了，她希望得到的就是这种结果，用威压服他。

慈禧轻轻抚摸一下光绪的头，温和地说："皇上，你回宫休息吧，你皇阿爸也累了，要休息了。"

慈禧叫两个太监领光绪下去后，望着光绪走出的背影，慈禧叹了口气。

慈禧脸孔一板，冲着外面生气地喊：“小李子！”

“嗻！小的在，老佛爷有何吩咐？”

“这老半天你躲到哪个老鼠洞去了？”

“老佛爷骂得是，奴才就在门外，奴才听见老佛爷和东边的争吵，但奴才没有资格上前插话，小的心早就和老佛爷贴在一起，恨不得将那慈安太后——”

“小声点，我们好好商讨商讨。”

“老佛爷，你可要留心东边的，最近我发现她和六王爷过往甚密，如果他们联起手来，这内外相勾结，会架空你的。我看还是及早计议为妙。”

“要你们这些饭桶是干什么吃的，难道还要本宫亲自到东边去查看吗？”

“奴才知罪，奴才今后一定多加留心，多派人打探。”

“留心有个屁用，我要的是证据，是她和奕䜣做那苟且之事的证据！”

“据小的们侦探，他们只是过往甚密，至于做那苟且之事尚没有！”

“哼！难道每次做那事的时候都要先通知一下外人吗？有没有还不是靠你们的狗嘴？”

“奴才明白，要是抓住证据更好，没有证据就让宫人放出口风来，说东太后和奕䜣如何如何？”

“嗯，算你还不是一块腐朽的木头！”慈禧点点头，过了会儿又说道，“东边对我们这边也是处处留心，事事打探，否则怎么许多我们自认为十分秘密的事儿，她都了如指掌。你要对这宫里的一些人多个心眼，要是哪个狗崽子出卖了我们，就扒了他的皮！”

“老佛爷放心，这事就交给奴才做吧！”李莲英一拍胸脯保证说，“对于皇上，奴才应该如何呢？”

慈禧眼一翻，不满地说道：“皇上尚幼，不可过于造次，应尊重、关心、爱护为上，但要求严一点是应该的。”

“奴才怎敢小瞧圣上，奴才的意思是皇上和东边的关系如何处置？”

“这还用问吗？当然是限制他与东边的相处。不仅如此，还要处处留心他对东边的态度，应尽量在皇上面前讲东边的坏话，在东边那里讲皇上的不是，挑拨他们之间的关系才对。”

慈禧还要说下去，那边有太监来报，说醇亲王奕譞求见，问太后见是不见。

慈禧一听奕譞来了，脑子一合计，我正有事要找他呢，来得正是时候，便对传门太监说：“请醇王爷入宫叙话！”

“嗻！”

不多久，奕譞进来了，叩拜完毕，慈禧温和地问道：“醇王爷，这大热的天匆匆赶来想必有事？”

“回太后，臣在家无事，随便翻看一些外国书册，看那英国、法国、西班牙、葡萄牙等国如此强大，到处耀武扬威，强占他国领土，全靠的是他们有一支浩大威武的舰队。我大清国人口众多，土地辽阔，又如此富有，要是有一支舰队该多好，这也就不再受那洋人的欺辱了，可以把他们拒之海外，不至于常常把他们的船舰开到我大清的领土上威胁我们签订这条约那条约。”

“哦，醇王爷提到建立水师的事多年前就有人建议过，难道王爷不记得了？”

“这——”奕譞脸一红，不知如何回答。

第九章

疗奇症遣人觅朱果
拨巨帑敬道葺白云

正在犹豫之际，只听灵猴大叫一声，纵身一头撞在巨石上，脑浆迸裂。长叙慢慢上前，见灵猴早已气绝死亡，鲜血淌了一片。再看灵猴藏身的绝壁旁边，有一棵半米高的小树，上面正挂着那颗千寻万觅的朱果！

奕譞怎能不记得呢？那是在热河政变后，同治帝即登大宝之时，出任大清朝海关总税务司的英国佬李泰国回英国度假，曾国藩等朝廷中的实权派人物请他帮助为清政府购买兵船，并请他代雇一些水手和官兵帮助操练。哪知道这李泰国自作主张，花了一百多万两银子买了七只小军舰，还招募了六百多名外国官兵，并聘请英国皇家海军上校阿思本为舰队司令。当李泰国所带的这支舰队来到大清朝时，曾国藩、曾国荃、李鸿章等人转而反对，慈禧太后更是坚决反对，勒令阿思本把舰队开回英国卖掉。但这卖舰之款还不够遣散的费用，清政府只好又拿出三四十万两银子做补贴。这次初建水师的尝试就彻底失败了。

奕譞听慈禧太后提及这件往事，正不知如何是好，只见慈禧笑了笑说："当然，那是多年前的事了，今天醇王爷提出重建水师的事可不同往年了，那时国力尚弱。今非昔比，这回又是醇王爷提出的，我当然大力支持。但这事也不是本宫一人当家，还要交给众朝臣议定才行。不过，醇王爷可以把这事的有关事项整理一下报上来，让本宫过目一下，心中有个底，再做下一步打算。一旦大臣们议定此事可以进行，将来这水师的事务就由醇王爷负责了。"

奕譞一听慈禧虽然话说得如此含蓄，但等于一口答应了他的请求。口头上让朝中大臣协商，奕譞何尝不明白这朝中的事只要她慈禧答应，就等于定了，于是急忙叩头称谢：“臣谢太后接纳在下的建议！”

“哈哈，醇王爷太客气了，都是自家人还谢什么，况且你的建议是利国利民的好事，难得醇王爷在休闲时还能想着朝中大事，处处为朝廷着想。”

接着，慈禧又叹口气说道：“当初醇王爷提出辞官之时，本宫也是极力挽留，新皇初登大宝，正是用人之际，醇王爷却害怕有人说闲话提出辞却，本宫当时实是不忍。但由于慈安太后答许了，又让朝中大臣议定，也赞同了，本宫想挽留也无力了，只好忍痛默许。今天皇上继位也多年了，那些嚼舌头的人也早就没话了，我早想找醇王爷商量商量，想让你官复原职，但不知醇王爷是否还有这份心境？”

慈禧知道慈安太后和恭亲王奕䜣越走越近，如果她不拉住奕𫍽，可能势力将走向单薄。为此，她有心卖个人情把奕𫍽拉上自己的战车，以此形成西宫的势力，以对抗慈安。

醇亲王奕𫍽一听慈禧这话，这是他做梦也想做的事，只是不敢说出口罢了。想不到慈禧自己先提出了，自然内心十分高兴，但嘴上仍装出十分谦虚的样子说：“感谢太后对微臣的信任，只是微臣怕无能再担当起太后委托的重任。”

“醇王爷太谦虚了，醇王爷的能力本宫还能不清楚吗？小小的职务根本不值得王爷去做呢！这事就这么定了，至于担任何要职，等筹建水师的事商定完毕再说吧。”

“谢太后！”

“醇王爷，还有一事，本宫还要请教你呢！”

“何事？太后尽管吩咐！”奕𫍽一愣，不知慈禧所问的是什么。

“也没什么，就是有关皇上教育的事。”

“难道翁同龢不合格？”

“翁同龢的学识没什么，只是皇上还小，有一些不应教给他的东西，让皇上学了反而接受不了，会给皇上造成精神压力，皇上一时不辨是非，难免说出一些话不合其身份，让人感到有失大统。长此以往，有损君威。”

奕𫍽听了点点头：“太后见教的是，明天我见到翁同龢与他详谈这事，还有什么要说的吗？”

“皇上年幼，对朝政参与太早是否会影响学业？”

奕𫍽也略有所悟地说：“皇上年幼，还是以读书为重，对朝中诸事尽量少让他知道，待将来能明晰事理后再知晓也不迟，不知太后有何见解？”

“醇王爷说得在理，我也是这样认为的。”

“有太后在宫中时常教导督促，皇上进步十分迅速。如果翁同龢有什么指导欠妥之处，太后及早批评为好，这是为大清的百年大计着想呀！”

“唉，这宫中人员杂多，虽有本宫细致教导，也难免人多心杂，特别是个别太监、宫女欺着皇上年幼，在皇上面前说些不三不四的话，诱使皇上学坏，真让本宫气恼。”

“这些宫女、太监也太大胆了，太后对皇上还是严一点儿好。古语道：‘棍棒出孝子，严师出高徒。’这话不该微臣来说，但为了太后，也为了皇上，更为了咱大清朝几百年祖宗留下的基业着想，臣也就这么放肆地说了。”

“为了不让宫女、太监把皇上带坏了，我和慈安太后商量，尽量让皇上与这些奴才们少接触一些，却不料慈安太后极力反对，为此，本宫和她大吵了一番。唉，本宫的良苦用心有谁理解？”

慈禧说着，用手拭一下从眼角挤出的两滴泪水。奕𫍽见状，忙劝慰说：“太后为了大清朝操碎了心，个别人不能理解，那是她自己不问朝事，嫉妒太后的才能。太后处处以国事为重，对于个别人的诽谤之言可以不理，朝中诸大臣内心是雪亮的，哪个不拍手称颂太后的功绩呢？”

“醇王爷过奖了，能为我大清朝多做点事是本宫日夜所思所想，有人能够理解就好了，称颂是不敢想的。醇王爷今后也应如此，不必太在意别人怎么说，我行我素，问心无愧就是了，走自己的路，让那些好嚼舌头的人说去吧！”

“臣感谢太后的提醒，一定铭记在心。”

慈禧又和奕譞讲了一会儿话，奕譞才高高兴兴地告辞回府。

光绪从储秀宫里出来，准备回宫休息，此时他想起了慈安太后临走时对他那慈母般的注视，特别是平时慈安太后对他无微不至的关怀。无论何时，慈安太后总是用一颗母亲般的心疼爱他、关心他，这让他感动，让他时时刻刻想和她在一起。

慈安太后不像慈禧太后对他那么严，但在光绪的心目中，慈安太后对他的教育也是极为严格的，她是把严溶解在慈爱之中，用爱来体现严。对于光绪，尽管他是皇上，但很小的时候他就离开母亲入宫，幼小的心灵在得到极尊的同时，也有失去母爱的痛苦。而作为皇上，尽管年龄小，但他是普天之主，人们对他总是敬而远之，他缺少友谊缺少爱，也因此更需要关怀与爱。正是这样，慈安太后及时给了他一点点心灵的安慰，所以光绪从感情上更倾向于慈安。刚才，慈安太后和慈禧太后的争吵，他不知道是为了什么，但他感觉到那是为了自己，当慈安太后拉着他走时，他是心甘情愿的，但迫于慈禧太后的压力，他留下了，可这是不情愿的。现在，逃出皇阿爸的目光后，他就急急忙忙向钟粹宫走去。

慈安太后正在独自伤神，忽听宫女来报，说皇上来了，她急忙让他进来。

光绪快步跑到慈安太后跟前，正准备跪下请安，慈安一把把他拉起来，搂在怀中。光绪也乖乖地倒在慈安胸前。慈安把脸贴在光绪额头上，不知说什么好，只觉内心一阵酸涩，泪水顺着光绪的面额滴下。光绪懂事地为慈安抹去眼角的泪水，柔柔地说：“圣母皇太后别伤心，都是儿臣不好，惹你和皇阿爸吵架了，你责打儿臣吧！”

“皇上千万别这么说，母后别无所求，只想让你早日长大独立执掌政权，母后退隐后宫安享天年，对于那权势地位，母后早已腻烦了。”

“母后，儿臣知道你心地善良，对儿臣如同亲生，待儿臣长大后一定给母后建造一座寝宫，好让母后安享天年。”

“母后不求享乐，只盼皇上早日成材，振兴我大清朝的国力，也好告慰先祖的在天之灵。”

“母后教导得是，儿臣记住了，儿臣一定不辜负母后的期望！”

慈安搂着光绪正在说着话，那边宫女来报，说李莲英来找皇上，慈禧太后让皇上速回储秀宫，有事让他回去。

光绪一听，心中咯噔一下，他知道皇阿爸曾多次告诫自己，除了向东圣太后请安之外，一般不准随便到钟粹宫。刚才两宫刚刚争吵过后，他没有通报就偷偷跑到东圣皇太后处，本想皇阿爸不会知道，却又被她知道了，少不得又要被训斥一顿。

既然说有事来找皇上，慈安太后心知这是慈禧有意让皇上少与她接触，自己也不好相阻，只好让李莲英把他领走。

光绪来到储秀宫，慈禧太后劈头就是一顿数落。光绪也不回嘴，跪在地上低头听她训斥，他只等受训完毕好回宫读书。

慈禧病了，这病也怪得很，宫中所有的御医都看过了，就是找不出病因。宫中所有的好药也都用了，就是不见好转。李莲英急得像热锅上的蚂蚁，荣禄、奕譞四处寻访名医。慈安太后本来对慈禧有一些成见，一见她现在病成这个样子也起了同情之心，经常到储秀宫看望她，陪她聊聊天，安慰安慰她。

正方不行用偏方。李莲英不知从哪里得到消息，说京城外白云观里一名叫志清的道士懂得阴阳法术，能够用法术治疗一些不治之症，于是派人到白云观把志清请到宫中为老佛爷看病。

志清来到慈禧床前，先是望、闻、问、切，接着察看了一下室内布置和设施，便拿出事先准备好的纸笔画下一个符图，又写下一串咒语。这才焚香设案叩拜，口中念念有词，约半个时辰之后，又用拂尘蘸着清水四处挥洒，开始驱鬼，如此进行半个时辰后，志清道士才缓口气对李莲英等人说道："李总管，太后寝宫里的妖魔鬼怪给驱走了，为防止这些鬼怪再来打扰太后休息，这里有四张符图，你分别贴在宫门和这寝室门上，太后便可安然睡觉了，决不会再有噩梦发生。"

李莲英一听，大喜，忙问道："按照先生的话，太后的病很快就会好了？"

志清摇头说道："鬼怪虽然给驱除了，但太后由于遭到鬼怪的长久纠缠，阳气散尽，阴气缠身，身体太弱，脾肝被阴气攻入可能终生残留不治之症。"

李莲英大惊，急忙问道："这病有何危害？能否彻底治愈？"

志清叹口气道："唉！李总管，不瞒你说，太后这病如果不能根除，阳寿多则五年，少则三年，还得用宫中千年野参做补才可。要是一般百姓得此病也就两三个月的寿命了。"

"这如何是好？志清道长，你一定设法给太后治好这病，至于费用花销不必考虑，如果能治好太后的病，给你的赏赐那就不用说了，太后做事一掷千金，这点你想必也知道。当然，如果你想愚弄太后危言耸听，后果你也明白！"

志清一听，急忙作揖说道："纵有天胆，贫道也不敢愚弄太后。给太后治病这是贫道上世的荫德，对于封赏那是不敢想的。不过这病的确非同一般，实在棘手。"

"无论多难都必须想办法治疗，代价不必提，就是拼掉大清天下的半个江山，只要能给太后治好病也是值得的。"

"李总管，让贫道仔细考虑考虑，是否有良方。"

"好吧，志清道长，你请用茶，慢慢思考。"

过了半个多时辰，志清道长才缓缓讲道："李总管，太后这病贫道忽然想到师傅在世时给贫道讲过的一则秘方，能否奏效，贫道不敢保证，只能尽力而为。"

"好，你尽力而为吧！"

“此方中有一味药极为珍贵，但也非它不可，如果能找到此药，太后的病也十有八九能药到病除。”

“这皇宫大内之中什么稀世珍药没有？你尽管开出药方，我派人找景仁宫负责司药的执事太监去取。”

“皇宫大内藏药丰富贫道自然明白，但这药就是皇宫之中也难有。”

“你且说说，不，我派人把掌管景仁宫医药房的太监执事李四叫来，你只要说出来，有没有他自然知道。”

“好，那你快派人去叫李执事。”

不多久，李执事进来了，接过志清道士开出的药方一瞧，寻思片刻说道：“这第一味药五指山滴水蘑菇景仁宫中尚有一些，此药还是道光元年派人采制的，后来一直没有人用过。这第二味药秦岭南麓的何须草仅是一般中药，就是普通药店也有。第三味药是青海湖里的叽哩蟹，这味药也还有，西域每三年进贡时总多少送上一些，它对于脾胃再生功能有奇效，所以宫中不可缺少。至于这第四味药朱果，我在景仁宫掌管医药多年却从来没有见过，宫中药谱也没有记载。李某见识浅薄，不知此药产在何处，请道长明说，只要对太后病症有效，可立即派人去采。”

“李执事不必客气，贫道对此药也只是在年轻时曾随师傅云游天下时，一次偶然的机会，听师傅介绍了此药，并讲述了此药的功用和产地。”

“志清道长，你就快说吧！”李莲英急忙插话说。

“此药产在东北辽阳省长白山札库木的山南绝峰上。”

“这有何难找，既然知道生长地，派人到那里取来就是。”李莲英说道。

“并非如此易取，朱果是一种温带落叶灌木，叶小根粗，茎细，生长极为缓慢，长到死也不过半米高，每株只开一次花，结一次果，这花开的时间却不固定，也有百十年一次的，也有千年一次的，甚至还有几千年一次的。”

“这朱果为何这么奇怪？开花结果没有定期，如此喜怒无常，难怪不好采摘。”

志清道士点点头说：“不仅如此，经历这么长久开出的花结出的果也只是青果，何时变红，时间也不固定，这要看那长白山的地气冷暖炎热而定。”

“按道长的意思，这朱果是和长白山的地气有关，靠地气滋养而成？”

“贫道也不清楚，但师傅是这么说的。”

李莲英找来内务府大臣崇伦协商去长白山取朱果之事，崇伦思索一下说道：“这朱果既然是千年奇珍，就是到达长白山札库木地带又如何找寻，即使见到了朱果，谁又认得呢？据我认为，最合适的人选就是志清道长亲自前往。”

志清一听，忙说道：“能治好太后的病，贫道就是拼了这条老命也是荣幸的，只是路途遥远，贫道一人前往不知何年何月才能到达。最好是选派一年轻力壮又是这长白山系的官员前往再好不过，他祖辈居住在那里，对于朱果之事自然有所耳闻，也好向当地居民打听找寻。”

崇伦一听，连连点头：“有道理，有道理！只是这朝中诸大臣中谁是长白山札库木的人氏呢？”

李莲英一拍脑袋：“有，有，我倒想起一人。”

崇伦忙问道：“谁？快说！”

“一品大员太子太傅裕泰不就是满洲他他拉氏，祖籍长白山札库木一带，镶红旗人吗？他对朱果一事一定有所耳闻！”

“快传报裕泰让他火速入宫，就说有要事相商。”崇伦催促说。

“是！我这就派人去请。”李莲英一鞠躬，起身向外就走。

不久，裕泰进入宫来，崇伦向他说起朱果之事，并引荐了志清道长。

裕泰忙说道：“不错，这札库木的绝峰确实生有一种比长白山的人参还要珍奇的植物就是朱果。在下年轻时曾听老年人说过此物，据说这朱果多年才出现一次，极为难寻。如果能治好太后的病，再难寻老臣也要前往。”

志清道长看看年过花甲的裕泰，叹口气说：“裕大人，贫道有句话不知当讲不当讲？”

裕泰一愣，以为自己说错了什么，忙说道：“道长请讲！”

“恕贫道直言，你这么大年纪，别说上山去找，就是这一路风尘也不一定能经受得住，如何寻找朱果，岂不耽搁时间，误了太后之病。裕大人的心情是好的，但年纪太大，恐不合适，家中是否有其他合适的人选？”

志清这么一说，崇伦、李莲英也觉得有道理，一齐说道：“要么让裕大人的子嗣前往？”

“这样也好，只是卑职的长子长敬现任职四川，次子长善任职广州，目前留在朝中的只有三子长叙，现任刑部左侍郎，正年轻力强，可以胜任。”

“好，裕大人，就这么定了，让李总管速传旨给长叙，令他即日起程回东北长白山札库木找寻朱果。”

“一切听从崇大人安排就是！”

第二日，长叙便在志清道长和父亲等人的再三告诫和叮嘱下带四名随从快马去长白山寻找朱果。

皇阿爸病了，从人们的眼神和议论中，光绪知道皇阿爸病得不轻。他每天早晨起来后的第一件事就是到储秀宫给皇阿爸问安，原先是起来后先给慈安太后问安，然后再来到储秀宫给慈禧太后问安。自从慈禧病了，在慈安太后的劝说下，光绪改变了问安的次序。看到皇阿爸一天天消瘦下去的样子，光绪着实不安，几乎每天都来服侍皇阿爸吃药、喝水、吃饭。慈禧见自己亲手扶持的皇帝对她如同亲生，年纪虽小，但如此知情达礼也很欣慰，对光绪的训斥渐渐少了。每次在光绪前来问安时总说些贴心话儿，母子感情十分融洽。

慈禧是特别讲究衣着容貌的，她是位女强人，从不愿向别人示弱，更不愿让人看见她懦弱或不光彩的一面。无论何时，她总要摆出一副母仪天下的架势、盛气凌人的姿态，讲究衣着的整洁与华贵，容貌的美丽与高贵。随着病情的进一步加重，慈禧时常披散着头发靠在高高的被垛上，脑门上也常常蒙块白色汗巾，盖着被子，脸色越来越苍白，嘴唇越来越干裂，并时常从鼻子内流出血来。

现在慈禧不常做噩梦了，但睡眠仍然不十分好，许多时候，她醒来后就再也睡不着，盯着天花板出神好半天。这屋内的寂静让慈禧感到十分孤独，她是一个不甘寂寞的人，为此，光绪给她搬来大大小小十多架自鸣钟。叮啷、叮啷的声音很让慈禧欢喜，在别人可能无法入睡，而慈禧却觉得像催眠曲，在这些不和谐而又和谐的钟鸣中，她反而睡得香甜，为此着实把光绪夸奖了一通。

慈禧不能亲自垂帘听政，一切朝中大小事务几乎都由慈安太后过问。光绪大部分时间也都由慈安带着上朝、读书、练箭、散步、做游戏。不知为何，慈禧不在的日子里，光绪更感到舒心、快乐，从感觉中，他觉得慈安太后才是母亲，给他母亲般的温存与厚爱，和她在一起，有一种家的温暖，就像一头跑丢的羔羊又找到了母亲。对于慈禧呢？光绪觉得她更像父亲，并且是严厉的父亲，也难怪慈禧有时让他叫她“皇爸爸”，她的确是“爸爸”，爸爸当然威严了，他有时很害怕这位皇爸爸，有敬而畏之的感觉，但他也不愿失去这位皇爸爸。他知道自己还是棵幼苗，是头小羔羊，需要大树的荫护，需要母羊的养育。所以，他盼望着皇爸爸早日康复，也私下里随慈安太后到庙里为皇爸爸祷告了几次。

慈禧不能亲政了，并不是说她对朝堂的事务不闻不问了。她有自己的耳目，后宫有李莲英，朝内有荣禄，朝外有李鸿章，她虽躺在病榻上，还是晓得大清天下的。一些事情怎么办，她是心中有数的，但她不说，她也装不知道，她在默默地等待，等待康复后采取一鸣惊人的举措。

慈禧能康复吗？她自己也不知道，只能听天由命，但她相信自己的命运不会差的，几十年的生活阅历增加了她的自信，每当人生出现重大危机的时候，她总会化险为夷，柳暗之后是花明，她自信这次也一定会是。

也许这是天意，正当慈禧一步步走向死亡的时候，长叙却从长白山风尘仆仆地赶回来，并且带回了千年难寻的奇珍朱果。

说来也怪，长叙星夜飞驰赶到长白山札库木，找到地方县令说明来意，一听说是为慈禧太后采药，谁敢怠慢，立即组织人上山寻找。一晃十多天过去了，一无所获，长叙急得如热锅上的蚂蚁，坐卧不宁。

这天，长叙又亲自带领两名随从和一位向导来到布库里山寻找，他们翻山越岭，向大山深处走去。走着走着天已过午，他们还是一无所获，连个朱果的影子也不见，长叙很失望，这是他第七次入山寻果了。一次次的失败使他丧失了信心，本来就十分渺茫的事现在渐渐绝望了。虽然太后降下懿旨令他来找朱果，并未说找不到会给予什么处治，但如果真的找不到，即使太后不治罪也将失去朝廷的恩宠，朝廷怪罪下来，那后果就难说了。

长叙长叹一声，倚在一棵树上闭目苦思，猛抬头，看见一只灵猴在对面山崖上向他挥手。长叙灵机一动，他常常听说一些动物通人性，有时具有人类所不及的感觉。他也不及细想许多，便飞身向那灵猴追去，他跑猴也跑，他快猴也快，他慢猴也慢，就这样追了半个多时辰，灵猴在一个绝峰上停住了。长叙见灵猴在绝峰上面对走近的他唧唧地叫个不停，面容十分凄婉，眼中流出泪水。长叙不知这灵猴到底在做什么，他想转身走开，但又想看个究竟，就在他犹豫之际，只听灵猴大叫一声，纵身一头撞在悬崖的一块巨石上，顿时脑浆迸裂。

这突然的变故令长叙目瞪口呆，他感到十分内疚，也许是自己的穷追不舍把这灵猴逼上绝路！长叙慢慢上前，来到灵猴撞身处，灵猴早已气绝死亡，鲜血淌了一片。猛然间，长叙愣住了。

只见灵猴丧身的绝壁旁边有一棵半米高的小树，上面挂着一颗朱红色杏大的果子。

啊，朱果！

朱果，朱果，长叙心中一阵狂喜，喃喃地说着。他又怕弄错了，仔细看看枝叶和果子的形状和色彩，果然和志清道长描述的十分相似。他掏出一个小盒子，小心翼翼地把朱果取下放进去。心道：这朱果既然是天下奇果，这枝叶也一定十分珍贵，说不定能治百病，便随手摘下一些枝叶包了起来。

就在这时，那两名随从和向导也来到跟前，长叙便把刚才的情况讲述了一遍，众人都说奇，也都一致认为这是上天在暗助太后，一齐躬身向灵猴长揖致谢，然后拔出宝剑就地掘了个坑把那灵猴埋了。

当长叙等人准备离去的时候，忽见刚才还是枝叶长青的朱果树，已变得枝枯叶黄，一阵风吹来，黄叶随风而飞。

长叙等人再次下跪拜谢，感谢神灵指点，这才下山而去。

志清道长见过长叙，问明采摘朱果的经过后，心道：这是上苍之意，非人力所为，大清的江山也就到此为止了。

原来这慈禧太后是满洲正黄旗人，叶赫那拉氏，本是海西女真的一个强悍部落，长期与努尔哈赤的建州女真为敌，后被努尔哈赤残酷的屠杀政策所征服，两族结下世仇。叶赫部首领索布占泰临终前仰天大叫，叶赫部留下一女婴后必灭建州女真，否则死后不得面见先祖。

满洲入关后，随着时间的流逝，叶赫部的怨仇也日渐淡漠，也许这是上天故意安排，索布占泰的遗言果然应验在叶赫那拉氏慈禧身上。

叶赫部得荫于黑水的阴气，以阴见长，所以多出杰出女强人。满洲所占龙脉是白山的阳气与黑水的阴气汇合而成，并以阳气为主，所以男丁兴旺，真龙天子辈出。想不到在这那拉氏慈禧身上应验了先祖的遗言，断送了爱新觉罗氏的龙脉。

这朱果是爱新觉罗氏的发迹之果，如今被采来给慈禧治病，这正是采阳补阴。掐断爱新觉罗氏的龙脉阳气，断送大清朝的天下。

志清道长从景仁宫取来那三味中药，配上这朱果一起调制煎熬，派人服侍慈禧太后服下，如此进行了三天，慈禧果然感到身体渐渐好转。

半个月后，慈禧的病终于痊愈，能够下床行走。整个宫中一片欢喜，为太后的康复而高兴。

太后降下懿旨，请满朝王公大臣、亲王贝勒到宫中宴饮，志清道长和长叙是头等功臣。太后当众宣布加封长叙为太子少保，赐双眼花翎，官升户部右侍郎，成为年轻有为的正二品大员。

慈禧太后又问志清道长："道长，你为本宫早日康复立了汗马功劳，本宫感激不尽，不知道长有何请求？但说无妨！"

"贫道云游天下、四海为家，闲来高山观虎斗，闷来松林听鸟声，池中有鱼钩不钓，笼中买鸟常放生，跳出三界外，不在五行中。贫道能为太后治好病，这是大清朝的洪福，也是贫道三生有幸，出家人无所欲，更无所求，至于封赏，贫道实在不敢当！"

慈禧一听，频频颔首："志清道长真是世外高人，看破红尘，参悟玄机，修身养性得道，实在让我等世俗之人钦佩！既然道长不愿封赏，本宫也不强人所难，用世俗之虚衔蒙垢超然之雅致。但本宫还是感激道长的一片诚挚之情。内务府大臣崇伦何在？"

"微臣在！"

"崇伦，你从内务府抽拨白银一万两，帮助志清道长重修白云观，也好让道长有个参禅悟机的所在。"

"臣遵旨！"

志清道长一听慈禧太后给拨银重修道观，心里想道：这样我将被太后左右，为她所役，将来她知道我懂得太多，势必杀人灭口，我命休矣！那时后悔也晚了。于是，志清道长忙上前说道："感谢太后的一片仁爱之心，只是贫道不久将云游天下，白云观也就不必重修了，此款留着赈济天下百姓吧！”

“道长不必推辞！本宫主意已定，就是你去云游天下，也不应再让你的弟子重受风吹雨淋、冰雪之寒，这白云观一定要重建。”

志清道长一听此话，知道不可再推辞，否则会引起太后的猜疑，则死得更早，遂躬身施礼致谢：“贫道代表白云观大小道士感谢太后的仁爱恻隐之心，也望太后万岁！万万岁！”

最后，酒宴在一片欢乐的气氛中结束。

志清道长临行前走到长叙跟前小声说道：“长大人，如不嫌贫道清寒，请到白云观一叙。”

长叙一愣，他知道志清道长是世外高人，这话一出绝非随便客气之辞，一定有什么要紧事相告，便答道：“道长不邀，在下也早有向往之志，更何况是道长相约，在下不胜感激，明日一定前往。”

说完，志清道长和长叙彼此相视一眼，便各回住所。

长叙回到家中，一夜思索，他不知道自己是做错了事还是这次采药触犯何种天机。

第二天，长叙独自一人匆匆赶往白云观去拜见志清道长。

寒暄了一阵，长叙照直问道：“道长昨日暗示在下今日来此，想必有所见教，请道长明示，在下不胜感激！”

“长大人不必客气，贫道让你来此只是随便聊聊，见教谈不上，既然长大人相问，我想问一下有关朱果之事。”

“道长请讲，在下将尽所知而相告，决不敢有半点相瞒。”

“长大人不必如此，我只是想问一下，长大人摘取朱果的时候，有没有顺便也摘点其他什么？”

长叙一惊，心道：莫非我摘叶子被他人看见了，有人报告给志清道长或其他什么人，但转念一想不可能。自己采摘叶子时那几人尚未赶到，不可能见到自己私藏朱果的枝叶，也许是志清道长的猜测，由此可见这枝叶一定也十分珍贵，暗自庆幸自己多了个心眼私藏了一些枝叶。但这千万不能让志清道长知道，否则报告给慈禧太后，自己非但毫无功劳还要落个欺君之罪，轻则革职，重则杀头。想至此，长叙泰然答道："道长多疑了，在下发现了朱果，当时只是感到十分高兴，取下朱果后那几名随从也先后赶到，一起埋了那灵猴。等到再看那朱果树时，早已叶黄枝枯，一阵风吹来，黄叶随风而散。难道那枝叶也有用处？"

长叙故作不知，见志清道长点点头，接着说道："太可惜了，临行前道长只说寻找朱果，并未提及枝叶也有妙用，否则在下说什么也要采摘一些枝叶留在宫中，以便作为珍品保存起来。"

志清道长听长叙这么说，也不好再问什么，只淡淡地说："贫道只是随便问问，绝无他意，出家之人早已六根清净，谢绝尘缘，别说那枝叶，就是朱果在贫道眼中也情同一般果实。不瞒你说，家师年轻时也曾得到一枚朱果，但家师将果装入一个木匣投于江中，以便让有缘人得之。贫道虽然赶不上家师的修为，但对于人们的一切恩怨早已参悟。真真假假，假假真真，福兮祸之所倚，祸兮福之所伏，得之非福，弗得非幸，一切听命于上苍吧！不过，贫道还是提醒你一下，这朱果的枝叶也是天下奇珍，至于妙处贫道也不说了，天数已定，非人力所为。"

"道长但说无妨，这里也无外人，虽然我没能得到一些枝叶，但听听它的妙用，将来再有机会碰上也可多摘一些枝叶带回留给急需者。"

"这是天机，贫道怎敢泄露，说亦无益，只等天数而定吧！贫道让你来仅是提醒一下长大人，既然长大人没有得到那枝叶，说也无益，长大人请回吧，贫道要打坐了！"

志清道长说完，开始闭目养神。长叙见状，知道再问无益，也就告辞回府了。

长叙回到府中，就把今天和志清道长会谈的内容讲给夫人听，夫人不安地说道："道长既然有那么大的能耐，就一定会算出你私藏了朱果叶子，说不定他会报告给太后呢？这如何是好？”

“福晋，你放心，道长是世外高人，不会做那种伤天害理之事，他也只是随便问问。”

“哼！随便问问，他分明是想与你平分这枝叶，否则昨天不会对你那样说，让你到他住所讨价还价。不想你一口否认了，他得不到任何好处当然要出卖你了。”

长叙轻轻摇头：“不会，不会！”

“什么不会！唉，说不定这朱果的枝叶能让人长生不老，至少也能让人延年益寿，等到道长报告给慈禧太后，被强行取走，我们不如一不做二不休，把那枝叶煮了当茶吃了，说不定能长命百岁。就是太后派人索取，我们只说没有就是！”

长叙一听，忙说道：“这事我说给家父听听，让他给拿个主意再做处理吧！”

“本来这事你知我知，那道士也只是猜测，你这一说不是自己承认了吗？万一父亲大人不同意，这么珍贵的东西岂不要让给他人。实在可惜！”

长叙也不知如何是好，听福晋这么一说也动了心，停了一会儿说：“好吧，就按你说的办，我们煮茶饮下，就是太后追查也永无把柄，只说确实没有摘取，谅她不会怪罪的。”

饮茶后，长叙在一种似真似幻中进入梦乡。梦中，长叙和他的福晋一起飞过一座座山，跨过一道道河，渐渐飞累了，想找一个地方歇一歇，但到处雾茫茫一片，他们正不知如何是好，忽然看到一群灵鹊向自己飞来，并围绕他们叫个不停。灵鹊叫后便向下飞去，长叙和福晋也随着向下飞去，只见灵鹊在一个高大辉煌的庭院门前停住了，他们也不自觉地被这庭院周围的景色所吸引，向着庭院的大门走去。刚到门前，庭院的大门自动开了，从里面走出一位活泼可爱的小姑娘，向他们躬身施礼：“二位是前来恳求儿女的吧？”

长叙和福晋相视一眼，觉得十分奇怪，忙上前说道：“我们夫妇有儿有女，不是来求什么儿女的，只是路过来看看，请问姑娘这是什么地方？”

“二位果真不知这是什么地方？”

“真的不知，如果不方便，我们也就不入内了。”

“也没什么不方便，这是观音娘娘的一个送女宫殿，叫作贵女宫。”

长叙觉得好玩，忙问道：“观音娘娘的送子庙不是到处都有吗？怎么这里叫贵女宫？”

第十章

因游观一帝遭薄惩
为争席两后出恶言

慈禧狠狠说道："抢别人儿子养着，反作起福来，有没有这个道理？本宫倒要拿鸡蛋和石头碰一碰，看看石头到底有多硬！"慈安以牙还牙说："既如此，本宫也不讲情面了，先皇在世时曾说将来可能有人以下篡上，特留下遗诏来！"

那姑娘嘻嘻一笑说道："你说的那些送子庙只是观音娘娘给人间送的一些普通儿女，可不同于这里的贵女宫，这里送出的女儿可都是人间的富贵女人，随便送走的一个女儿也都是公主、皇后，或贵妃之类，要么就是一些有所作为的杰出女性，否则怎么叫贵女宫呢？"

长叙和福晋摇头不信。

"你们不信，告诉你们，人间的许多华贵女性都是从这贵女宫里送出去的。像西施、貂蝉、卓文君、武则天、杨玉环，嘿，还有你朝的庄太后，如今在你朝执掌天下的一位女性也是这里送出的。"

长叙不解地问："按你说这贵女宫送出去的都是杰出女性，那杰出男子从何而来呢？"

"也有专门向人间送去杰出男人的贵男宫，但不在这里，距离这很远很远，你们没有机会找到了。二位能有缘来这贵女宫一趟也是人间之大幸，何不入内看一看？"

"也好！"

长叙和福晋一施礼，随着这姑娘走进院内。

"二位随便走走吧，各处都有人专门掌管，我不便相陪，我只是这里负责宫门的一位女童。"

“多谢姑娘相邀！”

“不必多礼！此宫只留有缘人到此一会。”

长叙和福晋边走边看，不断称奇，从外面看这宫殿仅似一个庭院，尽管十分华美，但到这里面一看才知道别有一番天地。长叙曾到皇宫去过，那时他感叹皇宫之大，惊诧皇宫之富丽堂皇，如果把皇宫和这贵女宫相比那才是小巫见大巫。每走到一处，果然看见有许多小的宫门，门口均有女童守着，看情景果然像那守宫门的姑娘所说。

他们又走了一段时间，福晋忽然问道：“咱们来此这么久了，还是快回吧，家中还有儿女，如果耽搁太久，儿女找不到我们会哭的。”

长叙一听，觉得也有道理，回头问妻子说：“你我来此一趟可去拜求一个儿女？”

“这——我们夫妇有儿有女，还要那儿女干什么？”

“这是贵女宫，送出的女儿都是富贵之女，我们夫妇虽然那么多儿女却未必有一个是富贵之身，不如趁此机会拜求一个，也不枉来此一趟。”

“既然夫君如此说，也好，那我们就在这附近的一个宫门里拜求一个吧！”

长叙和福晋来到跟前，见宫外墙上的匾额上写着“贵妃宫”三个大字。

“福晋，此宫女子将来可能都是皇家贵妃，你要不要？”

“唉！我们家能出一名贵妃也就是了，既然来此何必错过呢！”

二人进入宫内，先是焚香跪拜，这样连续三次叩拜后，果然有一女佣模样的人抱出一个可爱的女婴来到福晋面前问道：“这位女童将来定会贵为皇妃，你可满意？”

福晋一看，女婴长得活泼可爱，娇小玲珑，一口答应了，抱在怀里赞不绝口。长叙一见，心道：既来了，就再要她一个吧，随即出口求道：“我夫妇不远万里越山涉水来此，是一片诚心，想再要一个，请求神仙姐姐再赏赐一个吧！”

“这——”那女佣一踌躇，“我不当家，要不，我回去问一下主司是否同意？”

“那太感谢神仙姐姐了！”长叙急忙施礼说。

女佣进去不久，回来时又抱着一名同样可爱的女婴，交给长叙说：“今天主司开恩，破例赏赐给你们夫妇两个女婴，请你们好生照看，不可有丝毫闪失，你们走吧！”

长叙夫妇大喜，又拜谢一次，才匆匆告别“贵妃宫”。来到宫外门，那位守门的姑娘仍在那里，也不搭话，只朝他们微笑。长叙夫妇也向她笑了笑，才走出宫门，待回首看时身后什么也没有，仅他们夫妻二人站在一片空地上，每人怀里抱一女婴。怎么走回去呢？长叙和妻子急了，这一急，长叙满头大汗地醒了。

哦，原来是个梦。长叙觉得奇怪，看着身边什么也没有，福晋正在酣睡。

长叙忙喊醒妻子，把梦中的事讲给妻子听。

福晋说：“我什么梦也没梦到，这不过是你想有个当皇妃的女儿的梦想罢了，我们祖上没有这个命，千万别说出去，否则人会笑话我们的。”

长叙虽觉奇怪，但毕竟是个梦，也不好再说什么。

谁知没过多久，福晋就怀孕了，生下一女。两年后，长叙福晋又生下一个女儿。

慈禧太后的病体完全康复了，白云观也落成了。落成典礼那天，慈禧太后要亲自到白云观烧香跪拜，李莲英上前说道：“老佛爷，你玉体初复，不宜外出，这等小事还要你老人家亲自去吗？”

“按你说应由谁代为前往？”

“皇上也这么大了，何不让他代为前往，一来让他为你老人家表表孝心，二来也可锻炼锻炼他，对将来亲政大有好处。”

慈禧一听，点头称是：“小李子讲得有道理，你快去请皇上吧！”

李莲英一听，内心一阵欢喜，快步向养心殿跑去。

皇上正和翁师傅一起谈论诗书，一见李莲英在门外探头探脑，光绪心道：又是监视我和翁师傅的一言一行。光绪一见李莲英这样，就觉得恶心，忙向外冲着李莲英喊道："狗奴才，滚远点儿，我们正在讲课！"

李莲英一听就气得直咬牙，心里想着：哼！你不要以为自个是个皇帝，还不是个傀儡，我只要讨得老佛爷的欢心，你这个皇帝在我眼里也狗屁不如！王公大臣、亲王贝勒和这三宫六院，包括东太后慈安有时都让我三分，你这个皇帝还不知天高地厚。哼！看老子今后怎么收拾你。

也不知为何，这光绪帝和李莲英一见面就是死对头。当初，光绪刚入宫那天，对周围的一切都是怯生生的，慈禧把他带在身边，李莲英为了讨好慈禧太后，非常友好地走上前把光绪抱了起来，并用满是皱纹的脸亲亲这位未来的小皇帝，还想再着实夸奖一下光绪。哪知道，李莲英刚把光绪抱起来，那老脸还没凑上去就把光绪给吓得直哭，直踢直抓地挣脱出来，躲在慈禧怀里，还双眼瞪着李莲英说："你怎么长得这么丑，我看见你就害怕，就讨厌，你以后不要抱我！"

这话惹得慈禧太后和慈安太后及众宫女哈哈大笑。李莲英一听，气得直翻白眼，但在两宫皇太后面前他又不敢发作，只好白吃哑巴亏，心中对这小皇帝便不开胃，以后总想找借口捉弄一下光绪。

这李莲英也确实长得丑，但他是老佛爷眼中的红人，谁敢在他面前说个"不"字，你就要倒霉。幼小的光绪哪知道这些呢？从那之后李莲英总想和光绪作对，想让这未来的皇帝在执政后对自己怯三分，必须从小把他拿住，处处听自己的。但不管光绪多小，毕竟是君临天下的"万岁爷"，当面他是不敢对皇上做出任何放肆的举动，更不敢出言相逆，就是光绪骂他时，李莲英仍得满面笑容地迎合，退出时还得恭恭敬敬地磕头问安。

尽管李莲英不敢当面捉弄光绪，但熟知宫闱的李莲英知道如何对付光绪，那就是在慈禧太后面前挑拨离间，让光绪失去慈禧太后的宠爱，然后他就敢对光绪发泄淫威了。这次主动提出让皇上代太后亲往白云观参加庆典和烧香还愿就是李莲英想出的一个诡计。

李莲英听到光绪在里面骂他鬼头鬼脑，他也不生气，反而笑嘻嘻地走上前施礼，说道："皇上，本来奴才不想来打扰皇上听课，但老佛爷有事恭请皇上入宫交代，奴才只得来此，翁师傅你在此稍等，要么先回吧！"

李莲英这话不软不硬，让光绪干生气，翁同龢也直吹胡子，但这是太后的旨意，光绪也不好说什么。翁同龢也不想让光绪说出一些不中听的话，以免李莲英报告给慈禧，让太后对皇上有偏见，直接影响皇上未来的命运，便对光绪说道："皇上，既然是太后有事来请，你速去吧，这课臣明日来接着讲，你回来后先自己看看。"

"这样也好，翁师傅那你先回吧！"

翁同龢走后，光绪才十分不愉快地随李莲英来到储秀宫拜见他的皇阿爸。

光绪跪拜完毕，说道："皇阿爸，你找儿臣有事？"

"哦，皇上，你皇阿爸如今病体康复，白云观也已落成，皇阿爸思前想后，我能有今天，多亏这白云观的志清道长，想亲自前往进香还愿。但一想到出宫又要劳动车马和许多宫人，况且皇上渐渐长大，也要见识一些场面，今后好独立处事，这事就有劳皇上亲自去一趟吧，但不知皇上是否乐意？"

光绪一听，一扫刚才的不快，满心欢喜，心想：我早就在这宫中憋够了，能有机会到外面散散心，哪有不去之理。忙躬身说道："为皇阿爸效劳是儿臣的心愿，只要让皇阿爸身体健康长寿，什么苦儿臣也愿吃，但不知何时前往？"

"明日就是吉日，请皇上早做准备，好好休息吧！"

“谢皇阿爸，儿臣回去了。”

慈禧点点头。

第二天，光绪小皇帝在王公大臣、亲王贝勒的簇拥下到城外白云观献香。一路上旌旗蔽日，人马浩荡，光绪坐在御辇里不住地站起来伸头向外观望，有时还挥动着小手指指点点，问这问那。左边是大内总管太监李莲英，右边是执事太监王商，前面有御林军手持金瓜戟钺开道，后面跟随着弘德殿行走翁同龢、内务府大臣崇伦，此外，还有恭亲王奕䜣，醇亲王奕譞，惇亲王奕誴，惠亲王奕详，孚郡王奕譓，贝勒载治、载瀓，军机大臣荣禄、李鸿藻、沈桂芬，当然还有夏同善、奕劻、长叙等人。

光绪来到白云观前，有人高呼：“皇上万岁！万岁！万万岁！”

话音未落，道士跪了黑压压一大片，待免礼平身后，光绪在李莲英和王商的相带下进入正殿，只见正中塑着一尊高大的玉皇大帝神像。李莲英递过御香让皇上跪拜献香，这李莲英本来就想借此搬弄是非，也不告诉皇上该如何做，好让皇上当众出丑。

光绪接过李莲英递来的香，不拜也不点，跪到那香炉前，伸手要把那把子香插进香炉内，无奈那香炉太高，光绪够不着，这么一踮脚，向上一够，不小心竟把那香给推倒了，自己还一屁股跌坐在神像前。待王商走上前，皇上已经跌倒，他扶起皇上时，李莲英已拾起掉下的香，这才告诉光绪说：“皇上，应先拜谢，然后燃香！”

光绪红着脸，按照他所说的做了一遍，王商急忙上前接过点燃的香插进香炉。

拈香完毕，道士便带着皇上及各王公大臣到观内看一看。

李莲英问及身边一道士：“怎么不见志清道长？”

“志清道长已出游多日了！”

“哦，可惜可惜，大殿落成，如此重大庆典，志清道长不在，实在遗憾！”

李莲英嘴里说着，心中却在思考着这志清道长非等闲之辈，将来有机会可将他拉为自己的心腹，否则，只可杀掉，留下此人必为后患！心里这样想着，便随口问道：“不知志清道长何时回来？”

“志清道长飘游名山大川，流连山水时常忘返，行踪不定，回观时间也不定，少则半年，多则三年五年。”

李莲英和王商带领着光绪观看几重大殿，所看到的都是天神天将，绕过月洞门后来到一个花园里。只见这花园建得十分精致典雅，到处养着鹤、鹿、孔雀、锦鸡、白兔之类，那边草丛中有几只白兔在一蹦一跳。

光绪见十分好玩，跑上去就追，也和那白兔一样在草丛中乱抓乱爬，王商想劝阻，见周围有这么多道士在旁，还不便直接出言劝说。李莲英不但不劝阻，反而在一旁操着公鸭嗓子直喊：“皇上，捉一只带回宫中饲养！”

光绪哪知道这是李莲英在捉弄他，也不辨好坏，真的抓住一只大白兔交给了李莲英。

王商赶紧阻止，光绪不听，反而说道：“宫中没有这等奇珍，朕带一只饲养有何不好，你不必多言！”

王商无奈，也不好解释，李莲英更是暗暗高兴。

回到宫中，李莲英便把那白兔送到养心殿交给皇上玩耍，自己悄悄溜走了。

李莲英来到储秀宫面见慈禧太后，慈禧问道：“今日圣上前往白云观献香，一切还算顺利吧？”

“回太后，还算顺利，只是——”

“只是什么，有话快讲，别吞吞吐吐！”

“是，是！只是皇上行为不检点，招致大臣和白云观众多道士非议。”

“他们说什么？”慈禧有点生气地问。

“他们说皇上没有一国之君的威仪，对待献香如同儿戏，说明皇上对老佛爷不尊敬，缺乏孝心。”

“皇上到底是如何做的？”慈禧冷冷地问。

“奴才不便说，说了老佛爷也不会相信。”

“大胆，照直说来，恕你无罪！”

“谢太后！奴才就直说了。皇上可能在宫中憋闷太久，一出宫门就从御辇上站起来，四处张望，惹得两边随从窃窃私语。奴才和王商几次劝阻，这才罢休。到了白云观，起初皇上做得还挺好，到了献香拜神之时，皇上开始不愿献香，仅拿着香就往香炉里插放。在奴才的说服下，皇上才重新叩拜焚香，看那神态，形同儿戏，对神灵极为不恭，不把老佛爷你的事放在眼里。献香完毕，皇上也不向主持道长谈及你老人家的关怀与赐赠，只让奴才带皇上游玩。每到一处，看见神仙天将，皇上总是指指点点，嘻嘻哈哈，离开了太后你的眼，皇上同开笼放鸟一般。更不像话的是，皇上在那花园里，随意趴在草地上捕捉兔子，还抓住一只带回宫中。王商劝说，皇上一点儿也不听劝，如今正在养心殿玩耍那只白兔呢！”

李莲英这一番添油加醋的话语可把慈禧太后给气坏了，她大拍桌子，喊道：“皇上年幼，要你等这些狗奴才干什么去了，来人！”

“有！”

“把李莲英、王商拉下去重打四十大板！”

李莲英万万没想到老佛爷会把火发在自己身上，鬼哭狼嚎地喊冤枉：“老佛爷，奴才冤枉，奴才冤枉！奴才对老佛爷一片忠心，绝无半点诳语。”

慈禧看李莲英可怜巴巴地哭喊，又想想这有病的几个月来，他为自己确实消瘦了许多，这才消消气说道：“身为大内太监总管，你也有责任，这次先饶过你，下次决不宽恕！王商身为皇上贴身太监，对皇上的行为不加劝导，决不饶恕。来人，把王商和皇上找来！”

王商进来一见慈禧那脸色，就知道不好，李莲英一定把今天的一切都报告给太后了。他急忙走上前，叩头跪拜。

“王商，你可知罪！”

“奴才知罪！”

“好，你知罪，本宫欲打你四十大板，你可服气？”

“奴才愿罚！”

“好，来人，给我打！”

正打着王商，光绪进来了，一见王商挨打，也不知为何，赶紧走上前叩拜说：“儿臣拜见皇阿爸！”

还没等光绪给王商求情，就听慈禧厉声问道：“皇上，你可知错？”

光绪一愣，忙说道：“回皇阿爸，儿臣不知错，儿臣愚昧，请皇阿爸明鉴！”

“皇阿爸明鉴？说得倒好听，我且问你，今天白云观献香你都做了些什么？”

“儿臣正要汇报给皇阿爸呢！儿臣代母后献了香，观看了神像，还抓回一个宫中没有的奇珍，正要献给皇阿爸，留母后观赏。”

“什么奇珍？”

“一只洁白的小动物，又能蹦跳，听他们说叫大白兔。”

慈禧一听，简直气破肚皮，气愤地说道：“你是皇上，一国之主，随便站起来四处张望，又在大庭广众之下随意追抓一只兔子，这成何体统？！还有没有君临天下的天子圣威，有失皇上尊严！如此年幼不知天高地厚，简直没有一点儿教养，这样下去岂不被朝中文武大臣讥笑。”

慈禧太后劈头盖脸一顿臭骂，光绪眼泪吧嗒地站在一边一声也不吭。慈禧还要再说下去，猛抬头，看见慈安太后走进来，忙起身让座。

慈安还没坐下就对慈禧说道：“妹妹病体刚复，不必为一点小事动怒，否则气坏身体岂不前功尽弃，到底为何？说给姐姐听听！”

慈安本是好意，正在气头上的慈禧以为这是慈安在挖苦她，没好气地说：“又来充好人，还不都是你们惯的！”

慈安本来是好意，没想到慈禧竟然没头没脑地说出这样一句难听的话，也不客气地说：“你身为太后，怎么这样没教养，你有病这许多天来，我帮你批阅奏章、处理朝事，还常常来安慰你，一个人照看皇上，不求你感谢，但也不想听你这种没礼貌的话。”

“哼！说得倒好，朝中大权你一个人把持着，口口声声照料皇上，没想到皇上让你们给惯到这种地步，还自我表功？”

“话你说明白些，我并不稀罕什么大权，对此早就腻烦了，想扔还扔不掉呢！对皇上怎么啦？关心还不够吗？”

“怎么啦？你亲自问问皇上自己，让他自己说怎样？”

慈安太后一看皇上满脸泪痕，心疼地把皇上拉在身边，询问为什么。皇上只是哭就是不说。

这时，李莲英凑上前才把光绪今天去白云观的事讲了一遍。

慈安听了，也觉皇上做得不妥，叹口气说：“皇上身为一国之主，言行举止一定要有分寸，不失国君之威仪才对，今后做事一定要三思而后行，不懂不要紧，可以问一问。”

光绪满含泪水地点点头。

慈安见光绪如此委屈，心疼地说：“皇上尚幼，事事可以劝说，也不必这样劈头盖脸地训斥，他毕竟是个皇帝，在众人面前也应维护皇上的尊严，否则，宫中这些狗奴才还能看重皇上？”

慈安说这话的时候，有意无意地扫一眼站在旁边得意忘形的李莲英。

慈禧一听，也不甘示弱地回敬说：“这几个月，把皇上教训成这个样子，不自责其过，反推脱责任，指责别人，说别人没教养，真不知害臊！”

“好，皇上交给你，我就看你把皇上教训好了！”

慈安太后说完，一甩手，气呼呼地带着几名宫女回去了。

慈禧等到慈安走后，思考一会儿，想道：一不做二不休，要整就多整几个，也让他们不能小瞧老娘，老娘虽然病了几个月，对你们的所作所为照样了如指掌。于是降下懿旨，指责翁同龢身为帝师，对圣上教导不尽力，革去弘德殿行走、内阁大学士的职务，戴罪充任学师，以观后效，再论奖惩。

皇上挨训，翁师傅被罚，刚刚关系缓和的两宫皇太后也再次产生隔阂。从此之后，光绪自然处处小心，事事谨慎，唯恐自己的行为有所不规矩遭到皇阿爸的训斥。翁师傅授课也特别细心周到，每说一句话都斟酌再三，怕说错了，遭到慈禧太后的斥责。

自那以后，不知为何，慈禧对光绪似乎关心少了些，责骂代替了疼爱和关切的话语。光绪也一个人偷偷地流泪，但光绪读起书来比过去更认真了。这些变化，一般人是难以觉察到的，作为帝师的翁同龢当然最清楚。

光绪的情绪时常波动很大，有时，好端端地坐在那里，却突然大哭不止，甚至把书撕碎。有时，一个人坐在上书房里发呆，整个半天不念一句书，也不说一句话。他时常一个人倚在栏杆上出神，望着蓝天白云思绪万千。更有时候，光绪独自一人对着上书房前面的池塘唉声叹气，不时挤出几滴泪来。光绪的性格变了，服侍光绪的几名宫女太监也都这么说。每当光绪掩卷痛哭时，翁同龢总是好言相劝，但这都无济于事，问光绪为什么，皇上也从不说话，只是摇头。翁师傅只好询问光绪的贴身太监王商，才知道皇上是受了西太后慈禧的刻薄数落。在帝后之间，翁师傅也没办法，他所能做的就是安慰皇上，多给皇上讲一些古代帝王将相的故事，以此刺激皇上读书的兴趣，同时也麻木皇上，让他暂时忘记现实的痛苦，或用一些典故点拨皇上，万事必须“忍”，等待机会。这样，翁师傅在授课时也一反过去的强硬灌输，许多篇章，他只讲授一部分，留一部分让皇上独立思考，第二天才提问。每次提问，皇上都能回答得很好，但看看皇上的神态，经常面容憔悴，眼泡红肿。翁同龢知道皇上晚上又挑灯夜读了，在兴奋、心疼之余也时常感动得流泪，因为皇上终于又领悟一个道理，皇上渐渐成熟了。

光绪的日子过得很凄凉，虽然身为皇上，他生活得也很寒酸。这一点翁同龢心里是清楚的。他曾是同治帝的老师，虽然同治也时常受到慈禧太后的呵斥，但太监、宫女多会百般劝哄。光绪就不同了，他是从醇王府抱进宫过继给咸丰皇帝的，从小就失去父母的呵护爱怜，也失欢于每一个人。别人对他的同情只能放在心里，不敢随意流露出来，以防慈禧太后知道受到责骂。就连东太后慈安对光绪的爱都由明而暗，更何况他人呢！

作为一国之君，说日子过得寒酸，这要看与谁相比，同一般百姓相比，光绪的生活无疑是奢华的。但同一掷千金，花钱如流水，既讲究气派，又讲究身份的慈禧太后相比，光绪的生活无疑是寒酸的。他从不主动要求添置衣服及用具，对吃也不讲究，完全按照太后指定的饭食而用。添置衣服也是按照宫中惯例，每年春节和初夏各两套夏冬衣服。很多时候，光绪的两膝有个洞，衣服也多是皱巴巴的，有时慈禧太后看了也直皱眉，才会责令宫人为皇上赶做新衣，但光绪总认为，衣服能够穿着防寒挡风就可以了，不必太讲究。这种节俭思想是和翁师傅的教导分不开的。

翁师傅质朴正直，不求浮华奢靡，光绪帝和他朝夕相处，自然潜移默化地濡染上了师傅的风范。翁师傅也特别注意对光绪节俭思想的培养，当时国库空虚，内忧外患，皇上不知节俭怎么行呢？于是翁师傅常常讲一些古代帝王节俭治国的故事给他听。如汉文帝衣不重彩，有“文景之治”的佳话；唐太宗思忆前朝之过，达到“贞观之治”；唐玄宗戒奢重俭，迎来了“开元盛世”；宋仁宗因螃蟹价格昂贵不愿吃蟹，才有大宋一代的中兴。

每当讲完这些圣贤节俭的故事后，翁同龢总是津津有味地念叨一句：“一粥一饭当思来之不易，半丝半缕恒念物力维艰。”

此时，光绪总是若有所思地点头称赞。这种俭约思想也终于影响了光绪的一生。

一次，光绪的一把座椅坏了，宫中要求给他换一把新的，他对太监说："椅子是留坐的，能够使用就是了，不必华贵！现在宫中开支太大，听母后讲要减少开支呢！"

不几天，椅子搬回来了，光绪一见，不是原来那把旧椅子，而换了一把新的，光绪问道："那把旧椅子呢？"

"回皇上，内务府派人给扔了。"

"什么？扔了！不是还可以用吗？朕已再三告诉你让他们给修一修能用就可以了，谁让你们自作主张给换新的？"

"这——这是内务府大臣崇伦的主张，他说皇上读书辛苦，哪能用旧的，旧椅子不合皇上的身份。"

"废话，皇上怎么就不能用旧的，这养心殿还是皇祖修建的呢！难道也要再为朕另建一座不成？这把椅子花了多少钱？"

"回皇上，不贵，才五百两银子。"

"什么？一把椅子五百两银子，还说不贵，多少才算贵？你们这些狗奴才就会浪费钱，朕舍不得用这么贵的椅子！"

光绪一脚踢在这个太监身上，太监哭丧着脸爬了起来，说道："皇上，这不是奴才的错，奴才实说吧，皇上的这把椅子是宫中今年添置家具中最便宜的。老佛爷新添的一个床头柜都值两万两银子。"

光绪一听泄了气，挥挥手让太监走了，他抚摸着这把五百两银子的椅子，心疼地哭了。

光绪四年（1878年）。

同治帝的陵寝终于建造完毕，大殡之期选定，按照宫中旧制，上尊谥"继天开运受中居正保大定功圣智诚孝信敏恭宽毅皇帝"，庙号穆宗，加封阿鲁特皇后为孝哲皇后，帝后合葬于惠陵。

大殡这天，光绪帝作为咸丰继子入承皇位，应以弟之礼拜送同治帝的梓宫。按照旧制，皇上拜送之前必须先叩拜皇太后。这一礼节上可难倒礼部大臣和皇宫礼仪大臣了，究竟谁在上位，众人争执不休。

协办大学士、吏部尚书李鸿藻说：“慈禧太后为穆宗皇帝的生母，理应在上。”

“不对，慈安太后为东宫太后，本来为长，先立为后，慈禧太后是西宫太后，由皇妃升为太后，不应在东太后之上。”军机大臣、大学士左宗棠辩驳说。

众大臣你一言我一语还是不能断定，最后找来恭亲王奕䜣、醇亲王奕譞和礼亲王世铎，由他们定夺。醇亲王不表态，他认为两宫皇太后他都得罪不起。礼亲王世铎说：“母以子为贵，皇后成为太后是因为她生有皇子，并且皇子成为皇上，从这个角度分析，慈禧太后应该居上，这是无可非议的。”

“我认为礼亲王言之有理！”新任内务府大臣荣禄首先响应。接着，尚书王文勤、武英殿大学士宝鋆、御前大臣奕劻、弘德殿行走徐桐、南书房行走黄钰等人都跟着响应。

恭亲王奕䜣见众人一致赞成慈禧太后位尊于东宫之上，他想为慈安太后一争高低，但迫于众人的压力也怕孤掌难鸣，只好站出来说：“众人各执一端，两宫皇太后垂帘执政多年，平时都是东太后居上，这次为葬穆宗毅皇帝，按理说也应以两宫听政的次序并受皇上叩拜之礼。但众大臣中有人对此持有异议，这也是我等一面之见，至于两宫太后对此有何意见，我们不如奏请两宫皇太后，请她们定夺，然后再决定先后上下。不知诸大臣有何意见？”

此话一出，还有谁再说什么呢？恭亲王在朝中的位置显赫，又是总理衙门大臣，身居要职，尽管有人知道这话是明显偏向东太后，也无人与他直言相争，只好把此事奏请两宫皇太后。

礼亲王世铎在众人还在争议之际，就悄悄溜出乾清宫来到储秀宫面见慈禧太后，告诉她众人商议的结果。

“老佛爷，这位置座次之事本已商定，让你老人家居上，慈安太后居下。哪知道半路杀出个程咬金，恭亲王奕䜣一言否决了众人议定，力主让两宫太后自己定夺。话虽这么说，但意思是明显偏向着东太后，说什么理应按照两宫垂帘听政的座次进行叩拜仪式。”

慈禧一听，冷冷地笑道：“哼！好个奕䜣，本宫平时对他不薄，想不到他竟是这等不近人情之辈。多次暗中勾结东太后欲置本宫于死地，本宫念他是大行皇上的亲弟弟，有手足之情，对他一让再让，用宽宏去感化他，岂料本宫的好心他不领，反而对本宫如此刻薄，别以为我慈禧是省油的灯，属面团的可以想往哪捏就往哪捏。”

话虽如此说来，慈禧太后在诸王中也确实怯奕䜣三分。一是奕䜣是最具权威的亲王，在当年的“祺祥政变”中曾为自己出了汗马功劳；二是奕䜣手握朝廷重要兵权，也曾出生入死拼杀疆场，有勇有谋；三是奕䜣对慈禧的一些私事也有所了解。这都是让慈禧所忌恨的，愈是如此，慈禧愈感到奕䜣对她的威胁更大。特别令慈禧不安的是担心慈安和奕䜣联合起来，那样，她的位置将受到严重挑战。当年，罪斩两江总督何桂清、处死安德海就是一例。

慈安太后也得到报告，慈安心想：哼！这位当年的兰姑娘也越来越不像话。本宫对你一让再让，她是越给好脸越上天，得了上风扬石滚，不给她点颜色不行。今天说好了怎么都好，说不好，一点儿都不相让！

时辰一到，两宫太后都带着一群宫女、太监来到乾清宫接受殡葬大礼前的跪拜仪式。

慈安二话没说，首先来到事先准备好的座位的上位坐下。

慈禧一见，十分气恼，又不便立即发作，走上前冲着内务府大臣荣禄说道：“这座位是谁安排的？”

“回太后，无人安排！”

“既然无人安排，怎么就有人率先抢个上位坐下，难道是谁抢哪就坐哪吗？还有没有个家法礼节？”

慈安一听这话冲着自己来的，也不示弱，反唇讥讽道：“你也知道有个家法礼节？既然知道也就明白应该坐在哪里，不应该坐在哪里！以免话说出来让这些王公大臣笑掉大牙！”

“穆宗皇帝是本宫所生，今天大殡之日，叩拜皇太后，不先叩拜生母还能先叩拜谁？”

“穆宗皇帝继位为皇上时，你尚是一皇妃，由皇妃后加封为西太后，究竟谁是皇太后，大行皇帝加封皇后时也有个先后，这些祖宗之法谁个敢改动一下，本宫今天与她没完！”

“自己不能生儿，抢别人的儿子自己养着，反作起福来，有没有这个道理，本宫也不是好惹的，我倒要拿鸡蛋和石头碰一碰，看看石头到底有多硬！”

“那好，既然有人不守规矩、不遵家法，本宫也不讲情面了，先皇在世时，曾对本宫讲过，说将来可能有人以下篡上，特留下遗诏来！”

此话一出可把慈禧吓坏了，她在大行皇帝咸丰在位时确实听到，先皇曾提起留有遗诏专门防止她篡位的事。由于咸丰死时没有提起，那以后很少有人知道此事，久而久之，她自已也把此事给忘了。今天慈安太后再次提起，正触动了慈禧心中所忌讳的地方。

当年慈禧太后生有皇子载淳，皇太后慈安无皇子，按照清宫例制，必须把载淳交给慈安太后抚养。虽然如此，懿贵妃还是母以子荣，在后宫中的势力逐渐上升。擅长玩弄权术的懿贵妃便利用自己生有皇太子的特殊身份不断剪除异己，迫害死许多与她争宠的妃嫔，地位终于巩固下来。咸丰文宗起初特别宠爱这懿贵妃，后来发现懿贵妃为人心狠手辣，又争权好利，唯恐她将来把持朝政，祸害大清江山，特意留下一封密诏给温厚仁慈的皇太后慈安，让她钳制这位兰贵妃。

慈安太后虽然接受使命，收藏了文宗的密旨，但文宗不幸热河病亡，朝中大权发生突变。以端华、肃顺等为首的大臣把持朝政，把两宫太后和同治皇上挤到傀儡的位置。在这种情况下，慈安、慈禧两宫太后联合起来，又纠集恭亲王奕䜣、醇亲王奕譞和荣禄等人发动“祺祥政变”，反次为主，扭转了朝中政权旁落的局面。在这次政变中，慈禧所起的作用是主要的，深得慈安太后赏识和信赖，两宫得以联合起来垂帘听政。

那以后，两宫相处还算融洽，虽然在一些问题上偶有分歧，但都是一些细枝末梢的小问题。同时，同治皇上由于在慈安太后的抚养下长大成人，在感情上更倾向于慈安太后，也就是平时人们所说的生身不如养身重。这样一来，许多重大问题，都是同治帝和慈安的意见一致，慈禧处处立于被动的位置。在同治帝选皇后和斩杀安德海两件大事上就说明这一点。

同治帝当年选皇后时，两宫发生了分歧，慈禧太后喜欢兵部侍郎凤秀之女，而慈安太后则喜欢户部侍郎崇绮之女。结果同治帝接受了慈安太后的主张立崇绮之女为后，这就是阿鲁特皇后。

另一件事就是曾轰动朝野内外的大案，山东巡抚丁宝桢在慈安太后支持下，处死了慈禧太后的亲信太监安德海。

这两件事都以慈禧太后的失败而告终，足以说明慈禧的势力在与慈安太后争锋中仍处于劣势。那时慈禧势力薄弱，无法与慈安抗衡，对于朝中大权只能等待时机，因此，没有露出窥视朝中大权的野心，慈安太后也就没有再提起文宗咸丰皇帝留有遗诏之事。久而久之，她竟把此事给淡忘了。

随着同治帝的崩逝，慈安渐渐失去了朝中的优势。慈禧又立了她的外甥载湉为皇帝，最近又和醇亲王奕譞结为同盟，扭转了不利局面，也不断在宫中和朝中培养了一批亲信大臣。在力量得以巩固后，事事有了与慈安太后作对之心，为了一点点小事便与慈安太后针锋相对，寸步不让。但她万万没有想到，今天慈安太后突然提出先帝文宗皇帝留下的密诏之事。这久被慈禧遗忘的事被突然提起，怎能不让她害怕、担心呢？虽说慈禧设计让慈安毁了密诏，但是这件事要是被当众说出来，总是不光彩的。

礼亲王世铎、醇亲王奕譞一看这形势，慈禧太后难以下台，两人便上前劝说道："今天是穆宗皇帝大殡之日，两宫太后不应为一点小事争执。应以礼为上，相互体谅谦恭节哀，以告慰文宗皇帝和穆宗皇帝在天之灵，请两宫不要争执，就这样坐定，接受皇上叩拜之礼，早早移穆宗梓宫于惠陵。"

奕谖话音一落，慈禧太后也见好就收，就势下台，悲凄凄地说："既然醇王爷如此说了，看在文宗皇帝的面上，本宫也就委曲求全了，望文宗皇帝和穆宗皇帝在天之灵能体察我的一片良苦之心。"

慈禧说着竟呜呜地哭了起来。光绪皇上也心酸地哭了，接着王公大臣、亲王贝勒、福晋公主也都失声痛哭起来。刚才还是剑拔弩张、唇枪舌剑的激烈场面，马上重新变成凄凄哀哀的殡葬场面。

第十一章

吴可读舍命续帝裔
东太后悔恨毁遗诏

“……立溥字辈的，与西太后的亲缘关系淡远了，这溥字辈的人一继位，两宫太后就是太皇太后了，哪有资格垂帘听政呢？这一立载字辈的为皇上，两宫太后仍有理由以太后身份听政。”

时令已近残秋。

一度苍翠欲滴的碧叶，在西风中衰落成枯黄，有的经受了霜染露浸，变成天边红霞似的，这红叶像一团团红火将这山野给点燃了，更点燃了人们的心。

送葬的队伍聚集在惠陵旁边，穆宗皇帝的梓宫已移入地下，正在移动孝哲皇后的梓宫。不知为何，这些王公大臣忽然良心发现，有一种说不出的内疚感，也许这内疚的情绪真是这通红的枫林给点燃的。

这些人中间最感内疚的就是协办大学士、吏部尚书、弘德殿行走李鸿藻，他看到御林军一锨锨挥动的土，心里有说不出的难受。他想起了作为帝师时和穆宗同治帝相处的日日夜夜，也想起了同治帝临终前留下的传位遗诏，特别想到阿鲁特皇后以皇后的身份向他下跪，要他为同治帝说句公道话时，但为了自己这个可怜巴巴的位置，他违心地接受了李莲英的威胁和允诺，将同治帝的心愿给违背了。现在，面对同治帝的陵寝，他能说什么，抑制不住内心的忧伤和委屈，他跪在皇陵前放声大哭，把长久压抑在心底的委屈哭出来，这样才感到好受。在哭声中，他仿佛看到同治帝在向他走来，不停地指责他，也仿佛看到阿鲁特皇后披头散发向他走来，指着他的鼻子骂他是个软骨头。李鸿藻一声大叫，哭昏过去，御医急忙上前把他救醒。旁边几位老大臣也都在伤心落泪，唉声叹气，是惋惜还是不服？但谁也没说什么，只是陪着流泪。

陵寝终于合龙了，陵工也已经完毕了，送葬的王公大臣各怀着不同的心事走回来京的官道，谁也不想多说，谁也不愿多说，各自骑马的骑马，坐车的坐车。来到蓟州城马神桥时，忽然从前面传来凶信，有人在马神桥的三义庙里上吊自杀了。

"什么？有大臣自杀了，哪个大臣？"

"听说是个小官，叫什么还不知道。"

"为什么要自杀？活够了，要是想为穆宗殉葬何不早死，在回来路上吊死真是没劲！"

"你不懂，这叫尸谏，一定是有什么重要事向朝廷诉说，但又怕皇上怪罪，才这么做的，唉！这人也真是的，我可没那么傻！"

"为什么事尸谏呢？"

"老兄，你问得也太多了。你想想还能为什么事，在安置穆宗寝宫的归途中尸谏，还不是为穆宗立后的事？"

"不见得吧？"

"不见得？等着瞧吧！吏部马上会搜尸寻找这人尸谏的奏折，明天这事就人人皆知了。"

"如果将这人的尸体偷偷埋掉，把那奏折收起来，他不是白送一条命吗？"

"谁敢这样做！按照我们大清朝的法令，朝中大臣有尸谏的，必须由吏部长官亲自收拾尸首，寻找奏折然后上报朝廷，任何人不得私自搬动尸体，销毁奏折，否则朝廷将重惩销毁奏折之人。"

"哦，原来是这样，我还是头一次听说呢！按你说尸谏的分量还不轻呢！"

"什么不轻，关键看你谏的什么事，自古有许多大臣都尸谏过，所起的作用怎样呢？宣宗道光皇帝时，为了林则徐一事，宰相、大学士王鼎以尸谏力保林则徐，结果怎样呢？"

"结果怎样？"

“还能怎样，林大总督照样发配充军，王鼎白死！”

“那这次尸谏呢？”

“你问我，我问谁？反正不几天就有结果，你也不用心急，你也想尸谏吗？”

“废话，我还没活够呢！不会傻得拿命开玩笑。”

“既然如此，那就别问了，快走吧，这里就我们俩了。”

“忙什么，慢慢骑。我还有一事觉得奇怪呢！”

“什么事？”

“今天惠陵快完工时，大学士李鸿藻一改平时小心谨慎的做法，突然放声痛哭，你不觉得奇怪吗？”

“这有什么奇怪，他是内阁大学士，又是穆宗皇帝的老师。人们不是常说师生情深吗？他为失去一个皇帝学生而哭泣。”

“不一定吧？”

“怎么？我认为他是猫哭老鼠假慈悲，哭自己失去了一个皇上靠山，大权地位失落了。”

“小声点儿，这话让人听见了报告给两宫太后，不要你的小命才怪呢！你这话也没有道理，穆宗皇帝晏驾了，李鸿藻确实失去一个皇上靠山，但他的官职不但没降低反而提升了，怎么能说他是哭自己大权失落呢？”

“那他哭什么呢？”

“嗯，是不是为穆宗皇帝惋惜而伤心呢？”

“惋惜什么？”

“皇帝英年早逝，孝哲皇后身怀有孕就仙逝了，一代皇帝连个后代也没有，作为老师，怎能不为他的皇上弟子哭泣呢？”

“嗯，你说得也有道理。不是有人多次上奏给两宫皇太后请求为穆宗皇帝立嗣吗？”

“有谁？”

“恭亲王奕䜣和内阁侍读学士广安都上书多次，请两宫太后为穆宗立后。”

“广安这人是谁？我怎么不大了解。”

“内阁侍读学士，一个小官儿。官虽不大，但此人挺有骨气，文章写得也好，听说他的那篇上书写得十分感人，两宫太后看后都禁不住流泪呢！”

“那为何还不给穆宗皇帝立嗣呢？”

“听说东太后慈安也同意，就是西太后慈禧不同意。”

“你别瞎吹了，皇帝是西太后的亲生子，她怎会不同意给自己亲生儿子立后呢？简直是无稽之谈！”

“这你就不懂了，当今皇上是西太后的亲外甥、醇亲王之子，这皇上将来当然处处听从西太后的。如果给穆宗皇帝立后，按常理，穆宗皇帝之后就必须继承皇位，这立谁呢？立溥字辈的，与西太后的亲缘关系淡远了，这溥字辈的人一继位，两宫太后就是太皇太后了，哪有资格垂帘听政呢？这一立载字辈的为皇上，两宫太后仍有理由以太后身份听政。”

“照你这样说，还有点道理，看样子，这穆宗皇帝算白死了，连个子嗣也没有了。”

“也不一定，要看这次尸谏能不能打动两宫太后！”

太和殿。

年幼的光绪皇帝载湉呆坐在高高的龙垫上，出神地看着两旁跪着的大臣，机械地听着身后帘子里两宫太后在问话。只听东太后慈安问下跪的大臣：“御史侍郎沈淮、姚百川何在？”

“微臣在！”

“你二人昨日在马神桥三义庙吴可读的尸身上搜得奏折没有？”

“奏折在此，请太后过目！”

执事太监把吴可读的尸谏奏折转递给两宫皇太后。

慈安拿起仔细看了一遍，递给慈禧，慈禧仅草草看了一遍，忙问道：“姐姐，我看这吴可读也是多此一举，故作惊人之举，以轰动朝野。我等先前不是发过谕旨，晓喻天下吗？嗣皇帝生有皇子就是大行皇帝子嗣，嗣皇帝载湉尚幼，至于娶配皇后生皇子这是将来一定的事，承继穆宗皇帝为子也是当然的事，还要他乱说什么？”

慈安道：“无论如何，一个小官能够发此议论，以死上谏，总算难得。”

“姐姐，要么让王公大臣讨论一下这事可好？”

“这样也好，先听群臣如何处理。”

慈安对着下跪的王公大臣说道：“诸大臣对此有何意见，可相互商讨奏来。”

不多久，便有人上前叩拜奏本，这人是礼亲王世铎。

“回奏两宫太后，吴可读以尸谏请求两宫太后为穆宗皇帝立后，其精神勇烈可嘉，但不合我大清祖制。大清祖制规定：先皇帝宾天无子时，嗣皇帝为子侄辈即承继为先皇帝为子嗣，嗣皇帝为弟兄辈时，其嗣皇帝的子嗣即为先皇帝的子嗣。当今圣上尚幼，没有立后何以有子，将来立后生子必为穆宗皇帝子嗣。这一切，两宫太后也早有谕旨告示天下，但吴可读孝敬朝廷精神值得提倡，可以厚葬，不知两宫太后有何意见？”

慈安对着下跪的礼亲王世铎说道：“我等也是这个意见，既然这样就再次发谕旨一道告示天下，对吴可读以死孝敬朝廷的精神加以褒奖，交吏部以五品官例安葬并抚恤妻小。”

吴可读慷慨捐躯，以死上谏就落得了如此结果，实在可叹！

不多久，御前大臣就按照两宫太后的意思拟定了一份懿旨，由执事太监当众宣读一遍让众大臣听听有何不妥之处，没有异议，这事也就这么定了。

一些对此尚有看法的大臣从吴可读的下场中明白了几分，就是心中不服也只好咽在肚中，一些人尚在小声嘀咕，就听上面两宫太后又传下话来：“众大臣，这里还有一事请大家商定。”

慈安话音一落，那边慈禧太后开始发话：“协办大学士、吏部尚书、弘德殿行走李鸿藻年老体衰，近日又旧病复发，身体渐弱，开去弘德殿行走，留任吏部尚书之职。”

此言一出，众人都知为什么，但谁也没有说，都暗自庆幸自己在穆宗皇帝殡葬那天注意节哀，点到为止。

从太和殿回来，光绪就急不可待地问翁师傅：“翁师傅，吴可读是什么人？”

翁同龢一听，心想：皇上渐渐大了，对于朝中一些事也该让他知道了，但不可怂恿参与，只好旁敲侧击，因势利导。想到这里，便慢慢给光绪讲解吴可读的事。

“这吴可读是甘肃皋兰人，本是一名御史侍郎，曾上奏弹劾乌鲁木齐提督成禄贪污受贿而罢官。”

“老师，吴可读弹劾成禄贪污受贿，罢官的怎么是吴可读呢？应该是成禄才对！”

“本应如此，但当官的是否都能分辨忠奸贤愚呢？这吴可读就是遭到别人的陷害而罢官的。特别是皇上更应该学会明辨是非，分清忠奸，将来才能成为一代明君，古语不是有一句：‘近朱者赤，近墨者黑’吗？诸葛亮也多次告诫蜀后主刘禅要‘远小人，亲贤臣’！”

光绪点点头问道：“这吴可读后来怎样？”

“他在皇上初登皇位大赦天下时又补了个吏部主事的小官，昨日在穆宗皇帝大殡时尸谏两宫太后给先皇帝立嗣。”

“不论对错，他敢于以死上谏，这种精神就值得倡导，吴可读真是忠烈之士，死得太可惜了，否则，朕独掌天下时将一定重用他！”

翁同龢一听十分高兴，又进一步开导说：“人才不是没有，贵在发现，君子用人如用兵器，尺有所短，寸有所长。我朝中也同样有许多有为之士，只是皇上没有和他们接触，尚未发现，将来一同共事时一定会发现他们各自的优缺点。”

“这样的人才今后还请翁师傅多给引荐一些，朕也效法曹孟德，唯才是举、不拘一格地任用。”

翁同龢看着一天天懂事的皇上，心中十分欣慰。光绪也确实在一天天成熟，情绪也慢慢稳定下来，哭的次数明显减少了，气色也越发精神了，对问题的思索判断也日益成熟，这使两宫太后也感到十分满意，翁同龢更觉得轻松。

夏夜是美丽的，幽静极了。天上一道流星拖着一个长长的尾巴从夜空划过，无声无息地坠落在茫茫的夜幕中。远处，传来一阵夏夜水边的蛙声，编织着一个古老的神话。近处，偶尔有一声蝉鸣，从一棵树飘到另一棵树上，这蝉鸣虽然是一瞬，却在夏夜中显得那么悠扬。

特别是今天晚上还有一轮娇小的月光，从婆娑的树上筛下来，暗影浮动，不知是一幅绝美的山水画，还是一曲动人的旋律。

钟粹宫。

慈安叹口气对恭亲王奕䜣说："六王爷，慈禧最近闹得越来越不像话了，真让人担心！"

"就是，最近她的权力欲望越来越大，老大臣贬的贬、废的废，只要不合她口味的，全被踢掉，她的亲信又提拔一批，如此下去……"

"荣禄由一个步兵统领提入军机处，如今又成为出入宫廷的内务府大臣。哼！太后也不注意影响，这荣禄与慈禧的关系几乎满朝尽知，她就不怕人讲闲话，讲她难忘旧情。"

"文宗皇帝宾天，这宫内朝外谁个在她眼里算人？我等老朽不中用了。"

"唉，我等只能尽力而为了。先皇当初留下密旨……"

"太后，文宗皇帝留下什么密旨？"没等慈安说完，恭亲王着急问道。

慈安缓缓说道："这事宫中几乎没人知道，我也从没给人讲过。"

"这密旨一事，微臣是否可以听听是怎么回事？如果不方便，也就算了，微臣只是随便问问。"

“六王爷太客气了，这事也不是什么绝密之事，说也无妨，只是不便让朝中诸大臣知道，倘若传将出去，对大家都不好。”

奕䜣听后，微微点点头，随后将茶杯放在茶几上，听慈安太后讲下去。

“六爷可知我大清朝祖上口头留下的一些关于皇族后妃福晋的规定？”

“太后是指皇族成员娶妻妾不许娶汉人这事？”

“这也是一个律例，为此顺治爷给后世留下种种不可思议的传说。”

“顺治爷为了孔四贞怒废皇后，后来由于董鄂妃之事五台山削发为僧，也许这都是传说，但毕竟因汉人之女荒废了帝业，实在令人感叹！”

“这些是不该我等后世子孙说的，我这里所说的也不是这个律例。”

“难道还有其他规定，微臣却不曾知晓，请太后讲来。”

“这些本是陈年旧事，又是传说，没有成文的记载，我也是听说而已，由于时间久远，六王爷不曾听说也情有可原。”

“到底是什么律例，望太后赐教，也让微臣铭记，今后好教导爱新觉罗氏后代子孙！”

“那还是在赫图阿拉城时，我族尚未入主中原，我建州女真部和叶赫部是死对头，互不相让，彼此厮杀多年，为争夺领土，发生了多次大规模战争。太祖足智多谋，又勇猛善战，终于打败叶赫部，俘虏叶赫部首领，不想那叶赫部首领极为顽固，终不肯投降，太祖一怒之下将其杀死。那叶赫部首领临死前仰天大叫，说叶赫部将出一女豪杰，日后必灭建州女真部。太祖听后十分生气，下令掘坟鞭尸，想不到士兵竟从叶赫部首领的坟墓中掘出一块石碑，上有‘灭建州女真者叶赫’八字。太祖想把叶赫部男女老幼全都杀光，但太祖皇后本是叶赫女儿，在太祖皇后的苦苦哀求下，太祖才免去杀绝叶赫部的命令，但暗中告诫子孙：以后不得与叶赫部的儿女通婚。这事在上几代是认真遵守的，不想传到文宗咸丰时，也因为年深月久，两部都统一为我满洲一家，渐渐忘却了祖训，对此不太讲究了。想不到她竟由一名秀女而成为贵人，后又封为皇妃，继而成为太后，这真是先祖也始料不及的事。”

“哦，原来是这样，微臣却不曾听说，真有愧于先祖，做一名不肖子孙，死后怎有脸面见先人？”

“六爷不必自责，这如何能怪罪你呢？文宗在位时，也曾向我谈及这事，颇为后悔让兰贵人成为后宫一名显赫的角色，唯恐应验了叶赫部首领的狂言而愧对列祖列宗。”

“那么，文宗皇帝因西太后是叶赫部之女才特留下一道密旨，让后世子孙牢记祖训惩治叶赫那拉氏西太后？”

“文宗皇帝虽然同我讲述过这些祖训，但他留有密旨却不完全为了此事。慈禧为了位居高位，不惜一切手段，陷害残杀几位嫔妃，咸丰帝觉得那拉氏为人心狠手辣，将来母以子贵，一旦让她显贵起来必然把持后宫，干预朝政。所以在宾天之前留下一道密旨给本宫，密旨中说，一旦那拉氏‘恃子为帝，骄纵不法’，本宫可以祖宗家法治之！”

奕䜣听完慈安太后的讲述，急切地说：“这道密旨现存何处？”

“密旨？密旨被我给毁了……”

“这是怎么回事？怎么毁了呢？为什么？”没等慈安说完，恭亲王惊诧道。

“这——”慈安太后略一踌躇，继而回忆起来。

原来事情是这样的：

有一年，慈安太后突然病了，而且一下子病得很严重，竟起不来床了，亲随内侍急坏了，风风火火去请太医。

太医请过圣脉，正待开方，宫门外乱糟糟来了一群人，正是慈禧领着太监、宫女问疾来了。

慈禧来到房中，急忙上前施礼道：“妹妹拜见姐姐！”

“免礼！”慈安说道。

慈禧坐了下来，关切地问道：“姐姐几日前还好好的，怎么今天竟欠安起来？”

慈安抬眼看看慈禧，冷冷地说道：“放心，头疼脑热地还不至于把本宫怎么样！再说了，本宫当真有个山高水长，你一个人垂帘岂不是更为爽快？”

慈禧一听这话，扑通跪在地上，说道：“妹妹若有此心，便是犯了弥天大罪，罪不可恕，该杀该斩都随姐姐的便！”

慈禧说着哭了起来，边流泪边说：“先皇受奸人迷惑要害死臣妾，是姐姐舍命将我这条命救了下来，姐姐的大恩大德我终生不能忘记，只想好好协助姐姐辅佐幼帝早日长大，振兴大清行将衰败的基业，不想妹妹心直口快，做事也直截了当，狠了一点儿，惹姐姐生气了。如果姐姐认为妹妹触犯宫规或大清律例，就请以祖宗家法惩治妹妹吧！”

慈禧说完，早已泣不成声，呜呜哭倒在地。

慈安这才缓了缓口气：“妹妹何必这样呢！日久见人心，你先回宫吧，我的病，令太医开些药疗治疗治，不会有什么大碍的。”

话虽这样说，但慈安太后这一场病却并不轻。几名御医轮换诊视，几服药用后，太后的病不但毫无转机，反而一天天加重，慈安太后躺下还不到一个月，整个人就瘦干了。

这天一大早，慈安太后还没有醒来，慈禧就又来到榻前，她看着慈安面色发黄、眼睛凹陷、嘴唇干裂的样子，心里有一种快意，更有一种内疚感和负罪感。

慈禧轻轻给慈安掖好被子，静静地坐在旁边。

许久，慈安太后终于睁开眼，她看见慈禧坐在旁边，努力挣扎着要坐起来，慈禧急忙扶住她：“姐姐，你还是躺着吧，妹妹觉得这几个御医都不是太高明，想再给姐姐另换一名御医，让沈御医沈宝田来给姐姐重新诊视一下如何？”

慈安喃喃说道：“沈宝田的医术也许好一些吧，唉，死马当活马医，一切听妹妹安排吧！”

“姐姐万万不要灰心，姐姐如此年轻，身体也十分强健，由于疲劳过度偶感疾病也没有什么大不了的，人吃五谷杂粮哪有不生病的理。只要姐姐丢弃精神负担安心养病，姐姐这病也一定能够治好。”

“大行皇帝在世时，一次同我开玩笑说：咱们两人没有同时生，但要同时死，一旦朕宾天也要皇后陪葬，如果皇后不同意死，朕化成神鬼也会回来把皇后找走的。也许真的是大行皇帝来找我同赴黄泉了。”

“姐姐不必相信这些，大行皇帝只是开了一句玩笑就应验了，那么，这个世上的恶人就都不存在了。”

“皇上是真龙天子，金口玉言呀！”

“乾隆皇帝在世时就反对大臣吹捧皇上是真龙天子，曾和大臣和珅、刘墉等人闲谈时承认自己是娘胎生的，也和一般老百姓一样死老病生，他说吹捧皇上是真龙天子、金口玉言是古代帝王将相的愚民之术。乾隆皇帝都敢于承认这一点，我们姐妹也不必相信那些欺骗人的言论。”

这时，宫女翠平捧着一碗汤药上来，慈禧接过来说道：“让我服侍慈安太后吃药吧。”

翠平迟疑一下说道：“还是让奴婢给太后喂药吧。”

慈禧挥挥手：“你下去吧。”

“妹妹，这点小事怎能劳累你的大驾呢？还是让翠平喂药吧！”

“姐姐不必客气，妹妹服侍姐姐吃药也是应该的。”

慈禧边说边把药碗端过来，一匙一匙地喂到慈安嘴里。

慈安拉住慈禧的手，十分动情地说：“妹妹对我真好，这多日来妹妹事务如此繁忙仍抽出时间来看我，让姐姐怎么感激呢？”

“姐姐若说感激就见外了，一家人不说两家话，自大行皇帝宾天后，咱姐妹两人共同扶持皇上，可谓孤儿寡母。无论外界怎么对待咱姐妹，咱姐妹之间一定要拧成一股劲儿。当然，偶尔我们之间有些磕磕绊绊也是正常的，我们的共同目的都是为皇上早日长大，为了咱大清的江山长治久安。”

慈禧说着，眼圈一红，几乎掉下泪来，她用巾帕拭了拭眼角又继续说道：“这几年来，姐姐为了皇上，为了朝中宫中大小事务几乎操碎了心，才积劳成疾。妹妹虽然不说，但心中还是有数的，对姐姐感激不尽。唉，也是妹妹太懒或者是对内外事务处理不够好，许多事没能帮上姐姐的忙，让姐姐一个人操劳太多，待姐姐病愈就少过问一些鸡毛蒜皮的事，把大事抓住问好就行，也多抽些时间把身子养好。”

“妹妹，姐姐害了这一场病把什么都看透了，如果真的能够治好病，对于朝中大权再也不看得那么重了，什么功名利禄、得失荣辱，都是一场空，身体最最重要，命都没有了，其他还要什么。唉，只怕姐姐闯不过这一关，要随大行皇帝而去。”

“姐姐怎么又说这丧气话呢？姐姐应该鼓起劲来，相信自己能够战胜病魔，坚持活下去，宫内宫外的许多大事等着姐姐去做呢！”

慈禧的几句话把慈安给说笑了。

“好，就冲着妹妹的这几句话姐姐也挣扎着活下去，与阎王爷手下的牛头马面争个高低。”

两人说笑间，传事太监来报，御医沈宝田来了。慈禧立即命他进来。

沈宝田进到内房，叩拜完毕，慈禧便说道：“沈御医，慈安太后的病经宫中几名御医诊视过了，吃了一阵子乱七八糟的药也不见好转，我认为是他们医术不高明看不透症。我曾派人去请你来为慈安太后看病，可一打听说你外出了！”

“回太后的话，奴才去东北长白山采药去了，刚刚回来，一听到家人说太后曾几次派人去找奴才，奴才就匆忙赶来啦。奴才耽搁了给太后治病实在是奴才不知，请太后恕罪！”

“宫中什么草药没有，还需要亲自外出采药？倘若再迟来一些日子，慈安太后有个三长两短，这个责任你担当得起吗？”

“回太后，宫中的草药尽管十分丰富，但有些药时间太久，因保管不善蛀了虫，也有些药因采集的人不懂医术，对采集的时令掌握不准，有的偏早药力达不到，有的太晚药力太旺。还有一些草药需要用当年的，陈年的药力就风化了。因此，奴才每年都要外出采草药一段时间。”

“快给太后看病吧，看得认真仔细一些，争取药到病除。如果你能够给慈安太后治好病就是我朝最大的功臣，朝廷定会加倍赏赐你的。”

“奴才只想把太后的病医好，怎敢有什么非分之想。何况，给太后看病也是奴才的分内之事。”

沈宝田来到榻前，先躬身施一个礼，然后开始诊视慈安太后的病症。首先是望，看看慈安的脸色、眼睑，检视一下舌苔，又看看手掌与手心。其次是闻，闻一闻慈安喘气的气味，和周围身边环境的气味有没有异样。接下来是问，询问发病的时间天数，发病的感觉症状，吃过哪些药，何时吃，用什么样的方式煎服，等等。最后是切，就是把脉。

沈宝田将慈安左右手上的脉搏细细地把了一遍，足足有半个时辰，这才轻轻放下，略带为难地说：“回两宫太后，慈安太后的病若是早治几天只需三服药便药到病除。时间耽搁久了，病情进一步恶化不说，由于用错了药，不但不能治病，而且加速了病情的恶化。”

“请问沈御医，慈安太后到底得的什么病？是否能够治愈？”慈禧问道。

“回太后的话，慈安太后所患的病是阴虚，阴阳失调，再加上长年累月操劳过度，累积日久所造成的。奴才刚才看了几位御医所开的药方，他们也都判断出太后的病是阴虚所造成的，但治疗的方法却不对症。他们认为阴虚是由阴阳失调造成的，就应该滋阴补阳，所开的药中含烈性阳性药为多。殊不知，阴虚在初期补阳能够治病，而到了中晚期，越是补阳越会使病情恶化。”

“这是什么道理呢？”慈禧又问道。

“阴阳失调造成的阴虚是因为阴多阳少，阴多到一定程度时，每增加一种阳性的药物或至刚至烈至阳的药都会与阴产生一种强烈的对抗的药力反作用，重重伤害整个肌体，越补阳对肌体的伤害越大，病情也就越重。慈安太后的玉体病到这种程度就是补阳太多所造成的。”

慈禧点点头，又问道：“依沈御医所见，应该如何治疗呢？”

“阴虚病到这种程度只能以阴补阴，用阴来补阳。”沈宝田解释说。

“请沈御医解释明白一些，本宫只知道阴能补阳，却不明白阴如何补阳？”慈安太后也禁不住问道。

“对于阴补阴这是常人都能理解的，而对于阴补阳可能就是一般人所不能够理解的，不是潜心钻研过中医的人是不可能领悟其中的奥妙的。《内经》云，阴中有阳，阳中含阴，阴到极致则生阳，阳到极致化为阴。当阴虚到一定程度时只有用阴来调和阳，也就是让阴中自己产生阳，随着内阳的增加，最终达到阴阳互补，从而治好病。”

“听沈御医这么说，慈安太后的病就可以药到病除了，那就请沈御医快开药方吧！”

“话也不能这么说，奴才只有尽平生之所学给慈安太后治病了，有一线希望奴才都尽力把太后的病治好。”

沈宝田说到这里，稍稍犹豫一下又说道：“奴才盘算着，在所开的药方中可能需要一味至关重要的药，而目前这一味药却不容易找到。”

“什么药？你说出来我可以令全国各省的巡抚共同协助寻找。只要能治好慈安太后的病，无论花多大的代价都值得。什么药，你尽管说来！”

“奴才回去把开出的药方交给太后，太后就明白是什么药了。”

“那你什么时候开药方呀，慈安太后的病可耽误不得，一定要尽快开出来，如果宫中药库也没有还要四处寻找更拖延时间。”

“奴才明白，奴才回去后再细细斟酌一番再开出药方，药方一旦开好立即送给太后过目。”

“那你立即回去开药方吧。”

慈禧打发走沈宝田，又安慰说：“请姐姐放心好啦，听沈宝田这么说，姐姐的病他一定能够治好，至于缺少什么药物，妹妹一定想办法给姐姐找到。就是所需要的药在域外，我也派人立即取来。”

“人的命是上天安排的，如果真的缺少什么难以寻觅的奇药怪草，妹妹也不必太费苦心，生死有命，富贵在天，劳民伤财也不值得。”

“姐姐这是说哪里话，姐姐的命都不值得，这大清国内谁的命还值得？姐姐只管养病，这抓药的事就交给妹妹了。”

慈安点点头：“多谢妹妹了。”

慈安太后服下沈宝田所配制的药后，病情一天天减轻，身子一天天恢复了，服侍她的太监、宫女都十分高兴，皇上、慈安更是高兴。人逢喜事精神爽，慈安一高兴，病好得更快了。特别是皇上功课结束后来陪她说说笑笑，偶尔讲一个小故事逗她开开心。不到一个月，慈安的病几乎好透了，能够独自下床走一会儿，也能坐一会儿了。

令她奇怪的是，自从开始服用沈宝田配制的药以来，慈禧却一次也没到她榻前，而那以前，慈禧是天天来宫中看望她一次的。这些日子都是李莲英每天来探望她的病情，每次来都是捎来慈禧太后的问候话，李莲英只说慈禧太后公务缠身，太忙不能脱身，专派他来问候，需要什么让李莲英传个话就可以啦。甚至连沈宝田也没来过，只是准时送来所服用的药。

慈安有些不高兴，但又不好直接询问。心里道：就是公务再忙，也应该亲自来探望她一次，派个小太监来了就算完事了，把我当成一般宫中下层服侍人员不成，待我病好了，一定问一问她西太后到底在忙些什么！

慈安正在胡思乱想之际，太监来报说，御医沈宝田来探视太后的病情，嗯，我正要感谢他呢！立即传见。

沈宝田走进殿堂，叩拜说："奴才沈宝田问太后圣安，恭喜太后玉体恢复！"

"免礼！请起吧，本宫能够恢复全是沈御医的功劳，本宫感激不尽。请问沈御医要什么奖赏，尽管开口！"

"为太后治病是奴才的福分，也是祖上有德，何况治愈太后的病也不是奴才一个人的功劳，仅靠奴才一人只怕太后的病不会这么快就恢复的，这是上天给大清朝的恩赐，也是太后吉人自有天相。太后命中注定有此一劫，今后会更加显贵。当然，也与慈禧太后的舍己相助分不开的。"

什么？慈禧太后舍己相助。慈安一愣，急忙问道："慈禧太后去了哪里？我这段时间一直也没有见到她，连你也没有见到，我正要请教一下沈御医呢！你给本宫诊视病症时曾说有一味重要的草药难以觅到，可是后来不久就把煎制的汤药送来了，想必那一味草药已经觅得，但不知是何草药？又是从哪里寻找到的？"

"太后，实不敢瞒，那一味药就是慈禧太后舍身相助才找到的。"

沈宝田见慈安太后一脸迷茫，又急忙补充说："这味药就是健康女人的血与肉，慈禧太后为了能够尽快治好太后的病，忍着巨大的痛苦从胳膊上割下自己的血肉为太后做药引子。"

慈安一听，大吃一惊，十分不安地问道："慈禧太后现今怎样？她的身体是否受到了严重伤害？"

"请太后放心，慈禧太后的身体已经恢复得差不多了，只是很瘦，很虚弱。不过，尚无大碍。"

"为何一定要女人的血和肉做药引呢？"

"回太后的话，奴才曾经告诉过太后，太后的病是阴虚，需要以阴补阴，以阴补阳。而这女人身的血肉则是极阴的一种药物，这种药性中阴中含阳，还必须用鲜活的血肉，最好是在每次煮药的中间开始割肉放血于药剂中，这样效果最好。”

“宫中这么多的宫女，不能令她们割肉放血吗？一定让慈禧太后遭受如此痛苦，本宫内心十分不安。这事你应该早早与我商量，我会另安排他人的。”

沈宝田扑通跪下求饶说：“请太后恕罪，奴才本来要告诉太后这件事的，只是慈禧太后坚决不同意，她怕这事让太后您知道就会让其他宫女去做，可其他宫女的血肉对治愈太后的病作用实在太小，都不如慈禧太后的血肉珍贵有效果。奴才正是考虑到这一点才决定不告诉太后，而让慈禧太后甘愿献出珍贵的血肉。”

“为什么慈禧太后的血肉要比一般宫女的血肉珍贵，有利于治疗本宫的病呢？”

“即使奴才不说太后也会明白，两宫太后都是金枝玉叶，虽是肉体也绝非一般平常人所能企及。人们常说皇帝是真龙天子，是上天的龙幻化的，而皇后都是凤，龙凤呈祥就是这个道理。龙是水中之王，凤是鸟中之王，龙凤血肉自然是人间奇珍，可治百病。如今太后有病，需血肉滋补，一般人的血肉怎能与太后相比呢？所起的作用微乎其微，而慈禧太后就不同了，她和太后一样都是千金贵体，彼此相当，用慈禧太后的血肉做药引子自然见效快，所以太后的病会恢复得如此之快。”

慈安太后将信将疑，十分内疚地说：“让慈禧太后为了我的身体受了这样的苦痛，我实在于心不忍，如今身体转好了，我要去储秀宫看望看望她。”

“太后千万别去，不然慈禧太后一定会责怪奴才的。慈禧太后曾再三告诫奴才决不能告诉太后这事，此前一段时间不让奴才来见太后，就是担心太后问起奴才说漏了嘴而影响太后治病。不想事过多日，奴才仍然说了出来，实在该打，慈禧太后知道奴才把真相告诉了太后，还不知怎么责罚奴才呢！还是请太后安心养病吧，待太后的病痊愈了再去看探慈禧太后也不迟。”

慈安太后点点头：“无论如何，沈御医给本宫治病有功一定要受赏，先赏二百两银子，待本宫病好后另加补赏。”

“谢太后！”

沈宝田拜谢之后便退了出去。

慈安站了起来，准备到储秀宫看望慈禧，把心里话全部告诉她。

这时，宫女来报，说慈禧太后来见。慈安立即出门迎接。

慈安走出正门来迎慈禧，慈禧急忙紧走几步，上前抓住慈安的手，娇怪道：“姐姐怎么又出来迎接妹妹了，妹妹不是说过多次吗？咱姐妹之间又不是外人，这个礼节就不必啦，何况姐姐大病刚好，身子骨还没有完全恢复，怎敢有劳姐姐大驾出门相迎呢！”

慈安苍白的脸上惭笑一下：“妹妹若这么说真是折杀姐姐了，妹妹为了姐姐都能割肉放血舍身救我，姐姐出门相迎有何不可呢？”

慈禧拉着慈安的手并肩走进正堂。

慈禧打量着慈安：“姐姐的脸色好看多啦，再吃上几服药，注意补补身子，再过一段时间就能恢复如初了，这真是我朝的洪福。只要姐姐的病痊愈，比什么都值得高兴，我的一颗悬着的心也放下了，待姐姐身体完全康复后，妹妹破费一些，在宫内设宴，宴请王公大臣与亲王贝勒，大家在一起乐一乐！”

“妹妹，这哪能让你破费呀，如果要宴请诸位王公大臣，干脆让福晋、王子、王孙也来吧，人多热闹些，这费用就由姐姐出吧！”

慈禧笑了：“这点小事还争个啥，你出我出又能远到哪里去？到时再说吧。”

慈安又打量一下慈禧的脸：“妹妹说得也是，你我姐妹之间还争个啥，只是姐姐心中不安呀！瞧妹妹的脸又黄又瘦，眼也凹陷了，原先水灵灵的美人儿为了姐姐变得这么憔悴，真让做姐姐的惭愧。”

慈禧急忙阻止说：“姐姐万万不要这么说，妹妹人是憔悴了一些，但看着姐姐的身子一天天好起来，心里高兴啊！如今瘦了一点儿，补养一段时间就会康复的，不这样做，姐姐的命如何换回呢？妹妹觉得这样做太值得了，这完全出自妹妹的真心，你我虽不是同胞姐妹，若要论及远近，妹妹觉得与醇王福晋相比，亲生姐妹也不比与姐姐亲。妹妹本来多次警告沈宝田万万不可把这事告诉姐姐，谁知这个狗奴才又留不住嘴说了出来，让姐姐挂念妹妹，等回来我把他叫去掌嘴。”

慈安连连说道：“不可，万万不可！沈宝田也是为了姐姐能够恢复快一些才告诉我的，当然，也是我再三相问他才肯说的。妹妹为姐姐吃这么大的苦头，如果姐姐都不知道，传扬出去姐姐的面子往哪里放呢？不是沈宝田告诉姐姐事情的真相，姐姐还一直怪罪妹妹不来看我呢！你瞧瞧姐姐是多么小心眼，与妹妹的大仁大义相比，姐姐实在是心胸狭窄之人！”

“如果姐姐再这样自责自己，妹妹就无地自容了，为了姐姐做出点牺牲这是做妹妹应该的，也是为了报答姐姐的救命之恩。当初在热河行宫时，大行皇帝受肃顺、载垣、端华等人蒙蔽，欲置妹妹于死地，不是姐姐舍命为妹妹求情，只怕妹妹早就命归黄泉了，怎么会有今天呢？现在妹妹为姐姐做点事怎么值得一提呢！”

慈禧一提起在热河的事，慈安忽然想起了什么，说一声妹妹稍等片刻，便走进内室取出一个精致的小匣，边打开边说道：“姐姐有一件心事一直放心不下，如今终于可以了却啦。说来话长，还是在热河行宫时，大行皇帝受肃顺等人怂恿要处死妹妹，后来，在我与醇王，还有皇上的求情下终于饶恕了妹妹。但大行皇帝仍然放心不下，认为妹妹有谋权篡位之心，为防止万一，宾天之前留下一份遗旨，让我秘密保存，一旦妹妹有谋夺皇位之心，就让我取出遗旨，联合军机大臣诛杀妹妹。有一段时间，我也认为妹妹有此心呢！几次想把遗诏拿给恭亲王看，约束一下妹妹，最终还是忍住了，想看看妹妹是否会再做什么过分的事。如今想来倒是姐姐我错了，妹妹的心地如此善良侠义，丝毫也没有篡位之心，是大行皇帝多虑了，也是做姐姐的太自私了。”

慈安说着，从小匣中取出那份遗诏撕得粉碎。

“姐姐，这是大行皇帝遗诏，姐姐可撕不得！”等到慈安太后已经把遗诏撕得粉碎时，慈禧急忙阻拦说。

“既然妹妹不是那种人，这份遗诏还留作何用，请妹妹不必阻拦，这也是姐姐向妹妹表明自己的心迹，对妹妹的救命之恩的一种报答！”

慈禧扑通跪在慈安面前：“姐姐能够如此坦诚对待妹妹，妹妹就是为姐姐去死也是值得的，请姐姐做证，妹妹指天发誓，如果妹妹胆敢有丝毫谋权篡位的举动，天打雷劈，死有余辜！”

慈安上前扶起慈禧：“妹妹不要说了，你的心姐姐完全明白，让姐姐看看你的伤吧！”

慈安轻轻挽起慈禧的衣袖，胳膊上面正扎着纱布，不用说里面是被割裂的伤口。慈安也禁不住流下泪来，抚摸着伤口一时不知再说些什么，千言万语化为无声的泪水簌簌落下。

恭亲王听完事情的来龙去脉，脸色变得很难看：“太后，你好糊涂啊！慈禧是什么人，你又不是头一天和她打交道！你怎么能……”

慈安不住地叹气：“谁知她诡计多端，我得知她为我割肉治病，竟感动得落泪，以为自己小心眼儿，就把遗诏给毁了……”

“如今没有了遗诏，我们空口无凭，她就是做出出格的事来，我们又能怎么办？我们拿什么钳制她……”

“唉，我当时没想那么多，想来这都是我的错！”

恭亲王也不知还能说什么，便怏怏地告辞了，留下慈安独自落泪嗟叹。

第十二章

犯国忌喜事变祸事 进毒饼孝行成罪行

光绪见周围没人，才小声说："东圣太后早上好好的，怎么这不到两个时辰就突然崩逝了呢？是否与那盒点心有关呢？"翁同龢一惊，突然问道："什么点心？""是皇阿爸让朕带给东圣太后的一盒点心，朕也尝了几块呢！"

慈禧太后又病了。

慈禧一病又是卧床不起，似乎比上一次病得更重，这可忙坏了光绪皇帝，他虽然不能每时每刻在储秀宫里服侍皇阿爸，但每天起床后必须按惯例去请安。

让光绪头痛的是慈禧太后寝宫里那特有的浓重扑鼻的麝香味。每次请安，光绪总不愿进到里间，只想在外间隔帘的厅堂里跪安，说句："给圣母皇太后请安！"

慈禧像是故意刁难他似的，总把光绪叫到床前，有气无力地问问学习情况，饮食和休息，压根儿不提朝廷上的事。光绪也就小心谨慎地回答，唯恐有什么差错遭皇阿爸的臭骂。

不知怎的，慈禧这一病倒仿佛变了个人似的，对光绪和颜悦色，再也没有平时盛气凌人的架势，更不要说训斥和责骂光绪了。光绪也因此心里稍稍宽慰一些。

这样，光绪跪了一会儿，慈禧便摆摆手说："皇帝请回吧，课业不可荒废，用心攻读，不要辜负皇阿爸的一片苦心。"

光绪站起来，深施一礼，躬身退出。

光绪规规矩矩地走出储秀宫，小心翼翼地转回身，一看没人盯着他，便一溜小跑来到钟粹宫。

宫门早已打开，值班太监看见光绪走来，赶紧跑回里间禀告。

光绪紧走几步跨进大门，高声叫道："皇额娘起了吗？"

一个小太监立即笑嘻嘻地打起门帘迎接光绪，刚才在储秀宫的压抑感一扫而光。

慈安太后听到光绪脆嫩嫩的声音，立刻站起来走出内室，一把将正要下跪的光绪拉进怀里。光绪也由于路上小跑，累得稍稍有点气喘，红扑扑的小脸上渗出些汗珠。慈安心疼地掏出手帕给他擦汗，边擦边说："把皇上累成这个样子，皇额娘心中实在过意不去，来，这里是皇额娘特意为你留下的点心。"

"多谢皇额娘想着皇儿！"

光绪一弯腰，就拿着慈安递过的点心津津有味地大口大口吃起来。慈安看到光绪这副模样，也笑着说："皇上倒像是饿了三天三夜了。"

说完，慈安笑了，光绪也笑了，周围的太监、宫女也都随着笑嘻嘻的。

不知从何时起，这钟粹宫只有光绪到来才能笑几声，慈安太后才感到心里暖暖的。光绪也只有到了钟粹宫，才感到说不出的轻松和快乐。

每当这个时候，慈安太后总有一种说不出的感慨，她想从光绪身上寻找同治帝载淳的影子，有时觉得那么接近；有时又觉得那么遥远；有时想对光绪说点什么，可话到了嘴边又咽了回去。慈安只默默地看着光绪把点心吃光，她自己在光绪吃点心的同时，用手整理一下光绪不端正的帽子，扯平皱巴巴的衣服，轻轻拂去衣上的灰尘，有时还帮光绪剪剪手指甲。

等到光绪吃完，慈安拍拍光绪挺起的肚皮说："皇上吃饱了，该干正经事了。"

光绪这才一抹嘴，向慈安太后道一声："儿臣该去读书了，读累了再来讨皇额娘的好东西吃。"

慈安含着笑带着几名宫女把光绪送出宫门。慈安目送光绪走远，这才转身走进宫内。

面对着镜子，慈安发现自己瘦了，人也憔悴多了，眼角的鱼尾纹明显增多，就连一向光润的额头也出现两道岁月的印痕。慈安叹口气，把镜子放倒，不再去寻找头上新添的几缕银丝。她只觉得这许多天来太过操心、太劳累了。

每天上朝听政，采纳群臣意见，批阅来自全国各地奏折，几乎每天忙碌到深夜。多年早已养成早起的习惯，天一放明就自动爬起来，又开始一天的操劳。一有点空闲还得为皇上操心，饮食、起居、读书，皇上毕竟年幼无知，需要有人关心照顾。

特别令人心烦的是最近一段时间的国事。一些洋人又来大清国土上骚扰，什么法兰西侵占自己的领属国越南，并不断北上入侵我西南边境。日本也鬼鬼祟祟地占领了琉球，刘永福率黑旗军正日夜据守台湾与日本人交战……这一切怎不令慈安太后心急呢？事情虽小却牵涉大清王朝的国威形象，一不小心，不是丧权辱国，就是赔款割地。

慈安站在窗前，望着窗外含苞的花蕾，轻轻推开窗，一阵微风吹来，乍暖还寒，慈安打了个冷战，鼻子一酸，打了个喷嚏，眼泪几乎流了下来。

“今天要处理何事？”

太监答道：“回太后，今日在西暖阁会见兵部尚书彭玉麟等人，议越南战事。”

慈安应了一声，便呼喊贴身宫女翠平，准备起驾西暖阁。

叽喳，叽喳。

北京的春天就在这几声清脆的鸟鸣中掀开了一角，新燕啄着春泥在翻飞着，扑打着春的气息。尽管这春的气息里还夹裹着一丝丝雪融的寒意，但它已不能阻挡春姑娘的脚步了。

草儿吐芳，枝儿含苞，远山睁开了蒙眬的眼睛，近水划了第一道碧痕，“春江水暖鸭先知”，不是吗？一群白色的鸭子从那边游来。

“姐姐，姐姐，这鸭儿多可爱呀！”

轿子刚放下，一个小姑娘就边向码头跑，边用银铃般的童声喊着。

“珍儿，快站住，一群鸭子有什么好看的，阿玛跟你说了几遍了，今后出门离家不要顽皮，怎么不听话呢？瞧，姐姐多稳重、文静，女孩儿应有女孩的样子，怎能像野小子，咋咋呼呼的。”

户部侍郎长叙抱起珍儿说着，回头又指挥家人从轿内搬下行李。家人忙碌的同时，长叙又在告诫一对女儿说：“珍儿，离开家到伯父那里不能像在家里一样傻叫傻疯，人家会笑话的，要多读书，向姐姐学习。”

珍儿忽闪着一对大眼睛，似懂非懂地点点头，看着姐姐对爸爸说：“阿玛，伯父那儿有好吃的吗？”

“嘻嘻，小馋猫，就想吃。”瑾儿刮一下妹妹的小鼻子说。

“你不想吃能长这么大吗？”

“别吵了，瑾儿，你比妹妹大，要处处照顾妹妹，让着妹妹。”长叙又点一下珍儿的鼻子笑着说，“你呀，这个馋猫也要听姐姐的，更要听伯父、伯母的话，他们那里好吃的可比咱北京这里多，准让你们吃个够。”

“只要有吃的玩的就好！”珍儿马上高兴地拍起小手。

长叙刚要讲话，猛听身后传来一句：“阿弥陀佛！善哉，善哉！”

长叙回头一看是一位出家的和尚，急忙放下怀中的女儿，施礼道：“不知大师来此化缘，多有得罪，请问大师化些什么？”

“阿弥陀佛，贫僧只想化这一对小施主。”

长叙一听气得直吹胡子，心道：你这和尚真没道理，高兴了给你几两银子，不高兴指挥家丁把你赶走，什么不要只想要我两个宝贝女儿，真是做梦！随口生气地说道：“本人不缺吃也不缺穿，怎舍得让女儿出家，你快走吧，否则我就不客气了！”

“罪过，罪过！这一对小施主将来虽然可以贵尊极品，但施主也应明白一句古话：‘福兮祸之所倚，祸兮福之所伏。’今日不舍，他日的福也是他日的祸，取舍全凭施主一句话，请施主三思！”

长叙一愣，想起多年前自己与福晋一起喝过朱果枝叶茶后所做的梦，似有所悟，但他怎舍得让这一对活泼可爱的女儿永远离开自己呢？他坚定地说道：“大师请回吧，福祸是命中注定，本人愿意承担。”

“阿弥陀佛，施主一意孤行，贫僧也不强人所难，前世的缘，后世的孽，是永远无法更改的，就一切随缘吧！”

和尚说完，深施一礼，转身离去。

长叙目送和尚远去，心情十分复杂，回头看看一对可爱的女儿，心中很不是滋味。

今天来送两位女儿去她伯父家，虽说父女别离，这一别也不知何年才能够相见，其中别离之情自然酸悠悠。想不到半路杀出个程咬金，给这别离之愁又笼上一层乌云，刚才还兴致勃勃的长叙现在已没有一点儿心情了。

父亲裕泰身居要职，加封太子太傅，官居一品，自己兄弟三人也都个个争气，大哥长敬曾是四川绥定知府，现任礼部右侍郎。二哥长善由山海关副都统在同治七年升为广州将军，权倾一时，成为正一品旗兵最高长官，只可惜膝下无子无女，而他又特别喜欢小孩，多次写信催自己把瑾儿和珍儿送到他那里住一段时间。现在春暖花开，冰河解冻，正是行船的好时节，又赶着朝廷派人赴广东办理海关事宜，正好让这姐妹俩搭船前往，既安全又省事，真是两全其美。却想不到来了一位和尚，他的一番话又惹得长叙心乱如麻。

“长大人，就要开船了，快让两位小姐上船吧！”

长叙回头看行李早已送上船，这才恋恋不舍地一手拉一个向码头走去。

船终于开动了。

长叙望着站在船头眼泪汪汪的女儿，鼻子一酸，几乎掉下泪来。他轻轻举起手挥动着：“瑾儿、珍儿，多保重！”

“阿玛，多保重！”

“阿——玛——”

长叙泪眼模糊地站在码头上，看着船向南方驶去。刚要转回身，猛听身后有人气喘吁吁地说：“报告老——老爷，大事——不好！”

“别慌，慢慢说。”

长叙一见是老管家长安来到，也是一怔，自己刚刚带两个女儿和几名家兵出来时，家中一切好端端的，怎么突然来报大事不好。长叙见长安只是喘粗气，也急了，忙说道：“到底家中出了什么事？”

“老爷送二位小姐出来后，奶奶独自在家伤心，忽然吏部来人送给奶奶一张文书，奶奶看后大吃一惊，就让我来叫老爷，奶奶说越快越好。”

长叙听长安断断续续说完，心里一片空白，也不知到底为啥，心想也不会有什么大事，并不十分惊慌，急忙上轿回府。

长叙回到家中，见过福晋，福晋正在家中流泪，一看丈夫回来，忙一把鼻涕一把泪地把那吏部官员送来的文书递给丈夫。

“老爷，全完了。”

长叙接过一看，也是大吃一惊，这是经吏部议决后由两宫皇太后所下的一道懿旨，将长叙革职为民。

这灾难的来到是那么突然，又似乎是理所当然，这责任只能怪长叙自己。

事情是这样的：

不久前，长叙的二女儿出嫁，新郎是山西布政使葆享的公子。大喜的日子定在农历十一月十三日，这一天要是一般百姓家的子女结婚，也不过是吹吹打打，放盘炮，去一顶花轿把新娘抬回来拜天地，进入洞房，亲朋好友在一起吃顿饭也就算完事了。这户部侍郎的女儿出嫁和布政使大人的公子结婚可就不同了。他们都是朝廷命官，又都官居要职，自然讲究脸面风光和喜事的排场。

许多亲朋好友和一些属下官员及同僚也都利用这样的机会互相拉拢关系，寻求帮派。尽管那时朝廷上没有法律规定婚事从简的要求，但动静太大也难免遭人嫉妒。谁没有个死对头，更何况长叙、葆亨这等正二品大员呢？有些人吹土找裂缝还怕找不到呢，更何况你给人家留下把柄呢？

问题就出在这大喜的日期上。也不知长叙和葆亨请哪位老先生给看的日子，这十一月十三日是康熙皇帝宾天的忌日。按照清朝法令规定，列祖、列宗、列后宾天的忌日一律称为“国忌日”，百官不许鼓乐鸣炮嫁娶。也许是康熙皇爷宾天的时间太长了，长叙、葆亨只顾自家喜庆，被喜事冲昏了头脑，也可能是那位看日子的高手大师有意坑害这朝廷大员，他们没有想到这十一月十三日会犯忌。

这一日，长叙和葆亨两亲家确实风光，婚礼的排场自然不用说，双方府邸都是张灯结彩，披红挂绿，人来人往，高朋如云，在一阵阵喜庆的鞭炮声中，贺喜之人络绎不绝。人人喝得红光满面，酒气冲天，一个个醉得东倒西歪，稀烂如泥。也许人们只顾为新人高兴，或人们只顾饮酒作乐，谁也没有意识到这一天是“国忌日”。

喜事就这样过去了。忽有一日，一位叫玉铭的官员无意中想起这长叙女儿出嫁之日竟是“国忌日”，心中大喜。急忙向慈禧太后递上一份参劾长叙和葆亨的奏折，并详细描述了在这国忌之日，两朝廷大员官府的热闹场面和宾朋的喜庆状况。

慈禧太后接过奏折一看，勃然大骂：“长叙和葆亨二人真是无法无天，身为朝廷大员却藐视王法，在国忌之日大办儿女婚事，罪不容赦，应当重惩！”

慈禧骂后，转念一想，这长叙是自己一手提拔上来的，对自己也是一片忠心。特别是在自己病重时，不辞辛劳亲赴东北寻找千年难寻的稀世珍奇朱果，可谓大功一件，有心网开一面，从轻发落。

就在慈禧稍有犹豫之际，大内总管李莲英急忙在慈禧面前吹风点火：“老佛爷，这长叙早就该严惩了。奴才曾听人说，长叙自从为太后寻找到朱果后变得十分骄横，每每向人炫耀，如果没有他长叙，太后早就一命归天，太后对他有感激不尽之情，就是他做点错事太后也会谅解他的。众人不信，他才故意把女儿的婚嫁之日选在这‘国忌日’，并说就算太后知道了对他也不会怎么样。”

慈禧一听十分气恼，骂道：“大胆的长叙竟是如此不懂时务的小人，一定要严惩！”

于是慈禧给吏部一道懿旨，把长叙和葆亨的事交吏部严办，特别是对长叙应革职查办逮捕入狱。

吏部官员商量，长叙一向为人忠厚诚实，这次犯忌可能是无意的，他长叙再大胆也不会拿自己的官运和生命开玩笑，于是奏明慈禧太后，给长叙、葆亨二人革职处分。

慈禧冷静下来后，一想这处分也就够重的了，也不再说什么，随即下了道懿旨，由吏部交给长叙和葆亨，将二人分别革职为民。

这真是乐极生悲，长叙做梦也没想到为女儿的一桩婚事竟把自己苦心经营多年的乌纱帽给丢了，虽然免受皮肉之苦，但这官却丢得很彻底——革职为民。

长叙将吏部送来的文书又看了一遍，千真万确不是在梦中，并且无法挽回，遂想起那位大师的话，长叹一声，和福晋一起号啕大哭。

三月的小雨淅淅沥沥下个不停，似牛毛，似花针，密密麻麻，歪歪斜斜。光绪在上书房看了一会儿书却怎么也看不下去，心神不宁，他这样已经好多天了。翁师傅见光绪这多日来不用心读书，有心想劝慰他几句却不知如何说起。慈禧太后病了多日尚不见好转，慈安太后也由于操劳过度而病倒了，每天只能待在寝宫里批阅奏折。光绪渐渐懂事了，知道两位皇额娘都病了，他每天比过去起得更早，也睡得更晚，除了读书、习剑之外，就是到两宫皇太后跟前服侍用药。光绪更加勤快、细心、周到，频频博得两宫皇太后的夸奖。光绪并不感到有丝毫的高兴，相反，他比过去沉默多了，特别是从慈安太后寝宫出来后，愈加显得心神不安。

今天是慈安太后病倒的第三天了，光绪早早地起来也没读书就到慈安太后的床前请安，一直停留到早餐结束才恋恋不舍地离去。过后，他从慈禧太后的寝宫出来，再次来到慈安太后的寝宫，要求陪皇额娘半天，但被慈安太后劝阻了，光绪这才怏怏地来到上书房读书。尽管手握书本却一个字也看不下去。

翁师傅见光绪由于两宫太后生病而无心读书，知道劝说也无用，仅给他布置了一些作业，就让他回宫陪伴两宫太后了。

光绪从上书房先来到养心殿，冷静地想了一会儿，决定先到储秀宫皇阿爸那里坐一会儿，然后再到钟粹宫陪伴皇额娘。

光绪来到储秀宫，见过慈禧太后，跪下问安道："母皇太后，是否已吃过药，让皇儿来服侍皇阿爸用药。"

慈禧抬起苍白的脸问道："皇上不在上书房读书，怎么这么早就回来了？"

"回母皇太后，翁师傅说两位皇太后都病了，需要人来照料，就让皇儿早放学回来了。"

"皇上的心意皇阿爸领了，但皇上应以读书为重，只有趁青春年少多读些诗书，通古博今，明断是非，将来才能做个好皇上。皇太后有病自有宫中其他人照料，皇上能够每天问安就让皇阿爸感激不尽了。皇上多学点知识就是对皇阿爸最好的安慰，今后切莫因一些小事而荒废学业，这样提前放学的事下不为例！"

"皇儿一切听从皇阿爸的吩咐，皇儿这就回去读书。"

慈禧听了，满意地点点头说道："皇阿爸这几日觉得病情似有好转，皇上多花点时间在功课上吧，不必天天来了。"

"谢皇阿爸！"

光绪刚准备躬身退出，突然听到慈禧太后不紧不慢地说道："东圣处皇上可去过了？"

"皇儿尚没去过。"

慈禧又点了点头说："前几日外臣进贡了些可口的食品，我吃了一些，觉得口味不错，特留下两份给皇上和东圣品尝。皇上的这一份我派人送到养心殿去，东圣的这一份就请皇上送去吧！"

"这样也好！"

光绪心中大喜，正想找机会到钟粹宫呢，又恐皇阿爸责怪。平时皇阿爸是限制光绪随便到钟粹宫的，除了每日早晨的请安外，其余时间到钟粹宫必须征得皇阿爸的同意。通常情况下，光绪都是偷偷摸摸地到慈安太后那里。想不到皇阿爸今日这样开通，竟主动提出让自己去了，光绪怎能不高兴呢？自然满口答应。

一名宫女从慈禧的床头几案上拿起点心盒恭恭敬敬地递给光绪，光绪接过点心盒一施礼就准备离开，慈禧又说道："东圣近日身体不爽，皇上不得贪玩贪吃在东圣处停留甚久，以免影响东圣休息。皇上的点心马上有人送到养心殿，皇上可到养心殿边读书边品尝点心，万万不可耽误学业。"

"皇儿一定谨记皇阿爸的教诲，皇儿告辞了。"

慈禧满意地挥挥手示意光绪皇上退出。

光绪退出的一刹那间，慈禧脸上掠过一丝不易察觉的笑容。光绪还像往常那样，出了储秀宫的门就一溜小跑，猛一转身发现有人正在宫门外偷偷地盯着自己，刚刚迈大的步子又放慢了，更不敢小跑，只好一步步走向钟粹宫。

慈安太后虽然病了，也只是由于疲劳过度而引起的一点儿不适。尽管身体不适，仍坚持在寝宫内批阅奏折和朝中公文。

忽然，慈安太后听说皇上给她送点心来了，自然十分高兴，急忙放下手中的笔，带着两名贴身宫女迎出寝房。光绪把点心交给两名宫女，自己上前挽着慈安太后的胳膊蹦蹦跳跳走进内厅。

慈安接过宫女手中的点心盒，打开一看，嗬，好精美的点心，急忙取出一块品尝了一下，赞不绝口道："好味道，好味道！"

慈安把点心盒递给光绪，让他来品尝品尝。光绪也不推辞，伸手拿起一块，刚想放进嘴中，忽然想起皇阿爸刚才的叮嘱，立即把点心放进盒内，说道："这是外臣进贡给皇额娘的，还是留着皇额娘自己享用吧。我那养心殿也有一份呢！"

"就是皇上另有一份，皇额娘在此让皇上陪着吃点儿总可以吧？”慈安半嗔半疼爱地说。

光绪见不能推辞，拿起一块津津有味地吃起来，口中不住称赞：“嗯，好味道，好味道！”

光绪刚刚吃完这块，慈安正准备给他拿第二块，那边太监来报，说储秀宫内奕譞夫妇求见，请皇上速回。

光绪一听是阿玛和额娘来了，又是欢喜又是惊奇。好久没有见到阿玛和额娘了，虽然在上朝时几次见到阿玛，但在众目睽睽之下，也只能小心翼翼地偷看几眼，心中有许多话都无法开口。醇亲王奕譞也似乎在有意地躲避他，几次可以单独照面，奕譞都悄悄走开了，唯恐别人说闲话。

额娘，在光绪心目中早已变得淡远模糊了，那还是多年前光绪过生日时，慈禧太后特意召见了醇亲王夫妻，并留下醇王福晋和皇上一起在她的饭厅体和殿进午餐。席间，光绪在皇阿爸慈禧的监视下，强忍着心中的泪水注视着额娘的一举一动。额娘在自己的亲姐姐叶赫那拉氏慈禧太后跟前也噤若寒蝉，局促不安，只是机械地同皇上说几句冠冕堂皇的话，较多的时候是相对无言和一味地给皇上夹菜。相反，谈笑风生的只有慈禧一人，她拉着妹妹醇王福晋的手问长问短，做出关心备至的样子。

从那以后，光绪就没有再和额娘有真正意义上的相见了，有的只是在逢年过节或重大庆典时，在熙熙攘攘下跪的亲王、贝勒、福晋、阿哥和格格中间看到额娘的身影，距离是那么遥远，那时的他只能含情脉脉地扫上一眼。有时，额娘随众人来到两宫太后和自己跟前跪拜，两人虽然近在咫尺却只能沉默相向。额娘心怀酸楚地看着自己的儿子越来越陌生，光绪皇上说不出滋味地注视着自己的亲额娘一步步远去，额娘每走去的一步都似乎踩在光绪滴血的心上。尽管额娘没有回头，但光绪知道额娘在一步一回首，母子连心啊！由于慈禧忌讳别人同皇上过于亲密的接触，特别是本来就让慈禧忌惮的醇王夫妇。没有皇阿爸的谕旨，光绪岂敢会见外臣，醇王福晋更不可能接近宫闱深似海的高高红墙。

今日皇阿爸为何如此大方，竟破例召见阿玛与额娘和自己相见呢？既不是朝中重大庆典，也不是两宫太后或自己的生日。光绪虽然心中犯嘀咕，但还是十分兴奋地辞别慈安皇太后走了。

光绪来到储秀宫，见阿玛和额娘正在陪皇阿爸讲话，急忙上前给皇阿爸施礼："母皇太后召见儿臣？"

"皇上快快起来，你看谁来了？"慈禧一扫病容兴奋地指着坐在旁边的醇王福晋说。

这时，醇王和福晋才躬身施礼："皇上万岁！万万岁！"

"都起来吧！"慈禧笑容可掬地说，"皇上可曾品尝皇阿爸给你的点心？"

"回皇阿爸，你赐给儿臣的点心我还没来得及吃，但东圣母后太后的点心我倒尝了一块，十分可口。"

慈禧一听，略微皱一下眉头，忽又十分平静地对光绪说："皇上再品尝一下这茶的味道。"

光绪接过宫女端来的茶，呷上一口，细细品尝一下说道："这好像是一杯药茶？"

慈禧笑了笑说道："皇上说得不假，这确是一杯药茶，但这茶的妙用可大了。"

"什么妙用？"

"将来皇上会感觉到的。"

醇王夫妇只静静地坐看他们说话，一句话也插不上，不是不想而是不敢。光绪和皇阿爸讲话的时候，只趁慈禧太后不注意的时候偷眼瞟一下端坐一旁的醇王福晋，想说一些什么却什么也没有说。

"皇上把这杯茶喝光吧！"慈禧见光绪放下茶杯又微笑着说，"这茶对皇上的成长大有作用。"

光绪终于一气把茶喝光了。

慈禧满意地说道："皇上应以学业为重，快回养心殿读书吧。

中午来储秀宫和阿玛与额娘一齐吃饭！”

“谢皇阿爸！”

光绪施礼退出，来到养心殿，书摊放在面前却一个字也看不进去，心中十分气恼，太监传旨说让我会见阿玛和额娘却不准我和他们讲话，真是岂有此理！光绪越想越气，一把把书拿起撕得粉碎扔在地上，口中还唠唠叨叨地说：“不读书，就是不读书！”

“啪——”

光绪扔出的笔正好打在慌慌张张跑进来的太监王商身上。王商也顾不得疼痛，跑进门内扑通跪倒，结结巴巴地说：“皇——皇——上，大——事不好，东太后崩逝了。”

“狗奴才真是无用，怎么东西都分不清！”光绪说着，照王商的屁股就是一脚。光绪的感觉是报信报错了。

王商哭丧着脸说：“奴才再无用也不会东西都分不清！”

光绪一下子惊呆了。

王商见光绪呆呆地站在那里半天不说话，吓得扑通跪在光绪脚下，抱着光绪的双腿哭喊道：“皇上，快到钟粹宫去看看！”

光绪这才醒过神来，匆匆跑向钟粹宫。

钟粹宫外聚集了许多人，他们见皇上来到纷纷让开路，光绪泪水上涌，眼前一片模糊，两腿发软，几乎站立不住，幸亏王商及时赶到才将他扶住。

在王商等人的搀扶下，光绪勉强走进钟粹宫。这时，慈安太后的尸体已由太监和宫女换好了皇太后朝服，静静地安放在厅堂中央。光绪欲哭无泪，悄悄趁众人不注意时挤入内室，他见一切都像刚才离去的时候一样，只有那盒可口的小点心不见了。光绪什么也没说，他夹杂在众人中间跪地失声痛哭。跟班太监怕皇上哭坏身子，都来劝阻。

光绪强忍住泪来到养心殿。不久，翁师傅也悄悄来到。

独自趴在御案前伤心落泪的光绪一见翁师傅来了，像快要淹死的人抓到了救命绳，急忙让翁师傅给他分析疑点。

“翁师傅，翁师傅，朕正要找你，你快给朕拿个主意。”

“皇上请讲！”翁同龢一脸严肃相。

“东圣皇太后猝然崩殂，事出突然，翁师傅不感到蹊跷吗？”

“皇上可知慈安太后所患何病？”

“听说是劳累过度，偶感风寒，没有什么致命的大病。”

“这伤寒病已有几天了？”

“至今天刚四天。”

翁同龢捻着胡须在屋内来回踱着方步，过了片刻，翁同龢停住脚步转身问道：“皇上可发现什么疑点？”

光绪向外看了看，见周围没有人，这才小声说：“朕觉得奇怪，东圣太后早上好好的，并无异样，一切都十分正常，就在先前和朕一起吃点心时还好端端的，怎么这不到两个时辰就突然崩逝了呢？是否与那盒点心有关呢？”

翁同龢一惊，突然问道：“什么点心？”

“是皇阿爸让朕带给东圣太后的一盒点心，说是外臣特意进贡来的，朕也尝了一块呢！味道十分可口。”

“什么样的点心？皇上在哪里吃的？”

光绪从旁边拿出一盒精美的点心递给翁同龢说：“就是这样的点心，皇阿爸一盒、朕一盒、东圣太后一盒。东圣太后的那盒还是朕给送去的呢！”

“皇上也吃了？”

光绪点点头。

“这盒不是还没拆封吗？皇上是在什么地方吃的？”

“朕是和慈安太后一起吃的，就在钟粹宫慈安太后的寝房里！”

“怪哉！”

翁同龢的眉毛拧成团也想不出个所以然，他走走停停，停停又走走，这样来回几趟。

最后，光绪提醒说：“朕刚才进入慈安太后的寝房时，再也没有看见那盒点心，连外盒也没有，你说怪不怪？”

“那盒点心是西太后让你送去的？”

“对！”

“那皇上吃了多少呢？”

“就吃了一块，还没来得及吃第二块，就有太监来报，说醇亲王夫妇想见朕，朕就匆匆离开了钟粹宫。后来的事就不清楚了，朕再也没去钟粹宫，接下来听到的消息就是东圣太后仙逝。”

翁同龢若有所悟地走到御案前，打开那盒点心，对皇上说：“皇上是否同意让臣来品尝一下这盒点心？”

“朕当然同意，只是吃了这盒点心是否也像东圣太后那样——”光绪没有再说下去。

翁同龢摇摇头：“恐怕不会有事！”他拿起一块点心津津有味地品尝了一下，口中不住赞美道：“嗯，味道好极了！”

不多久，一盒点心几乎被翁师傅吃光了却什么事也没有，翁同龢一抹嘴巴，叹口气说：“真让人费解，都是吃的同一盒点心，莫非这点心没有问题？太后果是病故？”

“东圣皇太后的点心朕虽然也吃了，但毕竟是少，况且朕吃后也颇觉一丝不爽，不多久也就消失了。”光绪若有所思地说。

“皇上这不爽的感觉有多长时间？”翁同龢紧跟着问了一句。

“仅在从东宫到西宫的路上这么一段时间，到西宫后，皇阿爸给朕喝了一杯茶，喝后那不爽的感觉也就消失了。”

“什么茶？”

“朕也说不清，好像是药茶，太后说这茶对朕妙用非凡，朕百思不得其解。唉，说这些干什么，与太后的仙逝毫无关系！”

“不，不但有关系，还可能关系很大呢！现在先弄清太后得什么病，吃的什么药，有无致命可能，一切也就迎刃而解了。”

“翁师傅怀疑东圣的点心里有毒，我虽然吃了，毕竟量少，皇阿爸所给的那杯茶里含有解毒药，是否是这样？”

翁同龢没有立即回答。忙派人到军机房取太医给慈安太后所开的药方。不久，药方送到，略通医术的翁同龢把每一张药方都仔细看了一遍。光绪眼睛睁得大大的，盯着翁师傅的神态，见他一会儿点头一会儿又摇头，不知翁师傅从中了解了什么。

翁师傅把太监王商送来的五张药方都细细比较了一番，才抬头看看皇上说：“刚才皇上入宫，是否注意东圣的嘴唇与指甲有没有什么异样？”

光绪摇摇头说：“朕只顾悲伤，哪留心这些情况。”他顿了一下又说，“不过朕记得东圣太后的嘴唇和双眼等部位都已化过妆，手脚都盖在袍袖内，根本没有外露。”

“从太医开的药方看，慈安太后确实是劳累过度而引起的一点伤寒，有两名御医轮流相伴，交替用药，从用药的剂量看也不能致太后丧命。这事真奇怪，怪就怪在那盒点心和那杯茶上，我们只是猜测，并无证据。”

光绪一听，颓然跌坐在椅子上放声大哭，他不希望自己所送的那盒点心里有毒，他不相信皇阿爸心狠到那种程度，他更不情愿相信东圣太后的崩逝是真的！

第十三章

经大丧幼主立大志
勘疑案帝师说疑团

光绪用袍袖拂拭一下满脸的泪水，点点头喃喃说道：“决不辜负皇额娘和翁师傅的教导、关怀之情，一旦我独掌大权，一定给皇额娘讨还公道。”一道闪电，紧接着一个炸雷，把光绪吓得哆嗦一下，倾盆大雨哗哗而下。

当天夜里。

慈禧强忍病痛升殿，整个太和殿一片肃穆，两旁跪满了文武大臣，一个个耷拉着脑袋，像霜打了的茄子不声不响。

光绪帝坐在高高的龙垫上，也低着头，用小手不住地抠着座椅上的木纹，不时偷眼看看群臣。想回过头看看那竹帘后面的情景，却怎么也不敢转身。

随着大内总管李莲英一声轻叱，慈禧太后在两名宫女的搀扶下轻挪碎步，姗姗走来，那晃动的珠响玉佩之声让光绪一阵眩目，也不知下面的大臣们听了有何感想。慈禧终于缓缓坐在那条两宫太后并坐了一二十年的长条凳上，如今只剩她一个人了，没有过去那么拥挤，宽松多了，但不知她是否觉得冷清和孤单。慈禧习惯地坐在西边下首，在东边上首留下那么一大段空白。就在屁股刚刚沾到板面时，她下意识地想到只剩下她一个人了，这才重新躬腰向东挪了挪身，然后坐正。

慈禧轻咳一声，用沙哑而仍威严的声音说道：“东圣太后不幸崩逝，实是我大清朝的百年不幸之事，如今皇上尚幼，我又病倒了，也不知能否渡过难关。正当用人之际，特别是皇上更需照料，而慈安太后撒手人寰，把许多担子都交给我，真令本宫局促不安，思念我姐妹俩共事多年，一同经历的风风雨雨，真令本宫内心伤痛。”说着，慈禧拭一下泪眼，微有抽泣之声。这时，群臣中也有人跟着啜泣，光绪更是手捂嘴巴，泪如雨下。

慈禧忽又强忍泪水，一扬脖子，十分冷静地说：“伤心归伤心，慈安太后的丧事一点儿也不能马虎。本宫深夜召集大家来此就是商讨此事的。”

慈禧稍稍停顿一下，接着说道：“恭亲王奕䜣、醇亲王奕譞、协办大学士李鸿藻、武英殿大学士宝鋆、内务府大臣荣禄听旨！”

“嗻！”五人一齐走出班列扑通跪倒。

“你五人筹办治丧大事，一切都要隆重，事事细心，不得有一丝一毫差错，否则拿你五人是问。”

“臣遵旨！”五人退下。

“礼部尚书王文勤、内阁大学士左宗棠听旨！”

“臣在！”两人一齐跪下。

“你两人负责传令各衙门官员一律挂孝，并由内务府发给各衙门、各旗营孝旗孝布。另外，再传旨给宗人府，命福晋、命妇穿孝进宫祭拜，不得有一点儿马虎！”

“是！”

慈禧从容不迫地安排完丧殓事项，这才缓缓说道：“你们商讨一下有什么不合适的地方，或哪方面需要补充，尽管奏来。”

慈禧话音一落，群臣你看看我，我看看你，几个生性耿直、肚里容不得话的人便小声嘀咕起来，但始终没有人走出班列奏报。

刚刚上任的大学士左宗棠从下午就憋了一肚子话，想说却又找不到合适的人说，眼看再不说就没有机会了，终于鼓足了勇气，上前下跪，朗声说道：“太后万岁！万万岁！臣有一事不明……”

慈禧一愣神，盯着左宗棠看了几眼，皱了皱眉说道：“老中堂有什么话就直讲吧，不必吞吞吐吐。”

“谢太后！昨天上午，慈安太后召见几位军机大臣，臣见东圣气色不爽，也只是微略倦容，并无大病的迹象。今日突传凶信，说东圣病亡，令群臣惊骇，猜度不已，外臣难免生出非议，望太后明察核实，让御医验证一下有无其他非常之故，也可外息众议，内慰老臣，不知太后对此有何感想？”

慈禧一听，颇为不悦，但又拿出十分痛心的神态，凄凄哀哀地叹口气，点了点头说道：“东圣猝然仙驭升遐，别说是外臣惊诧，就是本宫也疑神疑鬼，估计会生出一些非议，在殓含时特命内务府大臣荣禄、礼亲王世铎等人会同御医参与。”

慈禧不紧不慢地说着，斜视一眼跪在旁边的荣禄说道：“荣禄，你就把当时殓含的情况向大家讲讲，以免群臣生疑。”

荣禄非常镇静地走出班列，缓缓来到墀阶前跪下，先摘下自己的顶戴，向慈禧叩三个头，然后才说道：“臣和礼亲王等人参与殓含，细细检查，看得非常分明，东圣太后脸色虽然苍白，但神色安然，并无什么异样，外臣如听到什么异状，那纯属谣传。臣敢以性命担保，此事可由礼亲王做证！”

荣禄话音一落，慈禧就对班列里扫视一眼，问道：“礼亲王来了吗？”

礼亲王急忙上前跪奏道：“臣在！内务府大臣荣禄之言没有半个虚字，臣也敢用身家性命作保！”

慈禧满意地点点头说：“左大人，你还有什么不明白的地方，可以再询问一下。”

“谢太后，臣再无疑义。”

左宗棠说完，灰溜溜退回班列，一声不响地跪在人群里。

慈禧又看看两旁的文武大臣，十分认真地重说一遍：“还有哪位大臣认为有不妥之处或应该补充的地方请出班奏来？”

左右跪满的大臣都低着头，你看我，我偷眼瞅瞅他，再也没有谁说上一句话，整个太和殿静悄悄的。

恭亲王奕䜣走出班列，刚跪下准备奏请。

突然，坐在龙椅上的光绪皇上再也憋不住了，哭喊一声：“皇阿爸，我要尿尿。”

话音没落，光绪从龙椅上跑了下来。

跟班太监崔玉贵忙上前搀扶皇上，低头一看，啊，皇上的下半身都已尿湿一片。

慈禧见状，十分生气地对群臣喊道："退朝——"说完，转身离去。

奕䜣看看一动不动的群臣，轻轻叹口气，也站了起来。这时，群臣才松动起来，默默地向殿外走去。

群臣都走完了，奕䜣还在大殿中站着。这时，执事太监崔玉贵上前说道："恭王爷还有事？"

奕䜣抬头看看他，不置可否地"嗯"一声，转身大踏步走出太和殿。

恭亲王府。

奕䜣刚刚心神不宁地坐下，就有家人来报，说协办大学士翁同龢求见。奕䜣正有心事想找人商议，忽听是翁同龢来了，知道此人为人正直，敢为而又足智多谋，颇和自己志趣相投，立即命人把他请进客厅。

礼节完毕，奕䜣说："翁大人匆匆赶来一定有事吧？不妨直说。"

"恭王爷刚才出班奏报，不想被皇上给搅乱了，皇上甚觉惭愧，特命在下来向王爷赔罪，同时也想请王爷给拿个主意。"

"不知翁大人所指哪一方面，我奕䜣能否做到？"

"即使王爷做不到也不应有所忌惮吧？事关大清社稷存亡，王爷难道真的袖手旁观，不闻不问？"

"到底是何事？这里没有别人，翁大人尽管讲来！"

"王爷刚才出班所奏何事，我此来也就是何事，我想先听听王爷的看法。"

奕䜣叹口气说："东圣死因不明又十分意外，我很有疑义，可惜孤掌难鸣，刚才本想冒死质问几句，不想慈禧乘乱退朝了！"

"难道王爷就此隐忍，让东圣万古含冤？"

"翁大人身为帝师，每日出入宫廷，又和皇上朝夕相处，不知是否听到什么？”

“在下正是为此来找恭王爷！”翁同龢不无感慨地接着说，“慈安太后仙逝，朝廷内外能与西太后抗衡者能有几人？更何况她的耳目甚多，趋炎附势之人比比皆是！”

“先前东宫做主，虽不大过问朝政，多少也给慈禧一些顾忌，不想事发突然！刚才左宗棠提出疑义，尽管有荣禄、世铎出面解说也难平众疑，这匆匆入殓不合太后殓含程序，没有众军机大臣在场，岂能入棺？更何况荣禄、世铎都是何等小人，他们的话谁信得过？”

奕䜣一气之下，将自己心中的愤恨吐了出来。

翁同龢这才讲出来意：“下午皇上对在下讲述了一事颇令我猜疑不定，可能与慈安太后仙逝关系甚密。”

“到底是什么事？”

“皇上说他上午奉西太后之命给慈安太后送去一盒点心，当时慈安太后就吃了。下午皇上听说慈安太后崩逝，悄悄寻找那盒点心却不见了。”

“莫非慈安太后是吃了那盒点心中毒而死？”奕䜣提出疑问。

“怪就怪在那盒点心皇上也吃了一块，还没来得及再吃一块就有太监传旨命皇上到储秀宫去，西太后还给皇上一杯茶喝，听皇上说是药茶。西太后说这茶对皇上有妙用，什么妙用也就笑而不答了。”

奕䜣来回踱几步，停住说道：“问题也许就出在这点心上，点心里有毒，皇上仅吃了少量的一点，西太后让皇上送点心，也估计到慈安太后必然给皇上吃，慈禧事先准备了解药茶，又及时叫走皇上，让皇上喝了解药茶，更何况皇上及时被叫走，仅吃少量当然无事。慈安太后就遭此厄运了！真是狠毒。”

“也够高明的，她让皇上送去，并让皇上和慈安太后同吃，这有宫女太监做证，而皇上无事，就是追究起来，她也有话反问，真是做得天衣无缝！”

“只可惜那盒点心一定被慈禧暗中派人取走，外人不知底细，找不到丝毫证据，她给皇上喝的那杯茶也必定被毁了。我们手里没有一点儿证据，只凭推测是不行的，必须寻找证据。”

“恭王爷，不知清宫礼制上，太后殓含之后能否再开棺检验遗体？”

恭王奕䜣想了想说：“当无此先例，不过，如有圣旨及军机大臣一致同意的情况下是可以的。”

“这圣旨是由慈禧亲自下发，军机大臣中有几人是慈禧死党，决不会一致同意，做到这两点恐怕都不可能！”翁同龢叹口气说。

“我们可以冒险私自开棺验尸，怕就怕慈禧在那点心里所放毒药不是一般毒药，人死之后在死人口里放上一定的解药能消去原先人身上的所有毒素，在验尸时什么也发现不了。”

“竟有这种毒药？”

奕䜣点点头：“景仁宫里藏有数不清的珍贵药品和毒品，有的相合相克，吃一种毒人可以死，再吃它的相克之药，一切药力又消失殆尽，发现不了任何中毒迹象。慈禧是那样狡诈之人，又是处心积虑地谋害东圣，岂有不做周密计划的？她不会轻易让人抓到她的把柄。多少年的交往，我了解她是一个怎样的人，做事绝对干净利索。唉！惨死在她手中的宫女与贵妃不知有多少人，有谁发现了什么？”

奕䜣说着，不知是想起了什么往事，还是为慈安太后含冤九泉而自己无能为力而痛心，说着说着，竟抑制不住内心的伤悲而泪流满面。

“王爷不必过悲，应想法寻找对策为上，皇上也一直啼啼哭哭不知如何是好。醇亲王对慈禧太后也是又怕又恨，他投鼠忌器担心皇上的安危，许多事情上都是唯唯诺诺，表面上很是服从西太后，暗中也可能有自己的想法，只是不敢公开反对。”

奕䜣止住泪水说，“他的为人方式我清楚，对外说无为，一切不闻不问，实际上也是不甘人下，只是性格软弱，对慈禧不敢正面对抗罢了。因此，慈禧对我兄弟二人也是不同态度，对我是一味地打击排挤，对醇王是又排挤又拉拢。唉，慈安太后仙逝，她更可以为所欲为了，下一个打击的目标必然是本王。她知道我是她的绊脚石，只可惜皇上年幼，她为什么一意主张嗣立年幼皇上，其野心今已露出端倪。这许多天来，不知为何，我总有一种担心，不想竟是东圣突然崩逝！”

“恭王爷从前发现过什么？”

“这次慈禧病了，我也前去探视过两次。她这次病却不同先前，虽然病倒床上，却无一种大病的迹象，听说御医开出的药方也多是些养神养胃健脾的补药。我就感到纳闷，但也没十分注意，只以为她想享享清福，故意将朝政交给东圣，试一试东圣的能力呢。等到东圣不能胜任主动找她时，她再拿一拿劲把大权揽过来。只可惜我太低估她了，做梦也没想到她会这么狠毒！”

“这事到底该怎么办？能否私自开棺验尸呢？”

奕䜣沉思一会儿，也没有十成把握地说：“私开太后梓宫，是全家该抄之罪，就是发现了什么也会被慈禧挡过去，就是发现真的是中毒，怎能说这毒是慈禧所下呢？万一什么也没发现，又让慈禧知道我们私开太后梓宫，正好被她抓住借口，这后果就更不堪设想了，说不定还会连累了皇上，这大清的天下就更加岌岌可危了。不能莽撞，一切慎重从事，不可操之过急，宁可让东圣含冤九泉，也不能让朝中再生出新的事端，唐朝武则天的戏决不能重演。”

翁同龢一想，恭亲王所言不假，皇上正值幼年，若一招不慎，累及皇上，皇上被废，亲王被杀被禁，慈禧就可能成为中国历史上第二个武则天。想至此，翁同龢不觉心中一寒。

这时，一阵微风吹来，翁同龢用手擦一下脸上被风吹起来的胡须，看看外面黑沉沉的夜，对恭亲王说：“时候不早了，在下告辞。”

“东圣仙逝的事我们在大殡之期内再看看，能否寻找到一些证据，不过翁大人所知道的事不可轻易告诉他人，否则让慈禧知道，将累及皇上，皇上尚幼，这今后的福祸可就更难测了。”

“这点我懂，一切听从恭王的吩咐，只希望圣上早日长大，独立执政，挽救大清危亡。”

“翁大人，教育辅佐圣上的任务就看你了。”

“在下只能尽力而为！那我告辞了，请恭王爷止步。”

“恕不远送！”

夜，没有一颗星星。恭亲王站在王府庭院里，仰首望着深深夜空，口中默默向上苍祈祷着，他想从这黑暗中看出什么，却什么也没看出。泪水早已模糊了双眼，并从眼角不住地滚下。他轻轻用手去擦拭脸上的泪水，双手触摸到那一道道深深的皱纹。唉！老了，老了，当年叱咤风云的六王爷没有了，现在成为一个女人手下的败将，他感到有一丝耻辱。随着这耻辱升上心头，脸上滚下更多的泪水。

泪有何用？能洗大清王朝被这个恶女人操纵的屈辱吗？

夜，深深暗夜，无边无际地向奕䜣涌来，他睡意全无却又不得不走向卧室，正如他对慈安太后的死无能为力一样。

憋闷了一冬的雷声终于随着这第一场春雨爆发了，一声连着一声，轰隆隆，轰隆隆。

雨也由小渐大，又由大渐小，随雷声的大小而变换着，淅淅沥沥，哗哗啦啦。

毓庆宫上书房内。

光绪帝趴在御案前，出神地望着窗外的大雨一动不动。皇上这样不学习已经几天了，翁同龢想劝说几句，刚一开口就被皇上给堵回去了，但他身为帝师，知道自己的任务，特别是在那晚同恭亲王谈话之后，他更感到身上的担子越来越重，他必须规劝皇上不能这样怄气，应以身体和国事为重。

翁同龢缓缓走到光绪面前，为他摊开书本，一字一句地说：“皇上应以学业为重，不必过悲，人死不能复生，这样下去，岂不辜负慈安太后的关怀之情，好好读书将来做个好皇上才是对慈安太后最好的安慰。”

“读书，读书有什么用，你读了那么多书还不是照样受人摆布，还教育朕不要向外讲，以免惹出大祸，朕就要讲，朕要为皇额娘鸣不平！”

翁同龢一听，吓得扑通跪倒在光绪面前，流着泪哀求道：“皇上，师傅曾讲过越王勾践卧薪尝胆的故事，也讲过晋文公几十年漂泊复国的事，还讲过前朝明太祖皇上寄身佛堂庙宇的事，万事必须一个‘忍’字，刀插在心头而不叫疼，这才是忍。皇上尚幼，一切寄托于皇阿爸，对皇阿爸所作所为应以维护为上策，明知不对也不能指出，做到心中有数，苟安而图将来，小不忍则乱大谋。如果现在处处与西太后作对，满朝文武多为太后耳目，一旦让西太后知道皇上与她作对，其后果是难以想象的。请皇上三思，万万不可对外人讲出有关送点心给慈安太后吃过，太后便崩逝之事，更不可在西太后面前提及点心及喝茶之事，一切只做毫无所知，皇上记住老臣的话了吗？”

翁同龢说这话的时候，早已泣不成声，那哀求、劝慰之语也让早熟的光绪从内心深处感动，他知道师傅是为了自己的前途着想，希望他隐忍苟活，早日独掌大权。

光绪用袍袖拂拭一下满脸的泪水，望着窗外的雨柱点点头，喃喃地说道：“朕决不辜负皇额娘和翁师傅的教导、关怀之情，一旦我独掌大权，一定给皇额娘讨还公道。”

一道闪电，紧接着一个炸雷，把光绪吓得哆嗦一下，倾盆大雨又哗哗而下。

翁同龢想起光绪从小就有怕雷的习惯，赶紧走上前握住光绪的手，师徒两人四目相视，泪如雨下。

那还是光绪刚入学的时候，一次授课，突下暴雨，电闪雷鸣，光绪吓得躲进翁师傅的怀中。那时，光绪很小，他在翁师傅宽大的肩膀里有说不出的安全和温馨。如今，光绪渐大了，虽然仍害怕雷声，但再也不躲进师傅的胸怀。此时，他从师傅握紧的双手中也有一种说不出的温暖，仿佛找到多年前的感觉，但从师傅坚毅的目光中，光绪读出了师傅对他的希望与信赖。

雨过天晴，又一个艳阳天。

光绪早早地起来，去给皇阿爸跪安。他现在早晨起来的第一件事就是到储秀宫，再也不必到钟粹宫去了。但不知怎的，光绪起来后，离开养心殿总是有意无意地向钟粹宫方向看几眼，让耳边响起皇额娘逗他的笑语，然后才微微叹口气，硬着头皮走向储秀宫。

慈禧带病处理了慈安太后的殓丧事宜，如今又病倒了，正在调息和治疗，光绪不必每天前来侍疾，却要坚持问安。

宫女通报后，光绪被请进内室，挑过门帘，光绪又闻到浓浓的麝香味，听到散乱无章的自鸣钟声。每当此时，光绪总不习惯地跪下皱皱鼻子，今天又是如此。

慈禧见光绪静静跪下，瞟了一眼，见他皱了一下鼻子，冷冷地问道：“这室内的气味皇上不大习惯吧？”

光绪一听，吓得快要变色，忙低头说道：“回皇阿爸，儿臣早已习惯这香气，每次来总想呼吸一下这香气，养心殿里却没有这香味。”

“哦，皇上喜欢，可以让人给送去一些。”

“不，不，还是皇阿爸用吧，那样外臣会说儿臣像个女孩家的。”

“女孩家怎么不好？皇上不喜欢女孩吗？”

光绪脸一红，低头不答。

慈禧由刚才的一脸严肃，转为淡淡笑意，缓缓说道：“等几年皇上大了，皇阿爸亲自为你选上几名出色的女娃。”

“多谢皇阿爸！”

慈禧又看看光绪，过了一会儿，又像随随便便问了一声：“皇上的点心可否吃完？”

光绪一惊，内心在扑扑乱跳，忙掩饰住说道：“回皇阿爸，儿臣刚吃了一半，味道挺好。”

“唉——”慈禧看了一眼光绪，叹口气说，“东圣仙驾，皇上瘦多了。也是的，你皇阿爸也不好受，我们姐妹相处多年，一同共事，虽说偶尔有点磕磕绊绊，但都是说开后就好了，从不往心里去。本来你皇阿爸先病倒的，也是天意吧，我这一病，大小事都托给东圣你皇额娘，让她一人里里外外操劳，不想染上怪疾，竟突然仙逝。如今想来我也是有责任的，本该多担当些朝事，也让你皇额娘多休息一点儿。想不到的事呀，但最近宫外有人传言说是东圣吃了皇上送的点心才仙驾的，我一听就气懵了，简直胡说八道。那点心本宫也吃，皇上不也吃了吗？有些人吃里爬外，唯恐朝廷不乱，好趁势捞权，皇上不可也随和着他人，乱说乱讲。有人欺你年幼，故意从中挑拨，皇上也要多个心眼儿。”

慈禧说着，瞟了几眼光绪，见他低头不语，又说道：“皇上可听到什么传言？如听到尽管告诉皇阿爸，找他们评理去，你是皇上，年龄再小也是一国之君，不能让他们欺咱孤儿寡母、无依无靠！”

“儿臣没听到什么谣传，如果有人敢乱说朕与皇阿爸的坏话，朕一定找他评理，然后报告给皇阿爸，好好惩治一下他们。”

“没有更好，皇上一定要有自己的主见，否则将来如何独立执政。唉，说着我也就老了，还这么爱生病，也不知活到哪个年月，皇上应早早长大，一旦到年龄就把朝中一切大权交给你了。皇阿爸也操够了心，早想躲到哪个角落里过几天清静日子了。”

光绪一听，也不知真假，内心一阵感动，觉得自己错怪了皇阿爸，把点心之事胡乱讲出去，对皇阿爸乱猜疑，实在不应该。想到这里，光绪感到很内疚，脸上一红，想把自己讲给翁师傅的话告诉皇阿爸，可话到嘴边又咽了下去，只诚恳地说：“皇阿爸，儿臣今后一定只听你一人的话，事事维护着皇阿爸。”

慈禧见光绪一脸诚恳恭敬的神色，这才满意地说：“皇上回去吧，要好好读书，就是翁师傅给你讲的一些书外之话，也向皇阿爸报告一声，有时翁师傅讲的话也不是全对的。”

光绪一惊，忙低头称是，躬身退下。

慈禧看着光绪退出的身影，长长舒一口气，脸上洋溢着胜利者凯旋的笑容。她翻个身，把被掀在一旁，坐了起来，一扫脸上的病容，伸一下懒腰，舒展一下睡疼的身子。忙命贴身宫女打开紧闭一冬的窗户，让窗外明媚的阳光也透进屋来。

她抬头看看窗外，也不禁赞叹道："呀，阳光真美！"

慈安的陵寝修建完成了，准备葬于东陵普祥峪，赠谥号孝贞显皇后。

发丧那天，光绪一身重孝，跪守在灵前，凄凄哀哀，哭个不停。

王公大臣也很悲伤。恭亲王悲伤中带着愤恨，醇亲王悲伤中带着无奈，礼亲王悲伤中带着内疚。其他王公大臣在痛哭之中各有自己的心思。

奕䜣从慈安的悲剧中看到自己未来的命运，他觉得自己不仅失去了一位政治同盟者，更主要的是大清王朝失去一支擎天柱子，自己岌岌可危的政治生涯算什么，无论如何，慈禧还不敢要他奕䜣的命，可这大清王朝的几百年基业就难说了，自己身为亲王，如何面对列祖列宗呢？

醇亲王奕𫍽哭得更伤心，捶胸顿足，许多人说他是猫哭老鼠假慈悲，只有他自己知道自己是真心的，他的难处谁又能知道呢？外人都知道他是慈禧的死党，由过去的情人到后来的政治靠山，又是特殊的亲戚关系。这一切假象背后，慈禧对他是不断地打击、排挤，欺他老实怯懦，在新皇继位时革去他一切职务，后又以好听的许诺委以重任，至今尚未兑现。对待自己的儿子——当今的皇上，又哄骗又威胁，恩威并用，儿子唯一的保护神慈安太后逝去了，那么这皇上——自己儿子将来的命运如何呢？他担心、恐慌。自己将来的日子又怎样呢？他担心、恐慌。

翁同龢，作为一代帝师，最清楚宫中的情况。他老泪纵横，对宫中的权力做过多少次分析，希望通过慈安主政挟持西宫的一厢情愿终于破产了，光绪皇上的未来命运是可想而知的，他只能是中国历史上一个可悲的角色。有过远大抱负而又才华横溢的翁同龢不希望自己的皇帝学生成为傀儡，否则，他出将入相叱咤政坛的政治理想也将成为泡影。他哭光绪帝的前途随东圣的崩逝而失去，他哭自己的奋斗理想将无法成为现实。

头缠白绢、痛心哀号的西宫皇太后慈禧一把鼻涕一把泪地坐在灵前，也不是矫揉造作地悲伤。她多少有点内疚，也有点心虚，更有一种失去对手的孤独感和伤痛感，她也觉得这样做太便宜了对手，为没能从对手的脸上看到自己的杰作而生出反应，而感到痛心。

王公大臣、亲王贝勒、福晋、命妇都在真真假假、假假真真地哭着。

突然，一名宫女大叫一声："太后，你死得好冤啊！"

那宫女说着，一头朝慈安梓宫撞去，多亏隔着几道人，那宫女一头栽在地上，早被几个太监抓住。

李莲英见是慈安的贴身宫女翠平，大喝一声："你活得不耐烦了，竟敢用你那贱血玷污太后尊贵的梓宫，吃了熊心豹子胆了？"

慈禧也是一惊，忙止住哭泣，镇定地指挥李莲英说："把这名宫女带到后面好好关押起来，问她居心何在？是想玷污太后梓宫还是另有图谋，或受人指使，不可让她在此扰乱慈安太后寝棺入土。"

慈禧话音没落，恭亲王奕䜣蹿到李莲英跟前，抢先擒住那名宫女说："我来审问！"

这突然的变故也令慈禧不知如何是好，忙说道："这等小事不劳六爷亲自过问，一名小小的宫女六爷也感兴趣吗？让内务府处理就是。"

"本王今天当众审问一下，让她说说慈安太后怎样死得冤枉，被谁所害？"

哭声骤停，突发事件让在场的人都各怀心事，看着这事情的发展。

"那好，如果六王爷对这宫女感兴趣，就交给六王爷审理，找出这幕后指使之人，也给大家一个交代。"慈禧对奕䜣说着，又提高嗓门对那宫女说，“你说慈安太后死得冤枉，到底如何冤枉？快快招来，如敢胡言乱语，割了你的舌头，快说，有本宫和六王爷为你做主！”

“你慢慢说，不必害怕，本王给你做主，你尽管说就是了，本王保你不死！”

翠平只是低头哭泣，一声也不吭。

奕䜣和慈禧等人又问了几遍，那宫女仍是哭泣而不讲话。

慈禧转向众人说：“这宫女一定是有人指使，特来破坏东圣梓宫入土，吉日早已选定，不可因一名无足轻重的宫女之言而影响殡丧大事。一切照常进行，准备起动梓宫。这名宫女派两名大内侍卫看押，待安葬完毕再来审讯不迟。”

“回太后，可暂缓发丧一个时辰，先审理这名宫女，待一切有个交代后再发丧不迟。”奕䜣力争说。

“恭亲王，这宫中礼制你该不会忘记吧，违反礼制谁担当得起，这后果又会如何，你也应该明白，不能为着一名奴才的妄说而改动祖制，传将出去，岂不让天下人耻笑！本宫决定立即发丧，一切后果由本宫负责。”

此话一出，谁还敢乱说。奕䜣也只好把宫女交给一名侍卫，并叮嘱说：“好好看守，不得有半点闪失，否则，我回来拿你是问！”

哭声又起，殡丧仪式开始，光绪皇上亲自率王公大臣护送梓宫出发。

安葬完毕，恭亲王奕䜣就匆匆率先赶回京城。他急急忙忙去寻找那侍卫押解的宫女，还没到宫中，那侍卫就哭丧着脸跑来跪地求饶：“报告王爷，那宫女死了。”

“什么？死了！”他所担心的事终于发生了，这唯一的证据也失去了。

奕䜣气得大骂：“你个王八羔子，竟是饭桶，连一个女人也看不住，我怎么交代你的，说！怎么死的？不老实交代，我宰了你！”

“回王爷，我看着看着，不知何时她就没气了。”

“不动她怎么死？真是见鬼了。”奕䜣朝这侍卫屁股就是两脚。

“你打死我也没用，小的确实尽心看了。”

“恭王他喜欢活的，你却给他死的，不挨揍还怪了。”不知何时李莲英从旁边走过，怪声怪气地说。

“狗奴才，哪有你说话的权利，早晚我会收拾你的！”

奕䜣破口大骂，李莲英也只好忍声吞气，悄悄走开。

“走！带我看看那宫女怎么死的。”

侍卫把恭亲王带到那宫女尸体旁边，奕䜣细细检查一遍，见遍体无伤，也没有中毒的迹象，人却安静地死了。他叹了口气说：“唉，怪事！”

恭亲王派人找两名御医验尸，仍是一无所获，都说是悲伤过度，体痰上涌窒息而死。

奕䜣十分后悔，也很无奈，他十分沮丧地对几个太监说：“好生安葬吧！”

光绪变了。

光绪成熟多了，十几岁的少年却像个老人，整日愁眉苦脸，话明显比以前少了，做事处处小心谨慎，不苟言笑。在慈禧面前恭恭敬敬，从不多说一句话。在其他太监和宫女面前，光绪也很少讲话，整日待在书房里。人们只说皇上读书太用功了，泡在书中，变成一个书呆子了。对光绪的读书刻苦，慈禧十分满意，当面夸奖了几次，翁同龢还受到慈禧太后的奖励呢。

光绪把书作为他将来独掌天下的资本，也把书当作生活中的乐趣，从书本中去寻找现实生活中不能得到的一切。寻找他失去的母爱；寻找失去的童真和童趣；更寻找他和慈安太后相处的分分秒秒。慈安是棵大树，他是这大树下的一棵小草，往日的岁月给过他多少欢乐和安慰。整个后宫，只有慈安太后才肯抱他，把他放在怀中、放在腿上逗趣，慈禧是严父，慈安才是慈母，才是真正的额娘。随着慈安的驾崩，光绪的一切快乐消失了。他也只能用别人对他的面孔去对待他人，让人感到他是个威严的皇上、孝敬的儿子、肯学习的学生。在这枯燥乏味的宫廷生活中，给他乐趣的也只有读书了，他爱书，他更爱听翁师傅讲古代帝王将相的故事。

可是，不久，翁师傅也病倒了。光绪更加孤独，也更加沉默寡言了。

翁师傅病了。光绪心神不宁，想亲自到府上探视一下，却又不便，他特意派贴身太监王商先看望一次，又派人送去一些药。

翁同龢的病仍不见好转，光绪沉不住气了，派兵部尚书、协办大学士沈桂芬前往探视。

“常熟公，皇上心情不佳，特派在下来探望老兄的病情，临来时再三叮嘱老兄好好养病早日回去授课。”

翁同龢叹口气说：“我何尝不想，恐怕想也不行了。”

沈桂芬一怔：“怎么，老兄的病，难道有性命之忧？”

翁同龢摇摇头，小声说道：“宫中传出话来，说在下有蛊惑皇上之心，特令在下休假养病省亲。我推说有病，然后回乡，这样慢慢冷落皇上，让他渐渐忘记在下，好专心学业，移情他师。”

“唉，皇上对你是一片诚挚之情，这几日来心神不安，多次派人探病可见真情，你这样做岂不辜负皇上的一片真心。”

“沈兄，我又何忍呢？圣命难违，一切听天由命吧！”

翁同龢说着，老泪簌簌直流。

“皇上知道这些吗？”

翁同龢摇摇头。

“你估计由谁来接替你？”

“可能派夏同善吧！”

“皇上也够苦的，特别是慈安太后归天以来，简直变成另一个人，整日沉默不语，上朝时仅呆坐那里一动不动，人也一天天消瘦，正需要安慰之际你却又要开缺，皇上这今后的日子可怎么过？”

“你回乡前是否准备进宫面见皇上一回？”

“本不打算前往，只想悄悄一走了之，又恐圣上伤心，想进宫安慰几句，不知是否妥当？”

“最好这样！”

过了几天，翁同龢说病体好转，便来到上书房。

光绪一见到翁师傅，不知说什么好，紧绷的脸绽出多日来少见的笑容，拉着翁师傅的手说：“老师瘦多了，听说病体好转，朕十分高兴，朕又可听师傅讲课了。”

“皇上也瘦了。皇上应以学业和龙体为重，不必为师傅多虑，我这一把年纪，也快要入墓了。”

“师傅不必说这丧气话，你身体好着呢，偶感小疾并无大碍。”

光绪说这话的时候，也许想到了慈安太后，后面的话语气特别微弱，也特别伤感。

“让皇上操心，为臣感到十分内疚，请皇上恕罪！”

“师傅为朕操劳辛苦而累病，让朕感到不安，师傅何罪之有？师傅以后也不必为朕太过辛苦，应以身体为重，朕盼望将来执政时，封师傅为辅政大臣，帮助朕治理天下呢！”

翁同龢一听，又是激动又是辛酸，忙跪下说道：“皇上之心臣领了，只是臣年老了，为人也愚昧，哪能胜任这等重任？”

光绪扶起翁同龢说道：“师傅太过谦虚，如果师傅不行，这满朝文武还有谁能胜任呢？”

翁同龢心里热乎乎的，一时不知说什么好，最后还是鼓足勇气说道：“皇上，臣想回乡省亲扫墓，也尽一下子女之情。”

光绪踌躇一下，过了片刻，又十分难过地说道：“皇阿爸同意吗？”

翁同龢只是点点头，没有说话。

“唉，既是皇阿爸同意，朕也不便挽留，尽尽孝心是人之常情，朕怎好阻拦呢？只是师傅此去不知何日可归？”

“日期尚没决定。”翁同龢强忍着泪说。

“尽量早归，朕日夜翘首盼望师傅回来赐教。”

“这省亲扫墓之间，皇上应以龙体和学业为重，万万不可荒废，否则，为臣是有大罪的。望圣上洞悉事理，知臣的心意。”

光绪点点头：“师傅放心去吧，也不过是两三个月的时间，回来再给朕补课，这期间朕尽量复习旧课是了。”

“温故而知新，复习旧课也应进行新课学习。如果有新师傅，一定要听从新师傅的授课安排！”

“朕不听新师傅的课，专等翁师傅回来再上课不迟，师傅早早省亲归来就是！”

翁同龢泪眼模糊，无法说出这事情的真相，只叹口气说：“臣告辞了，皇上珍重龙体，以学业为重吧！”

翁同龢说完含泪低头退出。

光绪站在门外，望着翁同龢微微驼背的身影也是一阵感慨，抑制不住的泪水夺眶而出，心中在呼喊着：“翁师傅，你早点回来，朕等着你授课呢！”

第十四章

劫官眷娇女换密信
借火器义军救友邦

长善等人来到山脚下一看，大吃一惊，几辆车内空无一人，两名卫士和瑾儿、珍儿也不见影了，只在车厢里放着一张条子，长善拿起一看：“速拿信来换人！”字迹尚未干透，下面注着一行小字：西山腰岳王庙内。

三月的广州早已露出初夏的峥嵘，到处红肥绿瘦，芳草萋萋，绿叶叠翠，花香四溢，这醉人的花香中，那些叫不上名字的鸟儿在鸣啭着，呢喃着。

广州将军府的后花园里更是别有一番天地，山茶花含苞待放，木棉花吐艳，红红的杜鹃也绽开了笑脸。

“姐姐，姐姐，又捉到一只，又捉到一只。”

珍儿举着一个自制的捉网，冲着站在亭子里的瑾儿喊道。

“妹妹，你这么调皮，伯伯一定会骂你的。”

“嘻嘻，伯伯才不骂我呢！伯伯最疼爱我了，伯伯不是常对我们说，孩子就应像小鸟一样想往哪飞就往哪飞，想干什么就干什么吗？”

“哈哈，珍儿说得对，伯父就喜欢孩子像小鸟一样玩得快乐，瑾儿也去玩吧！”

不知何时，广州将军长善手拿着书本走来。

珍儿一见是伯父来了，忙举着自制的捉网向伯父跑去，边跑边喊：“伯父，伯父，你也来捉蝴蝶！”

“好，好！伯父也和你们一起玩。瑾儿，你也来玩！”

“嘿！伯父真行，又捉到一只，这只给姐姐。”

“哈，伯父的手可准了，不仅是捉蝴蝶的能手，伯父还是打猎能手呢！”

“真的？”

“真的！你不信，明天伯父带你们去打猎，让你姐妹俩也开开眼界。上次吃的野兔肉记不记得？”

“记得，真好吃！”

“那就是伯父自己打的！”

“伯父明天一定去吗？”珍儿仰着小脸急切切地问。

“当然啦，伯父哪能与小孩子说假话。”

“太高兴了，太高兴了，明天我也要去打猎了。”珍儿拉着伯父的衣襟快乐地喊着。

“伯父，那我也要去！”

“我也去！”

珍儿的哥哥志锐、志钧叫喊着从书房里跑出来。

“好，都去，都去。”长善看着这几个可爱的孩子乐呵呵地说。

尽管长善身为广州将军，在这天高皇帝远的广州，富甲一方，势力更是独占广州。但美中不足，至今年过半百却无子无女，又特别喜欢小孩，这不，几次写信给京中做官的弟弟长叙，把这几个侄儿、侄女接到膝下抚养，以慰藉孤寂的心。

第二天早晨，长善命家兵准备四辆车、四匹马，带着两个侄儿和两个侄女，在几名士兵的陪同下到郊外打猎。

哦，好大的山，远远近近，望不到头，郁郁葱葱，长满了树木：苍劲的松、挺拔的杉、古老的柏、蓬勃的黄槲树，还有珍贵的楠木、骄傲的银杏。那山坳里的灌木更是多得数不清，一簇簇，一层层，不时有野猴、獐子出现。在灌木丛中蹿跳最多的是野兔，远处还不时夹杂着几声虎叫豹鸣，这真是打猎的好场所。

长善把瑾儿和珍儿放在山脚下，派几名亲兵在此守着，并和两个侄女一块儿玩，自己带着两个侄儿和几个卫兵骑马向山谷深处走去。

今天的运气和这天气一样好，不到两个时辰，长善就打到许多野味。两个侄儿也是摩拳擦掌，跃跃欲试。

志锐走上前说：“伯伯，我也来试试？”

“好，不过千万小心，这里山高路险，还经常有虎豹出没，不可跑得太远，就在这附近跑跑，能打到就打，打不到就算了。”

“谢伯父，侄儿只稍稍过一把枪瘾。”

志锐说完，接过伯父的猎枪向大山深处走去，一名卫兵也催马跟了上去。

“少爷，那边有一头獐子，快开枪。”

“嘡——”

“追，少爷，那獐子受伤了。”

两人催马就追，还没到跟前，就从对面一棵树上跃下一人，上前把倒地的獐子捡了起来，冲着志锐二人喊道：“二位是打猎的吧？请回吧，不许前往，否则我就不客气了！”

志锐一听，十分生气，走上前冷冷地说：“这又不是你家的山，凭什么不许我们打猎，还抢我们的猎物？”

“就是，我家少爷来此打猎谁敢阻挡，别说不是你家的山，就是你家的山又怎样？敢在我家老爷广州将军头上动土不成吗？”

那人一听这卫兵骂人，也不管三七二十一，纵身一跃直冲上前，志锐和卫兵没看清怎么回事就挨了两巴掌，脸都给打肿了。

“哼！叫你这狗腿子骂人，不知天高地厚，敢来这里撒野，别说是你，就是长善老儿，就是西太后来了，老子也敢揍！”

志锐一听有人敢侮辱伯父，也气得破口大骂：“哪来的狂徒，敢侮辱朝廷命官和太后，简直反了！”

志锐说着，举鞭就打。那人也不搭理，顺手一挥，志锐手中的鞭子就脱手而飞，刚要上前擒住志锐，长善赶到，把长剑一挥挡住志锐，破去那人凌厉的攻势。

长善冷冷地说：“好武功，只可惜不思为朝廷出力，却在山野里当个毛贼，实在可惜！”

那人打量一下长善说：“你就是所谓的广州将军了？”

“正是在下！”

“哼！我有一身武功当个毛贼，你却空有一身武功当朝廷的鹰爪，见着洋人就磕头，见着百姓就欺负，当一名贪官污吏，欺压百姓，鱼肉乡民，还不如我当个贼呢！”

“你——大胆的狂徒，不知天高地厚，敢辱骂本官，真是找死！”

长善说着，催马提剑就向那人扑去，只来回几下，长善就用剑封住那人，冷冷地说：“不服气，可以再来！”

“哼，骑在马上又手握兵器对我赤手空拳，胜有何光彩！”

“好，我就空手下马与你较量一下，看你有多大本领！”

“爷今天有急事，改天一定到你广州将军府登门较量，后会有期！”

那人说着，一个鹞子翻身，向树林一纵，钻入树林。就在那人翻身之际，从空中落下一物，志锐上前拾起一看，是一封密封的信，忙递给伯父。

长善接过一看，上面封皮上写着：“刘永康亲启”几个大字，封口上押着错综排列的七颗黑色的星点。

长善仰头沉思一下说：“我们回去吧！”

志锐拾起倒地的獐子，还意犹未尽，可又不好说什么。

那卫兵气呼呼地骂道：“娘的，真扫兴！好端端的，让一个不知名的毛贼给搅了。”

“天不早了，快回去吧，珍儿她们别等急了，今天的收获还是颇丰的，够美餐一顿了。”

“伯父，那人丢的什么信？”

“回去再说吧！”

长善等人来到山脚下一看，大吃一惊，几辆车内空无一人，两名卫士和瑾儿、珍儿也不见影了，只在车厢里放着一张条子，长善拿起一看：“速拿信来换人！”

字迹尚未干透，下面注着一行小字：西山腰岳王庙内。

长善知道这一定与刚才在山谷中捡到的那封信有关，想不到竟惹来横祸。但他毕竟是久经战场的老将，也不十分惊慌，从纸条中知道侄女安然无恙，劫持者并无歹意，只是想得到这封信。这信的内容是什么呢？长善仅从信封的封口上猜到几分，但也不能肯定，又不敢贸然前往西山岳王庙。他先派人把志锐、志钧送回府，再调一些人马来，然后带信前往换人。

志锐一听伯父让自己回家，忙说道："伯父，让志钧回去吧，我留下能帮你点忙。"

"不！我也留下，人多力量大。"

"现在不是争吵的时候，一律由我安排！"长善一扫平时的面容，严肃地说。

"是！"

"志锐先留下！志钧和两名卫士回将军府调一百名骑兵、一百名步兵来，不得有误！"

"遵命！"

待志钧等人回去，长善和志锐等人先察看了一下周围地形，做到心中有数，又拿出那封信，认真思考着，想拆开又不敢拆，倘若对方发现信被拆，扣押的人质怎么办？不拆，长善又隐隐知道，这封信可能牵涉着一个极大的秘密。他把信拿在手中，反反复复琢磨着对策，怎么能既知道内容又不让对方发现呢？

时间不长，志钧带领一百名骑兵率先来到，长善便根据刚才察看的地形，把人马布置停当，自己亲率四名一等卫士来到岳王庙前。长善刚刚站定，庙门"吱"的一声打开了，走出一位年逾花甲的老和尚。

"阿弥陀佛，施主是来找人的吧？"

长善也一施礼："正是！"

"老衲受人之托在此等候长将军，根据那人的意见，长将军先交出所得信函，立即放回人质，请长将军相信老衲，也相信对方，决不会伤令侄女一根毫毛。"

"如何让本将军相信你呢？空口无凭，万一我送还信函，他们仍扣留人质怎么办？”

“长将军身为一方军政长官，也曾四方征战，应该知道武力并不能解决一切，人与人交往还要讲究一个‘信’字。古人云：‘言必行，信必果。’老衲是世外之人不打诳语，请将军相信老衲的言语，即使他们真的不交出人质，长将军已在这小小寺庙周围布下一二百号人马，难道还怕他们插翅飞了？”

长善一听，心中也是一惊，自己的行动对方已经发觉，这样更不能轻信对方了。和尚见长善还在犹豫，叹口气说：“长将军从那信封的标记中也该明白八九分，这决不是一般盗贼所为。实无他意，只是想换回那封信，那信对一般人来说可能是废纸，而对收信之人或送信之人却十分重要，请长将军不必多疑！”

长善点点头说：“在下相信大师的话。”

那和尚接过长善手中的信，看了看，对长善说道：“将军请进吧，令侄女和卫士都在后院等着呢。”

长善等人来到后院。瑾儿、珍儿等人正在院内乘凉，并吃着水果。

珍儿看见伯父来到，急忙跑过去，叫喊着：“伯父，伯父，他们是好人，他们是好人。”

长善没有讲话，把珍儿抱起来，吻了吻，见其他人也都好端端的，这才放心，忙向站在旁边的和尚施礼说：“多谢大师照顾两位侄女！”

“不必多礼！受朋友之托。”

“大师认识这收信之人刘永康？”

“唉，不瞒将军说，老衲还是这收信之人的叔辈，本不打算告诉将军这信中之事，谁知这信中的事竟需要将军帮忙，请将军内厅稍坐，请将军不必推辞。”

长善略一沉思，答道：“好吧，只是在下未必能如大师所愿。”

长善随和尚来到内厅，早有人站起相迎。

“长将军请坐，在下就是收信之人刘永康，这位出家之人就是家叔悟尘大师。”

长善还礼落座，打量一下这位收信人刘永康，只见这人也是五十出头，但人长得精明而又结实，从满脸的皱纹上可以看出这人曾经饱经风霜，历经许多坎坷。长善刚一坐下就听刘永康说道："恕在下无礼，把令侄女带到此地，又留言让你来此。在下绝无非礼之意，只是想取回那遗失之信。谁知信的内容竟有求于将军之处，这才特请将军到内厅一叙。”

“请刘兄直说，让在下看看能否帮得上忙？”

“长将军从信封的标记应该明白一些内容吧？”

“从信封上看，刘兄好像与天地会有某些联系？”

刘永康不置可否地说：“长将军如何知道这天地会的标志？”

“说来话长，那是二十多年前的事，我当时随曾国藩曾文正公剿灭太平军时曾与天地会的义军交过战，知道他们是太平军的一个支派，以七星黑旗为标志，人称黑旗军。后来在广州继任时也听地方官汇报，说这一带也有天地会的成员在暗中活动，难道刘兄也和他们有联系？”

“刘某知道长将军的为人，今天也就直说了，不瞒长将军说，刘某还是这广州一带天地会的舵主呢！”

此话一出，长善大吃一惊，忙问道：“你与那黑旗军首领刘永福是如何称呼？”

“正是家兄。”

“这位悟尘大师是——”

“家叔，当年黑旗军的领袖，被洪天王封为纯王的刘纪纯。”

“永康，提这些陈年旧事干什么，幸亏长将军不是那等小人，否则，我叔侄早被逮捕入狱了。不过我刘纪纯也早已看破红尘，跳出三界，不再纠缠于任何一方的杀杀打打，对于生死福祸也视如平常。”

长善见悟尘大师早已仙风道骨，无一丝一毫争雄夺霸的气象，也叹口气说：“大师能修炼如此实在难得，当年的太平天国早已土崩瓦解，你们的天地会也名存实亡，如今暗中活动的天地会成员也不再与朝廷对抗，主要与洋人为敌，扶清灭洋，这和朝廷的政策是相符的。因此，官府对这广州附近的天地会是睁一只眼闭一只眼。”

“自从长将军到此上任，这里的天地会安稳多了，没有出兵剿灭一次，天地会的兄弟也尽量不与朝廷发生冲突，主要从事一些杀汉奸、抗洋教的活动。”

“在对付洋人的目标上，我们几乎是一致的，你们抗洋教，痛恨洋人，官府何尝不是这样，但不得已罢了，只好向洋人退让，以退寻求平安。”

“如果我们官府发动百姓一起来与洋人斗，还怕他洋人不成？”刘永康有点激动地说。

长善摇摇头，沉默不语。

“别谈这些了，这是皇上才能决定的，长将军有此意也无能为力，我们还是谈谈这燃眉之事吧！”悟尘大师转换话题说。

“刚才那封信就是家兄刘永福派人送来的。”

“说起来我和刘将军还有一面之交，确切地说他应是我的救命恩人。当初，我随曾文正公剿灭太平军，在浙江的一次战斗中负了伤，与部队失去了联系。我就脱去官兵服装，装扮成受伤的百姓，碰巧黑旗军的一支队伍经过，把我当作义军收养起来，照顾我的人就是刘永福。在我伤好后逃出了黑旗军，几经周折才重新回到原先的旗队。后来，太平军被剿灭了，我也曾多方打听刘永福的下落，终无消息。最近才听说流落到越南，但不清楚他为何流落到越南？”

悟尘大师听长善提起往事，不无感慨地说：“太平天国失败后，我们的黑旗军也几乎全军覆没，由我率领重新回到广西一带活动，但终究不成气候，再加上官兵多次剿杀，人马逐渐减少。一次战斗中，我不幸身受重伤，便由永康护送到广东养伤，其余人马交给永福指挥。他为避免官兵再次追杀，被迫转入中越边境地区，主要在越南北部活动。后接受越南政府的邀请，被授予三宣提督之职，管理宣光、兴化、山西等地。我和永康来到广东，养好伤后，感到人生恍如一梦，有厌世之感，便在这岳王寺内剃度出家，永康也就在这广州附近组织起天地会余部，发动当地百姓，做些抵抗洋教之事，由于不再与朝廷为敌，这许多年来也相对平安。不想永福突然来信——”

“长将军也不是外人，你看看吧！”

长善接过刘永康手中的信函，粗粗地一看，说道：“刘将军精神可嘉，也是在下所不敢比拟的，只是他信函中所说之事——”长善顿一下接着说，“你暗中率天地会成员前往越南，我装作不知就是，只是这借火器一事恐怕我长善一人无法做主。”

悟尘大师见长善面有难色，说道：“长将军，越南是我大清朝的属国，现在西方洋人大军入侵越南，越南有亡国之危，大清朝官府如果不派兵前往支援就等于放弃宗主国的地位，从此与越南的关系也就一刀两断了。西方洋鬼子侵占越南恐不是目的，入侵我大清朝才是真正目标。不如我朝派兵前往，两国合力，拒他人于境外，何愁洋人不败？”

“大师真乃世外高人，言之有理，分析事理也一针见血，但出兵之事是朝廷所为，我长善仅是一个小小的广州将军，有心率兵前往也是徒劳。更何况从这到广西入越南有数千里之遥，去了也是徒劳，长某只是心有余而力不足。”

刘永康有点失望，叹口气说：“大哥此举并非为他个人私利，为了大哥，我也只能率广州附近天地会成员赤手空拳拼死疆场！我的想法本来就是幼稚的，你我一个是贼、一个是民，一个是官、一个是兵，有一道深深的鸿沟，邀请你来相帮，本来就是无稽之谈，大哥信中所说的暂借火器之事权当没说，决不能为了这点事影响长将军的前程。今日长将军能对我叔侄不实行追捕剿杀已是长将军手下留情，怎敢有其他奢望呢？”

长善听了刘永康这番既是讽刺，又是激愤的话也不知如何是好，又怕真的闹崩，自己和侄女被扣留，有点后悔自己太轻易相信他人，遂想寻求脱身之计，便缓一下口气说："听刘兄这番慷慨激昂的陈词，长某也很受感动，在下也并非不是热血汉子，但身为朝廷命官，官小职微，不能一人做主，让我回去慎重考虑一下。就是借，也只能是暗中的，不可公开，否则长某必有私通逆匪之罪，会满门抄斩，长某再大胆也不敢视全家性命如儿戏。"

悟尘大师见长善这样说，知道此事是求人不可强人之难，就退一步说道："长将军的难处我们理解，我们只是暗中借用，怎敢对外喧嚷。再者，我大清朝内主张出兵援越之人也比比皆是，像左宗棠、张之洞、刘坤一、张树声等大帅也颇有此意。长将军也是明理之人，岂能不随大势而为呢？若长将军率先做出此举，而后他人知道也必以长将军为楷模，朝廷岂会惩治你？"

长善知道，这位悟尘大师不愧为当年太平天国的纯王，虽然身为世外之人，对于国事却了如指掌，论辩起来条条是道，头头是序，言之成理。这事能否答应他，待我回去之后再三思而定。想至此，长善说道："这事让我回去之后再做周密安排，然后再回答大师，请二位三日后派人到府上与我联系。日已近午，那我们告辞了。"

"此处偏陋，我等也不留将军吃饭，那就请长将军回去后三思而行吧，我等静听佳音！"

"后会有期！"

"恕不远送！"

长善和两位侄女及几名亲兵离开岳王寺，又下令撤去所带的骑兵、步兵回府而去，对外只说上山野营训练，只字不提侄女被劫之事。

打猎本是愉快之事，想不到长善竟打出一身心病，三天时间一晃就过，这火器是借还是不借呢？借吧，若让他人知道上奏朝廷，自己有私通叛匪之嫌，轻则革职，重则杀头，自己小弟长叙因女儿出嫁误选了国忌日而被罢官在家，至今尚没有着落，自己不能再丢官了；不借吧，这刘永福是自己的救命恩人，虽然他人不会说自己知恩不报，刘氏叔侄也必定认为自己是小人之辈，贪生怕死，没有大丈夫敢作敢为、光明磊落之气概。唉，什么大丈夫英雄气概，保全官职要紧，我不借给他刘永康，他能对我怎样，大不了率几名天地会的教徒闹事，我正好趁此派兵剿灭。良心，良心就去喂狗吧！长善这样想着，也觉心安理得。忽然家兵来报，说两广总督张树声送来请帖，让他快速到府上，有要事相商。

长善一听，心中一动，难道自己私会天地会的事被两广总督知道了，不会这么快吧，他内心嘀咕着，急忙派人备轿，前往总督府。

长善来到总督府，拜过两广总督张树声，落座后试探着问："总督大人召在下来此有何贵干？"

"最近越南战局吃紧，不知长将军对此有何高见？"

长善心中一惊，难道自己与刘永康的事真被张树声知道了，莫非是刘永康知道自己不肯借出火器，将自己私通天地会的事报告给了两广总督，以此让自己有口难言，遭革职查办。但在张树声没直接说明前，我也佯装不知，一点点探寻他的心思。他忙平静地回答："据说刘永福率所属黑旗军在河内城西纸桥一带歼敌两百多人，大获全胜，刘永福还被封为三宣提督呢！"

"长将军恐只知其一不知其二，最近越南局势吃紧。法国人攻入顺化，越南国王阮福时也受惊吓，一病不起，近日刚刚死去。越南政局混乱，法国人强迫越南签订了一个《顺化条约》，这对我大清朝极为不利！"

"这是一个怎样的条约？"

"洋人的目的都是一样，内容上不外乎把越南当作他们的保护国，此外再捞取一些好处就是，同洋人与我朝签订的《南京条约》等一系列条约并无两样。"

"如此说来，我大清朝作为越南宗主国的权利也就丧失了！"

"不仅如此，你想想西方人是得寸进尺的，他们抢占越南只是手段而不是目的。”

“张大人，那洋人的目的就是我大清朝了？”

“正是这样！我才深感问题严重，唇亡齿寒，下一步，这法国人还不把侵略矛头指向我广西一带？”

“那么朝中对此有何态度？”

“两派正吵得欢呢！老佛爷当然主张以和为贵，恭亲王、李鸿章等人也主张以和为主。但驻法公使曾纪泽、军机大臣左宗棠，和张之洞、刘坤一等地方大员多主张以派兵宣战为上策。”

“胳膊怎能拧过大腿，最终当然是以和为对策！”

“长将军怎出此言，我堂堂天朝大国怎能坐视属国被欺，当然应对法宣战。派兵入越作战，与越南联合共抗法国人，必能大获全胜！”

“张大人也主张以战为上策？”

“越南危则我两广危矣，见死不救岂是我华夏文明之邦的美德，宁可战败，也败得光荣有志气，本人特别欣赏刘永福的胆量与气魄。”

“这刘永福可是朝廷要捉拿的案犯，他当年是太平军的一支，天地会所属的黑旗军领袖，捉住此人可是大功一件。”

“时过境迁，太平天国早已烟消云散，刘永福到了越南也由于战功被封为提督，就是天地会也不同于昔日，他们已不再与朝廷对抗。说不定，朝廷派兵入越与刘永福合兵抗击西方洋人，大胜归来，刘永福还是一等功臣呢！”

“张大人对天地会颇有好感，是否听说这两广境内天地会活动猖獗，这天地会的首领也真够厉害的，真是不怕死，总部早被剿灭，余部仍然四处活动？”

张树声也是心中一惊，心道：长善听到了风声，怎么好像话中有话，难道他也知道我儿子被劫，故意装作不知，有意套我的话不成？

“长将军，我们不谈这个，今日邀请你来是想了解一下你现所属广州旗录部队中，火器营还有多少火器？”

“张大人问这有何贵干，难道准备调拨火器营外出作战？”

“不是，不是！本人只想大致了解一下火器营的装备如何，是否需要补充？两国是否交兵虽无定论，有备总是无患吧！”

长善心中也十分紧张，他估计张树声一定听到了什么风声，否则不早不晚专等现在提出这火器营之事。不能照实说，还是少报一点为妙，看他有何反应？

“回张大人，由于军需供给不上，这火器营的装备十分空虚，西方洋枪、洋炮十分稀少，都是几人用一支火枪，十多人看守一台洋炮，若要外出作战须先充实火器装备才行。”

张树声点点头：“嗯，嗯！”嘴上赞同，心中却在翻腾，想从长善这里提出两百支火枪恐怕不容易，没有火枪如何能换回儿子呢？

张树声不动声色地问：“我想从你那里抽调两百支火枪训练一下广东的地方军队，仅用一段时间，训练完毕就归还你的火器营。唉，一旦战事吃紧，仅有原先的军队是不够用的，闲时多训练一下士兵的火器也是必要的。我先训练一段时间，你再接着操练操练。”

“这——”长善不知张树声葫芦里卖的什么药，犹豫一下还是答应了，“好吧，实在是有限，这两百支也都够紧的，我回去后准备一下，派人给张大人送来。”

张树声见长善爽快答应了，十分愉快。

“好吧，不过这事不可声张，对外不必提起，这只是我们本省内部训练所为，不是到外面借用，待忙过一段时间，我一定拨款给你补充军需。”

“多谢张大人关怀，卑职告辞了。”

“长将军走好！”

张树声把长善送出门外，才急急回到书房，长长舒口气，还没坐定，夫人就匆匆忙忙地进来问：“那长善是否同意把火枪借给老爷？”

“哈哈，总督大人一发话，他长善敢不借吗？”

“唉！这下儿子可有救了？”

“不过这事不能声张，先换回儿子，再想法从洋人那里买回部分火器还给长善。”

“这些千刀杀、万刀剐的天地会教匪，等到换回儿子，你一定要派兵去剿灭他们，出出气！”

“纯是妇人之见，把枪交给天地会众，他们带枪上了越南战场还不是去送死。这样，我既可换回儿子，而这两广地界也就再无天地会教匪了，岂不是两全其美？”

“只是那长善日后索取枪支如何是好？”

“一方面从官府拨款，找洋人购买一批火器，另一方面给长善拨一些款子，让他扩充一下军需，他岂不乐意，怎会再提那些破旧的火器呢？”

“老爷真是高见！”

“不高见怎能当上这两广总督？你就放心接儿子安全归来吧！”

原来刘永康等长善带着侄女等人走后，很后悔放走了长善，这借火器之事恐怕没有希望了，于是就向叔叔悟尘大师建议说：“叔父，你认为那长善是否会同意借火器之事？”

悟尘大师摇摇头：“尽管长善为人还算正直，思想也挺开放，处理问题很有分寸，正是这样才不会随便借出他的武器，他不会为信誉而视官位如儿戏。”

“既然如此，叔叔为何同意放出他们，又泄露信中秘密，倘若他带兵来此剿灭我们将如何是好？”

“不是我们想放走他，他在寺外布置那么多人马，就是打斗起来我们也是吃亏，与其硬拦不住，不如友好地放其回去，也许更有妙用。从长善的一向为人和利害关系看，他不会带兵来此，那样对他并无好处。”

“要不，我派人到他府上把那一对侄女再抓来，让他先交火器，我们再放人？”

“万万不可，一是长善身为将军，带兵多年，府上防范甚紧，不易下手。就是得手，如此出尔反尔也不光彩！”

“得不到火器，如何率众前往顺化支持黑旗军抗击洋人？”

“对长善先等一下再说，看看他的反应。我们可以先向两广总督张树声索取。”

就这样，刘永康派人从总督府劫走张树声的宝贝儿子，并留下字条，让他不得声张，用两百支火器来换儿子性命。张树声这时哪有这么多火器，于是才设法从长善那里借取。

长善哪知道这其中的变故，起初以为张树声知道自己与刘永康接触的事，后来又觉得不像。回来的路上也是一路思前想后，决定先派人送给张树声两百支火枪，这位总督大人不可得罪。对于刘永康也决定送去一百支火枪，一来向刘永福报答了当年的救命之恩；二来可以与这附近的天地会保持和睦相处，井水不犯河水；三是自己在明处，他们在暗处，不时到你府中打劫一次，准让你不得安宁，就是派兵剿捕也是大海捞针，损兵折将还不知胜败。给他们一些枪让这些教匪到战场上送死，这不就是给他们武器让他们去自杀吗？一举几得岂不美哉！我不说，他们不说谁知道，就是将来上边追究起来，我只说张树声借去了，有根有据，谁能奈我何？

回到广州将军府，长善立即从兵器库选出两百支劣等火器派人送给两广总督张树声，又暗中悄悄准备一百支火器送交西山岳王寺刘永康。

第十五章

思旧师光绪动肝火
遇新秀翁老吐心声

光绪本来对李莲英就十分反感，又见他狐假虎威的德行更是有气，便站起来指着李莲英骂道："狗奴才，是朕自己扔的怎么样？这里哪有你插话的份？"慈禧早已沉不住气了，大喝一声："皇上，如此任性，将来如何执掌朝政？"

十五的月亮十六圆，这话一点儿不错！

今天是中秋节后的第二天，"今夜月明人尽望，不知秋思落谁家"。这万家团圆的日子，慈禧赶走身边的几名侍女，独自一人走在婆娑的树下，隔着稀疏的枝叶，仰望远天的月亮，说不出什么滋味。"抽刀断水水更流，举杯浇愁愁更愁"，这是男人的忧愁。"我歌月徘徊，我舞影零乱"，这才是女人的忧愁。不知为何，自从慈安太后去世后，慈禧总有一种说不出的孤独感，也许这是胜利者的孤独吧！

大清社稷玩于股掌之间，君臣万民匍匐于膝下，这些常人难以得到的东西她都如愿以偿地得到了。她觉得累了，腿也疼，腰也酸，就像"会当凌绝顶，一览众山小"的攀岩人。作为女人，特别是像她这样孀居的女人，在满足的同时，总有一种失落，"高处不胜寒"的寂寞和寻找不到对手的失落。她需要对手，可对手都被她打败了，恭亲王老朽了，醇亲王太软弱了，荣禄、李鸿章、李莲英只能是手中的木偶，光绪呢，他只能算是一个摆设吧！她需要对手，需要什么样的对手呢？

月已挂在西边，室外虽然仍是光亮，月儿却不像刚才那样皎洁，它已蒙上了一层淡淡的云，但这又恰到好处，它给这静谧的秋夜带来了朦胧的诗意。

东方刚吐鱼肚白，光绪就起来了，他摘下挂在床头的宝剑，来到养心殿前的走廊里练一会儿剑，舒展舒展筋骨，呼吸呼吸新鲜空气，便开始读书。

光绪估计皇阿爸差不多起床了，便放下书本，向储秀宫走去。

光绪来到皇阿爸的寝宫，慈禧刚刚起床，正打着哈欠坐在床沿上。光绪走上前跪在地上，郑重地道一声："儿臣恭请皇太后圣安！"

"请起吧！"慈禧揉一揉睡意惺忪的眼睛。

"谢圣母皇太后！"光绪站起身子在朱漆椅上坐了一个角，勉强撑住屁股，让身子尽量向前躬着。

"皇上最近可用心读书了？"

"回母后，在母后的督促和教导下，儿臣比以前用心多了，只是——"

"只是什么？皇上请讲。"

"儿臣想问母后，翁师傅的省亲假是多长，怎么这一走就是好几个月，一点儿音信也没有，请母后下一道懿旨催催。"

"夏师傅课教得不好吗？"

"儿臣不习惯夏师傅的授课方式，还是请母后催一催翁师傅吧！"

慈禧有点不高兴，但什么也没说，只抬眼看看光绪，叹口气，冷冷地说："既然皇上如此思念翁师傅，皇阿爸就派人把他快马召回来就是，不过，这一段时间皇上也不能放松学业！"

"是，儿臣感谢母后！"光绪纳地一拜。

"皇上回去吧，切莫荒废了学业。"

光绪这才高高兴兴地离开了储秀宫，深深地吸一口新鲜空气，感到十分轻松，他的翁师傅就要来了。

吃过早饭，光绪来到上书房，夏同善早已等在那里。不知为何，也许是先入为主吧，光绪对夏同善的印象总是不佳，至于如何不佳，他自己也说不上来，就是感到不舒服。

光绪迈进屋内，夏同善向皇上请过安后，便板起面孔说："请皇上温习功课，臣马上提问！"

光绪一听就不太高兴，但他什么也没说，默默地把昨天的功课温习了一遍。

夏同善开始提问："请皇上背诵《两都赋》和《二京赋》！"

"夏师傅，背诵这样的文章有何用？"光绪耐着性子问。

"这是千古名篇，是必学篇目，从古流传至今，人人传诵，怎能问学了有什么用呢？"

"朕将来要执掌朝政，管理天下，背诵这等玩意儿有啥用，朕不学了！"

说着，哗啦一下把桌上的书、纸、笔全部推到地上。

夏同善一见皇上这等态度，气得直吹胡子，一甩袖子说："臣禀奏太后，让太后来教导皇上！"

光绪最不喜欢听见人拿太后来压他，夏同善这么一说，光绪更火了。

"夏同善，你不要动辄用太后来威吓朕，好歹朕也是大清国的皇上，是将来的一国之主，有自己的尊严和权力，太后又能怎样朕？"

"臣是奉太后之命来为皇上授课，如果皇上对臣不满意，可以奏请皇太后辞退臣，请皇上息怒！"

"你一口一个太后，你是为皇上授课还是为太后授课？哼！朕就知道你等眼中只有太后，根本不把朕放在眼里。"

夏同善早就听说皇上和西太后之间有小小的隔阂，但关系究竟怎样，他不清楚，现在听皇上这么说，心中也明白几分，也不好说什么，只淡淡地说："臣决无用太后之名来欺压皇上之意，臣只是就事论事。如果皇上实在不想读书，臣也没有办法，惹皇上生气，臣实在担当不起，请皇上息怒。"

夏同善这才蹲下拾光绪扔的东西。

猛听身后传来一句冷冷的话语："哟，谁这么大的火气？"

夏同善回头一看是慈禧太后，自己感到十分尴尬，光绪也觉得不自在，都沉默不语。

刚才光绪发火时，恰巧被常来偷偷监视的李莲英看见了，他最近正愁没有抓到什么把柄来教训一下光绪呢，便喜出望外，匆匆跑回储秀宫去叫慈禧，又添油加醋地说了一通。

慈禧本来就对光绪不喜欢听夏同善授课，亦多次向她提问翁同龢省亲的事很反感。按慈禧的设想，找个借口撵走了翁同龢，对光绪只说翁师傅回老家省亲，如果光绪不再念叨翁同龢，适应夏同善，从此也就把翁同龢给解职了。虽然慈禧没抓住翁同龢的大错，但慈禧觉得皇上的许多古怪思想都是翁同龢教导的。在太后和皇上之间的关系上，翁同龢又偏向于皇上，对于许多矛盾，翁同龢总是教育皇上以忍为上策，不去激化矛盾，但也不回避矛盾，因势利导，让皇上一天天有了自己的思想和主见，这是太后觉得最可怕的。

同时，随着时间的流逝、岁月的递增，光绪和翁师傅的感情越来越深。在慈安之死上，慈禧隐隐约约觉得翁同龢仿佛知道些什么，究竟知道什么，慈禧也旁敲侧击地问过光绪几次，可什么也没得到，她才设法让翁同龢回原籍省亲养病。至于是否再起用翁同龢，慈禧决定看一看光绪对新师傅的态度和朝中官员的意见再做决定。

由于光绪不喜欢夏同善授课，多次向母后提出翁师傅省亲的归来时期，慈禧已决定召回翁同龢，但心里对光绪是不满意的。刚才听到李莲英添油加醋的描述也十分生气，便来到上书房察看，看到纸、笔、书满地狼藉，便生出一腔怒火。

李莲英见夏同善没有说话，光绪也觉得理亏而没有吱声，便故意挑拨说：“大胆的夏同善，你不用心给皇上授课，却对圣上大发雷霆，把书、笔扔在地上，以下犯上，欺辱皇上，该当何罪？”

夏同善一听，可吓毛了腿，连忙结结巴巴地申辩说：“请太后明察，臣再大胆也不敢欺辱皇上，把圣上的书、笔扔在地上。”

“这是怎么回事？”李莲英抢先一步逼问道。

“这，这——”

“这什么，不是你难道是皇上自己扔的不成？”

光绪本来对李莲英就十分反感，又见他当着太后的面狐假虎威的奴才相更是反感，明知李莲英是冲着自己来的，想让夏同善说出是皇上自己扔的，好让太后数落自己，便站起来指着李莲英骂道：“狗奴才，是朕自己扔的怎么样？这里哪有你插话的份？”

李莲英一听，故意哭丧着脸转向慈禧，委屈地说：“太后，你听听，不好好读书，把书、笔乱扔一地还有理！”

慈禧早已沉不住气了，大喝一声：“皇上，这成何体统！如此任性，将来如何执掌朝政，这样下去，你眼中还有谁？小小年纪，目空一切，不思进取，哪个师傅不能给你授课？夏师傅德高望重、学识渊博，是朝中三朝老臣，你对他不满意，还想找什么样的老师？”

光绪被慈禧劈头盖脸地一顿臭骂之后，一声也不哼，他嘴唇动几动，最终却没有说出一句话。此时，他想起翁师傅曾讲过的话：刀插在心上不说疼，这才是忍。他把所有的委屈压在心里，强迫自己忍耐着，忍耐着，泪水在眼眶里打转，但他控制着，不让它流出来。

慈禧见光绪沉默不语，把头一昂，气呼呼地说：“小李子，咱们走！”

光绪待慈禧走后，再也控制不住，“哇”的一声把满腔的激愤倾泻出来。

夏同善没想到弄到这种地步，他也觉得十分难为情，见光绪哭得十分伤心，劝也不是，不劝也不是。他重新把光绪的书、纸、笔摆好，悄悄地跪在地上，等待光绪消消气后重新读书。

一场凛冽的寒风扫过，初冬的大地变得肃杀了，金色的山林一夜之间消瘦多了，露出一道道坚硬的筋骨。

翁同龢独自一人拄着拐杖走在通往山坡的小路上，踏着软绵绵的落叶和衰草慢慢走着。自从他被慈禧以养病省亲之名赶回常熟老家，他几乎天天都沿着这条小路上山一趟。是散步、锻炼身体，还是看山林之景、消闲，他自己也说不清楚，也许都有吧！

每天，他走过这小路旁边的一个石台，都顺手捡一块石头摆放在那山坡的平台上。究竟摆放了多少块，他已记不清了，只知道这堆石块在一天天加高。翁同龢站在石块旁边，极目远眺，满眼是萧瑟的破败之景，他有说不出的忧伤与感慨。此情此景，是“念天地之悠悠，独怆然而泣下”，还是“无限山河泪，谁言天地宽”？

这离开京都的半年多日子里，翁同龢可谓度日如年。几十年的宦海沉浮，曾以殿试状元身份入值军机处，身为两朝帝师，德高望重，也曾权倾一时。他本不是一个死读书的人。在同治独立执政时，他有一种说不出的兴奋，他将随着同治帝主持朝政而出将入相，从政治的幕后走上台前。但随着同治帝的早逝，他的希望成为泡影。继任光绪帝的老师时，他再一次在心头升起了希望，爆发勃勃生机。随着光绪年龄的增长，师生之间的感情日益深厚，他已决定把自己后半生的全部精力投注到光绪身上，用对光绪的爱来慰藉自己孤独的心灵。然而，他又失望了。他从慈禧对光绪的态度上和这对母子的关系上感到自己的希望仍是渺茫。但他深深地爱着光绪帝，同情光绪帝，在潜意识中把光绪帝作为自己的儿子看待。因为他终生没有子嗣，唯一的义子也因病最近去世了。他痛苦，他思念，他渴望，他等待，然而他失望了，半年多过去了，他等到的只是这山坡的夕阳一天天落下，他等到的只是这满山绿叶变得枯黄，他等到的只是这山坡的石块在逐渐加高。

独自登台望帝都，却没有望见那传信使的快马掀起的风尘。

面对即将隐去的夕阳，翁同龢喃喃地吟诵着：落霞与孤鹜齐飞……

他沉思着，沉思着。

猛然间，翁同龢仿佛听到有人在叫他，回头一看是自己的侄子，忙问道：“你也来了，有什么事吗？”

“叔叔，家中来了一位京都来的特快信使，让你回京复职。”

“什么？”

“让你回京为皇上授课！”

“哦，是吗？我终于等到了这一天，等到了这一天！”

“走，咱们回家！”

翁同龢仿佛一下子年轻了许多，他在侄子的搀扶下快步地向家走去。

虽然是乘船，翁同龢仍经不起这多日的旅途颠簸，终于病倒了。翁夫人看到翁同龢日益消瘦的面容和两鬓渐白的花发，内心一阵酸痛，走过来，轻轻给丈夫掖紧被，以防他再着凉。都是十月的天气了，若再着凉，岂不更苦了丈夫，她把被又拉紧一些。

这时，翁同龢醒了，看到妻子正坐在身边，把双手从被里拿出来，握着妻子瘦小多皱多茧的老手说：“夫人，让你也受累了，我感到过意不去啊！”

“老爷，你说什么话，你我夫妻几十年同甘共苦，不知经过多少波折，我什么罪没受过，什么苦没吃过，说这话太见外了。为你，再苦再累我心甘！”

“这次到京再重新给你添置几个丫鬟，多买些用品，也好让你享几天清福，为我你吃的苦太多了。对外是一品夫人，对内却什么活都干，简直像佣人一样。”

“女人就是这个命，嫁鸡随鸡，嫁狗随狗，给老爷当佣人俺也觉得荣幸。可我这个佣人没把老爷侍候好，让老爷受委屈了，看病成这个样子，妾身实在过意不去，离京已不太远了，我们停船在这沧州住几天，等老爷的病好透了再赶路也不迟。”

“这病也快好透了，况且根本就没什么大病，只是疲劳过度罢了。你瞧，现在全好了！”

翁同龢说着，坐了起来，伸伸胳膊。

“快别着凉，这舱里也有风。我给翁安说说，让他停船，咱就在这沧州住几天再走也不迟！”

“不行，不行！都半年多了，也不知换上哪位师傅、皇上的课业进展怎样？皇上的脾气我是知道的，别的先生皇上不一定习惯，万一学不好，我心里有愧呀！”

“学习也不是三五天的事，晚几天也没什么大不了的。如果太后和皇上对你真的那么留恋不舍，非你不可，也不会以什么养病省亲为名把你赶回常熟老家。哼！时间是他们自己耽误的，又不怪我们。用到你时把你召来，不想用你时，一脚把你踢开，你不恨他们，还乐得比刚结婚还高兴呢！”

“你这是女人之见，不懂得男子汉大丈夫的抱负与追求。读书人，学得满腹经纶就是要交给帝王家，建功立业，名扬天下，力争做到‘留取丹心照汗青’。否则，我自幼饱读经书，烂在肚里，难道要带进坟墓不成？修身、治国、齐家、平天下才是我翁同龢的追求。”

“我是女人见识，那也得养好病，有个好身体才能报效朝廷。”

“我都是这一把年纪了，还能再活几年？朝廷给我这次机会，我应该珍惜，好好干一番事业，对得起列祖列宗，对得起自己，不致临死时遗憾终生！”

“老了，老了，是老了，我这手脚也不灵活了。为了老爷后继有人，妾身想求老爷一事。”

“又是让我到京后再续一房姨太太的事？”

翁夫人含泪点点头：“妾身求老爷了，老爷一生辛苦操劳，官也当到一品，不能没有个后续者吧？”

“夫人，你的心情我理解，都这么大年纪了，还娶什么姨太太，生什么儿子，也许我命中无子吧？”

说这话时，翁同龢也是一阵心疼。

那是咸丰十年（1860年）十月，英法联军占领京津地区，北京失陷，咸丰帝仓皇逃奔热河避暑山庄。翁同龢也携妻带子逃离京都，正是在那次逃难途中，自己唯一的儿子死于贫病交加之中。随着年龄的增长，翁夫人再没有生下一子一女。后来，在亲朋好友和夫人的劝导下，翁同龢又收了一名义子，可天不从人愿，这义子新近又死在常熟老家。

如今夫人提出让翁同龢续一位姨太太，给他翁家留根香火，怎能不触到翁同龢心中的疼处呢？

翁同龢拉住夫人的手说：“你我同病相怜，何必再遭罪他人呢？如果你觉得老了，许多家务力不从心，我们再请几个丫鬟还是请得起的。你不必太操心此事，我心中有数。”

“老爷心中有数就好，可不能一到京城就投身在授课之中，把什么事都忘了！”

“夫人，现在什么时辰了，我这一觉也不知睡了多久，现在毫无睡意，扶我到舱外散散闷气，这舱内也太闷人了。”

“病还没好透又要到外面去，当心着凉了。”

“我还没老态龙钟、弱不禁风，你就放心好了！”

翁同龢在夫人的搀扶下来到舱外，他们站在船头，随着船的缓缓移动，翁同龢看到如血的残阳，内心不免一阵忧伤。唉，残阳、残阳，我不就像这西天的残阳吗？这次回京也许是最后的辉煌，应该像这西天的残阳一样，把这最后的光和热留给朝廷，留给皇上。翁同龢心里这么想着，仍不免面对西天喃喃自语：“夕阳无限好，只是近黄昏。”

“‘但得夕阳无限好，何须惆怅近黄昏’？老先生是知天命的年龄了，还有什么看不开的？日出日落、生老病死是天地自然之现象，有什么值得感慨呢？真正值得忧愁的是这江河日下的大清江山，‘先天下之忧而忧’才是我辈所心想之事，何必为个人得失荣辱斤斤计较呢？”

随着这声音，翁同龢发现船头正站立一个年轻人。他双手剪背，背对夕阳，向着翁同龢傲然说着。看那神气似乎不把翁同龢放在眼里。

不知为何，翁同龢特别喜爱孩子，也乐意与年轻人开怀畅谈。一听此话，翁同龢也是一惊，在这偏僻之地竟有人能出如此议论，真让人难以置信，他急忙迎着这年轻书生的视线仰头说道：“后生如此忧国忧民实在令人钦佩，能够大度人生、品位自然也令人心折，只是这‘江河日下’做何解释？”

“看先生的气质与风采也不像一般平民百姓，对当今时世果真一无所知，还是知之而不敢言？如今的大清朝不比当年的康乾盛世，自仁宗以下就外强中干，吏治破败。宣宗皇帝承父祖遗业，作为守成者虽倡导节俭，整顿吏治，但成效甚微，又不洞察时运而闭关锁国，面对来自洋人的奇耻大辱，却行割地赔款，委曲求全，而求得一时的苟安，表面上相对安宁，实则灾难积郁已久。至文宗之初，则外强频至，洪祸爆发，继之域内揭竿而起，山河处飘摇之境。穆宗冲龄即继大统，两宫太后垂帘听政，尽管朝内朝外‘中学为体、西学为用’，办洋务练新兵，众人高呼中兴之势，这不过是一种国运的回光返照而已。君不见如今的世道，皇上尚幼，太后专政，对外以媚为策，对内以压为略，而其实质怎样？洋人虎视眈眈，国人怨愤冲天，如此下去，大清天下将如何？这不是江河日下怎的？”

翁同龢身居朝内，官处要职，就是这半年来遭到太后打击、辞职回归乡里也是闭门休闲，平时所听到的、所说的都是国富民昌，哪听到过这般直言不讳地剖析朝政之言。尽管他也知道吏治腐败，各地民起群涌，但谁又敢言？面对大清朝危机四伏的形势，翁同龢以朝廷重臣之职，把挽救危亡之中的山河作为己任。每日所想也只是教导好皇帝，不负圣望，朝廷上有英明的贤主和许多发奋强国的贤臣，则国家昌盛指日可待。

现在听到这位年轻人如此酣畅淋漓地议论这大清朝近百年之经历，自己也不觉内心一阵怅然，有一种说不出的味道，也为这年轻人有如此之胆识而折服于他。

翁同龢沉思片刻，频频捻须颔首说道：“后生说得有点道理，看你如此年轻能够这样洞悉事理，分析时事又如此深刻，实在难得。”

说这话的时候，翁同龢举首看看西沉的太阳，颇有结交这年轻人之意，便对这年轻人说道：“这位小兄弟想到哪里去？眼看天色渐晚，行船不便，不如在这沧州暂住一夜，不知意下如何？”

“晚生也有此意，不知老先生怎样称呼？”

“在下姓翁，是个教书先生，你就叫我翁先生吧！”

“好！翁先生，我们虽说是萍水相逢，但总有一种相识恨晚的感觉。如果不嫌弃，今晚你我同宿一个旅店好了。”

“小兄弟太客气了，不知道尊姓大名如何称呼？”

“在下康有为，字广厦，号长素，广东南海人。翁先生是教书的，我是求学书生，现在进京准备赶明年的科考，晚生有幸相遇翁先生，正好一路请教，请先生不要推辞。”

“康小弟言重了，请教谈不上，同为读书人，彼此切磋切磋吧。翁某虽是一老师，也是才疏学浅，不堪为人师，自古云：‘只有状元学生，没有状元先生。’我也是不得已方去当老师的。”

翁同龢命船家寻找码头靠岸，这才带着家人与康有为一同到沧州城旅店投宿。

翁同龢见这年轻的举子豪情万丈、意气风发，大有今科夺魁、蟾宫折桂的气势，也不禁想起了自己当年入京会考的情景。

那是咸丰六年（1856年），翁同龢二十岁那年，自己因学业出类拔萃成为拔贡生，在父亲的安排下随师入京会考。不巧，这同科考生中有一位他翁家世交的公子叫孙毓汶。孙毓汶的堂兄是道光二十四年的状元，这孙家也希望孙毓汶今科再次金榜夺魁，成全兄弟状元的佳话。但翁同龢的才学是今科考生中最具实力的一个，为了能在考场上打败这位翁家对手，孙家在殿试前一晚特别邀请翁同龢到孙家和孙毓汶一同饮酒叙话，磋商学问，把不胜酒力的翁同龢灌得醉如烂泥。

第二天殿试时，翁同龢头昏脑涨，哈欠连天，浑身发软、四肢无力，脑子一片空白。抓耳挠腮之际，他猛然想起临行时老师给自己带的两支笔，其中一支笔的笔杆是东北千年人参做成的。于是把笔杆含在嘴中，顿觉才思敏捷，下笔如神，洋洋几千言，一挥而就，赢得“人参状元”的称号。

唉，一晃几十年过去了。现在想来，如同昨夕，但毕竟是老了，昔日的辉煌成为永远的过去。长江后浪推前浪，一浪更比一浪强，后生可畏呀！从这康公子的言谈举止中，翁老先生仿佛寻找到自己昔日的影子。但不知为何，翁同龢又隐隐约约地感觉到这康有为的身上又比当年的自己多出些什么。到底多出的是什么，他怎么也想不出来。

如今的皇上渐渐长大，快到独立执政的时候，正需要广泛收揽各类人才，无论这康有为有无真才实学，但从那一番宏论中可以知道此人颇有胆识，也算个人才吧，究竟怎样，待深叙一次便可知晓。

不多久，酒席摆好了，翁同龢请康有为一同饮酒吃饭，聊叙畅谈。

彼此客气坐定后，康有为躬身问道："翁先生从何处来又到何处去？"

"本人携同家人从常熟老家来，到京中一个亲戚家，经人引荐谋得一份教书的差事，养家糊口罢了。"

"翁先生从常熟来，自然知道常熟翁世家的情况了？"

翁同龢故作不解地问："不知康公子指的是哪个翁世家？"

"常熟还能有几个翁世家，当然指太子太傅，御前侍讲翁心存祖孙几人。"

"哦，原来康公子讲的是这个翁世家，不知康公子和这翁家是否有渊源？否则怎么知道这常熟翁家呢？"

"渊源倒谈不上，但翁家祖孙几代是国内人人皆有所闻的。翁心存官居要职，曾是皇上御前侍讲，几个儿子也都官职显赫，特别是当今皇上的老师翁同龢为人耿直，学识渊博，曾以'人参状元'的雅号传诵一时。后来，翁家又出一位孙辈状元，叔侄状元人人皆知。翁先生从常熟老家来，怎能不知这翁家呢？"

"说起来我和这翁家还是较为亲近的本家呢！其实这翁家也不像外面传说的那样显赫，翁老先生仙逝几年了，这'人参状元'

翁同龢也今非昔比，在朝中屡遭排挤，差点儿丢官回老家呢！”

“听说他是当今圣上的老师，又受到太后、亲王的信任，谁能将他罢官？”

“唉，宦海沉浮，还是为民一身轻，两耳不闻窗外事，松鹤白云伴平生的好。”

“翁先生何出此言？作为读书人，读得圣贤书售与帝王家。当今社会纷乱，正是用人之际，我辈更应激流勇进，拯世救时，怎能消极避世，以松鹤为友、白云为伴呢？”

翁同龢叹口气道：“康公子所言极是，只是翁某智浅才疏，不识时务，没有拯世救时之能。”

“翁先生所言极是，治民救时谈何容易，自己有安邦定国之才不说，也要审时度势，遇到贤明君主，知人善用，处在其位方能谋其事。”

“从下午康公子对当今时事的剖析中，可知公子对社会流变很有见识，依你之见，这大清如何才能改变当今内忧外患的困境呢？”

“在下不愿读死书，也不愿死读书，对当今之世也曾认真思考过。当年魏源先生在《海国图志》里提出的观点——‘师夷长技以制夷’是颇有道理的，不仅要‘师夷之技’，更要‘师夷之制’，学习洋人的社会制度、治国方案，来改革大清国的社会体制，发展农工商学兵，走上富民强国的道路。”

“康公子指的是变法图强？”

“对，正是这样！翁先生饱读经书，自然知道变法图强的道理。战国时代，魏文侯利用李悝在魏国变法，楚悼王任用吴起在楚国变法，都使自己的国家走上富强之路。更值得称颂的是秦孝公任用商鞅在秦国变法，没有此举，秦国后来怎会有实力兼并六国统一中国开创始皇帝的帝业呢？赵武灵王胡服骑射，北魏孝文帝改制，都不同程度地推动社会向前发展。唐太宗李世民任人唯贤、改革科举，实行三省六部制也赢来‘贞观之治’的佳话。远的不说，就是在我朝，没有圣祖康熙帝的改制和高宗乾隆帝的修律改例，又怎能呈现前世少有的康乾盛世的局面呢？”

“改革好是好，只是这社会变乱纷呈，如果没有一个安定的社会环境，这一改革岂不更乱，稍有不慎将使皇上大权旁落，岂不越改越糟，我大清朝祖制上有‘祖宗之法不可变’之说，这一改制岂不违背祖制遭到众议，引起众怒或保守派的反对，所以，新法也未必行得通。北宋中叶，宋神宗任用宰相王安石变法改制不就是遭到保守势力司马光等人反对而失败吗？况且这改革也是前所未有之事，以什么为蓝本呢？没有一个标准框框，改向何方也没有底呀！”

“翁先生可能只整天待在家里读书、教学，不了解外面的形势呀！”

“怎么？”翁同龢不解地问，长这么大，还是头一次听到有人对他这位博学之士说这种话，令他的自尊心受到伤害，心中实在不满。哼！现在的年轻人也真不知天高地厚，我倒要看看你这年轻人读了多少点书才这么恃才放旷。但他还是压住气，温和地问道：“康公子有何高见，不妨直说。本人虽说为人师表实在是不能胜任，有辱老师的名号！”

“翁先生可千万不能这么说，‘闻道有先后，术业有专攻’，‘吾生也有涯，而知也无涯’，谁又能什么都通晓呢？‘人非圣人，孰能生而知之者？’晚生所说的变法的榜样就是对我大清朝虎视眈眈的日本。”

翁同龢也略有所思地说：“嗯，我也曾听说过日本有一个什么改革——”

“就是明治天皇的变法改革，人称‘明治维新’。”

“这是一个怎样的维新？”翁同龢不得不由气而心折口服地请问，他确实不了解日本的明治维新内容。

“日本在明治维新以前也像现在我大清朝一样，内忧外患，社会矛盾重重，面临西方列强的瓜分，有亡国灭种之势。正是在这危机存亡的关头，明治天皇审时度势，三思而行，实施了一系列的改革举措，短短八年的时光就度过了社会危机，发展了社会经济，富国强兵，由弱而强，也敢四处寻衅侵略他国了。”

“这明治天皇采取了哪些措施呢？我朝能否借鉴？”

康有为刚要讲话，这时，响起了咚咚的敲门声，紧接着有人大喊：“开门，开门，快开门！”

康有为上前打开门，进来几位官兵，其中一名领头的，斜眼打量一下康有为，又看一眼坐在那里一直没有站起来的翁同龢，阴阳怪气地骂道：“老子带人前来查房，追捕钦犯，你等如此大胆，叫喊半天也不开门，难道这里藏有钦犯不成，兄弟们，给我搜！”

那人一把推开康有为，就要往里搜，翁同龢一见，勃然大怒，猛一拍桌子喝道：“大胆，我看谁敢向前踏进一步！”

翁同龢站了起来，用手一指那位领头的官兵骂道：“你们这些无耻的败类，以搜捕犯人为名招摇过市，欺压百姓，还到处抢拿东西，真是可恶至极，还不快滚！”

那头目一惊，又咧咧嘴，不服气地说：“你是干什么的？放跑了钦犯你敢负责吗？糟老头子！”

尽管这头目不甘示弱，但说话的声音也软多了。

“糟老头子？让你们沧州知府张有朋亲自来见我家老爷恐怕还得下跪呢！”

“翁安，不得无礼！”

翁安伸伸舌头，站在一旁不说了，这几名官兵一听翁安这么说，又打量一下翁同龢，一时也搞不清对方身份，担心真碰到硬茬，自然倒霉，说不定挨打挨骂是小事，还有可能革职呢！

“好！我们走。”那头目一跺脚不服气地说，但他终于没再说什么。

这几人一走，康有为急忙问道：“翁先生原来是做官的？”

翁同龢不置可否地说：“和这沧州知府碰巧是多年的老朋友了，也不是什么做官的。”

“那你何不找老朋友谋一份差使做，不也比做老师好嘛！”

“唉，本人实在不是做官的料，只能教书罢了。只可惜一顿好酒让这帮人给破坏了！”

“翁先生，今天就到此为止吧，天也不早了，也谨防有人说我们私藏钦犯，以致说不清楚，惹得一身不是，还要吃官司。”

“那好吧，康公子请吧！以后有时间再谈。”

“翁先生留步！明天见。”

夜里，翁同龢又病了。

第二天，病情没有好转的趋势反而加重，在夫人的劝说下，不得不在沧州多住几天。

康有为见翁同龢病了，无法同行，只好来到翁同龢床前说几句安慰话，匆匆告辞，赴京会考去了。

第十六章

夸海口赵侍卫惹祸
代人过恭亲王赋闲

慈禧一听赵德发跑了，又惊又气，破口骂道：“没用的东西，不能活捉，死的也要给我留下来，让他跑了后患无穷。快，让宫中戒严，一点点给我搜！就说赵德发盗窃宫中珍宝被刘列忠发现，他杀死刘列忠潜逃了！”

一年一度的中秋节又要来临，今年不像往年那样可以大操大办。由于慈安太后大殡刚过，举国皆哀，宫中更不能表现出特别的喜庆气氛，否则必招非议。善于玩弄权术的慈禧太后当然更了解这些，她决不会让自己在阴沟里翻船。

自从慈安太后大殡之后，慈禧压在胸中的一口闷气终于吐了出来，也确实感到轻松许多。

中秋佳节月儿圆，慈禧尽管没有明着热热闹闹一场，暗中还是在储秀宫寿膳堂她专有的御厨房里摆上两桌，请自己的心腹大臣和宫中内侍好好乐一场。

问题就出在这里，也许是乐极生悲吧。慈禧象征性地来到寿膳堂同众人喝上两杯就走了。让内务府总管荣禄和大内总管李莲英陪众人在此尽情饮酒作乐，一直喝到午夜月挂南天。人人喝得东倒西歪，个个喝得脸红脖子粗，方才各自回去休息。

李莲英从一名不起眼的小太监混到大内总管的位置，高明之处在他为人机警、见风使舵、察言观色之外，还有他另一项过人之处，就是善于隐藏自己。与众人相会对饮时总是装出不胜酒力比众人先醉的样子，等众人都真的醉倒了，他才高兴呢，追求的就是“众人皆醉唯我独醒”的效果嘛！只有他独醒才能用清醒的头脑算计他人，处处比别人先行一步。这也是慈禧欣赏他、重用他的原因。

今天李莲英也是如此，他喝上几杯谎称醉了就溜之大吉，待众人醉醺醺地散去后，他便一个人东溜溜西逛逛，像只耗子四处钻营，偷偷看看谁在这夜深人静时干什么，偷偷听听哪些人在背后议论什么。许多宫中的秘密都是李莲英这样给慈禧打探出来的。

今天晚上，李莲英又一个人悄悄地在宫中走动。刚过园门就听到那边寝房里有人在悄悄说话，他立即敏感地凑上前去一听，嗬！果然有人在议论什么，这两人正是今晚慈禧太后宴请的两位心腹大内侍卫，一个叫刘列忠，一个叫赵德发。

哼！深更半夜两个家伙在说什么，我得好好听听，看他们表面上对太后忠心耿耿，究竟背后对太后怎样还难说呢！

李莲英又悄悄向前挪动几步，终于听清他们在议论什么。

只听刘列忠喷着酒气说道："你我对老佛爷这么忠心耿耿，也不知老佛爷会对我们怎么样？"

"刘兄，你放心，她不会对我们差的，毕竟你我都为她出过力的。"

"我真有点儿担心，你没听人说过'兔死狗烹，鸟尽弓藏'吗？我们知道她的事那么多，真担心她哪一天把我们也给送上西天。"

"只要我们仍像原来对她一样死心塌地，我想还不至于此吧？"

"赵老弟，你可觉得老佛爷太过心狠了？"

"怎么讲？"

"你想想这最近几件事吧，她人不知鬼不觉地毒死慈安太后，在众人眼皮底下又害死慈安的贴身宫女翠平，恭亲王亲自派御医都没查出中的什么毒，真是怪事！"

"怪事，不瞒你说，处死那翠平宫女的事就是我老赵干的。"

"你干的？到底用的什么法子？在一名侍卫看管下竟把她干掉，还不留任何痕迹。"

赵德发又放低了声音说："你听说过一种叫无影之毒的药吗？"

刘列忠摇摇头。

"嘿，我估计你不可能知道，别说是你，就是许多中医名家也没听说过。”

“到底是怎样的一种怪药？”刘列忠不解地问。

“我也是从太后那里了解到的，这无影之毒是雍正爷为皇子时，为了谋得大统之位，从云南大理请来的施毒高手研制而成。这无影之毒是多种剧毒之物如桃花信、丹顶红、马钱子、蜈蚣胆等按一定比例配合而成。如果是其中一种毒物则一查便知，但由多种毒物相互反应制成的这无影之毒，不但毒性没有减弱，反而更具毒性，毒性化于无影无形之中，中毒之后人如睡着一般，再高明的医生也检验不出来。雍正爷当年就用这无影之毒除去了许多对手。”

“赵老弟，依你说，慈安太后是中的无影之毒？”

“这我不清楚，但我知道那翠平宫女是中了无影之毒，当时就是我亲手干的。”

“众人眼巴巴地看着，还有一名侍卫监视，你是怎样得手的？”

“这无影之毒有粉末也有液体，只要神不知鬼不觉地在她要害处洒上一些，便大功告成。”

“原来如此，怪不得那宫女死得莫名其妙。赵老弟，你这可是大功一件，否则，太后她可就露馅儿了，不过你也要小心，因为你知道得太多，小心太后也让你尝尝那无影之毒的味道。”

“刘兄，不是小弟在你面前吹，太后还不敢对我这样，只要我老赵在她面前提醒一下，她一定会给我加官晋爵！”

“嘿嘿，你赵德发快变成‘赵得吹’了，太后听你摆布？慈安太后怎样？恭亲王又怎样？慈禧太后怕过谁？你个小小三等侍卫还想让太后受你使弄，真是白日做梦！”

“别嚷嚷，小心隔墙有耳！”

“放心吧，这深更半夜没有谁有这个雅兴来听咱兄弟俩扯淡。你小子怕我揭你的底，害怕了？”

“哼！我老赵向来说一不二，你不服等着瞧！我已向老佛爷提过了，她满口答应给我升官。”

“太后答应给你升个什么官？”

"禁卫军统领。"

"这么说我老刘也要听你指挥啦？"

"那个自然！"过了一会儿，赵德发又说道："不过刘哥，你可千万不可乱说，就是父母妻子儿女也不能乱嚷嚷！"

"那是，你刘哥是那样的人吗？不过你也要千万小心，再不可对第三人讲了，否则你我两人的性命就全完了。"

"刘哥，你放心，我心中有数，但也得让太后平时高看我哥俩一下，给我哥俩提升提升。"

"最好如此！"

"天不早了，我实在困了，快睡吧！"

不久，李莲英就听到两人呼呼的酣睡声。

李莲英知道再待下去也无益，这才决定离开，可惜两腿早已蹲麻，他活动了好久，才能够走动，这才鬼鬼祟祟地去寻老佛爷报信。

李莲英好不容易才叫醒慈禧太后，还挨了一顿臭骂："你深更半夜把本宫吵醒干吗？本宫正做着美梦，你这一叫嚷什么也没有了，真扫兴！什么要紧事明天不能回报吗？"

"老佛爷，大事不好，这事太重要了，不能等到明天！"

慈禧见李莲英一脸慌张的样子，不知出了何事，马上严肃起来，忙问道："什么事，别惊慌，快说！跟随本宫多年，还没学会做事吗？临危不乱，泰山崩于前而颜色不动。"

李莲英这才稍稍冷静下来，仍急急忙忙地把刚才听到的话大致说了一遍。

慈禧一听，也是非常吃惊，但她马上冷静地说："这两人在哪里？必须设法干掉他们！你速传本宫旨意连夜宣荣禄入宫进见，越快越好！"

"嗻！"李莲英迅速退出。

慈禧再也睡不着了，思前想后，认为自己一时粗心大意差点儿酿成大患，幸好被小李子发觉，这也是天助我慈禧。怎样处死这两人？仍用无影之毒吗？也不好，对那翠平宫女使用过，这事还是赵德发亲自干的，如果他有所防备就糟了。再者，再发生一次与翠平类似的死法也难免引起外人怀疑。不如令荣禄杀死他们，在他们身上多装一些宫中珍宝，对外就说他们偷盗宫中珍宝被杀。

本来荣禄就住在大内之中，不多久，荣禄就随李莲英来到慈禧寝宫，扑通跪倒："奴才荣禄参见圣母皇太后！"

"快请起吧，不必多礼，这里没有外人。"

"老佛爷，半夜让奴才到此，是什么事？"荣禄刚爬起来就急急地问道。

"什么事现在来不及说了，不是三言两语能说清楚的，以后再告诉你。你现在快速和小李子一起去大内侍卫寝房把刘列忠抓住杀死，并在他身上多放些珠宝，就说他偷盗宫中珍宝外逃被杀。对赵德发务必活捉，捉来见本宫，这事不可声张，越快越好！"

慈禧说着，取出一只精致的盒子递给李莲英。

"给，这些珠宝放在刘列忠身上，以迷惑众人。"

荣禄弄不清怎么回事，迟疑一下问道："这两人不是我们自己人吗？太后别搞错了。"

"不会错，他俩背叛了本宫，格杀勿论！"

"嗻！"荣禄和李莲英急忙退出。

走在路上，荣禄仍然嘀嘀咕咕，刚才还和他们一起喝酒呢，都好好的，也没听太后说什么，怎么才两个时辰，太后突然下令一个杀一个抓，是否搞错了？

"李总管，太后是否搞错了，别搞成自相残杀了！"

"荣大人，先别多问，抓住赵德发什么都明白了，你大胆干吧，决不会错的。"

荣禄和李莲英来到大内侍卫寝房，找到刘、赵两人居住的地方，李莲英急忙敲门喊道："刘侍卫，刘侍卫，快开门，快开门！"

刘列忠和赵德发两人都醒了，先是一惊，一听是李莲英的声音，又放心了，因为太后有什么事经常深更半夜派李莲英去叫他们。

刘列忠刚要去开门，赵德发多了个心眼，一把拉住刘列忠，冲门外喊一声：“李总管什么事，三更半夜的，明天再干不行吗？”

“太后宫中有贼人闯入，让你二位速去缉拿盗贼！”

“好吧！我们马上到。”

“那我先走了！”

李莲英说完，向外挪动了脚步。刘列忠和赵德发这才放心。刘列忠上前拉开门向外走去。

荣禄早已准备好，二话没说，飞身向前，挥起一刀向刘列忠脖子砍去。当刘列忠反应过来已经晚了，扑通一声，人头落地。紧接着，荣禄又挥刀拦住赵德发的去路，这时李莲英也转身赶来。哪知赵德发已有准备，荣禄想活捉赵德发已不可能。赵德发知道先前的谈话已经败露，哪还敢与荣禄硬拼抵抗，急忙夺路逃跑。

荣禄纵身去追赵德发，李莲英迅速把准备好的珠宝撒在地上，也跟着追了出去。

今天虽是农历八月十七，后半夜的月儿也很亮，但宫中房屋甚多，赵德发地形又熟，三拐两绕，跑开了。

荣禄让李莲英大喊捉贼，自己一人回储秀宫向慈禧太后报告。慈禧一听赵德发跑了，仅杀掉刘列忠一人，又惊又气，破口骂道：“真是没用的东西，不能活捉，死的也要给我留下来，让他跑了后患无穷。快，让宫中戒严，一点点给我搜！对外就说赵德发盗窃宫中珍宝被刘列忠发现，他杀死刘列忠潜逃了。”

“是！”荣禄急忙跑出去，指挥侍卫和巡哨的御林军搜捕赵德发。

李莲英一叫喊“抓贼”，宫中马上乱了套，但各种放哨巡逻的御林军和大内侍卫也把宫中各出入口把守得水泄不通。荣禄带领一队人举着灯笼火把逐房搜寻，直到天亮，才把宫中搜寻一遍，也没见到赵德发的影子。

天亮了，荣禄亲自搜寻了赵德发和刘列忠的寝房，什么也没找到，又搜寻了赵德发的家，仍然一无所获。

慈禧下令对刘列忠全家进行抚恤，按一等侍卫葬礼厚葬刘列忠。又下令逮捕赵德发全家，进行审问，希望从他妻子口中寻找一丝线索，结果什么也没得到。

慈禧十分沮丧。

“太后，不如下令戒严京城，搜捕赵德发，把和他有直接关系的人逮捕归案，诱他来降。”荣禄建议说。

慈禧摇摇头说道：“不可，防止他狗急跳墙，把事情弄糟。”

“太后，那应该怎么办？”

“我平时对赵德发不薄，他对我也还不错，这事不过是鬼迷心窍，想以此升官发财来要挟本宫。对他不可逼之太甚，不如把他妻儿老小送回家，再暗中给他家一笔生活费，以此显示我慈禧太后的宽宏大量，让他知恩图报。当然，追捕是不能放松的，先在京中严密搜捕，再在全国画影图形追捕。”

就这样，捉拿钦犯赵德发的文告从京城传遍大江南北，人人都知宫中失盗却不知其中根本。

光绪一人坐在毓庆宫上书房里，夏师傅已经被解退了，他三天都这样独自一人看看书，温习一下旧课，等待翁师傅的到来。

听圣母皇太后讲，翁师傅已省亲回京了，最近几天就来授课，怎么还不来呢？光绪心里念叨着。

忽然，太监王商进来跪报说：“奏报皇上，翁同龢在殿外等候。”

光绪微微一愣：“啊，翁师傅来了，快，快请他进来！”

翁同龢进来，一揖到地：“皇上万岁！万万岁！臣翁同龢参见皇上！”

光绪急忙走上前，双手扶起翁同龢，打量着他微驼的身子，飘飘长须和凹陷的眼睛，掩饰不住久别重逢的喜悦，又眼含泪花哽咽地说：“翁师傅——”

“皇上——”

四目相对，四手相握，良久的沉默中，唯有簌簌落下的眼泪，别后的所有思念尽在不言之中。

短暂的沉默后，翁同龢率先打破沉默说："半年多来，皇上的学业进展如何？"

光绪脸一红，微笑着说道："师傅回乡省亲，怎么一走就这样漫长，家中不顺吧？"

翁同龢满腹心事，怎好向皇上诉说，只淡淡地说道："有劳圣上挂念，家中不幸多难，唯一的义子也害病死去，伤心过多，又生病在家，一直延误至今，望圣上体谅。"

"看翁师傅面容憔悴，像是大病刚愈。今又来给朕授课，真让朕不胜感激！"

"能为皇上授课，实在是臣最希望的事，也是臣最高兴的事，我们现在开始授课吧！"

光绪扶翁同龢坐下，自己又回到御座上，打开书本，向翁师傅汇报一下最近所学内容，翁师傅又捡重点内容讲解一下，便让光绪读书。

光绪立刻大声地朗读起课文，响亮而稚嫩的读书声里充满自豪、兴奋和渴求。

从翁同龢离京回乡后，光绪就无心求学，换上夏同善授课，光绪更是厌烦，也懒得读书，各门课程都减免了，从每天读二十遍书到十遍书，后来干脆只读一遍，也多是默看。皇上无声的怠学气恼了皇太后也征服了皇太后，慈禧不得不下诏让翁同龢快速回京授课。

今天，沉寂多日的御书房里传出皇上朗朗的读书声，宫女太监们笑了，慈禧太后听到报告也点头微笑了。

毓庆宫终于恢复了往昔有节奏的生活。翁同龢比过去更加认真授讲，并把许多时事融进文学作品、历史典故和策论政论中。光绪的领悟力更高了，所问所思的内容也不再限于书本，他逐渐提问一些朝事，开始分析一些支离破碎的大臣奏章。有时，尽管问题问得幼稚些，但翁同龢总能由浅入深地点拨他的思绪，把问题思考得更深刻，这些也正是光绪喜欢听翁师傅授课的原因。

这天，翁同龢见光绪上朝回来便哭丧着脸，也不便直问，就按惯例，先让皇上读书，再讲解新课。

光绪耐着性子读了一会儿书，终于忍不住问道："翁师傅，我大清朝是不是正在和一个什么国家开仗？师傅今天先别上课了，重点给朕讲讲这事好不好？"

翁同龢沉思一下说："就是圣上不问起，臣也会讲的，只不过臣还没寻到合适的切入点结合课文分析讲解，既然圣上今天问到了，臣且就事论事吧。"

"好，朕就听翁师傅分析一下这当今朝中正在激烈争论的头等大事。"

翁同龢见光绪热心于朝政、关心国事，自然很高兴，但他并不是马上讲解朝中正在讨论的中法之战，而是先从书架上抽出一册卷轴，展放在光绪面前说："这是臣新近亲手绘制的中法战事图。"

光绪瞪大了眼睛，目光随着翁同龢的手移动着。

"皇上，你看，这是越南，我大清国的属国，圣祖康熙中期归顺我朝，自那以后岁岁来朝，年年进贡，两国关系友好，交往甚密。我天朝大国和越南是形同父子友好的邻邦。作为宗主国，我朝理所当然对越南进行关心爱护和支持。"

"师傅，那这个正与我朝交兵的洋人是哪国呢？我们是如何与他们交兵的？"

"文宗咸丰十年，我朝与西方洋人又发生了一次战争，人称第二次鸦片战争。西方有一个国家叫法兰西，趁机攻入越南，占领越南的都城，从此，越南成为法兰西的附属国。"

"按师傅所言，我大清朝的宗主国地位不是丢失了吗？"

翁同龢点点头。

光绪一拍桌子："真是岂有此理！那后来怎样了？"

“法兰西占领越南不是目的，真正目的是沿着越南国土上的湄公河和红河逆流而上深入我大清国的广西、云南等地，刺探我朝天然资源，企图私自开发掠为己有。”

“这么说，放弃越南，我朝失去宗主国地位事小，严重的是我朝西南边境的门户被打开了，是吗？”

翁同龢想不到光绪一针见血地看到问题的实质，赞许地点点头。“皇上分析问题精辟多了，太令微臣欣慰了。”

光绪不好意思地笑了笑说：“多谢师傅夸奖！那我朝一直没有过问此事吗？”

翁同龢叹口气说：“唉！当时我朝也忙于战事，自顾不暇，哪有精力出兵他国，只能眼睁睁地看着越南被法兰西鲸吞了。”

光绪搓了搓手，跺跺脚说：“实在可惜，我大清朝是天朝大国，这脸面往哪里放？真是不应该！”

翁同龢不好再说出第二次鸦片战争时，英法联军攻破北京，火烧圆明园，逼走咸丰帝，签订丧权辱国条约才退兵的事，以免刺伤光绪的自尊心，只得避重就轻地说：“我朝廷上虽然没派出官兵进驻越南抗击法兰西，却有一支民间军队深入越南境内协助越南朝廷抗击洋人。这支义军名叫黑旗军，他们本是南方天地会的一支，以七星黑旗为战旗，所以叫黑旗军。他们本是与朝廷为敌、四处作乱的太平军余部，因被曾国藩大帅的湘军打败，在境内无法立足才逃入越南。不想到了越南却改邪归正，投顺越南朝廷，为越南抗击洋人立下功劳。这黑旗军的首领刘永福被越南国王加封为三宣提督，统辖三省兵马，打了多次胜仗，很让洋人闻风丧胆呢！”

“嗯，好样的！弃暗投明也是难能可贵，我朝应不再追究其以往罪责。”

“皇上言之有理，最近太后已降旨不究刘永福黑旗军的罪过，令他归顺朝廷，为我大清朝立功，抗击法兰西洋兵！”

光绪点点头：“圣母皇太后此举很好！但这支黑旗军是否能对

抗洋人呢？”

“这刘永福的黑旗军也打了几次胜仗，最有名的当数这河内城西纸桥大战，杀死洋人几百人，连洋人的统帅也给击毙了。事不凑巧，不久前越南国王阮福时病重，法兰西军队收买朝中败类杀死国王，乘机攻入越南顺化，强迫越南签订了卖国的《顺化条约》，并强迫越南朝廷赶走刘永福的黑旗军和我大清朝派往越南的军队。洋人想趁我官兵撤兵之际攻入我西南边境，侵犯我朝。我大清朝在忍无可忍的情况下被迫还击，这才和法兰西正式交兵。”

“翁师傅，我朝的战事怎样呢？”

翁同龢微微叹息一声：“败多胜少，我朝官兵驻守的越南北部等地相继失守。黑旗军也败退镇南关一带，洋人已经攻陷越南北部各路要塞：山西、北宁、太原、兴化，并直逼我朝西南边防。”

翁同龢边说边用手在地图上指点着，让光绪明白目前我朝军队的处境。

光绪也随着翁同龢移动的手指，十分伤心地说：“翁师傅，六皇叔和你们几人的贬职也与这战事的不利有关联吗？”

翁同龢不置可否地说：“恭亲王一向做事大胆激进，敢作敢为。不知为何，这次处理与法兰西的关系上却事事保守，主张以和为上，用委曲求全换得片刻安宁。谁知妥协并不能换得同情，忍让也不能保全安宁。中法交战，我朝连连失利，给太后留下把柄，认为是恭亲王的委曲求和失策，这才革了他的职。”

“皇阿爸是否在借题发挥，官报私仇，打击反对她的人呢？”

翁同龢不知如何回答皇上，他不想现在让皇上和太后对立起来，光绪还小，还是个孩子，从各方面考虑，都无法与圣母皇太后抗衡。许多话不能直接说出，以免激化光绪和太后之间的矛盾，只有忍耐、等待。

沉默了一会儿，翁同龢扫视一下光绪渴求的目光，才慢慢说道：“恭亲王身为总理衙门大臣，主持军机处，他对法兰西政策的失误是不可饶恕的。当然，圣母皇太后也早就准备抓个错把他赶出军机处，他被革职是早晚的事。臣受到处罚并非是太后的过错，臣身为工部尚书多年并没有为朝廷出多大力，空占要位，革去此职留任毓庆宫行走，已是圣母皇太后念在臣为圣上授课的份上给予的宽恕，实令臣感激不尽，没有丝毫怨言。”

翁同龢虽然这么说，心中仍很难过，他从常熟老家被重新起用，任职工部尚书、毓庆宫行走也仅仅四个多月，现在又遭削职留任处罚。他心中明白，这是慈禧太后对他的提醒和打击，但在皇上面前，他又能说什么，现在还不是向皇上诉苦的时候，皇上也只是聋子的耳朵算个摆设，一点儿权力没有。

这次朝中一品大员的变动是怎么回事呢？

慈安太后一命归天，奕䜣孤掌难鸣，慈禧认为打击奕䜣及其党羽的机会来了，借口就是中法开战的失利。

奕䜣也知道慈禧太后正在寻找借口排除异己。他也随着年岁的增长失去往昔争权夺利的权欲念头，尽量委曲求全保全自己。对待越南的战事，他当然力主早日出兵越南，身先士卒击溃洋人，也洗刷一下父兄的耻辱。但他明白慈禧太后和李鸿章、荣禄等人一向观念保守，主张以和为主。特别是快到了慈禧太后的五十寿辰，更想好好乐一乐，哪有心思打仗，对法宣战不过是做给人看的一面幌子。因此，奕䜣一改往昔主战的态度而主张以和为贵，并派李鸿章为和谈代表，与法国代表福禄诺在天津和谈。

奕䜣万万没想到，自己违心讨好太后，太后仍抓住他这一妥协做法，把中法战事失败的罪责全部推到他头上。于是下诏调整军机处：开去奕䜣一切职务，仅保留世袭亲王之位，把自热河政变以来恩加的亲王双俸也撤除了，令他在家养病，从此，完全而彻底地把奕䜣踢出朝廷权力之外，这位宣宗道光爷以御匣双旨加封的辅政亲王，为大清朝立下汗马功劳之后，想不到竟是这样一个下场。

恭亲王奕䜣被撤职，那些一向对西太后有成见的人也自然遭到打击。大学士宝鋆、协办大学士兼吏部尚书李鸿藻、兵部尚书景廉、工部尚书翁同龢等人都被赶出军机处，有的革职，有的降职。

慈禧把奕䜣的势力驱逐出军机处之后，立即把自己的亲信安插进去。授命礼亲王世铎、户部尚书额勒和布、刑部尚书张之万、工部左侍郎孙毓汶等人在军机处行走，又调任徐桐为吏部尚书。同时，下旨任命世铎负责军机处，特谕醇亲王奕譞会同世铎办理政务。自光绪入宫开缺的奕譞，在过了几年闲居生活后，再次被起用，真不知是喜还是忧。

光绪皇上听了翁师傅的诉说后也不知如何是好，是安慰老师指责皇阿爸，还是同情六皇叔怨恨圣母皇太后呢？他什么也不能说，尽管他是大清国的皇上，但他明白自己的位置、说话的力度。两人沉默一会儿后，翁同龢一扫脸上的凄容，笑了笑对光绪说道："皇上，不谈这些，我们还是分析近来的战事吧！"

光绪点点头，若有所思地问道："翁师傅，我朝能否打败法兰西呢？"

翁同龢捋一下花白的长须，踱着方步，来回走了几步，停下来说道："依臣的看法，法兰西并非不可战胜，关键在于我大清朝内部应上下一心，同仇敌忾，集中一切力量共同抗敌。自宣宗道光爷年间的鸦片战争以来，洋人数度入侵我朝，掠走财物不计其数，国内各地也暴乱不断，教匪蜂拥而起。国家疲于战事，劳民伤财，国库空虚，要想打败洋人，必须集中人力物力。想当年，宣宗道光爷平定张格尔叛乱，组织一个庞大的后备运输机构，万里传输保障军给，历经多年才赢得午门凯旋的殊荣。"

翁同龢叹息一声："唉，如今朝廷空虚，战事吃紧，正需倾国家财源物力而支付，想不到——"

"翁师傅，想不到什么，你直说吧！"

"想不到太后竟铺开三海工程，建造一些享乐场所，这是自断臂膀呀！真令老臣不可思议。"

"翁师傅，朕明白了，只要我朝停止三海工程的修建，把大量财源投放到前线战场，然后军民协力就可战胜洋人。"

翁同龢点点头：“正是这样！”

光绪面露无可奈何之色，叹息一声说道：“太后五十寿辰将近，宫里正忙着准备给太后过寿，听说开销很大，朕想劝说一下皇阿爸，只可惜太后怎肯听朕的劝说，朕实在无能为力。”

翁同龢见光绪面呈惋惜之色，慢慢卷起地图，放回书架，然后安慰光绪说：“太后也许自有主张，圣上也不必多虑。将来圣上独掌大权，一定要爱惜民力，节约用度，以富国强民为己任，万万不可辜负祖宗寄托和民心所望。”

光绪频频点头，内心却黯然神伤，他何时才能真正独掌朝政？

第十七章

小儿女后园赛诗句
老弟兄内室论朝纲

“六哥，她一个女人却左右我们爱新觉罗家族满门，我实在于心不甘！”“又有何良策？等皇上亲政后再做对策吧！”说到这里，恭亲王、醇亲王兄弟俩胸中都仿佛有一个什么东西塞住一样，感到十分憋闷，几乎喘不过气来。

春天是南国红豆吐妍的季节，也是相思的季节。

红豆生南国，春来发几枝。
劝君多采撷，此物最相思。

广州是古老中国南方的一块美丽宜人之地，这广州将军府就是翡翠丛中的一颗明珠。那宽敞幽雅的将军府花园就更不用说了，长善将军将它命名为壶园。弯弯的小路沿着潺潺的小溪左拐右转，把一座座别有风味的亭、台、楼、榭巧妙地串在一起，另有一番雅趣。流水是绝妙音律上的五线谱，那小桥就是这五线谱上跳动的音符，溪畔数不清的花儿、蝶儿更把花园装点得有几分诗情画意了。

瑾儿、珍儿这对聪明伶俐的小姑娘，在这四季花香不断的壶园里像逗人的夹竹桃，傲然开放了，不知不觉，两人都出落成鲜艳欲滴的妙龄姑娘。

“哥哥，哥哥，你看这花多美！”

珍儿举着一把刚刚折下的花枝，冲着走过来的哥哥志锐、志钧说。

“哈，小妹，你知那是什么花吗？”志锐开玩笑地说。

“什么花？”珍儿好奇地瞪着眼，听哥哥说下去。

“这叫红豆枝，是相思之花，妹妹相思谁呀？”

“哈哈……”众人一起笑起来。

“大哥坏，大哥坏！”珍儿跺着脚，生气地冲着志锐嘟囔着，欲把手中的花枝扔进溪水中却又舍不得。虽然她没转脸，但她知道，走在二哥志钧后面的文廷式一定又向她投来深情的目光，不知为何她喜欢这位被称作“三哥哥”的目光。最近这一段时间，她感到奇怪，只要见到“三哥哥”文廷式就明显地心跳加快，胸中像有小兔子在百爪挠心，有一种说不出的感觉；几天见不到他时又觉得像丢失了什么似的，心神不宁。

珍儿觉得，大哥志锐虽然是大哥，却太爱同她开玩笑，没有大哥的尊严；二哥志钧太古板，整日板着面孔，简直是个老古董；唯有这“三哥哥”文廷式，虽说是大哥新交的朋友，却像哥哥一样关心爱护她，既有大哥的幽默又不失二哥的严谨，更令她倾服的是他那渊博的学问和文采。

“妹妹，我们比作诗吗？”志锐见珍儿生气又逗她说。

“哼！比就比，谁怕你！姐姐，我们同他们赛诗。以什么为题呢？”

“如果大家都同意的话就以这壶园中的各种景物为题，但有一个规定，每人写上三到五个园中景物，就将纸折好放在这石桌上，然后我们都来抽上一个，谁抽到什么题目，就以那题中景物为内容作诗，这就叫作抽签作诗，好不好？”志锐说道。

“妹妹别怕，咱们同他赛，你作不出来我来帮你。”瑾儿也同意了。

“姐姐，我才不怕他们呢！好，现在就出题。”

志钧拿来纸和笔发给园中的哥哥、妹妹，以及几位好友：文廷式、张鼎华、梁鼎芬、于式枚。

题目都写好了，按同样的格式折叠堆放在一起，压在石桌上。

“谁先抽签？”志钧冲着众人说。

“当然是大让小，就由小妹先抽吧！”志锐说。

“我才不愿占你们的便宜呢！孔融四岁就知让梨，我比他大多了，就从大到小按顺序进行吧！”珍儿倔强地说。

“好吧，那大哥我就先抽了，你们可不能说我想占你们的便宜啊，哈哈。”

志锐走上前随手抽出一张，打开一看，嗬，是《咏溪》。面对铺满各色鲜花而又闪着碎银的小溪，一阵香风吹来，志锐诗兴大发，随口吟咏五言绝句一首：

每逢春汛发，小溪涌鲜花。
流翠又带金，飘香入万家。

大家一致拍手喝彩，好诗！好诗！短短四句却把小溪流动的水势和飘香的两岸描写得淋漓尽致。

志钧见大哥已赋出妙诗一首，他也不甘落后，随手也抽出一题：《咏青草》。志钧灵机一动，便从唐代大诗人白居易先生那里借来，于是随口念道：

青青园中草，一岁一枯荣。
默默无人采，独自随春生。

“不行，不行，二哥剽窃人家的，必须自己作一首！”珍儿抗议说。

“嘿，你们说这诗是哪位大诗人所作，我这叫博采众家之长集于一诗，不是全诗摘抄，当然不能叫剽窃了。小妹，等会儿就看你的大作了。”

众人嘻嘻说笑一阵，都认为志钧的诗也算数。

该“三哥哥”文廷式了，珍儿目不转睛地盯着他到石桌前抽签，希望能抽到自己出的题目，又害怕抽到自己出的那个题目，她手持红豆枝，心在扑扑乱跳。

文廷式展开题目一看，内心也是一喜，却没有表露在脸上，向站在一旁手持红豆枝的珍儿瞟上一眼，什么也没说。

“难道这题目难倒了大才子不成，怎么不向我们报题目？”张鼎华急了。

“报出题目来，也让我们听听，好判断大才子做得好不好？”于式枚也催着说。

无奈，文廷式只好冲着众人笑笑，故意躲开珍儿的目光说道：“不知谁出的题目，是以珍小姐为题《咏持红豆少女》。”

文廷式话音一落，众人哈哈大笑起来。

“小妹，这题目是你自己出的吧？”志锐看着羞红脸的妹妹进一步逗笑说。

“不是，不是！”珍儿红着脸申辩说。

“不是就不是吧，下面就听文大才子以我家小妹为题赋诗一首。”

文廷式又是高兴又是激动，向羞红脸的珍儿投去深情的一眼，昂首朗诵诗一首：

天姿国色冠群芳，玉质冰肌浮暗香。
蝉翼轻缕宽羽衣，绫绡罗布是霓裳。
相思花开独折枝，红豆含口藏情肠。
且看芙蓉盛开处，春花烂漫咏潇湘。

“妙，妙，实在妙，不愧为南国才子，这首诗可把我家小妹夸成天仙美女了，既有大家闺秀的天香国色，又有诗人才女的楚楚动人，林黛玉、杨玉环也不比我家小妹好呢！”志锐逗着众人说笑着。

珍儿既羞又喜，自己的一副情肠终于被心上人知晓，同时也试出“三哥哥”对自己的喜爱之心。

她故作生气地说：“大哥，再拿小妹取笑，我就生气了，一定告诉伯父，好好惩罚你不可！”

“小妹息怒，大哥不说了。”

紧接着，张鼎华、梁鼎芬、于式枚三人也抽过题目，赋出好诗，众人只想看看两位姑娘的文采，一致联成一气让瑾儿抽签。

瑾儿虽然性格内向，但也是赋诗作词的能手，大大方方地走上前，顺手抽出一题，《咏风筝》。略一思索，出口成诗：

扶摇直上凭借风，高高在天根底空。
倘若气傲挣断线，青云乐趣便无踪。

“妹妹太过谨慎，怪不得阿玛给你起名叫瑾儿，诗中也是小心翼翼，如果大哥要是风筝的话，就会：一朝凭借风，送我上青云。飞得越高越远越好。下面看小妹的杰作了，人人都说小妹是才女，一定有好诗。”

珍儿当然不甘示弱，平时性格活泼开朗，但为人也心高气傲，况且今天的众人中还有自己的心上人，怎能让人看轻呢！她也像姐姐一样抽出一纸，报上题目，是以溪畔无名红花为题。珍儿只要一看那灵动飞扬的笔迹便知是文廷式所出的题目。

尽管文廷式才华横溢，被好友誉为南国才子，他从心理上也对这位北国佳人有几分好感，甚至内心有一种青春的冲动。他之所以天天来到将军府和这些公子们一起谈古论今，作诗赋词，是因为他已深深爱上这位妙龄的小妹妹珍儿。在这广州城，文家也算地方上的一个大户，但和广州将军长善、和珍儿的家庭比起来，自然有天壤之别。他虽有一颗多情的心又怎敢轻易流露呢？最近，他从珍儿频频送来的秋波中也猜出几分，内心有说不出的惊喜，可仍有几分顾虑。刚才出题目时，他便想借题发挥表露心迹，我虽有一颗火热的心，却也只是这溪畔的无名小红花，不入群芳谱，谁又会愿意来爱呢？他希望珍儿能抽到他出的题，他也希望能抽出珍儿出的题目。他如愿了，尽情地把心上人赞咏一番，也隐隐表露了心迹。当珍儿报出题目时，文廷式很高兴也很激动，他想从珍儿的诗中看出心上人的心里所想。

珍儿像刚才文廷式一样，也投去深情的一眼，接着便用清脆动人的莺喉朗诵一首即兴所作的《咏溪畔无名红花》诗：

本无天姿国色香，却有沸腾热血肠。
不计溪畔冷僻地，群芳谱外报春光。

众人一一正在赞不绝口，志锐忽然略有所悟地说："怎么小妹的这首诗好像是针对文小弟刚才那首《咏持红豆少女》而发的？那里赞她天姿国色，这里她却说没有天姿国色，只有一副沸腾着热血的情肠。看来小妹根本没有平时表现出的那种心高气傲之势，倒有点农家姑娘的朴实热情心性。这怎么行，伯父还说准备送你去竞选秀女，将来我们长家还要出一位后妃呢！"

"哥哥就会欺负人，我才不愿意选秀女当什么后妃呢！"

文廷式刚才听了珍儿的诗，心中一喜，是发自内心真正的高兴，这是珍儿向他在做由衷的倾诉。但他听了志锐的话，却蓦地一凉，说者无意，听者有心，他内心一喜一忧极度挣扎着。尽管表面冷静，面带笑容地听着他们打趣逗笑，心中却如打翻了五味瓶不知是啥滋味！最后听了珍儿的那句话，心里稍稍安慰一下，但再也高兴不起来。

这时，又听到珍儿在冲志锐讲话："哥哥，就你鬼心眼多，不思进取，不好好读书考取功名，却想拿妹妹的青春换个一官半职，我才不稀罕什么后妃呢！要想当，你去好了！"

众人哈哈大笑。文廷式知道这话是说给他听的，心里又升起一线希望，刚刚冰冷的心又有了一线生机。

"志锐，你又惹珍儿生气了？"不知何时，长善走进花园。

"伯父，大哥太坏了，他要让我去竞选什么秀女，当什么后妃。"珍儿向伯父告状说。

长善来到珍儿跟前，轻轻抚摸着珍儿的头说："如果皇上降下旨来，隐瞒也隐瞒不住，那是非去不可的。不过，真让我们长家的这一对天姿国色的小姐去竞选，说不定还真能鹤立鸡群双双夺魁呢！瞧！一个文静稳重、楚楚动人，一个活泼开朗、俏丽可亲。”

“伯父，你也拿侄女开玩笑吗？”珍儿噘着小嘴故作生气地说。

“好了，好了，别生气，伯父不说，这是以后的事，现在说正经事吧，你们这几天别贪玩了，好好帮伯父收拾一下东西，我们快要回北京了。”

长善说完，微微叹口气，这个出人意料的消息令众人大惊，一齐惊奇地问道：“为什么？”

“伯父被解职了。”长善缓缓地说。

众人又是大吃一惊。

“伯父，到底为什么？”志锐急不可待地问。

“不为什么，以后再谈吧，这几天你们也准备准备。”

长善说完，走出花园。

众人的心都是一凉，刚才嬉笑欢乐的气氛一扫而光。

事情出在长善借给刘永康的那批火器上。

两广总督张树声因儿子被刘永康的天地会所绑架，勒令用两百支火器交换。张树声一时难以凑到这么多火器，就以两广总督的身份向长善索取，长善哪敢不给，当即派人送去。张树声把这批火器送给刘永康，这才换回儿子。刘永康把长善和张树声所给的两批火器送到越南刘永福的黑旗军手里，支援了刘永福。河内城西纸桥一战打出了黑旗军的威风，取得纸桥大捷，击毙法国军官三十多人，士兵二三百人。

这事本来没有外人知晓，谁知中法之战打响，为了对抗法军，刘永福接受了朝廷的招安，属下常与清廷官员交往，无意中便把两广总督张树声私借火器的事泄露了出去，难免有张树声的死对头知晓，一道参劾奏折递到军机处，又转到慈禧太后那里。

慈禧太后本来就痛恨天地会，她也知道刘永福的黑旗军是当年太平天国的一支队伍，因朝廷追捕，被迫流窜越南。现在朝廷招安刘永福只不过是为了让他对抗法国人，临时利用罢了，过了这一难关必定下令处死刘永福，解散黑旗军，因为留着他们总是朝廷的祸患。

慈禧一听两广总督张树声身为朝廷一品大员，又是封疆大吏，竟敢背着朝廷私自赠送火器给刘氏兄弟。这还了得，况且这事发生在朝廷招安之前，应该判私结逆匪之罪，按大清刑律当斩。

兵部尚书彭玉麟、两江总督左宗棠等人为了旧情，一致联名为张树声求情，太后又令吏部重议以革职处分张树声。案子一发，广州将军长善自然不能脱去干系，火器是从他这里取走的，吏部判他知情不报反而纵容支持之罪，一同解职调任。

幸亏朝中不知道长善私自与刘永康另有约定，曾暗送火器一百支，否则，长善的罪过比张树声还罪加一等，不满门抄斩也要赐死。

还好，长善受到张树声一案牵连的消息，他父亲裕泰知道得较早，他官居一品，又是太子太傅，虽然年老不被重用，但其影响仍在，多方周旋，长善的罪自然是大化小，小化了。由于这事轰动朝廷内外，影响甚大，不能不究，最后解职调任。

1885 年 3 月，慈禧太后降下懿旨，革去两广总督张树声的职务，调两江总督左宗棠为两广总督，任命曾国荃为两江总督、南洋大臣。革去长善广州将军之职，调往北京待用。

6 月的京城已呈现出初夏的炎热，一品大员、太子太傅裕泰的府上更是热闹非凡。人人脸上呈现出说不上是喜是忧的表情，说喜，离别多年的家人团聚了，长久在外的儿子卸任回到京城，来到年逾花甲的父母跟前，可以全家朝夕相处，儿子也可孝敬老人了，更可喜的是几位长久在外的孙子孙女回到爷爷奶奶跟前，给古稀老人带来一些天伦之乐。

说忧，怎能不让全家伤心呢？父子四人都曾官倾朝野、显赫一时，父亲裕泰身为太子太傅自然不用说了；三个儿子也都争气，长子长敬现任四川绥定知府，二子长善曾是广州将军，三子长叙曾是户部侍郎。但辉煌已成为过去，老的老了，小的尚小，中间的也屡遭不幸，长叙几年前因女儿出嫁误选“国忌日”而祸从天降，罢官在家。长善正处在蒸蒸日上的时候又突然被革职，几经周折，花去许多银两才保个解职留京待用。这真是家门不幸呀！

长善和长叙兄弟俩多年不见，又是在这时候相见，自然是满腹心事一时无从说起，兄弟二人只是抱头痛哭。裕泰也是老泪纵横，几位福晋看见丈夫如此悲伤也都陪着落泪，孙辈们见父母都伤心落泪也是一个劲地哭。

长善一抹眼泪，强忍内心的悲痛对众人说：“都是我不好，连累了大家，哭个啥？事情到这种地步，什么也别埋怨了，走一步看一步吧！”

长叙也止住泪水说道：“二哥，这事也不能怪你，可能是这几年的家运不好，家中出现了丧门星，搅得家中灾祸不断。”

“三弟怎这么说，不要信这信那，世上哪有什么神仙鬼怪，要相信事在人为，我这几年在广州同洋人打交道多一些，倒从洋人那里学得不少知识，并且请了位洋先生教过几位侄子、侄女学了几句洋文呢！”

“二哥，这让朝廷知道又要怪罪下来，骂我们崇洋媚外、背叛祖宗。”

“不学洋文如何懂得洋人的技术？怎样才能做到魏源老先生当年提出的‘师夷长技以制夷’呢？洋人固然可恶，不断骚扰我东南海防，但洋人的科技也实在可取。许多事情上，采取洋人的方法都事半功倍。我不但主张几位侄儿侄女学习洋文，甚至想在这京城办个洋文学校，让更多的官府子弟都学点洋文，就是皇上也应懂点洋文！”

“刚刚解职到京，就发此谬论，幸亏这里没有外人，否则传出去还不知治什么罪呢！以后少谈这些，好好闭门思过，我再多方给你通融一下，力争尽快谋个职做！”裕泰一听儿子大谈洋文的妙用就生气地训斥说。

“二哥，父亲说得极是，这是京城，天子脚下，不同于山高皇帝远的广州，以后还是少谈这些吧！”

长善叹口气说：“三弟，我们这一辈可能不行了，应好好培养几位侄子、侄女，他们都很聪明伶俐，认真施教，都是有所作为的。”

“二哥，两个侄子这几年都是交给你管教的，至于学业如何，我也不太清楚，是否有真才实学也不在于花言巧语，他们也已大了，可边让他们自学边为他们谋点事做，家中我们再多管教一下就是了。至于两个女孩也就在家中学点刺绣书画，要想请家庭教师，依现在家中经济可能有点困难，更何况是女孩儿家，学再多的文化又有何用？”

“三弟可千万不能这么说，瑾儿、珍儿两位侄女都很有才气，诗文典故、谈论时事上不输志锐、志钧他们，你不可对她们有偏见。特别是珍儿，活泼开朗、热情大方，又聪明好学，怎可因她是女儿家就歧视她们呢？在洋人那里，可是男女平等的呢！”

“二哥，别提这珍儿，我悔不该当初不听信一位出家大师父的话把她送入佛门，今天正后悔不及呢！”

“三弟何出此言？珍儿有哪点不好？”

长叙叹口气：“唉，在珍儿很小的时候，就有位懂得相面之术的人说珍儿是富贵之相，但一定连累全家遭殃。后来，又有位和尚要我把她舍出去，否则全家后患无穷。这不，她五岁时我被革职，今年二哥又遭到横祸，也不知将来还有何意想不到的横祸呢！”

“三弟这话太不对了，你被革职，我被免官，哪一件事与珍儿有关，都是我们自己把握不好出的差错，将这些自己的过失推在一个还不懂事的孩子身上太不公平了！”

“不管怎么说，我总觉得珍儿是丧门星，会给我们家惹祸，所以我不想让她求学。”

“三弟，如果你感到家境这几年不太好，支付一个家庭教师有困难，费用由我支付，反正我膝下也无儿女，让珍儿留在府上早晚陪我和她伯母，也让我们减少些寂寞。”

“二哥，家庭再穷，请一个家庭教师还是请得起的，只是没有适合的人选啊！”

长善思考一下，说道：“这次随我来京的一位广州青年很有才华，与志锐、志钧、瑾儿、珍儿也都相识，彼此志趣相投，如果让他来作为瑾儿与珍儿的教师非常合适，不知三弟意下如何？”

“既然是二哥推荐，这青年人一定很有才华，你就让他到府上任教就是，不知这位青年的尊姓大名如何称呼？”

“他叫文廷式，广州一位绅士的后代，为人坦诚，知识渊博，看问题一针见血，也有新思想，不拘泥陈旧事物，做瑾儿与珍儿的老师是再合适不过。”

“也不知瑾儿与珍儿是否同意？”

“把她们两人叫来问一问，如果同意就定下来，不同意也好早请其他老师。”

珍儿一听伯父向父亲推荐文廷式作为她姐妹俩的家庭教师，自然是心花怒放，但表面上仍然十分平静地说：“这事全凭伯父与父亲做主，珍儿没有意见，但不知姐姐意下如何？”

珍儿说着，抬眼看看姐姐，静听姐姐说下去，心都跳到嗓子眼上，唯恐姐姐说“不”，从此她和心中的“三哥哥”将很难再相见。尽管文廷式来到了北京，但北京的社会气氛不同于广州，传统封闭的文化风俗讲求男女授受不亲，碍于人言和习俗，自己怎好和文廷式常见面呢？况且父亲的思想也特别保守，不同于在开放地域熏染的伯父那么开通。自进入家门以来，姐妹俩整日只能待在闺房里刺绣做针线活，与外界是极少接触的。

记得临来时，珍儿内心在泣血，一个人偷偷躲进壶园哭了几次。文廷式也是失魂落魄，茶饭不思，最后终于在珍儿的鼓励下向伯父请求，要求到京城求发展。一向爱才惜才的长善也就答应了。通过个人的努力，彼此接近了一步，但以后的岁月又会如何，文廷式心中一片怅然，珍儿的内心也常常生出无名的焦虑。想不到伯父仿佛知道自己心事似的，竟然主动向父亲推荐文廷式做家庭教师，这是珍儿做梦也想不到的，哪有不答应之理呢？但姐姐瑾儿到底是如何想的呢？珍儿渴望姐姐点头同意。

瑾儿听伯父和父亲说让文廷式当家庭教师，也点头同意了。

珍儿别提多高兴了，内心比吃了蜜还甜呢！其实瑾儿也是十分愉快。她虽然文静清秀、性格内向，不像妹妹那样好说好动，但她毕竟大妹妹两岁，更成熟一些，知道隐藏自己的感情。不知何时，她在心灵深处偷偷地爱上这位“三哥哥”文廷式了，但她不同于珍儿那么热烈，勇于把内心的感情表露出来。瑾儿是默默地将爱心压抑、隐藏，她只知道等待、等待。

临行的时候，她也悲伤，但不表现在脸上，只一个人偷偷望着文廷式的背影发痴发呆。当她得知文廷式也要同她们一起到北京时，内心也是一阵高兴。尽管她知道文廷式到北京谋求发展是借口，真正目的是为了妹妹珍儿。内心在痛苦和欢喜中挣扎，一半是海水，一半是火焰，水浇着火，火又烧着水，但她从不外露。

伯父和父亲征求她的意见时，她知道妹妹一定会爽快地回答，她又何尝不想爽快地回答呢？但瑾儿只是向妹妹淡淡地看一眼，向伯父与父亲施一个礼，平静地说：“这事是伯父与父亲安排的，妹妹都同意了，我还说什么，让文大哥当我们姐妹的老师吧，听哥哥说他很有才华的。”

珍儿向姐姐投去感激的一眼，瑾儿只是笑了笑，什么也没说，内心却感到十分痛苦，自己所爱的人也是妹妹所钟情的人，情敌是自己的妹妹，这真让她为难。

长善见两位侄女都同意了自己推荐的老师，自然十分高兴，就对长叙说：“既然两位侄女同意了，这事也就定了，不知三弟还有什么安排？”

长叙略微思考一下说：“这只是我们在这私下商定的，也不知人家文公子是否答应呢？”

长善想了想说：“也是，最好先问一问文公子再说。”

不多久，家人请来南国才子文廷式。长叙一见，也暗暗点头称妙，二哥所推荐的人果然不差，不听说话，仅从外貌气质看就十分不凡，颇有大学者风范，气宇轩昂，风度翩翩，举止文雅，神采飞扬。

文廷式一听长善推荐他到长叙府上给瑾儿与珍儿当家庭教师，起初一愣，马上回过神来，上前躬身施礼说："既然两位叔叔看得起小侄，小侄哪有不同意之理，恭敬不如从命，只是小侄不才，未必能够称职。"

长叙微微一笑，说道："文公子不必过谦，你的才华刚才我家二哥已说过，现在一看比想象的还要有才，真不愧为南国才子，小女如蒙文公子赐教，那是我长家的福分，更是小女的福分。既然文公子答应了，这事就这么定了，你以后便在我府上吃住，也便于执教，至于费用文公子不必考虑，一定会让你满意的。"

"小侄来京谋求发展，只身一人到此，承蒙二位叔叔厚爱并收留府上，小侄感激不尽，有幸能给二位小姐指点一二，这是晚生的荣幸，至于费用请二位叔叔以后不要再提，否则小侄可就坚辞不受了。"

长善见文廷式这么说，略一思忖，哈哈一笑说道："三弟，既然文公子这么说，费用的事就暂不提吧，让他吃住留在府上就是。至于文公子要是碰到需要我们家相帮的事，尽管说来，不必客气。"

文廷式在珍儿的鼓励下，向长善请求才征得同意随长善等人来到北京。内心虽然稍稍宽慰一些，但北京的气氛不同于广州，况且自己是背井离乡、孤身一人到此，这今后的发展到底会怎样，他心中是一片空白，尽管心中爱恋着比自己小得多的珍儿，但他也知道爱归爱，两人真正走到一起实在是想也不敢想，虽然长家最近门庭有败落的迹象，家中官人不断遭贬。可瘦死的骆驼比马大，自己的家庭身世与珍儿相比仍是相差很远。如果自己不能谋到功名，不与珍儿朝夕相处，这情这爱只能是水中月、镜中花。

怎样才能得到这些呢？文廷式自己也不知道，初到京城，心中只有一个信念，走一步看一步，凭自己的天赋和才华，我的未来不是梦。

想不到这梦马上有了着落，在想也不敢想的时候，好运到来了，长善让他当瑾儿和珍儿的家庭教师。瑾儿倒没什么，为了珍儿，他能成为她的老师，今后又可以朝夕相处了，这难道不是上天赐给他的好运吗？多日来压在心头的乌云终于烟消云散。

嗬，一个好晴天！文廷式走在长叙的庭院里，心中有说不出的愉快与欣喜。

金风送爽，又是丰收的季节。

恭亲王奕䜣一人来到王府的后花园，他没忘记该给他养的鸟儿上食了。他把鸟笼挨个打开又挨个清除一下笼中的残食粪便，换上新鲜的鸟食和清水，欣赏着这一只只可爱的鸟儿兴致勃勃啄食的神情，听着它们清脆的鸣叫，不由得乐从中来。

有人说他是故意做给别人看的，以退求进，准备东山再起；也有人说他政坛失意，心灰意冷，别无所求；当然也有人说他是打败的鹌鸠斗败的鸡，不这么做又有啥法呢？

奕䜣自己心中清楚他现在是怎么想的，他确实别无所求了。事业上也曾辉煌过：主持总理衙门事务几十年。当然，也为了利益和地位，钩心斗角，疆场拼杀，打败过别人，但也被别人打败过。他曾下定决心功成身退，他身为亲王并不稀罕太多的什么，想得到的几乎都得到了，还留恋什么呢？只可惜，由于种种原因，他没能做到急流勇退，才落得今天如此下场。他也曾知道自己不会有好的结果，可身不由己，被逼到那个位置，只能听命于自然。

闲居在家已经半年有余，日子过得也很怡然自乐，不再是以往的忙忙碌碌、绞尽脑汁。但他总有一种委屈、不平之感，更有一种发自内心深处的愧疚。自退出军机处以来，他已经两次到慕陵父皇的陵寝拜谒过。每次站在父皇的陵寝前，他都欲哭无泪，他不曾忘记父皇生前的遗言，虽然他没有承继大统，但他同样承担着父皇交给兄弟几人的重任，父皇当年签署的不平等条约不但没有废除，丧权辱国的条约却接二连三地又来了，内心有愧呀！

父皇，儿臣对不起列祖列宗，可这些儿臣又无能为力啊！

皇兄，你当年既然看出西宫有独揽朝政、坏我大清祖业之心，又为何优柔寡断，留下这无穷遗患！弟弟我孤掌难鸣呀！

奕䜣的心又不知飞到何年何月，鸟鸣再次惊醒他的沉思，他急忙给那吃光食儿的笼子又添上一些，看着这些鸟儿吃食的神态，奕䜣又笑了。

“王爷，醇王爷来见。”家人来报说。

奕䜣微微一怔，放下手中的鸟食，回头对来报的家人说：“请他到客厅坐，我马上就到！”

“是！”家人转身出去了。

奕䜣收拾好手中的活便来到客厅，醇亲王奕譞早已坐定。二人彼此客套落座后，奕䜣开口问道：“醇王爷来此有什么事吗？”

奕譞欠了欠身子说：“也没什么特别的事，好久不见了，我来看看你。”

“不劳醇王挂念，日子过得也还不错，比过去清闲了许多，门庭清静了许多，也心安理得了许多，不比醇王府门庭若市，春风得意呀！”

“六哥，你我是亲兄弟，别人不了解，你还不了解？这样说风凉话，我心里不好受。西宫让我到军机处总理海军事务，真的是想让我整顿海防，建立海军，给我实权吗？”

“怎么？她让你会同礼亲王世铎主持军机事务，虽有让世铎掣肘你的意思，但也是在让你掣肘世铎，她将总理衙门大权一分为二，互相制约。至于工作，你还是应该放手去做的，做几件像样的事，别让列祖列宗留下的几百年基业毁在我们这代人手里。”

“六哥，看来你真是心灰意冷，提笼架鸟，两耳不闻窗外事了。西宫让我管理海军事务是假，其真正目的是让我以扩建北洋海军为名，兴建三海工程，修筑颐和园，大兴土木建造一些宫中娱乐设施，好留太后颐享天年。”

“真有此事？”奕䜣不相信地问。

“这还能有假，工程已经开始了。”

“这是拿祖上的基业造孽！如今内忧外患，国库空虚，中法战事刚刚结束，我朝名胜实败，损失甚大，听说李鸿章最近同法国代表签订了《中法会订越南条约十款》，答应了洋人许多丧权辱国的条款，不思进取反而追求享乐，败家子！”

“六哥息怒，我正是为此事来找你商量的。”

“你准备怎样做？”

“她让我以扩建海军为名实修三海工程，我给她来个以修三海工程为名实扩建北洋海军。”

奕䜣点点头：“但胳膊拧不过大腿呀！”

“那该怎么办呢？”

“两项工程都要着手进行，特别是扩建海军一事更是艰巨，又迫在眉睫。中法之战，我朝陆上起用彭玉麟、苏元春、岑毓英、冯子材等老将，在谅山、镇南关打了几次胜仗，取得陆上大捷。但海上损失实在惨重，南洋舰队几乎全军覆没！”

“马江之役我军实在太惨，福建水师军舰十一艘，商船十九艘全被击沉，将士七百多人阵亡，马尾造船厂和马江沿岸的炮台也全被摧毁，实在令人痛惜！”

“听说一艘即将完工的巡洋舰也被毁坏？”

“是的！”

奕䜣悲愤地叹息一声：“唉！福建船政大臣何如璋、钦差大臣张佩纶、闽浙总督何琼都是一群废物，朝廷用人不当呀！特别是那督办海军事务的钦差大臣张佩纶仅是一介书生，年少气盛，纸上谈兵，却恃才傲物，实在是无能之辈，让他去管理海军简直是风马牛不相及，他不懂军政如何会领兵打仗，任用这样的人，怎能不招致海军覆没的下场！”

“依六哥之见，筹建北洋海军关键在于用人？”

奕䜣点点头："人才实在重要，你可慎重寻找，多方面考察，摆脱任何干系，唯才是用。古人道：'千军易得，一将难求。'"

"六哥可有合适的人才，尽管推荐来。"

奕䜣沉思一下说："一次我到天津视察水师时，认识一名水师管带丁汝昌，我同他谈论了海军事务，见他谈起来头头是道，颇为内行，当时还给我提了许多中肯的建议，都非常实用。这是多年前的事了，也不知此人是否仍在天津？"

"我先派人打探一下，再亲自考察考察，若有真才实学，再做重用。"

"你平时也可多方面了解一些下属，发现一些确实有才之士即可以委以重用，做到知人善用。"

"那还是我被太后开缺闲居在家时，也是无意中结识一位后生叫袁世凯，此人也挺有才华，我把他推荐给淮军将领吴长庆，听说此人后又投到李鸿章门下，被李鸿章送到朝鲜任通商大臣去了。只可惜我那时闲居在家，没有实权，否则也会将他留在身边。"

"七弟，这样的人是万万不可重用的，他就同蛇一样是不讲信用的，今天你重用了他，明天见你不行又可能出卖你投靠他人。肃顺就是这样的人，精明能干，在他落魄时投到柏镇门下，后来又结交了我，就开始大肆诽谤柏镇，最后又出卖我投到文宗皇上那里。文宗归天后，他把持大权，独秉朝政，直到热河政变时才被处死。这也是他罪有应得！"

奕谖叹口气："也怪我当初看错了人，以后提防一下这姓袁的就是。"

奕䜣忽然一转话题问道："最近皇上的功课如何？"

"有翁师傅在，皇上进步很快，连太后对皇上的学业也满意。"

奕䜣略有所思："皇上年龄已不小了，应向太后请示，让他也阅一些奏折，早一点熟悉朝廷事务，将来也好做一名有为之君，不负祖上的寄托。"

奕谖赞同地说："六哥说的极是，只是我出面提出此事，太后她可能有所猜想，恐不合适。”

“也是，你可让翁同龢侧面给太后说。”

“唉，皇上渐大，亲政之日切近，不知太后是否甘愿退居后宫？”

“从西宫的为人和一向的做法看，她可能会找个借口延长垂帘听政的时间。比如，她会以皇上尚幼不熟悉朝政为名，要求多训政几年都是有可能的，只不过聪明过人的西太后不会自己直接说出，她会让自己宠信的朝臣提出的。”

“六哥，她一个女人却左右我们爱新觉罗家族满门，我实在不心甘！”

“等皇上亲政后我们再做对策吧！”

说到这里，兄弟二人的胸中都仿佛有一个什么东西塞住一样，感到十分憋闷，几乎喘不过气来。

两人沉默好久，才各自长长吐了口气。奕譞知道六哥心中不好受，也不想再说什么，便安慰几句告辞了。

奕䜣看看奕譞走出去的背影有点驼，内心一阵怅惘，老了，确实老了，弟弟都露出衰老之态，更何况当哥哥的自己呢？

第十八章

纳宫女少帝涉情事
灭仇家太后肆淫威

“有人向朕提起此事，说丁宝桢是遭他人陷害而罢的官。朕不知内情，请翁师傅详细讲一讲。朕曾记得翁师傅讲过这丁宝桢杀安德海的事，翁师傅很欣赏丁宝桢，讲过他遭人陷害，可朕不曾听翁师傅讲过他如何被诬陷罢官的事。”

初夏的暴雨过后，紫禁城被冲洗得面貌一新。

光绪帝走出御书房，来到毓庆宫里的花丛旁，拿出书本认真阅读起来：“民者，在上所以牧之，趋利如水走下，四方亡择也。夫珠玉金银，饥不可食，寒不可衣，然而众贵之者，以上用之故也……”

猛抬头见一宫女正在那里修剪花枝。那宫女见皇上停住了朗读看着自己，急忙丢下手中的活儿，扑通跪下：“奴婢打扰圣上读书了，奴婢该死。”

“起来吧，朕也读累了，正想欣赏一下这雨后娇妍的花枝呢！”

“谢皇上！”

“这毓庆宫里的花都是你管理的？”

“回皇上，这是奴婢该做的，倘有不妥之处请皇上指出，奴婢重新修理。”

“很好！没有什么不妥之处。你一人管理这许多花草很辛苦吧？”

“奴婢不辛苦，皇上才辛苦呢！皇上每天起早贪黑地读书实在辛苦。奴婢在这毓庆宫侍弄花草，每天都能听到皇上读书的声音，看到皇上学习的身影，这宫中许多人中，要数辛苦之人当首推皇上了。”

光绪自从慈安太后归天，从没有人关心过他、表扬过他，特别是来自女性的赞美。圣母皇太后整日板着面孔，不是训斥就是讽刺。翁师傅对他虽然形同父子，但只能是学业上的教诲、思想上的启迪，生活上由于不住在一起也无法过问。其他人就不用说了，李莲英与他不软不硬，有时故意用太后的名义欺压他。其他宫女、太监有的唯唯诺诺，有的慑于太后的淫威故意躲避，这样，光绪在宫中真正是“孤家寡人”了。

今天，忽然听到有这么一位不知名的宫女关心他，光绪也十分感激，马上对这宫女感兴趣地说：“你叫什么？怎么知道朕读书辛苦呢？”

“回皇上，奴婢叫彩云。听那些年长的宫女说，穆宗皇上当年读书经常挨先生训斥，圣母皇太后也多次训导，尽管这样，穆宗还经常带着太监去掏鸟巢、斗蛐蛐、钓鱼、放风筝，想着办法玩。而皇上却不曾让师傅讲过什么不是，也从没贪玩过，皇上一心扑在学习上，连一些娱乐也没有，多么辛苦！皇上不喜欢娱乐吗？”

光绪一听，合上书叹口气说：“不是朕不喜欢娱乐，朕一想到大清江山在先祖手中得之不易，也曾盛极一时，被称作天朝大国，其他附属国岁岁来朝，年年进贡，连海外洋人都来朝拜。可到今天，内忧外患，山河破碎，遭人欺辱，朕想多学点治国方略，将来执政时好振兴我大清江山，恢复先祖天朝大国的殊荣。”

“皇上能有此雄心大志实在难得！不过，也应注意身体，劳逸结合，不可太过劳累。瞧皇上多清瘦，这样下去会生病的。”

“朕感谢你的关心。朕在读书劳累时也想休息一下，轻松轻松，可这偌大的宫中谁愿和朕一块儿玩玩呢？很小的时候，朕最喜欢做的游戏就是骑在太监身上玩耍，可被皇阿爸知道了，朕挨了骂，那太监也挨了打，从此后再也不敢了。其他游戏也没人陪朕做，时间久了，也就习惯了。”

“奴婢每天都在毓庆宫中修剪花枝，如果皇上读书读累了，可以叫奴婢陪皇上娱乐，看看花、钓钓鱼。”

“那好哇，以后朕要无聊时就叫你一块儿玩。”

彩云点点头：“皇上，你读书吧，奴婢该去修剪花了。”

彩云说完，向皇上一鞠躬退走了。

光绪看着彩云那远去的活泼身影，开心地笑了。

果然，几天后，彩云正在花丛中浇花，猛抬头，看见皇上正站在自己面前，双手背在身后。彩云见得，水壶也掉在地上，忙跪下叩头："奴婢该死，奴婢不知皇上到来。"

"不知者不罪，彩云请起吧！"

彩云从地上起来，拾起水壶问："皇上找奴婢有事？"

"你不是答应朕，朕读书累了，来找你玩嘛。来，让朕帮你浇。"

光绪笑着就去拿彩云手中的水壶。

彩云急忙捂住皇上的手说："奴婢不敢有劳皇上做这事，让太后知道会责打奴婢的。"

"朕自己乐意的，就是圣母皇太后知道也不会怪罪的。劳动也是一种休息嘛！"

光绪说着，从彩云手中接过水壶，认真地浇起来，彩云跟在光绪身边，给皇上讲解着各种花木要浇多少水，叫什么名字，怎样修剪。光绪听得津津有味，比上翁师傅的课要有意思得多呢！

光绪浇了一会儿。彩云见皇上头上浸出汗水，急忙接过水壶自己浇灌，让皇上跟在旁边观看。

待浇完这一片花丛，光绪兴奋地说："嗬！种花还有这么大学问，真开心，朕也想当园丁呢！"

"皇上是要治理天下、为民造福的，哪有时间来侍弄这些花草，这些活儿，让奴婢来做就可以了，怎能劳烦皇上的龙体呢！"

"你说的也是，不过种花也需要学问，难怪古人说：'三百六十行，行行出状元。'想把哪一样工作做好都必须下一番苦功，做起来也很辛苦，事事都不容易。"

"皇上能体察奴婢的辛苦，让奴婢很感激。奴婢也希望皇上将来体察天下贫民的辛苦，节俭用度，惩治贪官污吏，把大清天下治好，国泰民安，皇上自然是一代明主了。"

光绪点点头："嗯，朕发现你懂得很多，不仅花养得好，对于国家大事也分析得透彻，还挺会关心人的。如果朕身边都是你和翁师傅这样的人，朕将来一定是大清朝的又一代中兴皇上！”

“谢皇上对奴婢的夸奖，奴婢怎能同德高望重、学识渊博的翁师傅相提并论呢！”

“你虽不能与翁师傅相比，但你也有你的优点。人无完人，金无足赤，尺有所短，寸有所长，怎能一一求全呢！你只是位宫中养花人，能达到这种境界就难能可贵，不必过于自我卑薄。”

“奴婢谢皇上指点！”

“指点谈不上，彼此相互谈谈心罢了，朕也需要人来指点呢！”

“奴婢怎有这份德才和胆量指点皇上呢？让别人听见，会骂奴婢的。”

“自古多少圣贤帝王之所以成为名垂青史的有道明君，是善于听取别人的诚谏。朕要想成为明君，理当效法古人，不论年老年少，官大官小，甚至黎民百姓都可向皇上直谏才行。你作为朕的知己怎说不愿给朕提建议呢？”

“谢皇上信任奴婢，以后皇上要是有什么不当的地方，奴婢一定给皇上提出。”

“这才对嘛！”光绪十分快乐地说。

“那，皇上，奴婢给你提建议了！”

“现在吗？”光绪一愣。

彩云不安地点点头。

“嗯，你说吧！让朕听听，好有则改之，无则加勉。”

“皇上已玩得太久了，该回去读书了，让太后知道会责怪皇上的，奴婢也得挨打！”

“哦，这事！”

光绪笑了。

彩云也跟着笑了。

“好！朕接受你的建议。那朕回御书房了。”

“望皇上好好读书。”

光绪说完真的走了。老远，他转回身，见彩云正恭敬期待地望着自己。光绪挥挥手，走进室内。

一天下午，彩云刚刚浇完花，就见皇上向她走来。老远，彩云就向光绪躬身施礼说：“皇上读书读倦了？”

“朕刚刚读完翁师傅布置的课文。”

“翁师傅布置的什么课文？”

“你也懂得圣贤书？”光绪感兴趣地问。

“皇上说说看，奴婢在家时，曾跟家父读过几天书。”

“好，朕讲给你听，看你知道不知道，今天翁师傅让朕背诵的是《六国论》。”

“哦，这是大器晚成的唐宋八大家之一苏洵所作的一篇史论文，全文开门见山提出论点：‘六国破灭，非兵不利，战不善，弊在赂秦。’然后围说论点，以史实为根据，环环紧扣，前后贯通，最后借古喻今，点明题旨：为国者无使为积威之所劫。全文论证严谨，文笔纵横恣肆，雄辩滔滔，有战国纵横家的风格。”

光绪皇上简直听呆了，彩云见皇上瞪大双眼盯着自己，不好意思讲下去。光绪见彩云停止片刻不讲了，才回过味来，惊讶地说：“呀，真想不到，你竟然这么有学问，快和翁师傅不相上下了，真是真人不露相啊！”

“奴婢在皇上面前班门弄斧，请皇上原谅奴婢不知天高地厚！”

“彩云，你真了不起，朕是真心夸赞，绝无半点虚假言辞。若与你比起来，朕的学问可能还没你多呢！你父亲一定是位大学问家。”

一听皇上提起父亲，彩云脸上马上露出一丝不易觉察的愁云。微微叹息一声说道：“皇上，别提这些，说些高兴的事吧！皇上不是读累了吗？奴婢陪你娱乐一会儿。”

光绪见彩云提起父亲就不开心，不知为什么，又问一句：“为何提起你父亲，你不高兴，有什么难处能让朕知道吗？也许朕能帮你呢！”

彩云想了一会儿说："皇上，以后有空再说这事吧，今天奴婢陪皇上玩游戏。"

"那也好，玩什么游戏呢？"光绪不便再问。

彩云又想了一会儿说："皇上可会踢毽子？"

"朕不会，朕见过别人踢毽子，挺好玩的，朕也喜欢。你就教朕踢毽子吧！"

"好吧，你在御书房门前等一下，奴婢去取毽子。"

彩云说完，转身走了。不多久，果然拿着两个很精美的毽子来了。

光绪接过彩云递上的毽子，看了又看，不住地赞美说："嗬！真美，真精巧，这是谁做的？"

"这是奴婢自己做的，如果皇上喜欢，就送给皇上了。"

"好，朕收下了，哪天朕也赠给你一样东西。"

"奴婢先谢过皇上，但奴婢不想让皇上破费。"

"彩云放心，朕心中有数。千里送鹅毛，礼轻情义重。"

"这样，奴婢就放心了，现在开始踢毽子吧！"

彩云又从皇上手里接过毽子，先做个示范："皇上，就这样踢，由慢到快，熟能生巧。"

"好，让朕试一试吧！"

光绪踢了一会儿，踢得不太美，还经常掉下来。光绪有点儿泄气。

"皇上，别泄气，慢一点，万事开头难，皇上将来执掌朝政治理天下也一样，可能在开始时遇到许多阻力，只要皇上有持之以恒的决心，也一定会排除困难，把事情做好的。瞧，皇上踢得比刚才好多了。"

"谢谢彩云姑娘的夸奖，朕累了。你踢让朕观看吧！"

彩云正式踢起来，起初很慢，一个动作一个眼神光绪都看得真真切切，并仔细记在心里。渐渐地，毽子随着彩云纤细的腰肢飞动着，越来越快，那毽子上下飞舞着，划着悠长的弧线，腿一伸一缩，腰一扭一动，双臂也有节奏地甩动着，优美动人。

毽子更快了，已辨不出毽子飞动的弧线，整个身子的各个部位随着毽子飞动着，划着弧线。在光绪的目光里，已经没有了毽子，也没有了彩云，只有一道弧线忽上忽下、忽左忽右地闪动着，还不断地变着花样，实在美妙极了。这动作比那宫中舞女扭动的舞姿还要美，还要动人。

光绪从没见过踢毽子能踢到这种精妙的程度，不住地站在旁边喝彩。

快到极点时，什么也没有了，只有一团彩色的线团在旋动着。渐渐地，这线团又由快而慢，终于停了下来。

彩云已是满头大汗，光绪急忙上前给她擦汗。

“你踢得真棒！看把你累的，来，让朕给你擦擦。”

“奴婢不敢有劳圣上，还是奴婢自己来吧！”彩云先谢过皇上，才接过汗巾。

“朕再开始踢，你给朕指点着。”

光绪在彩云的指点下又开始踢起来。这一回果然比刚才踢得好多了，光绪也感到满意，越踢越好，越好越想踢，渐渐踢上瘾，彩云几次劝他停下来歇一歇，光绪总是不同意，直到后来踢得满头大汗，衣服都湿透了，在彩云一再催促下光绪才停下来。

彩云边给皇上擦汗边说：“皇上做事太认真了，将来定会把国家治理好。”

“朕做事就是这样，不做好决不罢休！”

“看把皇上累成这个样子，让太后知道不知怎么处罚奴婢呢。快到屋里换件干净的衣服吧！”

“朕的衣服汗透了，瞧你的衣服不也汗透了，走吧。”

两人来到内房，光绪急忙脱去上衣，猛抬头，看见彩云湿透的衣服里那高高隆起的胸部，微微一愣，又低头看看自己的胸脯，好奇地走到彩云跟前，结结巴巴地说：“彩云，你也脱掉，让朕看看，你的胸脯怎么长得那么高，与朕的不一样。”

光绪说着，不由自主地伸手在彩云胸口上摸了摸。

彩云也没想到皇上把手放在自己胸前乱摸，脸上一红，又不敢阻挠，也不想阻挠，只下意识地伸手挡一下。

光绪喘着粗气，一把把彩云搂在怀中按倒在床上。

光绪急得满头大汗，却仍然不知怎么做才好。

不久，光绪真正感到疲劳呼呼睡着了，彩云悄悄给皇上拉件褥子盖好，自己这才轻手轻脚地穿好衣服，悄悄溜走，唯恐被人看见。

一连几天，彩云都故意躲着光绪帝。

这天，彩云修剪完花木刚要走开，突然发现皇上堵住了她的路。彩云知道今天躲是不行了，急忙下跪请安："皇上还不快回去认真读书，让太后知道奴婢会死无葬身之地。"

光绪一听，不高兴地说："怎么你眼中也只有太后，朕不愿听到这两个字，她可以让你们死，朕难道不能吗？"

彩云一听，流着泪说："皇上，奴婢再大胆也不敢用太后的名义压皇上。奴婢只怕皇上分心不好好读书，那奴婢将有误国之罪呀！"

光绪把彩云扶起来，给彩云擦去颊上泪水说："彩云，你真希望朕好好读书，将来当一位英明皇上吗？"

彩云含泪点点头。

"好，朕就实说了。不知怎的，这几天来，朕茶不思，饭不想，书更不想读，翁师傅也批评朕了。朕只想见到你，只要见到你，朕特别想读书，记忆力也特别好，几遍就会背诵了，没有你，朕实在无法读书。望彩云理解朕的心情。"

彩云见皇上悲戚的面容，说的话句句是实，叹口气说："好吧，奴婢就陪陪皇上，不过皇上可千万不能耽误学业。"

"好好，你到朕的寝房，朕讲个事给你听，你听后一定会高兴的！"

两人来到寝房，光绪掩上门。

彩云问道："皇上，什么事，讲给奴婢听听，让奴婢高兴高兴吧！”

“朕学会了！”光绪神秘地说。

“皇上学会了踢毽子？”

“不是……”

彩云一听，脸唰地一下红了。

原来，光绪那天醒来，感到十分沮丧。自己没有经验，失败是难免的，必须学会。问谁呢？皇阿爸不行，翁师傅不行，这宫中的太监更不行！对了，干脆问载滢，他比自己稍大一些，一定懂得这事，便派贴身太监王商去请载滢。

载滢一听皇上有请，哪敢怠慢，就急急忙忙入宫拜见皇上。

光绪屏退众人，单独留下载滢才悄悄地问：“你干过那事吗？就是男女之间的事。”

载滢一惊：“皇上怎么问起这个？”

“朕长这么大还不懂男女之间的事呢！”

“等皇上大婚时，自然就懂了，现在知道为时过早。”

“哼！还早呢！我都十七岁了，可对这事一点儿也不懂！这是早晚要知道的。晚知道不如早知道了好，你教一教朕吧！”

“皇上，不是小的不想教你，是小的不敢呀！让太后知道，我要挨打的。”

“怕什么，你不说，我不说，别人谁知道呢？”

载滢想了一会儿，比画着给光绪讲了一遍。光绪认真记着，又重复一遍给载滢听。

“皇上，仅说是没有用的，你可按小的所说的方法找人试一试。”

“找谁呢？”光绪问了一句。

“嗬，这宫中那么多宫女，找谁不行？”

光绪摇摇头：“朕只想在外面寻找，你给朕想个办法吧！”

载滢想了一会儿，神秘地对光绪说：“皇上，今天晚上小的带你去个地方，包你一学就会。”

当天晚上，光绪瞒住门卫，在载滢的带领下和两名贴身太监偷偷地从宫中小门溜出去。载滢把光绪带到他白天租赁好的一个住所，并事先从妓院里花高价雇了几名美貌妓女在此恭候。载滢本打算把光绪带到妓院玩玩，但一想到当年同治帝的不幸，哪还有这个胆量。不带皇上出去吧，又怕光绪怪罪他，大小光绪也是个皇上，况且，载滢也想趁机巴结一下皇上，将来对自己也有好处。

这次光绪是胸有成竹，彩云的感觉也不比上次。

“不知怎么，自那第一次见到你后，我就喜欢上了你，总想和你在一起，你像个大姐姐，关心我，疼爱我，朕以后就叫你彩云姐姐好吗？”

彩云摇摇头。

“怎么？不同意？”光绪很失望。

“你是皇上，我只是名普通宫女，怎敢做皇上的姐姐，让太后知道——”

“不要动不动就太后太后的，朕已长大了，快独立执掌朝政了，朕有自己的权利和自由。朕以后封你为皇后，让你永远陪伴着朕，好吗？”

“皇上，奴婢只是一个红颜薄命的女子，怎敢有窥视皇后之位的奇想，能博得皇上的一丝爱心都是奴婢祖上的荫德，请皇上以后不要再为难奴婢，奴婢只希望皇上多学点知识，将来独掌朝政为天下百姓着想。”

“彩云姐姐，你不说祖上荫德朕倒忘了，那天朕问及你的父亲，你为何只叹息不说话。从彩云姐姐的谈话中，朕知道你父亲一定是位世外高人或博学之人，等朕独掌天下时，一定请他为朕出谋划策。”

“不要让我父亲做官，他是永远不会再同意做官了。”

“难道你父亲真的看破红尘，不求达官显贵、光宗耀祖？”

“奴婢父亲曾经做过官，后受人陷害被革职在家，从那时起就心灰意冷，永远不愿重入官府，甚至告诉子孙后代也永远不要做官。他戎马半生，出生入死，最后落得如此悲惨的结局，实在令全家人心寒。”

彩云说着，伤心地低声哭起来。

“彩云姐姐，别伤心，你告诉朕你父亲叫什么，曾做什么官，明天朕告诉圣母皇太后，求她为你父亲平反昭雪，官复原职。”

“太后是不会同意的，听父亲说，他曾经为朝廷惩办逆臣而杀死太后的红人，也因此得罪太后。”

“彩云，你父亲是什么官，能惩处太后的人？”

“家父只是一地方官。听说太后的一名手下到父亲所辖的地方办事，假借太后之名作恶多端，触犯法令，父亲才将他处死的。”

“你父亲叫什么，你怎不说呢？你连朕也信不过吗？”

彩云犹豫一下，说道：“彩云不求皇上找太后给家父平反昭雪，官复原职，只求皇上以后执政时查明此事真相就可，家父早已淡漠官职，只想不遭人陷害、死后落个罪名就是了。家父叫丁宝桢。”

“丁宝桢？”光绪重复一遍，“朕好像听说过这个名字，他原来做什么官？”

“家父原来是山东巡抚。”

“山东巡抚丁宝桢。哦，对了，朕曾听翁师傅讲过此人，他曾处死大内总管安德海，翁师傅很赞赏此人，曾说此人蒙冤受害，他是怎样被革职的，朕却不曾听翁师傅讲过，待明日朕先问一问翁师傅就明白了。彩云姐姐你不用伤心，只要你父亲是冤枉的，朝廷一定会查明真相，还你父亲清白。”

“如果是这样，奴婢先代父亲谢过皇上。”彩云说着，就要下跪。

“不必多礼，待查明真相后，恢复你父亲的名誉，你再感谢朕不迟。不知彩云姐姐怎样来感谢朕？”

“奴婢愿变牛变马受皇上驱使鞭打。”

“朕不想让你变牛变马，朕只想让彩云姐姐永远陪着朕。”

光绪微笑着说，又上前把彩云搂在怀里，彩云也知趣地把身子和皇上贴得紧紧的。

光绪晕晕乎乎地来到上书房，翁同龢已在那里等待多时了，见皇上这许多天以来不知为何总是迟到，还经常上课打瞌睡，作业也完成得不理想，甚至有时根本不完成。

今天又迟到了，翁同龢很不高兴地说："皇上，今天又迟到了。"

"朕知道了，下次早来就是。"光绪懒洋洋地说。

"皇上先复习一下昨天的功课，臣马上提问，请皇上背诵苏东坡的《教战守策》。"

光绪无精打采地看了一会儿，又在磕头打盹了。

翁同龢让光绪背诵。

光绪揉一揉惺忪的眼睛背诵了几段，背不下去了，便不好意思地说："翁师傅，明天再背诵吧，朕今天不会背了。"

"皇上，这许多天来有什么心事吗？怎么表现反常，整日精神萎靡不振，布置的功课也不能按时完成，到底为何？"

翁同龢见光绪低头不语，又进一步开导说："皇上正值青春年华之际，应以读书为重，只有多学一些知识，将来执掌天下才能处理好国家大事，上承社稷国家之重任，下抚黎民百姓之疾苦，重振国威，光大我大清天朝帝国。"

光绪没有反应，过了一会儿，光绪抬起头问道："翁师傅，朕明白你的意思，朕也理解你对朕的厚望与关怀之心。不过你放心，朕不会让你失望的。"

"那就好，臣谨望皇上把握住自己，振作精神，把功课补上去！"

光绪忽然眉毛一扬，问道："翁师傅，朕问及一事，不知师傅知不知道？"

"皇上请讲！"翁同龢略一愣神。

"山东巡抚丁宝桢是如何被革职的？"

"皇上怎么忽然提起此事？这是十多年前的事了。"

"有人向朕提起此事，说丁宝桢是遭他人陷害而罢的官。朕不知内情，请翁师傅详细讲一讲。朕曾记得翁师傅讲过这丁宝桢杀安德海的事，翁师傅很欣赏丁宝桢，讲过他遭人陷害，可朕不曾听翁师傅讲过他如何被诬陷罢官的事。”

“皇上，这事发生在皇上初登大宝前后，那时山东济南发生了一起火烧洋教堂案，凶手被济南知府王正起抓住了，并交给了丁宝桢。丁宝桢没想到这些案犯被人劫狱救走。丁宝桢知道事关重大，暂时隐瞒事情真相，打算抓住案犯后再奏请朝廷。王正起暗中送上一份奏折说丁宝桢私放案犯，朝廷也无法断定是丁宝桢私放的还是被劫的，只好勒令丁宝桢限期破案，结果丁宝桢没有按期破案，就被革职了。”

“朕曾听翁师傅分析说，这丁宝桢一向为人正派，还不至于私放案犯，引火烧身，可能是遭人陷害。”

“当时也派人调查了，却毫无结果。丁宝桢被罢官的直接原因是没能按期破案，而真正的原因是王正起参劾他私放案犯。”翁同龢缓口气又说，“当然，与他捕杀安德海也有关系。”

“翁师傅，这事怎样才能调查清楚呢？”

“皇上暂时不必问及此事，也许这事永远不可能调查清楚，除非找到当年的那些狱中的案犯，否则外人只能猜测。”

“那这事如果是冤案也就永远无法翻案了？”

“皇上如果想起用此人，等到你执政时把他官复原职就是，他是因没有按期破案而罢官，也不存在什么调查他是否私放案犯的事。当然，能查明那些案犯逃跑的真正原因更好。臣劝皇上暂时不必问及此事，皇上尚没正式执政，就要恢复太后所讨厌的人，岂不表明皇上与太后对着干？这对皇上是不利的！”

光绪点点头：“待朕执政时，一定派人详加追查这件事，力争做到：决不冤枉一个好人，也决不放过一名罪犯。”

光绪话音未落，就听外面太监一声高呼：“太后驾到——”

翁同龢、光绪一齐扑通跪倒，口中恭敬地喊道：“请圣母皇太后安！”

慈禧落座后，扫一眼翁同龢和光绪，说一声：“都起来吧！”

“谢圣母皇太后！”两人站起来。

“翁同龢，最近皇上功课怎样？”

“这——”翁同龢不知如何回答。

“请直谈吧！”

“回太后，皇上学习尚可，进步也较快，只是和以前相比略有怠懈，皇上近来情绪不佳，精神不振。臣请奏太后多鼓励一下皇上，少批评一些，多给皇上些自由，减少些压力。”

“哼！再多给他一些自由，就更不像话了。皇上最近所作所为翁师傅可有所闻？”

“回太后，臣每天给皇上授课，并没见皇上有何越轨之处，不知太后所指什么？臣实在愚昧。”

“你不知也就作罢了，皇上自己应该心中明白吧？”慈禧冷冷地讥讽说。

光绪低首不语。

李莲英在一旁幸灾乐祸地说：“唉，皇上最近挺辛苦呀，瞧，消瘦多了！”

“狗奴才，哪有你说话的份？”光绪听到李莲英阴阳怪气地说话，不耐烦地训斥说。

“好，奴才没有讲话的权利，太后的话也当耳旁风吗？”李莲英故意拿太后气他。

“狗东西，就会狗仗人势，处处拿皇阿爸为自己撑腰，将来朕一定杀了你！”

“放肆！”慈禧大吼一声，“皇上是金口玉言，怎能胡说八道，动不动杀这个杀那个？”

光绪不再言语，强忍住泪水坐在书案旁边。

翁同龢见状，急忙跪下奏道：“请太后息怒！”

“今天的课就上到这里吧，翁同龢你请回吧！”慈禧对翁同龢说道。

翁同龢见太后余怒未消，好像要单独找皇上训斥什么事，不便直问，就对光绪说：“皇上，多注意些功课，以学业为重。”

然后又转向慈禧："臣先告辞了！"说完，躬身退出，临行，又向光绪投去安慰的一眼。

慈禧等翁同龢走开，回头对光绪说道："皇上，到我宫中去，皇阿爸有话问你！"

"儿臣背完书就去。"光绪怯怯地说。

"不行！现在就去，书也不是一时学的，前几天不认真读书，现在又认真起来。皇阿爸就是要好好管教一下那些引诱皇上、不让皇上好好读书的人。"

光绪一听，心里急了，他不是害怕皇阿爸骂自己，而是担心皇阿爸知道他和彩云的事，会处罚彩云。

担心是没有用的，光绪随慈禧、李莲英来到储秀宫时，老远就看见太监崔玉贵正看管着跪在地上的彩云。

来到跟前，慈禧冷冷地对光绪说："皇上，你认识这个骚狐狸精吗？"

光绪没有说话，只低着头。

"皇上怎不说话，不认识吗？那好，崔玉贵，拉出去扔到井里！"

"嗻！"崔玉贵就要上前去拉彩云。

光绪急忙抢上前一步扑通跪倒："皇阿爸，儿臣求你饶过彩云吧！"

"慢着！"慈禧向崔玉贵摆摆手，"皇上不是不认识她吗？"

"皇阿爸，儿臣喜欢彩云姑娘，彩云也喜欢朕，你就答应儿臣，让彩云做儿臣的皇后吧！"

"胡说！皇上如此年幼就沉湎女色，将来岂不像唐明皇迷恋杨玉环那样，做一位亡国的昏君。别说皇上没到立后的年龄，就是到了立后的年龄，也不能立这等下贱的侍弄花草的宫女为后，更何况她是汉人，祖上没有立汉女为后的先例，当年顺治爷为了孔四贞、董鄂妃与孝庄太后发生那么大的争执，最后也没能立汉女为后。你胆敢立汉女为后，皇阿爸废了你的皇位！"

“皇阿爸，儿臣宁可不做皇上也要彩云。”

“大胆！”慈禧勃然大怒，从座椅上站了起来，“你越来越放肆了，竟敢瞒着我私自到宫外逛窑子，白白辜负皇阿爸的一片苦心。我指望你好好读书，早早长大，能独自执掌朝政，母后也静静地待在后宫安享天年，想不到你竟这样不争气，小小年纪走上邪路，如此下去，那还得了，怎么当个好皇上。”

慈禧说着，说到动情处也忍不住掉下几滴泪来。她一是故意做给光绪看的，想打动光绪的心；二是，慈禧也确实感到伤心，她从光绪私逛妓院，想到同治帝由于到妓院而染得一身梅毒而死去。现在光绪又要重走同治的老路，况且年龄比同治还小，怎能不让慈禧担心害怕又伤情呢？

光绪见皇阿爸伤心地哭了，也感到很内疚，自己确实做得不对，作为皇上哪能私到宫外和妓女厮混。但他是为了学会那事，可这话怎能对皇阿爸说呢？无论怎样，都是自己的不好，耽误了学业，惹皇阿爸伤心了。

光绪重新跪下说道：“皇阿爸，儿臣不对，惹你生气了，儿臣再也不做了，一定专心读书，将来做个好皇上，也让皇阿爸早早安享天年。”

慈禧抹一把眼泪说道：“皇上请起吧，母后也不想训斥你，但你最近也太不像话了，母后训斥你还是为了你能当好皇上，也是为了咱大清的天下呀！”

“儿臣理解母后的心，儿臣一定改邪归正，决不私自出宫干那事了。”

“皇上这就对了，皇上私进妓院，若传出去有辱咱皇家的尊严。等你再稍大一点，皇阿爸一定给你多选几名可人的女子，等你大婚之后，皇阿爸就整日待在这宫中，把朝中的事就全部交给你了，我也过几天清静的日子。我让你阿玛负责扩建三海工程，朝中有人说三道四，你翁师傅也有非议吧，皇阿爸这样做也是看着皇上渐大，快要亲政，我也好有个归处啊！”

慈禧说着，抬眼看一下光绪。光绪心里热乎乎的，又感到很内疚，唉，翁师傅和许多朝臣都错怪皇阿爸了。我要亲政，母后应该有个好的去处，扩建一些亭台楼阁也是应该的，没有个消遣的地方，皇阿爸不孤独吗？她都是五十多岁的人了。想到这里，光绪感激地说道："儿臣理解母后的心，儿臣一定说服朝臣支持皇阿爸扩建三海工程。"

"那倒不必了，皇上能理解就好了，无论做什么事总有人说长道短，乱嚼舌头，但该做也要做，万事总要有个主心骨。"

"皇阿爸见教得极是，儿臣记住了。"

"皇上今后不能再胡闹，一定把心转到学业上。你和彩云的事就到此为止吧，皇阿爸不追究你的责任，你到宫外胡闹的事自己记住教训就是了。"

"儿臣谢皇阿爸！"光绪内心一阵轻松。

"不过，这些宫内的太监、宫女也越来越放肆了，不严惩一下如何治理宫廷。今天宽恕了他们，其他人还以为我们母子做事怠懈，让他们看轻了呢！宫中的规矩岂是随便破坏的。来人，把那两名私带皇上外出的太监给我各打四十大板，不得手软！"

"嗻！"两名早就站在旁边的执刑太监把那两个太监拉了出去。

"彩云身为宫女，狐媚皇上，破坏宫中规矩，看在皇上的份上，死罪免去，活罪不饶，打进冷宫！"

光绪本以为皇阿爸会饶过彩云，没想到仍是这么重的处罚，急忙哀求道："皇阿爸，宽饶她吧，她是丁宝桢的女儿。"

慈禧本来也无处死彩云的心，只想关几天冷宫，让她闭门思过。一听她是丁宝桢的女儿，心中咯噔一动，立即决定处死彩云。

慈禧为了证实一下，对崔玉贵说道："把彩云带上来，让本宫看一看。"

崔玉贵上前把彩云提到慈禧面前。

"彩云，你是丁宝桢的女儿？"

"哼！是又怎样？我父亲杀死你的走狗安德海，你官报私仇，将我父亲革职。”

“大胆，小李子给我掌嘴！”

李莲英走上前一把抓住彩云的脖子，皮笑肉不笑地说：“嘿，果然有几分姿色，怪不得能迷住皇上。不过，你这个长相，想当皇后，真是白日做梦，癞蛤蟆想吃天鹅肉。”

李莲英说着，冲光绪一抱拳：“皇上，奴才放肆了，这可是太后的命令，没办法呀！”

“李莲英，狗奴才，你——”

光绪话没说完，李莲英啪啪几巴掌打在彩云的脸上。彩云白净的脸立刻出现两个红肿的手印，嘴也被打出血了。

彩云头一昂，用袖子抹一下嘴角上的血，骂道：“强盗！”

“小李子，给我再掌嘴！”

“啪啪”又是几下。

“皇阿爸，看在儿臣的面上，饶过她吧！”光绪苦苦哀求。

“本来母后是准备饶过她，可她自讨苦吃，这怪不得皇阿爸。”

光绪又转向彩云，哀求说：“彩云，你向皇阿爸磕头求饶吧！让太后宽恕你。”

彩云冷冷一笑：“我的头早就磕累了，也活累了，我只想死！我父亲为你们出生入死，戎马一生，到头来还是遭人陷害，落得革职的下场。你们不分好歹，不辨忠奸。”

“崔玉贵，先把她打进冷宫听候发落！”

“皇阿爸，看在儿臣的面上，饶过彩云吧！”光绪又一次向慈禧跪下。

“好了，好了，皇上请起吧，看在你的面上从轻发落。”

“儿臣谢过母后！”

“皇上先回去读书吧，母后会看在你的份上饶恕她的。”

光绪这才拜谢慈禧，躬身退出。

光绪刚离开，李莲英就凑上前说道：“老佛爷，这彩云是万万不能留下的。她是丁宝桢的女儿，可能是丁宝桢故意让他女儿入宫，好趁机狐媚皇上，将来好为他翻案。”

慈禧点点头：“本宫也是这么想的，你去通知崔玉贵，把彩云勒死。”

“嗻！”李莲英满意地退出。

光绪回到毓庆宫上书房读了一会儿书，仍然心神不宁，他知道皇阿爸的话有时不可信，便一个人到后面寻找彩云。他来到关押宫女的冷宫门前，迎面碰到崔玉贵。

崔玉贵见皇上来了，也是一愣，刚想从旁边溜走，却被光绪叫住：“崔玉贵，你把彩云带到什么地方去了？”

崔玉贵一惊，忙躬身答道：“回皇上，彩云姑娘就在后边，你进去看看吧，奴才告辞了。”

光绪到后面一看，呀，吓得呆住了，彩云被一条白绫勒死在房梁上。光绪急忙跑进去松绑，还解不开，又跑出去叫人来松开，彩云早已命归黄泉。光绪一时泪涌双泉，悲愤交加，回头寻找崔玉贵，早已不见了人影。

第十九章

权难舍无奈行训政
运可期有志竞后妃

长善点点头：“太后颁诏天下，给皇上选后，难道想从立后这一点上限制皇上不成？”翁同龢说：“皇上唯恐太后给他任定皇后，私下让老臣留心合适人选，既然令侄女有此机遇，就应抓住不放，这也是为大清社稷着想呀！”

光绪气哼哼地来到储秀宫，见崔玉贵和李莲英正向慈禧汇报什么，也不下跪，走上前朝崔玉贵屁股上就是一脚，骂道：“你怎么把彩云给勒死了？”

崔玉贵扑通跪倒，哭丧着脸说：“皇上，小的再大胆也不敢擅自将彩云勒死，这是太后的旨意。”

“皇阿爸，彩云犯下什么罪，你竟下令将她处死？”

“皇上，你是来指责皇阿爸的吗？”

“儿臣不敢，不过儿臣只想知道皇阿爸为何出尔反尔，不讲信用，刚才答应儿臣饶过彩云，却又下令将她处死？”

“母后本不打算将她处死，可她一再藐视王法，辱骂你皇阿爸，更何况她是罪臣丁宝桢之女，丁宝桢被朝廷罢官，必生怨恨，彩云难免不受丁宝桢唆使，来宫中卧底，窥探宫中情况，以图谋反。”

“丁宝桢是遭人陷害被革职，请母后明察，如果他真有谋反之心，让彩云来宫中窥探情况，怎么会承认是丁宝桢之女呢？”

慈禧被问得满脸绯红，说不出话来。

李莲英见状，忙说道：“皇上怎知丁宝桢是遭人陷害，丁宝桢案发时，皇上刚刚继位，尚不懂事，一定是听彩云所说。彩云敢蛊惑皇上，胡乱指责朝政为她父亲开脱责任，还辱骂太后，罪当处死！”

“对，彩云理当处死！”崔玉贵也狐假虎威地说。

“皇上不思读书，贪恋女色，沉溺私情，不知悔过，反而来为罪人辩护，成何体统，如此下去怎配当一国之主？这样年轻就陷入爱河，将来如何执掌天下？不思进取，耽误学业，将来想做昏君不成？皇上还不退下读书！”

慈禧气呼呼一顿臭骂，光绪又气又恼，却也无话可说，只得灰溜溜退下。

慈禧见光绪随着年龄的增长，对自己的话不再言听计从，也大不如前恭敬，心中十分气恼。更可气的是光绪也敢出宫逛妓院，寻花问柳，走同治的老路，小小年纪这怎么行呢？但也不能以此小事将他废了。况且，就是把光绪废了，也没有合适的人选。毕竟是皇上，一国之君，也不能严惩，怎么办？

慈禧正在思量，忽然太监来报，说醇王爷求见。慈禧立即命他进来。奕譞跪拜完毕，刚刚坐定，慈禧就问道：“醇王爷找本宫有事？”

“回太后，扩建三海工程资金短缺。”

“内务府的银子已花得所剩无几，能不能从国库再拨一批？”

“这恐怕不好直说吧？扩建三海工程许多大臣本来就有反感，如今国库空虚，再拨巨款建这娱乐设施，是否会招致外臣反对？”

“你再以扩建北洋水师为名让国库拨款如何？”

“上次款项就是以扩建北洋水师为名，但战舰没添一艘，其他军用设备也没购置，如果再以这名义怎好向群臣交代呢？”

“醇王爷，你认为怎样安排好呢？”

奕譞装作认真思考一会儿，谨慎地说道：“太后，你看这样安排如何？”

“醇王尽管直说吧，这里也无外人。”

“回太后，现在所余的银子不多了，暂停扩建三海工程，把余款用来购置一些北洋水师的装备，以堵塞群臣之口。然后再以扩建水师资金尚缺，再令国库拨款，不知太后意下如何？”

慈禧想了想，问道："不知余款还有多少？"

奕𫍽心道：不能给她讲实话，少报一点儿瞒她一时再说。于是，随口答道："总共不足三十万两。"

慈禧合计一下，点头说道："既然醇王爷这样安排，就按你说的做吧，不过，三海工作一定不能停工，可挑选一些花费低的项目施工，那些花费大的项目暂缓一下，等银子拨下来再进行吧！"

"臣就按太后吩咐的去做，回去之后再同文铭、崇厚等人商量一下。"

慈禧知道扩建三海工程群臣反对的较多，许多人虽然没有明说，但私下议论却也传到慈禧耳朵里。她知道这事也不可太急于求成，否则给奕䜣抓住把柄也不好看，奕䜣虽然被革去一切职务闲居在家，但他在朝中和洋人心目中的影响尚在。

突然，慈禧转换话题说："醇王爷，三海工程的事你酌情去做吧，不过有另一件事想征求一下醇王爷的意见。"

醇王不知慈禧所说何事，忙答道："太后请说，只要奕𫍽能做决不推辞。"

"也没有什么大不了的事，就是皇上这一段间时不思进取，沉溺女色，还私出宫逛窑子。"

奕𫍽一听，大吃一惊："太后，竟有这事，那怎么能行？"

慈禧又把光绪带两个太监随载滢逛妓院和光绪与彩云之间的事大略讲了一下。

奕𫍽更是吃惊："太后，这事全凭太后做主，好好教训教训皇上。皇上尚年轻，正值读书求学之际，身子发育也还没成熟，就这样贪恋女色，岂不影响健康。这事传扬出去也影响皇家的声誉。"

"醇王爷说的在理，本宫也是这么想的，同治皇上就因为私出宫闹惹得一身怪病，不幸早亡，再不能让皇上重蹈覆辙。"

慈禧说着，又忙去拭泪："唉，本宫讲皇上几句，他不但不听反而对本宫不敬，将来执政还不知怎么为所欲为呢！醇王爷有机会也侧面劝导一下皇上。"

“臣听从太后吩咐，一定好好劝勉一下皇上。今后太后也适当严加管教，也让翁师傅看管严一些。”

“人大心大，管得再严也不能管住皇上的心呀。唉，男大当婚，女大当嫁，皇上正值青春年少，对女孩子感兴趣也是正常的。皇上已经十七岁了，按理也该为皇上立后。本宫左思右想，决定给皇上立后，宫中有人陪着，也许皇上不再胡思乱想，可能会安定一些。不知醇王爷有何意见？”

奕譞细细考虑一会儿，点点头：“嗯，太后说的也在理，这事就全凭太后做主吧！”

“唉，我一个妇道人家，又怎能事事做主，更何况为皇上立后这等大事。皇后可是一国之母，理当有母仪之尊，岂能随随便便，先同军机处商量一下，再从全国举行大选，力争挑选几名优秀的女子填补宫中，再从中选定皇后。等皇上举行大婚之后，我也该归隐了。人老啦，不中用了。”

“即使皇上大婚，太后也应听政几年，皇上毕竟年幼，许多朝政处理上尚不成熟，没有太后拿个主意，岂不乱成一团？”

“这些都是以后的事，现在就应训练皇上熟悉朝政才是，每天也应该让皇上参与一些朝事讨论，批阅一些奏章。”

奕譞本想向太后提出这事，但自己怎好开口说出。当年，奕䜣曾提及这些事，但被太后以皇上尚幼为借口拒绝了。想不到太后今天自己先说出了，奕譞能不高兴吗？于是顺水推舟地说：“太后说的也有道理，让皇上早日了解一下朝政和如何批阅奏章也好。不过，这又要劳太后费心，参加教导皇上。”

“唉，为了大清朝几百年基业，就是再累又能说什么呢？只是我的一片苦心却少有人能够理解，还招致许多王公大臣的怨恨，实在令本宫寒心。也不知六爷最近状况怎么样？在家还闲得住吗？”

“听说还好吧。恭王能进能退，退可花港观鱼，进可治理天下！”

“六爷好是好，可六爷的几位公子就有点放肆和胡作非为了。

诱使皇上到宫外的人就是六爷的公子载滢。醇王爷考虑一下，对载滢怎样处理最好？”

奕谖沉思一会儿，抬眼看一下慈禧，试探着问：“太后，依臣之见这事还是大事化小，小事化了，以仁慈对之最好。无论如何，这是家丑，还是不外扬为佳。再者，恭王爷革职在家，心中多少有点不快，如今再严惩载滢，难免让恭王爷伤心。可私下派人到恭王府当面指责载滢，令恭王严加管教，下不为例，否则，必将重重追究责任。”

慈禧想了想：“嗯，醇王爷说的也在理，这事就这样处理吧！”

奕谖见慈禧有点疲倦，连打哈欠，忙说道：“太后可有什么吩咐？如果没有臣就告退了。”

“醇王爷走好吧，有事常来商讨，一定想法让三海工程早日完工！”

奕谖连连点头，这才告退回府。

这些天慈禧也很矛盾，是否现在就着手给光绪立后呢？她自己也拿不定主意。皇上年龄渐大，对女孩子越来越感兴趣，不给他立后，难免出事，如果再走同治帝的老路岂不更糟。这事一经朝中群臣商议，都纷纷赞同，唉，真让人生气，没有人知道本宫的真实想法，我不过是故意这么说说，有人反对也就暂且不提了。可这终不是常法，皇上早晚要立后，皇上立后举行大婚，也就意味着皇上长大成人可以独立执政了，那时我到哪里去呢？真的甘心到三海里面寄情山水、颐享天年吗？

慈禧心神不宁，命李莲英传内务府总管荣禄来见。

荣禄和李莲英进入寝宫，拜见完毕，见慈禧太后愁眉苦脸，荣禄小心翼翼地问道：“太后，现在国泰民安，内无忧外无患，满朝文武，内宫后廷对太后唯命是从，人人敬您德高望重，个个赞您功高盖世，还有什么事令太后发愁呢？尽管说出，让微臣给您出个主意，策划策划。”

“如果奴才没猜错，太后一定是为皇上立后的事发愁。”李莲英谄媚地说。

慈禧一展愁容："嘀，知本宫者小李子也！无怪乎别人骂你是机灵鬼，聪明才智上比安德海更胜一筹。"

"老佛爷，别人骂小的，您不骂就行了。千万不要把小的与安德海相比，这不就是诅咒小的也像安德海一样没有好下场嘛。"

"小李子，你就把心装进狗肚里吧，今非昔比，有老佛爷活着一天，就没有人敢动你们两个一根毫毛。"

"谢太后对奴才的信任！"李莲英咧着大嘴憨笑起来说。

"太后真为皇上立后的事发愁吗？"荣禄直接问道。

慈禧点点头，叹息一声："真是一波未平一波又起，刚刚摆平几个棘手的茬又要有新茬产生，真没办法！"

荣禄试探着问："老佛爷担心没有合适人选吗？"

"依你之见谁最合适呢？"慈禧问道。

"可颁布懿旨诏告天下，让蒙满官员家中达到选秀女条件的女孩逐级上报，由礼部和内务府联合逐轮淘汰选举，最后选出优胜者留做皇后就是。"

慈禧笑了笑，摇摇头："那样的优胜者听从本宫的喝使吗？你要明白，皇后是一国之母，必是皇亲贵族之后，又有母仪天下的风范，仅脸蛋漂亮一些就能做皇后吗？唉，你跟随本宫多年还是不完全了解我的心思。"

李莲英小眼珠一转，咧开大嘴，露出一排黄牙，扮个笑脸说道："老佛爷，奴才倒想起一人，觉得挺适合封为皇后。"

"哟，小李子想起了谁，不妨说说看？"慈禧仿佛来了兴趣。

"禁卫军都统桂祥之女奴才曾见过几面，奴才觉得这静芬姑娘出身名门世家，人也长得颇有姿色，又有一种超群拔众的大家闺秀神采，具有母仪天下的风范。不知太后意下如何？"

慈禧笑了，这是慈禧高明的地方，也是李莲英高明的地方。慈禧高明在她想做什么事，决不自己主动提出如何如何，而是让别人去做，并按她的心思去做。在她手下做事就要多个心眼，能洞察出慈禧这个心思才行。安德海是这样的人，可惜他早死了。李莲英又是这样的人，因此深得太后欣赏。

李莲英所说的桂祥之女叶赫那拉·静芬，还是慈禧娘家的亲侄女，也就是她的胞弟之女。如果自己的侄女当选为皇后，这后宫还不都是她们叶赫那拉氏的。皇上的一举一动慈禧又可通过自己的侄女控制得严严实实。

李莲英话音一落，荣禄就一拍脑袋，暗骂一声：我怎么这么笨呢？就没想到这一点。荣禄立刻附和说："李总管果然聪明，有远见，所推荐之人最为合适。只是这事如何提出呢？"

"当然还是按荣大人刚才所说选秀女的办法逐轮筛选，最后定出就是。"李莲英接道。

"这事就让你们二位费心处理吧！事情办妥之后，桂祥一定会感谢你们二位的，本宫当然也另有封赏。"

"谢字奴才不敢当，为朝廷和太后做事是我们理所当然的。"二人一起躬身说道。

慈禧微微叹息一声："唉，就是把本宫的亲侄女立为皇后，这静芬姑娘能否博得皇上欢心而得宠也难说呢！倘若不能，岂不前功尽弃。"

李莲英见慈禧顾虑重重，眨巴一下小眼睛说道："老佛爷，奴才有个建议不知合适不合适？"

"小李子，别卖关子了，说出来让大家商讨商讨。"

"太后下旨在全国范围内选秀女，这事不必急于求成，可把期限拉长到三年，这样又可延长太后的听政时间，等到皇上三年后举行大婚，太后再归政，这样时间充裕，我们也可找个借口说皇上不行，许多大事仍要太后亲自过问才可，就是太后退居后宫，照样执掌大权，皇上只不过是聋子的耳朵——一个摆设罢了。"

慈禧点点头："这办法也还可以试试，荣禄，你认为呢？"

"李总管的主意好是好，不过仍不够完美。以愚臣之见，太后在为皇上选秀女时就颁布懿旨让皇上暂行听政，同时向天下颁行

《训政细则》，由太后训政几年，一方面可以培养一下皇上处理朝政的能力，另一方面又可把皇上训管得服服帖帖，处处按太后旨意行事，在将来太后归政时，皇上就地地道道地成为太后手中的木偶了。太后这样做，既可拢住群臣之心，以免有人说太后专权，同时又可正式打出招牌让皇上同意拨款修建清漪园，这笔费用也就理所当然地解决了，为太后归政建一所园子，就是皇上不满意也一定会忍痛答应，皇上亲政之心会促使他这样做。其实，这一切正中了我们设计好的圈套，太后认为怎样？”

“妙，妙！”李莲英竖起大拇指。

慈禧也不住点头：“好，好，这事就这么定了，你们两个同孙毓汶、世铎协商一下，对奕譞一定要防一手。本宫任命他为军机大臣是为了拉拢诸王，也为了拢住皇上的心，主要是让他去修建三海工程，改建清漪园，决不是委以重用。否则，他和皇上一联手，谁还能控制住皇上呢？赶走一个奕䜣，绝不能再引出一个奕譞，这些人看似好对付，实际上没有一个笨蛋，一切小心从事，多向本宫汇报！”

“太后见教的是，奴才心中有数！”二人一起答道。

“荣禄你先回吧，让小李子给我捶捶。”慈禧伸了个懒腰，闭目等李莲英捶背。

荣禄看一眼慈禧，又瞟瞟李莲英，心中很不是滋味，却也没说什么，无精打采地走出储秀宫。

光绪十三年（1887年）2月7日，《训政细则》诏告天下。同日，光绪皇帝的亲政典礼在寿皇殿举行。礼毕，光绪又率文武大臣到储秀宫向慈禧太后行庆和礼。

当光绪兴高采烈地来到太和殿，真正坐在龙椅上，看着一队队大臣前来跪拜，山呼万岁万万岁的时候，光绪有一种说不出的兴奋和轻松。他长长地出口气，把双手安详地放在龙椅的扶手上，不停地用手抚着光秃秃的下巴，乐呵呵地说着：“众爱卿免礼平身！众爱卿免礼！”

看着光绪皇上那得意扬扬的样子，一些深知内情的大臣不免心头笼上一层乌云，初生牛犊不怕虎呀！今天盛大的皇上名为“亲政大典”，而实际上是一场“太后训政”的仪式。

从此，大清王朝迎来一个权力交接的平稳过渡期。慈禧在她的同盟者的精心策划下，想通过几年的训政把光绪皇上训成他们手中一只可任意玩耍的猴子。但是，事与愿违，那个套子并没能套住光绪这只看似软弱无能而实质顽硬不轨的猴子，反让这只猴子增加了逆反心理，一步步走向慈禧意愿的反面。

“翁师傅，翁师傅！”

光绪刚到上书房门外就高声喊了起来，声音中充满兴奋与快乐。没有人回应。自从光绪举行亲政大典以后，翁同龢就不必像往日一样天天守候在上书房里，有什么事，光绪会派人去叫他的。

光绪见翁师傅不在，就派贴身太监王商去找。不多久，翁同龢进来了。

光绪站了起来：“翁师傅请坐吧！”

“皇上找臣有事？”

“翁师傅，作为老师，这些年来你传授给朕学业，教会朕许多治国方略。现在朕开始独掌天下了，你也应该由一名老师而出将入相，从政坛的幕后走向台前，帮朕出谋划策，把大清王朝治理好。”

光绪一段感人肺腑的话也确实让翁同龢双眼湿润了。他本来就是一个有宏伟抱负的人，不是一个读死书的书虫。随着光绪年龄的增长，他也有此想法。但随着朝中人事的变迁，他的那种抱负也像肥皂泡一样，一个个破灭。

今天，皇上终于荣登大宝，真正成为大清国的第十一代皇帝了，并且皇上说出一番如此令人激动的话语，翁同龢怎能不受宠若惊呢？他已是“烈士暮年”，虽然“壮心不已”，但毕竟是廉颇老矣。可是，能在这垂暮的黄昏岁月，做一些自己乐意做的事也是一种人生的享受。

翁同龢轻轻捋一下花白的胡须，看着皇上兴奋、诚恳而又幼稚的脸说："皇上，刚刚独立执政万万不可掉以轻心。我朝内忧没除，各地教民纷纷闹事，外患仍在，日本虎视眈眈，多次出兵台湾，寻衅侵略，其他列强也有瓜分豆剖之势。朝中群臣多为太后所威逼利诱，一个个心怀叵测，特别是军机处几人更是太后的心腹，只要皇上有什么轻举妄动，他们立即会站起来反对，并报告太后以压制皇上。因此，圣上做事应务必小心，稍有不慎给太后抓住什么不是，一定会被小题大做。不知为何，臣总有一种预感。"

"翁师傅，什么预感？你说与朕听听，朕也多留个心眼儿。"

"臣总觉得《训政细则》是个阴谋，是个圈套，究竟是什么圈套呢，臣还弄不清。"

光绪刚才还兴奋的脸上出现一丝愁云，翁师傅的话不能说没有道理，即使有点夸大其词，却也道出光绪心中的隐忧。他在闲暇时，一个人也曾冷静地思考过，太后为了大权置慈安太后于死地，曾把阿玛赶出朝廷，又把皇六叔革职在家，只要有谁敢和她对抗，或干预她对大权的执掌，她都毫不留情地运用各种手段去打击排挤。对待自己，太后真的视我为亲生儿子，一心一意立我为帝，让我放手执政，总揽大权吗？自己曾偷听宫女们议论，对待她自己的亲生儿子同治皇上，太后都不手软，稍有不合她意，便横加干涉，甚至强迫就范。太后对我会怎样呢？光绪思考一会儿，不解地问翁同龢："翁师傅，太后虽然颁行《训政细则》，但朕亲政以来并没见太后对朕有什么横加干涉之事。更何况太后令醇王爷扩建三海工程，又准备改造清漪园，也确实有退居后宫、颐养天年之心。"

"皇上，太后改造清漪园之事，你有何看法呢？"

"目前国库空虚，改造清漪园耗费甚大，上次扩建三海工程已挪用北洋海军费用，如今这项工程又要动用国库，朕是于心不忍，可朕为了能让太后早日归政，把一切朝政归还于朕，朕也只有忍痛割爱，答应太后的要求，从国库拨巨款，让清漪园工程早日结束，朕也早日了却一桩心病。”

翁同龢沉默不语。

过了一会儿，光绪又问道：“翁师傅，你以为如何呢？”

翁同龢反问道：“如果太后不对外宣布皇上亲政，这改造清漪园的巨款从何而来呢？”

“以翁师傅之见，太后让朕亲政，其实质是一个招牌，目的在于对外笼络臣心，又可让朕拨出改造清漪园的巨款而外臣又不敢有所非议。就是有人指责，这个黑锅也只好由朕给太后背着。”

“话不能完全这么说，太后让皇上亲政也是迫于外界舆论的压力。当初皇上继位，两宫太后垂帘听政，内外大臣多有反对。太后无奈，曾诏告天下，垂帘听政只是权宜之策，一旦皇上年龄稍长，能够执掌大权，便立即归政皇上。如今皇上已到大婚之年，能够独立处理国事，太后再不归政，恐遭外臣非议。太后虽然归政了，却又画蛇添足，来一个《训政细则》，明是放权，实是延长听政日期，真不知是哪位想得出如此鬼点子的人给太后出的主意。纵观历史，历朝历代也没有这个说法，真是岂有此理！”

“翁师傅不必太丧气，怕什么，反正太后待在后宫，她要训政，朕可以我行我素，不买她的账，让她训不出个名堂。等到朕大婚之后，立即废除《训政细则》。”

翁同龢点点头：“皇上一切小心从事，事事多思量一些，也可多找一些信得过的大臣商量一番。同时，皇上也可针对太后的心腹之人，多培养一批自己的势力，用帝党之势对抗后党之势。”

光绪想了想，说道：“太后已颁诏天下，大选秀女，要为朕立后。这立后之事非同小可，不知太后是否会拿立后之事做文章，在宫中培植她的势力，要从皇后的角度监视朕的一举一动。翁师傅可多了解一下选秀女的事，暗中物色可以作为皇后的女子，以供朕挑选，以免被太后抢先左右，朕那时就别无选择，只好听任太后给朕找个媳妇了。”

光绪说完，苦笑一下。

翁同龢诚恳地点点头：“老臣一定给圣上多留心一下，决不辜负圣望。”

直到中午，翁同龢才拜别光绪回府。光绪想着翁师傅的话，内心有说不出的滋味。皇后，他想起了这毓庆宫修剪花木的彩云姑娘。彩云并不是以美貌绝伦打动他的人，更不是以谄媚讨好让他感到满足，彩云身上有一种说不出的东西，她活泼开朗，知书达理，通古博今，又善解人意，在光绪最孤独的时候，在光绪最需要人关心爱护时，彩云为他献出一切，甚至生命。也许真正让光绪难以忘怀的，还是光绪从幼稚走向成熟时青春期所拥有一份初恋。

光绪怀念彩云，每当他站在上书房门前，望着这房前的一片花丛时，他就仿佛看到彩云娇小的身影，似乎耳边又响起彩云那欢快的声音。如今，这里又换上其他宫女，光绪却常常一人面对花丛发呆，但有关彩云的一切都已消逝了。有时，夜深人静时，光绪躺在御榻上，回味和彩云度过的一段永远难忘的美好时光，但彩云永远不在了。

尽管宫中有的是女人，特别是美丽的女人，也许是担心太后的监视和追究，他不敢有丝毫沾惹女人的心。当然，更多时候是不愿，唯恐这些女人是太后的内线，是太后派来监视自己的。他和彩云的事做得那么神秘，是怎么被太后知道的呢？从此，他怀疑有人盯梢自己，特别是女人的盯梢。所以光绪宁可独守空房，也不招惹那些他一看就生厌的女人。

广州将军长善因私自挪借火器给刘永福的黑旗军一事，被解职回京待用。回到京城后，经过亲戚朋友多方奔波，终于在北洋陆军内部谋得一份好差。

长善为感谢好友翁同龢的引荐，这天专门登府拜访了这位德高望重的两朝帝师翁先生。两人见面寒暄之后，长善就诚恳地说道：“翁大人，在下能有今天多亏你老的提携与引荐，在下终生感恩不尽，将来如有用得着下官的地方尽管直说，我长善赴汤蹈火在所不辞！”

长善说完，躬身一拜。

翁同龢急忙将长善扶起，乐呵呵地说：“长将军，现在我朝内忧外患双重压力，正是用人之时。整个朝中像长将军这样有胆有识、敢作敢为而不拘泥陋俗陈规的人实在太少。你在当时，不就能审时度势，自作主张把火器送给刘永福的黑旗军，同仇敌忾，共同抗击外辱吗？这何罪之有？将你革职不过有人趁机搬弄是非，打击革新派人物罢了。”

“翁先生过奖了，我长善怎有翁先生所夸赞的那样有先见之明，那时只觉得法国人欺人太甚，屡次以越南属邦为借口挑衅我大清朝。一介村民氓夫起家的刘永福所率的百姓义军，都能不顾生死挺身而出，在紧急关头，我借他一些火器有何不可？这火器不是用来作乱犯上，而是抗击外贼的，有什么错？也许当时头脑一热，就义气行事了，没有想到后果这么严重。”

“长将军在广州任职多年，也经常与洋人打交道，见的世面广一些，思想一定很激进，可以谈谈你对洋人的看法吗？我朝怎样才能与洋人抗衡并立于不败之地呢？”

“长某只是一介武夫，头脑简单，四肢发达，翁大人所说的治国方略，在下哪有这个心胸？要说与洋人打交道，对洋人的一些看法还是有的。”

“长将军就随便说说，不必客气，这是家中私谈，不必像是正式场合还要考虑政治影响，尽管直说。”

“那好吧，有不妥之处还请翁大人海涵。”

“不必客气，没有外人。”

“我朝与洋人交往是有利有弊，当然，无论利弊，对我朝来讲都是被动的，也就是被迫的，是在洋人枪炮逼迫下的不情愿的交往。”

“有哪些利弊呢？”

“利的一面就是中外互相通商，从洋人那来得到许多我朝从来没有的东西，如西洋的钟表、战舰、火器、火车等先进事物，还有他们的一些政治见识，如对军队的编排组织和作战方式等。”

“按你的说法，我大清朝是一个落后的国家了，应该处处向洋人学习？”

“这不能就说我大清朝落后、愚昧，但一些事物不如洋人先进是可以承认的。我们总不能守住祖宗的一些陈旧东西夜郎自大吧？有些事情也不能不让我们深思，如火药是我们祖先发明的，但洋人改制成火器却比我们应用得先进，他们能学我们的，我们又何尝不能学习洋人的呢？”

翁同龢想不到长善看似一个呆头呆脑的人，谈论起来却一肚子新思想，沉思一会儿说道：“嘿，你说得也有道理。但洋人也太不讲信用，出尔反尔，不断强迫我朝签订不平等条约，过一段时间从条约中捞不到好处就要求修约。为了一点点小事，动辄就是大炮军舰开到我们境上寻衅，威逼我朝签约，真是欺人太甚！”

“翁大人，从我朝这几十年与洋人打交道的经验中可以得出这么一个道理：落后就要挨打！因此，我朝应想方设法地振兴大清王朝。他们洋人有的，我们有；他们洋人没有的，我们也有。如果我们的大炮比洋人的精良、战舰比洋人的速度快，行动迅速，洋人刚与我们交锋就被我们打得落花流水，他们洋人还敢来我朝耀武扬威吗？”

“长将军说得也是，可怎样才能振兴我大清朝的国威军威呢？”

“在下认为，向洋人学习是有道理的，当年魏源在《海国图志》一书中不是多次提出‘师夷长技以制夷’吗？林则徐大帅也主张借鉴洋人的方略反制洋人。只可惜我朝没有做到这些，如今屡遭外侮，实在令人痛心呀！”

“我朝也不是没向洋人学习，恭亲王奕䜣、曾国藩、左宗棠、张之洞、李鸿章等朝内朝外封疆大吏都先后办过洋务，创建了一些军用民用工业。那福州南洋舰队不就是左宗棠主办的吗？可在中法战争中却不堪一击，到了几乎全军覆没的地步，真不可思议！”

“翁大人所说的这些我朝封疆大员们所办的洋务对我朝振兴实在是作用不小，改善了我朝的军事装备，至少我朝也有洋枪洋炮洋舰了。至于中法之战的东南战事惨败不能全部指责我朝战舰不好，实际是用人不当。冯子材和刘永福的镇南关、谅山大捷是上下军民奋起一致对敌，而马江战役中，张佩伦、何如璋是无能鼠辈，不懂打仗只会纸上谈兵，怎能亲临前线指挥对敌呢？”

翁同龢也知道马江之战的惨败是用人不当，但他知道这是太后的旨意，谁敢随便乱说。太后为人只讲亲疏利害关系而不讲唯才是用，罢免恭亲王等人给中法之战中我朝造成了多大损失？可太后不知吸取教训，现在还一味大兴土木，建造享乐场所。长善所言用人不当，翁同龢当然有同感。

“依长将军之见，我朝应选拔一些怎样的人才呢？”

“这个问题，在下不敢轻易妄说，这是军机处和吏部所管辖的事，长某乱议朝政岂不以下犯上、招致灾祸！”

“长将军害怕翁某去参劾将军，以此出卖朋友换取一些小恩小惠吗？翁某若是这样的人，又何必多次为将军游说引荐呢？”

“翁大人，在下不是怀疑翁先生的为人，而是在下所说的人才选拔有违祖制。”

“祖制真的不能违吗？我翁同龢都是垂暮之年也知寻思求新向上，求新就要改制，改制当然是要违背一些祖制的。太后垂帘听政是祖上所没有的，如今太后训政更是闻所未闻，太后不也是有违祖制吗？我们这是私下谈话，不是推行新政，只是说说，让我翁某也开开眼界，以后也好学习一些新事物，再不换换脑筋，多学点先进经验那就真的老朽不中用了。子曰：‘朝闻道，夕死可矣！’难道我们还不如几千年前的古人开化吗？”

“既然翁师傅这样说，我长善就谈一下别人以为不齿的观点。要想选拔出真才实学的官员，应从根本做起，废除八股取士的科举考试方案，兴办西学，让学生从小就学习洋文，能读懂洋文，将来才能看懂洋人的科技，了解洋人的心态，然后学洋人之长补我们自己不足。我就非常支持年轻人学习洋文，在广州时，我曾聘请洋人为师，教我们两个侄子和两个侄女。”

“你说的学习洋文是可以的，但也不能因此就丢弃祖宗留下的八股文，八股典籍哪点不好，写奏折、颁文告都要应用，这点我不赞同。我同意学洋文更要学中文，仅学洋文，长此以往，祖宗的文化经典都丢弃了，那才是邯郸学步，不中也不洋呢！你的侄子、侄女都学过洋文？但不知令侄子侄女有多大年岁了？”

翁同龢听到长善谈起侄女，忽然想起目前为皇上选拔秀女的事，皇上又让他多留心一下，这才问起长善侄女的事。

“回翁大人，两位侄子都二十出头，他们都很聪明好学，思想也挺先进，追求进步，立志报效朝廷。说起两位侄女，虽说是女儿身家，论聪明伶俐是两位哥哥不可比拟的，一个文静贤淑，一个活泼好动。特别是那珍儿，琴棋书画样样都会，诗书典章更是出口成章，常常自比蔡文姬、李清照呢。”

一提起两位侄女，长善就不住地夸赞，他喜欢孩子，更喜欢不受传统习俗约束的珍儿，每次逢人提起他的侄女，长善就高兴得合不拢嘴，他视这几个孩子如同亲生，在他们身上灌注自己的思想性格。

翁同龢一听长善有这么好的侄女，虽然长善没说年龄，但他估计决不会太大，两位哥哥才二十出头，妹妹怎会大呢？为了进一步证实自己的想法，又问道：“长将军的两位侄女到底多大？”

“瑾儿十六，珍儿十五，都正在读书呢。”

“嗬，正是豆蔻年华，女孩的花季呢。想必个个花容月貌，堪称佳人？”

“翁大人，不是长善夸赞两位侄女，她们虽然没有沉鱼落雁之容、闭月羞花之貌，也是个个娇美动人，在京城也称得上姊妹双娇。”

长善夸过之后，微微一愣，忙问道：“翁大人打听两位侄女，难道有心做红媒不成？我的两位侄女现在年龄尚小，还不准备出嫁呢！”

翁同龢听后，微微一笑：“我翁某有心想为两位侄女做媒，恐怕人家不同意呢！”

长善一愣：“唉！我弟弟革职在家，从家庭上讲可能有点配不上达官贵人的公子，若从两个孩子本身的相貌才学上，那是没说的。但不知翁师傅想说的是什么家世？”

“翁某的一位学生。”翁同龢微笑着说。

“长某愚笨，不知是翁先生的哪位得意门生？”长善心中一惊。

“当然是当今圣上了！”

长善刚才已估计到翁同龢的意思，但他不敢相信，这样的亲事，岂是他们这样的家庭能攀附的，所以才故意追问一句。待长善从翁同龢口中证实后，叹口气说：“我的两位侄女若能入宫服侍皇上，当然是我们长家满门的荣幸，更是两位侄女的福气，只是我们的家庭高攀不起呀！”

“长将军，难道你没听说太后正张罗着选秀女，并准备从全国的秀女中为皇上选定皇后吗？既然令侄女正处在这合适的年龄，人又聪明伶俐而貌美，何不报名入选一决雌雄？”

长善叹息一声：“舍弟由于女儿出嫁误选国忌日，至今赋闲在家，两个女儿虽然聪明可爱，按家庭背景，哪有资格竞选秀女呢？”

“尽管令弟长叙革职在家，也不是什么罪臣，更何况令尊官至太子太傅，你们弟兄几个也都是朝廷命官，理所当然有资格竞选，这点你放心好了，若因长叙之事在礼部有难，我一定出面从中疏通。”

“也不知这姐妹俩是否有此心思呢？”

“女儿家有什么当家不当家的，还不听从家人做主吗？这些工作就由你们去做吧！你想想，如果这姐妹俩有一位能选进宫中，将来被皇上宠幸，令弟的官职还用提吗？一朝选在君王侧，这是你们家的荣幸。”

翁同龢稍稍顿了一下，又说道：“当今皇上所处的位置，长将军也应明白吧？”

长善点点头："太后明里让权给皇上，实际上是紧锣密鼓地要把朝权收回。太后颁诏天下，给皇上选后，难道想从立后这一点上限制皇上不成？"

翁同龢不置可否地说："不能说没有这种可能，因此，皇上唯恐太后给他任定皇后，私下让老臣留心合适人选，既然令侄女有此机遇，就应抓住不放，这也是为大清社稷着想呀！不过，这事也只是猜测估计，长将军万万不可妄言他人。"

"当然，为了皇上，也为了大清社稷，我长善怎会充当无耻小人，随便出卖他人，如果是这样，我长善何至于罢官在家呢！"

两人又谈了一会儿朝中之事，长善见天色不早了，这才告辞回府。

长善回去之后，立即去见弟弟。恰巧长叙、志锐都在，长善说明来意，长叙并没表现出特别的兴奋，只淡淡地说："'一朝选在帝王侧'也未必是一种好事，'自古红颜多薄命'，况且我已赋闲在家，也未必有资格让瑾儿与珍儿竞选秀女吧？"

"这点你放心，翁同龢已答应我了，说没有问题，礼部那里可以通过。"

"二哥，这事你是否给父亲讲了？"

"我已讲过，父亲也很赞同，父亲说我们是满蒙官员，又是八旗之后，按理应当上报应选秀女，如果没有选中也就算了。倘若不报，如果有人上奏朝廷又不知会遭到什么祸害呢！"

"二哥，我已心如止水，对待什么皇上、后妃已无兴趣，再也不想做什么朝廷命官，只想当一个百姓安度余生。既然父亲这样说，我等后辈怎能违抗，还是让志锐先问过她们姐妹俩，再上报礼部，应选秀女吧！"

"父亲，这事就这么定了，先报礼部，然后让她姐妹准备一下就是，不必事先通知她们，这样的事，由祖父同意，伯父和你做主就可以了，何必现在就打扰她们呢！让她们好好读书吧！"

“至少应教会她们一些入宫的礼仪常识，就是选不上，也不能让人笑话吧？”长叙对志锐说。

“阿玛，你放心好了，这事由我安排，不会有什么差错的。一些不懂的礼节，我可以让祖父和伯父给指点一下，伯父，你说是不是？”

长善点点头：“这事就这么定了，不成没什么损失；有幸当选，也是我们祖上的荫德嘛！贤弟不必这么沮丧，好像她们姐妹有把握入选为后妃似的。”

“二哥，不知为何，我总有一种预感，这瑾儿也倒还罢了，特别是珍儿很可能给我们家族带来灾难，悔不该当初不听那位大师的话。”

“父亲，你不必顾这虑那，你的预感也不准确，倘若你真能预感到什么，二姐出嫁时，你也不会选什么‘国忌日’了。这件事你就放心好了，不用你操心，一切由我安排！”

长叙也不再说什么，但他老想着那位大师的话，却又无法说出个子丑寅卯，一切可能是命中注定，那就听从上天的安排吧！

第二十章

秉常心姐妹双选秀
怀深意太后独主持

珍儿方便完毕，伸出头来冲着太监喝道：“你敢骂人！”“哪来的野丫头，敢来这里撒野，我不但骂你，还敢打你呢！”那太监刚要举手，珍儿喊道：“你敢，我们不应选了，太后不剥你的皮才怪呢！”

瑾儿与珍儿从四季如春的南国走进京城“庭院深深深几许”的家门，仿佛两只快乐自由的小鸟一头扎入笼中。她们感到陌生而乏味，每天不能像在广州伯父家里快乐地捉蝴蝶、抓蜻蜓、钓鱼，或者和大哥哥们一起谈天说地，吟诗作画。在这里，她们每天必须在父母看管下学刺绣、学琴、学画，当然也在老师指点下学习吟诗、作文。

两位哥哥一方面苦心攻读，准备参加科考取得功名，另一方面也多方谋求发展，希望早日谋得一官半职，再也没有太多闲工夫逗妹妹们玩耍开心了。

伯父长善仍是家中的常客，也特别喜欢她们姐妹俩，经常来关心她们的学业和进步，也常常带来许多好玩好吃的。但伯父毕竟是赋闲在家，和父亲一样，表面有说有笑，而内心十分痛苦，尽管伯父从没在她们姐妹俩面前流露过什么，但细心的姐妹仍然能体味出家人凄苦的心情。她们偶尔能听到父亲一个人面对明月自言自语，“家门在一天天走向衰败”。大人都无能为力，作为女孩子家又能做什么呢！她们也只能悄悄地在大人们的叹息声中流露一丝淡淡的愁容与无奈。

随着年龄的增长，天真烂漫的珍儿也知道了忧愁，童年幼稚的梦悄悄飞去了。

在这平淡无奇的生活中，唯一能唤起她们姐妹兴奋的就是学习诗文，和她们的老师——“三哥哥”文廷式在一起。

南国红豆相思的季节，播下一颗爱的种子，在北京这古老封闭而又浸润着男女授受不亲的世俗气氛里，这颗爱的种子暗滋暗长着。

珍儿只要看到文廷式就感到那颗羞涩的心在加快欢跳，她兴奋、快乐，做什么都带劲，学习也特别用功，许多疑难问题都是一点就破，如果文廷式能在适当的时候夸几句，珍儿就有点心花怒放了，真是“心有灵犀一点通”！

瑾儿的性格决定着她的爱情种子难以冲破那层厚厚的隔层，她深深地爱着这位大哥哥，有时比妹妹还要强烈。但她知道他是自己的老师，只要在两人之间建立起“师生”这一桥梁，就意味着两人之间还隔着一个辈分。要不，人们怎会说“师徒如父子”呢？既然“师傅”如父，怎么能够相爱呢？就是可以爱，这爱中也过多地溶入两代人的感情，再也不是同龄人之间的男女之爱了。否则，传扬出去，在天子之都，人们会怎么说呢？家人的脸面又往哪儿放呢？为此，瑾儿常常一个人偷偷地伤心落泪。

更让她委屈的是，妹妹珍儿也在强烈地爱着“三哥哥”文廷式，她怎能为此与妹妹争风吃醋呢？可她又确实爱着自己不能相爱的人，她矛盾、痛苦，她希望妹妹能像孔融让梨一样，把“三哥哥”文廷式让给她。可妹妹压根儿就没有这个意思，或者说妹妹从来没有发觉姐姐对自己的情人的爱。而这“三哥哥”文廷式呢？也不知怎么搞的，只一心一意地与妹妹珍儿秋波暗传，一点儿也不买她这位姐姐的账，瑾儿真是又气又恼。

文廷式，这位南国的才子，随广州将军来到长叙府后，真是上天作美，在求爱无望的时候他寻找到希望的种子，成为心爱之人的家庭教师。宁可不要一分钱，他也值得，只要能和珍儿在一起，什么功名前途都不值分文。唐明皇身为大唐天子都能爱美人不爱江山，更何况一般庸人呢？文廷式选择了为情而奉献--切。

他只有和珍儿在一起时才感到充实，才觉得自己是个男人，是世上最幸运也最幸福的人。他的爱并不是单向的，他所爱的人珍儿也如饥似渴地爱着他，“两情若是久长时，又岂在朝朝暮暮”，可他认为“两情若是久长时”，就一定要有“朝朝暮暮”做基础，而作为老师，这“朝朝暮暮”的相守又成了自然而然的事儿。

有时，也让文廷式内疚，他知道瑾儿也在偷偷地爱着他，但他不喜欢瑾儿，并不是这位小姐姐不好，不爱就是不爱，他只能在心里默默地说对不起。究竟怎样处理这姐妹俩的爱，文廷式没有底，虽然他是无可争议的才子，讲起学问来口若悬河，头头是道，可提到“情”字，他那一身的才学变得毫无用处。他明白自己的位置，一个怀才不遇的落魄书生，而对方是大家闺秀，是贵族小姐。尽管她们的父亲革职了，可瘦死的骆驼比马大，他不知道这情有无归宿，这爱是否能够结果。但文廷式顾不了那么多了，只能过一天少一天，等待等待再等待，而等到什么时候，他心中是没有数的。

这天，文廷式又像往常一样，早早来给两位小姐上课。刚刚站定，尚没打开书，就听有人叫喊：“小姐，小姐，两位小姐！”

声音是那么兴奋、甜润，似乎带着喜庆。紧接着丫鬟春燕跑来，也没等两位小姐允许进来就一步跨进房内，大声喊着：“两位小姐，恭喜你们了，从今天起不用学习了，开始学习宫廷礼节。”

“春燕，你在说什么，怎么学习起宫廷礼节了？”瑾儿不解地问。

“嗳，两位小姐你们是装不知道还是真不知道？”

“春燕你快说，急死人了！”珍儿喊道。

“好，我告诉你们，少爷可不让告诉别人，礼部已批下来了，同意两位小姐应选秀女，去竞争皇后呢！两位小姐长得跟天仙似的，一定能迷住皇上，当上皇后，咱们家马上就成为皇亲国戚啦！”

这话一出，三人同时愣住了，真是做梦也想不到的事。还是文廷式反应快，稍稍愣了一会儿，就忙问道：“真有此事？”

“嘿，这还能有假，礼部的文书还在少爷手中呢！不信问问少爷去。”

“老爷、奶奶可知此事？”珍儿忙问道。

“听他们几个家人说，这事是老太爷决定的，由大老爷做主，还费了一番周折呢！老爷、奶奶当然知道了。否则，少爷一人怎么敢呢？”

“姐姐，我不去，你去竞选皇后吧！”

“妹妹，你比我聪明，人也漂亮，还是你去吧！”

“要么我们姐妹都不去，让哥哥自己去好了，谁叫他报名的？”珍儿生气地说。

“妹妹别傻了，男人只有当太监，哪有应选秀女的。这事先让文大哥问问哥哥，再做考虑吧！”

“好，我们也别上课了，找大哥算账去，让他到礼部去退掉。”

文廷式心中极不是滋味，哪还有心思上课呢？可这是他们的家事，自己怎好开口，就推说有事，先回去，让她们姐妹俩去找志锐。

“瑾儿、珍儿，这是你们的家事，你们自己去找志锐大哥吧，我不便过问，先回去了。”

“文大哥，你也去，否则我们不能说服大哥的！”珍儿请求说。

“不，还是你们自己去吧，也许我去会把事情弄得更糟，我走了。”

文廷式说完，转身离去，临走又回头看了一眼，向珍儿投去信任的目光。珍儿也会意地点点头，心中充满力量，决定好好与大哥论辩一番。

姐妹俩在府中找了一遍也没见到大哥的影子，一问才知道有事外出了，但应选秀女的事却从父母那里得到证实，这可急坏了姐妹俩，哭闹着不同意。

直到晚上，志锐才回到家，一听两个妹妹不同意，就火了，气呼呼地说：“这也不是我做的主，是朝廷法令规定的，凡满蒙官员、八旗子女到应选秀女的年龄都必须报名应选、不得例外，如果有谁敢藏匿不报必当重责。你们想想，父亲革职在家，伯父刚刚谋到一个位置，难道也让祖父再革职不成。你们只知整日待在家中读书吟诗，却不知家中困难，家境一天不比一天，若能选中秀女也为家中减轻一些负担，能够选为后妃这是你们的命运好，也是我们祖上有德，多少农家少女想选为秀女还不能够呢！你们不知珍惜这次机会，却胡乱哭闹，真不知天高地厚！”

志锐这一顿威逼利诱的话说得姐妹俩不吭声了。是的，家中这些年来灾祸不断，一天不如一天，能为家中减轻负担是做儿女的责任，父母年龄渐大，自己能多为家中做点事也是应该的，可自己心中的悲苦，父母兄长能知道吗？又怎么向父母说出口呢？真是有苦难言！

志锐见两位妹妹不再说话，只是默默流泪，又安慰说：“妹妹，大哥也不忍送你们到宫中做那孤独的宫女，可我也没有办法，这是朝廷法令，谁叫咱们是满洲子弟呢！这事你们也别太认真，稍稍了解一些宫中规矩与礼节，别让人们笑话咱家没有教养就可。至于竞选上后妃要经过许多次淘汰，全国美女如云，对手如潮，怎能轮到你们呢？何况我们家也没有当国亲的命，否则父亲也不会被革职。”

瑾儿与珍儿一听大哥说得也在理，心里稍稍安慰一些，不再哭泣。这全国貌美的女子何止千万，怎能轮到自己当选上，这样哭哭啼啼让外人知道自己是担心竞选上后妃，还不让人笑掉大牙！

珍儿想了一会儿，破涕为笑：“姐姐，别自我感觉太好，咱们哪有当选后妃的份儿，只能是众多秀女中的淘汰者，还担心什么。如果真能选为后妃，这是咱家门的荣幸呢！成败都不是坏事。”

瑾儿经大哥和妹妹这么一说，心中也安稳了许多，对选秀女觉得好笑又好玩，心想不妨试一试，看看热闹也好。

文廷式虽然早早地离开长家，但他依然放心不下，一夜也没合眼。第二天早晨，他就带着一脸倦容和两眼血丝来到长家。

文廷式刚踏进书房，瑾儿、珍儿已经在那儿等着他了。一看文廷式的气色，细心的姑娘已猜到几分，没等文廷式开口，珍儿就笑嘻嘻地说：“文大哥，大哥只是迫于朝廷法令让我们姐妹俩去充充数，在这竞选美女的对手中，我们姐妹可没有这么好的命，一定会早早淘汰下来的，我们只是开开心，凑凑热闹。”

珍儿说的是真心话，也是对文廷式的安慰。文廷式怎能不了解朝廷选秀女的规矩呢？这是无法更改的，也只有听天由命，此时他庆幸自己把那颗爱心深藏，一切尽在不言中。虽然他心里也知道这姐妹俩应选秀女是被迫的，也是无望的，但眼睁睁地看着自己心爱的人去竞选别人的老婆心里总不快活，哪怕情敌是至高无上的皇帝。

既然这已是事实，文廷式总想让一颗受伤的心找片安静的地方疗养一下，或者干脆不见自己所爱的人，用无声的别离去反抗情人的不忠。

第二天，他就推说有事，不再来上课了。瑾儿、珍儿内心有说不出的委屈，可她们又能怪谁呢？

光绪十三年（1887 年）三月。

光绪皇上选后妃的序幕拉开了。虽然这也是三年一次的选秀女活动，但这次不比往年，因此，格外谨慎，处处检查得很严。

按大清例规，皇帝要拥有三宫六院七十二嫔妃，只有这样才能保证皇帝子孙繁盛，避免断子绝孙的不幸事发生。皇帝的后妃分为九等，皇后一人居中宫，也就是正宫娘娘，皇贵妃一人、贵妃二人、妃四人、嫔六人，分别住在东西十二宫，以下尚有贵人、常在、答应三个等级。

清朝起初几个朝代，皇帝们多是马上皇帝，个个身强体壮、精力充沛、风情万种，所设置的妃嫔数量极多。而到同治、光绪朝，由于皇帝年幼，在选择后妃时，一般人数较少，唯恐伤了皇帝的元气。在光绪皇上的选后上，慈禧太后私下商定，最多只选五人入主后宫即可。

按照祖制，皇上的后妃是从秀女中产生的，选秀女是怎么一回事呢？

选拔秀女一般有两种：一是三年一次的选拔八旗秀女，由户部和礼部主持；一是内务府主持的选拔内务府属旗的秀女。这些秀女必须在满蒙官员的女儿中挑选，万万不准汉人入选，就是要保证皇室血统的纯正。所选秀女年龄限制也很严格，一般只能在十三岁到十六岁，有特殊情况的，可适当放宽一些。

凡八旗子女没经入报应选秀女或没有落选的秀女，不准私自嫁给他人；私自出嫁者，一经查出当以重罚，只有落选的秀女才能配给他人。而选中秀女的才有资格成为皇帝妻妾或皇子亲王的妻妾。

志锐虽然把两个妹妹的名字报了上去，但送到户部时，有人反对，就被卡住了。认为瑾儿、珍儿的父亲长叙被皇上革职在家，没有资格竞选秀女。当然也有人认为可以，父亲虽然被革职，但不是罪臣，她祖父是朝中一品大员，理应参选。最后报到大学士翁同龢那里，由他定夺。

翁同龢只笑了笑说："如果她们这条件不合格，当今太后怎能成为太后。"

众人一愣，这才想起咸丰帝选秀女时，慈禧太后的父亲当年因触犯朝廷法令赋闲在家，后病亡的。翁同龢这么一说，别人还能说什么，珍儿与瑾儿才算顺利通过预审一关。接着，便是一轮又一轮的预选、预赛。

已是十月天气，冷风刺骨，更何况是夜晚。

志锐让家人赶着车子从家中启程，参加今晚的第一轮竞选。姐妹俩坐在车内，缩着手，不住地跺着脚叫冷。志锐安慰几句，跟在车后，随着人流慢慢向前移动。

呀！真是人山人海，到处停满了接送秀女的车子，每辆车上都挂着一对大红灯笼，上边写好事先编排的顺序，每位应选秀女的女孩都按秩序先后排队等候着，如同大考一样。尽管人来人往，车辆不断，但秩序井然，有条不紊，也没有多大的喧闹，人们各自想着自己的心事，照应着自家的姑娘。那些应选的秀女更是怀着一颗忐忑不安的心等候着，听任别人的安排和指使。

珍儿坐在车内并不像姐姐瑾儿那样惶恐不安，而是偷偷地撩起车帘子这看看，那望望，小手儿不停地摆弄着车内的小铃，一会儿传来哗铃铃的声音，惹得周围人都回头来看。哥哥志锐警告了她几次，要老实一点儿，可她还是不能老实。

就这样耐心地等待，车子一点点靠前，由地安门进入神武门。到了神武门，所有应选者都必须下车按顺序步行入内，由太监领着经过顺贞门到指定地点——体和殿参加面试。

正在这时，珍儿忽然对哥哥说："我要尿尿。"

"你，你——"志锐气得不知说什么好，"你不能憋住劲吗？马上要下车了，这里哪有厕所！"

"可我实在憋不住了，今晚喝的茶太多了，再憋会尿裤子的。"珍儿哀求说。

"这可怎么办？"志锐向四周看看，确实没有可尿尿的地方，到处都是人。

"哥哥，干脆我在这车内尿尿吧！"珍儿终于解开腰带蹲下身子在车内尿起来。尽管她极力不弄出声音，却仍然哗哗响，没有办法，她又摇响了车铃。这时，车已到神武门前，车铃还在响，一个太监来到车前吆喝着："妈的，怎么搞的，不准乱响！"

珍儿已经方便完毕，伸出头来冲着叫骂的太监喝道："你敢骂人！"

那太监一听火了："哪来的野丫头，不知天高地厚，敢来这里撒野，我不但骂你，还敢打你呢！"

那太监刚要举手，珍儿喊道："你敢打人，我们就不应选了，看太后不剥你的皮才怪呢！"

嗬！珍儿的这话还真奏效，那太监抬起的手终于落下了。志锐又忙着说了几句好话，塞了一两银子，那太监也不再说什么，带着她们姐妹俩就走。太监边走边看着珍儿东张西望，一脸孩子气，又觉得好玩，小声说道："小姑娘，你也是来竞选皇后的吗？"

"哼！我才不稀罕什么皇后呢！来看看热闹，开开眼界。"

太监乐了："那你就边走边看吧，当心老佛爷见你贪玩，把你留在宫中玩个够。"

“那老佛爷是个和尚吗？”

太监更乐了：“老佛爷就是太后，你们的命运就掌握在太后手里，她说你行你就行，不行也行；她说你不行，你就不行，行也不行。”

“你把太后叫作老佛爷，你是在给她起外号吧？这若让太后知道你叫她外号，太后准揍你！”

“小心点，马上就到了。”

大殿上面坐满了人，殿下也站满了应选秀女的姑娘。一队队由太监领着，让坐在上面的太后和皇上看。

珍儿和瑾儿也像其他应选者一样，夹在队列中，垂手而立，也不下跪，来回走上几趟。走过太后与皇上面前的时候，太监就把她们的牌子递到太后与皇上面前。珍儿知道这牌子上标明她父亲的官职，自己姓氏，所属某旗和年龄。她并不希望自己的牌子被留下，姐姐瑾儿也不希望。但人往往不能如愿，她们姐妹的牌子都被留下了，这就是“留牌子”，意味着她们姐妹通过了第一轮竞争，成为记名秀女了。她们必须参加下一轮的竞选秀女活动，心中好不失望。

珍儿羡慕她身边那位姑娘，她的牌子被太后翻了过去，也就是“撂牌子”，意味着竞选失败。这位姑娘起初就在珍儿前面，自我感觉良好，想不到第一轮竞争就被淘汰了，心中好不失望，她委屈地哭了，皇后梦破灭了。

珍儿见这位姑娘委屈地流下眼泪，她想同太后说一声，把她俩的牌子换一下。珍儿还没来得及张嘴就被太监领开了，她后悔自己没有请示一下皇上与太后，现在来不及了，只好上前去劝慰一下这位姑娘。

“呼伦姐姐请留步！”珍儿从背后喊了一声。

那姑娘一愣，忙擦去脸上的泪水，茫然不解地回过头：“你怎么知道我的名字，而我却不认识你？”

“呼伦姐姐，我刚才从你的小木牌上见到你的名字。”

“有事吗？”

珍儿忽闪着大眼睛摇摇头：“我见你伤心，想劝劝你，选上秀女有什么好，从此落入皇家，永远也不能和心上人在一起。”

“哼！别猫哭耗子假慈悲了，你只是初选上，未必能够通过下一轮竞选，傲什么傲，讨厌！”

这位被叫作呼伦的姑娘说完，一转身又揉着眼睛跑开了。珍儿被呛得不知说什么好，见呼伦走开了，也摇摇头，心里想到自己的文大哥，唉，这位姐姐一定没有文大哥那样的心上人吧？

姐姐走过来说：“妹妹，别多管闲事了，别人不领你的情，咱们走吧！”

“姐姐，你也初选上了，高兴吗？”

瑾儿摇摇头：“我不稀罕什么秀女、后妃。”

“就是！这些人真让人费解。我初选上还有点伤心呢！总觉得对不起文大哥。”

“妹妹，别多说了，听天由命吧！”

志锐听说两个妹妹都顺利通过第一轮初选，成为记名秀女，别提多高兴了。回到家中又忙着准备下一轮竞选，姐妹本无兴致，却也不得不被拖进了这场旷日持久的“选美大赛”。

真是有心栽花花不发，无心插柳柳成荫。瑾儿和珍儿姐妹俩在大哥的强迫下参加竞选，姐妹俩只准备凑凑热闹就被筛选下来，仍回到书房陪伴她们的“三哥哥”文廷式。但事情的发展往往与初衷相去甚远。珍儿和瑾儿过关斩将，打败了一批又一批选手，成为仅存的三十一名优胜者。

这时，竞选也进入高潮。

尽管人们常说夏日骄阳似火，但这夏日的太阳正如青年人，是火爆子性格就那么一阵儿。初秋八月的太阳才是中年人，能耐住性子，热也热得够味，无怪乎人们说秋辣子天气让人受不了，果然是这样。

这样热的天气里，紫禁城蕉园门内却没有一个人喊热：“选美大赛”的场地就安排在这里。为何选在这个地方？自然是因为老佛爷慈禧太后现在的居所——西苑仪鸾殿离此较近，太后审查主考方便。初选秀女的地点是在体和殿，不知内情的人认为这地点是随便选取的，而知道内情的人明白，为了这初选秀女的地点太后还和皇上闹了别扭呢！

当然太后希望在这里竞选，一来她阅看、挑选方便，二来也向满朝文武和天下百姓表明，我太后虽然退居后宫，让皇上亲政，但大权仍在我手，像选秀女这等大事必须由我太后做主。而按照大清朝的礼制，这次选秀女是三年一次的选八旗秀女，由户部和礼部主持，理所当然地应在集贤殿进行。

皇上主张在集贤殿，说是祖上例制。太后说在体和殿，有利于竞选。最后双方不让步，闹到军机处，让军机大臣们裁定，当然是太后说得在理，最后选定在体和殿。

光绪一气之下，对选秀女也不热心了，随便太后如何安排在哪里进行，他再也不问了，只等最后找个老婆了事。

蕉园门内不再是人山人海，但热闹却有增无减。

三十一名优胜者分六排静静站立着，没有人说一句话，周围的人连大气也不敢喘，在三十一张俊美的脸上扫来扫去。人们都知道这平静的后面将是一场殊死的争夺战。这三十一位选手中，除了珍儿与瑾儿姐俩外，都有一个共同的目的，一定要打败对手，入主后宫。但谁也都明白，所有的幸存者都是来自全国的顶尖高手，谁也不愿示弱。究竟她们的命运如何？也许只有一人清楚，这人不是皇上，而是太后。

这次选美考试，对外是公开亮相，由王公大臣亲王命妇做公证人，表面上是公平竞争。可是，这公平的背后早就有人在进行作弊。这作弊的指使人就是最大的主考官慈禧太后。

慈禧早就让她的心腹，荣禄、孙毓汶和李莲英等人暗中做了手脚。瞧！这六排选手中，排在第一排第一位和第二位的两个姑娘长得平平常常，甚至还有点难看。因此，一些不知内情的人怀疑这些评委的眼睛。那些落选的姑娘都一致叫屈，有的还偷偷骂娘。

那两位长得平平常常却又在显眼位置的姑娘不是别人，她们正是慈禧太后的两位娘家亲侄女。慈禧令人这样安排，无非是想近水楼台先得月，要把后妃的桂冠戴在自己侄女的头上。那样，亲上加亲，这后宫就是叶赫那拉氏的后宫！

激烈的竞争结束了，几位主考大人把头一凑，小声嘀咕一下，入围者又删去一半，现在仅剩下十五人了。

十天之后，皇上与太后等人又对这剩下的十五人进行复审，又淘汰一大半，最后只剩七名优胜者，她们是慈禧太后的两名侄女静芬、静芳，瑾儿与珍儿姐妹俩，江西巡抚德馨的两个女儿，还有一位就是户部尚书额勒的女儿查拉玛。太后的两位侄女那就不用说了，但这两位姑娘的最大缺点就是自身条件不过硬，容貌平平，说德一时看不出来，论才又没有。珍儿姐妹俩的靠山就是皇上的师傅翁同龢，翁同龢这样做的目的并不是为长叙家走后门，他已从皇上那儿得知太后有两名侄女参加决赛，为了对抗太后的阴谋，翁同龢不得不在这七名选手中的另五名身上寻找最适合皇上的贤内助，谁最合适呢？

江西巡抚德馨的两个女儿都生得赛过西施，气死貂蝉，是地地道道的美人胚子。但翁同龢一打听，这德馨是个戏迷，整日不问政事，沉溺在声色犬马之中，也是风月场上的老手，他把政事委托给手下人干，自己泡在戏园子里。手下一群拍马逢迎之辈知道上司的这个爱好，也多方为他搜罗名伶、戏班，把个巡抚衙门摆弄成一个大戏剧场，整日管弦齐鸣，南腔北调不断。人们常说“有其父必有其女”，德馨的这种爱好在耳濡目染中也传给了他的两位花容月貌的千金小姐。只要巡抚衙门有戏，这姐妹俩是场场不落，特别是遇到淫词艳曲，这姐妹俩一定会背会唱。碰巧遇上朝廷三年一次的大选，德馨回家一说，姐妹俩也不听戏了，径直就做起皇帝后妃的美梦来。但这姐妹俩也的确貌压群芳，顺顺当当地进入“决赛圈”。

这可把德馨乐坏了，他戏也不看了，专程从江西来到京城，几经周折花了不少银两投到大内总管李莲英门下，通过李莲英给慈禧太后送去不少“考务费”。老佛爷表面一口答应，心中却有自己的打算，这两个娇娃着实诱人，将自己的两个侄女和她们相比，真是一对天上，一对地下。但要立为皇后的还应是自己的侄女，这对美人儿呢，就作为对皇上娶丑妻的一种补偿，封为贵妃吧！

翁同龢从侧面了解到，德馨的两个女儿不可靠，但人又太美了，皇上早有倾心一拥之意，怎么办？翁同龢虽是帝师，但这种事是不能勉强的，况且他又不是“评委”，所以只能从侧面高度赞扬珍儿与瑾儿一番。光绪既没同意也没反对，只说心中有数，光绪心中有什么数呢？他也知道圣母皇太后的用意，如果让他亲自挑选，皇阿爸的这两位娘家侄女，他一个也不要，但这是绝对过不了关的，但他确实反感这两位小表妹，嘴上不说，心里总想让她们退出“决赛圈”，却又不敢提出，只好拖一拖，另打主意。

户部尚书额勒的女儿也不甘示弱，父亲是主管这次“选美大赛”的，虽然不是“评委”，却是负责“后勤工作”的，“评委”中也有人知道这是额勒的女儿，自然高看一眼。更何况额勒的女儿自身条件过硬，她能进入“决赛圈”决不是仅凭父亲的老脸，全是靠自己过硬的本领。翁同龢知道额勒作为军机大臣是慈禧太后提拔上去的，但额勒的为人一向比较正直，他的女儿较有修养，才气也算上等，如果额勒的女儿能够入主后宫也还算过得去。所以，从翁同龢的角度分析，皇上要想与太后对抗，万万不可选择太后的侄女，只能从其他五人中选，这五人中论德才，最后应在额勒的女儿和长叙的女儿中选。可是，这仅是翁同龢的分析，或者翁同龢的一厢情愿。皇上喜欢谁？皇上喜欢的人太后喜欢吗？

这场“选美赛”最后的较量不是这七名女子之间的较量，而是太后和皇上之间的较量，鹿死谁手呢？

新一轮大赛刚刚结束，所有的“参赛选手”和“评委”都从刚才紧张的气氛中松了一口气，舒缓了一下情绪。进入“决赛圈”的七名端庄秀丽的姑娘一字儿站在台前，个个含羞微低着头。太后扫一眼七位姑娘，品一口茶，对坐在身旁的光绪说：“皇上，这七位姑娘还要再淘汰两位，你看应把谁去掉呢？”

光绪心想：最好把圣母皇太后的两位娘家侄女去掉。但他不敢这么说，只打着自己的主意，寻找对策。

“皇阿爸，这七位姑娘都很好，但人好不能仅看外表，最好和她们接触一下，让她们在宫中生活几天，太后多观察一下，儿臣再定夺吧！”

慈禧非常满意，她的侄女外表上是七位中最没有竞争力的。皇上这话明显是在偏向自己的两位侄女，让她们在宫中生活几天，由我观察，这更是侄女得天独厚的优势。唉，皇上不负我多年管教，他还是明白我的意思，事事总算顺从我，比我那亲生儿同治皇上听话多了。

慈禧点点头：“嗯，皇上说得在理，看人不能只看表面。作为一国之母，德行更重要，让她们几人在宫中住几天，让皇上认真观察一下，全面了解了解她们各方面的情况，再决定去留吧！”

“一切听从圣母皇太后的安排！”光绪恭敬地说。

慈禧非常舒心，一切按照她事先计划的那样进行。在选秀开始，为了地点的事，皇上和她闹了矛盾，终究胳膊拧不过大腿，皇上服从了她。那以后，对于选秀的地点，皇上再也不敢和她对抗，事事听凭她的安排，现在皇上更加柔顺了。慈禧得到一种满足，应该说是权力的满足。

由此，她想到十多年前，那时也是全国三年一次的秀女大选，并且是为她的亲生儿子同治帝立后。同治虽是自己亲生，但由于自己忙于政事，每天的大部分时间用来处理宫中人与人之间的关系，同时，也要考虑怎样和朝中权臣相处，哪有心思关心儿子的成长。这样，不知不觉中，儿子在感情上疏远了自己，和慈安太后亲热。

母子之情淡漠，天伦之乐没有都可以，但不能没有权势和地位。儿子就是获得政治权力的资本，她无法用感情拥有儿子的心，但她必须用其他女人去拢住儿子的心。慈禧费尽心机地为同治帝选后，她相中一位美轮美奂、艳压群芳的姑娘，这就是兵部侍郎凤秀的女儿。可是，儿子并不领母亲的情，竟听信慈安太后的话，坚持立体态端庄、雍容华贵的户部侍郎崇绮的女儿为后。这可叫慈禧气炸了肺，但由于自己人单势薄，终于没能抗过慈安。

今天却不同了，所有与她为敌，敢于和她对抗较劲的人都已败在她的手下，有的革职，有的降级，更有的命丧黄泉。独揽大权，只可惜自己是个女人，为什么女人就不能当皇上呢？女人哪点比男人差？男人能征打天下，女人也能征打男人，女人走的路比男人更简捷直接，女人更聪明，当然比男人更伟大！慈禧想起了武则天，她要成为中国第二个武则天。不过，有时她也叹息，就是当上大清国的皇上，也只能是武则天第二，仍然没有成为天下第一女人。这样一想，慈禧又有点心灰意冷，连这天下第二女人也不想做了。虽然我不是皇上，但我一定要比皇上还要皇上，怎么做到这一点呢？就应抓住男人的弱点，用女人去对付男人。因此，这次为光绪皇上选后，就是她用女人对付男人的具体实施。

男人掌握天下，女人去掌握男人，我再去掌握这位掌握男人的女人，天下当然是我的了。选择什么样的女人才能掌握住光绪呢？当然这女人必须是倾向自己的，自己的亲人最合适，两个侄女能够同时选上，一后一妃更好，至少也应有一个被选上，这一点是任何人也不能更改的，慈禧不知考虑了多少次。

当前首要大事就是为当今皇上决出皇后，而这件大事当中的首要大事就是从七名“选手”中再淘汰两名。究竟淘汰谁，慈禧太后心中也没数，但她有一个信念，两位侄女以外的任何一人都可以。而在皇上这方面呢？他自己心中也有一个信念，那就是圣母皇太后的两位侄女能够同时淘汰掉更好，如果不能，至少也应淘汰一人。那么怎样来淘汰这最难淘汰的人呢？光绪皇上没有了主张，他虽然是皇上，但太后训政，他的权力是太后约束下的权力，怎能凌驾太后之上呢？况且他是那么年轻幼稚，政治头脑是那么简单，对抗一个老奸巨猾的太后，光绪对胜利缺乏信心。可初生牛犊不怕虎。他知道，如果这次决定他一生命运的大事失败了，就意味着一生的事业已失败一半，因此他不能不和太后拼一拼，决出个高低。

第二十一章

行酒令无才女出丑
定皇后失意郎落空

“副都统桂祥之女叶赫那拉氏静芬，端庄贤淑，着立为皇后……”听太监念到这里，光绪急了，忙对执事太监说道：“混账的东西，读错了，快停止！”慈禧微笑着说：“没错，这是皇阿爸昨天商定好的，皇上不是也同意的吗？怎么说读错了呢？”

养心殿。

光绪正和翁同龢商量选后的事，只见光绪从龙椅上站了起来，来回踱几步，不住地摇头说道：“说什么太后的侄女也不能留下，朕一见就从心里生厌！”

翁同龢也紧锁着双眉：“皇上，太后此举的目的十分清楚，如果把太后的两个侄女同时去掉，恐怕与太后发生直接冲突，对皇上不利呀！皇上尚未正式独执大权，那《训政细则》分明是对皇上的紧箍咒，在羽翼尚没丰满的时候可以先退让一步，妥协一下，把皇太后的侄女封为贵妃。”

“太后分明就是要把她的侄女立为皇后。如果立为贵妃，太后岂肯罢休，少不得一场争斗，这样的争斗与其晚发生，倒不如早发生。先把太后侄女筛选掉一人，看太后有何反应，再做对策。”

“这样也好，只是如何找借口把太后那两个侄女去掉一人呢？”

“干脆直接说明不喜欢其中一人而喜欢另一人，给太后造成个错觉，到立后那天当众宣布其他秀女为后，生米做成熟饭，太后气也没办法，朕把太后的另一侄女封为贵妃，然后向太后好言赔礼认错。”

翁同龢仔细斟酌一下：“直接说明不好，那样太后有理由为她侄女辩驳，也会抓住这点训斥皇上的。”

“以翁师傅的意见呢？”光绪问道。

“这七位秀女现在不都在宫中吗？”

光绪点点头：“留在宫中进一步观察了解，以便发现她们几人的优点和缺点。”

“太后的两位侄女相貌平平，不知才华如何？”翁同龢问道。

“朕也曾粗略地询问过，有一人尚可，另一位实在太差。”

“皇上不如故意在众人面前考核几名秀女的文才，如果那位文才差的姑娘答不上来，当众出丑，众人面前太后也不好说什么，可以趁机把太后的那侄女淘汰掉。”

“翁师傅说的在理，朕见机行事就是，就怕太后使硬！”光绪仍有点担心。

“尽可能不要与太后发生正面冲突，现在仍要忍，让太后感到皇上一切都服从她的意愿，等到大婚之后，太后归政，皇上再独立决定一切也不迟。”

“万一太后一点儿也不相让，逼迫朕立她侄女为后，朕就和太后反目！”

翁同龢一见皇上又要耍孩子脾气，忙说道：“皇上，万万不可这样做！那是匹夫之勇，是不明智的做法。十几年都忍过去了，再忍一次又何妨？皇上就答应太后立她侄女为皇后！”

“立一位朕见了就恶心的皇后，这今后的日子怎么过？”

“皇上可以立两位自己喜爱的皇贵妃于后宫，渐渐疏远皇后，让太后知道，虽然立了她侄女为后，皇上不喜欢皇后，太后不能达到通过皇后控制皇上的目的。”

“唉！”光绪叹息一声，“朕执政后的第一件大事就向太后妥协，那以后的朝中大事朕怎么独立行事，这样下去，当一名有名无实窝囊一辈子的皇帝，岂不让天下百姓嗤笑？”

翁同龢见光绪十分沮丧，也不知如何劝慰皇上，无可奈何地说：“先走一步看一步吧，只要皇上振作起来不懈怠，将来会有出头之日的。当年康熙帝不是也受鳌拜等人左右吗？后来擒住了鳌拜，振兴朝纲，赢得大清王朝少有的盛世！皇上还是再忍一下吧！”

“忍，忍！朕已忍了十几年，早已忍够了！”光绪又气又恼地说。

正在这时，贴身太监王商来报，说外面有储秀宫的人来报，让皇上到太后那里去一趟。

光绪看了一眼翁同龢，没有说话。

“皇上，你去吧！臣先回去了，一切见机行事吧！”

光绪点点头，没有说一句话。

光绪来到储秀宫，慈禧太后已等待多时了。此外，恭亲王奕䜣、醇亲王奕譞、惠亲王奕详、惇亲王奕综、孚郡王奕譓、礼亲王世铎，还有醇王福晋、荣寿固伦公主等人坐在太后身旁。

众人见皇上进来，一齐躬身施礼，光绪还过礼后，慈禧太后笑盈盈地对光绪说："皇上你请坐吧！"

慈禧拍拍身边早已准备好的龙椅。

光绪坐定后，转身谨慎地问道："皇阿爸，今天有事吗？"

慈禧微微一笑："皇上就要大婚了，母后请几家王爷来喝杯酒，庆贺一下，顺便也让他们给掌个眼光，选一个德才兼备的皇后。"

“多谢皇阿爸关心儿臣的终身大事！”

光绪嘴里这么说，心中却在打着自己的算盘：你让众王爷来更好，朕就在众人面前让你侄女出丑，看你如何回答？

慈禧为何突然把众王爷请来呢？

慈禧有自己的考虑，这些王爷、福晋当中，醇王夫妇没说的，一定支持皇上立自己的侄女为后，这是亲上加亲，是慈禧的娘家侄女，当然也是醇王福晋的娘家侄女，肥水不外流嘛！除了恭亲王奕䜣之外，其他亲王多不问政事，对自己也言听计从，他们都害怕慈禧削去他们的王爵。只有一个奕䜣不好讲话，慈禧本不准备请他到此，但又怕朝臣私下非议，不得已才这样做。不过，慈禧心中有数，无论奕䜣心中有多么不满意，谅他不会说什么，一是奕䜣孤掌难鸣；二是他已被革职，说起话来没有人理睬，如果他有自知之明一定会沉默不语；三是奕䜣的儿子载滢私自带皇上狎妓一事慈禧仅派人通知奕䜣严加管教而没追究责任，奕䜣应知恩图报，如果他敢妄说，可拿奕䜣治罪，削去王爵。

慈禧认为召集众王来此对自己是利多弊少，才这么干的。

众人围绕皇上选秀女的事谈论了一会儿，大多是不疼不痒地说上几句，谁也不愿评头论足。众人心中清楚太后此举用意，因此，也有几家王爷故意靠拢太后，赞颂太后的两个侄女，这更把太后乐得合不拢嘴。

奕䜣始终一言未发。

日近中午，太监来报，说酒宴已准备好，请用膳。

慈禧扫视一下众人说道："众家王爷、福晋，我们到宴席上边吃边谈吧！"

慈禧话音刚落，光绪回头对太后说道："皇阿爸，众家王爷为朕立后之事到此，为了让各位王爷提个参考意见，等在酒宴上，可宣几位姑娘到此陪太后及亲王、福晋饮酒，也可观察一下她们的言行。"

慈禧微一愣，略一思忖说道："皇上这个提议很好，应该如此，作为一国之母，相貌固然重要，德才人品更重要，等会儿让众王爷仔细观察一下。"

保和殿寿膳堂。

太后、皇上和众家王爷与福晋及公主边吃边谈。酒过三巡，菜过五味，太监奉太后之命叫来留住宫中的七位秀女，让她们也加入酒宴和众人一起宴饮，谈诗论书。

又吃了一会儿，光绪对众人说道："朕很欣赏静芬姑娘，她很有才学，琴棋书画、诗词歌赋，无所不晓，无所不通。"

太后一听可高兴了，频频点头："皇上说得极是，静芬确实是位好姑娘，知书达理，才华出众，这一点醇王福晋也很了解。"

慈禧回头冲着妹妹醇王福晋一点头，醇王福晋只好跟着说道：“是这样。”

“皇阿爸，静芬这么有才华，那静芳也一定不弱姐姐静芬吧？”光绪问道。

慈禧以为光绪有意立两位侄女一个为后一个为妃呢！她更是满意，忙随口说道：“静芳同样有才，不弱静芬。”

慈禧知道，这两位侄女，静芬还算可以，这静芳实际是个大草包，好吃懒做，更是不读书，但她不能这么说，必须为侄女说好话。

光绪一听太后称赞静芬，便说道：“让静芬和几位姑娘各作一首诗，也在众人面前显示一下才华。以免去掉其他姑娘，朝中大臣私下议论这次选秀女不公平。朕以才以貌择优录取，谁也不能乱说太后和朕的不是！”

几位王爷一听皇上说得在理，一齐说道：“应当如此，请皇上出题，让她们各作诗一首吧。”

没等慈禧说话，光绪就抢先开口道：“汉字中有许多字是由两个字合在一起而成，如林、朋、吕、比、出等字，就以这样的字一拆一合为内容随便作一首诗吧。”

“题目出得好，说难也难，说简单也简单。”惇亲王奕誴说道，“请几位姑娘开始思考作诗吧！”

刚才喧闹的场面马上静了下来，众人都把目光集中在几位秀女身上，等待她们作诗。

吟诗作词对于珍儿可是小菜一碟，她只略一思考，便张口说道：

一个朋字两个月，
一样颜色霜和雪。
不知哪个月下霜，
不知哪个月下雪。

话音刚落，众人拍手叫好，一致称赞珍儿才思敏捷，不愧为才女。

正当众人议论时，瑾儿上前作诗一首：

一个吕字两个口，
一样颜色茶和酒。
不知哪张口喝茶，
不知哪张口喝酒。

“嗯，也不错。”有人赞美说。

慈禧太后又气又急，刚要说话，静芬站了出来，说道：“这样的诗还不好作吗？我来一首：

一个从字两个人，
一样颜色女和男。
不知哪个人是女，
不知哪个人是男。”

诗虽然作了出来，却没人喝彩。

慈禧见众人没有赞美，便说道：“这诗作得很好，以人为内容比以物为内容有意义。”

为了不让侄女在众人面前出丑，丢自己的面子，慈禧又向静芳提示说：“二字是两个一，你能不能像姐姐那样也作一首诗？”慈禧心道：你就是再笨，我这一提示，你依葫芦也应该能画出个瓢，作一首歪诗也行。

果然，静芳经慈禧这么一提示，也向前走一步说：“我也想出一首诗。”

“想出来就作！”慈禧催道。

一个二字两个一，

一样颜色鳖和龟。
不知哪一个是鳖，
不知哪一个是龟。

话音一落，众人再也忍不住，都哄堂大笑。

慈禧气得铁青着脸，怒气冲冲地说：“真是无用！”

慈禧说完，起身拂袖而去。众人你看看我，我看看你，不知说什么好。

光绪站了起来，对众人说道：“经过刚才作诗可以看出几位姑娘的德才，从这几天的观察了解，朕当众宣布淘汰静芳和户部尚书额勒的女儿查拉玛。朕将再和太后商议，如何从其他五位姑娘中选定皇后。”

在这些王爷中，大多数都专心注视七位姑娘的作诗和刚才引起的哄笑。唯醇亲王奕譞既没在意听吟诗，也没有认真喝酒说笑，他盯着珍儿直愣神，不知为何，他总觉得这位姑娘好像在哪里见过，就是一时记不起来。那一举一动都似乎十分熟悉，奕譞仔细回忆着周围的人，可仍然想不起来。

由于太后生气中途离席，这场酒宴不欢而散，人们草草吃一会儿都走了。奕譞还在发愣，福晋过来推他一把说：“还愣什么，没吃够吗？众人都已走开了，我们也告辞吧！”

“慢着，福晋，我怎么觉得那位叫珍儿的秀女好面熟呢，好像在哪里见过，可一时又想不起来。”

“经王爷一提醒，我也觉得那位叫珍儿的姑娘好面熟。听说，她是原任吏部侍郎长叙的女儿。你是否在他家里见过，或长叙过去把她带到我们府上？”

醇亲王奕譞摇摇头说：“我和长叙几乎没有交往，特别是他革职后更是没见过面。况且，他的这两个女儿都是在广州她们伯父家长大，只是最近才随长善的调任回京，我怎么会见过呢？”

醇王福晋想了想说：“也许和我们见过的人长得相似吧？”

“你这一提醒，我倒想起来了。福晋，你是否记得我们府上曾有一位叫玲玲的侍女？”

醇王福晋想了想，摇摇头：“府上那么多侍女，妾身记不住哪位侍女叫玲玲。”

“就是十多年前，一天中午府上捉住一名侍女和一个野汉子偷情。家人把那敢来王府偷情的汉子给吊在院中那棵白果树上痛打，结果那汉子被打死，那偷情的侍女也一头撞死在白果树下。”

“王爷提这些见不得人的陈年旧账干什么？”

“那撞死的侍女就叫玲玲，这珍儿和那玲玲长得特别相似，如果两人放在一起真的很难辨认出来。”

“不会这么巧吧！”

“世上的事也难说，那位侍女死时也就珍儿这么大。更让人不解的是那对偷情的男女被打死时，恰巧家人来报……”奕譞见周围没人，放低声音说，“正是当今圣上降临世间。”

“真的这么巧？”醇王福晋惊奇地问。

“正是这样，你那时因生产疼昏过去，哪知道这些事！招来的那个野汉子正是家人李同山的什么亲属，我本打算严惩一下这李同山，不巧来了一位化缘的和尚把他领走了。临走时，那和尚说了一些令人费解的话。后来思忖起来，和尚的话就与当今圣上有关，今天这珍儿出现，勾起我的回忆，难道这是上天安排好的吗？”

奕譞说完，心神不定地随福晋走了，心中仍藏着一个谜团。

慈禧太后偷鸡不成反蚀一把米，她宴请众王爷本打算让自己的侄女顺利登上皇后的宝座，万万没想到被皇上当众将了一军，令她出丑。她又气又恼，气她的侄女蠢猪不争气，恼皇上敢和她老佛爷斗，真是胆大包天，不给他点颜色看不知皇阿爸的厉害。

慈禧心道：哼！端华、肃顺、慈安、奕䜣都败在我手下，你个娃娃敢和我斗，我一定叫你服服帖帖不行，不服就废掉你！

慈禧刚坐定，李莲英就凑上来，谄媚地说：“老佛爷，皇上太不听话，不能这样让皇上胡作非为，刚刚执政就不服从太后旨意，将来还会把太后放在眼里吗？”

慈禧本来就气，经李莲英这么一吹底火就更气了。

李莲英为什么想让太后严惩光绪呢？

从小光绪就讨厌李莲英，这也造成李莲英对光绪不开胃。几乎光绪每次挨慈禧太后的训斥都与李莲英有关，久而久之，光绪恨透了李莲英。随着光绪年龄的增长，亲政之期来临，李莲英不免心中害怕，当年安德海的例子他十分清楚，不是同治帝讨厌安德海，安德海是万万不会被杀的。李莲英不想自己走安德海的老路，他必须加倍地讨好太后，让太后不放权给光绪，只要太后有权，量光绪也不敢对他李莲英怎样！

最近更有一件事刺激了李莲英，这再次提醒他在太后面前讲光绪的坏话，让太后对光绪生厌，造成帝后之间的矛盾，只有这样，他才能得以生存。

光绪举行亲政大典前夕，特地举行了一次皇上临朝模拟演习，朝廷的军机大臣、部院尚书及亲王贝勒等人依次向皇上行叩拜之礼。光绪威严地端坐在龙椅上接受朝拜，很有一副临朝执掌国政的龙颜气派。贴身太监王商站在一旁指挥大臣们进退往来。

李莲英看着这场面，心中很不自在。他想起慈禧太后坐在朝上，自己像王商一样的神情。这事刺激了李莲英，他好几天都没精打采，仿佛感到末日来临。从那天以后，李莲英更恨光绪皇上，干脆一不做二不休，怂恿太后和皇上斗，让太后不放权给皇上，看你还敢神气！

李莲英正在说光绪的坏话，荣寿固伦公主进来跪拜说：“固伦拜见圣母皇太后！”

“请起来吧！”慈禧摆摆手。

“圣母皇太后还在为刚才的事生气吗？”

“固伦，你看看，皇上太不像话，根本不把皇额娘放在眼里，故意让皇额娘出丑丢人。”

“皇额娘，身体要紧，大可不必为刚才这点小事生气，也许皇上是无意的。”

“无意的？他是有意要把你皇额娘气死，他自己就可为所欲为，谁也管教不了他了！”

“皇额娘，至于皇上选后妃的事，皇上还是得听你的。况且，皇上也年轻，对事情考虑也不尽周到，一切还得你给皇上做个主，至于选中哪位做皇后还是皇额娘说了算。”

“固伦呀，今非昔比，你皇额娘老了，皇上的翅膀也硬了，他哪还在乎什么皇额娘？”

“皇上一向挺孝顺皇额娘的，不会这样没良心吧？”

“哼！他要有良心，就不该把皇额娘的侄女，你的表妹静芳赶走。”

“皇额娘，固伦以为皇上可能是这样想的：如果静芬和静芳姐妹俩同时一个立为后，一个立为妃，难免外臣不说闲话，认为我们选秀女徇私舞弊。皇上辞退了静芳，一定是想立静芬为后，既然这样，皇额娘就成全了皇上吧！反正两位表妹立谁不一样，更何况静芳也确实不如静芬。”

慈禧本来火气挺大，经固伦公主这么一说，气也消了大半，静静地想了想说道：“唉，皇上要是也这么想就好了，就怕他另有所爱呢！”

“皇上还能不了解皇额娘的心吗？听皇上的言语也挺欣赏静芬姑娘的，想必不会另有所爱。”

“固伦，你对皇额娘真好，皇上能抵上你一半也让皇额娘放心了。可惜你不是男孩，否则，皇额娘一定立你为皇上的。”

“固伦感谢皇额娘的夸奖，固伦不想做什么皇上，只想服侍皇额娘终生。”

慈禧经固伦这么一谈，看着固伦日益苍老的容颜，伤感地说：“固伦，皇额娘对不住你！”

“都是往日的事了，提这些干什么，怎能怨皇额娘呢？固伦自己命苦。”

原来，荣寿固伦公主是恭亲王奕䜣的长女，因聪明伶俐，能说会道，深得慈禧的欢喜，被慈禧收留在身边，封为固伦公主。固伦在调解慈禧和奕䜣的矛盾上起了不少作用。后来，慈禧做媒把固伦公主嫁出，谁知婚后不到半年，固伦的丈夫死去，这样，固伦又回到慈禧身边，整日陪慈禧下棋、谈话，两人共同过着孀居生活。慈禧太后对固伦的话是非常信任的，一般言听计从，只要是固伦开口请求的，慈禧没有不答应的。

慈禧正在和固伦公主谈着话，太监来报，说皇上求见太后。慈禧刚刚消了气，一听皇上来了，故意生气地说：“本宫不见！”

固伦公主忙求道：“皇额娘，让皇上进来吧，也许皇上知道自己错了，来向你老人家赔礼的。你也可以问问他关于选后妃的事，看皇上是否真的有意立静芬为皇后。”

慈禧本来是故意做给别人看的，也有训斥皇上、打探皇上的心思，经固伦这么一说，便气哼哼地说道：“不是看在固伦的面上，皇额娘就不让皇上进来了，看他多胆大妄为！”

“固伦谢皇额娘！”

光绪走进殿内，上前跪拜说：“儿臣拜见圣母皇太后！”

“皇上眼中还有我这个母后吗？”

“儿臣不敢有违母后的懿旨，儿臣事事听从皇阿爸的，决不敢有丝毫冒犯。”

“刚才酒宴上，你为何让母后当众出丑难堪，让母后难以下台？”

“回母后，儿臣也没料到会有这种结果，儿臣当时纯粹想考察一下几位秀女的文才。让母后出丑，也是儿臣没有面子，怎么会自己向自己脸上抹灰呢？请母后见谅！”

“皇上请起吧！”慈禧仍余气未消地说。

“谢皇阿爸！”

光绪起来坐在固伦公主旁边，稍稍停顿一下说道：“皇阿爸，现在还剩下五名秀女，何时对她们进行正式册封，儿臣听从母后的安排。”

“皇上有权想要谁就是谁，要辞哪个就辞哪个，何必来问母后！”

“儿臣辞去静芳实在有难以启齿的隐衷，本不打算告诉皇阿爸，儿臣见皇阿爸动怒就以实相告吧！”

“皇上有什么难言之处就告诉皇额娘吧！也让皇额娘给皇上分担一些。”固伦开口说道。

“自大选秀女以来，外臣就风言风语，纷纷传说母后徇私情，给两个侄女走后门，每一轮竞选总把静芬和静芳排在第一排第一位、第二位最显眼的位置。有人传说，这还要选什么，干脆就立静芬与静芳姐妹两个一个为后一个为妃算了。还有人说，其他人是瞎凑热闹，后妃名单早就定好了，这不过是个形式。儿臣听报十分生气，才决定辞去静芳和额勒的女儿，以消除外臣非议。请母后明察。”

慈禧本来就心虚，光绪连唬加蒙地一番诉说还真起了作用，慈禧许久没有说话，顿了一下，叹息一声说：“唉，皇阿爸也难。不这样做，母后也担心让外人入主后宫，皇上这么年轻，难免不听信谗言，恐怕被外臣所利用而乱了朝纲。母后想让你舅舅的女儿入主后宫，我们亲上加亲，朝上宫内连为一体，不被外臣所左右。想不到这样做，又招致外臣非议。现在静芳你也辞退了，这立后的事皇上怎么打算？”

慈禧的意思很明白，我就是要立两位侄女为皇后的，静芳你已给辞掉了，这静芬你就立为皇后吧！

光绪当然明白，但他也不是满口答应，只恳切地说道：“皇阿爸的苦衷儿臣理解，一切就按皇阿爸所说的办吧！”

慈禧见皇上答应了立静芬为后，为免夜长梦多，便说道：“皇上明白就好，为了皇上早日独立执政，母后也安心怡情自乐，确立后妃之事宜早不宜迟，明天就是良辰吉日，即可在太和殿当众选定。”

慈禧说完，闭目养神。

光绪看了太后一眼，心道：你哄我，我也哄你，哄一时是一时，明天再见机行事吧！想到这里，躬身说道：“皇阿爸累了，儿臣告辞了。”

慈禧点点头，连眼也没睁开，只淡淡地说：“皇上走好！”

光绪刚走，李莲英就提醒说：“老佛爷，皇上所说的话可靠吗？”

“小李子，你放心，本宫也留了一手，皇上就是明天反悔，本宫也能制住他。”

“万一明天皇上立其他人为后，生米做成熟饭，当场公布于朝，再颁诏告示天下，那时太后知道也晚了。”

“明天本宫会放手让他随心所欲吗？你以为老佛爷真相信皇上刚才所说的？他敢胡闹本宫就敢惩治他，一切听我安排，明天让你有戏看。”慈禧不阴不阳地说。

李莲英这才满意地笑了，那对又黄又脏的大牙真刺眼，固伦瞟了李莲英一眼，皱了皱眉，心道：世上怎会生出这样的人？

光绪十四年（1888年）农历十月初五。

太和殿一派喜庆之气，虽然是初冬，天气有点寒，但今天却是冬天里的春天，融融的阳光普照着太和殿金色的琉璃瓦，发出熠熠的光彩，给人一种温馨、舒适宜人的享受。

今天，是大清王朝第十一代皇帝——光绪帝的定亲会。

大堂中央，慈禧盘腿而坐，双手垂放在座椅的两个扶手背上，悠闲地闭着眼，想着自己的心事。从慈禧的神态上可知，她今天的兴致特别好，搽粉抹脂，面容红润，眉毛也经过特意描修一番，好久没有盘起的头发今天也高高挽起，一排整齐的云鬓油光可鉴，一身崭新的皇太后服珠光宝气，给人一种雍容华贵、盛气凌人之感。

光绪坐在慈禧的右边，情绪也很好，换上绣龙描凤的朝廷衮服。光绪尽管没有刻意雕饰也透露出青春的风采，平常老气横秋的一脸晦气早被今天的喜气一扫而光，左顾右盼，有几分扬扬得意。

慈禧左边坐着荣寿固伦公主。大堂两边坐满了亲王、贝勒、重臣和命妇，四周站满了太监、宫女和一些特别侍从人员。

九时许，慈禧微微睁开眼睛，向站在旁边的执事太监点了点头。太监会意，向殿外高声喊道：“宣应选秀女——”

不多久，五位盛装少女迈着轻盈的碎步缓缓飘入殿堂中央。执事太监高声喝叫她们的名字。

最先走入殿内的是慈禧太后同胞弟弟禁卫军副统领桂祥的女儿静芬，只见她身材中等偏上，细腰圆肩，长长的瓜子脸，尖尖的下巴，皮肤白净，高高的鼻梁，红红的嘴唇里微露一排洁白糯米牙。令人遗憾的是长长的眉毛倒挑着，单眼皮，显得眼睛暗淡无光。人们常说眼睛是心灵的窗户，这窗户不够美观，直接影响了整个面部的布局，这对眼睛实在让观者遗憾！

静芬走上前，微红着脸一点头，施过礼后退到指定地点站好。尽管长得不是出类拔萃，看那神气，似乎志在必得，有一丝淡淡的得意忘形。

走在第二第三位的是江西巡抚德馨的两个宝贝女儿，这就是火爆京城的一对有倾国倾城之说的美人，京城盛传的“美人中的美人”。这是江南水乡滋润出的芙蓉花，细嫩面皮如桃花盛开，一对会说话的大眼睛好似早晨荷叶上的露滴，不碰自动，那袅娜娉婷的身材配上不长不短的裙裤，真是有风即呈飘摇之态，无风也展袅娜之姿。说起话来柔声细语，似乳燕出谷、黄鹂鸣柳，仅仅这么一施礼就让所有在座的人惊艳。

慈禧太后也不能不在心里大吃一惊，自己的侄女和这对姐妹站在一起，真是鲜花旁边的一堆狗屎，千万不能让她们入宫，否则，我那侄女还怎么活下去，宫中竞争的资本就是美色。

尽管这对姐妹花的美艳光绪已领略过多少次了，今天在这场合中相见仍有耳目一新之感。

最后走上前的两位姑娘是瑾儿和珍儿。瑾儿个头稍高，年龄也稍大，紧身的翠花淡紫旗袍衬出美丽的曲线，纤细的手指似葱根，眉目娟秀，清新脱俗，纯净自然的体态给人一种清水出芙蓉、天然去雕饰的美感。

紧紧依在瑾儿身旁的就是珍儿，珍儿给人最明显的印象就是一个“小”字，小鼻、小眼、小嘴、小脸，连牙齿都是小的，说话的声音都小心翼翼的，无怪乎有人小声说，怎么这位姑娘还带着一身的孩子气。可这身奶气中又透出一股少女的灿烂之美。

五位姑娘在大厅西边一字排开。她们羞答答地耷拉着眼皮站着，等待着最后的结果。

慈禧微转一下身子问道：“皇上，开始宣布皇后和贵妃的人选吧！”

光绪也侧转身子，红着脸问道：“皇阿爸，一切按原来议定的办吗？”

“自己的婚姻大事自己拿定主意，母后昨天就给你说过了，你就宣布吧！”

“既然皇阿爸相信儿臣，儿臣就不再劳累母后了。”

光绪说着将写好的一张纸递给站在身旁的执事太监，微红着脸说：“宣布吧！”

光绪说的时候，脸有点儿红，脑门上沁着汗，头稍偏着，也不正看他人，像一个做错事的孩子，唯恐受到家长的责备。他又像一个做了亏心事的人，担心被别人知道。

执事太监接过皇上递去的纸，向慈禧看了一眼。慈禧也会意地向那太监点点头。那太监便朗声念道：

> 皇帝寅绍丕基，春秋日富，向天下择贤作配，佐理宫闱，以协坤仪和辅君德。兹选得副都统桂祥之女叶赫那拉氏静芬，端庄贤淑，着立为皇后。原任侍郎长叙之女满他他拉氏瑾儿封为瑾嫔、珍儿封为珍嫔。
>
> 钦此

当执事太监读到“副都统桂祥之女叶赫那拉氏静芬，端庄贤淑，着立为皇后”时，光绪急了，忙对执事太监说道：“混账的东西，读错了，快停止！”

慈禧微笑着对光绪说：“没有错，这是皇阿爸昨天商定好的，皇上不是也同意的吗？怎么说读错了呢？继续念完。”

光绪刚才还是一副得意扬扬的样子，仿佛成竹在胸，大有胜利者的神态。现在像是霜打的茄子耷拉着脑袋。他知道自己被太后愚弄了，自己的一切行动都掌握在太后手里，自己太逊太嫩了，是一只斗败的小公鸡。至于执事太监后来说什么，光绪一句也没听进去，像一只泄气的皮球，瘫倒在座椅上，心里委屈极了，却又说不出一句话，真是哑巴吃黄连有苦难诉。

慈禧也不管光绪是什么反应，朗声对李莲英说道：“小李子，把这柄玉如意交到皇后那儿，把这对荷包赐给瑾嫔和珍嫔吧。”

这个结果既在众人意料之外又在众人意料之中。慈禧为何这样安排呢？

慈禧早已悄悄打探出光绪的心思，他被德馨两个女儿的美艳所吸引，暗中决定立她们两人一人为后一人为妃。当然，光绪心中也明白，完全抛开圣母皇太后的侄女是行不通的，干脆给她一个嫔妃的位子吧。至于珍儿与瑾儿姐妹俩，虽然相貌比德馨的两位女儿差一点儿，但也可以算是美人胚子，况且是这五人中最有才华的姑娘，就立为贵人吧！慈禧怎能允许光绪恣意妄为？心道：你越是想做的事本宫越不让你做，你不是倾心德馨的两位女儿吗？我就让你一个也得不到！看胳膊能否拧过大腿？鸡蛋能否碰烂石头？

慈禧的套子早已设好，就看光绪的表现，无论光绪怎么打算，立谁为后，慈禧都会让执事太监按照她的旨意宣布。光绪的命运是慈禧安排的，自从光绪入宫到现在都是如此，至于将来的命运如何，这要看帝后之间争锋的实力了。

总之，这次选秀女透着神奇和古怪，想得到的反而得不到，不想得到的却拥有了。德馨的两个女儿最伤心，在执事太监当众宣读圣谕时就流下委屈的泪，期望越大失望越大，她们渴望成为皇后，也自信凭自己的美色一定能登上皇后的宝座，但她们双双失败了，皇后的美梦破灭了，怎能不伤心落泪呢？

德馨的两个女儿认为她们的命运最差，经过这次打击，回去之后就双双各自出嫁了。谁曾想到，这对自认命运最差的姐妹将来的运气却是最好的，因为她们都有一个好的归宿。相反，自认命运最好的静芬，她的命运又怎样呢？

瑾儿和珍儿无意中被拉入了一场竞争皇后的活动，她们不情愿，伤心，最后是机械地参与，不希望当选却又当选。忍痛割爱，告别热恋的情人去服侍一位陌生的男人，她们心甘情愿吗？这未来的命运怎样呢？

一场爱的悲欢离合从此拉开了序幕，这期间绞合着爱与恨、生与死、血与泪……

第二十二章

别旧好珍儿入宫院
题新园慈禧近湖山

轿子就要进入大内的时候，珍儿双眼一亮，她发现了那张脸、那个身影。珍儿想喊却喊不出声音，想掀开轿门冲出去，扑进她心里呼唤了千万遍的文哥哥怀里，但还没等她来得及鼓起勇气，轿子已拐入地安门了。

光绪十五年（1889年）农历正月二十七日。

龙凤大婚的隆重庆典在坤宁宫举行。

这是大清王朝所有皇帝婚礼中最为奢侈豪华的一次。慈禧为了显示一下她执政的十几年中大清王朝是一片国泰民安的祥瑞之气，亲手精心筹划了这桩大事。成立了大婚特别礼仪处，由醇亲王奕譞总负责。又抽调了户部用来赈济河南、安徽、山西等省的内帑银作为筹备大婚的费用。同时颁诏天下在全国掀起为皇上大婚集资敛财的活动，造成了人人皆知、家家都晓的声势和排场。甚至许多外国驻华使节都送上一份可观的贺礼。

婚礼的程序是按部就班有条不紊地一项项进行。

第一步是行纳彩礼。

由协办大学士、户部尚书福坤为正使，礼部尚书奎运为副使，带着内务府置办的各种礼品来到方家园皇后宅邸，由桂祥夫妇接纳，先是鸣炮奏乐，接着举行纳彩礼仪。随行人员把鞍辔整齐的骏马二十匹、铠甲二十副、丝缎百匹和各种金银器一份份地按程序移送给桂祥。最后举办纳彩宴，来往宾朋痛饮喜酒，好不热闹。

第二步是行大征礼。

就是在迎娶皇后进宫前再向皇后娘家赠送礼品，相当于民间女子出嫁时的四合礼，爹娘家辛辛苦苦把女儿抚养长大成人就要出嫁了。多少要给娘家补偿一下这十多年的损失，也是一笔给爹娘的抚养费。皇后也不例外，并且礼物更重：黄金千两、白银万两、缎千匹、鞍马百匹，金银器具各一套。除此之外，又向桂祥夫妇与皇后的兄妹姐弟家人赠送一定数量的礼品。

第三步是行迎凤礼。

这是所有礼节中最复杂也是最隆重的一个礼仪。迎娶皇后这天，京城内外甚至全国上下，人人穿红着绿，家家张灯结彩，表示这是国庆，要万民同贺。如果哪家遇有丧事也必须推迟举行，否则，加以严惩。

皇宫内外在一个月前就已重新粉刷一新，现在的各处御路地铺红毡，对联门神更换一新，大红喜字随处贴满，各个宫门、殿门高悬着大红凤灯。从太和门、太和殿、中和殿、保和殿以及乾清门、乾清宫到坤宁宫，这紫禁城直南直北的大门大殿一律高挂彩旗，飘扬着双喜彩绸花。

太和殿外陈列着皇帝的銮驾仪仗，坤宁宫外排放着皇后的仪驾。吉时已到，礼炮齐鸣，接着是凤歌凰曲一齐奏出，正副迎亲使者穿着簇新的礼服手持符节在前导向，随后的是存放皇后志书和印信的各种册亭、宝亭、喜轿、凤舆和皇后的仪仗队。最后才是迎接皇后的内务大臣、宫女太监、锦衣侍卫。一支浩浩荡荡的迎亲队伍吹吹打打、热热闹闹地走出太和门向皇后宅邸方家园进发。一路上早已是净水清街，红毡铺道，准允百姓穿红戴彩站在街边观赏。

迎亲队伍到达方家园后，双方礼炮对鸣，乐队合奏。先举行受册仪式，然后请皇后升凤舆，开始起驾回宫。仍然是正副使节开道。皇后仪驾、册亭、宝亭领路，中间才是皇后凤舆。凤舆前命妇八人骑马前导，十八骑马后卫，宫女太监持着各色彩绸绕凤舆步行。最后仍是内务大臣、侍卫等乘马随行，一路上又是礼炮响个不断，乐器奏出凤歌凰曲，好不威风！

凤舆先从大清门到天安门，再经端门入宫。这时再用九凤曲柄华盖在前面引导进入午门、太和门、乾清门到达乾清宫。每过一门少不得一番笙箫协奏曲，然后是遍撒喜果喜礼。

第四步是行龙凤大礼。

穿戴一新的光绪皇上站在乾清宫门前，等到凤舆落定后，他接过太监递来的三支桃木神箭象征性地朝凤舆方向连射三箭，表示为皇后驱走鬼怪。然后，光绪才大步上前接过十全命妇合递上的金钥匙，打开凤舆上的金锁，持着大红彩绸把蒙着红盖头的皇后引进坤宁宫。

这时，也像民间婚礼一样，黄钟大吕齐鸣，两廊奏乐，是一支龙凤合欢曲，在一曲百鸟朝凤的唢呐声中合拜天地祖宗，然后拜寿星、灶君。慈禧太后端坐中央接受一对新人的大礼朝拜。今天的慈禧太后更是红光满面，春风浩荡，嘴没有合拢，眼也笑得眯成一条缝。她怎能不高兴呢？一切都按照她所设想所操纵的步骤进行，在这场无声的皇后争夺战中，她又是唯一的赢家。最大的失败者当然是欣逢大喜却喜不起来的新郎官，光绪像个木偶一样被人安排着完成一项又一项繁缛的礼节。

婚礼的第五步也是最后一步：行交欢礼。

在一片祥和而又喜庆的龙凤呈祥乐曲中，新郎、新娘进入洞房花烛夜。在太监、宫女和命妇的催促下，光绪掀开新娘的红盖头，又在太监和宫女的安排下，光绪和皇后喝了交杯酒，吃过汤圆与子孙饽饽，最后是交欢宴。皇上进行这些礼仪的同时，太和殿内各亲王贝勒、朝臣和命妇、公主还在慈禧太后亲临主持下接受赐请的宴席。

到此，一切礼仪都结束了，剩下的就是皇上和皇后两个人的事了。

坤宁宫东暖阁内，一对大红高腿双喜蜡烛已燃过了大半。

如同上足了发条的木偶人一般被折腾了一天的光绪头晕眼花，本来就不胜酒力，由于心情不快，现在更是内心如火燎，又想呕吐又想昏睡，四肢无力、头脑发涨。但他的心是明净的，僵硬地坐在喜床上一动不动。静芬皇后都怀疑坐在喜床上的家伙是不是个活物，她无法理解光绪皇上的冷淡。自己相貌虽然比不上德馨的两个女儿，却也算得上一个美人吧，更何况这是新婚初夜，你为什么没有人们常说的初夜那样的狂热与激情呢？静芬感到非常失望，这是对女人最大的伤害。静芬默默地哭了，先是泪向心里流，心里盛满了，又溢出了眼眶，一行又一行，在粉黛浓浓的香腮上冲下两道明显的印痕。奉慈禧太后懿旨在喜帐后听房的四位年高德重的王妃守了半夜，冻得腿脚发麻仍不见帐内有丝毫动静，也不禁感到奇怪，可又不敢轻易走动，四个老太婆实在熬不住了，各打一个哈欠悄悄退走了。

一对红烛终于燃到最后一秒，先后扑地一声熄灭了。静芬擦干眼泪，无声无息地脱去衣服钻进被窝，静静地等待着奇迹在身上发生。可光绪仍然呆呆地坐着。

静芬终于用被角捂住嘴巴失声痛哭。

这哭声真起了效果，仿佛把光绪丢失在天国的灵魂唤了回来，似乎也一下把光绪从酒意中惊醒过来。他一骨碌站起身，一句话也没讲，以极快的速度把衣服脱得精光，一把撩开被子钻了进去。

光绪急得满头大汗。静芬也急得一身汗水，她想帮一下皇上，可一点儿也插不上手，只能干巴巴地看着皇上望梅止渴。

东方发白了，雄鸡啼鸣，光绪垂头丧气地倒在一边，他说不出一句话。静芬比刚开始更加失望，她看着倒在一边开始入睡的皇上，气呼呼地一翻身，把脸转向一旁，从牙缝里嘣出几个字："真没用！"

光绪并没有睡着，他痛苦极了，听到皇后的第一句话就是这几个字，伤透了心，但他什么也没说。

夜已经很深了。

原任吏部侍郎长叙家的花园里传出少女嘤嘤的哭声，青春、低沉但又透着一丝悲哀。

许久，才听见一句无奈但心碎的安慰声："珍儿，这是命，我们都认了吧！你把我忘掉吧！我也力争把你忘了。”

“文大哥，求求你，趁这黑夜，带我走吧！走得远远的，无论是天涯还是海角，哪怕一个人也没有的荒岛，我们到那里去耕种生产，你担水我浇园，你打柴我纺棉，过一种艰辛的世外桃源日子也好，我不羡慕帝王家的荣华富贵，我只想和你在一起，文大哥，咱逃吧！”

接着，是一阵呜呜的哭泣声。

文廷式双手轻抚着珍儿那瘦小而尖细的双肩，哽咽着说：“珍儿，别傻了，你不是听人常说：‘普天之下，莫非王土；率土之滨，莫非王臣。’你现在是皇上的妃嫔了，逃到天边也不能逃出皇上的手心。我不能连累你，应当理智点。要是那样，我们两人的生死无所谓，你的全家、我的全家都得满门抄斩，我们就成为千古罪人了。”

“文大哥，我们不能偷偷搭乘洋人的船逃到海外吗？逃到一个皇上管不着的地方，你我就可自由自在地生活了。”

“珍儿，你太天真了，明天皇上可能就派人来保护你了，因为你已成为他的妻子，不能再随便离开半步。你被锁进深宫，我也将回归我的家园，也许我们之间的爱本来就是错误，既然是这样，那就到此为止吧！这是不公平的命，命啊！”

“文大哥，我不相信命，我只想投入地爱一次，只爱一次，死而无憾！文大哥，我早已把心许给了你，这身子也给你吧！”

“珍儿，不能，不能——你是皇妃，我不敢，求求你！那样你会被杀头的！”

“我不——管！”

两人抱头痛哭，尽管夜深人静，在这伸手不见五指的寒冷深夜，哭也哭得那么压抑，那么窝囊。

许久，许久。两人抬起头，彼此给对方擦干脸上的泪水，相视一会儿，珍儿平静地问：“文大哥，我都不怕，你还怕什么，有什么不敢？”

“珍儿，权当这是一场梦吧！你好好进宫服侍皇上，让他也为咱天下百姓着想，救民于水火是皇上的责任，也是你的责任。你把一切奉献给皇上，力争皇上的信任。支持皇上振兴我大清朝，不受洋人的侵略，不让百姓遭殃。”

“文大哥，我能够做到这些吗？”

“凭你的聪明贤惠和美丽，你一定会取得皇上的好感和信任的。”

“文大哥，你打算怎么办？”

“我准备明天就起程回广州老家，重新攻读，准备迎接下次的科考。读得圣贤书，售与帝王家。我要考取功名，用自己的知识才学为朝廷出力，也为百姓出力。”

“文大哥，你不恨皇上吗？”

“珍儿，这是命，这是你的福气，我不恨别人，只恨我自己。天不早了，你回屋吧，我也该走了。”

“文大哥，你不能暂不回家吗？等我走后再走。”

文廷式想了一会儿说：“好吧！”

“文大哥，以后见面的机会不多了，这个我亲手制作的香包给你留个纪念吧！”

文廷式接了过来，也从身上摸出一样东西：“珍儿，这是我母亲临终前留给我的一只连心锁，我已戴它十几年了，就送给你做个信物吧！”

四只手紧紧握在一起，四只眼紧紧交织着难以表达心事的目光。

就在文廷式和珍儿一同哭泣倾诉的同时，在离他们不远的地方也有人在哭泣、伤心、哀怨。她就是瑾儿，瑾儿更感悲伤，她偷偷地爱着一个人，也爱得死去活来，自己还没来得及表达这一片爱心就悄悄地失去了，这是世上最悲哀的爱，不被爱的人所理解，能叫爱吗？自己将带着一颗伤残的心走进那高深莫测的宫墙，今后的生活会怎样？瑾儿用泪水冲洗这蒙垢的心灵。

一夜之间，珍儿、瑾儿的命运改变了。她们成为皇妃了，生活也不像先前那么自由了，她们必须熟悉宫中的生活习惯，了解宫中的习俗规章，原先所学习的一点支离破碎的常识已不够用，必须从头学起。

礼部和内务府派来大批宫女和太监及其他侍卫，帮助长叙家置办嫁妆。这样，本来还算宽敞的宅院显得狭小多了。珍儿和瑾儿不得不搬到伯父长善府上居住，并接受宫廷礼仪的调教训练。这对普通的小姑娘不普通了，居住的地方划了禁区，有宫廷侍卫严密守护着，连亲人都不能随便和她们见面，一对追求自由、活泼快乐的小鸟被装进了一个笼子，失去了自由飞翔的机会。

珍儿和瑾儿每天被封锁在壁垒森严的禁区里，反复学习和练习各种宫廷礼节，除此之外就是在宫女的簇拥下试穿各种新做的衣服，试戴各种新制的首饰。要么就是吃饭、睡觉、想心事，想她们失去的童年，想那南国亚热带美丽的景色，想和文大哥一起度过的日日夜夜。

珍儿瘦多了，瑾儿也瘦多了。

大婚的日子越来越近，按照清朝后宫礼仪规定，妃嫔的婚事应在皇后的婚事之后。就在皇上和皇后的大婚之后，准备迎娶珍嫔和瑾嫔前三天，珍儿从宫女那里听到消息，昨天宫中发生了一场大火。

这场大火烧得怎样，珍儿不知道，一向不迷信的珍儿也有点心神不宁了。她曾听母亲讲过，新婚之时最不祥的预兆就是大火，究竟大火会给新婚的男女带来什么不祥，母亲也不知道，这是她们祖上传下来的说法，预示着什么呢？珍儿反复猜测思索着。

宫中这场不祥的大火是怎么一回事呢？

皇帝大婚之后，各种彩旗、彩灯以及彩饰依然完好地保存着，准备迎接第二次大婚。就在昨天夜里，宫中发生了一场大火，最早起火地点是贞度门附近的一座搭起的美丽彩门，夜阑人静，火助风威，本来是一个小小的彩门，由于宫中值勤人发现较晚，火势已蔓延开来，熊熊大火从贞度门烧到太和门，又烧到附近的几个皮库、茶库，接着太和殿前摆放的一些皇上的銮驾也化为灰烬。几乎整个京城都可看到宫中冲天的大火和滚滚的烟尘。

大火最后被扑灭了，却给皇上第二次大婚带来了难题，更给这皇家大院带来一丝不快的阴影，让兴致勃勃的慈禧太后扫兴，更让郁闷中的光绪皇上的情绪一落千丈。

太和门是通往太和殿的必经大门，迎娶新人的许多活动都必须在太和殿举行。眼看皇上的这一次大婚只剩三天，修复原样不可能了，但不能因一场大火影响皇上的大婚。按照满洲风俗，新婚吉日一经选定是不能轻易改动的，否则更是不吉祥。

慈禧太后马上下旨宣召京城所有能工巧匠把烧毁的牌楼搭起来，重新图彩上漆，又命李莲英负责布置彩饰彩旗和对联及大喜红灯。要立马重建一座太和门是来不及了，几经商讨，决定以彩扎的方式搭起一个临时性的太和门，必须与原来的太和门同样雄伟高大，华美壮丽。

宫中的聘礼送来了，嫁妆也置办齐备了，新婚大喜的日子也到了。一件件礼物装进了盒子和箱子。

嫁妆分为许多种类，装箱也极有讲究。第一类是常备衣服：皮、棉、袷袍、褂、裙、裤、衬衣、氅衣、衣绒花包头、手巾、鞋子、袜子等，共有一百零八件。第二类是日常床上用品：被、褥、垫、帐、单等，共三十六对。第三类是各式家具和一乘四人杏黄暖轿，共二十五件。第四类是精巧美妙的各种陈设：如玉、瓷、青铜、玛瑙、金、银、竹、木等，共十四件。第五类是各式首饰：如金项链、银项圈、玉手镯、戒指、饰药和各式头饰，共九十六件。第六类是各种常用器皿，大小盘、壶、盆、盒等。真是应有尽有。

这是长善府所在的西单牌楼粉子胡同有史以来最热闹的时候，各种乐队从头天下午就开始演奏，一种喜庆的气氛把左邻右舍也搅得睡不安宁。

这许多天以来，珍儿苦苦等待的人再也没有见到，在禁闭绝缘的环境里，珍儿没事的时候就想啊想，终于想通了，这是命，谁也更改不了的命。既然命中注定必须这样，那就接受命运的安排吧！

现在的珍儿似乎比姐姐瑾儿还想得开，看得远，既不悲也不喜，像个木偶一样接受着别人的安排。尽管外表似乎麻木了，但内心却一直在翻腾，到底想了些什么，她自己也不知道，反正睡不着。有一种挥也挥不去、赶也赶不走的东西在缠绕着她。

不知什么时候，实在困极了，迷迷糊糊地就要入睡了，却又被服侍的宫女叫起了床。珍儿坐了起来，一阵冷风吹来，打了一个冷战，哦，天好凉，她向窗外望去，夜色正浓，还没来得及活动一下筋骨，呼吸一口新鲜空气，就被叫去整理姿容，精心打扮。她想别出心裁地自己修饰一下，可宫中规矩不允许她那样做。

唉！宫中的规矩真多。还没进宫，珍儿对宫中的第一个感觉就是这样。

一个时辰过去了，两个时辰也熬过去了，天已放亮。几名懂规矩的老嬷嬷仍在给珍儿梳头、化妆、试衣服。珍儿也真够怪的，耐着性子，不声不响地任她们摆弄。

吉时已到，鼓乐声把爱凑热闹的亲邻召集到粉子胡同周围。一支浩大的迎亲队伍摆好了回去的阵式，前有宫廷吹鼓手，中间是仪仗队，其次是珍儿、瑾儿所乘坐的两乘四人杏黄暖轿。随在轿后的是宫内首领太监、敬事房执事太监，以及宫女们，最后才是皇家侍卫队和御林军。

举行告别仪式了，瑾儿、珍儿来到大堂上叩拜双亲。十指连心，儿女是父母的心头肉呀！虽说男大当婚、女大当嫁，但这嫁出去女儿去的却不是寻常百姓家。长叙夫妇并不像儿子志锐、志钧因为自家成为皇亲国戚而得意忘形，相反心情十分沉重，早已知天命看破世事的长叙更知道华贵的深宫大内同时也是一座人间地狱，一言一行稍有不慎都有可能性命难保，甚至累及父母亲邻。

长叙夫人老泪纵横，长叙也有一种说不出口的忧伤，想说几句安慰的话语却不知从何说起，他用发抖的声音哽咽道：“这是命中注定的，听由命运的安排吧！权当我没生你姐妹俩！”

长叙说着，想起了取朱果归来时志清道长说的话，也想起了自己曾做的那场梦，更想起了送瑾儿、珍儿去广州时那和尚的谶语。不知为何，长叙猛然抬起手，向跪在地上的两个女儿一人打了一巴掌。

本来心情复杂的姐妹俩被父亲这莫名其妙的举动惊呆了，只怔怔地跪在那里泪眼汪汪地望着父母。这是自小以来父亲第一次打她们，以前无论怎么顽皮，珍儿也没挨过父亲的打，这是为什么？她不能理解。

“你们去吧！”

长叙含泪向外挥挥手。

锣鼓喧天，唢呐激昂，笙箫悠扬，这支浩浩荡荡的迎亲队伍吹吹打打地离开了西单牌楼粉子胡同。

珍儿没有泪，她坐在微微晃悠的杏黄轿内，把顶在头上的红盖头扯了下来，用手轻轻撩一下轿门的帘子，露出一个缝儿，她目不转睛地从这个缝儿去搜寻她要寻找的心上人。

一路上，她尽量不错过街道两边站立的任何一张脸，但她失望了，没有，真的没有那张熟悉得不能再熟悉，几乎一合眼就能把那上面的所有特征都背下来的脸。

就在失望至极，轿子转入地安门进入大内的岔道口上，珍儿双眼一亮，发现了那张脸。那个身影，还是平时那身打扮，可比往日瘦多了。珍儿想喊却喊不出声音，想掀开轿门冲出去，扑进心里呼唤了千万遍的文哥哥怀里，但还没等她来得及鼓起勇气，轿子已拐入地安门了。

此时，珍儿积攒一路的热泪夺眶而出，她放下了帘子，把那唯一的缝儿挡得严严实实。

这支皇家迎亲的队伍拐进地安门，经神武门、贞顺门、过中门，穿过后庭，绕了一圈，仍由太和门、乾清门分别将珍儿送进景仁宫，瑾儿送进永和宫。

心伤透了之后就不会再伤心了，珍儿，不！应该叫珍嫔了，珍嫔就是这样，现在平静多了，什么也不想了，完全在别人的安排下去机械地完成一系列烦琐的礼仪和规定的动作。

接下来的许多天就是叩拜，叩拜，还是叩拜！

珍儿先在景仁宫内的香案前拈香下跪，行三拜九叩礼，这叫敬宫礼。随后在太监的带领下到承乾宫、毓庆宫、建福宫等宫的神牌前拈香叩拜曾在各宫住过的列位先祖先宗的皇后。

接着来到储秀宫，向端坐在大堂正座上的皇宫铁女人——圣母皇太后行大礼。珍嫔小心谨慎地上前行礼，动作虽然不那么熟练，但行体大方。

慈禧微笑着注视着眼前这位小姑娘，想起自己初进宫时的情景，看那股劲儿真和自己当年有几分相似呢！慈禧冲她点点头，觉得自己的眼光很高明，马上给她赐了座，谈了会儿话，慈禧挺满意珍嫔的回答，这才让太监带她到别的宫里叩拜。

拜过太后就应该拜皇后，这是宫中规矩，偏拜正，小拜大。

后被册封为隆裕皇后的静芬皇后还在钟粹宫内等待珍嫔与瑾嫔的叩拜。珍嫔上前三拜九叩之后，被平身赐座，隆裕皇后看着这位一直和自己竞争到最后的小姑娘，暗暗点了点头，心道：要不是有当皇太后的姑妈撑腰，自己早被这小姑娘打败了，但无论如何现在自己是个赢家。隆裕皇后又细细打量了一下珍嫔，从那身机灵活泼的劲儿上知道以后这是强大的情敌。但看到珍嫔那透着娃娃气的脸，放心了许多，况且还有太后做后盾，自己在未来的竞争中也一定还是赢家。

以后的几天，又是几项隆重的叩拜大礼。

先是到养心殿向皇上叩拜还宫升宝座之礼，并向皇上献上金如意。再到钟粹宫行还宫升宝座大礼，叩拜隆裕皇后，敬献金如意。最后，在光绪的带领下，和皇后、瑾嫔一起到储秀宫向圣母皇太后慈禧行还宫升宝座大礼，敬献金如意，并在太后的赐赏下一同看戏。

新婚的最后一项礼仪是在皇上的亲自率领下到景山祭拜列圣列后的画像。这样，大清帝王中最奢侈堂皇的婚礼，在一个多月的哄哄闹闹之后才告结束。

据户部、礼部和内务府统计，光绪皇上的这次婚礼共用去黄金四千两、白银五百万两。然而，这个各怀不同心事而组成的一个新家庭是否会因为如此奢华的婚礼而忘却过去的一切，组成一个和谐的生活空间呢？

新婚燕尔的光绪皇上并没有得到常人那样的新婚之乐。本来就体弱的皇上经过这一个多月的折腾，终于病倒了，再加上心情一直郁郁不乐，一腔心事无处倾诉，这一病就病了将近两个月。

随着气温上升，天气转暖，北京城露出春天的笑脸。

光绪养病期间，翁师傅来过几次，一方面是探视皇上的病情，望圣上早日康复，上朝理政；另一方面也是催皇上登朝宣布正式亲政诏书，劝太后归政颐享天年。因为皇上已经正式大婚了，这"归政"与"亲政"的事日益提上日程。如果皇上被病体所误，岂不被太后抓住把柄，推迟归政日程？光绪一听，也觉得翁师傅的提醒很有道理，心情爽快了许多，病体也就慢慢痊愈了。

醇亲王负责修建的先后耗费三千多万两白银的清漪园工程，已经全部结束。唉，只要太后顺利归政，这三千万两白银的花销也是值得的。光绪皇上看着户部呈上来的清单不无感慨地在心里说道。

慈禧太后下令把清漪园改名为颐和园，作为她归政后的去处。重建了三海工程，扩建了这颐和园，耗费之大是难以想象的，把扩建北洋水师和赈济山东、陕西、河南水灾的费用都打了进去还不够，可慈禧太后仍不满意。她试探地提出重修圆明园的计划，遭到所有朝中大臣的一致反对，甚至她的死党荣禄也委婉地向慈禧建议："老佛爷，这样做恐怕行不通！"

慈禧不耐烦地反问一句："为什么？"

荣禄说他曾找过许多中外建筑师合计过，重修圆明园的费用太大，恐怕花掉大清国的所有财力也不能把圆明园修复成原来的规模。

慈禧叹了口气，又征求一下皇上的意见。

光绪皇上一听皇阿爸又想重修圆明园，吓得扑通跪下叩拜说：“儿臣恳请圣母皇太后明鉴，重建三海工程、扩建颐和园几乎耗尽大清国的国力。若再重修圆明园，恐怕集中大清天下的物力也难以完工，儿臣恳请母后放弃这一做法！”

慈禧见皇上这样说话，又知道群臣也一致反对，便悠悠地说道：“皇上，皇阿爸也知耗费甚大，不想重修那么一个破园子，可那是文宗皇帝在位时留下的耻辱啊！母后一想起往昔就十分痛苦，总想重修圆明园，洗去我大清朝的屈辱。”

“母后，我大清朝的屈辱岂是修建起一个园子能够洗刷的？”

“那皇上认为怎样才能洗刷？”慈禧不高兴地问道。

“回母后，只有富国强兵，振兴我大清朝的国威，打败来犯洋人才能洗雪先朝屈辱。”

慈禧知道皇上的确大了，有自己的思想，这事不可能硬来。过了一会儿，才缓缓说道：“暂且不修就不修吧，将来国库宽裕了，皇上再做重修的打算吧！”

“儿臣以为，这圆明园是我朝的一个屈辱的伤疤，让这个破废的园子永存，也给咱后世子孙留下一个警醒的标记，教他们不忘国耻，时刻振作，重新开创我大清天朝大国的盛世雄风！”

“好啦，好啦，你回去吧，母后困了。”慈禧不耐烦地说。

光绪道一声安，恭敬地退出储秀宫。他来到宫外才长叹一声，无可奈何地摇摇头，他知道，现在应该学会“忍”，万万不可与太后闹翻。太后马上就要归政了，执掌朝政十几年，就要退居后宫了，难免心情不爽，说话带气。忍就忍一点吧，小不忍则乱大谋。

一个风和日丽、阳光明媚的日子，光绪皇上亲自带着他的皇后和妃嫔护送慈禧太后进驻颐和园。新建的园子少不得有许多殿堂楼阁亭榭等景点要起名字，太后兴致一高，也想在这些新来的儿媳妇们面前展露一下自家生活的富丽堂皇，便特邀皇上与皇后、妃嫔、公主等人到园中各处好好观赏一番，也开开眼界，看看这座中外融汇、古今结合为一体的皇家园林有多么气派，这才是她老佛爷居住的地方。也只有德高望重、功高盖世的叶赫那拉氏慈禧太后才有资格在此居住，这代表一种身份，是一种不是皇上胜似皇上最高权力的象征。她也在向自己的儿媳妇们显示，我太后是大清国的无冕皇上，是天下主宰，谁胆敢对太后不敬就会有紧鞋穿！

老佛爷在前，紧跟着的是大内总管太监李莲英，随后才是光绪、隆裕皇后、珍嫔、瑾嫔和荣寿固伦公主等人。慈禧先带众人来到一个去处，只见这时春风和暖，万物刚吐生机，一派春的气象，慈禧笑问道："皇上，你看这个亭子起个什么名最好？"

光绪心知太后早已想好名，自己怎好轻易乱说，便答道："这第一个景点的名字当然应该由太后来定，儿臣虽是一国之主，但大小事务还得由太后给拿个主意，儿臣怎能僭上。太后虽然今天驻跸这颐和园，儿臣仍应尊太后为天下之主，理应由太后第一个命名才妥！"

慈禧一听皇上这么讲话，也乐了。嗯，为皇上大婚我花去那么多银子也值，毕竟拢住了皇上的心。她笑着说道："随便题一个名字还这么客套，又不是外人，还推让个啥，既然皇上这么说，母后也就抛砖引玉先题一个，不好你等再改正吧！"

"皇额娘，快题吧！我们都等急了，好久没见您老人家题匾写对了。"固伦微笑着催道。

"好吧，你们看：在这融融景色之中，一亭傲然独立，就像这片景色的眼睛，从这亭子可以窥知春天的踪迹，就叫知春亭吧！"

"妙，实在妙！"皇上赞道，"以前常听人夸赞皇阿爸是天下才女，儿臣很少领教过，想不到皇阿爸一出口就不同凡响。"

"皇上这样夸奖，让皇额娘不好意思了。"固伦公主开玩笑说，

“太后现在开了个好头，我们再给园中亭楼题名时也不能太俗，让太后对我们失望哟！”

众人说着、笑着走上一座小桥，此时桥下流水潺潺，鱼儿也怡然自乐。

太后回身问道：“皇上，这个桥的名字应当你题了吧？”

光绪知道，再推辞一定会扫太后的兴，也就不再客气，对着众人说道：“刚才圣母皇太后给那亭子题的是知春亭，正好引发朕的灵感，这桥和那亭遥相呼应，就叫知鱼桥好了。”

众人又是拍手。“太后果然开了好头，皇上又把太后的情趣引发过来，看下一个景点谁如何紧承以上的雅趣了？”固伦公主说道。

“皇后，这处景点该你来题了。”光绪尽管不喜欢这位皇阿爸硬塞进怀里的皇后，可在太后面前，出于礼节也不得不把皇后捧一捧。

皇后初来，一切还不熟，想不到皇上突然发话，一时没有思索，不知如何作答。慈禧也怕自己的侄女万一题不好，让众人嘲笑而失面子，忙给皇后找借口说：“皇后作为一国之母，应有谦让的美德，这处景点按理应该由皇后来题，但为了做出谦让的风范，还是先让珍嫔来题吧！”

众人都知道选秀女时，珍嫔出口成章，语惊四座，太后此举一来是为了给皇后找个台阶，二来也是重新考考珍嫔。

光绪看着小巧玲珑的珍嫔，说道：“你可要好好考虑一下，这处景点极为难题，没有突出的特征，立于其间只可感到这里空气新鲜，让人特别舒畅。”

“哟，刚刚新婚，皇上就偏心了，心疼这位机灵可爱的珍嫔了，人家还不一定领情呢！”慈禧太后逗笑说。

这样一来，珍嫔脸羞得通红，但仍大方地说道：“经皇上这么一提示，奴婢倒受启发，站在这里，一种祥和气息缓缓而来，涤荡心胸，令人心旷神怡，荣辱皆忘。古人云：紫气东来，云雾扫开天地恨。这处景点题名紫气东来，不知是否恰当？”

“嗯，难得珍嫔能想得出，这里就叫‘紫气东来’好了，拟古而不落俗。”慈禧赞道。

光绪也暗暗点头，心道：年岁不大，才气倒还可以。

珍嫔听到太后夸赞，又忙着躬身深施一礼：“谢圣母皇太后夸赞，珍儿受太后和皇上启发才想得出呢！”

慈禧更乐了，很快喜欢上这位能说会道、聪明又可爱的小姑娘。

慈禧带着这群人来到一个种满丁香花的庭院，心道这个院子的名字容易题，就对侄女说：“皇后，这次可不能再谦让了，你也应当题个名，要不，皇上可就更偏心了。”

众人一起哈哈大笑，皇后略一思索，说道：“古人有诗：‘春鸟不传云外信，丁香空结雨中愁。’此院种满丁香，花开时香气四溢，令人心醉，干脆就叫丁香院，不知当不当？”

李莲英首先拍手叫好，众人也随着喝彩。

慈禧见状，也笑道：“此院就叫丁香院吧！”

众人来到一楼，登楼稍作休息。虽然有人见这楼也没题匾，可太后不发话，谁又敢乱说呢？

固伦说道：“皇额娘，这楼还没名呢？您老人家题个字吧？”

众人也一齐附和，请求老佛爷题字，慈禧说道：“今天所有人必须人人都题个名儿，哪能让我一人全包了呢！这个楼就让固伦题吧！”

固伦也笑着说：“皇额娘，站在这楼上，您老人家能够看到什么？”

“这楼尚高，鹤立于周围景色之中，登楼可观一轮旭日从东方冉冉升起。”

“母后每天早上可来此观看日出，怡情养性，陶醉于周围美景，健康长寿，这亭就按皇额娘刚才的提示叫迎旭楼，不知可合母后心意？”

“固伦就是会说话，你所说的哪有不合母后心意的，这楼就叫迎旭楼吧！”

慈禧太后又领他们观赏了一些从西洋进口来的新鲜玩意儿和娱乐设施，从电灯厂、小汽船到火轮车，真是样样俱全。众人真是大开眼界，许多人不住赞赏工匠的巧夺天工，光绪皇上也为这里的奢华而目瞪口呆。瑾儿和珍儿初入皇宫时已被那里面的雄宏气派所折服，今天到这颐和园一游，回想一下自己在广州伯父家的后花园壶园所玩过的景物，真是一个天上，一个地下，原先那种对心中情人的思恋之情也被这迷人的景色和豪华的气派拂去甚多。

慈禧又领着众人欣赏了一些景物。慈禧题了“画中游”，皇上又题一个“鱼藻轩”，皇后来一个“秋水亭”，瑾嫔题了“云辉玉宇”，珍嫔也题了一个“意迟云在”，固伦也不示弱，来一个“水木自亲”。此外，什么“千峰彩翠”“云和庆韵”“无尽意轩”“星拱瑶枢”……你一言我一语，一路题名，一路说笑，也一路赏景谈心，好不快乐。这也许是慈禧太后许多年来第一次放下架子，松开紧绷的颜面，这么和大家一齐开心畅谈。但究竟是不是“人知从太后游而乐，而不知太后之乐其乐也”呢？

对于光绪皇上，虽然感到修建这所园子太过浪费，有点心疼。但一想到太后从此远离皇宫大内，不再干预朝政，自己便可放手做自己想做的事情了，内心也自然爽快多了，兴致和太后一样好。这次颐和园题名赏景所得到的乐趣更是光绪从进入大内以来所没有的，怎能不由衷地抒发一下心中的情趣和感慨呢？于是赋诗一首：

树木葱茏水溶溶，
远近楼台绿映红。
景色宜人胜画卷，
殿堂层层绕香风。
曾经铁蹄多荒废，
今朝重修更丽雄。

太后怡享天年地，
皇孙络绎拜亲情。

众人一致交口称赞，慈禧听到诗中有“皇孙络绎拜亲情”的诗句，也很为皇上的孝心满意，又夸赞几句。

这时，天已近午，慈禧觉得有点饿了，便留众人在颐和园吃午饭。

大家又一次齐声感谢太后，一起说说笑笑向寿膳堂走去。

第二十三章

仗威势奴才肆狂态
弄聪明嫔妃讨欢心

祭祀终于结束了，早晨还踌躇满志、意气风发的光绪帝，窝了一肚子气又不得发作，垂头丧气地走出祀天门。这时，忽听身后一声大喊：“狗奴才，你算什么东西，竟敢以太后之名欺压皇上，出口不逊，指责万岁爷！”

送走了圣母皇太后，光绪心里有一种说不出口的快乐，仿佛扔去了压在身上的一个沉重包袱。如今轻松多了，整个后宫也一下子宽敞了许多，这一切都是自己一人的了，再也没有人训斥自己，也不必再听谁呵斥，看谁白眼了。

光绪在内侍的服侍下起了床，来到庭院，明媚的阳光照在身上，暖融融的。喷薄的旭日衬映着紫红的后宫围墙，显得高大辉煌，庄严肃穆。光绪沿着汉白玉栏杆的石阶走了一圈，呼吸一下早晨的新鲜空气，清醒一下头脑，准备新的一天的社稷事务。

光绪边走，边欣赏着院内春天的美景，一阵婉转清脆的鸟鸣更勾起光绪的兴致，他信步向前走着，嘴里哼着不知名的小曲，一个个值勤太监洒扫着，向他躬身请安，光绪更感赏心和舒畅。

光绪陶醉了，他陶醉在这大内春日早晨的美景中，更陶醉在这“唯我独尊”君临天下的崇高位置中。他情不自禁地伸伸胳膊，踢踢腿，捏捏手，手指骨节的噼啪作响声更增添他的自信，一种壮志将酬、舍我其谁的豪迈气概从胸中生起。

“对，今天应该拜祭圜丘！”光绪自语道。

按照清廷典制，皇上亲政或登上九五之尊必须到圜丘祭祀，显示一朝皇帝的权威和君临天下的信心。

圜丘是自明朝以来，帝王祭祀天地社稷的地方，位于北京天坛西边祈年殿附近。祭祀天地时，在圜丘石台上安放着皇天后土、玉皇大帝的神牌，左右按秩序排放着皇帝列祖列宗的神位。由于这里是无比神圣的地方，参加拜祭的人必须身穿特定的服饰，全神贯注，不能有任何私心杂念，否则会被认为是大逆不道。因此，气氛庄严肃穆，仪式也非常隆重。

早朝之后，光绪带着文武大臣来到圜丘，进入祀天门后便不得有任何嬉笑和不恭的神色与动作。这些年来，都是李莲英总管祭祀事务，由于皇上是从朝堂上直接来此，忘记换服装，李莲英就十分不满地训斥道："这等祭天大事，每次祭祀都必须穿上特定的祭祀服，皇上怎可随便穿皇袍到此，显示对上天不恭，对列祖列宗不敬，若让太后知道不训斥才怪呢！"

李莲英当着这么多文武大臣的面对皇上一顿抢白，把光绪训得面红耳赤，他无可奈何，只好嗫嚅着说："要么，派人回宫去取服装？"

"哼！吉时早已选定，岂有轻易改动之理。祖上祭祀没有过改动的先例，这次就将就一下吧，下不为例！"

李莲英故意把话说得尖酸刻薄，有意当着文武大臣的面给皇上难堪，让皇上和文武大臣知道：虽然皇上已经亲政，大权仍在太后手中，皇帝只是个木偶，只要太后掌权，你们就不敢对我怎样，我李莲英有恃无恐。

临行时，慈禧太后也暗暗告诫，只要皇上有什么地方不对，你只管训斥，你是代表太后前往。况且在这神圣的地方，就是李莲英再放肆一些，光绪也不敢在那里和他顶撞争吵，那可是对祖上和天地的大不敬。太后知道又不知怎样刻薄皇上呢！李莲英有太后的恩准，故意这么做以激怒皇上发火，然后慈禧就可找到借口压一压皇上的权力，让光绪永远服服帖帖做一名手中的小木偶。

光绪是头一次到这样的祭坛上拜祭神牌，事先李莲英应该反复讲一些要点和注意事项，但李莲英是故意要让皇上难堪，一点儿也不给提示。

光绪看到神牌和祭品摆得新奇别致，觉得新鲜好玩，不时目光环视。李莲英一见光绪稍有失敬神态，就大声嚷道："万岁爷不可胡乱观看，这是最最庄严而神圣的地方，如此重大的礼节岂可用心不专！"

李莲英一嚷嚷，文武大臣跪在后面又看不见，也不知皇上做了什么不恭不敬的事，心里虽然对李莲英太过放肆不满，但也对皇上如此不敬另有看法。

光绪更是哑巴吃黄连有苦难诉。他认认真真、一丝不苟地进行每一项祭祀礼仪，再也不敢有丝毫马虎，唯恐被李莲英发现什么不是，让他当众出丑。

光绪越是不想出丑越出丑，稍一紧张，他又拿错一样祭品。

李莲英见状，又大声斥道："皇上，又错了！这等祭天大事怎能错误百出。刚刚离开太后，独自主持大事就这样敷敷衍衍，潦潦草草，不是忘这，就是错那，怎能让太后放心？"

光绪气得恨不得从神前的跪垫上跳起来，给李莲英几个嘴巴。可他还是忍住了，这个地方是万万不可意气用事的，在此吵闹起来，太后是决不会原谅他的。扫着尘土找裂缝都找不到，何况你主动递上去呢！

李莲英更得意了，不时插上一两句话指责一下皇上的做法。一会儿太后怎样，一会儿太后说的，口口不离太后。大臣们听来，他眼中只有太后根本没有皇上。光绪还忍耐得了，个别大臣可忍耐不住了。

祭祀终于结束了，早晨一切感觉良好、踌躇满志、意气风发的光绪帝，经过这执政后的第一件大事就窝了一肚子气而不得发作，垂头丧气地走出祀天门。

就在这时，忽听身后一声大喊："狗奴才，你算什么东西，竟敢以太后之名欺压皇上，出口不逊，指责万岁爷。"

那人说着，一个箭步上前，伸手抓住了大内总管李莲英。众人闻声回头观看，是兵部右侍郎李文起，他已把李莲英举在头上，口里骂道：“再敢大胆放肆，随便谴责圣上，我摔死你！”

“李侍郎不得无礼，快放下李总管！”有人大喊。

光绪也怕把事情闹大了，无法向太后交代，也忙说道：“先把李莲英放下，回去再说。”

李文起见皇上开口了，生气地把李莲英往地上轻轻一扔，骂道：“暂且先饶你一条狗命！”

李莲英早已吓白了脸，好汉不吃眼前亏，安德海的例子他是知道的，太后不在，他哪敢作强。尽管李文起这么轻轻一扔也够他受了，屁股给摔得够呛，但他还是咬紧牙没吭声。两个太监把他扶了起来，一瘸一拐地走了回去。

光绪知道李莲英不会就此罢休，一定会找太后告状，就留下军机大臣孙毓汶和翁同龢两人在养心殿陪同，其余众人回府。

李莲英一瘸一拐地来到颐和园，看见了慈禧太后故意装得举步艰难的样子，接着，又装着倒地已起不来身，泪流满面地哭诉道：“太后，给奴才做主，奴才活不成了。”

慈禧刚一见李莲英的那个神情，就知出事了，又听他这么一说，更气了，一拍桌子说道：“你慢慢说，到底怎么了？有本宫给你做主，看谁能够要你的命！”

“回太后，今天奴才奉老佛爷之命到圜丘负责皇上祭天，皇上一听是你派来的人就不高兴，当时就给奴才脸色看，奴才心道：这是奉太后之命给朝廷办事，皇上再不满意，小的也得忍，如果不是太后之命，别人叫奴才去做那出力不讨好的事，奴才还不干呢！

“奴才先到圜丘布置祭祀礼仪，皇上到达时，奴才一看皇上穿的是皇袍，不是祭天时穿的祭服，就告诉皇上祭祀时不能穿朝服，太后知道是不允许的，那是对天神和祖上的不敬，谁知皇上一听就火了，竟敢说——”

李莲英故意停顿一下没有讲下去，慈禧忙问道：“皇上讲什么，你大胆地照直说，本宫恕你无罪！”

“谢太后，皇上说朕是一国之君，天下之君，朕想穿什么就穿什么，太后怎敢管朕的事？”

“大胆，放肆！”慈禧怒气冲天地把几案上的茶杯也给摔在地上。

李莲英心头一喜，又不动声色地说：“皇上果然不敬，祭拜中不够严肃，也不专心，眼睛四下观望。对祭品也不谨慎重视，一会儿拿错这，一会儿拿错那，儿戏一样。奴才一见皇上这样不敬，就给皇上指正一下，谁知皇上记恨在心。祭祀结束后，刚出祀天门，皇上就暗暗命令兵部右侍郎李文起殴打奴才，把奴才举起来，要当场摔死奴才。奴才苦苦哀求，让皇上看在奴才服侍太后多年的份上饶过奴才，谁知皇上又说——”

“快说，皇上又说什么？”慈禧又恼了。

“皇上说：狗奴才，你眼中就太后一人，哪里有朕，现太后归政了，太后的话没用了，大清朝只有朕一人说了算。”

“好个大清朝只有你一人说了算，本宫就看看到底谁说了算！”

慈禧太后气得一跺脚，站了起来，冲着外面大喊一声：“来人，备轿！”

“嗻！”

光绪正和孙毓汶、翁同龢两人讨论刚才圜丘祭祀风波，忽听太监来报，说皇太后驾到，光绪急忙带领两人出门迎接。

慈禧等众人坐定后，怒气冲冲地问道：“打狗还要看主人，本宫刚刚归政就惩治大内总管，杀鸡给猴看不成！”

光绪忙跪下奏道：“儿臣请圣母皇太后明鉴，全是误会。”

“误会，误会怎么是李总管挨打，那李文起怎么不打皇上？”

翁同龢、孙毓汶早随皇上跪下了，一听太后责问，翁同龢忙奏道：“请太后息怒，让臣慢慢奏给太后细听。”

“哼！本宫再不发怒，刀都架在本宫的脖子上了。”

“母后明察，儿臣不敢有丝毫违母后懿旨之心，这是误会。”

“事情到底怎样，我且问你，今日圜丘大祭，你穿的是什么服装？祭祀时左顾右盼不恭不敬！并且多次拿错祭祀的物品，有没有这些事？”

“请圣母皇太后详察，事情并不是这样，儿臣纵有天胆也不敢在祭祀天地时不恭。”光绪又叩头求饶。

翁同龢见慈禧不给皇上辩解的机会，忙上前叩头说道：“请太后容微臣说句话。”

“翁同龢，皇上是你亲手调教的，他如此不孝不恭，你该当何罪？”慈禧厉声质问。

“太后，请容微臣给皇上辩解几句话，臣再请太后治微臣的罪。”

“好！翁同龢，你讲吧。”

“太后息怒，今天圜丘风波是由皇上引发的却与皇上无关，如果皇上不制止，恐怕李总管早已命丧黄泉，造成这种局面的原因是由于李总管太过骄横、胡乱指责皇上，无事生非所造成的，这事有朝中文武大臣作证，臣不敢有半点诳言。”

慈禧转脸问孙毓汶说：“这事到底怎样？是否如翁同龢所说是李总管造成的？”

孙毓汶说道：“皇上忘记穿祭祀用的特定服装是事实，但李总管身为负责祭祀的总管，这些工作应该由他来做，皇上刚刚亲政对这等事怎么会一清二楚，此事不能仅仅责怪皇上一人，作为臣子的我等都有责任，李总管也有责任。”

“圜丘之上，皇上左顾右盼分明不恭不敬又做何解释呢？”

“皇上初次行祭祀大礼，可能没有经验一时好奇心所致吧？”孙毓汶说道。

“母后，儿臣根本没有像李莲英所说的那样左顾右盼，拿错祭品，这分明是李总管故意与儿臣过意不去，当着众王公大臣的面羞辱儿臣，让儿臣难堪。他以为这是圜丘大祀，无论怎样训斥儿臣，儿臣也不会与他争吵，他才如此猖狂，以此激怒众臣。”

“简直一派胡言！李总管会与皇上有什么仇结，会在圜丘之上羞辱皇上？明是你自己做得不对，李总管当面斥责你，你怀恨在心，暗中指使大臣殴打李总管。”

“儿臣不敢，就是李总管有错，儿臣也会看在母后的面上不追究责任。”

“那李总管为何遭打？”

翁同龢上前跪奏：“太后详察，如果说圜丘上有不敬之人，那只有李总管一人，他以指责皇上为名，在圜丘上声色俱厉，随意喧哗，激起众愤，才招致挨打。”

“按你这么说，李总管挨打是罪有应得。哼！皇上如此恣意妄为，纯粹是你们这些不肖臣子给宠坏的，不知思过悔改还在此多嘴多舌。”

翁同龢无法再讲下去，孙毓汶也不敢再轻易插嘴，光绪只好上前说道：“请母后息怒，以身体为重，李总管挨打一事儿臣会处理妥当的，让儿臣奉送母后回宫。”

“你既知道珍惜母后身体就不应该惹母后生气。你且说说这事如何处理？”

“回母后，儿臣先派人审查一下这事，然后交吏部议定。”

“这事不可有丝毫马虎。一要严惩殴打李总管的李文起，赔款降职，公开向李总管认错，负担李总管将养的一切费用。第二个条件，按《归政条目》要求，今后朝中官员升迁和大臣的奏折一律报奏本宫，不得有半点隐瞒敷衍，这几点皇上可有异议？”

“儿臣不敢，一切听从母后安排。”

“哼！谅你也不敢。崔玉贵，我们走！”

“恭请太后圣安！”三人同时跪送慈禧回宫。

慈禧走后，三人你看看我，我看看你，不知说什么好，光绪往背椅上一靠，微微叹息一声，有说不出的痛苦，却又无可奈何。

翁同龢与孙毓汶知道安慰也没有用，不如让皇上一人静静休息，这才主动告辞回府。

光绪待二人走后，站了起来，在养心殿内来回踱了两圈，感觉浑身松软，四肢乏力，整个养心殿冷冷清清，再没有早晨那种面对玉宇殿堂大口呼吸新鲜空气时的畅快感觉，他仿佛觉得有一张无形的大手牢牢地抓住他，让他窒息得几欲死去。

光绪走出殿门，稍稍迟疑一下，到哪里去呢？钟粹宫是万万去不得，那个女人让他感到乏味，更何况她是太后的侄女，专门奉太后之命来监视自己，说什么也不能到她那里去。去景仁宫？珍嫔很灵气，也很有才华，但毕竟是个小姑娘，在光绪眼中仅是位活泼可爱的小姑娘，如此娇小，正需要别人照顾，怎么能善解人意同朕共消万古愁肠呢？说不定，她还会哭鼻子让朕哄她呢！

唉，还是到永和宫，虽然说不上与瑾嫔有什么深厚感情，但她温柔宽厚而又贤淑，还会小心翼翼地侍奉人，能将朕照料得舒舒服服，也许瑾嫔能理解朕的一腔愁绪吧！

永和宫。

瑾嫔独自一人坐在房内，自大礼以来，她每天的生活都是那么单调无聊，看看这，摸摸那，想想心事。虽然认命，但仍思念那曾经让她心醉的文哥哥，每当此时，她总是尽情地回忆和文廷式一起度过的分分秒秒。随着时间的推移，她知道这种思念是无用的，也是无益的。她尽量想方设法地忘记他，多去想想皇家的华贵和权威，陶醉一下这众人顶礼膜拜的皇权神圣，也许这样想下去，内心的痛苦就会减少许多，相反，还会有一种淡淡的喜悦和安慰。

瑾嫔站起来，到宫内转了一圈，欣赏一下这宫中的新奇事物，往来太监、宫女一见到她就急忙躬身施礼或下跪问安，这可是平生所从来没有的，便让她有一种说不出的优越感。

一向小心谨慎的瑾嫔是不敢在庭院中逗留太久的，她唯恐自己的行为有什么不轨而触犯后宫的规矩。没有进宫，她就早已知道宫中的规矩特别多，入宫之后，更觉得这宫中的规矩比想象得还要多，所以行动起来处处谨慎。

瑾嫔回到寝房又欣赏一下不知看了多少遍的喜床。一副十分气派的用大红缎子制成的床帐，上面绣着金双喜和各种讨人喜爱的花草虫鱼，一对盘龙帐钩也是宫中所特有的，任何达官显贵都不能使用，更何况一般黎民百姓了。而那金丝穗子和青玉的盘龙结不知要花上多少银子才能制得。

看那床上的大红缎子被褥，绣有一对对龙凤起舞的图案，这也是皇宫大内所独有的。瞧，红帐、红被、红褥、连枕头也是红的，这大红色当然寓示着自己和皇上红红火火的生活，金双喜无疑代表着吉祥、和睦，为皇上生育龙子龙孙，让皇家的香火万代不断。

瑾嫔猛地觉得身后人影一晃，急忙转过身，哦，是皇上，这才躬身下拜："奴婢不知皇上驾到，未能远迎，请皇上恕罪！"

"起来吧，不知者不罪！"

"谢皇上！"

瑾嫔挽着光绪的手双双来到床边坐下，瑾儿微微侧脸见光绪眉头紧锁，一脸愁容，忙轻轻说道："皇上龙体不适，让太监叫太医给看一看好吗？"

光绪摇摇头："朕身体很好，不劳瑾儿担心。"

"那皇上一脸倦容，一定是政事太多，劳累过多，应该注意休息。来，让嫔妾给你捶捶背？"

"好吧！"光绪叹息一声说。

瑾儿让皇上坐好，自己站在身后慢慢给皇上捶背，不快不慢，不轻也不重，光绪在醉醉痒痒的感觉中好受多了。

许久，瑾儿才停住问："皇上可感到舒服一些？"

"唉，身上舒服多了，可心事更重了，烦恼也更多了。"

瑾嫔一听，忙跪下说道："不知嫔妾哪点做错让皇上不开心，请皇上明说，让嫔妾知错改过。"

光绪一把拉起瑾嫔说道："瑾儿哪里都好，是朕自己心事重重，多劳瑾儿关心。"

"为皇上排忧解难是嫔妾的职责，皇上有什么心事如果不牵连什么朝中大事就讲给嫔妾听听，憋在心中会憋出病的。"

“朕虽是一国之主却事事不能如意，太后虽然归政却对朝事过问太多，让朕不能随意处理朝事，这怎能不叫朕心烦呢？”

“皇上，你与太后之事嫔妾不好多嘴。不过，皇上亲政不久，太后对皇上不放心也是难免的，皇上再等一段时间，对朝事熟悉多了，事事也能得心应手了，可能太后会减少对皇上行政的限制，那时皇上便可放手去做想做的事了。”

“如果太后真如你所说的这样就好啦，可太后并不是这样，她的权力欲望太强，一点儿也不愿意把权力让出，让朕亲政是迫于无奈和朝中大臣的压力。唉，做一个傀儡皇上有什么意思！”

“皇上不可胡思乱想，应以大局为重，以保持和太后的友好关系为贵，万万不可闹僵，那样对皇上更加不利，先委曲求全缓和一下与太后的关系再做打算吧！”

“唉，委曲，委曲，朕已委曲十几年了，挨到头仍是委曲，何时才能委曲出头呀！”

光绪说着，不觉两眼湿润，泪水悄悄流了出来。瑾嫔见状，忙上前给皇上擦泪，光绪就势搂住瑾嫔，把头埋在瑾嫔怀里，失声地哭了起来，像个孩子见到了母亲，倾吐着一腔委屈。可瑾嫔又能做什么呢？只是陪着皇上抹泪。

老佛爷一人住在颐和园里有吃有玩，表面上在此颐养天年，实际上这里是朝廷的朝廷，足不出户就可总揽天下，但她仍然不感到满足，觉得有点寂寞。慈禧可不是一个寂寞的人，没事的时候，想方设法也会找点事做，以忙为乐嘛！

做什么来消磨这孤独的时光呢？慈禧歪头思索着。正在这时，太监来报，说珍主儿拜见老佛爷，慈禧乐了，正愁没人和她一起娱乐娱乐呢！

“快让珍主儿进来吧！”慈禧吩咐一声。

自从珍嫔进入慈禧的视野，她就喜欢上这个活泼可爱的小姑娘，心直口快，天真烂漫，聪明麻利，可不像其他宫女和妃嫔，一个个低眉顺目，大气也不敢喘，活像木头疙瘩。更让慈禧赞赏的，珍嫔年龄不大，但才气可不小，琴棋书画、诗词歌赋无所不通，无所不晓，特别是写诗作词更是拿手好戏。唉，自己的侄女能像这珍嫔一样可爱多好！

珍嫔进到殿内，见太后正在盘腿而坐，忙上前施礼叩拜："珍儿拜见圣母皇太后！"

慈禧笑了，这宫内这么多宫女和后妃对于行请安叩拜礼都让老佛爷别扭，总感到不舒服，唯有珍嫔叩拜的动作活泼、俏皮又不失稳重大方，还透出一股机灵劲儿让老佛爷高兴。

"快起来吧，别跪坏了身子骨，正是长胳膊长腿的年龄。"慈禧和蔼可亲地说。

"谢老佛爷！"珍儿又施礼落座。

瞧，那动作多麻利，不像皇后做得那么死板，也不像瑾嫔做得那么拘谨。这请安磕头看似简单而做起来实在不简单，要走丁字步，头上戴的簪子和耳朵上戴的坠子摆得要适度，不能不摆动又不能乱摆动，像拨浪鼓是不行的。叩头时的讲究更大，头不能叩得太偏也不能太正，怎样才能做到不偏不正呢！这个分寸也就难了。

"珍儿不在宫中怎么有时间到我这老婆子的园子里来？"

"回老佛爷，珍儿觉得太后一人在这么大一个园子中也很少有个说话的，一定寂寞，就来陪陪太后，给您老人家解个闷。老佛爷不会怪罪珍儿不守宫规乱溜达吧？"

"看珍儿说的，来老佛爷这里怎么叫乱溜达呢！如果这叫乱溜达，那我这老婆子成了什么人，老佛爷喜欢珍主儿常来溜达呢！"

"既然老佛爷喜欢，珍儿今后就多陪陪太后，给太后开开心，也让太后更年轻一些。"

"还年轻呢，快六十的人啦，唉！说着人就老了，一晃几十年了，老佛爷刚进宫时，也像你这么大年岁。"

"太后不老，看上去才不过四十多岁，如果太后再多开开心，还会年轻些呢！笑一笑十年少，珍儿一定想方设法让太后多笑笑，也像我们一样年轻。”

“嘿，珍儿就是会说话，老佛爷一听就爽心，那声音也好听，像个银铃子在晃动，清脆悦耳呢！比听什么西洋乐都强。”

“老佛爷才真是会说话呢！夸人让你听了比六月天吃西瓜还好受，老佛爷年轻时一定歌唱得好听，人也长得俊美，颇得这宫中人赏识吧？”

“嗯，我像你这么大时也像你一样顽皮可爱，聪明好动，快嘴快舌，歌唱得好，京戏唱得更好呢！”

“呀！老佛爷会唱京戏？有时间一定教珍儿！”

“这可不行哇，那得缴学费才准呢！”慈禧开玩笑地说。

“嗬，那更好，老佛爷可在宫中办个京戏培训班，多收些学员，这一年下来还为咱宫中赚不少钱呢。珍儿第一个报名响应。”

“珍儿来宫中一晃几个月了，生活习惯吗？”

“托老佛爷的福，一切都好，挺安静的，也没有什么特别的烦恼，无聊时就弹弹琴，写写诗，作一幅画或练练书法。”

“嘿！珍儿会书画，那太好了，老佛爷身边可有位书画大学问家，让她来，你可向她请教一下，今后进步一定飞快，说不定我们宫中还会出个女书画家呢！”

“太谢谢老佛爷对珍儿的垂青，能给珍儿找个书画老师再好不过了，珍儿真得好好感谢太后，刚才要教珍儿唱戏，这又要教珍儿学书画，未教之前，先受弟子一拜。”

珍嫔说着，真的下跪磕了一个响头。

“好好，看样子是赖不掉了，这头都先磕了，动真格儿了。”

慈禧边说边笑，又忙着让宫女去请她身边的大书画家缪素筠。

这缪素筠可不是等闲之辈，而是这大清朝的一代才女，本是云南人，光绪八年随丈夫到四川任职，谁知丈夫不幸染上重病，转辗到京城求医，却不幸一命归天，撇下她和一个未成年的儿子，孤儿寡母流落京城过着孤苦无助的日子。但缪素筠很有才气，擅长书画，她只好以出卖自己的字画为生。可巧，她的字画传入宫中被慈禧太后发现，太后大为赞赏，便把她召入宫中，作书绘画，赏一些度日的银两，由于缪素筠为人厚道，又善于揣摩慈禧太后的心思，很得慈禧的赏识。

缪素筠来到殿里，参拜礼毕，慈禧就笑着说：“我今儿一高兴给你收个徒弟，想让你教她书画呢！”

缪素筠忙施礼道：“老佛爷太高看奴婢了，奴婢哪有这个德行当后妃娘娘的老师，太后这么讲岂不折杀奴婢了。”

“别客气了，你就给珍主儿指点一下吧，免得她又说我瞎折腾半天也没给她找个老师。刚才珍主儿让我教她唱京戏，瞧，我这一把年纪，嘴都不关风了，还怎么能教她唱京戏呢！这个师傅我是当不成了，你再推辞不愿教，岂不让珍主儿失望？”

“你别谦虚了，刚才老佛爷还把你赞美一番，一定让我向你讨教呢！再推辞，我可要找老佛爷的后账了，是太后推荐不力还是你嫌我这个学生笨头笨脑呢？”珍嫔也嬉笑着说。

“珍主儿也太会讲话了，奴婢还得再向老佛爷道喜呢！老佛爷能有这么个灵气而又惹人喜爱的媳妇，那真是老佛爷的福分，也是万岁爷的福。人人都说老佛爷慧眼，善于发现人才，也善于知人善任，今天我才真服了。就拿老佛爷发现珍主儿这事来说吧，足见老佛爷是当世的伯乐了。”

“我这珍主儿媳妇你是收还是不收？”慈禧也笑着说。

“谁做谁的老师还说不定呢，只能互相切磋学习罢了。过去老佛爷让奴婢进宫时，说让奴婢指点老佛爷写书法作画儿。嗬，谁知进到宫内，一比画，竟是老佛爷教奴婢写字画画，奴婢还真受益匪浅呢。我们这里，真正的老师应该是太后才对，珍主儿，你快向老佛爷讨教讨教吧！”

慈禧更乐了。

“我这珍主儿可是千里挑一的聪明绝顶人才，那天在园子里题名作诗你也见了，你再推辞，就真的留作我的学生了。”

珍嫔忙上前施礼笑道：“看样子，珍儿要成为两位的共同学生了，那我可要集两家之长于一身，‘青出于蓝胜于蓝’啦！”

“那好吧，这下可再也不能脱赖了，我们俩共收这一名学生了，那珍主儿可得给拜师礼呀！”

“老佛爷，放心吧，珍儿还不是小气鬼，多给拜师礼不说，头也一定磕得嘭嘭响。可老师也要给学生压岁钱的。”

“听见没有，这学生可不太好教哇，拜师礼没出，就先向老师要钱了，今后教的时候还要留一手呢，就像猫教老虎技艺，那爬树的绝技可不能外传，否则，她还认这两个老师吗？”

珍嫔马上撒娇说：“还没教就要留一手了，这样的师傅可不行，珍儿学艺不精，到外面丢面子，人要问是谁教的，奴才说是太后教的，那才给太后脸上抹黑呢！”

“听见没有，得下实劲儿教珍主儿，否则你我脸上可就没有光了。”

缪素筠忙说道：“老佛爷，那就让珍主儿先画一张画儿让咱们瞧一瞧，看看功底怎样，老师能不能胜任。”

“对对！珍主儿，你就先作一幅画儿吧！”

珍嫔知道再推辞就会惹太后生气、扫太后的兴，也就不再推辞，从宫女手中接过准备好的笔来到案前，这才笑着说道：“珍儿班门弄斧了，等会儿，老师可一定多多指点。”

珍嫔说完，饱蘸浓墨在宣纸上认真画起来，不多久，一幅潇潇风竹图跃然纸上。

珍嫔放下笔，微红着脸说道：“献丑了。”

慈禧颇颇颔首，缪素筠也不住点头称赞。慈禧对缪素筠说道：“不能只顾说好，你就评论一下，给珍主儿指点一下吧！”

“恭敬不如从命，既然老佛爷这样发话，奴婢也只好说一说了。”缪素筠转向珍嫔说道，“这幅画有成功的一面，也有失败的一面，奴婢说的，不知对也不对。”

“缪太太只管评论，我也只是在学画，能得缪太太指点，当然求之不得。”

“好吧，奴婢造次了。先说成功的部分：从这幅画的用笔看，珍主儿的功底是挺扎实深厚的，虚、实、显、隐互为一体，以小写意代替写景，体物赋情，以意达情，稀疏的枝干中故意追求空间的组合，面对画境、游心无极，情字也随之淡到无情，以无情求有情，是这画的成功之处。”

慈禧不住点头道：“评得好。那这幅画的失败之处呢？”

“回老佛爷，珍主儿的这幅画主要是承继宋代绘画的特点。以虚带实，运用画面上大幅度空白来表情达意，这样做给人一种剔筋去骨的感觉，同时，构图时由于太追求空间的留白，使景物退居一角，成为半边画，有一种残破凄零的感觉，也就自然缺少那种磅礴气势，不够大气。不知奴婢评得在理不在理？”

“评论得极为中肯，珍主儿这画好是好，就有点儿残破凄零的感觉。你瞧瞧，大风一吹，竹枝飘摇，这是表现风竹，其实也可让竹与风相抗衡，风吹竹动，以竹动显示风威嘛！”

珍嫔笑道：“哈，两位老师见教的极是，我受益匪浅，下次作画就心中有数了，多谢二位老师！”

珍嫔故意用一个滑稽的动作做了一个施礼的姿势，马上引得二人哈哈大笑起来。

“我再写几个字儿向老师讨教讨教。”珍嫔知道慈禧太后喜欢写大字，常写一些福、寿等斗方字赏给大臣们。这些大臣也为了讨好太后，极为吹捧慈禧的字，在慈禧高兴时都故意向太后讨字，慈禧也就满心欢喜地给大臣们题字，再盖上“慈禧太后御笔之宝”的玺印。珍嫔一说写大字，当然慈禧更高兴了，她自认为字比画更好，也好在珍嫔面前再给珍嫔评说评说，显示一下才华。

珍嫔好像知道太后的心思，故意写上“福”“禄”“寿”三个字。珍嫔一落笔，慈禧就笑了，她点点头问缪素筠道：“这字怎么样？”

缪素筠知道慈禧太后的心思，便笑着说道：“刚才画儿奴婢评过了，这字儿应该老佛爷评说了，否则，珍主儿怎么称太后为老师呢？”

“好好，我来评说一下珍主儿的这几个字。从字形上看这三个字都是学的颜体，追求奇伟厚重，笔酣墨浓。从字形上也确实达到字的形似，但还没有做到神似，浓底肥厚中还欠缺一些铁骨钢筋，如果用笔再稳重一些，这几个字可能还要更好一些。”

珍嫔不住点头说道：“老佛爷见教的极是，珍儿经太后一点拨，明白不少，太后口头说的不易记住，还是请老佛爷写几个字，让珍儿临摹一下吧！”

“就是，老佛爷别客气了，珍主儿既然开口了，太后就写吧！”

“好好，我写。唉，好久没有拿笔，手都有点生了。”慈禧拿起笔说。

慈禧也在几案上写下这“福”“禄”“寿”三字，果然有一定功底，比珍嫔的那几个字可好多了。

珍嫔高兴起来，马上在桌上临摹起来，让老佛爷在旁边指点一下。嗬！珍嫔进步很快，几个字下来，还真有点慈禧太后手迹的味儿。

由于珍嫔心灵手巧，又用心学习，进步十分快，缪素筠常常赞不绝口，慈禧太后也为她的进步高兴。时间不长，珍嫔的字就写得端庄秀丽，与太后的手迹十分相似。特别是“福”“禄”“寿”三字更像太后所写。以后许多王公大臣讨字，慈禧干脆就让珍嫔代笔。

不到一年，珍嫔成了太后眼中的红人。

第二十四章

断王气太后伐白果
遣郁怀皇帝赏红颜

就在这时，从白果树上飞下一条红斑毒蛇直扑慈禧，慈禧吓得脸色苍白，一动也不动。奕𫍽飞身抢上，迎着蛇头就是一拳，那蛇被击落在地，奕𫍽又急忙抬脚去踩，却被毒蛇一口咬住小腿……

在慈禧太后的多次催促和威逼下，兵部右侍郎李文起被降职调到山海关任总兵。李莲英的嚣张气焰不但没有收敛，相反更加放肆了，在他眼中除了太后根本没有其他人，皇上也不在话下。

这还算不了什么，更让光绪伤心的是慈禧归政移住颐和园后，她强迫光绪必须把朝中众臣的奏折送到颐和园，以便她亲自审查，说是害怕皇上对朝事处理不当，直接影响大清朝的声望。对待三品以上朝中官员的任免更需由太后亲自决定。

光绪正在养心殿里批阅奏折，忽然宫监来报说太后有要事召见，光绪急忙放下手中公文，匆匆备车赶到颐和园。慈禧太后正在乐寿堂内和缪素筠下棋，听太监来报皇上驾到。缪素筠站了起来，对慈禧说道：“老佛爷，奴婢先告退吧，等会儿再下？”

“把这盘棋下完，来就来了呗，又没有什么大事，让他先在门外候着。”慈禧淡淡地说着，只顾走棋。

缪素筠只好重新坐下，这时门外传来光绪响亮的声音：“儿臣叩请圣母皇太后吉祥！”

慈禧摆手让李莲英过来：“小李子去回个话，就说老佛爷正在下棋，让皇上在外面稍候。”

李莲英出来了，乜眼看一下跪在地上的光绪，冷冷地说道：“奴才传太后旨意，老佛爷正在下棋，请皇上在这儿耐心等候一时。”

光绪跪得两腿有点酸，十分不满，太后宣旨说有重要的事，朕匆匆来了，她却下棋不见，真是岂有此理。

慈禧和缪素筠又下了一会儿，仍分不出高低，缪素筠为了不让皇上久等，故意抛出一个“炮”给太后吃，让太后早赢，慈禧笑了笑说：“我才不占人便宜呢！坚决不吃，今天必须真格拼杀，见个高低才行。不用着急，皇上也在外面歇着呢，他整日忙于朝事，也难得清闲一会儿。”

缪素筠无奈，只好与慈禧动真格地对弈起来。

就在这时，猛听外面又响起皇上的声音：“儿臣拜见圣母皇太后！”

也许皇上跪疼了膝盖。

慈禧一听气了，把棋盘一推，对李莲英说道：“让皇上进来！”

光绪在门外等了半天，两条腿都跪麻了，这才听到李莲英扯着公鸭嗓子喊叫，赶紧起身进得殿内，重新下跪施礼。

慈禧这才冷冷地说：“皇上辛苦了，看座吧！”

“谢圣母皇太后！太后这阵子身体可好？”

“整天有人气着，恨不得让我早死呢，怎么会好？”

“谁这么大胆，敢惹太后生气？”

“哼！还能有谁这么大胆，我且问你，昨天又和皇后吵架了吗？”

“这——”

光绪一怔，说不出话来。嘿，真怪！昨晚上才和皇后吵了一架，怎么天亮太后就知道了，谁报的信？

“不要这不这的，有没有吵架呀？”

“回太后，有这么回事。”

“皇上身为一国之主，为人做事应以和为贵，怎可斤斤计较？心气平和，事理通达才是为君之道。皇后是六宫之主，皇上应主动自觉为皇后树立后宫威望，怎能为着一点鸡毛蒜皮的小事就和皇后吵嘴？”

光绪刚才在外面下跪时还憋着一肚子气，这进来之后没有出气，倒被太后的骂压了下来。

见太后动怒，光绪又低声下气地说道："太后见教的是，儿臣记在心里就是。"

慈禧翻眼看看光绪，又不紧不慢地说："看皇上双眼泛红，昨晚上又没睡好，一定在瑾嫔那里过的夜吧？"

光绪十分惊讶："太后怎么知道？"

"母后不光知道你在瑾嫔那里过夜，你们头朝哪个方向睡母后都知道，皇上的事没有我不知道的。"

光绪只觉得头上直冒冷汗，忍不住怯怯问道："太后从哪里知道的？"

"这你就不用问了，今后有什么重大的事不要再私自瞒着母后，许多事情报给母后得知，多少也给皇上拿个主意。"

"是，是！"光绪机械地点点头，心却不知逃到哪里去了。

"皇上不可太过造次，专宠一个人，皇上面前，女人是平等的，雨露只可平分，那样才能保证皇家子孙万代永昌。"

光绪一听这话，内心就极为苦恼，皇后三番五次奚落他，瑾嫔虽然没有表现什么不满，却也对皇上很失望，但这些话是男人自己的秘密，就是母亲又怎好开口呢？光绪有苦难言，只好硬着头皮对太后说："儿臣今后一定多听母后的话，多和皇后与珍嫔接触就是。"

慈禧态度也缓和了许多，平静地说道："这就对了，皇上已不小了，许多事尽量少让母后操心，自己能处理得当也就不必让母后牵肠挂肚，母后也不想过问这么多，但母后实在放心不下呀，朝中大臣居心叵测，母后唯恐发生鳌拜、肃顺等人专权的事件。"

"儿臣理解母后的心，儿臣尽力去做就是，一定不负母后圣望。"光绪恳切地说。

慈禧见光绪被驯服了，也就放心地说："皇上还有公务处理吧，那就请回吧！"

"谢圣母皇太后！"

光绪躬身退出殿外。此时心情十分复杂，真摸不透母后的心，对他严加看管，一点也不愿放权给他，却又说得十分冠冕堂皇，让他对母后既畏又敬，既讨厌但又有一种天然的依恋。

光绪一路上愁眉紧锁，一句话也没有说，到养心殿后，一头扎进殿内也不再翻阅奏折，倒在床上呼呼大睡起来。

一觉醒来已是下午。

这时，贴身太监王商上前跪奏道："中午，奴才见皇上睡得香也没敢惊扰圣驾，皇上的午饭还没吃呢，奴才这就派人送来。"

光绪想起太后的话：皇上的事没有我不知道的。他抬头看看跪在地上的王商，心道：谁是太后派来监视朕的人呢？这些人没有一个是可靠的，都是太后的内线，他开始怀疑身边的几个太监。王商一见皇上死死盯住自己，吓得汗毛直竖，惊慌失措，不知如何是好，忙问道："皇上有事吗？"

"哼！有事，你派人去找翁师傅。"

王商走后，光绪还在思考，还在疑神疑鬼，仿佛觉得周围都布满一双双窥视的眼睛，外面窗下有一个个竖起的耳朵。他猛地站起身，推开窗户，去寻找躲藏的人影却什么也没有，他又走出门外，巡视一下，看看有没有人在偷偷监视他，同样一个人影也没有。

这是怎么回事呢？光绪的心乱极了。

翁同龢进来了，见皇上神情恍惚，忙躬身施礼道："圣上龙体健康！"

光绪一把拉起翁同龢，急不可待地说道："翁师傅你可来了，朕有事同你商量。"

翁同龢见皇上十分焦急难耐的样子，不知发生了什么事，忙问道："皇上遇事应冷静，不必惊慌，慢慢说。"

光绪叹口气："朕虽是大清国的一国之主，却一点儿人身自由也没有，太后对朕大权不放，连衣食起居也派人监视，这到底该怎么办？朕十分伤心，对这宫中的太监、宫女也不知谁是谁非，哪个是太后的眼线！"

翁同龢木然地听着，脸上毫无表情，见皇上这么伤心，自己也没有什么好话安慰皇上，他又能出什么主意呢？只好心事重重地摇摇头："老臣送给圣上一把折扇，请圣上笑纳吧！"

光绪接过折扇，"哗"地一声打开，只见上面是一幅山水画，山脚下一个老汉坐在树下抱着一个大酒葫芦正仰脖子酣饮，旁边有一个小毛驴悠闲地啃着树叶，扇的一角歪歪扭扭题了四个字：难得糊涂。光绪轻读这四个字，眼泪一下子夺眶而出：难得糊涂。

光绪趴在御案上失声痛哭，把多日来郁积于心中的苦闷都哭了出来。哭声是那样哀凄无助，悲凉无奈，"男儿有泪不轻弹，只因未到伤心处"，作为大清国的一国之主，这么忘情地哭泣，心伤在何处？

翁同龢知道光绪身子骨一向虚弱，又多愁善感，把心事憋在心中也容易憋出病来，不如好好哭出来，因此也不去阻拦。

许久，光绪才停住哭泣，拭去眼角的泪水，哽咽道："与其做这傀儡皇帝，还不如你死我活地大干一场，不是鱼死就是网破。"

翁同龢眨吧一下眼睛，既不说赞同，也不说反对，只微微说道："为君应当培养自己的亲信和势力，众人都听从你的，你无权也有权，众人都不听从你的，你有权也无权。"

光绪若有所悟地点点头。

"请圣上万事想开点，老臣来时曾听醇王府的人说，王爷病情加重，圣上可向太后请示过府探望，太后一向标榜仁孝，不会不同意的。"

"朕曾听太监奏报，说醇王的病是由于一毒蛇所伤，太后曾派御医过府诊视，说并无大碍，怎么病情反而加重了呢？"

"这点，老臣不知，皇上还是亲自探望一下吧，老臣先行告辞。"

翁同龢走后，光绪一边派人到颐和园请示，一边准备轿辇亲赴醇王府。

醇亲王奕譞今年五十刚刚出头，身强力壮，又新被起用提升到军机处，总理海军衙门，负责三海工程和颐和园修建也刚结束，怎么突然得了重病呢？这事说起来也蹊跷。

事情还得从头讲起。

当年慈禧太后染重病，在快要丧命的时候，多亏京西白云观志清道长一服妙药，硬把慈禧的命从阎罗殿里给拉了回来。慈禧是个知恩必报的人，拨巨款把白云观重新修复一新，也时常派人到观内烧香求拜，探望志清道长。谁知志清道长从那以后就云游天下再也没有回到白云观。为此，慈禧太后和李莲英十分遗憾，这等世外高人能收罗门下一定大有用处。可志清道长不是趋炎附势之人，他早已看透慈禧的心思，一去而不复返。从此，偌大的白云观就落在他小师弟同元道长主持之中。

这同元可不同于他的师兄志清道长一样耿直、寄情山水，相反，却热衷仕途，贪婪金钱，又是个善于逢迎拍马的人。李莲英经常到白云观去打探志清道长的下落，同元十分嫉妒师兄，但自己是个大草包，没什么能耐，后来灵机一动计上心来，主动和李莲英友好起来，还时常在李莲英面前吹嘘自己降妖伏魔的本领。他还让门下弟子故意放出口风，说当年师父仙逝时把全部本领都传给了他师兄志清和自己，从本领上说，他决不次于师兄志清。时间一久，李莲英找不到志清却和同元混熟了，也许是臭味相投吧，这同元也经常故弄玄虚，给慈禧太后做做法术，驱驱鬼、避避邪，有时还出一些见不得人的馊主意。这醇亲王的病就与同元有关。

一天，同元和李莲英来到颐和园拜见慈禧太后，同元神秘地告诉慈禧太后："老佛爷，奴才有一个重大发现，对老佛爷特别重要，不知老佛爷想不想知道？"

慈禧笑了笑说道："小李子、小元子，你两个又鬼头鬼脑地合计什么馊点子？"

"回老佛爷，您老人家可冤枉奴才了，奴才怎敢骗老佛爷，奴才实在是有重大发现，不说出来又觉得对不起太后对奴才的关怀，因此来向老佛爷回报，老佛爷却又不相信奴才之言。"同元故作委屈地说。

“好好，老佛爷错怪你俩了，有什么就说吧。”

“回老佛爷，奴才最近观看京城之内出现一股云气，云气里隐隐约约有一条黄龙在游动，可能京中要出真龙天子来夺老佛爷的宝座了。”

慈禧本来就十分迷信，常听李莲英说这同元道士如何精通道法，能够看云识气，懂得相面术，知道谁能成为帝王，谁是真龙天子之命。同元这么一说，慈禧信以为真，立刻惊慌地问道：“这股云气从何处产生？”

“回太后，这股云气已出现好久，奴才也曾私下先说与李总管，李总管让小的再多留心观察一下，查出这云气的详细出处。”

“你查出了没有？”慈禧迫不及待问道。

“小的查出了，可一想小的说了太后也不会相信，所以就一直没有说。在李总管再三催促下，奴才今天才来禀报太后。”

“到底出自什么地方？你大胆地说就是，本宫赦你无罪！”

“谢太后，这云气出自醇亲王府里的一棵高大的白果树上，正是这棵白果树支撑着那股云龙气雾。”

这时，李莲英也上前说道：“老佛爷，白果的‘白’字加在‘王’字之上，分明是一个‘皇’字，这不意味着醇亲王要当皇上吗？太后不可不防呀！”

慈禧想了一下说道：“怎么会呢？当今圣上刚刚承继大统亲政不久，当今圣上是醇王的亲骨肉，就是他有心抢夺皇位也不可能向当今圣上下手。”

“太后你也太相信他人了，古语道：‘害人之心不可有，防人之心不可无。’醇亲王是当今圣上的亲生父亲，这就更要防他一手了。太后你住进了颐和园，对朝中大小事务过问减少，如果皇上和醇王爷一联手，这朝中的形势就大变了，到那时哪还有太后你老人家的位置呀？这股云气出现就是征兆，太后不能不多个心眼儿呀！”李莲英添油加醋这么一说，慈禧沉不住气了，忙问道：

“小元子，你也给老佛爷想个办法，除去这股云气，帮老身消灾避难。”

同元慌忙跪倒：“回老佛爷，办法只有一个，就是砍去醇王府里的那棵白果树。”

慈禧沉思了一会儿：“砍去那棵白果树就一定能破这股云龙气象吗？”

同元也沉思一下说：“能让奴才见一见醇王爷吗？奴才颇通相术，再看看他有无帝王之相就可以知道如何做了。”

李莲英也插话说：“老佛爷，这事不可拖延太久，如果那股云气形成气候，再挽救就来不及了，应尽快行动，先砍去那白果树，再做下一步打算。”

“这醇王府中的树木，本宫如何有理由令人砍去呢？强硬去砍伐，名不正言不顺也会激起众怒，于本宫也无益呀！”

李莲英眼珠一转，上前附在慈禧耳后嘀咕一下。

慈禧点点头说：“小李子果然聪明，就按你说的去做！”

几天后，慈禧从颐和园摆驾来到醇亲王府。这可把奕譞夫妻俩吓坏了，不知太后突然到此有何贵干，忙跪迎圣驾，慈禧和蔼可亲地上前拉起奕譞和醇王福晋，笑着说：“自住进了颐和园，孤身一人多少有点寂寞，今天闲着无聊出来散散闷气，顺便来府上看看妹妹身体可好。”

醇王福晋受宠若惊，忙说道：“托太后的福，妹妹身体还好，太后圣体健安吧？”

“一切都还好，就是有点憋闷，你们这些王妃不召不进宫，也想不到本宫，至少应该主动进宫陪陪我。一定要本宫亲自上门造访不成？”

“回太后，怎敢有劳圣驾，有时也思念太后想前往探视，但没有太后懿旨怎敢轻易入宫，唯恐太后怪罪下来，担当不起。”

慈禧边拉着醇王福晋的手说着话，边侧身观看庭中那棵高大挺拔苍翠的千年白果树。

醇王奕谖忙让太后到客厅去坐，慈禧笑着说：“就在这白果树下品品茶，乘乘凉就很好嘛！”

奕谖立即命人搬出桌子、座椅，泡上一品香茶，几人就在这白果树下边品茶边谈论一些朝中大事和宫中琐事。

忽然，慈禧话锋一转，仰头赞叹道：“这么高大的白果树，木料真好，如今本宫刚刚住进颐和园，许多家具奇缺，正缺少这样好的木料呢！”

奕谖一听，忙说道：“如果太后用得着，臣就把这树的木料献给老佛爷，也表表下臣的一片孝心。”

慈禧一听，正合心意，忙接着说道：“那就让醇王爷破费了。”

“太后也不必客气，为太后颐养天年送上一点礼物也是我们做臣子的一点心意，破费谈不上。明天臣就派人砍伐，亲自护送到颐和园去。”

就在这时，从高大的白果树上飞下一条红斑毒蛇直扑慈禧而来，慈禧被这突如其来的变故吓得脸色苍白，一动也不动，眼看那毒蛇伸着信子就要去咬慈禧太后。说时迟，那时快，奕谖一个飞身抢上前，迎着蛇头就是一拳，那蛇被击落在地，奕谖又急忙抬脚去踩，刚巧踩住蛇的腰部，毒蛇一回头，一口咬住奕谖的小腿。奕谖也顾不了疼痛，奋力用拳头击打蛇的头部，打落毒蛇，又接过家丁送来的宝剑，才把这毒蛇刺死。这时，奕谖的小腿已经红肿。

府上外科医生被叫来给奕谖打了一针，又服下解毒药，众人才放下心。

慈禧见奕谖没事了，便带着一肚子惊气和疑惑回到颐和园。

慈禧刚刚心有余悸地坐定，同元就上前跪奏道：“老佛爷，刚刚奴才观看醇王爷的相貌果有帝王之相，太后必须立即采取行动，砍去那千年白果树外，还必须设法处死醇王爷。刚才那大红斑毒蛇就是那千年白果树中的一点精灵之气化成毒蛇保卫云龙气象的，唯恐太后破了这王府的龙蒸云气，才设法攻击太后，可见这股龙气已初步成为气候，仅仅砍伐白果树，作用不大了，必须从根本上除去祸患。”

慈禧难为情地说：“无缘无故处死王爷可不是小事，满朝大臣也会闹翻天，就是当今圣上也不会同意。”

李莲英笑道：“太后要整死一个醇亲王还不是杀死一只鸡，略用小计就行。”

“嗯，李总管有何妙计尽管讲出来，事成之后必有重赏！”

“重赏奴才不敢当，也不是什么妙计，这也是奕譞有福无命，太后可以利用醇王爷今天被蛇咬这个机会，派御医前往治病，稍做一点手脚，醇王爷便会一命呜呼！”

慈禧听后，点头称赞，立即派人去请大内萧御医到颐和园内听太后吩咐。

当天下午，慈禧派萧御医到醇王府给奕譞治病，并传旨奕譞说醇亲王护驾有功，特此让御医前往治病，望早日康复。奕譞夫妇叩头谢恩。萧御医诊视一下伤口，又把过脉微微叹口气说：“醇王爷中的可不是普通蛇毒，而是受了这白果树琼浆滋润的千年蛇毒，只能一切尽力去治，治愈的希望多大尚无把握，待三服药后方知。”

醇王听后十分伤心，福晋纳头便拜。请萧御医动用宫中最好的消毒药为醇王治伤。萧御医满口答应，说太后给他下过命令，不惜一切代价也要把醇王的病治好。

尽管萧御医每天坚持到醇王府探望，醇王的病不但不见好转，却一天比一天重了。直到现在病入膏肓。

光绪来到醇王府，府上已乱作一团，正忙着给醇王爷准备后事。光绪来到醇王病榻前，握住醇王的双手，看着他又黄又瘦的面容，一时不知说什么好，仿佛一个长久在外漂泊的游子突然回到家中，抱着亲人把满腔委屈倾吐而出。

父子两人抱头痛哭，醇王福晋也陪着泪流不止。许久，光绪才止住哭泣，拉着醇王的手说：“阿玛，我们父子的命运怎么这么多难呢？我在宫中度日如年，你如今又遭此横祸，这都是为什么？为什么？”

奕譞平静地说：“上代的恩怨，下代报应。阿玛快不行了，别的也没有什么令我牵挂的，最放心不下的就是皇上。阿玛和额娘最疼爱的是你。当初你被领进宫时就像剜去了阿玛的一块心头肉，阿玛吐血吐了几天。我们不求达官显贵，只求全家和睦一世平安，阿玛一生小心谨慎，处处表现着与世无争，唯命是从，想不到，到头来还是落到这个惨死的地步。”

光绪也冷静了许多，问道：“阿玛，你觉得那御医治病可有什么异常？”

奕譞摇摇手说：“阿玛什么都明白，君叫臣死臣不敢不死，阿玛能有这样的结果已是万幸了，阿玛希望皇上一切小心从事，不要追求什么皇帝尊严和权威，做一个木偶皇上能苟延光阴，一生平安就可以了。记住阿玛的话，太后不会放权给皇上的，皇上只能唯命是从，做个摆设。”

光绪又泪眼蒙眬，阿玛的话他何尝不明白，他只好得到安慰似的点点头。

“皇上，阿玛还有一事，阿玛曾做过一件对不住人的事，你要善待珍嫔，你们是前世有缘。”

奕譞刚要说下去，宫监来报，恭亲王奕䜣来探望醇王。光绪吩咐太监快让恭亲王进来。

恭亲王进入内室，先向皇上施过礼，一一打过招呼才探问病情，听说是太后亲自派来的御医给醇王治的伤，吃惊地说：“你们怎能相信西宫，她是什么人还不清楚吗？”

醇王福晋叹口气：“宫中的规矩你也知道，有御医诊断过的病，别的医生就有天大的神通也要避这嫌疑，谁也不准再给病人诊病了。”

“咳，明的不准暗的也不准吗？最好找医生私下验证一下。”

奕譞摇摇头：“皇上在她手里掌握着，她能让我活到今天已是万幸了，我还渴求什么，投鼠忌器呀！”

正在这时，只听太监一声吆喝：“圣母皇太后驾到！”

众人急忙跪迎圣驾。

慈禧进入内室环视一下众人说道：“都请起吧！”

众人谢恩站起，各找位子坐下。

慈禧叹口气说：“醇王为救本宫遭到毒蛇袭咬，本宫于心不忍，特派御医诊视，听萧御医讲，醇王所中的蛇毒非一般蛇毒，乃千年白果浆液滋养出的蛇毒，当御医来治时已毒气攻心，只能尽力而治了。”

慈禧说完，命太监奉上人参十斤、黄金百两给醇王治病。醇王福晋眼含热泪，看着奄奄一息的丈夫心中有无数愤慨却不敢有丝毫的流露，只得纳头称谢。

这是同胞姐妹呀！

众人又谈论了一些无关痛痒的话，慈禧也告辞回宫，临行时叮嘱光绪说：“皇上为一国之主，当以国事为重，万事想开点，醇王府上的事由家人去做吧，可以多拨一些钱，早早回宫吧，宫中不可一日无人。”

光绪低头称是，当慈禧走后，醇王便催皇上速回宫。

当天夜里，醇亲王奕譞死于府中。

光绪听到醇王死去的消息，号啕大哭，亲自到府上守灵一夜，欲哭无泪，悲不胜收。

慈禧也在李莲英的搀扶下来醇王灵堂前烧了几张纸，并劝慰皇上节哀，从内务府拨出内帑银万两给醇王发丧。

奕譞发葬的第二天，内务府大臣步军统领英年就奉太后之命到醇王府砍伐那棵千年白果树。醇王福晋知道丈夫因这树而死，说什么也不允许英年现在就伐，急忙派人到宫中回报皇上。

光绪一听，勃然大怒，骂道：“醇王刚刚入葬，你们就这么欺凌王府，谁敢去伐府上一草一木，就先砍了朕的脑袋。”

光绪一面飞快派人前来制止，一面亲自到府，刚到醇王府前，就听得一声轰天巨响，亭亭如盖的高大白果树被伐倒了。醇王福晋和家人在一旁哀天号地痛哭。光绪怒不可遏，下了轿子，走到跟前，照着英年的屁股就踢，嘴里不住骂道："狗东西，朕不要你的狗头祭祀醇王灵堂决不罢休！"

英年瘫倒在地，浑身发抖，哭诉道："皇上饶命，奴才有天胆也不敢私自带人来砍王府树木，这是太后的旨意，说这千年白果树的灵气冲了皇家的福气，不砍于皇上不利。"

"祖奶奶的起来，就会满嘴胡扯八道，朕不信，这纯粹是与醇王过意不去，也是骑朕的头上拉屎。"

回宫的路上，光绪整整哭了一路。

珍嫔的性格并没有因为选为后妃住进戒备森严的紫禁城而有所改变，她仍像一只自由的小鸟在宫中飞来飞去，也像一枝含苞待放的花蕾，悄悄地蓄积着灿烂，等待着赏花的主人。虽然她也有忧愁，也有烦恼，她仍然不能割舍走向青春期的初恋，因为初恋是难忘的，这是洁白无瑕的心坎上被恋人刻下的第一道印痕。她仍在心里默默呼唤她的文大哥，但她是一个拿得起又放得下的人，当她知道这一切无法改变时，就擦干泪水，重新面对周围的一切，寻找新生活的乐趣，也默默铭记文大哥的话，好好服侍皇上，征服皇上，帮助皇上把国事处理好，救民于水火之中。

不知为什么，皇上并不喜欢她这只小鸟，也似乎瞧不起她这枝待放的花蕾。自新婚以来，皇上一直没有真正光临她的景仁宫，偶尔来几次，也只是像大人关心小孩、老师关心学生一样，问问生活中缺不缺什么用品，在宫中生活可习惯，想不想家等不疼不痒的话。当然，珍嫔知道，皇上不喜欢她但也不讨厌她，相反，皇上却讨厌那位高高在上又有太后撑腰的皇后。她也暗自庆幸，皇上不喜欢她，但喜欢她的姐姐瑾嫔，唉，姐妹花，喜欢哪枝都是一样。

没有人喜欢，没有人喜爱，并不要紧，珍嫔会从宫中的各个方面寻找自己的快乐。她每天用大量的时间练习写大字、画画。她的字和太后的字没有什么两样了，太后乐得合不拢嘴，许多大臣讨字，太后都让珍嫔代劳，有时皇上送来的一些不重要的奏折，太后也让她代批。她的画进步速度也快得惊人，连宫中第一女才子缪素筠也暗暗嫉妒这小姑娘的聪明好学。

除了写字、画画外，珍嫔要么陪太后下棋，看戏逛园子，要么和宫女们一起欣赏景仁宫的景物。

珍嫔和两名宫女正欣赏着悬挂在宫门两侧的一副对联："春纪八千和风翔寿宇；皇居九五香露霭仙宫。"猛听身后太监一声不大也不小的喝唱："皇上驾到！"

珍嫔等人急忙下跪施礼："不知皇上驾到，请皇上恕罪！"

"都起来吧，不知者不罪。"

"谢皇上！"

光绪看了一眼珍嫔，打扮得花枝招展活像个小姑娘，他知道珍嫔诗作得好，很有才气，就随便问了一句："你们在欣赏书法吗？可知道这副对联是谁写的？"

"回皇上，嫔妾见这副对联笔势遒劲，雄浑豪放，间架结构内收外放，字也写得饱满挺拔，有一股英武之气，但猜不出是谁的字迹。"

"嗬，看样子珍嫔对书法也很精通，仅对这字的评价就知珍嫔还是个书法行家，这字是乾隆爷所书。你们瞧，那边的'赞德宫闱'横匾也是乾隆爷所书。"

珍嫔见皇上这么有兴致，不像过去走在自己面前总绷着脸，像仇敌一样，也就大着胆子问道："皇上，嫔妾有一事不明，能否见告？"

光绪一愣："什么事？请直说吧！"

"那边有一块大石头，石头上怎么还刻一个门，嫔妾感到十分古怪，却不知为何？"

光绪笑了，觉得这个小姑娘很可爱，心直口快，见什么问什么，一点儿没有宫中妃嫔的老谋深算和钩心斗角的心计，便解释说："据祖上说，这景仁宫曾经有妖魔鬼怪兴风作乱，给后宫带来不幸，聘请许多法师前来捉拿也没成功。后来，一个从西域来的喇嘛高僧在宫中设置了一些镇邪设施，鬼怪才被驱除，这景仁宫才安静下来。你所说的那块刻有门的大石头就是镇邪之物，北山墙上有一块锈迹斑斑的铁牌也是那时所设。"

"谢皇上指点，嫔妾明白了。"珍嫔滑稽地道了一个万福。

"这景仁宫曾是存放宫中稀珍药品的地方，直到最近才搬运出去。"

"哦，说不定嫔妾还能在此寻找到一颗长生不老的仙丹呢！"

众人都笑了，光绪也笑了。

"如果真有仙丹，爱妃可不能独吞，必须分给朕一半，否则，爱妃成了那月中嫦娥，朕怎么变后羿呢？"

"那皇上何不随嫔妾一同到里面寻找一下，有福同享，同甘共苦呢？"

光绪本打算去永和宫瑾嫔那儿，但被这个活泼可爱的小姑娘逗乐了。简短的说笑，光绪觉得珍嫔不像瑾嫔那么矜持，似乎比姐姐爽快多了。

珍嫔陪光绪在景仁宫内转了一圈，说说笑笑，好不快活。

"珍儿刚才对乾隆爷的书法评论得那么得体，但不知珍儿的书法写得怎样，能否让朕见一见爱妃的墨宝？"

"皇上，太后许多赐给大臣的字都是由珍娘娘代劳的！"一个宫女插话说。

"真的？"光绪很惊奇。

"皇上，缪太太常常夸赞珍娘娘的字画呢！"

光绪更惊奇了："想不到爱妃这么有才，缪素筠可是大清当代第一才女，爱妃能博得她的夸赞必然不凡。走，让朕见识一下爱妃的墨宝。"

光绪拉着珍嫔的手向寝宫走去。

“皇上，嫔妾会让皇上见笑的。嫔妾只是爱好而已，不能登大雅之堂。”珍嫔娇滴滴地说。

“皇上，珍娘娘在谦虚呢，娘娘不但写得一手好字，还会双手同时写字呢！”一个宫女说道。

“如果是这样，朕就更得见识一下了。”

众人说笑着进入珍嫔的书房，宫女打开雕凤的金漆墨盒，轻轻研好墨，又铺好米黄色的宣纸。珍嫔从雕龙的碧玉笔筒里取出两支狼毫，两手各握一支，在墨盘里把笔蘸得饱满，微笑着对光绪说道：“嫔妾的字写得不好，实在怕皇上见笑。”

“爱妃别客气了，让朕瞻仰一下你的墨宝。”

“嫔妾献丑了，请皇上给多多指教吧！”

珍嫔略一凝思，柳眉一挑，悬肘落笔，只见她左右开弓，两支笔龙飞凤舞，两行字一挥而就：在天愿为比翼鸟，在地愿为连理枝。

珍嫔轻轻把笔一放，含笑道：“请皇上给嫔妾多多指教。”

站在一旁的光绪帝眼睛瞪得好大，看着纸上娟秀剔透、清新飘逸的两行字，不住点头称赞：“爱妃这字写得比朕好多了，可以作为朕的老师，朕还怎么挑毛病呢！”

珍嫔脸一红，娇嗔道：“皇上取笑嫔妾了。”

“朕说的是真心话，怎会拿爱妃取笑呢？”

光绪说笑着，伸手揽住珍嫔纤细的腰肢，两手握住珍嫔柔嫩白皙的小手。站在身边的几名宫女和太监知趣地退了出去。

珍嫔闭上双眼，尽情地享受着皇上的爱抚与亲吻。

许久，光绪才停下来，仍两手揽着珍嫔的腰，直勾勾地看着珍嫔说：“朕过去只把你当作个小妹妹，直到今天才发现你这个可爱的小鸟是那么灵气，那么有才气，真是朕的好福气！”

珍嫔睁开双眼，微笑着与皇上四目相视，听皇上这么说，也甜蜜地应道：“谢皇上夸奖，嫔妾要是小鸟，那皇上不就是猎人吗？”

“朕是猎人，可要打你这只灵雀了。”

光绪说着，又上前把珍嫔搂在怀中，用力把珍嫔向自己怀里拥。

“皇上，勒死嫔妾了。”

“嘀，勒不死的，朕只想把你勒进朕的肉里，和朕融为一体。”

光绪还要用力去抱紧珍嫔，珍嫔确实有点吃不住了，忙用手指在光绪的两胳肢窝里一挠，光绪一护痒，大笑起来，把珍嫔松开了。珍嫔挣脱皇上的双手，忙用手揉一下酸疼的腰肢，嗔怪道：“皇上就是坏，欺负人家。”

“爱妃这一摆弄腰肢真美，正如古人所说的纤纤杨柳腰，随风自飘摇，如果爱妃跳起舞来那就更美了。”

珍嫔一动，机灵灵地说道：“皇上，嫔妾给你跳个西洋舞好吗？”

“什么？爱妃会跳西洋舞，在什么地方学的？”

“嫔妾在广州伯父家中曾跟洋人学过，嫔妾不但会跳西洋舞，还会说洋文呢！”

“真的？”

“嫔妾怎敢欺骗皇上！”

“太好了，今后就让爱妃作为朕的洋文老师，教朕学习洋文吧！”

“皇上难道没学过洋文？”

“皇六叔曾向圣母皇太后建议让朕学习洋文，但太后不同意，朕也就因此错失了学习洋文的机会。”

“哦，太可惜了，洋文很重要，特别是对于一国之主的皇上，能说洋话、看懂洋文，对于了解国外先进技术，向洋人学习实在重要，就是用来与洋人谈判国事也很必要。”珍嫔很惋惜地说。

“爱妃说得是，朕也十分喜欢洋文，今后就让朕拜你为师学习洋文吧！”光绪十分诚恳地说。

“嫔妾怎配作为皇上的老师，那岂不折杀嫔妾了。如果皇上喜欢学习，那就让嫔妾和皇上一起学习吧。”

“那太好了！”光绪拉着珍嫔的手说，“来，请爱妃跳一个西洋舞，也让朕开开眼界。”

“皇上请坐吧，嫔妾献丑了。”

珍嫔说着，站立在寝宫中间轻轻摆动一下腰肢，双手自然举起跳了起来。那柔软的腰肢，轻盈的舞姿，婀娜的身材和欢快的步子转动起来，像一朵盛开的花儿随风忽上忽下。

一曲舞罢，光绪看呆了，直到珍嫔走到光绪面前，他才醒过神来，上前抱住珍嫔，惊奇地说道：“啊，太美了，太美了！想不到爱妃还有这样的绝技。”

“多谢皇上夸奖！”珍嫔主动吻了吻光绪。

两人紧抱一起，相互亲吻，难舍难分。

“回禀皇上，晚膳准备好了，请皇上用膳。”

不知何时，天已经暗了下来，侍从太监在室外喊道。光绪抬头看看窗外，又低头看看正沉浸在幸福之中的珍嫔，不情愿地松开珍嫔，对门外太监喊道：“告诉御膳房，把酒菜送到这里，朕要和珍嫔对饮几杯，酒要茅台，菜要可口，快快送来。”

不多久，酒菜已送来，光绪和珍嫔相对而坐，近侍太监在一旁给他们斟酒。两人小饮了两杯，珍嫔始终忸忸怩怩，有点放不开。光绪看在眼里，暗暗发笑，就对侍从太监说：“你先下去吧，有事叫你，让朕自己来吧。”

“嗻！”侍从太监退下。

那太监刚刚退下，珍嫔就一拍小手道：“早就应该让他走了，他站旁边嫔妾太受约束了。这样好了，来，让嫔妾给皇上斟上一杯。”

光绪端起酒杯，开玩笑地说：“良辰美酒夜光杯，良辰时光朕却心事悠悠，只能说朕不是伯乐。可谓‘千里马常有而伯乐不常有，故虽有名马，祇辱于奴隶人之手，骈死于槽枥之间’。当初朕若发现爱妃如此可爱，一定不会让那吉日良辰虚度。来，朕陪爱妃共饮一杯！”

珍嫔把酒杯放在唇上舐舐，待光绪一饮而干，又双手捧到光绪面前，娇滴滴地笑道：“嫔妾往日没有给皇上排忧解难，也没能博皇上的一晌贪欢，这只能是嫔妾的过错。来，让嫔妾先敬皇上一杯，然后嫔妾再和皇上对饮。”

珍嫔说着，把酒端到皇上的唇边。光绪和珍嫔四目相碰，心领神会，一饮而尽。珍嫔放下酒杯，拍手笑道：“皇上果然英豪，嫔妾再敬你一杯如何？”

“朕也不胜酒力，还是请爱妃和朕共饮吧！”

“好，嫔妾舍命陪皇上，一醉方休！”

两人又是一饮而光。

“古话说：‘酒逢知己千杯少，话不投机半句多。’新婚之日，由于朕被折腾生病，朕和爱妃的交杯酒也免了。现在想来很是遗憾，来，让我们再饮三杯交杯酒，以弥补当初的不足。”

“既然皇上有此兴趣，嫔妾只好奉陪到底了，来，喝！”

就这样，你一杯，我一盏，你给他夹一块肉，他为你夹一块鱼，喝得很有情趣，吃得也很有气氛。直到最后，两人都有几分醉意，光绪才带着醉腔冲门外喊道：“把饭菜撤下去吧，朕今天不去永和宫了，就在景仁宫度夜。”

“是！”来人撤去饭菜，又立即躬身退出。

第二十五章

说隐疾难效双宿鸟
疗心病苦求千金方

珍嫔有点为难，但她还是说了出来："皇上目前害怕让外人知道，以防有人乘机窥视皇位，特命女儿来打探治病一事。额娘，究竟怎么治疗，你知不知道？女儿让你进宫就是为了这事！"

趁着一股股酒劲和心内燃烧的烈火，光绪把珍嫔抱进帐内……

许久，一切又恢复了正常。珍嫔搂住皇上的脖子说："皇上，你不喜欢嫔妾吗？"

光绪无可奈何地叹口气说："朕喜欢，但朕——"

光绪说不下去，伤心地流下泪来。

珍嫔搂住光绪的头，等到光绪不再流泪时，珍嫔才平静地说："皇上，你不必伤心，更不要自卑，这病能治好，一定能治好！你让御医给治过吗？"

光绪摇摇头："朕不忍启齿，这样的事怎好开口呢？更何况，朕怕这事传扬出去，让太后知道。"

"皇上，这事你为何怕太后知道呢？就是太后知道也会让御医给你治病的，难道她不喜欢让皇室子孙满堂、皇族子嗣兴旺？"

"这事爱妃千万不可泄露给太后或御医，否则对朕更加不利，至于为什么，朕将来会告诉你的。"

珍嫔点点头："嫔妾明白，不过嫔妾可以私下研究医药方面的书籍给皇上治好病的，这点请皇上放心好了。"

光绪感激地说："但愿如此！"

珍嫔想了一会儿问道："皇上，你能告诉嫔妾你这病的起因吗？"

光绪想了一下，欲言又止。皇后在新婚之夜失败时，立即就用讽刺的话语挖苦他，伤了他的自尊心，从此和皇后是明合暗不合，就是偶尔同寝，也是做做样子，皇后更加瞧不起他。瑾嫔虽然没有像皇后那样挖苦他，但每次失败后也流露出一丝不快和悠悠叹息。唯有珍嫔对他这样无微不至地关心、爱抚，还发誓帮他治病。

光绪心里热乎乎的，停了好久，才握住珍嫔的手说："朕告诉你原因，请爱妃不要见笑！"

珍嫔理解地倒在光绪怀里："皇上，你说吧。"

光绪轻轻抚摸着珍嫔讲述一段永远难忘的经历，就是他和彩云姑娘的一段难以割舍的恋情。

光绪讲到动情时，忍不住伤心地哭了。珍嫔也被皇上和彩云的爱情所打动，她也由此想到了她的初恋，想到了她梦牵魂绕的文大哥，在感情的共鸣中两人抱头痛哭。

光绪讲到他心爱的彩云姑娘被圣母皇太后赐死时，十分悲愤，也很无奈。珍嫔很震惊，平时那位朝夕相处、和蔼可亲而又平易近人，还爱打趣逗笑的慈禧太后，能像皇上所说的那么心狠手辣吗？珍嫔有点怀疑，也许皇上从小被太后骂得太多、管得太紧怕了，皇上才这样恨太后吧？但她没有说出自己的想法，只淡淡问道："你和那位彩云姑娘不是有一段很美的灵与肉的结合吗？怎么会得此怪病呢？"

光绪把珍嫔搂得更紧，叹口气说："事情就出在这里，自从彩云死后，朕就一直思念她，几乎夜夜难眠，但朕因为有着彩云的先例，再也不敢轻易接触任何一个宫女，唯恐被太后知道又要挨骂，还会连累一条宫女的性命。"

光绪说着，无可奈何地叹息一声，便不再言语，内心十分痛苦。

珍嫔主动亲吻一下光绪说道："皇上不必有什么精神负担，嫔妾有办法让皇上恢复你男子汉的雄风。你身为皇上，是天下第一的男人，嫔妾一定让皇上成为天下第一的男人。"

"爱妃有什么秘方吗？"光绪迫不及待地问。

"皇上尽管放心，从明天起，嫔妾就查阅资料，暗中给皇上治病。"

"朕先谢过爱妃！"

“等嫔妾给皇上把病治了，皇上再谢不迟，不过皇上准备怎样感谢嫔妾呢？”

“真能治好朕的病，朕宁愿不做什么皇上，给爱妃当牛做马。”

“那倒没有必要，嫔妾将更好地服侍皇上，让皇上有更多时间和精力处理国事，拯救百姓于水火，振兴大清帝国。”

“爱妃对朕是太好了，这可能是上天把爱妃赏赐给朕做贤内助的吧？”

光绪说着，又深深地把珍嫔搂进怀里，从感觉中寻找那爱的极致。

“皇上，该上早朝了。”太监在门外高声喊道。

光绪迷迷糊糊睁开双眼，从窗户可以看见外面还是一片漆黑，只好不太情愿地嗯了一声，暗恨这些太监惊醒了他的春梦。光绪曾以为珍嫔只是一个不懂事的小姑娘，从昨天起他明白了自己的过失，从他和珍嫔的接触中，他相信珍嫔的话，她一定有办法能把他治好，对于一个这么聪明的小姑娘没有她做不成的事，他对她充满了信心。

光绪有点满足了。

“皇上，该上朝了。”太监又在叫喊。

珍嫔轻轻推一下皇上说：“皇上，请起来，以国事为本，朝事为重，如果耽误朝事那就是嫔妾的罪过了。太后知道也会怪罪的。”

光绪揉一下惺松的眼睛：“让朕再和爱妃亲热一会儿吧。”

“皇上不可眷恋嫔妾，沉浸闺阁，嫔妾今后会多多为皇上侍寝的，还是早早起来上朝吧！”

光绪在珍嫔的搀扶下坐了起来，说道：“爱妃说得对，朕这就起身赴朝。朕有爱妃这样识大局、懂大体的后妃，真是大清社稷的幸事，更是朕的福气。”

“感谢皇上夸奖，嫔妾没有这么好。”

珍嫔羞答答地说着，便服侍光绪皇上更衣起床。

光绪起来了，珍嫔也起来了。

光绪接过侍从太监递来的脸盆，洗把脸，珍嫔已把龙袍准备好。珍嫔帮皇上穿戴好，又给皇上整理一番，拽拽这，抻抻那，有不妥之处，又反复用手拍几下，直到自己满意为止。然后拿出铜镜，让皇上自己再端详一下，看看是否有什么不如意之处。

侍从太监忙上前施礼说："珍娘娘，这是奴才的事，怎能劳烦娘娘的大驾，还是让奴才来干吧。"

光绪也对珍嫔说："不必让爱妃费力劳神，这事让他们做就可以了，爱妃只管监督就足够了。"

"皇上，还是嫔妾给你整理吧。"

珍嫔说着，仍手不停地为光绪整理衣冠。

"爱妃真好，不过这事也不必这样细致，差不多就行了，朕不太讲究衣着。读书时，朕衣着随便，宫中人人都叫朕是穷酸书生呢！"

"皇上，服侍你是嫔妾应尽的义务，嫔妾怎敢偷懒呢？俗话说：'人是衣裳马是鞍。'有好的服饰也要会穿戴才行，嫔妾怎能让皇上穿得衣冠不整、邋里邋遢。那样，大臣会笑话皇上，更会耻笑嫔妾的。嫔妾要把皇上打扮得仪表堂堂，威风凛凛，往朝堂一站，就像天下第一男人才行！"

光绪嘴上说不必劳烦爱妃服侍他穿衣，心里对珍嫔这样认真做事十分舒服。这里包含着关心与体贴。珍嫔的一举手、一投足都含着一股浓浓的情意。

近侍太监催道："时候不早了，皇上起身吧！"

光绪这才走出内室，珍嫔挽手相送，一直送到宫门外，光绪再三催她止步，珍嫔才停止不走。光绪依依不舍地举手告别。

直到皇上走到看不见，珍嫔才在侍从太监催促下回到寝宫。

珍嫔没有食言，她决定尽力帮助皇上，让皇上早日恢复一个男子汉的尊严，让自己的丈夫成为一个真正的大清朝第一男人。为此，珍嫔查阅了许多中药资料，从孙思邈的《千金方》到李时珍的《本草纲目》，还查阅了《房事宝典》，几乎每天把大量的时间都用在翻阅书籍中，以致景仁宫的太监、宫女私下直嘀咕：珍嫔娘娘犯啥神经病，怎么爱起医学来，想开药铺子吗？

珍嫔偷偷地派贴身太监戴宝到宫外抓了几剂药，煎熬给皇上吃，仍然不见效，不免心中有点焦急，可话又不好说出口。皇上见珍嫔为自己的病一天天消瘦下去也于心不忍，就劝她放弃，可倔强的珍嫔说什么也不同意。

怎么办？这事除了和皇上商议之外，对其他任何人都不能讲，包括自己的姐姐瑾嫔。那和谁商量这事呢？珍嫔想起年长的人可能有这方面经验，就派贴身太监戴宝到娘家把自己的母亲接进宫，对外只说想念母亲了。

母亲来了，见到自己的女儿如此消瘦，少不得一阵心酸，分别一晃几年，今日相见母女抱头痛哭。儿女是母亲的心头肉，当初进宫时母亲就不忍割舍，皇宫深似海，只有进没有出，伴君如伴虎呀！看看儿女清瘦的身影怎不伤感呢？但这是皇宫大内，怎能随便哭哭啼啼，母亲慌忙擦去眼角的泪水给女儿下跪施礼。

珍嫔双手把母亲搀扶起来，这才分宾主坐定。珍嫔屏退身边的宫女、太监，微红一下脸说道："额娘，女儿有一件事想问却又不好意思开口。"

母亲乐了："有什么话你就直说吧，这里也没有外人，对母亲还有什么不好说的？"

珍嫔脸更红了，只是笑。

母亲也有点疑惑，一向心直口快的女儿怎么到宫中变得这么忸怩了，便叹口气说："儿女是娘身上掉下的肉，对母亲没有什么不可求的，也没有什么不可说的，就是要母亲的心，额娘也会给的。"

"女儿在宫中要什么有什么，不是想要什么东西，而是想问——"

"问什么，你就直说吧！"

珍嫔红着脸不好意思。

母亲一惊："难道皇上他——"

珍嫔点点头。

过了好久，母亲才说道:“这病是能够治好的，宫中御医不能治好吗？”

珍嫔有点为难，但她还是说了出来:“皇上目前害怕让外人知道，以防有人乘机窥视皇位，特命女儿来打探治病一事。额娘，究竟怎么治疗，你知不知道？女儿让你进宫就是为了这事！”

“治疗这种病仅靠药是不行的，应该知道皇上得这病的起因，是先天生就的，还是后天染上的，是心理上造成的，还是药物造成的，对症才能下药。”

珍嫔想了一下:“皇上是后天染上的，是心理上造成的。”珍嫔又讲了一些皇上染此病的经过。

母亲若有所思地说:“心病还要心药治，你可在皇上就寝时给皇上抚摸揉揉身子，让皇上闭上眼睛想他的那位彩云姑娘，这样天天如此，也许会有成效。当然，也不能放过服药。”

“女儿也看了一些药书，找一些药方拿了一些药给皇上服用，却没有什么效果。”珍嫔犯难地说。

“要说这药是最有效果的——”母亲突然想起丈夫从长白山为太后取朱果时偷偷藏下的朱果枝叶。那药物可是神药，一定有特别的效果。

珍嫔见母亲脸也有点红，忙问道:“额娘一定知道服用什么药有效果？”

母亲点点头:“我们家曾经还有过那种药呢！”

珍嫔一喜，问道:“现在家中还有吗？”

“幸亏额娘当时多了个心眼，瞒着你阿玛私藏了一些。不过有十几年了，是否还能找到也不知道，就是找到了，也不知还有没有效。”

珍嫔高兴了:“额娘做事细心，放起来的东西一定能够找到，至于有没有效先服用试一试，如果那药物失效了，还可以再重新购买，只要知道是什么药物就可以了。”

母亲见女儿一扫刚才的愁容，笑着说："看你乐的，那药可珍贵了，就是皇宫大内也没有。"

珍嫔不相信地问："真的？"

"那还有假，额娘能欺骗女儿吗？就是皇宫没有而又急用才派你阿玛到长白山中采取，你阿玛私留了一些。这事可不能让皇上和太后知道，那样会给我们家带来灭门之祸的。"

珍嫔见母亲说得那么认真，不像有假，又问道："阿玛当时采到了，没给宫中吗？"

"唉，你阿玛给宫中的是更珍贵的果子叫朱果，一种阳性的千年珍品，他留下的只是这朱果的一些枝叶。"

珍嫔仍好奇地问："那朱果现在还有没有呢？"

"当时就被太后服用治病了，正是那朱果救了太后的命。这药方是京西白云观的道士给开出的。"

珍嫔若有所悟地点点头："我明白了，无怪乎太后对白云观的道士那么好，年年拨给那么多银子。"

母亲再次叮嘱道："这事你可千万别提起，就是额娘找到那药给你送来，你也别说是我们家的。"

珍嫔认真地说："女儿也不小了，不会那么傻吧！"

过了一会儿，母亲自语道："唉，那药也真有效，可惜太珍贵了。"

珍嫔一听急了："额娘，为了女儿你就把那药给女儿吧，女儿让皇上多给家中一些银子就是。"

"女儿都舍得还有什么舍不得的呢？额娘回去就找，然后派人给你送来。"

珍嫔知道母亲答应了，特别高兴地说："请额娘受女儿一拜！"

珍嫔留母亲在宫中吃过午饭，也没通知瑾嫔就派人把母亲送回府，临行再三叮嘱，这事一定不能让外人知道。

光绪上朝回来，也没让人通报就悄悄走进景仁宫，老远就听到一阵欢快悦耳的歌声。嘀，这个小灵雀今天怎么一扫往日的愁眉苦脸，这么高兴，莫非有什么喜事？

光绪这样想着，信步走进内厅，蹑手蹑脚上前，猛地用双手捂住珍嫔的双眼。

“谁这么大胆？”

珍嫔一惊，马上又笑了，急忙挣开双手跪下施礼说：“嫔妾不知皇上驾到，请皇上恕罪！”

光绪上前把珍嫔拉起来：“爱妃请起吧。朕不是说过多次了吗？你我二人独处时不必多礼，可以随便一些，这样不是更融洽一些吗？”

“回禀皇上，嫔妾怎敢荒废宫中的礼法？”

“爱妃，朕走进宫门就听到这景仁宫中有一阵悦耳的鸟鸣，这宫中何时捉进一只百灵鸟？”

珍嫔一愣：“没有呀？嫔妾怎能不知呢？”

“刚刚那百灵鸟还鸣叫呢，怎会没有？”

“要么是那位宫监捉来的，走，嫔妾陪皇上出去看看。”

“朕听到那叫声就是这房里发出的。”

光绪笑了。

珍嫔恍然大悟，扭动一下腰肢撒娇地说：“皇上就会耍弄嫔妾，拿嫔妾开心。”

光绪走上前把珍嫔揽在怀中，抚摸一下珍嫔白嫩的脸蛋笑着说：“不是朕拿爱妃开心，是爱妃今天不同往常有一脸愁容，独自一人在室内放喉高歌，一定有什么喜事，说说也让朕分享一下。”

珍嫔忽闪一下水灵灵的大眼睛，喜形于色地说道：“请皇上猜一猜啊！”

光绪见珍嫔今天的情趣很高，也特别高兴，一本正经地猜道：“爱妃的书画又受到太后和缪太太的赞美？”

“不对！”珍嫔笑着说。

“爱妃今天又学会一个新的曲子或新的舞姿？”

“也不对！”

“那一定是爱妃今天又为自己设计出一套非常流行的服装？”

“更不对！”珍嫔仍在摇头。

光绪也开始摇头了：“朕实在猜不到了，还是请爱妃告诉朕吧！”

“皇上，你把耳朵附来！”珍嫔神秘地说。

光绪听珍嫔悄悄说完，一下子跳起来。

“哇，真的？”

“嫔妾怎敢欺骗皇上？”

“太好了，太好了！你真是朕的好内助，不！更是朕的好知音。”

光绪把珍嫔抱起来，转了一圈，才松开，急不可待地说道：“爱妃，快告诉朕是什么法子？”

珍嫔神秘地莞尔一笑说：“心病还需心药治，等到晚上皇上自然知晓。”

“先向朕透露一点儿吧，否则朕会急疯的！”

“皇上，心急不能喝下热稀饭，这事必须让皇上急一急，越急越有利于治病。”

珍嫔见皇上果然急得一头汗，忙用香帕给皇上擦擦汗，轻吻一下皇上说：“要有耐心才对嘛！”

光绪不再讲话，过了一会儿，有点儿惊慌地问道：“爱妃，那法子是御医告诉的吗？”

珍嫔用小指轻轻弹一下光绪的脸，说道：“皇上尽管放心，这事绝对没有外人知道，既然是皇上嘱咐，就是死，嫔妾也不会背叛皇上的。”

光绪不知珍嫔葫芦里到底卖的什么药，从珍嫔那自信和得意的神情上，光绪也仿佛看到了希望，到底是什么办法，用的什么药。他一无所知，焦急地等待着，等待太阳下山，等待天黑的到来。这种等待的心情是难耐的，也是难以用语言表达的。珍嫔表面看似平静，内心却在翻腾着，额娘教的法子是否见效，那味奇珍灵药还能找到吗？

天终于暗了下来。光绪和珍嫔草草吃了点晚饭就双双来到寝房，两人不约而同地相对注视着，好像两个多年不见的朋友在一个意想不到的场合相遇了，彼此辨认着对方的特征。最后，还是光绪首先打破这沉默，开玩笑地说：“欣赏够了吗？没看够再看，这样大眼瞪小眼，一直看到天明吗？”

“皇上不也在欣赏嫔妾吗？再仔细看看，不要哪一天突然把嫔妾忘了。”

“朕忘不了，就是到来世，朕也能在灯火阑珊的地方一眼找到爱妃的倩影。”

“嫔妾不求皇上这么将整个心思扑在嫔妾身上，那样嫔妾不就成了祸国殃民的杨玉环。嫔妾只希望皇上爱美人更爱江山。”

“爱妃，天不早了，你那法子——”

光绪不好意思说下去，珍嫔笑了。

“嫔妾怎敢忘记，天才刚黑，嫔妾怕被别人瞧见，还不知怎么毁坏嫔妾的名声呢！嫔妾的名声不要紧，皇上的声誉嫔妾可担当不起！”

“爱妃不必担心，朕是一国之主，有朕在，别人谁也不敢诽谤爱妃的。天不早了，我们上床吧，朕可要领教一下爱妃的什么法子。”

光绪和珍嫔手挽手在宫中默默地走了一会儿，珍嫔尽量让皇上享受到一种夏夜的温馨和女人特有的温存。他们边走边挽着胳膊，偶尔说上一两句体贴的话，尽量让光绪完全陶醉在这二人世界中。

光绪也终于有了一种冲动，几次主动地拥抱珍嫔，亲吻珍嫔。这时，珍嫔才和光绪双双进入寝宫。

珍嫔先给光绪脱去衣服，让他平躺在床上，自己才脱光衣服，默默地坐在光绪身边，悄悄地对光绪说：“皇上，古语说：‘心病还得心药医。’其实皇上不必有任何心病，尽量放松自己，就像刚才嫔妾陪皇上宫内行走一样，完全忘记其他的事物。皇上先放松自己，做到心无外物时，嫔妾就可进行下一步的治疗了。”

光绪是何等聪明，一点就破，会意地向珍嫔投来赞许的目光，平静地说：“朕明白爱妃的苦心了。”

光绪果然平静了许多，喘气平稳了，他尽量放松自己，做到心无外物。这时，他有一种飞上云端的感觉，仿佛感觉到周围都是白云在飘浮，自己也仿佛是这白云中的一片了，若浮若沉，若静若动。

珍嫔想通过这种方法让皇上从过去的迷失中惊醒，从精神和压抑中解脱出来，恢复那失去的生命本能。

果然，在珍嫔的帮助下，光绪忘情地想象着，仿佛一下子回到了多年前，回到那个晚上，在养心殿内他和彩云度过的最快乐的一夜。

但珍嫔知道，皇上这仅仅是恢复了一线生机，像一个僵死的病人刚刚苏醒一样，是经不起一点喜悦或悲哀的打击的，否则会一命呜呼。尽管珍嫔也热血澎湃，但她还是忍住了，她要珍惜皇上、爱护皇上、保护皇上这棵刚吐新芽的幼苗。

光绪很激动，他感动地流下了热泪。他把珍嫔搂在怀里，紧紧地，唯恐她从身边失去。光绪感谢珍嫔，但他不想说出一句感谢的话语，在他们之间，早已达到了心与心的沟通、灵与灵的融合、魂与魂的相依，话语是多余的。

这一夜别提有多兴奋了，两人都睡得挺香，但也都醒得很早。两人都破例早早地起来，在侍从太监还没来叫上早朝之前就在景仁宫内锻炼起身体。

光绪伸伸腰，踢踢腿，又练一会儿剑，这时东方才出现第一抹朝霞。光绪深深呼吸一下早晨清新的空气，微笑地注视着旁边看自己练剑的珍嫔说：“今天的空气好新鲜！”

“是的，我也感觉如此！”

两人大笑起来，东方的太阳已露出红红的笑脸。

宫监好久没见皇上这么开心了，今天见皇上这么高兴，也都十分快乐，一起在旁边为皇上呐喊喝彩。

“好剑法，皇上，再来一路！”

皇上几乎天天幸临景仁宫，一是为了治病，更主要的是自从从珍嫔那里汲取了生命的力量之后，他一天也离不开珍嫔了。

几天后，珍嫔娘家派人进宫给珍嫔送来一包礼物。珍嫔急忙打开一看，哦，原来只是几片早已干透了的古怪青叶和几根细细的青枝。珍嫔知道这就是额娘所说的千年奇珍朱果的枝叶了。听额娘说只要把这枝叶放在锅内用水烧开，像煎药一样煎出汁水服下就可。

皇上今天来得很早，天刚擦黑就来了，并且把朝中的奏折也带来了一大卷。珍嫔见皇上来了，急忙热情地迎上去为光绪擦汗，又忙着给皇上搬来座椅。

光绪刚坐定，珍嫔就喜不自胜地说："皇上，你今天再猜一下嫔妾给你准备了什么？"

"哦，一定是精美的点心喽？"

"错！"珍嫔顽皮地一笑。

"那是朕爱喝的雨脚花茶？"

"接近了，但还不对！"

光绪乐了："要么是你们家的菊花蜜茶？"

"更近了，却还是错！"

"嘿，再让朕想一想。"光绪心中一亮，他曾听珍嫔说，这种精神治疗后还需要一剂中药，莫非是爱妃给自己配制的中药？他心里这么想着，嘴上却不说，故意说道："朕知道，但朕不说。"

"哼！皇上学狡猾了。"

"这都是爱妃教的。"

"皇上就是坏！"珍嫔撒娇地说，"皇上先闭上眼睛。"

光绪十分听话地闭上眼睛。

"皇上可以睁开眼睛了。"

哦，珍嫔变戏法似的，不知从哪里端出一碗淡青的温茶。

"请皇上饮用，可不能打烂了，这茶可有妙用了，并且特别稀有。"

光绪知道珍嫔这时所说的话决不是开玩笑，认真地接过来，开玩笑地说：“多谢爱妃对朕的关心，一碗清水就把乞丐给打发了，看样子朕也是乞丐了。”

“皇上别寻开心了，先服下这碗药茶，这可是嫔妾的一片心血呀，皇上的病已治疗得快大功告成，这碗汤药就可药到病除了，请皇上珍惜！”

“是！”

光绪轻轻呷上一口，有一股淡淡的清香，也有一股涩涩的味儿。光绪也不再细品，张口一饮而尽。

珍嫔接过皇上手中的碗，又忙着用香帕给皇上擦一下嘴，这才说道：“多谢皇上相信嫔妾！”

“整个大清朝内，爱妃是朕最值得信赖的人，别说你是为朕治病，就是你真的给朕喝下的是毒药，朕也毫不推辞地喝下去。”

珍嫔十分感动，上前轻轻亲吻一下光绪说：“皇上还是先批阅奏折吧，这药也不知药力如何，等一下再说吧。让嫔妾在旁边给皇上扇凉。”

珍嫔说着，用自己的檀香扇为光绪轻轻扇着风，让皇上专心阅读奏折。

光绪刚刚坐下不久，面前的奏折没看几份，就觉得内心仿佛有一股烈火在燃烧……

好香的一夜！

侍从太监都在门外呼喊多声了，珍嫔才醒来，急忙推一推仍在酣睡的皇上：“皇上快起吧，该上朝了。”

光绪意犹未尽，又亲吻一下珍嫔说道：“传朕的旨意，今天不上朝了。”

珍嫔急了，忙推醒皇上：“皇上，快起来吧，让嫔妾服侍你起床，怎能贪恋一时的享受而忘记朝中大事呢！”

珍嫔率先起来，光绪这才在珍嫔的服侍下站起来，边起床边拉着珍嫔的手说：“爱妃在宫中等着，朕下了早朝就来和爱妃一起好好喝一杯，庆贺一下。这次，朕可要先敬爱妃一杯！”

“能让皇上高兴是嫔妾的职责，怎敢有劳圣上给嫔妾敬酒，那样岂不折杀嫔妾了。”

“爱妃不必推辞了，这是朕的心意，你就好好等着吧！”

光绪说完，在珍嫔的相送下走出景仁宫。

天下没有不透风的墙，不知为何时，光绪帝患那病的事竟然传到慈禧太后的耳朵里。起初，慈禧十分惊慌，这还得了，皇上得了那病，皇家不就断了香火，龙子龙孙哪里来，必须把皇上叫来问明情况，让御医从速治疗。尽管慈禧心中这样想着，嘴里却没有说。

过了几天，慈禧忽然心中又有了新主意，皇上没有子嗣更好，将来这大清皇位之事又可按照本宫的意思立定了。如果皇上生有龙子，那皇位继承之事是明摆着的，自己怎好从中指手画脚呢？从目前的情况看，虽然侄女被立为皇后，皇上并不宠爱她，却宠爱瑾嫔和珍嫔。据说，珍嫔最近特别专宠，皇上几乎每天都幸临景仁宫。照这样看，就是皇上不患那病，也必然是珍嫔或瑾嫔先生龙子，如果我那侄女怀不上龙胎，岂不更不能得宠。哼！幸亏皇上得了那病，怪不得皇上大婚多年，没有一个后妃怀胎的，原来是这样。

慈禧转念一想，这种病也算不了什么大病，御医是能治好的。皇上这病瞒到如今，一定是皇上羞于启口所致，如果皇上早让御医给治，早就治好了。这样也好，一个新阴谋在慈禧心中产生了。

第二十六章

重亲情密授争宠计
惧战事暗定息兵谋

皇后说着，又装作委屈的样子，哭了起来。慈禧一听，怒不可遏地拍着桌子大声说道："真是无用，哭有什么用，谁稀罕你的眼泪？我对你讲过多次，有姑妈给你撑腰，在宫中你想做什么就做什么，皇上也得怯你几分！"

这天，慈禧太后派人把皇后叫到颐和园，待皇后拜谢完毕落座后，慈禧不动声色地问："皇后最近在宫中都做些什么？"

"回太后，侄女每天只在宫中管理一下琐事，别的也没什么事。"

"嗯，你和皇上的关系还好吗？"

皇后不知如何回答。由于皇上对太后有意见，就把这种怨恨迁怒于皇后，本来就对皇后印象不好，由于太后的原因，光绪对皇后更是敬而远之，不闻不问。

慈禧见侄女低头不说话，就故作不知地叹口气说："你们新婚也几年了，也不见宫中后妃们有一个怀上龙胎的，这皇家烟火还需要你们去接续呢！"

皇后抬起头，欲言又止，她早已听皇上说了，关于那事不能让太后知道，如今姑妈问起相关联的事，皇后是有口难言，想说又不敢说。

慈禧这才试探地说道："姑妈听个别小的们说，皇上有那种只有男人才有的病是吗？"

皇后脸红红的，点点头："自大婚那天起皇上就患上那病了。皇上觉得这病难于说出口不让侄女说，皇上也感到难为情，一直没找御医治疗，皇上认为等上一段时间会自己好的。"

慈禧故作关心地说："唉，这有什么不好说出口的，有病就治嘛！特别是男人患了那病，不治怎么办，还像个男人吗？皇上更要治，不早日治好病，那大清天下怎么延续？”

皇后见太后很关心这事，便说道：“姑妈，要么侄女回宫劝说一下皇上，找御医治疗一下。”

慈禧叹口气说：“你们都年轻，不好意思开口说这事，姑妈听后很着急，昨天就找来御医，把情况说了，御医开了一些补肾壮阳的药，你带回去服侍皇上吃下，可能很快就会有效果的。”

慈禧说着，命宫女取出几包药递给皇后。然后又说道：“皇上不让你说是怕姑妈知道皇上难为情，既然如此，你就说这药是你自己请人从宫外配制的，别提姑妈送给你的，皇上也就不会怪罪你同姑妈说这事了，以防皇上心中不快影响你们夫妻的感情。”

“姑妈见教得是，侄女一定照做！”

慈禧看了一眼侄女，心道：这个侄女如果能像珍嫔一样聪明伶俐该多好啊，肉鼻子肉眼的，难怪皇上不喜欢，就是自己也不太满意，不是为了那拉氏的利益和自己在宫中的地位着想，怎么会立她为皇后呢？没办法，这毕竟是自己的侄女呀！珍嫔再好也是外人，难与自己一心，还是多多偏向一下侄女为好。想到这里，又说道：“在宫中，要想有权势就必须获得皇上的宠爱，皇后也不例外。你在宫中该做什么就大胆地去做，该管谁就管谁，也拿出皇后的威风来，必要时，也要杀他几个，不杀一何以儆百。有姑妈给你撑腰，你还顾忌什么？懂不懂姑妈的意思？”

皇后点点头说：“侄女懂得。不知为何，皇上一直不喜欢侄女，见面老绷着脸。听太监说，皇上一到珍嫔那里又是唱又是跳，快乐得了不得，侄女怎样才能得宠呢？”

慈禧叹口气说：“姑妈当年进宫时才是一名普通秀女，也不受皇上宠爱，慢慢地，姑妈就获得咸丰帝的专宠了。这里面的事怎好像教文章那样一条一条讲给你听呢？要动动脑筋，处处多个心眼儿，看皇上喜欢什么你就做什么，对皇上宠爱的人你再狠狠打击排挤掉不就专宠了吗？好了，你用心去做吧！如果没事就可以回宫了。”

皇后这才起身告退，慈禧看着侄女离去的背影叹息一声：如果侄女能像自己当年一样，何必再这样让自己费尽心机呢？

皇后回到钟粹宫就立即命人把药煎好，放在寝宫内等着，然后派太监去请皇上。

光绪下了早朝兴冲冲地往回走，准备到景仁宫和珍嫔好好喝几杯也乐一乐，也感谢一下珍嫔的体贴照顾。迎面碰上太监来报，说皇后娘娘有要事请他到钟粹宫去一趟。既然是娘娘有要事相请，不能不去，再不满意，但她是后宫之主，一国之母，名义上的礼节是必须做到的。

皇上来到钟粹宫，皇后今天打扮得相当漂亮，急忙迎上去，温柔地说道：“皇上辛苦了！朝中事情繁忙吧？”

光绪一愣，见皇后今天突然这么彬彬有礼，也特别高兴，忙应道：“朝事也不太多，没有什么辛苦的，这是朕应该做的。皇后料理后宫也不轻松啊！”

“多谢皇上关心，臣妾别无所求，能得到皇上的一丝理解也就是了。”

皇后说着，也许动了真情，竟然泪眼吧嗒。

光绪见皇后这样伤情，也觉得心中有愧，再不喜欢，也不应该整日板着面孔，冷冰冰的，皇后也是女人，需要男人关心爱抚呀！

光绪急忙掏出香帕给皇后擦去脸上的泪水，和蔼可亲地说道：“皇后让朕来此有什么重要的事请说吧！”

“没有重要的事臣妾就不能约皇上来此吗？”

光绪自觉刚才这句话说得欠妥，忙改口道：“皇后误解朕的意思了，朕是想知道皇后让朕来此有何事，需要朕解决的话，朕立即去做。”

皇后这才破涕为笑，转身端出一碗早已煎好的汤药，说道：“皇上一心扑在政事上，也无心治病，妾身知道皇上患了那病坐卧不安，寝食不宁，又不想开口让御医治疗，今天臣妾派人偷偷从宫外抓来几服中药给皇上服用。”

这一番话说得光绪大为感动，忙说道：“朕的病已经好了，是珍嫔从宫外抓的药给朕治愈的。”

皇后一听，将信将疑地说：“果真如此？”

光绪点点头：“昨日才服用那药，立即就见效了。”

皇后十分失望，放下药碗，十分伤心地说：“臣妾是多此一举、自作多情了。”

说着，就要把那碗汤药打翻。光绪知道皇后是真心的，忙上前拦住皇后的手，说道：“皇后的心意朕领了，这药也不多余，再喝一碗汤药也许效果更好吧。况且，珍嫔得到的那种药特别少，也未必就能彻底除去病根。皇后的汤药继续煎熬，朕也天天来此服用就是。”

光绪说着，端起药碗，把汤药饮完。

皇后这才感到十分满意，忙说道：“皇上辛苦，臣妾也很少陪皇上吃饭，今天就留在钟粹宫吃午饭吧？”

光绪见皇后话说得很恳切，想了想说道：“好吧，今天朕就留在这里吃饭，不过早晨朕已答应中午陪珍嫔一起吃饭。今天是朕的又一件喜事，烦恼多年的病终于治愈了，应该好好贺一贺。传朕的旨意，让珍嫔、瑾嫔都来此，我们好好喝一场，也庆贺庆贺。”

“既然皇上这么说了，臣妾听命就是，马上让御膳房准备酒菜。”

皇后嘴上这么说，心里却是酸溜溜的，心道：你到底还是偏向着珍嫔，迫不得已才留在我这里。唉，无论如何，是珍嫔到我钟粹宫，不是我到她的景仁宫。哼！小蹄子，胳膊还能拧过大腿，你敢不来向我跪拜？

珍嫔在景仁宫等待皇上下朝回来。天已近午，仍不见皇上到来，忽然太监来报，说皇上在钟粹宫，让她到皇后那里共同进餐。珍嫔满心不高兴，有心不去又怕皇上怪罪，去了又担心皇后说风凉话。不知为何，皇后对珍嫔早已满腹牢骚。还能为啥，争风吃醋是宫中一贯的风气。前不久，珍嫔无意间碰见了皇后，急忙躬身施礼还遭到一顿冷言冷语，让珍嫔气得直流泪，幸亏皇上的哄劝与安慰才好。今天又让珍嫔到钟粹宫直接面对皇后，怎能不让珍嫔难为情呢？

但一想到自己不去，一定让皇上为难，皇后也难免又惹是生非，只好忍气吞声地来到钟粹宫。这时，瑾嫔早已到了，酒宴也已经摆好，就等珍嫔一人。

珍嫔进入内厅，先拜见了皇上、皇后，又和姐姐瑾嫔施过礼才坐下，就听皇后冰冷冷地说道："珍主儿医好皇上的病是有功之臣，今天本应该在珍主儿那里摆宴，但皇上说按皇宫中规矩皇后不能屈驾到妃嫔宫中宴饮，这才让珍主儿来到钟粹宫。珍主儿，你就委屈点儿吧，这是宫中的规矩呀！别说是我等这些贱女人，就是皇上也不能违抗呀，太后经常这样训导我呢！"

珍嫔一听这是明明白白地挖苦她，也不示弱，不软不硬地回敬道："皇后的德行就是看着皇上有病不治一天天加深，对关心皇上的人横加指责、辱骂？"

"哼！小蹄子，太后今天上午说了，该管的要管，该打的要打，我有太后撑腰，你再得宠又怎么样？"

皇后一口一个太后，处处以太后欺人，本来光绪对太后就极为不满，今天留在钟粹宫纯粹是给皇后的面子，也是因为刚才皇后说了几句体贴的话心中过意不去，才勉强留下来。想不到皇后竟然这样不知趣，光绪勃然大怒，气愤地说道："不要给你面子你不要面子，朕今天留在这里纯粹是冲珍嫔的面子，怕你嫉妒珍嫔又去找她的碴儿，想不到你这么不知趣。"

"好呀，你留在这里还是为那个骚狐狸着想，根本不把我放在眼里，那好吧，你们走，都给我走！"皇后哭喊道。

"走，我们走给她看看！"

光绪起身拉着珍嫔的手就要往外走。皇后一看，更火了，哭骂道："真没良心，白白辜负了太后的一片心意，太后有心立你为帝，听说你有病，又让御医给你抓药治病，还胳膊肘子向外拐，欺负我们那拉氏。”

光绪一惊，也顾不了许多，忙问道：“那药不是你从宫外找人配制的？”

皇后一气一急也忘了太后的话，不客气地回敬道：“我才没有那么好的心计到宫外抓药呢！不像那个狐媚子耐不住寂寞会媚皇上，这是太后好心给皇上治病的药！”

光绪一听是太后送的药，太后知道了他的病，就更气了，冲着皇后吼道：“既然是太后送来的，你为什么不早说？”

“好呀，太后送来的怎么了？你以为太后会毒死你，真是不识好人心，拿着好心当作驴肝肺。太后知道，不知怎么骂你呢！”

光绪不说了，知道说也没用，事情到这种地步还说什么呢？太后也知道了，药也吃过了。转念一想，自己也许太多疑了，太后怎么会对自己不利呢？的确，皇位是太后立的，如果太后真想废掉自己另立新皇何必找这个借口呢？光绪又为自己胡乱猜疑太后感到内疚，也怕太后知道自己对太后有所怀疑而担心。

酒是不能喝下去了，饭也不能吃了，光绪叹息一声，先走了，瑾嫔、珍嫔也都各回自己的宫。就这样，一场庆贺的喜宴不欢而散。

光绪回到养心殿，静静思考一会儿，仍不放心，让贴身太监把皇后宫中的药拿去另外让御医鉴定一下，这药到底有何用途。谁知这御医早已被太后买通，只告诉这药有补肾壮阳健脾的妙用，却隐瞒了一个天大的秘密，那就是这药饮用之后对男人特别不利，具有绝育功能。

光绪接下来几天服用了珍嫔家中仅有的一些朱果枝叶后，又服用了太后送来的药，效果十分灵验，一天好似一天。光绪心中既感谢珍嫔又感激太后，认为自己对太后太多心了，却不知慈禧为了私利坑害了光绪的一生，致使光绪终生没有一儿一女。

皇后越来越气，于是就小题大做，故意为一些鸡毛蒜皮的小事与光绪吵架。这样做的结果是皇上对她更加冷漠，她也更加气恨皇上、嫉妒珍嫔。心道：我一个堂堂正正迎娶入宫的皇后，又有太后撑腰，反而不如一个妃嫔，这口气可不能咽下去，必须找太后评理去，让姑妈给自己撑腰，惩治一下皇上，让姑妈帮自己把皇上从珍嫔手中夺回来。

皇后来到颐和园，拜见过太后，刚坐下就嘴一撇，眼一挤，哭了起来。慈禧让侄女哭得莫名其妙，忙问道："又与皇上生气了？"

皇后这才用袖子擦干眼泪，抽抽啼啼地说道："姑妈，皇上知道那药是姑妈送的，不但不领姑妈的情，反而说一些有辱侄女的话，对姑妈的态度也大为不敬。侄女给姑妈辩护了几句，皇上竟对侄女破口大骂。"

皇后说着，又装作委屈的样子，哭了起来。慈禧一听，怒不可遏地拍着桌子大声说道："真是无用，哭有什么用，谁稀罕你的眼泪？我对你讲过多次，有姑妈给你撑腰，在宫中你想做什么就做什么，皇上也得怯你几分！"

皇后一听姑妈训斥自己，咯噔一下不哭了，抬眼看看姑妈，怯怯地说道："他是皇上，侄女怎能让他听我的？"

"哼！皇上？载湉这个皇帝是我立的，没有我，他怎么能当上皇上！敢对我不敬，真是胆大包天了，觉得翅膀硬了，我管不住他了。那好，我就让他知道胳膊和大腿哪个粗！"

皇后一看姑妈果真动怒了，又是高兴又是担心，高兴的是皇上将被训斥一顿，再也不敢对自己冷漠了，说不定会在姑妈的淫威下投入自己的怀抱呢！转念一想又有点担心，万一姑妈一怒之下废了光绪的皇位，自己怎么当皇后呢？想到这里，又吞吞吐吐地说道："姑妈，其实皇上也不是太过分，对姑妈和我也是真心的。只是受珍嫔那个狐狸精引诱才有时表现出对姑妈的不恭不敬。"

深谙宫廷内幕的慈禧一眼就看透了侄女的心思，叹口气说道："你呀，也不要为一点小事和皇上过意不去。只要你略一动心思，皇上怎会让别的女人抢跑呢？就是抢跑了也会夺回来，姑妈总不能帮你去抢男人，把皇上硬往你怀里塞吧？”

过了一会儿，慈禧又问道：“姑妈给皇上的药你可煎给皇上吃过？”

皇后点点头：“皇上刚开始才高兴呢！也很感激侄女，但珍嫔一到，皇上对侄女的态度就变了，心思马上扑到她身上。”

慈禧一听光绪吃了那药，心中一阵轻松：你不听我的话，今天我就可以找到借口惩治你，姜还是老的辣，让你永生都得听我摆布，给我服服帖帖当个傀儡皇上，否则——哼！

慈禧知道侄女是争风吃醋失败了来向自己告状，并不是受到皇上太多的委屈，光绪再犟他也不敢背着自己怎么样。便对侄女说：“你放心好了，皇后的地位是谁也不能从你那里抢走的，对待皇上，你只管放心去管教就是。皇上那点心眼儿，你略微动动脑子也哄住他了，如果他真的想给你难堪，我会好好惩罚他的。”

听了姑妈的话，皇后放心了。有姑妈出面给自己讲话，皇上敢不服从？从姑妈的话中也可知道姑妈也只是训斥训斥皇上，并不是要废掉他的皇位，自己的皇后宝座是谁也争不去的。训斥一下也好，免得皇上心目中只有珍嫔。

正说着，外面传事太监来报，说皇上驾到，慈禧一愣，忙让人通报，请皇上进来。

光绪进入大殿，拜见完毕，见皇后在旁边坐着，露出十分得意的样子，也不搭理，便说道：“圣母皇太后最近身体还好吧？”

“托皇上的福，耳根子清静多了，可仍有人在惹母后生气，你说该打不该打？”

“不知太后所指何人？儿臣愚笨，请太后明示。”光绪明知太后是说自己却又故意问道。

“皇后刚才哭哭啼啼吵得母后心烦，她向母后诉委屈呢！”

光绪不能再抵赖了，他知道，如果再抵赖又要挨骂。他不得不恭恭敬敬地说道：“这是儿臣的不对，惹皇后伤心，让母后生气了，请太后放心，今后儿臣一定好好善待皇后，再也不让太后为此事劳神了。”

光绪从小就被慈禧管教怕了，性格脾气也训倒了，尽管心中对太后极为不满，但一到太后面前又表现得极为尊敬，有时大气也不敢喘。

慈禧见光绪主动认错，也没有一丝一毫的不敬，就不再说什么，只淡淡地问道：“皇上住在宫中这许多年了，自然听说过螽斯门的来历吧！”

光绪一时还弄不清太后问话的用意，只好装作不知地说道：“儿臣曾听翁师傅讲过螽斯门的来历，由于时间久远实在记不清了，请母后指教。”

慈禧这才得意地借题发挥起来：“说起这螽斯门还有一段掌故呢。我曾听先皇帝说，这螽斯门本来是明代宫殿的旧名称，老祖宗由关外入主中原后，对这宫中的许多殿名都做了更改。可一见这螽斯门时，就觉得奇怪，询问洪承畴，这螽斯门是何含义。洪承畴就解释说，螽斯本是一种昆虫的名称，就是庄稼地里的大蚱蜢。据说雄的大蚱蜢一旦展开翅膀发出声响，就会有许多雌的蚱蜢纷纷向它飞来，每个雌的蚱蜢就会给这雄蚱蜢生下九十九个小蚱蜢。经洪承畴这么一说，孝庄皇太后恍然大悟，这个门是预示着家族兴旺繁盛，于是就保留下这个门的名称。这是先祖盼望我们这个家族人丁兴旺、皇子皇孙满堂呀！皇上，你明白母后的意思吗？”

慈禧嘴里这么说着，心里却在想：为了我的个人权力也顾及不了许多，不能说我慈禧心狠，这是你们爱新觉罗家族的德行所致。

慈禧这话的意思光绪自然清楚，无非是想让他多和皇后接触，早日生个龙子来。光绪听到慈禧问及自己，立即躬身施礼回答说：“母后的意思儿臣明白，儿臣决不辜负先祖的苦心，也一定不让母后失望。”

慈禧会意地看一眼坐在旁边一声不响的皇后说：“皇上理解母

后的苦心就好，今后多和皇后相接触，你主外政，她主后宫，相互关心，相互体谅，恩爱相处，不要为了一点鸡毛蒜皮的小事闹红脸，惹母后生气。”

慈禧说着，又转向皇后，半是指教半是批评地说：“你呀，也要拿出个皇后的架子，也不能处处都要让皇上让着你，你也要学会宽宏大量，多体谅一下皇上，彼此体谅，还有什么解决不了的家务事。清官难断家务事，在你和皇上之间，我谁也不会偏向的，只能骂上你一句，再批评他一顿，各打五十大板。唉，好了，我也不再多说，你们夫妻两个一同回宫吧！”

慈禧说完，向外摆了摆手，示意他们可以回去了。光绪看一眼皇后，见她十分得意的样子，心中很厌烦，但顾及皇太后的面子也没说什么，只是站起来，把一摞奏折递给慈禧说道：“母后，这里有一些重要的奏折需要母后过目定夺。”

慈禧一听很高兴，心道：皇上果然让我给驯服了。遇到重大的事不再敢一人独断，必先请示我。但她又装着很不在意的样子说：“有什么大不了的事，皇上自己决断然后报到母后这里就是，非得皇上亲自走这么远到母后这里垂问，什么事呀？皇上先简单说说，母后再详看一下。”

“回母后，李鸿章从天津送来奏折，说我朝派往朝鲜的军队遭到日军袭击，并且一艘大清的商船也被日本海军击沉，情况对我朝十分不利。儿臣特来请母后定夺！”

慈禧听后，大吃一惊，随手拿起几卷奏折翻一翻又放下说：“皇上和皇后你们先回去吧，这些奏折先放这里，让母后详细看看再说吧。”

“儿臣先回去了，请母后看过早日定夺，朝中大臣都在议论这件大事呢！”

“皇上可先找几位军机大臣商讨一下，先不必做出定论，待母后了解真相后再与皇上一同协商这事吧。”

“是！”光绪恭敬地答应一声，便退出殿外，皇后也跟着退出了。

光绪匆匆赶到颐和园向慈禧太后所奏报的是什么事？

那事可是轰动世界的中日甲午战争的导火线。

初夏的暖风让北京城又换了一副容颜。

阳光更亮了，叶更绿了，鸟鸣得也更欢了，人却瘦了。特别是姑娘们换上薄薄的裙纱，晶莹剔透，更显现出女人所固有的流畅线条美。

珍嫔从颐和园回来便热得一身汗，急忙换上一身刚刚完工的裙装，手握一把香扇在景仁宫内歇息。尽管已是后妃了，却一点儿没有后妃应有的那份矜持，少女的天真丝毫也没有改，仍像孩子一样地在草坪上爬呀滚呀。有时竟快乐地在花丛中唱着小曲追赶蝴蝶捕捉蜻蜓，惹得一群宫女太监也和她一样在景仁宫里傻疯起来。

这不，珍嫔又在那一片花丛里钻来钻去，老远看见光绪下朝回来，她举着手中的一束花向光绪高举着喊道："皇上，快来陪嫔妾捉蝴蝶！"

光绪来到跟前，看到焕然一新、光艳照人的珍嫔正站在花丛中，有一种说不出口的娇美动人，便开玩笑地说："这花丛中何时又长出一朵宫中所从未见过的珍奇之花，娇艳无比，香气袭人，让人看也看不厌，闻也闻不够。"

珍嫔一愣："宫中竟有这样的花，嫔妾整天在这里观花赏月怎么没有发现？"说着，便在花丛中找起来，却什么奇花异草也没发现，于是疑惑地问道："皇上，你说的那花在什么地方，带嫔妾去观赏一下？"

光绪笑了："远在天边，近在眼前，那花还会自己移动呢！"

"皇上就是坏嘛！又在戏弄嫔妾了。"

珍嫔忸怩着把手中的花向光绪投来，光绪闪身躲开抛来的花束，迎上前握住珍嫔的手亲了又亲。当着周围这么多宫女，珍嫔还有点羞怯，低声说道："皇上要是真爱那花，可要做个护花使者哟！"

“爱妃放心好了，朕就是化作春泥也会爱护你这朵可观可嗅还可吃的小花的！”

珍嫔执住光绪的另一只手说：“皇上，你看这园中的景色多美，要能在这里照相该多好啊！”

“什么？照相是干什么的？”光绪惊奇地问。

“难道皇上没照过相？”珍嫔不相信地问。

光绪摇摇头。

“哎呀，还是大清国的皇上呢！连相都没照过，真是太孤陋寡闻了，走，嫔妾给皇上看一样东西！”

珍嫔说着，拉着皇上飞身跑入寝宫，从床头的柜子中取出一个相匣子，她从里面拿出一摞照片，有的已经发黄，有的微微卷着边。光绪眼睛一亮，赞叹地说：“呀，这么多照片，真美！”

光绪接过照片一张一张地认真翻看着，每翻过一张，珍嫔就讲上几句，这张照片是在什么时候、什么地点和谁在一起拍的。

光绪从这些照片中认识了珍嫔的父亲、母亲、哥哥、姐姐和她的伯父。光绪特别欣赏珍嫔在广州时的照片，那上面不仅有他从来也没见过的南国亚热带美丽的风光，光绪更从中体会到形成珍嫔这天真可爱性格的原因。从这些照片中，光绪很快了解到不同年龄的珍嫔，对她更多了一层认识、更多了一层好感。光绪指着一张珍嫔童年时在广州伯父家的照片说：“瞧，这个小姑娘傻头傻脑的，多像头刚出生的小山羊！”

“皇上才像山羊呢！”珍嫔也笑了。只见照片上的珍嫔梳着两个冲天小角，穿着一双小花鞋，露出两颗洁白的小牙在傻笑呢！

突然，光绪指着照片上的一个人说道：“这不是翰林院编修文廷式吗？爱妃怎么能够和他在一起照相？”

看着这张照片，珍嫔的心如打翻的五味瓶，瞬间脑海中闪现了许多终生难忘的往事，但时间不允许她细想下去，忙掩饰住内心的激动，装出十分平静的神色说道：“这是嫔妾的老师，皇上认识他？”

“哦，原来他是爱妃的老师，如今已是翰林院编修，是以殿试第一甲第二名的成绩考中进士的，很得翁师傅赏识，这才推荐给朕，如今已是朕的一个得力臂膀呢！早知是爱妃的老师，看在爱妃面上还要再提升两级呢！”

“嫔妾就代文老师谢过皇上！”

珍嫔说着，下跪就是一拜。

光绪一见，哈哈大笑：“嗬！你这么一拜朕不提升也要提升了，我的小鸟，你真够鬼机灵的。文廷式选上你这个学生也算他有福气。”

“皇上，我们也购买一套照相器材吧！有了照相机，万岁爷的各种庆典活动都可以拍下来，闲暇时拿出来翻看一下，既可留作纪念，又可排泄心中的郁闷，那该多好呀！”

光绪想了想，点点头。过一会儿，他又犹豫一下说：“不过……”他拖着音没有说下去。

珍嫔知道皇上担心什么，忙说道：“我们可以把照相器材放在宫外，这事先瞒住太后，等拍出照片拿给老佛爷看，也让她开开脑筋。也许老佛爷一高兴，自己还主动着要拍呢！到那时，我们一定在颐和园中选一些最美的风景给老佛爷拍照留念。”

“太后过去也曾听说过照相，并见过一些照片，可她认为照相是洋人的妖术，来我大清朝勾人魂魄的，还说皇上万万不能照相，以免魂被勾走。这事还是先禀告太后吧！也许她老人家会同意的。”

珍嫔一听有点生气：“哼！你还是大清国的皇帝呢，思想也这么保守？”

光绪急了，分辩说：“不是朕思想守旧，朕是顾及太后的态度，太后特别忌讳这事。”

“皇上为一国之主，大小事务处处听命于皇太后，这购置照相机的小事也不能做主吗？”

光绪一咬牙，说道：“好，朕就依你，这事就交给爱妃了，你找人去购置一套照相器材吧！不过，一定要瞒住太后！”

“这事请皇上放心！”

果然，珍嫔通过她的哥哥志锐买到了一套照相器材。这下珍嫔可高兴了，只要光绪有时间，珍嫔就打扮得花枝招展，拉着光绪去拍照。光绪起初也有点顾忌，唯恐太后知道又要被骂个狗血喷头。渐渐地，光绪也迷上了照相，还在景仁宫教会了许多太监和宫女充当摄影师，专门给他们拍照。

这天，光绪上朝回来，珍嫔拿了一些刚刚冲洗出来的照片给光绪看。光绪逐张欣赏评论着，这里有珍嫔穿着各种服装拍摄的，有戏服，有盛装的后妃服，还有穿着宫女服、太监服照的。光绪指着一张照片说：“爱妃的这张照片是最美的，既漂亮又有气质和风韵，有女人的温柔也有男人的阳刚。”

珍嫔对这张照片也特别满意。珍嫔喜欢奇装异服，特别爱把自己打扮成男子模样，只见这张照片上珍嫔头戴一品顶戴，三眼花翎，身着长袍马褂，腰系丝带，足蹬朝靴，背后有一条乌黑发亮的大辫子。哟，真帅！

珍嫔见光绪喜欢她穿上男人衣服的神采，便嚷道：“皇上，嫔妾穿上皇上的服装照张相一定更潇洒美俊，皇上让嫔妾穿一次照张相好吗？”

光绪一愣，说道：“不是朕不想给你穿，若让太后知道会挨骂呢！说不定太后一怒之下会处置你，按宫中规定这是僭越。爱妃，别的什么都行，这事就算了吧！”

刚才珍嫔还是心花怒放，一听皇上这话，扫了她的兴，十分不高兴，嘟囔道：“就换穿一下服装，照一张相有什么大不了的，整日就是规矩、家法、太后的，你当个皇上一点儿家也不当，真没用！”

光绪一听人说他不当家心中就不是滋味，更何况这话出自他最宠爱的人之口呢？光绪没有吱声。

珍嫔见光绪不说话，就劝说道：“别生气了，嫔妾不照了，以后别提这事算啦。否则，又该说我不守规矩。”

光绪见珍嫔这么说，忙改口道：“其实也不是什么破坏宫规，只是穿一下衣服，照张相开开心，就是太后知道，朕也会向太后解释的，今天朕就依你一次吧，免得又说朕不疼爱你。”

珍嫔高兴了：“就是嘛！只是照张相，太后又能说什么，平时我和太后相处，觉得太后挺和蔼可亲的，根本不像皇上说的那么凶！”

珍嫔穿上光绪的黄马褂，摆上绝妙的姿势，光绪终于满意地摁动了快门。

正在这时，奏事太监来报，说养心殿军机大臣庆亲王奕劻有要事相奏。

光绪来到养心殿，庆亲王奕劻早已在那里等待多时。礼毕，光绪还没开口讲话，奕劻就把一叠卷宗呈上，结结巴巴地说：“圣上，朝鲜，朝鲜打起来了。”

“朝鲜虽然是我大清的属国，也多年不来进贡朝觐，它打起来就打起来，你何必这么惊慌！”

“不是这样，在朝鲜国内，我大清的军队和日本军打起来了，我军惨败，伤亡甚重。”

光绪一听奕劻这么说，急了。本来光绪就有点口吃，这一急更结巴了。

“到……到底是……是怎么回事？我大清的军队……何……何时派到朝鲜去的，朕……朕怎么一点儿也不知道？”

“回皇上，那兵是李鸿章派去的。如今吃了败仗，他却在天津逍遥起来，是不是把他召回来？”

“他派兵到国外这等大事也不同朕商量一下就私自做主，如果胜了还好，要是打败了朕剥了他的皮！”

“那现在如何处理这事呢？”奕劻问道。

“先问清朝鲜的情况，然后电告李鸿章一定要打胜。唉，当年越南一战，我朝与法国一仗是不败也败，败也败，这次朕一定洗雪海外耻辱，拿出大清国的威风来给他洋人看一看，我大清朝也不是好惹的！”

奕劻下去后，光绪立即拿起告急奏折和电文认真阅读起来，了解这次朝鲜之战的具体情况。

等到看完所有的奏折和电文，光绪显得十分气愤，一拍御案骂道：“欺人太甚！哼，这个李鸿章也是混蛋。来人！”

“嗻！”

“传朕的旨意，速召集军机大臣到西暖阁集会，商讨朝鲜大战之事。快速准备朕的轿子，到颐和园请示太后。”

“是！”

光绪吩咐完毕，心中也不安，这等关系到国家命运的大事，他是首次遇到，唯恐处理不当受辱丢丑，决定先请示一下太后，更何况太后早有懿旨，事无大小一律禀报，他虽是皇上，也不敢违背母后的意旨。

颐和园乐寿堂。

慈禧太后看完光绪送来的折子，心情就像这外面的天气，阴沉沉的，十分憋闷。她闭目养了一会儿神，让小李子给捶捶背，自己好静静想一想，理出个头绪来，给皇上拿个主意，也让中外朝臣知道我慈禧的能耐。

尽管慈禧想让自己静下来可就是静不下来，她不耐烦地说道：“小李子，你快去传奕劻和徐用仪这两人来我这儿，就说，老佛爷有急事找他们！”

“嗻！”

李莲英退下了，慈禧一人再也坐不住了，她热得不行。天真够热的，她的心也够燥的，古语说：“心静自然凉。”她静不了，当然就热了。

慈禧走出乐寿堂，向湖边慢慢踱去。到处闷热，周围的一切都仿佛停滞了，没有一丝风，连午后最爱叫的虫子也都不知躲到了何处，昆明湖更像一个摔碎的玉盘，没人理睬，一动也不动。

云层越积越厚，就在慈禧憋闷得要杀人的时候，一声闷雷轰开了乌云，接着瓢泼大雨从天而降。

慈禧笑了，孩子一般地笑了，她是很少有这样真率的笑的。

慈禧脱下盘花翡翠鞋，把它扔到一边，赤着脚，沿着青山板路在雨中走着，大雨把她淋成了落汤鸡，浑身早已湿透，贴在身上，高高盘起的发髻早被风吹歪，被雨淋散，一绺一绺头发贴在脸上，水顺着头发向下滑，搽在脸上的脂粉早被雨水洗去，露出平时难得见到的面容，连睫毛也挂了水。脸惨白惨白的，一道道皱纹清晰可见，毕竟是六十岁的人了，岁月不饶人啊！

可那笑意是真诚的。

宫里的人都知道慈禧太后喜欢小雨。那雨丝像牛毛、像花针，绵绵的，也柔柔的，打在身上有一种痒痒的感觉，似按摩又像是弄琴。

可人们不知道，太后更喜欢如注的暴雨。只有大风大浪大雨才能锤炼人，对此慈禧是有深刻体会的，她是在一次又一次宫廷的大暴雨中一步步走出来，坐在这大清王朝的第一把交椅上的。走在哗哗的雨帘中，这不是弄琴的感觉，而有一种击鼓进军的滋味，真有一种说不出口的惬意，击鼓进军就意味着乘胜前进直抵黄龙，这是胜利的前奏。

现在，慈禧的思路清晰了。这仗不能打，绝对打不得，大清国的实力她是清楚的。中法战争时，倾举国之力结果与法国打个平手，大清国陆上胜了，水上却败了，这不胜不败走到谈判桌上却全败了。又是赔款又是割地，还搅得她的五十大寿也没过好。一晃十年了，这些年虽没有大动干戈却也小打不断，为了澎湖的事与日本叮叮当当。西北与沙俄也是刀兵不断，内部作乱就更不用说了。单说这朝廷用钱的事也是不断，慈安太后的葬礼花了一笔，皇上大婚花费更是不得了，积攒了多年的钱，这不都摆在眼前了嘛，这颐和园一项工程就是二千多万两白银，还有三海工程，连扩建北洋水师的款子都用来建造这些设施了，哪还有能力打仗，一打必败，还浪费银子。这些浪费的银子与其让洋人来抢，我们不如拱手送给他们，说不定还说我们大方呢！

慈禧的意志已决，这仗一定不能打，胜与败对自己都不利，五十大寿被刀兵搅得一塌糊涂，潦潦草草，这六十大寿说什么也不能马虎，人生七十古来稀，我贵为太后也是人啊，谁知能活几天。生命不在长短，关键是活得轰轰烈烈，活一天就要享受一天，掌权一天。这六十大寿一定要热热闹闹，为了这大寿，仗是打不得的！开仗的时候过大寿，那可是不吉利的呀！

李莲英老远看见老佛爷一人在雨中赤脚走着，像个落汤鸡。吓得扑通一下趴在水洼中，雨伞也扔出老远。入宫这么多年，他是第一次看见太后有这样的举动，怎能不害怕呢？

李莲英也顾不得浑身的泥水和疼痛，一骨碌爬起来，抓起雨伞就向慈禧那边跑去，把伞罩在慈禧头上，气喘吁吁地说："老……老佛爷，奴……奴才该死！"

慈禧没有理他，只淡淡地问道："我让你传的人来了吗？"

"来了，都在乐寿堂呢。太后，奴才刚才粗心，只顾去叫人，忘了交代他们几个一下，奴才该死！"

这时，宫女、太监来了十几个，有的拿鞋，有的拿伞，跪了一地，一齐磕头求饶。

慈禧看了他们一眼，笑了，平静地说道："都起来吧，我喜欢在这样的大雨中散步，不关你们的事。"

雨停了，雷也住了，一道彩虹升上天空，好一个晴天。

第二十七章

用老臣改组军机处
下狠心抗击日本国

光绪叹了口气，恳求说："六叔，朕知道你遭到不公平的待遇，可外敌入侵，国家蒙难，朕希望六叔能入主中枢担当大任，与朕携起手来，竭力一击！"光绪很激动，见奕䜣仍在沉默，便道："皇叔，朕给你跪下了！"

慈禧换了衣服来到乐寿堂。

奕劻和徐用仪听说老佛爷刚才在雨中淋了半天，也都很吃惊，见慈禧进来急忙跪下请安："听说太后淋了雨，臣惶恐不安，望太后以玉体为重，早早让御医诊视一下。"

"两位中堂大人请坐吧，本宫的身子骨硬着呢！刚才是一时兴起，就在雨中走上几步，也没什么大不了的，不必为念，我们还是商讨大事吧。我让你们来此的目的你们也都清楚吧？"

二人互望一眼，揣测地说道："太后是为朝鲜开战的事让愚臣来的吧？"

慈禧单刀直入地问道："这事你们都清楚了，不知二位是什么主张？"

二人一时弄不清太后心中到底卖的什么药，也不敢轻易亮出自己的想法，唯恐扫了太后的兴，少不得一顿臭骂。

奕劻便试探着说："朝中都在议论这事，几位军机处的人也正在商讨，尚没拿出主张呢。"

"不要扯着别人，我是问你们，这是私下谈话，随便说说，不对可以改正嘛！都谈谈自己的看法。"

徐用仪是慈禧今年新提拔上来入值军机处的，他知道太后今年要过六十大寿，根据慈禧的一贯处事态度，是绝对讨厌打仗的，便大着胆子说道："依愚臣之见，这仗还是不打为好。虽然我朝目前吃了点亏，但并不伤大局，对外也颇可振振有词，表明我大清朝是文明之邦、礼仪之国，可以摆出一种居高临下的高姿态，不与一般的夷蛮之邦计较。"

慈禧点点头，赞许地说："如果打呢？"

徐用仪一愣，但马上从慈禧的态度上增强了信心，很有把握地说道："如果打，对我们大清朝十分不利。"

奕劻反问道："怎么不利呢？"

"一交兵可就是劳民伤财、流血牺牲的事。就是胜了，也不知耗费多少人力物力，给国家造成多大的损失。如果败了，那后果更不堪设想，割地、赔款，签订一系列不平等条约，造成的损失更大，本来开仗就破费不少，再一赔偿，那就是伤口加盐了。"

慈禧又点点头，问奕劻道："庆王爷，你是什么意见呢？"

奕劻扶正帽子，为难地说道："当然不打为好，但日本人实在太气人了，偷袭我牙山驻军不说，还击沉我运兵舰一艘。就是我等能忍住这口窝囊气，皇上正值青春年华，血气方刚，岂肯罢休？"

慈禧一听烦了，不耐烦地说道："不要问皇上什么态度，我在问你呢！"

奕劻见太后动气，忙改口说："臣当然不主张开仗，可臣怕自己的意见很少有人支持罢了。"

慈禧这才转怒为喜，看着二人说道："主战主和也不是一个人说了算的，要大家在一起讨论决定嘛！都拿出自己的意见，分析一下战与和的利弊，再看一看主战的人多还是主和的人多。自古都是少数服从多数嘛！"

徐用仪仍有一丝顾虑，唯恐太后做出反常的举动，就像今天这雨中散步，便试探性地问道："不知老佛爷是何态度，也说与愚臣听听，给愚臣拿个主心骨。"

慈禧笑了："徐中堂太客气了，刚才你分析得就很好嘛！很合本宫的心意。不过，要拿到桌面上去说，似乎论说尚有一丝欠缺，这点徐中堂可再多斟酌一下，以免到时候被别人驳得哑口无言。”

徐用仪一听，心中也暗暗高兴，从太后的言谈举止中可以知道自己的判断是正确的。心里这么想，嘴上却说道：“太后见教得是，微臣再多思考一下，从全局的角度综合考察一下两国的实力，论证一下主和的利大于主战的利。尽力让我朝少动干戈，积蓄点银两做点其他的事。”

奕劻明白了太后的主张，也附和道：“我等当然理解太后的心意，是坚决主和的，但不知礼亲王世铎、荣禄、翁同龢、李鸿藻等人是何主张？”

徐用仪说道：“礼亲王和荣大人正在忙于太后的六十寿典这等我朝的头等大事，当然应该是主和的了。至于翁同龢的态度可能与圣上一致，也不知是和还是战？李鸿藻近来虽然和皇上相处较近，也很得圣上器重，但要他拿出主张来也是难说的，他为人较圆滑，可能会随大流……”

慈禧截断徐用仪的话说：“这点就难说了，虽然李鸿藻老于世故，为人圆滑，但有时也会做出一些出格的事。”

奕劻经慈禧这么一点，也明白了太后的意思。李鸿藻已是三朝老臣了，经事之多可以和翁同龢相比，他也曾经是帝师，虽然平时不大表露自己的态度，关键时往往一语击中要害，让众人防不胜防。在慈安太后入葬东陵时就让众人大吃一惊，为此，还降了职，差点儿丢了官呢！

慈禧这一提示，奕劻思考了一会儿，说道：“老佛爷放心好了，愚臣明白了太后的心意，一切自然好办，这些人都不足虑，只是皇上的态度是战是和呢？”

“庆王爷认为呢？”慈禧反问一句。

奕劻摇摇头：“很难说，皇上的脾气很难摸透，有时好像很随和，但有时也很古怪的，常常一意孤行。不过，无论怎样，皇上还是听老佛爷的，如果皇上有什么异议，就请太后出面劝说就是。”

“这点你放心，太后自有主张，我们关键是要注意翁同龢和李鸿藻的观点。不过有一个人也不能不防呀！”

徐用仪这么一说，慈禧和奕劻都一愣，一齐问道：“徐中堂所说的这人是谁？”

“就是皇上新任命的本衙门撰文文廷式。”

奕劻冷冷一笑：“哼！尽管他和皇上靠近了点，但毕竟是个胎毛未退、乳臭未干的娃娃，不能参与军机大事商讨，不足为惧。”

慈禧想了想：“我也曾听说过有一个什么人叫文廷式，曾是殿试一甲的榜眼，很有才。虽然不能参与军机大事相商，但可以给皇上出主意呀，也不能不防，以防阴沟里翻船！不知皇上周围还有没有这样的人呀？”

慈禧多了个心眼儿，想了解一下最近皇上新提拔了哪些人，是否想搞个帝党势力与自己的后党势力抗衡？

慈禧这么一问，徐用仪想了想，说道：“还有一人也很得皇上信赖，不过，他是由于两位后妃娘娘的原因才得宠的。”

“你说的是珍嫔与瑾嫔的哥哥志锐？”慈禧问道。

徐用仪点点头：“他从翰林院编修已被提升为正三品的詹事府詹事了，也深得皇上重用。”

皇上提拔志锐的事慈禧知道，但她没想到皇上早已重用了这人。如今心中有了数，决定在必要时把跟着皇上一溜神气的人给拔掉几个，一来杀鸡给猴看，敲敲皇上的警钟；二来让一些朝臣明白，跟着皇上的人是没有好下场的。

大家正说着，慈禧太后忽然打了一个喷嚏，她将手放在脑门上一摸，稍稍有点烫，哟，可能感冒了，头也有点晕。

奕劻和徐用仪见状，忙让太后休息，早请御医来诊视一下，这才一一告辞回府。

等两人走后，慈禧就觉得头开始疼了，鼻子也不透气，果然感冒了。

唉，人果然老了。

光绪走进景仁宫，一脸愁容。

珍嫔把光绪迎进房内，又把他搀坐在床上，见皇上仍然没有笑脸，眉毛拧成疙瘩，用白嫩的小手拍拍光绪的脸庞说：“皇上今天又不愉快，是否为中日决战的事而发愁呀？”

“太后有病无法过问政事，把一切责任都推给了朕。”

“皇上，这样更好呀，太后因病不问朝事，你就更能够大刀阔斧地去干，不再受任何力量的掣肘，完全可以按你自己的想法行事呀！”

“可惜并不是这样，几位军机大臣处处与朕为难，朕主战他们主和，明里是为国家利益着想，暗中谁知他们打的什么主意！”

“现在的军机处有哪些德高望重的老臣？”珍嫔问道。

“什么德高望重，一个个都是废物。况且，他们都是太后的亲信，像孙毓汶、李鸿章、世铎、徐桐、奕劻、徐用仪。”

“哦，是这些人，嫔妾不是常听说翁同龢、李鸿藻等人也是军机大臣吗？”

“朕只让他们参与军国大事商讨，尚没进入军机处。两位原来都在军机处行走，因中法战争中主战不合太后心意而被罢黜军机处。”

珍嫔端上一杯碧螺春茶，双手递到光绪手中，又温和地说：“这么说，翁同龢和李鸿藻两位老臣是主战的了？”

光绪点点头：“他们和朕的意思相同，主张出兵。”

“既然如此，皇上何不把这两人调入军机处呢？”

光绪为难地说：“朕当然有此意，只恐太后不同意呀？”

珍嫔劝慰说：“皇上做事不可优柔寡断，应从全局出发，从整体考虑，不培养一批自己的亲信是不行的。你不是说这军机处里多是太后的亲信吗？他们的观点必然和太后一致，尽管有病不问朝事，可朝中之事太后是了如指掌的，这些军机大臣的意见难免不是经太后允许的。太后是否在托病不问政事而实际暗中操纵这几人为难皇上呢？”

“朕也是这样考虑的。按照太后一贯的做法，她是主和的，尽管太后推说有病，但这些军机大臣都是按太后的意旨行事的。据几名宫女讲，太后昨日淋了雨还召见两位军机大臣呢。”

“对这次中日交战，朝中大臣都有什么看法呢？皇上也可听取一下他们的意见。”

“朝中诸大臣也差不多分为主战和主和两大派，不过，主张出战的还是多数。”

“这就行了，皇上可以以多数大臣的意见作为出战的理由对日本宣战，这样也可打击一下那些顽固派的势力，重新培养起皇上自己的势力。”

光绪刚才一脸的愁容消失了，他被珍嫔的一番话感动了，似乎还有点兴奋，他放下手中的茶杯，一拍桌子，说道：“对，多谢爱妃提醒，朕先改组军机处，让一批思想活跃或德高望重能真正为朕出谋划策的人入值军机处，然后再罢黜几个顽固的军机大臣。”

光绪神采飞扬地说到这里，仿佛一下子被什么东西噎住了，无法再说下去。

珍嫔看了看光绪的情绪不像刚才那么兴奋，忙问道：“皇上，你说呀？”

光绪放低了声音说：“朕如果这样大刀阔斧地改组军机处，只怕太后不会同意。太后曾再三告诫朕，三品以上的大员任免必须征得她的同意。唉——”

珍嫔见光绪的情绪有点低落，想了想，安慰说：“皇上，太后不是推说有病不问朝事吗？这是她主和而又不愿直说以免遭到群臣指责的借口，你也可以用太后暂不问朝事为借口立马改组军机处。不过，为了减少太后反对的压力，你可以对外说战时军事急需，军机处人员不够，提升几人进入军机处并且少罢免几人，保留一些太后的亲信，然后在木已成舟时报请太后。那时，就是太后心中不满也不好阻拦。”

光绪点点头，赞赏道：“想不到爱妃还有处理军国大事的才干，朕过去是有眼不识泰山啊！”

光绪说着，上前把珍妃抱起来，在屋内转了一圈，吻了吻，说道：“爱妃，你真是朕的好内助！”

“嫔妾感谢皇上的夸奖，嫔妾只不过想让皇上多一丝笑容少一丝忧虑罢了。”

光绪放下珍嫔，郑重其事地说：“朕按爱妃所说的去做！”

“皇上，你准备让哪些人入值军机处可一定要考虑清楚，要选准噢！”

“当然，这点朕还是明白的，朕不敢自夸慧眼识英才，但朕还是能够做到知人善任的。能够入主值机处的人——”光绪想了想，接着说道，“德高望重，身为三朝老臣而又曾在军机大臣行走的当然数翁同龢和李鸿藻。有交战经验和指挥能力的大臣要算刚毅，至于年轻有为、思想活跃又竭力主战的就数爱妃的哥哥志锐和爱妃的老师文廷式了。”

珍嫔的脸微微有点发热，她瞟了一眼光绪并没注意自己刚才脸上的变化，便叹口气说道：“皇上，嫔妾的哥哥是万万不能进入军机处的。”

光绪一怔，问道：“为什么？许多皇亲国戚都想方设法让自家的亲戚进入权力中枢，扬名朝野。爱妃何出此言？况且，你的哥哥志锐很有才华，许多事的处理都深得朕的赏识，朕提拔他也并非完全看在爱妃的面上，朕这样做是任人唯贤嘛！”

珍嫔哀求道：“皇上，你的心情可以理解，你是任人唯贤，但你也应该避嫌嘛！这次改组军机处一定会触犯太后的利益，难免太后不惹是生非，你让嫔妾的哥哥进入中枢，太后会抓住皇上的把柄，也许以皇上听信谗言、任亲为官做借口，把皇上改组的军机处全部否定。那时，皇上可是有口难言，这个罪名嫔妾也担当不起呀！”

光绪想了想说道：“爱妃说得也是，只是这样做太委屈了爱妃和志锐。”

“皇上能理解嫔妾的一片赤心就好。为了国家大事牺牲个人小利是应该的，万万不可因小失大。”

光绪握住珍嫔的双手，好一阵子，才感激地说道：“想不到爱妃这么深明大义，又如此贤惠，具有国母风范，只可惜——”

珍嫔用手捂住光绪的嘴，不让他说下去。

光绪轻轻拂去珍嫔的小手，吻吻珍嫔的额头说道：“朕就按爱妃所说，暂不让志锐进入中枢。不过，对爱妃的老师文廷式就可以不避嫌了。”

珍嫔的心比刚才跳动有些加快。不知为何，也许内心觉得自己欠下文廷式一笔永远无法偿还的感情债吧，她希望皇上能够重用文廷式。同时，她也确实知道文廷式是一个了不起的人，如果把他和光绪调换位置也许他会比皇上做得更好。尽管珍嫔希望皇上提拔文廷式以偿还自己的一笔感情债，可她还是说：“皇上，不可因文廷式是嫔妾的老师就破格提升他，必须有真才实学并处处为皇上着想方可重用。”

“爱妃说得对，文廷式具备进入中枢的资格，朕意已决！”

珍嫔的一颗悬着的心终于落了地，仿佛背在肩上多年的包袱被人接了过去，内心轻松了许多，心中一阵快意。

过了一会儿，她见光绪正在沉思，又悄悄地问上一句：“皇上，就是按刚才的分析改组了军机处，这样，中枢内也必然分为新旧两派。如果两派互相扯皮、掣肘也不利皇上做事呀！”

光绪想了想，点头说道：“爱妃说得也是，如何处理这两派人物之间的平衡呢？唉！其实只是扼制亲近太后的那帮顽固势力罢了。”

“如今的中枢主要由谁负责呢？”

“自阿玛去世后，中枢大权就落在庆亲王奕劻之手，但他是太后亲信，为人昏庸无能，是一个对日作战吃败仗的中枢首脑，朕必须更换此人！”光绪坚定地说。

“皇上，依嫔妾之见，新中枢首脑人物最好不是亲近太后的主和派人物。”珍嫔略一思忖，又说道，“当然，皇上所提出进入中枢的这几人，恐怕又很难对那顽固派起到扼制作用，必须有一个能够服众的大臣才行。”

光绪也陷入沉思，许久，他自言自语地说：“有谁能够胜任呢？”

突然，他眼睛一亮，兴奋地叫起来：“对呀，六叔最合适。”

“什么，皇上指的是恭亲王？”珍嫔也很兴奋。

“只有恭亲王能够胜任，他已是三朝的辅政王，一直主持军机处，许多军国大事都处理得很得当，也很得朝臣敬仰。”

珍嫔不解地问：“那为什么恭亲王一直赋闲在家呢？”

光绪叹息一声：“这还是十年前的事呢！太后对恭亲王早有意见，但恭亲王在群臣中威信极高，太后虽然心中不快却也拿他没办法，直到中法之战时，太后才找到一个借口把恭亲王革职在家。”

“如果皇上重新起用恭亲王，太后会不会坚决反对呢？”

“朕刚才也考虑了，太后就是不满意也不会过于反对的，这是非常时期，太后也会从大清国的全局利益考虑的，如果我朝一败再败，太后脸上也无光，恭亲王的能力太后十分清楚，她也多次罢免过恭亲王，但遇到特别的时候又不得不重新起用他。”

珍嫔上前用双手勾住了光绪的脖子，幽幽地说道：“嫔妾只是一个妇道人家，也不能为皇上排忧解难，只能提一些无关痛痒的意见，请皇上自己慎重行事吧。”

光绪一把搂住珍嫔的纤纤细腰，动情地说：“爱妃能够做到这些实在令朕很感动，还能再渴求什么呢？朕有爱妃，实在是上天对朕的一种奖赏吧！”

珍嫔娇滴滴地说：“皇上的夸赞让嫔妾感激涕零，其实嫔妾并不像皇上说得那么好，是皇上对嫔妾太好了，以致嫔妾愿为皇上献出一切。”

光绪轻轻把珍嫔抱在怀中，两人就这样拥抱着，如醉如痴。

养心殿西暖阁。

光绪一人静静地等待着，天已近午，可他要等的人还没来。光绪有点沉不住气了，他站了起来，来回踱了几步，显出十分着急的样子。

突然，太监来报，恭亲王来了。

“快，快请恭亲王进来！”光绪命令道。

恭亲王奕䜣进到殿内，拜见完毕，赐座后便问道：“皇上召见老臣来此不知有何吩咐？”

“六叔，朕有事请你协助，望你不要推辞。”

“何事？皇上就直谈吧，只要臣能做到。”

“朕想请恭王爷重新入主军机处！”

“什么？”奕䜣一怔，这是他没有料到的，“皇上，臣已在家闲居多年，不问外事，重新让微臣处理这些朝中大事，恐怕微臣难以胜任！”

“六叔，如果你不能胜任，这满朝文武大臣又有谁能够胜任呢？你是三朝的辅政王呀！”

“皇上别提那些陈年旧账了，好汉不提当年勇，况且微臣在任多年毫无政绩，才落得如此下场。皇上还是另请他人吧！”奕䜣坚持说。

“六叔，朕已将满朝文武大臣衡量一遍，在这非常时期，能够主持中枢与日本一拼高低的非你莫属。”

“皇上，微臣就说实话吧，臣在家已闲居十多年，心如止水，对高官厚禄、达官显贵早已参破，不再希望有什么功名利禄、得失荣辱，只求闲情养性、苟度残年了。皇上，你瞧瞧，我都是六十多岁的人了，还渴求什么？一生不知受过多少次耻辱，难道皇上还想让我再受一次辱吗？”

奕䜣说的时候很激动，花白的胡子抖动着，满脸皱纹。光绪心中也不好受，的确，皇六叔老了，怎么会不老呢？阿玛都已去世了。看着恭王爷苍老的容颜，光绪一阵心酸，他也不想再劳烦这位几经宦海沉浮的老人，可是，在这非常时期又有谁能作为中流砥柱，担当大任呢？

光绪沉默了好久，抬头看看恭亲王也在沉默着，他叹了口气，还是恳求地说：“皇六叔，朕知道你遭到不公平的待遇，可朕的日子也不好过呀！这许多年来，你看着朕一天天长大，其中的辛酸你很清楚。在这外敌入侵、国家蒙难之际，你不为朕着想也要为我们爱新觉罗氏三百年的基业着想啊！朕希望六叔能入主中枢担当大任，与朕携起手来，竭力一击！”

光绪很激动，眼中含着泪花。

奕䜣仍在沉默。

“皇叔，朕给你跪下了。”

“不能！”

奕䜣一个箭步上前跪下，双手扶住了就要跪下的光绪帝。

奕䜣已老泪纵横，哽咽着说：“皇上，真的决定要打吗？”

“朕要打，朕死在疆场也要打！否则，以何面目见九泉之下的列祖列宗呢？”

光绪激动了。

两人沉默了许久，奕䜣才喃喃地说道：“我奕䜣也不想让皇上蒙受委屈，只是皇上不能意气用事，西边那里你能否处理妥当呢？”

“六叔，这是非常时期，朕也管不了那么多。朕意已决，一定要改组军机处，与日本人一决雌雄，除非太后不让我坐在这个位子上，在位一天，朕都力主抗战。”

奕䜣点点头：“战与和的利弊皇上是否慎重考虑过？”

“朕想听听恭王爷的见解。”

“和也就是妥协，这样，我大清朝的朝鲜宗主国地位将永远消失。当然，如果失去这些，能永保大清江山的领土不受侵略也是值得的。可这样一来，西洋列强一定认为我大清朝早已不堪一击，势必引来外敌纷至沓来，那时，就是想打也打不了。更何况，日本早有窥视我大清领土的野心，琉球、澎湖之争就可见一斑，这次朝鲜之乱，日本只是找了一个借口罢了。今天不打，他们早晚会以朝鲜为跳板，入侵我疆土，那时，别人骑到我们脖子上拉尿了，还不照样要打！”

“皇叔说得对，这仗一定要打，早晚都要打，不如早打；早晚都要败，不如早败。要败就败在朕的手里，让朕向列祖列宗请罪好了。”

奕䜣又分析说：“皇上要打，域内境外可树立自己的声望，从此可以培养自己的势力，从而摆脱太后的束缚。胜了，可向西洋外敌耀兵显示我大清的实力；败了，至少可向外国人表明，我大清朝是敢于反抗抵御侵略的。”奕䜣缓了缓又说道：“当然，这仗一定要慎重，特别是海上作战，北洋水师外强中干，虽有庞大的阵营，但作战能力实在让人汗颜，扩建水师的款子都被用来建娱乐设施了，这是罪过，罪过呀！”

光绪听到这里，脸一红。唉，这钱是他下诏挪用的，但他也不想这样做，可太后的懿旨他敢违抗吗？

光绪沉默了一会儿，等奕䜣消消气，问道：“皇叔，你答应了？”

奕䜣点点头：“臣答应皇上的要求，但臣并不能保证这仗一定能打胜。”

“胜败乃兵家常事，只要我们尽力去做，问心无愧于祖宗就行了！”

奕䜣见光绪成熟多了，心中也暗暗赞许：皇上是好样的，为臣也不应再消极了，我还能活上几天，应该拼出这把老骨头搏一搏。

光绪二十年七月初一（1894 年 8 月 1 日）。

光绪下诏对日宣战。当天，日本政府也正式向中国宣战，战争全面拉开了。

作为主战派的光绪帝下诏对日宣战了，朝中一批积极主战的官员和许多爱国官兵欢欣鼓舞，举国上下掀起一个抗战卫国抵御外侮的浪潮。在这种形势下，光绪帝抓住了有利时机，立即进行了他酝酿已久的军机处改组。尽管没有从原有军机处罢免一些官员，但补进了五位军机大臣：翁同龢、李鸿藻、刚毅、文廷式和奕䜣。庆亲王奕劻主持军机处，也已改为由恭亲王奕䜣主持军机处，总理各国事务衙门。

颐和园玉澜堂香气缥缈。

慈禧正气呼呼地没处泄愤，这时，太监来报，说奕劻、徐用仪等几位军机大臣求见。

慈禧气哼哼地说道："让他几个给我过来！"

奕劻、徐用仪、孙毓汶、世铎四人鱼贯而入，一字排开，跪下喊道："恭请太后圣安！"

慈禧也不像先前那样，首先看座，然后问话。这次她并没让这几人就座，阴冷冷地问道："有什么事啊？"

徐用仪抬起头说道："老佛爷，事出意料，臣——"

他还没来得及说下去，慈禧早已气得站了起来，走到徐用仪跟前骂道："长这脑袋有什么用，竟连一个娃娃也没治住！"

四人都不敢起来，低着头，哭丧着脸，挨骂是他们早就料到的，却是哑巴吃黄连有苦难诉。

过了许久，慈禧才不满地说道："都起来吧！"

四人一齐爬起来坐好，耷拉着脑袋像霜打的茄子，一声不哼。

慈禧看着这几人，十分不满地说道："瞧你们几个，一大把胡子了，竟然这般无用，大风大浪都过去了，却在阴沟里翻了船。"

过了一会儿，慈禧见众人都不敢说话，又自我检讨说："也怪我一时疏忽大意，只顾躲在这园中养病，没有交代清楚，给皇上钻了空子。既已这样了，事情过去就过去吧，也不必放在心中，现在还不晚，只要你们几个按我说的去做。"

四人马上又来了精神，一齐伸长脖子问道："老佛爷，你老人家说吧！"

慈禧不紧不慢地说："不让他们闹腾一阵子，死几个人，流几摊血，丢一些东西，载湉和奕䜣是不甘心的，我看他们能闹腾出个什么结果，我就不信他们能够打胜。"

徐用仪忘记了刚才的疼痛，大着胆子问："老佛爷，万一他们要打胜了呢？”

“哼！胜了，还有你们几个的位置吗？”慈禧十分不悦地说，“你们也不想想，皇上早就想把你们几个给踢走了，他顾忌我这里通不过，才暂没让你们走人，只是塞进个老的老、小的小的近臣，以此来和你们几个抗衡。同时，皇上又抬出奕䜣来主持军机处，制约两派。起用奕䜣我不反对，即使皇上不提出，我也会让皇上去找他的。”

四人十分不解，你看看我，我看看你，他们都知道太后最忌讳奕䜣，可太后为什么也要起用他呢？

慈禧知道他们不解，便解释说：“此一时，彼一时，这是非常时期，奕䜣虽老，头脑却没老，这多年来他表面上在家修身养性，两耳不闻窗外事，实际上对域外和域内大事都细心琢磨呢！也只有他能够胜任，目前的总理各国事务衙门，你们谁能行？”

四人心里不服气，可又不敢说出口。

只听慈禧又说道：“皇上能够想到奕䜣并把他请了出来，奕䜣也答应了，说明皇上已不是昔日的娃娃，他已有自己的头脑，这是大清朝的福分，也是老身的福分哟。”

四人不知太后说的是风凉话还是气话，一齐说道：“恭喜太后福星高照！”

“哼！我还有福哪？这仗打了起来，我的六十大寿可还怎么过呢，真是气死我了。”

孙毓汶急忙献媚地说道：“老佛爷，他们打他们的仗，你老人家的这一甲子大寿一定要热热闹闹地过，要比他们打仗还热闹才行呢！”

“怎么个过法？”慈禧问道。

“我和荣禄一起负责就是！”世铎抢上去答道。

“好，就交给你们了，一切由你俩安排，要花多少取多少，决不能因为打仗误了老身的大寿庆典。”

“那是当然！”世铎附和着说。

“这仗还是让他们尽快停下来为好。”徐用仪不甘落他人之后。

“这点你们放心，仗是打不了多久的，让他们吃点败仗清醒一下头脑，也知道自己是几斤几两，那时，老身再好好收拾他们。现在收拾他们还为时太早，只有让他们吃了败仗，丢了老祖宗的土地，我抓住了光绪的小辫子，就什么事都可以做了。”

“万一皇上取胜了呢？”孙毓汶问道。

“到那时，皇上内外树立了威信，他还能听进谁的话去？你们几个还不滚得远远的。”

“老佛爷，这就全看你老人家了，我们四个唯你是从，你说做什么我们就做什么，反正到这地步，豁出去好了。”徐用仪说道。

“你们放心好了，老佛爷活一天，你们就不会被他人所欺。这仗你们也不用担心胜与败，李鸿章那边我早有交代，他比你们有用，一定会要载湉的好看，到那时，就怕他哭都没有眼泪呢！”

慈禧仿佛看见光绪正趴在台阶上向她磕头求饶，慈禧笑了，笑得很安然。

大家正在议论着，太监来报，皇后求见。

“让她进来！”慈禧拖着长长的腔调。

皇后入内，先拜见了太后，徐用仪等人又向皇后行过礼，众人才按各自的位置坐下。

慈禧略带不满地问道：“皇上瞒着我胡作非为，你不来报告一声，现在来干什么？”

皇后觉得很不自在，当着这么多人的面太后如此不客气，但她也不敢表现丝毫的不快，怏怏地答道：“姑妈，今年是太后万寿庆典特此放开捐纳，额娘捎来信，说福州将军出缺，舅家想谋得这个位置，不知姑妈能否给疏通一下，花多少钱都不在话下。”

这皇后也不懂人情世故，怎能在这么多的朝臣面前提出买官的事，虽说在大清朝拿钱买官已成定例，但这样当面在朝臣面前毫无顾忌地说太后卖官，使十分要面子的慈禧十分反感。于是，慈禧气恼地说：“这等事情也来问我，姑妈正忙着万寿庆典的事，要捐，你直接找皇上说去！”

皇后吃了个闭门羹，只得无可奈何地回去，身为皇后，一国之母，如果这点事情也办不成，岂不让舅家笑话？但她知道，如果自己开口向皇上去求，皇上是一定不会答应的。皇后把能对光绪施加影响的几个人想了一遍，只有珍嫔还算能说上几句话。无论如何，后宫之内我算老大，珍嫔多少得听我的。虽然她从骨子里恨珍嫔，见珍嫔抢走了她的丈夫，也是珍嫔使她落到今天这个只有皇后之名而无皇后之实的地步，但珍嫔对她还是较恭敬客气的，她决定以皇后的尊驾去求珍嫔，珍嫔不至于不给面子吧。

皇后走进景仁宫，珍嫔正在欣赏照片，忽听宫女来报，说皇后来了，她急忙起身相迎。这时，皇后已走进屋内。

珍嫔忙下跪施礼，皇后一把将她拉起来，挽住珍嫔的胳膊，笑容可掬地说：“妹妹不必多礼，你我姐妹在私下场合可以随便一些，这些繁缛的礼节就算了吧。”

珍嫔见皇后今天一反往日冰冷冷的面孔，这样和蔼可亲，觉得有点奇怪，忙问道：“皇后一般不来景仁宫，今日来此一定有什么事吧，请皇后不必见外，请讲吧！”

皇后一听珍嫔这话，笑了笑说道：“既然妹妹这么说，我也就直说了。事情是这样的：今年是太后的万寿庆典，可以捐纳买官，卖官一事本是我朝的惯例，这也算不了什么！听说福州将军出缺，我家舅想得到这个位置。姐姐本打算请太后出面去办，可太后正忙着她老人家的万寿庆典，怎好来过问这等小事。妹妹是知道的，姐姐同皇上说不上话，只有妹妹的话皇上唯听是从，姐姐就是为这事来求妹妹，请妹妹不要推辞。”

珍嫔一听，十分难为情。她自己也有一个买官的事要求皇上呢！更何况皇上正为中日开战的事发愁，清军节节败退的事搅得皇上日夜寝卧不宁，自己怎好在这时提起这样的事烦恼皇上呢？珍嫔歪头考虑了一会儿，然后轻轻摇摇头说：“并不是嫔妾不想帮忙，嫔妾实在无能为力，皇上目前正为前线吃败仗的事搅混得焦头烂额，怎好再给皇上增添这些额外的麻烦呢？如果娘娘想求那就亲自去说好了，嫔妾是万万不愿在这时候向皇上开口的。”

皇后刚刚在太后那里遭到拒绝，想不到在这里又碰了一鼻子灰，脸唰地红了，她第一次开口求珍嫔就遭到拒绝，心里又气又恨，想骂上几句，损一损珍嫔来出出气，可话到嘴边又咽了下去，只冷冷地说：“本宫求不动珍主儿只能怨本宫的德行不够，权力欠缺，本宫也不勉强，权当本宫没有说这番话，妹妹也不必往心里记就是。”

皇后想起身告辞，一眼瞥见床上的一堆照片，忽然又想起了什么，又转身坐下说道：“听说妹妹从洋人那里购得一套什么留影术……”

“叫照相机！”珍嫔纠正说。

“有空的时候，妹妹也给姐姐拍上一张行不行？”

“当然可以了。”

“但不知这照出相是个什么样的，妹妹能否拿出一些给姐姐看看？”

珍嫔不好推辞，只得把床上的照片拿给皇后看。皇后装作漫不经心的样子翻看了一会儿，突然眼睛一亮，找到了她渴望找到的那张照片，就是珍嫔穿上光绪的黄马褂摆姿弄态的那张照片。

“妹妹的这张照片好看，姐姐很喜欢，就送给姐姐做个纪念吧！”

皇后不等珍嫔开口，就一把抢过那张照片揣在袖中。珍嫔涨红了脸，想要回照片，嘴张了张，也没敢说出口。

皇后觉得再待下去也无益，便急忙找个借口起身告辞。

皇后得了这张照片，如获至宝，一溜烟小跑回宫，立即备轿来到颐和园仁寿殿面见老佛爷，呈上这张照片说：“珍主儿越来越不像话，竟然如此大胆敢穿万岁爷的皇袍照相，这实在大逆不道，请太后明鉴。”

慈禧接过照片瞅了瞅说道："本宫一向讨厌洋人的这些玩意儿，想不到珍嫔这个贱人竟把它搬进宫内迷惑皇上，真是胆大妄为。哼！这个珍主儿也越来越不守规矩，胆敢僭越皇权，违背祖制，决不可轻饶！"

李莲英绝对不会放过这一大好时机，急忙从旁边煽风点火说："珍主子也太不识时务，经常在宫中穿一些奇装异服，有时竟然女扮男装，听宫里人讲，珍主子还穿过宫监的衣服照相呢。女扮男装，扰乱朝纲，这是大清朝有史以来也没有的，实在有失祖宗家法的尊严，老佛爷可千万不能荒废了家法哟！"

这几句话像一根棍子冲珍嫔打去，慈禧听着听着，便勃然大怒，将这多日来的窝囊火全发泄在珍嫔身上，冲着殿外大喊："来人，将珍嫔召来见本宫！"

第二十八章

犯大忌珍嫔领家法
遭惨败中堂负国恩

旅顺失陷后，光绪趴在御案上，面对撕碎的奏报哭了，没有一个人上前劝慰。他哭累了，也哭干了眼泪，猛地站了起来，草拟一份圣旨送往军机处，革去李鸿章军机大臣的职务，褫去黄马褂和三眼花翎顶戴。

慈禧早就想惩治珍嫔了，可一直没有抓到合适的借口，为什么呢？

珍嫔入宫后，凭着一身的机灵和聪明可爱劲，很快博得老佛爷的好感。但珍嫔又由于年龄太小，心直口快，不懂得宫廷黑暗，往往做事只图一时痛快而不计后果，很快又让太后产生了反感。

慈禧太后是大清国第一号权力人物这是无可非议的，那些依靠主子眼色行事的太监当然知道如何利用主子的特权来发财了。他们肆无忌惮到皇上向太后请安求见也必须给通报费，规定每次请安通报费是纹银五十两，如果不给就想坏主意在太后面前说光绪的坏话，由于光绪担心太后怪罪，只好暂时忍着。皇帝都如此，那些后妃及朝中的官员就更不用说，只不过依官位高低而略有不同。

皇后、珍嫔和瑾嫔自然是太监敲诈的对象。皇后有姑妈做靠山，常常和太监耍赖，太监也只好对她另眼相看。对待珍嫔和瑾嫔就不同了，那是非给不行。对于太监的敲诈，由于姐妹俩性格不同，态度也就不同。瑾嫔由于娴静懦弱，只好忍气吞声地照付，实在没钱时，便好声哀求，有时愁眉苦脸，独自流泪。而珍嫔可不是这样，她是初生牛犊不怕虎，什么事都敢做，什么话都敢说。

一天早晨，珍嫔去向慈禧太后请安，守门的太监毫不客气地索取红包，也巧，今天珍嫔没带银子，那太监是非要不可，她顿时火了，脸一沉骂道：“狗奴才，你也配向珍主子要银子，没有！想要向老佛爷要去！”

说着，珍嫔哼了一声径直走进了慈禧的寝宫。她再也抑制不住满腔的怒火，连珠炮似的说道：“老佛爷，这些看门的狗奴才倚仗太后的势力经常向嫔妾们索取银两，偶有不给便不给通报。太后可千万不能宠坏了这帮奴才，如果让他们肆意妄为，祖宗传下的家法可就给破坏了。请老佛爷明鉴！”

珍嫔的这番话把毫无思想准备的慈禧太后说得张口结舌，目瞪口呆，一向以伶牙俐齿、能言善辩而著称的太后竟被珍嫔抢白得无言以对。慈禧平时都是质问他人，哪被别人如此不客气地质问过？真是又气又恼。气的是跪在面前的珍嫔竟然敢在太岁头上动土，对她指手画脚；恼的是珍嫔小小年纪竟得理不让人，使自己下不了台。

惯于玩弄手腕的慈禧并没有立刻发作，她强压住心中的怒火，装出毫不在意的样子，微笑着，用温和的口气说：“好孩子，不要生气嘛！你是主子，他们是奴才，怎和他们一般见识，为这些奴才生气是不值得的。你先别生气，看我不打断他们的腿，好好惩罚一下胆敢破坏宫规的奴才！”

“但愿太后能够依言行事，整顿宫规，在皇宫内外树立自己的信誉。不让类似的事再次发生，取信于皇宫诸人。”

慈禧又强作笑脸地说：“珍主儿放心好了，老佛爷讲话向来说一不二，言必行，行必果，怎么会让你们这些小辈看轻呢？”

老谋深算的慈禧太后用一番花言巧语蒙住珍嫔，而其内心则对珍嫔有了芥蒂之心，从此，对待珍嫔再也不像以前那么好了。你想想，这些事就发生在慈禧眼皮底下，她怎么会不知呢？这些太监如此胆大妄为，完全是慈禧纵容默许的结果。慈禧本人私生活方面不检点而又挥霍无度正是这帮群小得势的最好条件。那些太监、宫女甘愿当她的耳目心腹，慈禧理所当然要给他们好处，对这些太监的胡作非为自己睁一只眼闭一只眼，用不着花一分钱就可以把他们拢到自己手下，慈禧当然愿意做了。

可是，珍嫔这么一说，就等于揭露了慈禧宫中的一些黑幕，等于捅了马蜂窝。慈禧生气，以李莲英为首的那帮太监更是对珍嫔恨之入骨。

今天，李莲英火上浇油，并在节骨眼上对珍嫔落井下石，也就不足为奇了。

珍嫔被传来了。跪在地上叩头请安的珍嫔尚不知太后把她叫来是什么事，猛见慈禧手中拿着一张照片，吓傻了，脸一下变得刷白。

“珍主儿，这人是谁呀？”慈禧从牙缝里挤出几个字。

珍嫔又重新跪下叩头说：“嫔妾只图一时好奇，别无他意，这也是皇上同意的。”

“嘿嘿！”慈禧阴阴地笑几声，“宫中的人都说你狐媚皇上，果然不假，竟敢哄骗皇上连象征皇权的皇袍都给你穿，可见皇上早就给你迷住了。事情弄到这个地步，尽管我有心救你一把，可祖宗之法不可违呀，皇家尊严不可侮，宫中的礼节也不可废，这是你自作自受呀……”

慈禧稍稍停顿一下，提高嗓门喊道：“来人！”

“奴才在！”

“请家法！”

“嗻！”

不多久，两个太监抬一个夹板进入殿堂。

珍嫔跪在地上苦苦哀求道：“请老祖宗饶恕孩儿吧，下次再也不敢了！”

慈禧铁青着脸坐在大堂中央，一言不发，任凭珍嫔哭喊着叩头求饶。

就在这时，李莲英为了显示一下自己在宫中的地位，走上前，假惺惺地说道：“请老佛爷息怒，念珍主子年幼无知，又是初犯就饶恕她一次，让珍主子下不为例就是。”

这时，慈禧才开口道：“这次看在李总管的份上就暂且饶过你，但家法不可荒废。小李子，给我掌脸！”

李莲英走到珍嫔面前，一躬身跪下说道：“珍主子，这是老佛爷的旨令，奴才不敢不遵，请珍主子谅解，奴才放肆了！”

说完，李莲英站了起来，干笑两声，一把抓住珍嫔的下巴，啪啪就是四下。嘴上说得好听，出手却是那样狠毒，珍嫔登时给打得两腮红肿，满嘴流血。

慈禧这才满意地点点头，看着把珍嫔送回宫，临走时，慈禧冷冷地对珍嫔说道：“今后再不听话，有你好看的。哼！小蹄子，真不知天高地厚。”

光绪听说珍嫔受辱，急忙从养心殿来到景仁宫，一见珍嫔红肿的脸，十分气愤，要去找太后说理。

珍嫔一把拉住光绪说：“皇上，切莫为嫔妾坏了大事。这次皇上对日宣战，又私自调整了军机处，早已惹怒了太后，这次嫔妾挨打不外乎是杀鸡给猴看，打嫔妾是为了警告皇上，如果皇上再去找太后说理，难免太后要抓住嫔妾这次私穿皇袍一事而把矛盾指向皇上，让皇上再次受辱，嫔妾就罪上加罪了。小不忍则乱大谋，皇上就不必考虑嫔妾的得失荣辱了，还是以目前的战事大局为重吧。”

光绪坐了下来，想劝慰几句，但说些什么呢？一切无从开口，他知道自己是个弱者，对太后是敢怒而不敢言，即便去了，到了太后面前也是碰一鼻子灰，为自己惹更多的耻辱和麻烦。更何况现在自己的处境并不妙，虽然自己主战，这仗也已经打了起来，但前线的情况却十分糟，几乎是仗仗败退，战火已从朝鲜烧到了大清王朝的国土上了。

光绪黯然神伤，独自生起了闷气。

珍嫔是一个知书懂礼、善解人意的女子，见皇上闷闷不乐，就从心底漾起一丝柔情，主动用双手搂住光绪的双肩，把脸贴在光绪的脸上。光绪也轻轻揽住珍嫔，用无奈而悲凄的语调说：“爱妃，让你受委屈了，朕心里也不好受。”

光绪说着，把珍嫔搂得紧紧的。珍嫔把头埋进光绪的怀中，嘤嘤地哭了起来，肩头不停地搐动着。光绪用下巴在珍嫔的头顶上搓动着，轻声细语地安慰说：“朕知道你受委屈了，朕没能保护好你，朕不是一位称职的护花人。可这是太后和皇后伤了你的心，损害了你的尊严，朕知道你从来也没受过这样的窝囊气，遭到这样的耻辱，可朕也没有办法呀，你今后小心行事就是了。”

光绪这么一说，珍嫔更伤心了，竟“哇”的一声哭了起来，眼泪如决堤的水一泻而出。光绪知道这个时候劝说也没有用，与其把悲伤积压在心里还不如哭出来，也许哭出来更好受一些。

光绪泪眼蒙眬地望着珍嫔，双手捧起她的脸，只见一行行委屈的泪水顺脸颊而下，冲刷在粉面的脸上如桃花经雨、芙蓉含露。那半张半合的樱桃小口也好似经雨小花坞，四周挂满花蕊花香。光绪抚住珍嫔的双肩，把脸贴在珍嫔的脸上。

最后，珍嫔不再哭了，两人紧紧抱成一团，静静地等待着，倾听着对方的心跳。

光绪二十年十月初九（1894 年 11 月 6 日）。

慈禧太后六旬寿辰庆典在颐和园举行，朝廷及宫内庆贺三天，光绪帝和朝中大臣三日之内不得办公。

瑾嫔和珍嫔也在这太后的万寿圣节得到一点好处，由嫔位晋封为妃。其他王公大臣、亲王贝勒、命妇公主都不同程度受到封赏。慈禧这么做的目的就是让人对她感恩戴德，也图个大吉大利，顺顺利利。

尽管如此，慈禧仍觉得这六十大寿过得不够隆重，欢乐气氛没有达到她预想的效果。太后当然是乐她所乐，众多文武大臣和关心大清江山命运的有识之士又怎能乐起来呢？

李鸿章遵旨派四支军队进驻朝鲜平壤，分别由卫汝贵、马玉昆、左宝贵、丰升阿四人率领。由于四人出兵前得到李鸿章面授的作战密令，一个个都消极作战，导致清军节节败退，平壤失守，叶志超率军败退辽东，战火烧到大清境内。

太后下令三日禁止朝政，这可急坏了光绪，他虽然坐在戏台下和太后、皇后、妃嫔们一同赏戏听乐，内心却如火燎，看着太后那高兴的劲儿，他有说不出的难受，却又不敢发作，只好强打精神忍着。光绪实在欣赏不下去，微微闭上眼睛休息了一会儿。正在这时，又一阵叫好声响彻台下，太后也跟着一阵大笑，高声地喊着："看赏！"

光绪听到这声刺耳的喊声，微微摇摇头，轻轻叹息一声。恰好被太后听见，她转过头看着光绪那无精打采的样子，心中就有气，不高兴地问道："皇上不舒服吗？"

光绪见太后问话，忙抬头答道："儿臣觉得身体不太舒服，头也有点晕，可能是刚才着凉了。"

"既然是这样，那皇上还是先回去吧，别忘了让御医给诊视一下。"

"谢母后关心，儿臣先回了。"

光绪说完，叫来贴身太监，这才打轿回宫。

光绪一回到宫中，一反刚才昏昏欲睡的低落情绪，马上来了精神，命人去叫翁师傅。

翁师傅来到养心殿，见过皇上，惊问道："听说皇上龙体不适，可否让太医诊过？"

"唉，不是什么身体不适，是朕的心上不适！如今前线吃紧，不断有败绩传来，朕怎能有心情听那靡靡之音呢？真是'商女不知亡国恨'啊！"

"皇上万事也想开些，只要尽力了，事情不济又能怪谁呢？如今我朝内部两派意见不统一，虽然对日宣战，但主和派仍然从中多方面阻挠，消极备战，这前线指挥将领又多是主和派的亲信，造成如此战局，实际是我朝上下没有团结一致、众志成城呀！"

光绪点点头说：“朕也是这样认为的，内部军心涣散，将领不思进取，妥协投降，如何对敌呢？听说平壤一役仅左宝贵一人奋起抗敌，还不幸中炮牺牲了，其余守将都纷纷溃逃，造成平壤失守。如果我军将士都像左宝贵一样勇猛，不顾个人安危，拼死沙场，何至于如此连战连败呢？听说日本已逼近旅顺了？”

翁同龢难过地点点头说：“大连和旅顺互为犄角，大连湾有六座炮台，一百二十多尊大炮，并有大量枪支弹药，可守军将领赵怀业却先一日把自己的行李和钱饷运走，做好逃跑的准备，结果日军未到，赵怀业就先逃了，日军兵不血刃占领了大连，这才逼近旅顺，至于旅顺现在如何尚没有消息。”

光绪气愤地骂道：“朝中像赵怀业这等腐朽无用的官吏太多了，有这样的人真是我朝耻辱。不杀赵怀业何以警示三军！”

“叶志超、赵怀业等将领都是李鸿章的亲信，他们这样消极抵抗，不能不说与李鸿章的主和态度有关。”

“朕考虑再三，决定对李鸿章严惩，革职留用，命恭亲王全面负责军务，翁师傅认为怎样呢？”

翁同龢想了想说：“让恭亲王负责军务尚可，只是对李鸿章撤职留用的处分是否太重呢？太后不会同意吧！”

光绪也怕严惩李鸿章太后不会同意。在太后心目中李鸿章有多高的位置，光绪是一清二楚的，但他还是决定给李鸿章一个惩处，以观太后有何反应。于是说道：“要么先给李鸿章一个薄惩，拔去三眼花翎，褫去黄马褂。以此命他戴罪立功，督催各路将领抗敌。”

“这样也好。”翁同龢也想不出更合适的方式，点头赞同说，“最好电召两江总督、湘军宿将刘坤一为钦差大臣与李鸿章合作，节制各军，督办东征军务，此人是曾国藩一手培养出来的名将，很有临敌经验和实战策略，当年很得曾国藩的重用。”

“这样也可。”光绪忽然又想起一事，忙问道，“黄海一战，我北洋水师惨败，其战争经过朕不甚详知，朕想了解一下经过，分析这其中失败的原因，以早日调整策略，准备迎接日军的入侵。”

翁同龢回想一会儿说道："这黄海之战是由日本舰队挑起的，我北洋水师没有防备日军的突袭才导致这么大的伤亡。当时由水师提督丁汝昌率领的十余艘舰艇护送援军入朝，返回旅顺途中突然遭到日本联合舰队的埋伏，双方才打了起来。丁汝昌受伤仍然指挥官兵抗敌，他临危不惧，指挥有方，总算与日军打个平手。其他将领也在丁汝昌的指挥下表现出视死如归的气概，如致远舰管带邓世昌和全舰官兵誓与舰艇共存亡，战至最后，全舰官兵壮烈殉国。经远舰管带林永升也和全舰官兵战斗到舰艇沉没，除济远舰和广甲舰临阵逃跑外，其余各舰都表现较好，重创了日本东洋舰队。"

"这黄海大战我北洋水师损失了五艘战舰，伤亡一千多人，尽管如此，也算打出了大清朝的不屈不挠精神。"光绪感慨地说。

"我军伤亡惨重，日军也有五艘军舰受到重伤，伤亡六七百人吧。败也败得轰轰烈烈，总比大连之战不打一仗而拱手让给日本人光彩得多。更何况我北洋水师实力尚在，只是弹药配备不足。据报：克虏伯炮有药无弹，阿姆斯特朗炮有弹无药，还有部分炮弹缺少药线铁管。"

光绪一惊，忙问道："怎么会这样呢？"

"据说海军经费奇缺，无钱购买弹药，原定从德国购买的一批远程大炮也因款未凑齐而退货了。"

光绪一拍桌子，气愤地说："误国呀，误国！"

光绪只是气，却又无能为力，骂也不是，斥责也不是，他能骂谁呢？斥责谁呢？本来用来扩建北洋水师的银两全部被太后挪用重建颐和园了。要骂只能骂太后，只能斥责太后，可他又不敢。

翁同龢见光绪情绪有点失控，忙劝慰道："皇上息怒，应珍重龙体，仗已经打了起来，尽力多方面调拨人力物力支援前线，以期能侥幸获胜，击退日军。实在不行，再做下一步和谈的准备，就是谈判也要打，要以战场的胜利，来对谈判桌施加压力，力争不签署丧权辱国的条约。"

光绪不置可否地摇摇头："大清国败，不是败在武器不精、火炮不足上，而是败在用人不当、举国腐败上，能誓死效忠朝廷，甘愿拼死沙场的战将太少。唉，这大清三万万多臣民难道一定要让朕亲自持枪上阵血洒疆场不成？”

翁同龢一听，急忙躬身跪下，颇为动情地说：“老臣无能为圣上排忧解难，而让皇上心忧，实在是微臣的过错，请皇上先给老臣一个处罚，也好以此警醒三军将士吧！”

光绪上前搀起翁同龢，忧伤地说：“朝中诸臣有一半能像翁师傅这样为朕着想，为大清国着想，也不会让朕忧愁到这种地步，只可惜这朝中大臣多为自己利益着想，贪图个人享乐，不思进取，这怎能不败呢？”

翁同龢知道皇上是指责太后，他也不愿点破，只好劝慰说：“事到如今，只能走一步看一步，尽力把仗打胜，待休战后再重新整治吏制吧。”

“只怕到那时，朕不知有没有这个机会了。”光绪若有所思地说。

“皇上不必太悲观，龙体健壮且正值青春韶华，正是大有作为之时，只要有挽救大清国的雄心壮志在，将来何愁我朝不振兴呢？”

“但愿如此吧！”光绪喃喃地说道。

翁同龢告辞了，光绪把他送出养心殿，这时太阳已落，夕阳正红，在夕阳的余晖下，翁同龢那长长的身影在摇动着，一个佝偻的背影正走向西天。光绪看着翁师傅正在消失的身影又是一阵心酸。

旅顺失守了；
紫禁城发抖了；
光绪把送上的奏报撕碎了；
大清朝震惊了！
世界也震惊了！

日军占领旅顺后，连续进行了四天大屠杀，这是日本军拿手好戏在中国土地上的第一次演习，旅顺城的两万多人被杀光了，仅留下三十六人没杀，是用来埋葬尸体的，史无前例！

光绪趴在御案上，面对撕碎的奏报哭了，没有一个人上前劝慰。他哭累了，也哭干了眼泪，猛地站了起来，草拟一份圣旨送往军机处，革去李鸿章军机大臣的职务，褫去黄马褂和三眼花翎顶戴。

接着，光绪又下诏惩处了一批主和而消极抗战的官员，太后的几个心腹干将也都遭到不同程度的惩处，主和派威风扫地，陷入四面楚歌的境地。

徐用仪哭哭啼啼地跑到颐和园乐寿堂，跪下就拜，哭喊道："老佛爷，不好了，皇上变了。"

慈禧一拍桌子骂道："真是无用的东西，哭有屁用，皇上变了，是变驴了还是变马了？"

徐用仪不敢再哭，怯生生地说："皇上不知为何，一反往日优柔寡断的态度，对太后的人惩处不少，理由都是抗战不力，消极敷衍，贻误战机，太后不能再袖手旁观、不闻不问了，否则我们就活不下去了。"

慈禧扫了徐用仪一眼，冷笑道："中国有句古话叫作先发制人，本太后就要反过来，来个后发制人！我倒要让他再多逞几天能，让他逞够，我再给他好看。"

"老佛爷，不能再等了，再等下去，恐怕老佛爷的位子也保不住了，说不定哪天……"

"别说了！"慈禧不耐烦地吼道。

"臣……"徐用仪见慈禧发怒，想说什么，又没有合适的话，唯恐再惹太后发怒，从牙缝里蹦出一个字就不吱声了。

慈禧也觉得自己刚才有点失态，不够大度，又缓口气说："不要大惊小怪，本宫心中有数，你先回去吧，马上就给他点颜色，但现在还不是时候，你应该懂得，欲速则不达！"

徐用仪不知慈禧葫芦里卖的什么药，似懂非懂地磕头退出。

等到徐用仪退出后，慈禧想了想，目前全国上下一致抗日，皇上的主战派正在势头上，虽然前线败绩纷纷传来，但皇上还是抓住这一点来惩处她的主和派，拔去她的几个心腹干将，自己是有苦难诉。皇上此举是从战机上抓主动权，自己胡闹难免生出是非，特别是战争时，稍一不慎可能酿成大患，不能从正面找皇上的不是，可以围魏救赵，打皇上个措手不及。从哪里下手呢？慈禧细细想了一会儿，一扫刚才脸上的愁容，冷冷一笑，心里说道："你革去李鸿章的职务，让我的人受辱。哼！我也从你的人头上开刀，让你的人也受辱，并且受更大的耻辱，看谁能斗过谁！"

光绪二十年十月二十九日（1894 年 11 月 26 日），也就是光绪帝下诏革去李鸿章军机大臣职务的第二天。

颐和园仁寿殿。

慈禧太后坐在高高的殿堂上，铁青着脸一声不吭，下面跪满了人，上自光绪皇帝，下到宫女太监。太后的脸就像这夏日的天气说变就变，这六十寿辰的喜庆尚没散尽，如今又晴转多云，阴云密布了，和寒冬的天气十分相似，人人都觉得太后今天要生事处罚人，但究竟要处罚谁，却不得而知。但从太后那盛怒的样子，许多人都在打着冷战，唯恐灾难降临到自己头上，一个个低头跪着，心中如十五只吊桶打水七上八下。

慈禧沉默了许久，她不吱声，这大殿之内谁还敢吭声呢？整个大殿静悄悄的，空气仿佛都已上冻。

突然，慈禧大吼一声打破了这可怕的沉默："载湉！珍妃和瑾妃的事你不愿管，心疼她们，我可要管了。绝对不能让人破坏家法，干预皇权。"

光绪跪在下边被吓得哆嗦一下，忙结结巴巴地问道："儿臣愚笨，不知圣母皇太后所指何事，请太后明鉴！"

慈禧扫一下光绪和下跪的众人，冷冷一笑，说道："好！既然你不知，本宫亲自来问，看你是真不知还是假不知，是有人袒护她们还是有人帮助她们破坏家法！"

慈禧喘口气，又转向下跪的珍妃说道："珍主儿，本宫想问问你，裕宽的事你知不知道？"

"臣妾不知！"珍妃一咬牙说道。

慈禧又冷笑两声："本宫再问你，鲁伯阳的事你该不会忘记吧？"

珍妃一听，知道这些事全都被慈禧知道了，也不再隐瞒，响亮地答道："知道。这是上梁不正下梁歪嘛，如果老佛爷不开这个先例，臣妾就是有天胆也不敢去做呀！"

这几句话可把慈禧气晕了，她做梦也想不到小小珍妃敢在大庭广众之下当面和她顶撞，并在众人面前揭自己的短。这是许多年以来没有的先例，不免咬牙切齿。

慈禧被珍妃抢白得半天说不出一句话，好久，才憋红着脸说："目无尊长，以下犯上，还如此嘴硬不认账，真是无法无天，不严惩何以立家法？来人！"

"嗻！"应声而上来几名早已等待多时的太监打手。

"家法伺候！珍主儿重责四十杖。"

慈禧又看了一眼跪在旁边发抖的瑾妃，心中冷哼一声，一个也不能饶恕，又喊道："还有瑾主儿也恃宠骄纵，必须受惩，先打二十杖！"

"啪""啪""啪"……每一杖打下就是一声惨叫，鲜血从珍妃和瑾妃的衣衫滴下，流了满地。这每一声击打和每一声惨叫撕裂了光绪的心，那一滴滴殷红的鲜血仿佛是从光绪的心中滴下。

这所谓的祖宗家法就是一种封建家长制的酷刑，让所有敢于冒犯这种封建家长权威的人重则丧命，轻则骨折，至少也要皮开肉绽。更何况这些宫中的打手早就对珍妃恨之入骨了。

光绪再也无法忍受内心的痛苦和耻辱，那杖打在珍妃和瑾妃的屁股上比打在光绪的脸上还难受，他跪着爬上几步，不住地叩头求饶道："圣母皇太后，饶恕了她们吧！要打就打儿臣！"

固伦公主也上前跪奏道："母后太后，念珍主儿她们年幼无知，就暂且饶过她们吧！"

其他妃嫔公主也都一一跪下哀求慈禧太后开恩，饶过她们二人。慈禧太后看一眼哭成泪人、哀号不住的珍妃，又扫一下满地溅落的鲜血，心中一阵快慰。她欣赏着自己的杰作，看着光绪那鸡啄碎米的头，脸上滑过一丝不易觉察的笑意，随手向几名打手挥挥手说：“暂且饶过她们，让她们饱尝一下皮肉之苦也知道家法的厉害。否则，今后还不知闹到什么地步呢。”

慈禧顿了顿又说道：“都起来吧！”

众人才噤若寒蝉地站起来，你望望我，我望望你，谁也不敢乱说一句话。

其实慈禧内心也有一种担心，万一把珍妃打出个三长两短，她如何向天下人交代。人们不是常说“狗急跳墙”吗？难免光绪不背叛她，在这中日交兵之际，朝中出了人命关天的大事或其他非常之事，她身为太后也难脱干系。更何况现在帝党人物正踌躇满志，而后党大臣岌岌可危，慈禧也不敢太放肆。

众人都沉默了一会儿，慈禧为了推脱自己的责任，又像演戏一样，假惺惺地说：“珍主儿聪明可爱，活泼大方，老身也喜欢得了不得，怎忍心打她！瑾主儿温柔娴静，深得后宫爱戴，我喜欢还来不及呢！今天杖责她们两人并非出自本心，实在无奈，家法难违呀！如果不立个家法，这偌大的宫廷还不乱成一团？那大清几百年的基业还不葬送在我们这些人手里，稍加薄惩是为了警戒他人。该打的时候打，该疼的时候照样疼。”

尽管慈禧这番冠冕堂皇的话听起来入耳，但人们都清楚慈禧这么做的目的，是借惩治珍妃和瑾妃而打击光绪，把自己旁失的大权再重新收回来。

瑾妃被送回永和宫，她有说不出的委屈，她被打纯粹是因为妹妹的事，是陪着妹妹受罚，她委屈地哭了一夜。

珍妃被送回景仁宫，她的伤比瑾妃重多了，整个屁股全开花了，血迹斑斑，衣衫和皮肉沾在一起。光绪用颤抖的手每擦一下，珍妃咬紧的双唇就抖几下，光绪默默地擦着，内心充满悲愤和无奈，更充满仇恨和抗争。他觉得自己是一个有名无实的皇帝，更是一个不称职的丈夫，连自己的妻子都保护不好，还算一个什么男子汉呢？

光绪给珍妃擦完伤口，用香帕给她拭去脸上的泪痕，安慰说："都是朕不好，连累了你，让你受委屈了。"

珍妃一头扑在光绪怀里号啕大哭起来。光绪抚摸着珍妃的双肩也不知说什么好，只是唉声叹气，短短几个月内爱妃连续两次受辱，身为一国之君的光绪能不悲伤吗？

许久，珍妃才止住哭泣，幽怨地说："嫁给你这样的丈夫真没用，活受罪，一点儿也不能为女人做靠山。"

光绪无可奈何地说："你与太后作对，朕也没有办法，朕对太后的那种做法早有反感，你竟不听朕的劝阻，也做起那事，抢了太后的生意，太后当然决不轻饶你了。"

"哼！按皇上所说，臣妾挨打是咎由自取了？"珍妃不满地问。

光绪忙辩解说："爱妃误解了，朕并不是那个意思，朕是说爱妃如果不帮裕宽买官也就不会被太后抓住把柄了，就是太后再想找事也无从下手。"

"就是臣妾有错，也是跟太后学的，如果太后没有卖官的先例，臣妾怎么敢呢？"

"做了鲁伯阳那笔买卖，朕不知为你担了多少风险，谁知你又插手裕宽的事……"光绪不再说下去。

珍妃只好叹息一声，不再说话，那屁股上的伤口也让她疼得说不下去。

第二十九章

老佛爷袖手观难政
光绪帝泣血签苛约

慈禧走了，大家都一言不语，只等皇上发话。光绪冷静地想了一会儿，一咬牙说道：“朕拒约，宣战！死也要保住祖宗留下的这块疆土。翁师傅，你负责迁都的事，即刻准备西迁西安，长久对敌！”

到底鲁伯阳和裕宽是怎样的人，给珍妃惹了这么大的麻烦，又让慈禧太后如此大发雷霆呢?

俗话说：“有钱能使鬼推磨。”这话一点儿不假，在大清朝的后期有一个惯例，只要能够拿得出大把大把的银子就能买到官做，不同的官位都明码标价。但一些大的官职和差事几乎全被慈禧垄断起来，自己独家经营这桩买卖，当然赚了大钱，别人眼红也白搭，这样的好生意谁又能插上手呢？慈禧太后当然也不准别人插手她的独家经营。天生不服气的珍妃，生性倔强，不信邪，知道太后做这生意赚了大钱，便对宫中太监说：“老佛爷能卖官赚大钱，我们为什么不能也卖它几个捞上一笔呢？”

说干就干。珍妃又是诱劝又是撒娇终于说动了光绪，光绪同意给她提供几个方便。于是珍妃就成立了一家几人合伙的“卖官公司”，由她负责从皇上那里联系官职的缺失，让她的哥哥志钧负责联系要买官的人，这宫内宫外的中间传话人就是景仁宫的几个贴身太监，所获好处大家分，每人都可得到一笔不小的收入。

经过志钧的一阵张罗，终于联系到一桩买主，买主还是一位财神爷呢。

富商鲁伯阳经商发了一笔横财，便想过一过官瘾，恰好这时，苏松太道出缺，这又是个肥差事，通过宫中太监高万枝的联系，鲁伯阳的名字就到了珍妃手中，于是珍妃写了一个条子交给了光绪皇帝。

光绪不了解鲁伯阳这个人，也不知鲁伯阳与珍妃交易的具体情况，但为了珍妃在宫中的花销能够宽裕一些，在珍妃把纸条递给他的第二天，就忙着为珍妃着手办理此事。

当光绪临朝听政时，他提起苏松太道出缺一事，吏部官员呈上一份候补苏松太道的名单请皇上选择其中一人。光绪接过名单仔细地从头到尾又从尾到头来回看了两遍，没说一句话，眉头皱了几皱。他又掏出纸条，指着鲁伯阳的名字说："请吏部查查此人的履历是否可以胜任？"

吏部大臣查遍所有各府各道的名单都没有此人，久经官场的人知道这其中一定有着某种不可告人的秘密，于是奏报皇上说："皇上既然想任用此人，想必鲁伯阳是一定能够胜任的，就让他补这个缺吧，也不必查明他的履历了。"

就这样，鲁伯阳花了七十万两银子谋到了苏松太道这一官位。在鲁伯阳兴奋地走马上任之前，他先拜会了两江总督刘坤一。刘坤一从言谈举止中知道鲁伯阳不是做官的料。

鲁伯阳一事被李莲英知道了，便报告给慈禧太后。慈禧雷霆大发，有人竟敢来做这门生意，抢自己的买卖，真是胆大包天！但慈禧并没有立即发作，她要挟皇上，让光绪今后对她所进行的这类买卖不加限制。

就在鲁伯阳买官的事被慈禧知道不久，慈禧也联系成一笔大买卖。

慈禧得知四川茶盐道出缺，这更是一个肥缺，它管理四川全省的朝廷税收，是许多人垂涎的美差。慈禧决定把这个职务交给北京西城木材厂掌柜玉铭。因为玉铭曾向慈禧太后捐赠三十万两银子修建颐和园，很得太后欢心。

玉铭穿戴整齐地叩见光绪皇帝，准备辞行上任。谁知光绪发现此人斗大的字不识两担，也不谙政事，纯粹是一个奸商。也不管是太后推荐的，当场把玉铭撵走了。

玉铭钱花了不少，官也没做上，没法捞回所花销的钱不说，反受光绪帝的一顿斥责。他把满肚子委屈诉给老佛爷。这可把慈禧给气疯了，恨光绪和珍妃恨得咬牙切齿，决定寻找机会进行报复。

珍妃从鲁伯阳的那笔买卖中尝到了甜头。就在慈禧的那笔生意失败后，珍妃又有了一笔好买卖。

原来河南巡抚裕宽上京给太后送祝贺六十大寿的寿礼，希望能再高升一级，便和大内总管李莲英挂上了钩。由于李莲英胃口太大惊走了裕宽，他又找到了珍妃的哥哥志锐，经奏事太监高万枝引荐，裕宽拜会了珍妃，他向珍妃保证，只要能得到四川总督一职，他一定会孝敬珍妃许多黄金白银。

万万没有料到，这些事全被李莲英暗中探知，并偷偷禀告给老佛爷。这次把慈禧气火了，你珍妃自己偷偷做这生意就犯了太后的大忌，这还不说，这次竟敢和她竞争，想截走太后手中的生意，这还了得，真是吃了熊心豹子胆了！慈禧暗骂光绪狗咬吕洞宾不识好人心，竟敢不给太后面子轰走玉铭，现在又帮珍妃来抢太后的铁饭碗。这还不算，又积极培植帝党势力反对与日本人议和停战。而光绪严厉打击后党势力，革职李鸿章，这怎能不让慈禧对光绪和珍妃伺机进行报复呢？正如慈禧所说，你让我的人难过，我要让你的人肉体和心灵尝尝双重痛苦。

杖责珍妃和瑾妃后，慈禧仍觉得这样太便宜了她们，不足以在肉体和心灵上给珍妃和瑾妃及光绪皇上留下创伤，怎么办呢？慈禧心中已有了自己的安排，要让所有朝内朝外和宫中的人知道：所有敢和太后作对的人都不会有好下场。

杖责珍妃的第二天，慈禧也没跟光绪打一声招呼就私自在颐和园仁寿殿召见了军机大臣。军机大臣突然被召见，都以为朝中发生了什么大事，匆匆前来见驾，一进仁寿殿却没有见到皇上的影子，众大臣更觉得奇怪。就在这时，慈禧开口说道：“刚毅，东北战场的情况如何呀？”

刚毅复又跪下奏道：“回太后，战事十分不利，旅顺失守，全城遭到屠戮所剩无几。黄海大战我北洋水师被日舰伏击也损失惨重，目前黄海制海权被日本人掌握。”

“哼！”慈禧冷哼一声，“你们不是叫嚷着要打吗？怎么把战火燃到我大清王朝的土地上了？再打下去，可能东北盛京、河北皇陵，连这北京城也要送人了。事到如今怎么还不主动议和呢？”

“这——”刚毅迟疑一下没说什么。

慈禧火了，一拍桌子骂道：“什么这那的，再错失议和的时机后悔都来不及了。”

徐用仪急忙跪下说：“臣保举三人前往议和较为合适。”

“徐中堂请讲吧！”

“回太后，户部侍郎张荫桓、湖南巡抚邵友濂，再聘请英国国务大臣柯士达做顾问，效果一定很好，这两人都能言善辩，也精通日语，再合适不过。有英国人做顾问可通过英国向日本施加压力，如果日本人对英国人也不买账的话，势必激起各国的一致反对，那时日本将陷入孤立，我大清国得道多助，他日本人失道寡助，必然处于败军的位置。”

慈禧满意地点点头说：“这事就交给徐中堂吧，有事早向本宫回报。”

“嗻！”徐用仪退下了。

慈禧扫视一下几位军机大臣说：“本宫还有一件事想请诸位王公大臣给拿个主意，请大家多思量。”

众人不知慈禧葫芦里又在卖什么药，一个个瞪着眼听慈禧说下去。

慈禧干咳两声，清理一下嗓子说：“珍妃和瑾妃倚仗皇上专宠，不服从皇后管制，并时常顶撞冒犯，大为不敬，有违宫中礼制。此外，珍妃结党拉派干预朝政，罪当不容，本宫决定对二妃稍加惩处而警戒他人。”

翁同龢一听，心中暗想，要糟糕。慈禧的为人他是一清二楚的，口说稍加薄惩，实则狠毒至极，二妃必定不会有好结果，急忙试探着问道："不知太后准备怎样薄惩？"

"本宫现已查明珍、瑾二妃干预朝政的种种劣迹，请军机处将二妃降为贵人！"

此言一出众人都大吃一惊，可谁也没敢吭声。皇上不在场谁敢轻易写贬谪二妃的谕旨呢？而太后的神气又不可更改。怎么办？

翁同龢思考一下，旁敲侧击地问："老佛爷对珍、瑾二妃的处置皇上可否知道？"

慈禧一听火了，冷冷说道："怎么？本宫无权惩处珍、瑾二妃吗？"

翁同龢不作声了，其他人也都沉默了，况且这众多的军机大臣中又有许多人是慈禧的亲信。于是，珍、瑾二妃降为贵人的事就这样决定了。

慈禧仍不罢休，她又发布两道懿旨，以上谕的形式制成木框裱黄绫牌子两块，作为禁牌悬挂宫中，上写着：

> 光绪二十年十一月初一日，奉皇太后懿旨，皇后有统辖六宫之责。妃嫔如有不敬不尊者，有干预国政、狐媚皇帝者，由皇后严查据实报奏，从严惩办，决不宽恕。
>
> 钦此

另一牌上面写着：

> 光绪二十年十一月初一日，奉皇太后懿旨，降珍妃、瑾妃为贵人，加恩准其上殿当差随传，改过自新。平素衣饰按宫内规定穿戴，不得僭越，一切使用物件不准违例。如有不遵者，重责不贷。
>
> 特谕

慈禧为了彻底打击珍妃，给光绪造成永久性痛苦，让珍妃失去重新得势与太后为敌的条件，对景仁宫中的太监、宫女也不放过。以整顿宫廷为名，杖杀了太监高万枝、郭小车子、文澜亭等人。景仁宫首领太监三十多人无一幸免，宫女也有三十多人被活活打死或驱逐出紫禁城。

珍妃的哥哥志钧被迫逃往上海。

为了剪除异己，打击帝党人物，慈禧开始清除光绪身边的党羽，她要让光绪明白：自己羽翼再丰满也飞不出太后的手心。首先下令把珍妃的哥哥志锐从热河召回，以举止荒唐罪遣往乌里雅苏台任参赞大臣，实际是一种遣戍边防。对帝党实力人物安维峻以肆口妄言的罪名革职，遣戍张家口。把汪鸣鸾、长麟等人以挑拨离间之罪革职，永不起用。甚至贝勒载澍也遭到永远圈禁的处罚。

光绪和他的一些干将都受到了不同程度的打击，帝党势力到了山穷水尽的地步。光绪的心碎了，他欲哭无泪，以往遇到不顺心的事可以和珍妃商量一下，也可从珍妃那里得到心灵的安慰。现在不同了，珍妃变成了珍贵人，只能当作太后的使女去服侍太后，皇帝是不许召见的。

咫尺天涯而不能相见，这样的日子何时才是尽头？

光绪痛苦地倒在养心殿失声痛哭，他哭自己身为大清国的一国之主，却不如一个普通的平民百姓，不可以爱不可以恨。

光绪二十一年正月初六（1895 年 1 月 31）。

慈禧太后派往日本的求和使团被驱赶回国。

威海卫军港被日军攻破，水师提督丁汝昌宁死不屈，自杀殉国，李鸿章经营了半个世纪的北洋水师彻底覆灭。

慈禧震惊了。

世界各国发怒了，唯恐日本攻下北京获得更多的特权，纷纷谴责日本的侵略行为，日本也唯恐惹怒西洋各国，只得见好就收，答应谈判。但更主要的原因是一年多的战线太长久，日本国兵力物力也有点不济了。

慈禧又重新起用了她的心腹李鸿章，官复原职，赏还三眼花翎和黄马褂，命他为大清国的全权代表，携英国顾问柯士达赴日谈判。

养心殿比死还静，静得让人可怕。

翁同龢、孙毓汶、李鸿藻、徐用仪、奕劻、刚毅、文廷式等军机大臣齐刷刷地跪了一地。光绪面对刚刚送来的《马关条约》草本两眼呆住了，这是他意料之中而又是意料之外的结局。只见那款项上写着：

——中国割让辽东半岛、台湾全岛及附属各岛和澎湖列岛给日本国；

——中国赔偿日本军费白银两亿两；

——中国增开重庆、沙市、苏州、杭州四个通商口岸，日本船只可以驶入各口岸；

——中国允许日本国在通商口岸建造工厂，产品运销中国内地仅按进口货纳税，并准许在内地设栈寄存；

…… ……

光绪呆呆地坐在龙椅上一动不动，下边跪着的大臣也一动不动。

李鸿藻抬起头，瞅了瞅皇上，见皇上如泥塑一般，小声地喊一声："皇上——"

光绪这才醒过神来，嗯了一声，头一歪晕倒在地。

这些军机大臣可慌了手脚，急忙爬起来，也顾不及揉一揉跪疼的双膝都上前围了起来，不住地喊道："皇上，皇上！"

"皇上醒醒，皇上醒醒！"

“快，快去请御医！”

…… ……

光绪睁开了眼，面色苍白，看着围在四周的军机大臣，从牙缝里吐出几个字：“朕不做卖国贼，废约！”

说完，又闭上了眼。

御医来了，给光绪号过脉，平静地说：“皇上身体虚弱，又有点肾亏，仿佛经受什么精神震动，内心极度悲痛，昏倒过去，并无大碍，稍稍休息即可，不可大喜，也不可大悲。”

大臣们这才松了口气。御医又开了几服药让人给皇上吃，说用不了几天就会好的。

皇上病了。

太后也病了。

一个真病，一个假病。

真病是悲痛所致，假病是推脱责任。

军机大臣急得如热锅上的蚂蚁，那边日本人急着催约，这边太后和皇上都在病着，没有皇上的御批，这条约等于一纸空文，是签还是不签，军机大臣内部分为两派，彼此争吵了半天也没有结果，双方还在争下去，庆亲王奕劻不耐烦地吼道：

“吵，吵个狗屁。皇上不签，我们说签有什么用！”

整个军机处如一群无头的苍蝇，乱哄哄的。

光绪的病还没有好，但不得不强打精神坐起来，到养心殿西暖阁去主持中枢会议，决定《马关条约》的签订与否。

光绪没精打采地走进西暖阁，几位军机大臣早已等在那里，随着执事太监一声高喊：“皇上驾到——”

大臣们急忙跪倒请安，齐声高呼：“万岁万万岁圣安！”

“都起来吧。”光绪挥挥手，大家都各自落座。

光绪看了几位军机大臣一眼，耐心地问道：“诸爱卿对《马关条约》有何看法，尽管讲来。”

徐用仪一听，跪上奏道：“皇上，烟台换约之期已近，请皇上早日拿定主意，批阅吧，否则，日军就要打进天津，直捣北京了。”

“就是，皇上应以大局为重，失小利而保大体，舍局部而顾整体，不可意气用事而拿大清三百年基业开玩笑呀！”孙毓汶也上前奏道。

“不可，万万不可！”翁同龢急奏说，“日本人虎狼之心，得寸进尺，今日割辽东、台湾，明天他们又可能强迫我们割山东、海南，万万不可答应，这条约只可废除不可答应，否则是助长日本人入侵我大清的野心！”

徐用仪不知和翁同龢争吵几次了，今天一听这话又火了，不服气地说道：“翁大人，依你拒签这条约，日军要是打入北京怎么办？你负得起责任吗？”

“按徐中堂的意见，就是把辽东、台湾拱手送人，再赔上两亿两白花花的银子，这样才舒服吗？徐大人的家产莫非比这两亿银子还多，才如此大方？”翁同龢不无讽刺地说。

孙毓汶上前给徐用仪解围说：“这条约拒签，日军攻陷天津，逼进京都，这社稷宗庙，遵化皇陵送给日本人肆意毁坏不成？也许翁大人有退敌的妙策吧？”

“哼！翁大人有诸葛孔明之智，当日本人打进北京时，只要给翁大人一把琴，翁大人自然会在北京东门弹琴退兵的。”奕劻也讽刺说。

文廷式沉不住气，他对这些主和的卖国贼早有痛恨之心，不过碍着皇上的面子不好发作罢了。他一听奕劻这么说，再也沉不住气了，帮翁同龢申辩说：“拒约、迁都，重整旗鼓、决一死战，‘卷土重来未可期’呢！”

徐用仪鄙夷地说：“文大人是初生牛犊不怕虎吧！迁都？能迁哪里，难道遵化历代宗祖帝王的陵寝也能迁走吗？”

“西迁长安，持久对敌，不怕日本人打入京都，只要君臣团结对敌就一定能够胜利！”文廷式仍然慷慨激昂。

“西迁长安？哼，还不如迁到文大人的老家安全呢！文大人再发动家乡的父老乡亲拿着菜刀、锄头一起上阵，保准打败日本人。”奕劻尖酸地说。

“别吵了！”光绪吼道，“批不批约朕自有主张，签约在他李鸿章，批约却在朕。”

光绪这一怒吼，西暖阁又沉寂下来，大家你看我，我看你，各自打着自己的小算盘，也都揣摩着皇上的心思。

过了一会儿，光绪对一直沉默不语的恭亲王说：“恭王爷是什么看法呢？皇叔就直说吧，也让朕心中有个底，然后再决定是否签订这条约。”

恭亲王平静地说：“皇上整日在这皇宫大内之中，对外面的情况可能所闻不多，更何况圣上龙体初复，就更不了解这紫禁城外面的事了。”

光绪一愣，忙问道：“最近京中发生了什么事，恭王爷不妨明说，是否是关于与日本签约的事？”

恭亲王点点头：“皇上应该知道今年是三年一次的科考会试之年呀，京中各省赶考的举子都行动起来了，听说有几个省的会馆内的举子正在搞一个万人签名活动反对与日本签约的事呢！据说广东的南海会馆闹得最凶。”

光绪一愣，问道：“这签约的事他们怎会知道呢？”

“别说是他们，就是街上的百姓也都在三三两两地议论这事呢。朝中大臣不会泄露出去，但东、西交民巷附近的外国使馆里有电文，传送的速度可快了，一定是从洋人那里传出来的。否则，怎会街头巷尾人人都在谈论这个事呢？”

“从洋人那里传出来的？”光绪自语说，“恭王爷，那西洋人是何态度呢？”

“据说德国人和俄国人都已发怒了，他们纷纷致电给日本，斥责他们的侵略行为呢！俄国人最为激愤，还联合美国、法国、德国、荷兰、意大利等国干涉日本入侵呢！声称要让日本人删除割让辽东半岛的事呢。”

光绪一喜：“以前都是洋人联合对付我大清朝。今天怎么突然转变了态度，莫非要和我清朝做朋友不成？”

奕䜣摇摇头：“洋人都不是我们的朋友，他们都对我大清朝虎视眈眈。这次出面斥责日本人，不过害怕日本独自吞了中国这块大肥肉，想留作他们分而食之罢了，我们不能依靠他们，他们一个是虎口，另一个是狼窝罢了。”

光绪一听，又叹口气说：“还是不指望洋人帮忙吧，我们自己另想退路。”

奕䜣又奏道：“能够利用洋人来钳制日本，以解燃眉之急也是可以的，但一定不能让洋人感觉我们在利用他们。如果那样就更麻烦了，一个日本人都招架不住，更何况洋人联合起来呢！”

光绪微微点头：“依恭王爷之见，这《马关条约》之事将如何处置呢？”

奕䜣叹口气，不置可否地说：“街上已贴有大字报，骂李鸿章是卖国贼，对皇上也有所非议——”

光绪又是一怔：“非议什么，恭王爷直说吧，就是骂朕是卖国贼，朕也只好由他们骂去，可他们知道朕心所思吗？”

奕䜣见光绪十分悲痛，声音也充满悲怆与感慨，不再说下去。

翁同龢却说了：“皇上如果批约，大清的后世子孙也都会责备皇上的，这千古的罪名皇上可就要承担了。皇上，还是三思而后行吧，依老臣之见，宁可再打，也不能背上这遭人唾骂的黑锅。”

文廷式扑通跪下了，含泪说道：“臣今天就直说吧，街上贴出了一些标语，痛骂李鸿章是卖国贼，也有人说皇上批约，皇上就是卖国贼。皇上——这罪名你担当不起呀！”

奕䜣也上前奏报说：“《马关条约》的内容太后是否知道？此事皇上先请示一下太后，看太后是何态度，皇上然后再做处理，内外保持一致，将来不至于给人留下什么罪名呀！”

光绪也觉得有理。刚才几人争吵，把光绪的心搅得乱糟糟的，现在经恭亲王一提醒，心中有了数。太后不是主和吗？朕就看看太后对这条约的态度吧，要是太后同意批约，这约就由太后去批吧，千古的罪名就由太后承担，要骂就骂太后好了，与朕无关，自己也可以问心无愧于先祖了，但真的能够无愧吗？光绪十分苦恼。

初夏的颐和园别有一番怡人的景象，特别是这一场不大不小的暴雨冲洗之后就更加清新别致了，倒垂柳扭动着婀娜的身姿、披散着头发，似出浴的少女，妩媚动人。更不用说那些苍松翠柏了，有的高大挺拔，有的蓬松可爱。一排排错落有致的亭台殿阁掩映在绿荫里，透露出皇家的气派与神秘。

慈禧太后在乐寿堂门前稍稍站了一会儿，欣赏着那些“瘦”“透”“漏”“皱”等奇形怪状的山石，有的像山羊，有的像锦鸡，有的像骆驼，各式各样，或站或卧。

一阵风吹来，慈禧理一下吹乱的发丝，觉得有点眩晕。怎能不晕呢？已经整整躺了七天，她要人知道自己确实病了，并且病得还很厉害，这样就可把签订和约的事推给儿皇帝，让光绪作为自己的替罪羊，去背那千古的骂名。

可这样躺着也不是长法，她在李莲英的服侍下起来了，在这儿稍站一会儿，也舒散一下多日来郁积的心情。正在这时，奏事太监来报，说皇上来了，有要事求见。李莲英又搀扶着太后走进乐寿堂，等着皇上进来拜见。

光绪走进颐和园，不知为何，他只要一踏进颐和园就慌，内心不住地发抖，全身不自在。自珍妃被打之后，光绪就更不愿踏进这里，他总觉得，在这里是他的耻辱，是他的不幸。但他又不能不走进这里，特别是遇到像《马关条约》这等大事，他是非来不可，签与不签，他不能做主，他也不愿做主。

光绪走进乐寿堂，上前跪拜说：“儿臣叩见圣母皇太后圣安！”

慈禧有气无力地摆摆手说：“皇上请起吧，听说皇上病了，母后本打算到宫中去探望一下，不想老身也病倒了，这一病就是多天。唉，人老了，不中用了。”

光绪苍白着脸坐在那里，机械地听着慈禧唠唠叨叨，也不知说的是什么。

待慈禧说完，光绪欠了欠身，试探地问：“圣母皇太后可否听说有关和约的内容？”

慈禧早就从几位亲信大臣那里得到有关《马关条约》的内容，但她仍装作不知地说：“人老了，身体又不好，也懒得过问外面的事了，什么条约不条约的事，你们看着办吧。自从道光皇帝至今，我朝同洋人签订的条约老身也见得多了，无非是割地呀，赔款呀，通商呀什么的，你和军机处的几个人商讨一下酌情处理就是了。”

光绪一听太后这么说，也为难了，又进一步试探地说：“他们要辽东和台湾，还有澎湖列岛，赔款二万万两银子，这——我朝怎能答应？列祖列宗若有在天之灵岂不痛骂我这不肖子孙……”

光绪说得很动情，几乎要流出泪来。慈禧看看光绪，也叹口气说：“皇上也不必难过，割地、赔款也不是我朝的先例，当年道光皇帝不也忍痛割地赔款，不也割了第一块地吗？这事皇上可以再仔细考虑考虑，然后决定签约的事。”

光绪怔住了，太后这不是明摆着让自己答应割地赔款吗？不过，光绪仍坚持说：“朕考虑了，朕躺在病床上考虑了三天，这卖国的条约朕是决不能签的，朕不能背上卖国贼的千古骂名！”

慈禧的脸由青变白，把牙咬得咯咯响，刚要开口，太监来报，几位军机大臣求见。慈禧心里想，一定是徐用仪等几名亲信，正好在此逼迫皇上签约，便命太监传几位军机大臣进见。

几位军机大臣进来了，慈禧一看来人是荣禄、奕劻、徐用仪、孙毓汶、李鸿藻、翁同龢，最后走进来的是李鸿章和英国顾问柯士达。

众人参见完毕，慈禧冲着又高又瘦、黄发蓝眼的洋人笑了笑说：“这位想必是我朝聘请的英国顾问柯士达先生了？”

柯士达冲着太后一点头说道：“正是在下！”

这时，李鸿章知道自己不能再沉默，硬着头皮走上前，跪下奏道：“罪臣李鸿章叩见太后和皇上！”

没等太后发话，光绪就火了，他一见到李鸿章进来就生气了，忍着没有发作，一听李鸿章主动讲话，就再也忍耐不住了，大声呵斥道：“李鸿章，你也知道自己是罪臣，既然知罪何以答应《马关条约》呢？”

“我——”李鸿章抬眼瞟一下气急败坏的皇上，没有说下去，他知道自己回来一定会受到皇上的训斥，所以一直没有直接面见皇上，他想先上太后这里回报一下，并且带上一个挡箭牌——英国顾问柯士达。想不到竟在这里碰到了皇上。李鸿章也真够倒霉的，打败仗的责任推给了他，屈膝求和的事也推给了他，这签约的责任又推给了他。他是心中有苦说不出呀，自己是七十多岁的人了，虽然在大清国权倾一时，位处极尊，深得太后的赏识，是第一品的实权人物。但多年的东征西战也不知吃了多少苦，受过多少罪。如此高龄又漂洋过海，作为战败国的代表到敌国的土地上求和，这个滋味能让他好受吗？他是中国土地上长大的臣民，也是大清国的热血汉子，他就那么愿意落个卖国贼的罪名吗？他也不想割地赔款。可是，不割地赔款，日本人会罢兵吗？

由于不同意日本代表提出割地赔款等苛刻条件，在谈判馆驿的路上，李鸿章就遇到日本武士道出身的刺客，那一枪打得好险，正好从脸上擦过，再正一点也许就命丧他乡。还好，仅仅受了一点皮肉之苦，尚无大碍。李鸿章下意识地摸一下那脸上的伤疤，低下了头，不再说话。

慈禧太后可不高兴了，当着自己的面和英国顾问的面竟然不给面子，慈禧当然恼了，尽管皇上讨厌李鸿章，但他是自己起用委派去作为谈判代表的。皇上斥责李鸿章不是明显在与自己作对吗？

慈禧见李鸿章受了委屈而不再言语，马上维护说：“皇上讲话也要讲求点分寸，不要失了自己的身份。李中堂想割地赔款吗？我们是战败国！战败国就要任人宰割。李中堂能谈成这样就不错了。若换成别人，可能割的地更多，赔的银子更多。现在埋怨李中堂同意割地赔款，把一切责任推给他，临行前这割地赔款的要求是谁答应的？每一项条约内容皇上不会不知道吧？怎能把自己的责任都推给别人呢？条约是李中堂谈的，这条约上的字签不签还不在于皇上吗？你可以拒绝签字，何必发这么大的火呢？”

慈禧一通连珠炮似的话语把光绪抢白得满脸通红，一句话也说不出来，本来就有点口吃，这下更结巴了，好半天才憋出一句话：“朕……朕不知结果竟……竟是这样！”

“既然皇上同意他去谈判了，割地赔款的要略方针也授给他了，那条约的细则当然就由全权代表做主了，否则皇上为何不亲自去谈判呢？”

光绪委屈极了，心道：这全权代表是你太后决定的，割地赔款的要略是太后硬让我答应的，说日本一定要求这些条件，这是洋人每次条约的必备内容，不授给他这些权限，和谈是不可能的。哼！今天反而怪罪于我。真没道理！

光绪心里这么想，嘴里却又不敢说，只得憋了一肚子气，沉默不语。

慈禧见皇上不说话了，也缓和一下口气说：“割地赔款的事是你祖上开的先例，这也是上行下效吧。敌兵压境，不割地赔款，日军怎会撤兵呢？如果不是李中堂前往求和，说不定日军都已攻下了北京。唉！闹到今天这种地步还不都是那些主战派造的孽，战！战！这下不战了？现在军机大臣差不多都来了，大家商讨一下这《马关条约》的事吧。”

徐用仪躬身说道：“太后说得有道理，不签条约日本人是不会撤兵的，如今日军仍强兵压境，坐镇威海卫，伺机进攻内地，只看这《马关条约》能否成效，一旦我朝毁约，日军会进逼天津、直入京城的，眼看烟台换约之期到来，这条约应尽快批下。早批晚批都是批，不如早批早解除兵危了。”

徐用仪话音没落，李鸿藻上前奏道：“皇上，这条约是万万不可签的，大清江山一损再损，难道真把半壁江山送人？更何况这两亿两白银的赔款，把大清国的府库扫尽也没有这么多的银子呀！宁可迁都再战也不能答应这丧权辱国的条约。”

“李大人此言差矣！”荣禄终于上前插话说，“迁都再战岂不是把这中国东部领土让与日本，与其再战再败被侵占更多的土地，还不如今天就答应割让辽东、台湾呢！”

慈禧看着李鸿章问道：“李中堂，你亲自从战场上归来，又到过日本领土，依你之见这条约到底能否答应呢？”

李鸿章为难了，他能说不签吗？条约是自己谈成的，说签吧，又怕众人骂他卖国。李鸿章感到为难，日本人船坚炮利令他惊叹，那隐隐的炮声仿佛仍在耳畔回响；那黄海海面上的滚滚浓烟似乎仍历历在目；北洋水师覆灭的场面至今仍让他心碎，那是他半个世纪的心血呀！他恨日本，恨日本毁灭了他一生的功绩。但他也知道日本人胃口像海一样大，一定能把整个大清国吞下去的。

李鸿章愧疚而又无可奈何地点点头说：“臣罪该万死，让太后和皇上蒙羞，让大清国受辱，臣实在无能。能谈到这个条件，臣已尽了最大努力，几乎搭上了老命，他们的野心是吞并我大清天下，臣也想拒约再战，可再战将付出更大的代价、丧失更多的土地。”

李鸿章说不下去了。

翁同龢见李鸿章说出这番丧气话，怒不可遏地说：“李中堂，按你这么说，这地你觉得割少了，这银子也觉得赔少了。那你为何不把安徽合肥老家也割给日本人，把你家财产也赔给日本人呢？”

奕劻没等李鸿章开口就发话说：“翁大人这么大岁数了，怎么仍然像个孩子，说发火就发火？如果是翁大人去谈条约说不定会把江苏常熟老家割出去呢！”

英国顾问柯士达清理一下嗓子开口说道：“诸王公大臣不要争吵，我提醒你们一下：整个谈判过程我都在场，李中堂确实尽最大努力了。如果派其他代表可能更糟。这每一项细则都曾电告总理衙门，你们作为军机大臣应该及时报请皇上决定每一项的条约，你们当时为何不做呢？现在条约已经谈好了，不再是李中堂的个人私事，而是整个大清国的事了，现在不是争执条约的内容，重点在这条约能不能签。烟台换约的时间马上就到，如果皇上不签约，这和约也就如一张废纸，日本人如果毁约再战，我们各国将不再支持中国对抗日本，任日本入侵你们大清国，到那时后果不堪设想，割让将不仅仅是辽东和台湾等地了。依我之见，你们不如暂且签订《马关条约》，至于辽东半岛的事，俄国也反对割让给日本，德国、法国对此也对日本不满，以后可让各国出面干涉调停退还辽东。如果你们不签署和约，后果自负！”

柯士达的一番话果然震住了几位正在争辩的军机大臣，大家大眼瞪小眼，都一言不发。

慈禧见几位主战的军机大臣不再像刚才那样气势汹汹，心中暗喜，便故作中立地说道：“主战也好，主和也好，都是过去的事了，现在大家应当慎重考虑一下签约的事，究竟这条约能不能签，不签又该怎么办？哪位军机大臣有更好的退敌之策？既不割地又不赔款当然更好了。你们好好商议一下吧！”

慈禧说着打了一个哈欠，起身说道：“哀家近日身体欠佳，又到吃药的时辰了，你们几人讨论做主吧。”

光绪急了，忙喊道：“母后请留步，你老人家给拿个主意吧，你说签就签，你说不签就不签。”

“我一个妇道人家说了也等于白说，还是你们几人商讨一下，由皇上做主吧。你是皇上，洋人只认得皇上的御玺，谁识我这一把年纪的老婆子，这里就交给皇上全权处理，我先行一步了。”

慈禧说完，转身离去，李莲英忙跟着出去了。

慈禧走了，大家都一言不语，只等皇上发话。太后不是说得很清楚吗？由皇上处理，皇上不发话谁还敢发话呢？

光绪冷静地想了一会儿，一咬牙说道：“朕拒约，宣战！死也要保住祖宗留下的这块疆土。翁师傅，你负责迁都的事，即刻准备西迁西安，长久对敌！”

光绪话音刚落，徐用仪和孙毓汶互相对望一眼，一齐扑通跪下，带着哭腔说道：

“皇上三思，皇上三思，不可意气用事。太后已过花甲之年，怎能经得住长途鞍马之苦，万一有个三长两短……”

“住嘴！”光绪吼道。

徐用仪和孙毓汶号啕大哭起来。

奕劻急忙下跪说道：“皇上，都城可以迁，河北遵化、易县的皇陵可无法西迁呀，难道让列祖列宗在九泉之下也遭受铁蹄践踏吗？皇上慎重考虑，小不忍则乱大谋呀！”

那英国顾问柯士达看看李鸿章，只见他仍低头沉默不语，柯士达沉不住气了，急忙说道：“你们大清国已是一头受伤的小狗，如果再不自量力，做困兽之斗，是要付出代价的，万万不可逞一时之勇而拿中国军民的生命做赌注，摆在你们面前的路只有一条，一条！那就是割地赔款求和，否则，大日本会扫荡你们全国的！”

光绪两眼一睁，柳眉一竖，坚定地说道：“柯士达先生不必多言，朕意已决，拒绝签字，一定与日本再决雌雄，再打再败，朕将以头颅撞死在先祖的陵寝上，以告慰先祖在天之灵。”

突然，李莲英从后面一头扎进来，扑通跪在大堂中间，拿出一张地图，指指点点地给众人看：“皇上请看，这辽东、台湾、澎湖和整个大清国的版图比起来不足道呀，割一点而能保整体是明智做法，皇上不可意气用事。太后病体已再不可劳顿啦！”

光绪想不到一个太监也敢来教训自己，更何况他一直讨厌这只会在太后面前低眉顺目的小人。不是他，珍妃何以受辱，如今又要干预朝政，平时抓不住他的把柄，这次是他自找难堪，可以报当年圜丘受辱的仇恨了。

光绪大喊一声：“李莲英，你狗胆包天，干预朝政，这里哪有你说话的地方！”

李莲英从来没见过皇上发这么大的火，见光绪正两眼怒视着自己，也觉得自己聪明一世、糊涂一时，这时候进来插话是个蠢蛋，怯懦地说：“奴才……奴才是为了太后着想，不想让太后再……”

“住嘴！大内之中高悬顺治爷不许太监干预朝政的铁牌，你身为大内总管，难道不知道吗？来人，给朕打，打这狗奴才！”

上来两人二话没说把李莲英按倒在地，噼里啪啦打了起来。

李莲英鬼哭狼嚎地喊道：“老佛爷，老佛爷，救救奴才，救救奴才！”

“打，狠狠打！”光绪既恨又气地说。

“住手，快住手！”

慈禧太后在两名侍女的搀扶下走出来，老远就喝道。等到慈禧走来，李莲英已被打了二十多板，整个屁股快被打烂了。

李莲英一见老佛爷，哭诉道：“太后，奴才冤枉，皇上是公报私仇，奴才全是为了您老人家的身体着想，也是为了大清江山着想，可皇上……”

“住嘴！”慈禧一跺脚，“这个时候你还跟着瞎胡闹，真是不知死，如今皇上的权力大了，人也翅膀硬了，你难道不知吗？别说你一个大内总管，就是我，皇上还觉得不顺眼，巴望着我早死呢！”

光绪的脸憋得通红，半天不说一句话。

荣禄上前劝慰太后说：“老佛爷身体不适，还是早点休息一下吧，不必为一点鸡毛蒜皮的事动了肝火，伤了身子。”

“就要气死了，还顾及什么身子。这么一打，东洋兵开进京城，与其到那时死在洋人刀下，还不如现在就气死舒服呢！”

光绪坐着，一动不动，脸由白变红，由红又变白。突然，他站了起来，憋了半天才从牙缝里挤出几个字：“好，朕签字，朕投降……干脆把大清国都割让……”

话没说完，光绪就晕倒在地。

大臣们慌了手脚，翁同龢跑上前去扶光绪，口里不住喊道：“皇上，皇上，快醒醒。”

“快去叫太医！”有人催道。

慈禧看了一眼乱哄哄的乐寿堂，又转身狠狠地瞪了一眼抚着屁股的李莲英，叹口气，在两名宫女服侍下走了。

第三十章

万言书忧国康南海
两行泪忠君翁同龢

一千多名举子顶着烈日跪在都察院外，康有为跪在最前面，把万言《上皇帝书》捧在头顶。都察院官员劝慰大家返回会馆，但没有人动，只有人高喊："把《上皇帝书》呈给皇上，否则我们将跪死这里，和大清国一同灭亡！"

光绪二十一年四月十四日（1895年5月8日），李鸿章和日本外相陆奥宗光在烟台交换条约，《马关条约》正式生效。消息传到北京，整个京城沸腾了，大清国一反往日的一潭死水，迅速搅动起来，酿成大波。

南海会馆仍处于一片清晨的宁静之中。

突然，一阵咚咚的脚步声打破了这清晨的宁静。梁启超一把推开门喊道："康师傅，和约签订了，昨天就生效了。"

"卓如，你叫唤啥，吵醒了我的好梦。"麦超华嘟囔着。

康有为正在熟睡，迷迷糊糊听到梁启超的叫喊，一翻身坐起来，揉着惺忪的眼睛问道："启超，出了什么事？你大惊小怪的！"

"康师傅，皇上批准了《马关条约》，李鸿章昨天就到烟台和日本人换约了，条约已经生效，大清江山已丢失了一半啊！"

康有为气愤地把搭在脑前的辫子向后一甩，用拳头捶着硬板床骂道："李鸿章卖国，太后卖国，怎么皇上也卖国了？"

"坚决反对屈辱条约，打倒卖国贼！"有人激愤地说。

"割了辽东、台湾和澎湖，大清国已亡国一半了……"

"再赔款二万万两白银，大清国全完了！"

…… ……

众人都起来坐着，你一言我一语，气愤异常地谈论着，各抒己见。

“康师傅，怎么办？”梁启超忍不住问道。

“还能怎么办？联名上书，联合今年南海会馆里所有应试的举子上书都察院，向皇上进万言书，反对《马关条约》，要求皇上学习西方，变法自强，寻求强国之路！”

“好吧，这南海会馆有一百二十多人，我们联合起来，一定会在京城造成一定的影响，也让皇上知道民众的力量、举子的心愿。”

“一百二十多人？太少了！”康有为略一思忖，“最好派人到京中各个会馆联络，让今年所有参加应试的举子联合起来，共同上书请愿。那样一定会引起朝廷重视，我们的上书才会达到预期的效果。”

“广厦兄的建议很好，京城的会馆大部分都在宣武门之外的南城一带，也好联系，这些事由我带人负责。广厦兄，你文笔好，你在此写请愿书吧！”麦超华说道。

康有为看一眼义愤填膺的同乡举子，深有感触地说：“中国之大，民众之多，却屡遭洋人的欺侮，究其根本原因是我们的民众如一盘散沙，不知团结，不知觉起，也不知进取，才导致这中日大战的失败。要想从东亚弱国一跃而成世界巨人，就必须彻底裁减朝中冗员，改革官制，澄清吏治，甚至改革这八股取士的科举体制，建立一个君民共和的政治体制！为了这一中华大同体制，今天我们必须携起手来，表现知识者‘位卑未敢忘忧国’的胸怀，来一次读书人改革政体的联合上书。”

康有为说得慷慨激昂，在南海会馆中唤起了良心未泯的知识分子忧国忧民的共鸣，大家都纷纷签名献策，整个南海会馆活跃起来。

说干就干，大家分头行动起来。

又一个黎明到来，南海会馆的举子们几乎一夜没有合眼，前来北京参加科举应试的举子也大多没有合眼。他们的热血沸腾起来，他们的双手挽在一起，等待着这难挨的一夜早日过去，黎明早日到来！

康有为放下了手中的笔，活动一下握酸的手指，站了起来，伸一伸懒腰，看着摆放在眼前的一万四千多字的《上皇帝书》满意地笑了，他觉得自己把长久压抑在心中的东西痛痛快快地吐了出来，有一种说不出口的释然与快慰。

梁启超走了进来，递上一杯热水，关切地问道："康师傅辛苦了！"

康有为看着梁启超熬红的双眼，也心痛地说："你也一夜未合眼吧！外面的事准备好了？"

梁启超点点头："十八省应试的举子有一千五百多人签了名，答应今天到都察院集会上书请愿。"

康有为满意地说："就应该这样，早就应该这样了。'国家兴亡，匹夫有责'，我们要改革、要变法，不能做亡国奴！只有联合才有力量，只有团结才有出路。"

康有为手捧《上皇帝书》走在队伍前头，左有梁启超，右有麦超华，后面跟着全国十八省的应试举人，他们浩浩荡荡地来到都察院。

都察院门前跪满了人，一千多名举子顶着烈日跪着。康有为跪在最前面，把万言《上皇帝书》捧在头顶。后面的举子也都手中拿着一个白色的纸制成的小旗，上面写满了各种口号和标语，如"拒约""迁都""练兵""变法""求强"等字，特别引人注目的是四人高举的四面白布制成的长长条幅，上面写着：

下诏鼓天下之气，
迁都定天下之本，
练兵强天下之势，
变法成天下之治。

一千多名举子耐心地跪着，等待着，等待都察院来人接见，等待都察院把万言《上皇帝书》呈给光绪帝。

尽管都察院派出官员劝慰这些举子即刻返回各自会馆，但没有人动，只有人高喊：“把《上皇帝书》呈给皇上，否则我们将跪死这里，和大清国一同灭亡！”

前来跪拜上书请愿的举子越来越多，围观的人也越来越多，整个都察院门前早已水泄不通。

都察御史闻报，偷偷来到门前，从门缝里向外望去，人山人海，白练白旗和各种口号标语到处都是。他感到害怕，唯恐事情进一步扩大，急忙派人把这事报告给军机处、内务府、太后和皇上那里。

紫禁城震惊了；
慈禧太后发怒了；
光绪皇帝惭愧了。

公车上书震动了北京，康有为成为家喻户晓的人物。

南海会馆再不像往日这么喧闹，有人喜形于色，有人把高兴深藏心底，更有人郁郁寡欢，当然也有人做出无所谓的样子。

梁启超走进屋内，十分感慨地说：“康师傅是带头上书痛陈变法的领袖，今天却高中了进士，师傅所标举的废科考引进西学，这一夜之间却通过科考进入仕官之列，传扬出去，是否有点滑稽……”

梁启超不再说下去，康有为笑了笑说：“我不在乎什么仕官不仕官，也不在乎什么进士不进士，我感受了欧风美雨，沐浴了西学的妙处，只想终身致力于中国的改革，让中国早日走向富国强兵的道路。可中国仍没有什么变革，不进入仕途就无法接近大清朝上层实权人物，就无法实现我改革的梦想。科考只是我人生道路的阶梯，并不是我的目的，我的目的是通过科考跻身仕途，接近皇上，向皇上提出变法强国的建议，让皇上早日实行变法的措施。”

康有为说得很激动，也很兴奋，仿佛他已经见到了皇上，痛陈了变法的必要性，也仿佛看到了皇上已接纳了他的建议，正准备大刀阔斧地干起来呢！

梁启超点点头：“康师傅，如果皇上接见你时，你一定不要错过机会，当面提出变法的主张。只要皇上同意，你就大张旗鼓地干起来，我和麦超华、张千秋等人在下面给你呐喊助威。”

康有为看着自己的学生，内心也十分复杂，握着梁启超的手说：“你我虽有师生之名，实际上情同手足，我的经历你也清楚，我第一次科考失败之后就不再热衷功名，南下香港学习西学，决定走一条改革社会政体的道路。可作为一个知识分子又能怎样？不得已，才走这条曲线救国之路。如今虽然有希望接近皇上，但皇上是否能接受我的建议也处于两可之间，前面的路可能更险更艰。当然，有你们几位志同道合的朋友相助，我真感到欣慰。我决定先在北京创办《万国公报》作为宣传变法的阵地，再设法成立一个变法维新学会，联络一些同仁共同寻求救国之路。你和徐勤决定到上海办报与我遥相呼应那是再好不过，只要我们有信心，大众都觉醒了，一定会成功的。

“目前最主要的就是宣传变法救亡思想，唤起更多的人都来投入到这救亡的道路上，这样大清王朝就有希望，中国也就有希望。听一位从香港来的朋友说，有一位姓孙的广东人也在致力于挽救中国的活动，已在香港成立了一个什么组织，也闹得挺厉害。哦，对了，他大概叫孙逸仙吧。

“倡议变法的人越多，大清王朝就会再次走向天朝帝国的兴盛，中国就会成为东方强国，乃至世界强国。”康有为充满了信心地说。

“这只是我们的一厢情愿，皇上能否接受康师傅的思想呢？《马关条约》皇上都可以签字，可见皇上也是和李鸿章一样的昏庸腐朽！”梁启超不无忧虑地说。

“听说皇上是主战的，但皇上无法违背太后的懿旨才被迫签字。《马关条约》割让的辽东在西方列强干涉下归还我朝了，至少又少损失一块领土。”

“据说又花了三千万两白银，日本人才罢休，叫什么赎辽费。”

梁启超气愤地说。

“小小日本弹丸之地，自明治维新后一天天强盛起来。维新，维新，别人能做，我大清国民为何不能做呢？”康有为喃喃地说道。

“我们一定能做到的，一定，一定！”梁启超在康有为的感召下也充满了信心地说。

师徒走出南海会馆，面对着正在蒸蒸日上的太阳沉默着、思考着。

光绪从病床上起来，觉得头仍有点发涨，怎能不发涨呢？自那天颐和园乐寿堂病倒，又病了多日，这多日来尽管强制自己不去想那些心烦的事，尽量让自己冷静一些，好好地睡上一觉，休息休息，可能够冷静下来吗？那些事又怎能不想呢？

他憎恶李鸿章，憎恶《马关条约》，也憎恶太后和她的一帮亲信。但就是怪，人往往屈服于那些自己憎恶的事，做自己不喜欢做的事。到底那《马关条约》是怎样签上字并盖上御玺的，光绪确实想不起来了，他也不愿想，一想就心疼。尽管俄、法、德等国出面干涉，日本归还了辽东，但又多花了三千多万两白花花的银子，这三千多万可不是一个小数目，需要多少大清国民的血汗啊，想想真让人心疼。唉，出钱总比割地好受一些，祖宗的地可不能随意割让啊！

光绪来到毓庆宫上书房，里面空荡荡的没有一人，御书案上已落了一层灰。光绪一见灰蒙蒙的一片，气就不打一处来，刚想喝问负责管理上书房的太监，转念一想，到嘴边的话又咽了回去。他自己走上前拂去灰尘，坐在自己过去坐的位置上，想起读书的时候和翁师傅度过的日日夜夜。那时，翁师傅希望自己长大，长大就可独立执政，自主地处理各种事务了。然而，自己现在长大了，却没有能够如愿，没有真正按自己的意愿处理朝事，处处受制于太后。想至此，光绪一阵心酸，几乎落下泪来。

光绪突然想起一件事，那天都察院奏报，说有应试的举子聚众请愿，上书陈奏变法，领头人是一个叫康有为的广东人。他们要求变法自强，我又何尝不想自强呢？只是这变法就一定能自强吗？这康有为是怎样一个人呢？朕倒想听听他的陈述，是一群纸上谈兵的书生，还是果真有治国安邦之才的栋梁。

光绪坐了一会儿，觉得十分凄凉，他想找一个人陪他聊聊，便叫来两名随班太监，命他们快去请翁师傅。

工夫不大，翁同龢来到毓庆宫，一踏进上书房，翁同龢也十分感慨。在这里，他曾教过大清国的两代皇帝，一位已经少年早夭，另一位皇帝正在这里等待着自己。他也曾想从天子这位自己的门生那里谋得高位，实现个人安邦定国的理想。如今位在中枢，参与国家方针大计的谋划，但只能作为一个配角并常常遭到白眼。这并非因为自己是个蠢材，皇上都处处受制于他人，更何况自己呢？“空负凌云志，无处展雄才”，唉，出将入相也无奈呀。

翁同龢参见光绪完毕，师徒二人相视一会儿，都没有开口讲话，也许都沉浸在对往事的回忆之中。还是翁同龢率先打破这短暂的沉默，开口说道：“皇上龙体康复了？”

光绪点点头：“这几天好多了，只是心情有点闷，想请翁师傅来聊聊天。”

“皇上还是想开点儿，既然条约已经生效成为事实，皇上也不必过于伤心，你也是出于无奈，这骂名并不能由你承担，大家都有责任。现在不是又赎回了辽东吗？据报台湾正在闹“独立”，大清的臣民是不会屈服日本人的长久统治的，总有一天会回归我们大清版图。”

“是呀，大清的臣民都不甘于受洋人的统治，我身为大清国一国之主，就甘心受辱吗？”光绪缓了缓又问道，“翁师傅听说今科举子请愿的事了吗？”

“老臣有所耳闻。”

“据奏报，领头上书的人是一名叫康有为的广东南海举子，他写了一份洋洋万言的上书，朕怎没有见到呢？”

"中枢大臣考虑皇上龙体不适，也就没有把这类小事奏告皇上，怕惹皇上心烦，那份洋洋万言的《上皇帝书》被孙毓汶送到太后那里去了。"

"简直胡闹！"光绪有点动怒，"朕整日深居大内，不了解下情，有这般热血青年敢于不计个人得失上书言事，实在难得。无论他的措施是否可行，这种精神也可嘉吧！古人云：'兼听则明，偏听则暗。'朕多听一些来自下层的言论该不会错吧！"

"皇上还有机会呢，臣也正有件与这相关的事奏请皇上批示呢！"

"何事？翁师傅请讲！"

"这领头上书的广东举子康有为今科会试高中进士，为着录取的事吏部和礼部的一些大臣有争议。孙毓汶曾得到太后指示，凡上书闹事的举子若闹出了格将不予功名，取消入仕做官的资格。他们说这次举人上书言事虽然没闹出格，但轰动了京城，对皇家的面子也有所损，不追究众人的责任，对这领头之人应当给予警戒，恰巧这领头之人考取了进士，将取消其入仕资格。不知皇上有何指示？"

"孙毓汶依倚太后的势力恣意妄为，搅乱政事实在可恶！有一天朕一定罢了他的官。传朕的旨意，这康有为不但一定要录用，还应授予其重要官衔呢！如此有主见、敢作敢为、锐意革新的青年能为朕所用是大清的福气，怎能将其驱逐而埋没人才呢？朕决定授他工部主事一职，这事就由翁师傅去做吧！"

"老臣遵旨！"

"翁师傅可否见到这康有为？"

"老臣多年前从常熟老家回京的途中，路经沧州地带时曾偶遇一位叫康有为的人，他也是入京赶考的，也不知是否与这位上书的康有为是同一人？天下之大，重名重姓的人也很多呀！据老臣回忆，那时候，那位叫康有为的举子就非常博学有才，大谈变法维新，富国强兵。"

"无论是与不是，翁师傅先会见一下康有为，听听他的见解，有机会朕接见他一次。”

师徒二人又谈论了一些有关朝中的事，光绪的心才稍稍宽慰一些。

康有为对自己高中进士并没有表现出太多的欣喜，他对高官厚禄并不热心，自南下香港回来后他就迷上了西学，整日沉浸于维新变法的活动中。放弃了科考的四书五经和八股经文，把绝大部分精力投入到古今中外变法革新的研究中，从古代中国的商鞅、李悝、吴起变法，到赵武灵王胡服骑射；从北魏孝文帝改革到王安石变法和张居正改制；从俄国彼得一世改革到日本的明治维新。他又精读了《文献通考》《经世文编》《天下郡国利病书》《读史方舆纪要》，也亲自撰写了《新学伪经考》《孔子改制考》两部书作为自己变法维新的理论依据。同时，他在广州设立了“万木草堂”，聚徒讲学，宣传变法，结识了梁启超、麦超华、徐勤、张千秋等锐意改革、热心变法维新的得意门生。也正是由于这些原因，他的时间精力被占用了，科考连连失利，他想放弃科考入仕的道路，专门从事变法维新的活动。但是，如果不能入仕做官，如何接近皇上呢？自己的变法维新思想如何变为现实呢？他正是因为这样才一次次参加科考，屡败屡战，如今终于如愿以偿，可以接近皇上了。可是，皇上愿不愿变法自强呢？他有没有这个勇气呢？康有为不知道，他只知道自己一次又一次的上书石沉大海。不过，他仍不灰心，他听说皇上非常信任他的老师翁同龢，康有为的眼睛一亮，自己目前尚没有机会接近皇上，何不亲自拜访一下翁同龢呢？他是光绪帝的老师，又是军机大臣、内阁大学士，他一定了解皇上的思想，对皇上不会没有影响。对，先拜访一下这位德高望重的两朝帝师，再做下一步的打算。

康有为来到翁同龢府上，递上拜帖，翁同龢一见康有为亲自来访，又惊又喜，自己奉皇上之命正要会会这位国内外名噪一时的广东才子呢，不想他竟自己来了，于是立即出门相迎。

康有为愣住了，这位翁大人好面熟，好像在哪里见过，但一时记不起来了。

翁同龢一见，正是多年前沧州旅途上萍水相逢的那位年轻书生，不过成熟多了。

翁同龢一抱拳，微笑着说道："康进士，不认识老夫了？"

"你？不是翁大人？"

"老夫正是翁同龢，不过，在下曾与康进士有过一面之交，不知是否记得老夫了？"

"好像在哪里见过翁大人，只是一时记不起来了。"

"多年前，在沧州的一条船上，一位老者……"

"啊，原来翁大人就是那位长者，晚生当时真是有眼无珠，竟不自量力，在翁大人面前班门弄斧，惭愧，惭愧。"

"康先生过谦了，康先生是极负盛名的广东才子，老夫能听你的一番宏论实在是受益匪浅，也萌发了维新思想呢！老夫恨当时没有用心听取康先生的议论，正好今天康先生来了，可不能再保留，老夫一定洗耳恭听。好，请到客厅一叙吧，你看，只顾讲话，也忘记让康先生入内。请！"

"请！"

两人边走边谈，都非常愉快，也算是故人重逢吧。康有为更是喜出望外，他本来还有一丝顾忌，现在全放心了。

两人分宾主坐定，书童献上茶，翁同龢这才笑着说道："康先生领导全国十八省的举子公车上书震动了京城，现在可一跃成为大名人了，今日来到这里，可谓蓬荜生辉啊！"

"翁大人太会取笑晚生了，晚生不过凭一时之气，见国土被割，山河破碎，于心不忍，才率众向皇上请愿——拒约、迁都、再战，一定触怒圣上了吧？"

翁同龢摇摇头："皇上不但没有生气，反而十分欣赏康先生的勇气与精神，并大加称赞，只可惜，皇上没能看到先生洋洋万言的《上皇帝书》，还有点儿遗憾呢！"

康有为一怔："那《上皇帝书》皇上没有看到，莫非被都察院的官员压下来了？"

翁同龢又摇摇头，叹口气说："不是被都察院压下来了，而是落到太后手中，被太后压下了，听说太后十分生气呢！"

康有为刚刚落下的心又悬了起来，有点不安地问："太后不同意维新变法，皇上呢？"

"皇上很有进取心，也希望变法自强，振兴大清江山。可皇上处处受制于太后，皇上不能自作主张地做自己想做的事。就拿这丧权辱国的《马关条约》来说吧，皇上拒绝签字，想毁约再战，最后被逼迫签字，皇上因此气病而卧床多日。"

"太后不是归政了，到颐和园颐养天年了吗？"

翁同龢沉默了，好久不言。过后他十分难过地说道："朝中大臣多是太后的亲信，思想守旧，维持现状，许多人仅为个人小利着想，置国家前途命运于不顾，当然不主张改革旧俗了，因为改革必然要改掉他们那些思想守旧的老朽，而一牵扯到他们的利益，他们必然阻拦，破坏改制，对此皇上也没有办法呀！"

"中国已处于四面楚歌、危机存亡的时候，西洋列强虎视眈眈，日本人的魔爪早已伸向我大清的疆土。如今的大清王朝已呈瓜分豆剖、揭竿而起的危险境地，再不思变，道路只有一条：那就是亡国！"

"变，变，怎样变？又向哪里变呢？"翁同龢也很迷茫地说。

"几十年前，魏源先生就在《海国图志》中说过，'师夷长技以制夷'，可我们没有从根本上做到这一点，实在令人痛心！"

"近一二十年来，曾国藩曾文正、恭亲王奕䜣、左宗棠左大帅，还有张之洞、李鸿章等人都在学习西方，创办洋务，兴办军用工业，我大清的军器也从长矛大刀改为洋枪洋炮，还创办了南洋水师和北洋水师，并拥有了一支较强大的舰队，仅北洋水师的定远和镇远两艘铁甲舰就是当今世界一流的，是德国的原装货，还配有最先进的克虏伯炮，结果又怎样呢？中法之战中，马尾一役南洋水师覆灭。如今中日之战中，威海卫一役，北洋水师也覆灭了。师夷长技却没有制夷呀！”

翁同龢十分感慨地说着，花白的胡须抖动着，布满皱纹的老脸上露出失望痛心的神色，眼角也闪着泪花。事实就是这样，作为军机大臣，又是两朝帝师，也曾想凭自己的才智振兴大清王朝的翁同龢又怎能不失望呢？大清王朝的江河日下，好像一位老人看着自己强大的家族一天天败落一样，内心极不好受，却又无奈，只能眼睁睁地看着它衰败。

康有为见翁同龢这样悲伤，也这样忧国忧民，十分感动，“国家兴亡，匹夫有责”，更何况他们不是匹夫，而是肩负国家重任的朝廷命官呢？他更觉得自己的选择是正确的，也只有自己才能挽救大清王朝免于灭亡，便再次阐发了自己的思想：“尽管这些有识之士办洋务、创海军，也学习了一些西方的技术，但‘技’与‘术’是枝是叶而不是根本。”

“依康先生之见，他们都是舍本逐末，捡了芝麻而丢了西瓜？那么，根本又是什么？”

翁同龢是发自内心的发问，他确实困惑了，想知道这治国的根本所在。

“治国的根本所在不是‘利’与‘器’这些外部的工具，而在于人心，在于一个国家体制。要想振兴大清王朝，必须改变这种不合时代发展的体制。中日交战的失败，并不是我朝的武器不如人，而是我们的这一套上下不合理的约束体制不如人，没有做到人尽其才，兵尽其用。许多官员之间互相扯皮掣肘，当然作战能力下降，军队指挥不力，造成仗仗惨败。”

俗话说：“人心齐，泰山移。”这话一点儿也不假，翁同龢当然明白这次中日交战，从开始就明显存在两派主张，一派要战，一派要和，皇上和太后的意见都不统一，更何况他人呢？这指挥作战的许多官员中，大部分是太后的亲信，主张和谈，由他们去指挥打仗怎能有积极性、主动性呢？变，变，怎样来改革这一切呢？

翁同龢问道："康先生的论述是有道理的，时代在变，国家也要变，用先人的思想来统治变化的时代，难免有不合时宜的地方，一味拟古，守成不变，岂不是与刻舟求剑一样可笑吗？但如何来变法强国呢？改变哪些？"

"广泛宣传，获得同仁的支持，最重要的是征求皇上的支持。只有皇上赞同，才能上行下效，从上而下各个部门组织实行一系列的改革措施，精简官吏，提高办事效率，废除科考，学习西学，当然再具体兴办一些军用、民用工业，最重要的就是调动各级官员的积极性，做到人尽其才。当然，这是一个非常复杂而又阻力重重的事，不是三言两语可以说完的。"

"那康先生为何不把这些变法思想和改革措施写出来呈进皇上呢？"

康有为叹口气说："我也上书过三次，每一次洋洋万言的上书都如泥牛入海一去不复返，也不见任何反应。"

"也许康先生的上书根本没有送到皇上手中，我跟随皇上多年，也不曾听说有谁上书维新变法一事，一定被某些部门压下了。这次上书轰动这么大，康先生洋洋万言的《上皇帝书》都没有送到皇上手中，更何况以往呢？康先生重新写一份，老夫愿意亲自面见皇上，给康先生呈递。"

"那太感谢翁大人的一片诚意了，请受晚生一拜！"

康有为说完，躬身施礼，翁同龢把他扶起："康先生不必多礼，这是老夫应该做的，为了振兴大清江山，每一个做臣子的都有义务为皇上尽责尽力，更何况康先生是为朝廷着想、要振兴国家的大事呢！皇上也对康先生有所耳闻，只是没有机会相见。在适当的时候，老夫引见康先生去面见皇上。"翁同龢略一停顿，又说道，"康先生应早做思想准备，应付皇上和一些大臣的提问。"

"翁大人的见教晚生一定铭记于心，回去后立即着手再写一份《上皇帝书》，请翁大人代呈皇上，晚生不胜感激！"

"康先生不必多礼，为朝廷尽心尽力是我等不可推卸的责任，何提‘感激’二字呢？”

康有为要起身告辞，翁同龢极力挽留，康有为见翁同龢真诚相待，也不再推辞，便留在翁府小饮，少不得又是一场倾心长谈。

光绪上朝回来，来到隆宗门前，稍稍迟疑一下，贴身太监寇连材忙问道：“皇上，到哪里去？”

“景仁宫！”

寇连材愣了一下，以为听错了，又问了一声：“皇上，去哪宫？”

“混账的东西，聋了吗？朕不是说到景仁宫嘛，景仁宫！”

“皇上，可是，可是娘娘不在景仁宫呀！”

“啪——”光绪上前就给寇连材一巴掌，“娘娘不在景仁宫，朕就不能去景仁宫吗？”

寇连材不吭声，自认倒霉，前头带路。不知为何，光绪也觉得自己的脾气一天比一天暴躁，经常无缘无故地对下人发火。

光绪随寇连材走进景仁宫，见周围一切景物依旧，只是花凋了许多。站在庭院内，光绪十分凄然，睹物思人，物依旧，人事已非。虽然珍贵人近在咫尺，但由于遭到太后的贬谪，珍贵人和瑾贵人被迫到颐和园去服侍太后，像宫女一样做一名下等人，遭受太后的奚落和嘲弄，有时甚至连一名宫女的待遇都不如。偶尔，在颐和园两人相遇，光绪都感到极为尴尬，更觉得内疚，他总是想尽力避开珍贵人，却又想多看一眼，那彼此深情的目光里充满了感情的力量。

光绪站了一会儿，在零星开放的花丛中仿佛听到珍儿那银铃般的笑声，又似乎看到那花丛中欢蹦乱跳的美妙身姿。光绪沉思了一会儿，微微叹息一声，心中感到十分懑闷，仿佛有一种什么东西塞在胸中。

寇连材见皇上十分伤心痛苦的样子，忙上前跪下请示：“皇上，奴才恳请皇上回宫吧，皇上应以身体为重，不必思虑太多。来，奴才服侍皇上回宫。”

光绪也没说什么，仅点点头。

路过钟粹宫时，寇连材稍稍停一下，悄悄地问：“皇上，是否到皇后娘娘那里坐一会儿？好久没有去了。”

光绪这才想起，确实好久没有到皇后娘娘那里去了。自从珍妃被贬以后，他就再也没到过钟粹宫。他讨厌皇后，只是在一些重大场合一定要有皇后出场时，他才不得不和皇后在一起，并装作亲热的样子。按宫中规定，每年的年三十、每月的初一和十五这三天必须和皇后同寝。即使这三天，光绪来到钟粹宫和皇后在一起过夜，也是同寝不同衾。因此，伤了皇后的心。

光绪觉得实在别无所去，才叹口气随寇连材走进钟粹宫。

这时，皇后正在吃点心，那黏糊糊的东西弄得一手一嘴都是。光绪进来了，皇后做梦也没想到皇上会突然到来，手忙脚乱地给皇上请安，那滑稽的样子把光绪也惹笑了。

光绪一扫刚才的愁容，笑着说：“皇后凤体丰满，如果再多吃一些可口的点心，一定会赶上杨玉环的风采，朕改日派人多给皇后送一些如意的糕点来。”

光绪本来是和皇后开玩笑的，但由于他平时很少与皇后说笑，皇后以为皇上在取笑她呢，皇后的脸一下子涨得绯红，冷冷地说：“臣妾心无二挂，当然吃得饱，睡得香，自然也就心宽体胖了。却不像皇上整日闷闷不乐，思这个又想那个，却一个也得不到，还牵肠挂肚，劳神损力，当然吃不胖了。”

光绪讨了一个没趣，气哼哼地一跺脚，对寇连材说：“走！我们走！”

“皇上请留步，臣妾有一样东西想送给皇上，请皇上笑纳。”光绪转身要走，被皇后叫住了。

皇后取出一个粗布护膝，递给光绪说：“皇上恭请太后圣安时，经常长跪不得而起，臣妾内心十分惶恐，特缝制一个粗布护膝，恭请皇上笑纳！”

这不是纯心给光绪难堪吗？言下之意就是皇上在皇太后面前也必须唯唯诺诺、俯首听命，太后让跪多长时间就跪多长时间，不敢有半点越僭，只能唯命是从。

光绪的脸气白了，咬牙切齿地想顶上几句，却什么也没有说，只好气哼哼地离开钟粹宫。

光绪回到养心殿，一肚子气也没处发，只好往床上一躺，睡起大觉。不知过了多久，光绪一觉醒来，正揉着惺忪的双眼，就听到一声娇滴滴的呼喊："皇上醒来了？奴婢服侍皇上穿衣。"

光绪睁开眼，只见一位端庄秀丽的少女正跪在自己面前，头上梳着旗式发髻，乌黑的秀发闪着光泽，缀满了珍珠玛瑙等金银首饰，又弯又细的黛眉下有一双美丽的大眼睛，忽闪忽闪的睫毛透着精明、干练，纤巧的鼻子翕动着，和那周身的动作一起运动着。

"朕以前怎么没有见过你？"

"回皇上的话，奴婢是刚来的。"

"从哪个宫过来的？"

"从太后的颐和园过来的，太后说皇上整日操劳朝事太辛苦，多日来又心情不爽，唯恐皇上抑郁成疾有伤圣体，特命奴婢来服侍皇上，皇上今后有什么需要奴婢服侍的尽管吩咐就是，奴婢一定尽心照料皇上，让皇上开心。"

这宫女说完，又向光绪微微一笑，一排雪白的糯米牙露了出来，那腮边的一对小酒窝着实逗人喜爱。

光绪也忍不住问道："你叫什么名字呀？"

"回皇上，奴婢叫莲芫，有什么事要做的，皇上尽管吩咐就是。"

光绪点点头，伸出手在莲芫白嫩的小手上摸一下，微笑着说道："莲芫，莲芫，这名字挺好听的。"

莲芫见光绪用手轻轻抚摸自己的手，故意装作娇羞的样子，把手往回抽，用白嫩的手去摩擦光绪的手，还把消瘦的肩晃几下，害羞地说："皇上，让奴婢做什么？"

“来，给朕揉揉背，朕的背好酸好酸呀！”

莲芜走到光绪身后，用小手轻轻给光绪揉揉、捶捶。

光绪说：“哟，让朕好舒服哟，莲芜真是好身手，可比那些没用的东西强百倍了。”

“奴婢谢谢皇上夸奖！”

“今后你就常留在养心殿服侍朕吧，朕一定不会亏待你的。”

“服侍皇上是奴婢的义务，奴婢能够前来服侍皇上，这是奴婢的幸运，奴婢岂敢有非分之想呢？奴婢最大的期望就是让皇上心情愉快，有更多的时间和精力处理朝政。”

“哈哈，莲芜真会讲话，有你这样的人来服侍朕，朕一定心情好，就是再累也不会累的。”

“皇上还说奴婢会说话呢！皇上才真正会说话呢。”

自从珍妃被贬，光绪再也没有亲近过女性，虽然他有时候渴望，但他去找谁呢？服侍他的都是老的老、小的小的太监，几名有姿色的宫女早被皇后换到别的地方。皇后心想，珍、瑾二妃被贬，皇上无权召幸，皇上周围又没有合适的宫女，皇上一定会到钟粹宫，或把她召幸到养心殿。然而皇后想错了，光绪更加恼怒太后，也更加憎恶皇后，他宁可压抑自己的性欲也不去招惹皇后。

就在光绪把莲芜放在床上，刚脱去衣服的时候，他猛然想起了什么，对，她从颐和园来的，莫非是太后故意派来监视我的，根本不是什么看我情绪不振，哼！原来是个探子、奸细，光绪十分气恼，尽管这个念头在他脑中仅一闪而过。他马上恢复了理智，强迫自己站了起来，一把推开莲芜，冰冷冷地说：“你走吧，朕要好好静一静，不希望有任何人打扰。”

莲芜觉得莫名其妙，这人怎么不正常，刚才还热火火的，怎么突然晴转多云，变成这样，但她也没有办法，这是皇上，自己怎敢放肆，便悻悻地穿上衣服，流着委屈的泪，神情沮丧地走了。

第三十一章

献胞妹奴才怀奢望
册爱妃伉俪庆重逢

册封仪式结束，珍妃手捧盛着贵妃印玺的金匣回到阔别一年多的景仁宫寝宫，一切如旧，她看着熟悉的一切，想起和皇上在这里缠绵的夜晚，心中默默地呼唤一声：“哦，我又回来了，再也不愿离开这里，永远不走了！”

莲芜走后，光绪静静地想了一会儿，便唤来侍从太监寇连材。

“你私下打探一下这位刚刚派到养心殿的宫女，摸摸她的底，是不是太后派来监视朕的？”

“嗻！”

寇连材退出去了，他不知如何是好，他是太后派来专门负责监视皇上的，也曾多次把光绪的一举一动报告给太后，如皇上和皇后争吵的事、皇上宠信珍妃，以及皇上患有阳痿病都是寇连材私自回报皇太后的。光绪的辛苦生活和悲惨的处境他也都看在眼里，把光绪和慈禧相比，他目睹了慈禧的穷奢极欲、挥金如土，而光绪却整日过着清贫的生活，稍对太后有所反感，慈禧就给他紧鞋穿，不是一场劈头盖脸的斥骂，就是从生活上限制光绪，不给他一切费用，有时甚至连饭也不给饱吃。就这样，光绪仍然坚持批阅奏章，几乎天天到深夜，早上天未亮，就把封好的奏章带上，前往颐和园向太后请安并呈给慈禧。

光绪的悲惨境遇深深打动了寇连材，他渐渐对皇上产生了无限的内疚之情和同情之心，他开始暗中维护皇上，给光绪讲一些好话，帮助皇上隐瞒一些违背慈禧意愿的事，更多的时候是向慈禧报告一些鸡毛蒜皮的小事，去敷衍慈禧。

这次，慈禧派来的莲芜姑娘，明着是服侍皇上，而实际上是来监视皇上的。

原来，李莲英升任大内总管以后，有权有势也有钱，被慈禧赐给二品花翎顶戴，蟒袍补服全袭，比荣禄、李鸿章等人还得宠。他凭着一口伶牙俐齿、甜言蜜语，逢迎吹捧和低首谄媚，把慈禧哄得十分高兴。慈禧也总是让李莲英日夜陪伴着她，让他给捶背按摩。慈禧在吃饭的时候，要是发现有什么可口的菜或李莲英喜欢吃的，便省下来不吃，对服侍她的人说："把菜留下来给李总管，这是他喜欢吃的。"

尽管李莲英深得太后的信任，恩宠有加，自己是大太监、大总管，但说到底，仍是一个服侍别人的奴才，总比不上皇亲国戚和王公大臣，有时比一些宫中的统领侍卫还低上半头。再者说，从古到今，宋有郭槐、明有魏忠贤，这些太监都被封为九千岁，一人之下万人之上，结果又怎样呢？又有几人得到好下场？李莲英当然十分清楚，在宫中自己是只看慈禧太后一人脸色行事，处处听命太后一人，今年太后已六十有零，一旦太后归天，自己在宫中的位置是可想而知的。怎么办？如果自己是皇亲国戚可能就不同了。于是，李莲英异想天开地做起了国舅的美梦来。

李莲英有个妹妹叫李莲芜，正值豆蔻年华，人又长得楚楚动人，自从哥哥李莲英当上大内总管，李家便富了起来，妹妹也沾上哥哥的光，在家里聘请私塾老师，读起四书五经，琴棋书画也略通一二。李莲英想为妹妹寻找一个好的归宿，更为自己寻一条好的退路，便想让他的妹妹入宫给光绪做妃子。按照清朝祖制，汉人不准入主后宫，不过当一名嫔妃要求不是太严，更何况祖上也有先例，孔四贞、董小宛不都是妃嫔吗？只要太后答应让妹妹入宫，李莲英自信凭着妹妹动人的身材、漂亮的脸蛋和三寸不烂的巧舌，一定能获得皇上的欢心。妹妹入主后宫，自己本身是大内总管，将来妹妹怀上龙胎，再生有龙子，这国舅的名号可是谁也摘不走的。将来到合适的时候，再找个机会让皇后一命归天，妹妹就是国母皇娘，将来的大清天下不姓李才怪呢。

想归想，做起来可不容易，必须按计划一步一步进行。

慈禧太后六十大寿这天，李莲英趁太后高兴，上前请奏："启奏老佛爷，奴才家有个胞妹，天生丽质，人品又好，如今尚没婚配，时常听奴才讲老佛爷如何如何德高望重、功高盖世，又宽厚待人，便极为仰慕太后，每当见到我便流露对太后你老人家敬仰思慕之情。时常说，能服侍太后几年就是死也心甘了。奴才恳请太后恩准，让舍妹也来服侍你老人家几年，了却她的一桩心愿，如太后应允，奴才感激不尽！"

慈禧太后对李莲英的恳求向来是有求必应。如今听了，更是哈哈一笑，说道："难得李大姑娘如此有孝心，又是李总管的妹妹，你就让她进来吧，早晚也有个人陪我聊聊天、下下棋、逛一逛园子。"

第二天，李莲英便带着妹妹来拜见太后。慈禧一见，果然人长得俊美，又会说话，立即得到太后的夸赞，便留在慈禧身边。

这李莲芫不愧为李莲英的妹妹，八面玲珑，善解人意，又出手大方，马上得到宫中上下的好评，更深得太后的青睐。

由于李莲英从中作梗，珍、瑾二妃被贬；李莲英更了解光绪和皇后之间的不和，于是他便开始了第二步行动计划。

一天，李莲英悄悄来到老佛爷跟前凑上去说道："启禀老佛爷，奴才得到一个消息，皇上对那领头上书的广东举子康有为不但没有取消他入仕做官的资格，而且授命他为工部主事，让他筹划改变祖宗之制的什么鬼活动，据说这从中联络之人就是翁同龢。"

"消息可靠吗？"

慈禧也是将信将疑，她知道自那天中枢会议李莲英私闯军机处而遭到光绪毒打后，李莲英对皇上是耿耿于怀，她怕李莲英无中生有，若真的错怪皇上，这事也不好看，慈禧太后向来不做没有把握的事。

李莲英见老佛爷问，便正中下怀奏道："这事奴才也只是听说而已，不能确定，不如派人到养心殿里监视一下皇上的行动，太后意下如何？"

“本宫已派寇连材服侍皇上左右，早晚能够监视一下皇上的一言一行，怎么这半年多来却不见有什么重要的事奏来呢？也没听寇连材奏报皇上有什么不轨之举呀！”

李莲英神秘地说：“回老佛爷，安插在宫中的其他眼线奏报，寇连材已被皇上收买，不给老佛爷做事，老佛爷不可不防呀！”

“这事可靠吗？”

“回老佛爷，可靠不可靠，不如再派一人到皇上身边，查证一下不就明白了吗？”

慈禧点点头：“嗯，谁去合适呢？”

这时，李莲英觉得时机已到，便献计说：“不是自己的人不合适呀，如果太后相信奴才，就让奴才的亲妹妹李莲芜前往养心殿，以宫女的身份去服侍皇上，便可查明一切，了解皇上的一举一动。”

“这样也好，只是太委屈了李总管的胞妹，我于心不忍呀！”

“能为老佛爷做事是舍妹的荣幸，她一定会乐意的。”

就这样，李莲英的第二步计划又实现了。

李莲英心道：妹妹比珍贵人可漂亮动人多了，珍贵人都能迷住皇上，更何况自己的妹妹呢！目前光绪身边正缺少像妹妹一样有姿色的女人，只要妹妹一到，那光绪皇上必然为妹妹的美色所动，哪有猫不吃腥的呢？

这一步李莲英算计错了。

寇连材打听到这新近派到光绪身边的宫女叫李莲芜，竟是大内总管李莲英的妹妹，是慈禧太后派到皇上身边的眼线，心中也着实吃惊不小，不想告诉皇上实情，但一想到皇上的遭遇，又不忍心让皇上再遭到太后等人的控制，决定见机行事，据实相告。

光绪了解到这莲芜原来是李莲英的妹妹，是奉太后之命前来监视自己的，顿时火冒三丈，却又不好发作，只得强压住心中的怒火和欲火而下决心不再予以理睬，更不为其美色所动。在光绪的眼中，李莲芜所有的美丽都已变成了丑恶，好端端一朵初绽花蕾的玫瑰是带刺的。

几天后，李莲芫见光绪对她根本没有初见时的冲动和兴趣，一直都是冷冰冰的面孔，便十分恼火。一个做奴才的再恼火又向谁发，她决定一不做二不休，主动进攻。

李莲芫把养心殿里打扫得干干净净，井井有条，专等皇上到来。左等右等，光绪终于从朝房回来了，李莲芫立即满面春风地迎上去，装出一副脉脉含情的神态上前躬身施礼："奴婢叩请皇上圣安！"

说着，又起身给光绪端来一杯泡得浓浓的雨脚花茶，双手献上去："皇上请用茶！"

"嗯！"

光绪接过茶杯，连眼皮也不抬，只顾品味自己的茶。

"皇上，这茶可口吗？听太后讲皇上最爱喝这雨脚花茶，奴婢特地为皇上准备的。"

光绪只顾喝茶，任她说，就是不理，实在没办法时才嗯上几声或简短地搭理几句。

李莲芫无奈，见皇上额头沁出汗珠来，便掏出香帕给皇上擦汗。

"瞧把皇上给热的，来，让奴婢给皇上擦擦汗。"

可是，这一切都不能打动光绪的心，反倒越发激起光绪的憎恶。对她的这种轻佻行为，光绪嗤之以鼻，从心中鄙薄她。

由眼前的李莲芫，光绪想到了他的第一位恋人彩云姑娘。同为宫女，也许彩云没有李莲芫那么妩媚动人，也没有李莲芫那么风情万种，但从内心讲，他更喜欢彩云的文静大方、善解人意。可是，他的彩云姑娘永远化作一片彩云，她是一片过眼的烟云，却让他难忘，让他留恋。

彩云姑娘逝去了，可她的父亲丁宝桢仍在蒙冤，自己曾信誓旦旦地向彩云保证，一定查明事情真相，为丁宝桢平冤昭雪。然而，自己独立执政已经多年了，为大大小小的琐事缠身，早已把彩云姑娘忘得一干二净，更把山东巡抚丁宝桢的事忘得烟消云散。如果彩云姑娘九泉之下有灵也会痛恨自己的，是自己毁了她的一生。

问心有愧呀，光绪决定明天命都察院的官员去重新查明此事，澄清事实，还丁宝桢以清白，也表明朝廷赏罚分明，处事认真果断。同时，也可告慰九泉之下的彩云姑娘的在天之灵。

一段时间之后，无论李莲芜怎样挑逗，光绪总是佯装看不见，丝毫也不为其所动。

李莲芜用尽全身解数始终不能打动皇上，也十分恼火，气哼哼地跑到哥哥那里去诉苦。李莲英没法，只好决定亲自出马，当面向慈禧太后提出此事，恳请慈禧太后做主玉成美事。

慈禧太后喜欢这李大姑娘的乖巧和机灵，当面一口答应了。慈禧也深知皇上不喜欢皇后，如果这李大姑娘能讨得皇上的欢心，早晚也是自己的一个帮手，总比让皇上整日沉湎在珍贵人那小蹄子身上好吧。

这天，光绪来到颐和园仁寿殿给慈禧太后请安。礼毕，慈禧笑着问道："皇上啊，最近朝中的诸事可好？"

"回母后，不算太忙，一切还好，诸臣也都尽心尽力。"

"唉，这样就好，只要诸臣尽心尽力，上下齐心，我大清江山还会迎来复兴的时候，只是这样太苦了皇上。"

几句话说得光绪心里热乎乎的，他忙向慈禧说道："谢圣母皇太后对儿臣的关心，儿臣正值青春年少，精力旺盛，一切事务尚能应付过来，重大事务还有母后给做个主，儿臣还奢求什么呢？"

"皇上年龄已长，朝中诸事自己斟酌处理就是，一般事也不必来烦母后了，除非一些特别重大的事自己拿不定主意再找母后商议一下。唉，皇上整日劳顿，有所消瘦，应当珍惜身体，不可过于操劳。"

"儿臣谨记母后的教诲。"

"听说皇上劳累，母后特地派李大姑娘前往养心殿照料皇上，不知李大姑娘是否合皇上的心意，如果皇上觉得满意，皇上就下道圣旨封李大姑娘为妃嫔吧！"

光绪一听这话是一千个不满意、一百个不顺心，却又不便直接拒绝，寻了个得体的理由说：“圣母皇太后对儿臣的关心厚爱令儿臣感激不尽，只是这样做不太合适。皇阿爸应该记得祖制，汉人是不能纳为妃嫔的，更何况这李莲芜是太监的妹妹，无论如何总算奴才吧，纳她为妃实在不成体统，传扬出去也不光彩，儿臣怎敢违背祖宗家法呢？请母后三思，体谅儿臣的一片苦心。”

“祖上不是也有纳汉家之女为妃的先例吗？如孔四贞、董小宛，你今天这样做来也不算有违祖制。”

“虽然顺治爷纳孔四贞、董小宛为妃，但后来也闹得不可收场，结果是宫中一大悲剧而遗憾两代呀！”

慈禧太后向来以祖宗家法的维护者自居，今天见皇上处处以祖宗之法作为挡箭牌也不好再说什么。细细一想，皇上说得也有道理，自己已经勉强委屈皇上立自己的娘家侄女为皇后，造成今天的悲剧，如果再强迫皇上纳李大姑娘为妃，岂不又是一个婚姻的悲剧吗？再说让皇上与李莲英的妹妹结合确实有点荒唐。慈禧见皇上确实不同意，态度又十分坚决，只好为自己找个台阶说道：“既然皇上不太情愿，母后也不勉强，这事母后只是随便提一提，从此不再提及此事就是。”

就这样，李大姑娘的一朵春花白白开放了，一番激荡的春情也就空作荡漾了，真是落花有意，流水无情。

李莲英的国舅梦也彻底破灭了。

从此，李莲英更加痛恨光绪。

事过不久，光绪又亲自给慈禧太后请安，趁着太后高兴，光绪跪下请求道：“圣母皇太后，儿臣向你老人家请求一事，望你老人家体谅孩儿的苦衷，恩准孩儿。”

慈禧一听这话，便明白了八九分，又佯装不知地问：“你我母子之间何必这么吞吞吐吐，有什么话就直说吧！”

“圣母皇太后惩罚珍、瑾二妃已经一年有余，她们在母后的看管下，听说早已悔过自新，朝中诸臣也多次恳请儿臣恢复二妃的名分地位，此事儿臣不敢做主，请母后明鉴。”

光绪说这话的时候，哀哀戚戚，心中实在不是滋味，太后惩处二妃用的都是皇上的名义，叫皇上如何面对两位爱妃呢？太后这样做的目的无非是给光绪受伤的伤口上撒上一把盐，让他痛苦而无法说出口。这一年多来几遭变迁，光绪成熟多了，也明显瘦多了，至少让皇上知道了太后的权威，也确实狠狠地教训了皇上几顿，现在的皇上听话多了。如今皇上这样低声下气地哀求，慈禧还能说什么呢？况且，有好多大臣送来奏折，也请求她早日结束对二妃的处罚，恢复其名号和地位，如果自己一意孤行，难免遭到朝中诸大臣的非议，自己决不能因小失大。

慈禧假惺惺地说道：“母后处罚珍、瑾二妃并非是真心调理她们而给皇上难堪，只是祖宗的法制不能丢弃。母后是为严肃后宫诸人，杀一儆百呀，不想竟碰上她们两个，真是意想不到的事。既然皇上给二妃说情，母后岂有不答应的道理呢？就是皇上不提出来，再过一段时间，母后也一定会恢复她们的名号和地位的，让她们继续服侍皇上。母后明日就传令给敬事房和礼部，立即恢复二妃的位号。”

“多谢皇太后恩典，儿臣感谢太后，也代表二妃感谢太后。”

“谢就不用说了，着手操办此事吧！”

光绪听见太后答应了自己的请求，别提有多高兴了，恨不能立即见到珍妃，诉说自己这一年多的思恋之情。

太和殿各种钟、鼓、琴、笙、箫、弦齐鸣，在一片祥和的中和韶乐和丹陛大乐声中，册封仪式在这里隆重举行。

太和殿正中放着高大的节案，左有册案，右有彩亭，内阁门外也设有彩亭。珍妃居住的景仁宫外设有銮仪卫和彩仗，宫内正中也设有节案，前面安放着香案，左边放着册案，右边也设有彩亭。

礼部堂官、内阁学士都身着朝服，手持礼节，正副使官则手捧金册站立在彩亭里面，彩亭外面列放着御仗和黄盖等物。

吉时已到，钦天监一声高呼，正副册封使从中路走过太和门来到太和殿右阶下接受节册，然后放在彩亭里。捧册节的官员再从中阶步入太和殿，把节册摆在太和殿内的节册案上。

随着又一阵中和韶乐再次响起，礼部官员在前，御仗、黄盖等做前导，校尉抬着彩亭从太和殿走出，经协和门到达景仁宫外，册封正副使将节册授给景仁宫太监，并交接彩亭、黄盖等物，太监然后持节册步入景仁宫。

此时，珍妃焚香，并在宫门内恭敬迎候，太监把节册放在景仁宫的节册案上，珍妃开始跪下听候太监宣读册文。

册封仪式是那么繁缛庄重而又有条不紊。尽管这次册封仪式是那么隆重，珍妃却没有表现出任何高兴和优越。相反，她的心是那么沉重，正如手中的这颗金质四方印，洁净厚重，代表着权威和荣誉。特别是印文“珍妃之印”四个大字，右为汉文篆书，左为满文篆书，布局合理，精美得体，再配上龙龟装饰，实在具有皇家气派。

珍妃用手掂了掂，好重呀！

的确，这印来之不易，一场大难迎来了几百个日日夜夜的屈辱和难耐。一颗凄苦的心无处倾诉，多少辛酸苦辣无处倾吐，这期间离仇别恨就更不用说了。这印得来不易，保住它也许更难。珍妃轻轻用手抚摸一下，把它包在黄缎子里收藏在金匣内，一颗悬着的心放了下来，把它放进匣中就一定安全可靠吗？珍妃扪心自问，此时她想了许多，太监何时宣读完册封文她都不知道，直到有人提醒，才躬身站起施礼致谢。

等册封仪式结束，所有的人都走开了，珍妃手捧金匣回到阔别一年多的景仁宫寝宫，一切如旧，她看着熟悉的一切，想起和皇上在这里缠绵的夜晚，心中默默地呼唤一声：“哦，我又回来了，再也不愿离开这里，永远不走了。”

两行清泪不知何时悄悄从眼角滑下，流得好慢好慢，终于从嘴角流进嘴里，珍妃品味一下：呀，泪是咸的，好咸好咸！

光绪从太和殿回到养心殿，稍稍休息一下，长长出了一口气，仿佛经过长途跋涉终于到达了目的地，他有一种顽强拼搏者胜利的兴奋。唉，这可以称为胜利者吗？只能算是一个失败的胜利者，一种胜利的妥协，他终于恢复了珍、瑾二妃的位号。但其间经历了几多辛酸、几多思恋啊！

无论如何，珍妃有资格服侍自己，自己又可召幸珍妃了。唉，作为一种内心愧疚的补偿，光绪决定亲自到景仁宫去。

光绪唤来侍从宫女李莲芜，让她给自己精心打扮一番。李莲芜见一向不讲究的光绪皇上今天也刻意修饰起来了，内心自然明白了八九分，今天是珍妃的册封大典之日，皇上当然是为悦己者容了，必定是准备今天幸临景仁宫。不过，她仍有点不服气，无论是身材、脸蛋、学问，自己哪点不如珍妃呢？可为何皇上就不正眼看自己一眼？

光绪打扮完毕，在贴身太监的服侍下来到景仁宫。景仁宫的传话太监刚要去禀报珍妃娘娘，被光绪止住了，他要不声不响地进去，给珍妃一个惊喜。

今天虽然是珍妃的册封大典，她没有感到有什么特别的，也没有什么值得高兴的。一年多来屈从在太后膝下，名为贵人实为佣人的生活磨炼了她，她成熟多了，不再是一个爱幻想的小姑娘，已是一位历经沧桑的妇女，她饱尝了人间的酸甜苦辣，开始真正有了自己人生的主见。她知道今天皇上要来，本没有精心地打扮自己，但那一颗爱美的心仍禁不住略施粉黛。就这么稍稍修饰一下都够美的了，这是一种清水出芙蓉、天然去雕饰的美。

珍妃打扮完毕，静静坐在桌前看着自己喜爱读的书，渐渐进入了角色，她把周围的一切都忘净了，沉浸在知识的海洋中。

光绪悄悄走进屋，走到她的身边，珍妃都没发现，光绪突然伸出手把她的书夺了过去。珍妃被这突如其来的动作吓了一跳，转身一看，是皇上，急忙跪下施礼说：“臣妾不知皇上驾到，请皇上恕罪。”

光绪上前把珍妃挽起，爱怜地说：“爱妃起来吧，今后不必多礼了，你我二人随便一些，不必拘于礼仪。”

“臣妾不敢，太后知道会怪罪的。”

“唉，在太后、皇后面前不失礼就行了，和朕在一起可以随便一些。”

“臣妾谢皇上！”珍妃依然彬彬有礼地说。

四手相执，四目相视，一年多的思恋和辛酸都在手与目的传递中彼此深深理解对方。

“爱妃，你瘦多了。”光绪首先打破沉默。

“皇上，你也瘦多了。”

光绪觉得彼此似乎稍稍有了一丝淡淡的隔阂，也有一点儿拘束，他忙翻看一下抢过来的书，岔开话题说：“爱妃也在研究魏源先生的《海国图志》吗？”

“臣妾才疏学浅，怎能有资格研究呢，只不过学学罢了。臣妾觉得魏源是一个了不起的人，在几十年前，就能根据《四洲志》又亲自搜集整理一些材料写成这本很有实用价值的书。只可惜魏先生当年所提出的一些问题、观点至今仍不能被众人接受，真令人遗憾呀！”

“是呀，书中介绍了西洋各国的历史、地理和一些科技，又总结了我朝禁烟失败的教训，主张学习西方，实在有道理啊！”

“皇上也读过这本书？”

“翁师傅曾向朕推荐过这书，让朕细读，朕仔细读了两遍，觉得这书太有用了。”

“如果能把书中提出的一些建议用到实处，那才真正是读懂此书呢！皇上认为呢？”

光绪扶住珍妃的肩头，略带感慨地说：“爱妃说得有理，这书的精华就在那句‘师夷长技以制夷’上。朕现在就在读黄遵宪的

《日本国志》，日本这么个小国为何能够迅速崛起，并打败我拥数亿人口的大清帝国？起先朕十分迷茫，对此想不通，现在朕明白了，明白了我大清为何在甲午中日大战中遭到惨败。”

“皇上给臣妾讲解一下，我朝败于日本的原因是什么？”

“《日本国志》一书介绍了日本明治维新前后的政治、经济、军事和社会风俗，从前后的对比中便可以清楚地了解到日本国是如何一步步走向强大的，这其中的关键就在明治天皇维新变法上。日本人都能做到，我堂堂大清国的皇帝难道不成吗？”

珍妃见光绪面呈伤感的神色，柔声安慰说：“皇上如今风华正茂，又有一腔热血，又胸怀大志，励精图治，锐意进取，只要效法西洋，变法维新也一定会重振大清江山的，皇上不必一筹莫展，当高瞻远瞩，踌躇满志才对。”

“朕也有此意，不仅朕不忍看着我大清帝国向各国俯首割地赔款，就是国人也不愿做亡国奴呀！去年《马关条约》签订之日，全国十八省的会试举子上书请愿，要求拒签迁都再战。国人尚且有耻辱之心，作为一国之主，我载湉难道就甘愿向他邦俯首称臣吗？”

光绪情绪十分激昂，那撼动人心的话语也感染了珍妃。

“只要皇上有维新改制的恒心，臣妾一定竭尽全力支持皇上，服侍皇上，让皇上做一位英明的皇上，重振大清江山。”

光绪把珍妃揽在怀里，轻轻吻了吻说道：“有爱妃支持，就是刀山火海朕也敢去，朕死也不愿做一个亡国之君，维新变法势在必行。明天朕就让翁师傅传下话去，朕准备接见那位五次上书的广东南海进士康有为。”

“皇上所说的是哪一个康有为？”

“爱妃也听说过康有为？”

“臣妾在广州伯父家时，就时常听哥哥和文师傅等人提起康有为，一致称赞他博学多才、思想先进，对西洋社会思想有研究，莫非正是皇上所说的这位五次上书的康有为，听说此人是广东南海人，字广厦，号长素。”

“正是此人，原来爱妃也知道此人。”

“臣妾不仅听说过此人，还知道哥哥志锐、师傅文廷式和他交往甚深呢！”

“只可惜志锐被太后派往乌里雅苏台，不能为朕联络，等有机会，朕一定设法把他召回。幸好文廷式还在朕的身边，可以让他和翁师傅一同与康有为接触，帮助朕传递一些朝廷内外的信息。”

“皇上既然如此赏识康有为，何不委以重任，令他留在皇上左右呢！早晚也好请教一些变法维新的事宜。”

光绪摇摇头：“康有为刚刚进士及第，朕就封他为工部主事，无功受禄，众人不服，朕怎好立即委以高官呢？只等朕会见他之时，共商维新变法事体，再酌情加以委任吧。”

珍妃点点头：“皇上言之有理。”珍妃说着，又微微叹息一声，“臣妾经过这一番波折，对什么都看淡了，对什么都无所畏惧了，只想把自己的一切都献给自己所爱的人，投入地爱一次，也投入地恨一次，敢恨才敢爱，就是为所爱的人献出生命也不在乎。”

光绪原以为珍妃会恨自己，想不到珍妃对自己竟是这般情深意厚，不但没有减弱对他的爱，而且更加执着，也更加深沉。一股暖流涌上心头，光绪情不自禁地把珍妃搂得紧紧的，唯恐被人抢去似的。

就这样，两人紧紧抱在一起，忘记了一切，仿佛这个世界就他们两个人似的。

1897 年 11 月 6 日，德国军舰强占胶州湾，接着西方列强掀起瓜分中国的狂潮。

山东危机！大清王朝危机！瓜分宰割之势不再是危言耸听。光绪皇帝又一次惊醒了，慈禧太后也震惊了，她索性装作不闻不问，一问摇头三不知，硬是把这烂摊子都给推了出去，躲进颐和园逍遥自在，不是她真的想放权，她也深感这个烂摊子不好处置，干脆放手让光绪干一阵子，看看他怎么收场。

光绪皇帝再次深切感到改革势在必行。

这时，在翁同龢的多方周旋下，康有为的《上皇帝第五书》终于递到光绪的手中。

光绪把这份《上皇帝第五书》捧在手中，挑灯夜读，连续看了三遍才释手，其中的一句话深深打动了光绪："我真不忍心看到煤山的事情再一次发生。"

光绪陷入了深思：是呀，明朝崇祯皇帝也可算是一位颇有雄才大略的帝王，但处于大厦将倾的危难之秋，也无力再挽狂澜。在李自成攻陷北京的时候，被逼吊死煤山，给后人留下说不完的话题。

光绪不希望成为中国历史上的第二个上煤山的皇帝，他要改革，他要维新。

这一夜，光绪失眠了。

一轮红日从东方破晓而出，光绪放下手中的《上皇帝第五书》，踱出养心殿，看着冉冉升起的太阳，心中充满了希望。

光绪一扫一脸倦容，神采奕奕地来到太和殿。这时，上早朝的王公大臣早已等待多时。参见完毕，光绪提高嗓门，用洪亮的声音问道："朕决定采纳工部主事康有为的建议，实行维新变法措施，走富国强兵的道路，不知众王公大臣有何看法？"

话音一落，朝堂中窃窃私语，议论开了，但众人一时弄不清皇上到底是何主张，只是议论，却没有人出面赞成或反对。

正在这时，恭亲王奕䜣出面奏道："启禀皇上，本朝祖上惯例，非四品以上的官员，皇帝是不能召见的。康有为是工部主事，才是六品小官，皇上不必亲自召见，如果有什么要垂询的，命大臣传问即可。"

"这——"

光绪犹豫了。清代历朝成法有此规定，既然作为军机大臣的皇叔都这么说了，光绪也只好先放弃亲自召见康有为的想法，命总理衙门大臣的官员先行召见询问，再申报光绪定夺。这已是除皇帝之外，朝廷最高级别的接见了。

总理衙门西花厅。

总理衙门大臣李鸿章、翁同龢、荣禄和刑部尚书廖寿恒，户部侍郎张荫桓五人端坐于大堂之上，下坐六品小官工部主事康有为。

一场围绕变法与反变法的激烈论战正在这里进行。

五位大臣唯有翁同龢主张变法，其他四人都是反对变法的。好个康有为，不愧为广东才子、大清朝的诸葛孔明，在西花厅演出了一场舌战群儒的好戏。

荣禄逼问说："祖宗之法是祖祖辈辈留传下来的国宝，乃是治国的根本所在，万万不能变。"

康有为义正词严地说："古人云：'穷则变，变则通，通则久。'变法乃古今之公理。古有商鞅、李悝、吴起、赵武灵王、北魏孝文帝，近代有王安石、张居正，连我大清朝康熙皇帝都积极学习儒学，让八旗子弟从事农业生产而放弃游牧，才赢得我朝有史以来的康乾盛世。不仅我国历史上有改革变法振兴江山的先例，就是日、俄、英、法、德等也都是在变法之后才走向强大的，像日本的明治维新，短短十多年，一个落后挨打的国家一跃成为强国。俄国的彼得大帝改制也是这样。只有变法才能维新，只有变法才能自强。如果不思进取、因循守旧、墨守成规，不异于古人所嘲笑的缘木求鱼、刻舟求剑，那等待我们的只有死路一条。"

这一番鸿论虽然有理有据，但这些顽固的大臣仍然不服气。只听李鸿章又发难说："康主事所举之例都是变法成功之例，你应当明白，古今中外的变法事例中，失败者也不乏其例，这又如何解释呢？王莽改制不但没有振兴新朝，相反却导致亡国。就是康主事所举的例子中，商鞅变法姑且不说成败，他本人的结局又怎样呢？王安石推行新法，是否振兴了北宋王朝了呢？"

"李大人此话差矣！古今中外，变法无论是成功还是失败都不同程度地推动了历史的发展，给社会和百姓带来了不同程度的益处。至于变法的失败，也是有多种原因的，并非变法本身不好，而是在变法过程中出现的一些不足之处，如顽固守旧势力气焰嚣张阻遏变法或用人不当，王安石变法就是一例。由于变法过程中用人不当而导致失败，然而，王安石的变法毕竟给腐朽将亡的北宋王朝注入了一些新鲜的血液，推迟了北宋的灭亡。商鞅变法失败了，也并不是变法本身的失败，而是变法者商鞅推行的一系列有利改革社会的重大举措触动了一些反动势力，遭到他们的反对围攻，最后商鞅被处以五马分尸的极刑。尽管商鞅死了，但他所推行的一些新措施却保留了下来，使秦国由弱变强，为后来始皇帝灭六国统一中国打下了坚实的物质基础。李大人看问题应抓本抓根，不能舍本逐末，一叶障目而不见泰山，只顾眼前而望不到长远，或仅仅考虑局部利害和个人得失而不顾全局与整体，局限于小圈子而置国家朝廷利益于不顾。”

康有为的这一番话可气坏了李鸿章等顽固派大臣。康有为话音没落地，廖寿恒也反对说：“康主事口口声声变法，似乎变法就立马可以由弱变强，打败西洋各国，你真的能稳操胜券吗？如果变法失败，将会给朝廷造成多大的损失，你认真考虑过吗？”

廖寿恒以质问的语气满以为可以把康有为问得惶恐不安，答不上来，不想康有为又立即反驳说：“目前大清王朝所处的时刻，已呈风雨飘摇之势，如一艘残损的破船航行在波涛汹涌、阴风怒号的大洋中，随时有颠覆的危险。变法才是唯一的出路，至于成败如何，卑职可以这么说，无论成败都是有益的，成功就不必说，即使失败了，并不能说那是变法本身的失败。也就是说，不是本错，而是枝错。它至少可以给我们提供一个失败的先例，令后人警醒，告诉后人：此路不通！廖大人所说的损失，请想变法是一种思想的变化、制度的调整、各部门之间配套的重新组合，这又能损失什么呢？即使有损失，也只不过损失了一部分人的个人利益，或者说这些利益本身就不是他们应该得到的。如果廖大人要以大压小，用质问责难的语气让卑职放弃自己的观点而从此俯首听命，这是办不到的。”

张荫桓也不服弱，接着追问说：“那康主事的变法依据都是哪些呢？”

“回张大人的话，变法的依据应该有两个方面：一是具体的变法实例，这有古今中外变法的一些例子作证，刚才卑职已经举出，在此不再赘述；二是变法的道理，古今中外都有先哲圣贤论证过，在下不妨略举一二。如黄遵宪的《日本国志》、魏源《海国图志》，以及《日本变政考》《英国变政记》《列国官制宪法表》《普国作内政寄军令考》《法兰西革命记》……”

“好了，不必再举例了，康主事所说的多是西洋诸人的变法总结，而康主事提出的变法是中国土地上大清王朝的变法，应以我们祖上的改制论证事理为本呀！”

“卑职不才，也略读古书一二，拙作《新学伪经考》和《孔子改制考》，从古人那里查找出许多提倡改制的言论，张大人如有兴趣不妨仔细翻阅一下史书。如果张大人因工作繁忙而没有太多的时间阅读古书，不妨看一下卑职的那两篇文章，认真思考一下，再找康某人论辩此事。”

几位反对变法的人物都被康有为驳得哑口无言，低头沉思，寻找对策，以便驳倒这广东来的年轻人，让他知道天高地厚。而主张变法的翁同龢对康有为的渊博知识和雄辩口才都很赞赏，为了进一步考考他有没有真才实学和对维新变法有没有通盘的打算，也问道：“康主事提倡维新变法、富国强兵、抵御外侮的主张老夫极为赞成。但不知道康主事对变法的具体事项是否认真考虑过？如应该改革哪些方面？如何改制？改制会出现什么后果？有哪些利弊？”

翁同龢话音一落，康有为就落落大方地说：“回翁大人，卑职既然锐意变法自强，当然对于变法过程中所出现的一些常见措施有所研究，就是变法的利弊也都明明白白地做出总结和分析，以备变法时有所为也有所不为！”

“康主事主张在哪些方面实行维新变法改制呢？”

“卑职在向皇上所奏的那份《上皇帝第五书》里面就提出变法三策：一是效法日本、俄国，从国家社会体制方面兴利除弊，确立新的国家官吏任免体制，从而保证一种高效益、高质量的工作环境；二是广罗天下英才，做到人尽其用、地尽其力，有利于兴办各种军用、民用企业，达到国富民强的地步，这样也就可以对抗西洋列强；三是下令给全国各省，准许他们自行变法、振兴地方实力，做到上行下效，全国各地一起轰轰烈烈进行，何愁国不富民不强呢？”

翁同龢频频颔首捻须，对康有为的回答甚为满意，不过他仍提示说：“维新变法可不是一件小事，康主事应慎重考虑，把改革的各个方面都考虑到，以便早日面见圣上，回答皇上的发问，及早在我朝推行新法，以此帮助当今圣上兴利除弊，振兴大清王朝，夺回割失的大清王土。假如能够如此，康主事可是我朝第一大功臣呀！”

“回翁大人，卑职实在不渴求什么高官厚禄或名垂青史，只不想让我们中国人再遭受西方洋人的蹂躏，不想让大清王朝亡国！”

“无论如何，康主事不可就此停滞不前、万事大吉，应详细制定一个改制的内容表当面呈于皇上。”

“感谢翁大人的提醒和建议，卑职一定照做！”

他们几人又谈论了一会儿，那四名反对变法者实在黔驴技穷，也只好提出今日就交谈至此，决定向老佛爷提出这事，看老佛爷是何态度，然后再做下一步的行动。

第三十二章

变旧法帝妃齐努力 推新政君臣共用心

“如果太后仍然固执己见，朕只好一意孤行了，用鲜血、用生命来警醒太后！”光绪既悲怆又激动地说着，珍妃用小手堵住皇上的嘴，柔柔地说道：“如果真需要那样，那就让珍儿的鲜血为皇上开路吧！”

翁同龢来到养心殿，呈上昨天康有为在总理衙门西花厅论辩的记录，并详细汇报了当时论辩的情景和康有为的主要观点。光绪边看着记录边听着汇报，不住地点头称赞。最后合上记录本，情绪有点激动地说道：“朕想破格提拔此人，翁师傅意下如何？”

“老臣支持皇上的这种做法，从老臣与康有为的几次接触中，老臣觉得此人胜臣百倍，皇上尽可以任用。只是变法一事涉及的问题太多，皇上需经太后同意，否则难以进行。皇上不如先让康有为制定变法方案，然后去游说太后，待两方面都成熟了，再破例提升并委以重任。此事请皇上明察。”

光绪沉思了一下，说道：“这样也好，此事由翁师傅在外策划和康有为共同制定变法方案，有什么奏折可以直接呈来。朕这里的事也可让文廷式与翁师傅和康有为联系，至于太后那里的事，朕设法去做就是！”

翁同龢双手呈上随身带来的几本书说：“这是康有为让臣转奉给皇上的一些有关变政的书，请皇上御览。”

光绪接过一看，是《孔子改制考》《日本变政考》《各国兴昌记》和《俄彼德变政记》。

光绪十分高兴地说：“朕一定好好读一读，也换换脑筋，亲自设想一个维新变法的宏伟蓝图，早日振兴大清江山，好恢复昔日的神圣与荣光。”

冬天虽然过去，但春天并没有真正到来，料峭的倒春寒仍然让人伸不出手来。就这样，光绪在珍妃的陪伴下，在养心殿又一次挑灯夜战了。

夜已经很深了，光绪仍在苦读，珍妃合上自己在看的《各国兴昌记》，悄悄给光绪披上一件大衣。这时，光绪回过头，看着爱妃消瘦的身影，轻轻把她拉到腿边，和蔼地说：“爱妃真好，和你在一起朕觉得充实。”

是呀，世上的女人很多——醇王福晋让他牵心；慈禧太后让他畏忌而又敬重，以致谈虎色变；皇后让他自卑；瑾妃让他拘束；珍妃让他觉得充实、快乐和自信。

珍妃听到夸赞，也不知说什么好，用纤细的小手暖了暖光绪的手说：“皇上所读的这本《日本变政考》怎么样？”

一听谈论到这书的内容，光绪来了劲，兴奋地说：“这书写得太好了，让朕激动，也让朕兴奋，如果能早几年读到这书，甲午之战鹿死谁手就难说了！朕也不至于签订那丧权辱国的条约，给后世留下骂名。”

“皇上不必气馁，维新变法尚不算晚。只要皇上卧薪尝胆，还是有卷土重来洗雪屈辱的时候，将来皇上一定会大有作为的。”

“但愿如此吧！”

光绪握住珍妃的手，仿佛被注入一种神奇的力量，神清气爽，长时间积压在胸口的一股闷气消失了，他有一种久违的轻松愉快之感，一个维新改革的伟大设想在脑中越来越清晰。

光绪兴奋的不是这个，而是维新措施推行全国后，举国上下一片响应，风气大开，云集影从，国家立马变样，洋人对自己刮目相待，心悦诚服，他就是一代明主，大清又开始恢复天朝帝国的神采。

看着皇上那平时少有的神气样子，珍妃也被感染了，拉开窗帘，推开窗户，清凉的空气拂面而来，早春的晨景让他们陶醉了——

报春的花、吐黄的芽、婉转的鸟，还有那晨曦中的一抹轻雾。

又是一个不眠之夜啊！

“皇上今天主要处理哪些事务呀？这一夜没合眼，精力是否充沛？”珍妃关心地问。

光绪做了几个扩胸的动作，舒展一下筋骨说：“今天朕将到颐和园面见太后，陈述变法事宜，请求太后答应朕的要求。”

“皇上可一定小心从事，多方面旁敲侧击，陈述变法的重要性，再不思变，大清可就完了，太后应该明白这个道理！”

“只要朕竭诚相求，太后也许会应允的，如果太后仍然固执己见，朕只好一意孤行了，用鲜血、用生命来警醒太后！”

光绪既悲怆又激动地说着，珍妃用小手堵住皇上的嘴，柔柔地说道：“如果真需要那样，那就让珍儿的鲜血为皇上开路吧，皇上万万不可冲动，大清江山的几万万臣民需要皇上呢！”

光绪看着珍妃那忽闪的大眼，听着她那肺腑之言，十分感动，忙把爱妃抱住，仿佛爱妃真的就要离他而去似的。

“爱妃，你不能先朕而死去，那样，会把所有的苦难和思恋都留给朕一个人，这岂不是让朕生不如死吗？你我二人心心相印，没有同生，但要同死，决不许一人独自撒手人寰，把痛苦留给对方。”

珍妃感动了，搂住了光绪，生怕马上就要失去他似的，心中呼唤着：皇上，皇上……

光绪乘轿来到颐和园。

光绪来得实在太早，颐和园的大门还没有开，随从叫开了门。光绪来到乐寿堂，听太监回报，太后尚没起床，只好在走廊里等一会儿。

这时，李莲英不知从什么地方冒了出来，来到光绪跟前请安：“皇上早啊！奴才给皇上请安。”

光绪点点头，今天也一改平时厌恶的口气，微笑着说：“李总管，太后最近身子骨还好吧？”

李莲英忙低头拱手说：“回皇上的话，太后托皇上的福，最近身子骨硬朗着呢！”

“那么太后的心情可好？”

李莲英微微一笑，小眼珠狡黠地转动几下说：“奴才知道皇上为何而来了，有个举子叫康有为，是广东南海人，正撺掇皇上变革祖宗之法呢，皇上一定是来请求老佛爷答应此事的吧？”

光绪并不惊讶，他对慈禧的监视早已习以为常了。忙问道：“太后是什么态度？”

“嘿嘿，老佛爷很是不快呀，祖宗之法怎能轻易变革？”

光绪听了，激昂的热情减去了一半，轻轻叹口气。

李莲英见皇上没有说话，接下去说道：“国家一成不变也不是个法儿呀，老佛爷虽然处处维护祖宗之法，但老佛爷的脑筋也不是顽固不化的。”

光绪忙问道：“这么说，老佛爷也同意变法了？”

“依奴才之见，老佛爷的意思是同意变法的，变可以，但不能大变，不能动根本，不能罢黜忠于老佛爷的旧臣。”

光绪有了一丝希望，却感到十分为难，不动根本何以变法，不废旧臣如何推行新政呢？按太后的意思，隔靴搔痒的改制怎能叫变法新政呢？那样的改制必然会失败的。

不多久，乐寿堂的大门开了，太监宫女们正紧张地出出进进，李莲英突然低声说道：“出事了。”

说完，忙向光绪道一声“奴才告退”，就向乐寿堂里面跑去。光绪也觉得不对劲，上前叫住一个太监打听情况，原来宫中又杖毙了一个太监。

老佛爷有一个嗜好，就是每天早晨起来要下一盘棋。今早起来，梳洗完毕，她又和一个小太监摆了一局。下到中途，太后渐渐处在下风，眼看招架不住，十分着急，可那小太监是个死心眼儿，仍然死命向上攻。其他几个围看的一齐向小太监使眼色，可他仍没觉察到此时太后已十分狼狈，心中不快。太后面呈愠色地说道：“我吃你这猴崽子的‘马’。”

小太监可能迷于棋中，竟忘了和谁一起下棋，也大声回应道：“那我就吃你的‘炮’！”

太后怒了，气哼哼地说：“我要吃你的‘车’！”

“我这就将死你了，你不知保‘将’，反而要吃‘车’，真是输得活该。”

慈禧更恼了，骂道：“我要你的命！”

这下小太监醒悟过来了，可是太晚了。慈禧立即命令把吓得瘫倒在地的小太监拉出去杖毙。

光绪看见两人抬出一具打得血肉模糊的尸体，觉得十分恶心，两腿如灌铅一样抬不起来，想打道回宫又怕太后知道怪罪，正在犹豫不决之际，太监前来传话，说太后宣万岁爷进见。

光绪无奈，只得硬着头皮走进乐寿堂。慈禧正笑盈盈地坐在那里，光绪叩见完毕，慈禧就开口说道：“听说皇上最近挺忙呀，正在闹着变更祖宗之法是不是？”

“回圣母皇太后，儿臣今番前来就是向母后请示变法维新的事情，请母后明鉴，允许儿臣变法新政。”

“变法可不是一件轻而易举的事，稍一不慎将导致大患，李悝、商鞅、王安石、张居正可都没有什么好下场呀！”

光绪一时猜不透太后这话的含义，心中惴惴不安，但他维新变法的决心已定，仍坚持说：“圣母皇太后，如今的大清天下已呈瓜分宰割之势，西方列强对我大清国虎视眈眈，纷纷要求租借领土，如果这样长期下去后果不堪设想。请母后明鉴！”

“母后也不是老顽固，当然知道变通之理，但这个变是不能动根本的，不可欺祖忘本，否则，岂不成了不肖子孙。”

“回母后，儿臣维新变法并不是欺祖忘本，违背祖训，而是兴利除弊、革陈布新，振兴大清祖业，恢复祖上的荣耀，载湉纵有天大的胆子也不敢做一名不肖子孙而丢弃祖上遗训。”

“皇上的心情母后可以理解，母后是怕你心地善良被一些权臣奸佞所利用，到头来权力被他们架空，落得个有名而无实，到那时后悔也晚了，人心难测啊，有人是当面一套，背后一套，口蜜腹剑啊！母后从进宫到现在一晃四十多年了，什么样的人没有见过啊，母后不放权让你闹腾什么变法，实在是为皇上的地位着想啊！也许皇上还私下埋怨母后呢！唉，老身都是六十多岁的人了，还能再活几天，真的能把这一切带进坟墓吗？母后这样做还不是为皇上着想吗？请皇上三思而后行。”

慈禧这一番真真假假、假假真真的话也确实让光绪不知说什么好。过了一会儿，光绪还是十分坚定地说：“儿臣也非冲龄儿童，对国家大事自有主张，怎会轻易受他人左右呢？这事请母后放心，儿臣会把握住分寸的，只请母后明示，放权给儿臣，让儿臣尝试改革一番，兴办一些实务，救民于水火之中。”

慈禧无可奈何地叹息一声：“既然皇上变法的决心已定，母后也不强人所难，只是这变法的地方一定要慎重，不可动摇了祖制，也要照顾到多数人的利益，以免反对者太多，阻力重重导致失败。这事母后也不再处处过问，只是皇上在遇到一些重大的事情，个人无法处理妥当时可报请母后定夺。”

好歹太后勉强同意了，光绪喜出望外，长长地舒了口气，急忙跪下说一番感激和赞颂的话语，这才满怀兴奋地告别慈禧太后回宫。

慈禧看着光绪远去的身影，“嘿嘿”冷笑几声，对身边的李莲英说道：“今后多注意一下朝中诸事的变动，对改革祖制之事可要多打听、多了解，如果有出了格的事，我一定好好收拾他们！”

尽管康有为仅是一名六品工部主事，在翁同龢的多方周旋和安排下，光绪皇帝终于在养心殿内接见了这位久闻其名而又已读其书的广东南海才子。

康有为行过大礼之后，光绪特命赐座。

光绪上下打量一下康有为，问道："康卿今年多大年纪？"

康有为彬彬有礼地答道："微臣已四十岁了。"

光绪笑道："正是当年，长朕十三岁呢！"

康有为心里一热。

"据说卿已上书过五次，朕仅看到翁师傅递上的这份折子，写得很好，许多内容都是朕想说而没有说的，想做而没有做的。朕想当面听听你的意见，不必拘束，尽管放开胆讲来。"

"谢皇上对微臣的信赖，微臣不胜感激。微臣可以用生命向皇上担保，只要推行新法，五年之内，一定让国势有所改观。"

光绪微微叹息一声："新法推行，变更旧制阻力重重，不会一帆风顺啊！"

"皇上所言极是，古今中外变革旧制，推行新体都是这样，难免不遭到旧有保守势力的重重阻挠。但作为变革者，不能因为有反对派就放弃变革，那样社会何以进步？国家何以昌盛呢？皇上务必立场坚定，矢志不移地把改制的重任担当起来，顶着一切压力做下去，等到取得成绩时，自然会让那些顽固反对之人哑口无言的。"

"康卿说得有理，变法就是革除旧有势力对国家的阻碍作用，改变一些陋俗陈规和腐败现象，顽固保守势力是不甘心自动放弃自己的特权的，因此必须通过一些法规、法令和强制手段把他们驱逐出朝廷。这样，双方不可避免地会有一个针锋相对的交锋过程，只要发动维新势力，让朝中具有变革思想的上下臣立等联合起来，一定会扫除旧有势力，把新法推行于全国的。朕有信心也有胆量把这次变法运动进行到底。当然，摩擦是不可避免的。"

"皇上可以先取得太后的支持，从点滴小事做起，在皇上的权限内把事做好。这样可以先让太后渐渐明白变法的益处，然后就不会阻拦皇上的变法举措了。"

"太后已经答应朕实行维新变法，但太后的态度仍很暧昧，不主张变更根本，只同意一些枝枝叶叶的改变。"

“这样也可，做一些小事后再伺机做一两件大事。太后所担心的不外乎是自己的权力和地位，皇上想法设方让太后明白：这变法并不是与太后作对，让太后没有权力和地位的顾虑，可能就不会对皇上处处防范了。到那时，就是变更一些根本，太后也不会过于责怪吧？”

光绪点点头：“康卿所言极是，朕也是这么想的，朕所推行的变法实在是时势所迫，欲挽社稷大厦将倾之危呀！”

“恕微臣直言，皇上也应考虑到，现在衙门里的一些大臣多老朽昏庸，不通时事，墨守成规，靠他们维新变法恐怕难呐！”

“依卿之见该如何处理呢？”

“皇上可把一些实在顽固不化的官僚革职撤去，适时选拔一些新秀之士委以重任，这样可有利于新政。”

“康卿以为变法新政应从哪几个方面着手进行呢？”

康有为对这事早已烂熟于心，随口说道：“最重要的就是要废科举，引进西学，选拔有真才实学之人，力争做到人尽其才，才尽其用。其次就是精简机构、裁撤冗员，提高各衙门的办事效率和办事能力。再者就是创办军用与民用企业，发展经济，增加国家收入。当然，一个国家的强大，还必须有强大的军队，这样，整顿军队势在必行。”

“嗯，康卿说得好，你回去之后就马上着手把这几方面的具体内容整理出来，上呈给朕，朕立即颁诏天下，改革这几方面的内容。”

康有为要为光绪皇上承担重任了，他的内心顿时涌出一阵说不出的喜悦之情。维新变法，改革社会，救民于水火，挽救民族危亡，这是他多年的愿望，如今这个愿望就要成为现实，他怎能不激动呢？

长夜难眠，辗转反侧，康有为披衣起床，站在庭院里，仰望满天星斗，思绪万千。

许久，许久，他才回到屋里奋笔疾书，勾勒出变法新政的大概轮廓。

1898年4月23日。
光绪帝向全国发布《明定国是》诏书，宣布正式变法。
谕内阁：

数年以来，中外臣工讲求时务，多主变法自强。迩者诏书数下，如开特科，裁冗兵，改武科制度，立大小学堂，皆经再三审定，筹之至熟，甫议施行。惟是风气尚未大开，论说莫衷一是，或狃于老成忧国，以为旧章必应墨守，新法必当摈除，众喙哓哓，空言无补。试问今日时局如此，国势如此，若仍以不练之兵，有限之饷，士无实学，工无良师，强弱相形，贫富悬绝，岂真能制梃以挞坚甲利兵乎？

朕惟国是不定，则号令不行，极其流弊，必至门户纷争，互相水火，徒蹈宋明积习，于时政毫无裨益。即以中国大经大法而论，五帝三王，不相沿袭，譬之冬裘夏葛，势不两存。用特明白宣示，嗣后中外大小诸臣，自王公以及士庶，各宜努力向上，发愤为雄。以圣贤义理之学植其根本，又须博采西学之切于时务者，实力讲求，以救空疏迂谬之弊。专心致志，精益求精，毋徒袭其皮毛，毋竞腾其口说。总期化无用为有用，以成通经济变之才。

京师大学堂为各行省之倡，尤应首先举办。着军机大臣，总理各国事务王大臣，会同妥速议奏，所有翰林院编检，各部院司员，各门侍卫，候补候选道府州县以下官，大员子弟，八旗世职，各省武职后裔，其愿入学堂者，均准入学肄业，以期人才辈出，共济时艰，不得敷衍因循，徇私援引，致负朝廷谆谆告诫之至意，特此通谕知之。

《明定国是》诏书的颁布，标志着维新变法运动揭开帷幕。

这一天是光绪皇上一生中最为重要的一天，是他作为一个皇帝对抗慈禧太后的意旨，摆脱慈禧太后的约束，独立行事所做出的重要的一件大事。

这一天，也是中国近代史上永远值得纪念的一天。标志中国民族资产阶级从此登上历史舞台，开始向强大的封建主义宣战。尽管这时的新兴资产阶级还是那么怯懦，但终究是一种新兴力量的诞生，是漫长的封建黑暗王国里的一线黎明前的曙光。

自《明定国是》诏书颁布以后，光绪帝一直情绪激昂，亢奋至一生中的极点，他几乎彻夜难眠地处理各种变法事宜。万事俱备，只欠东风，他要立即宣召康有为，问询变法的具体内容。

在什么地方宣召呢？光绪有点犹豫，这不是一次普通的宣召，不同于上次的秘密会谈，既然《明定国是》诏书已经颁布，朕就应当光明正大、大张旗鼓地去做，让太后、让朝中诸大臣，让天下百姓知道朕已经正式变法。这样，最好把召见康有为的地点设在太后的颐和园，既可向太后表明我没有瞒着太后做什么过分的事，也可向朝中官僚，特别是顽固的官僚表明，我的变法活动是经太后许可的。对！就这样做，召见康有为的地点设在颐和园勤政殿。

康有为一夜始终是似睡未睡，精神也格外振奋，兴奋得几乎睡不着觉，他早早起来，洗漱完毕，踏着东方微露的晨光来到颐和园听宣。

他信步来到昆明湖边，稍稍呼吸一下早晨的新鲜空气，观赏一下这颐和园初夏的美景。

正在这时，恰好碰到来颐和园奏事的军机大臣荣禄，康有为急忙躬身施礼：“荣大人早安！”

荣禄早已知道光绪今日召见康有为，但仍然装作不知地说道："康主事今日有这么好的雅兴来此散步赏景？"

"在下奉万岁爷之命来此听宣商讨维新变法之国家大事，哪有闲心散步赏景呢？荣大人也是奉万岁爷之命来此听宣的吧？"

荣禄见康有为有意讽刺，也不示弱地说："荣某是奉太后之命来此有要事相办，不是奉万岁爷的命令。"荣禄又扫一眼康有为，见他那盛气凌人的样子，接着说道，"康主事听错了吧？"

康有为一愣："没错！"

荣禄干笑两声："据荣某了解，我朝有个惯例，非四品以上的官员，皇上是不能召见的，听说康主事是六品官，皇上怎会违背祖制破例召见呢？"

康有为见荣禄有意讽刺他，十分气恼，也毫不客气地反击说："当今圣上英明，慧眼识英才，破格任用有识之士维新变法，就是要裁撤那些顽固不化、徒有虚名、空占其位而不能谋其事的冗官。别说康某是一个六品之官，就是平民布衣，皇上还准备接见呢！"

荣禄见康有为唇枪舌剑毫不相让，也想出出心中的怨气，压一压这位人人称赞的才子，便讥刺说："依康主事的观点，康主事自己就是英才、是栋梁，能扶大厦之将倾、挽民于水火了？"

"康某虽不敢自诩有经天纬地之才、安邦定国之智，但自以为饱读圣贤之书，又细研西方之学，维新变法，改革时弊，救亡图存的本领也还是有的。"

荣禄又奸笑一声："嘿嘿，自古变法者的下场是没有好的。李悝被毁、吴起逃亡、商鞅遭车裂、王安石也同样遭妒，几上几下呀！"

"变法维新是为了大清朝的前途与命运，可不是为着个人的得失荣辱与安危啊！在下官小做事少，但本人自认为：国家兴亡，匹夫有责，我朝甲午战败，割地赔款，丧权辱国。每一个大清国民都必须思考国家和朝廷的命运，把个人安危置之度外。只要是有利于朝廷的就要大胆地做，为变法新政就是鲜血洒遍京城也是值得的，怎能顾及个人小利呢？否则，这变法改革的大计还有谁去做呢？”

“嗯，康主事位卑未敢忘忧国，身居此位能够处处为国家和朝廷着想实在可喜可贺，只怕——”

荣禄话没讲完，那边太监高喊：“宣工部主事康有为进勤政殿听命！”

康有为一听，急忙向荣禄一抱拳说道：“荣大人失陪了，在下先走一步！”

荣禄看着康有为随太监入殿的身影，恨得咬牙切齿。许久，才猛跺一脚说道：“哼！初生牛犊不怕虎，走着瞧！”

康有为来到勤政殿，光绪帝早已等待在那里，礼毕，光绪笑问道：“康卿，朕让你负责整理的变法事宜你处理得如何了？”

“回皇上，臣已整理完毕，这是臣集几位同仁梁启超、张元济等人共同协商制定出的，请皇上过目，如有不妥之处，请皇上指出，臣回去再修改。”

“好，做事神速，可喜！如果朝中诸臣做事都能像康卿这样，何愁大清江山不恢复先祖的辉煌呢？”

“谢皇上夸奖，臣所提出的改革就有一项是针对官府营私舞弊、做事拖拉而言的。欲改革他人必须先正其自身，微臣理当做出表率！”

“康卿说得有理，朕也理当如此，今日事今日毕，决不拖延到明天。”

光绪边说边打开康有为呈上的折子，只见工工整整的蝇头小楷写满折子，光绪赞道：“康卿不仅有革新变法的过人思想，这书法也写得俊美，深得魏晋风骨。”

只见折子上写道：

（一）改革科举体制，选拔任用人才：改革科举，废除八股，考试策论，开经济特科，令三品以上京官及各省督抚学政保荐人才，定期考核备用。提倡西学，建立新式学堂，设京师大学堂，令各省督抚将各省、府、厅、州、县大小书院，一律改为兼习中学与西学的学校，省会的大书院为高等学堂。同时，令京外人员保荐精通制造声、光、化、电等学科的人才到京考试，合格者，因才施用，兼及开设矿务学堂和医学堂。

（二）裁减机构，革除冗员：令中央政府裁撤詹事府、光禄寺、鸿胪寺、太仆寺、大理寺、通政司等机构。地方政府中，裁撤总督与巡抚同住一城的巡抚等职。

令大学士、六部尚书、侍郎及各处督抚，对尚未进行裁、归、并的事宜，尽速切实筹议。

（三）鼓励上书，广开言路：令大小臣工广泛言事，普通百姓有上书者，由都察院转呈，不得找借口扣压。士民有上书言事者，应按其原封进呈，随到随递，倘有阻隔，以违旨惩处。各省督抚及道府官员，有上书者，均可自行专折具奏，无须代递。州、县等官言事，由督抚原封转呈；士民上书言事，由本省道府随时代表。

（四）鼓励办报刊杂志翻译外文，提倡出国留学。

选派宗室王公出国留学，准予在南洋公学内设立译书院，翻译各国书籍。谕令将上海时务报改为官报。从同文馆和各省学堂中选派学生出洋进学，令各省学堂挑选聪颖学生去日本留学。

（五）整顿民事，改革财政，发展经济。

禁止各省妇女缠足，准许八旗旗民从事各种生产，自谋生计。改革屯田旧制，改行征税，以充国用。

兴建芦汉、粤汉、宁沪铁路。在沿海沿江地区试办商务局、商会，促进设厂兴工。京师设立矿务、铁路总局，统一管理各省开矿、筑路事宜。

京师设立农、工、商总局，各省设分局，负责各地农工商事宜。各省府、州、县兴办农兴堂。

裁撤驿站，京师和各省府、州、县设邮政分局。

（六）整建陆军、海军。

令督办军务的大臣参用西法编练军队，将八旗和绿营练勇合并，淘汰弱小保留强大的兵勇，一律改用洋枪。

可令南北洋大臣及沿海将军督抚兴办各种学堂，为建设海军准备人才。

也可根据现有海军装备，派官员到海外采办军火。

光绪看罢康有为的折子，沉思一会儿说道：“康卿制定的不错，许多内容都是朕想说而没有说的，如果说不妥之处嘛……”光绪稍稍停顿一下说道，“既然省会的大书院改为高等学堂，郡城的书院就可改为中等学堂，州县的书院就改为小学堂。还有一点，裁撤闲散、重叠机构和闲冗官员方面，各省的闲冗粮道、盐道均可裁撤，归并为藩司和巡守道办理。康卿以为如何？”

“皇上英明，这样更加精简，有利于提高各府道官员的工作成效。如果皇上认为可行，就及早下诏颁布下去吧。”

“朕这也是受康卿的启发，让康卿任工部主事一职实在太委屈康卿了，朕决定调任康卿为军机处行走，不知康卿意下如何？”

“谢皇上提携，臣不在乎官职的大小，只要能为朝廷办事，在哪里任职都无所谓。但臣向皇上保举几人，这些人都具有维新思想，一定会为圣上出力办事的。”

“不知康卿所指的是哪些人？”

“张元济、梁启超、谭嗣同、黄遵宪、陈宝琛、杨锐、刘光第、严复、林旭，这些人都是有真才实学之人，思想活跃，积极倾向变法，皇上可以亲自考核一下这些人，不妨委以重任，一定会为圣上出力的。”

“既然是康卿竭诚推荐，朕一定当面考核一下，因人才的能力而给予适当的职务。”

康有为又沉思片刻，建议说："皇上在推行新法时一定会遭到反对派的攻击，那时请皇上拿定主意、坚定立场，必要时对一些顽固守旧官僚进行撤职查办，杀一儆百。只要开始几步工作做好，以后就会畅通无阻。"

光绪哈哈一笑："康卿怀疑朕的改革变法立场不够坚决，有动摇之心吧？"

"臣不敢！"

"这点请康卿放心，朕早有革新之心，也早就下定决心变革旧制，挽救我大清的内忧外困之危。朕愿与维新变革共存亡，宁可血洒市井也必变革！"

康有为见光绪有如此变法的雄心壮志，心中十分高兴，觉得自己多年的愿望就要实现了，很是激动，进一步建议说："为了推行变法运动的顺利进行，皇上可在京创设强学会，宣传变法思想，介绍国际形势。"

"这事由谁负责好呢？"

"皇上可以从官府中选拔一名有革新思想的人担任，臣再举荐梁启超协助他工作。"

光绪想了一下说道："要么派户部主事陈炽任会长，此人为官清廉公正，也有新思想，很得朕的赏识。但不知康卿保荐的梁启超怎样？"

"梁启超是愚臣的弟子，虽有师徒之名，实际是臣的兄弟，他是广东新会人，虽然今科没有被录取，但他是少有的少年才子，很有才学，博古通今，学贯中西，可以协助陈炽工作，让他去做一些具体事务，一定能够胜任。"

"既然康卿认为梁启超是合适人选，就让他负责强学会的工作。虽然他是布衣之士，朕也一定召见他，破例封他为六品的官，让他和康卿一起为朝廷的变法服务。除此之外，康卿还有什么建议呢？"

"如果京师成立了宣传变法运动的强学会，就可在各省设立强学会的分会，这样上下一致、内外统一，变法的运动就会轰轰烈烈搞起来。不出五年，国势大变，大清将从此走向昌盛，皇上也就成为一代明君了。”

“但愿如此吧，朕是一代明君，康卿也就是中兴的功臣了，理当是一代明相！”

光绪说完，哈哈大笑，康有为也跟着笑了起来。

颐和园勤政殿洋溢着一片祥和的气氛。

第三十三章

革恩师忍痛撤梁栋
吊皇叔含悲悼靠山

养心殿门口，光绪红肿的双眼噙满泪水，一言不发地目送翁师傅离去的身影。翁同龢泪如泉涌，双手捧着扇子深深一揖一拜到地，然后投来深情的目光。许久，翁同龢才急忙转过身，低着头，静静地走了。

乐寿堂。

慈禧正在同荣禄讲着话，荣禄也搞不清太后对待皇上的变法是何态度，便试探着问道："太后，皇上在颐和园勤政殿接见维新派首脑人物康有为，老佛爷可知道这事？"

慈禧笑了笑，说道："我耳不聋、眼不花，又有你们这些听话的人儿，别说皇上在我的眼皮底下做事，就是皇上到天上做事，我也一清二楚，怎么会不知道皇上今天宣召康有为呢？皇上在养心殿第一次私会康有为我都知道，关于他们交谈的内容我也明白得很。"

荣禄又试探着问："那太后对皇上的变法活动有何看法？"

慈禧慢条斯理地说："变法是好事呀，如今的国家被弄得支离破碎，外债商债，在朝中也是乌烟瘴气，不变它一变，这大清的江山还如何延续下去呢？"

"这么说太后支持皇上搞变更祖制的事？"

"支持，当然支持喽！不支持也得支持，是皇上做事嘛！"

荣禄听出慈禧话中有话，又试探一下说："老佛爷心底无私，支持皇上变法新政，是为了大清江山着想，可皇上的变法并不是按老佛爷的心思进行，而是另有所图呀！"

"怎么——"慈禧阴阳怪气地问。

荣禄知道有机可乘，便放低声音，故作神秘地说："老佛爷，皇上的变法是项庄舞剑、意在沛公呀，其用意不在酒哟。"

"那皇上在乎什么？"慈禧故作不知地说。

"司马昭之心路人皆知，皇上是以变法为名在打击排挤太后，铲除太后的左膀右臂，以便最后对太后动手，说不定对太后要下狠心呢！太后应及早对皇上……"

"放屁！"慈禧生气地喝道，"荣禄，你好大的胆子，竟敢当面挑拨皇上和母后的关系，是何居心？你长了几个脑袋！"

荣禄傻眼了，他莫名其妙，惊慌地一头跪在地上，磕头求饶说："老佛爷息怒，奴才知罪，不过，奴才决不是挑拨皇上和太后之间的关系，奴才就是有天胆也不敢这样做，奴才实在是为老佛爷着想，奴才不希望看见老佛爷偌大年纪再遭到一丝一毫的闪失，请太后明鉴！"

"好啦，好啦，请起吧，本宫也不是同你当真，不过是考验一下你近来是不是也被皇上的变法思想蛊惑，对本宫还是不是像原来一样忠心。"

荣禄一听，转忧为喜，便大着胆子说："荣禄在少年时就曾发过誓，终生只追随太后一人，难道太后也不知吗？"

"谢谢你的一片挚心，不过，你也放心，有老佛爷在就有荣禄在，皇上再改也不会改到你的头上，他不会把你怎样的，我只是不想过问了，只想好好养养身子，能多活一年就多活一年。"

"可是，太后一定要当心，万万不可大意呀，皇上的翅膀一天天硬起来，俗话说：'害人之心不可有，防人之心不可无。'太后应该明白皇上在颐和园召见维新派人士的用意呀。"

慈禧仍装作不知地说："皇上在颐和园召见几个乳臭未干的后生，还有什么用意吗？"

荣禄马上又来了精神，忙说道："皇上不在后宫，也不在朝房，而单单选在太后的颐和园，这是大有用意的。"

"到底是什么用意，尽管说来。"

“这其中的用意至少有两点：一是向太后表明心迹，皇上是名正言顺、光明磊落地召见维新派人士，不是在隐瞒太后搞什么见不得人的阴谋活动，以便麻痹太后，消除太后的猜疑；二是皇上在狐假虎威，向朝中群臣显示，皇上的变法行为是获得太后支持的，有太后做后盾，谁还敢不服从命令呢？这样就可在打击太后的亲信时找到借口，谁也不敢不服从皇上的命令。太后认为愚臣分析得有理吗？”

慈禧笑了笑，说道：“皇上能考虑得这么周全吗？是不是你自己多虑了呢？”

“太后明察，即使皇上没有想到，皇上身后还有一位智囊人物会考虑到的。”

“这人是谁呀？”

“当然是皇上的师傅翁同龢，皇上最信任他，对他的话是言听计从，翁同龢也经常私自溜进养心殿会见皇上，据说这康有为就是翁同龢推荐给皇上的，他从中为皇上对外传递一些信息，皇上没见康有为之前，翁同龢已私下会见康有为多次了，康有为的几次上书也都是翁同龢私下传呈给皇上的，皇上变法一事实际上是听信了翁同龢的唆使。如果老佛爷要追究罪责，首先应追究翁同龢的错。”

“翁同龢是两朝帝师，在朝中德高望众，稍一不慎会引起众怒，这是你们男人之间的事，我这一把年纪的人了，还再过问那么多干什么，你们自己商量着做吧，必要时再来到我这里讲一讲，变法的事就让皇上闹腾一阵子吧！”

慈禧说完，开始闭目养神。

正在这时，李莲英一头扎进来，气喘吁吁地说：“老……老佛爷，你……你不能不问了。”

慈禧睁开眼，瞪了一眼结结巴巴的李莲英，生气地训斥说：“训你多少回了，还是这个熊样，有什么大不了的，值得你大惊小怪，什么事，慢慢说，天塌下来，有我顶着。”

李莲英经慈禧这一训斥，果然不再惊慌，仍有点小喘地说：“回太后，奴才刚刚打听到，皇上以办事不力、阻挠变法的罪名将李鸿章李大人给撤职了，驱逐出总理各国事务衙门。新任命康有为、谭嗣同、林旭、杨锐与刘光第为军机章京上行走，据说对布衣之士梁启超也破例授为六品的官衔呢！老佛爷，这样下去，可就反了天，你老人家到插手的时候了。”

慈禧冷哼一声，铁青着脸一言也不发。许久，才从牙缝里蹦出几个字：“我自有分寸！”

荣禄还是禁不住上前插上一句：“老佛爷，与其到时候一网打尽，不如先来个釜底抽薪之计，先拿下皇上的心腹重臣翁同龢，然后相机砍去皇上的左膀右臂，到那时，皇上就是孤家寡人了，他还不是乖乖听太后你老人家的摆布。”

“这样也好！”慈禧说，“不过，你们几个可要多长个心眼儿，也留心皇上一手，以防他有什么过激行为，打我们个措手不及，我这里远离朝廷，外面的事全靠你们几个了。”

“太后尽管放心！”李莲英抢上前说。

“你们多散出口风，说皇上的维新派人士闹腾得天下共愤，罪恶贯盈，收拾他们就名正言顺了，这也是为天下人除害嘛！”

荣禄的一颗忐忑不安的心终于落了地，他心中踏实多了，虽然太后还没有立即惩处皇上等人的变法行动，但他也出了口气，觉得这是对皇上的反击，于是刚刚遭到康有为讥讽所蒙受的耻辱也就忘得一干二净了。心里想道：我荣禄也不是好惹的，有太后撑腰，谁敢让我丢人现丑，我也不让他好过。

光绪正在集贤殿和康有为、梁启超、谭嗣同、张元济等人商讨变法深入开展的具体措施。忽然，颐和园奏事太监来报，说太后有要事让皇上速去颐和园玉渊堂。

光绪和众人都是一怔，不知太后突然召见的用意是什么，大家心中也十分清楚，这维新变法的事太后虽然默许，但态度一直暧昧，究竟太后会不会突然变卦，这很难说，特别是最近皇上做了几项大的举措，把慈禧太后的支柱大臣李鸿章赶出了军机处，把康有为、谭嗣同、杨锐、林旭等维新人士调入军机处，一定程度上打击了太后的一些顽固派亲信之人，慈禧不会不有所觉察，是否会因此限制皇上的变法呢？

康有为阻拦说："皇上暂缓前往，先派人打听一下太后让皇上去做什么，然后再去也不迟。"

光绪略一沉思："不可！如果太后真有事找朕商量，派人去打听，一旦被太后知道反而不好。"

"万一是太后对皇上有所图谋呢？"

光绪轻轻摇摇头："目前尚不至于此，尽管太后知道朕的变法触及一些旧有朝臣的利益，但朕并没有对太后有丝毫所犯，太后怎会对朕有所图谋呢？更何况，朕自变法之日起就已将生命置之度外。无论如何，朕是要到太后那里去一趟，天大的事由朕一人挡着，你们放心好了。"

众人见皇上态度这样坚决，也不再说什么。

光绪来到颐和园玉渊堂，慈禧正铁青着脸坐在那里等待着光绪的到来。拜见完毕，慈禧太后就怒气冲冲地问："皇上最近挺忙的吧？连拜见母后的工夫都没有。"

光绪尽量赔着小心地说："回母后，儿臣正忙着改革时弊，铲除一些旧习呢，没能及时来拜见母后，请母后恕罪！"

"恕罪？说得好听，母后敢恕罪吗？皇上如今的翅膀硬起来了，闹腾什么变法、改革，只怕再过一段时间连母后的命也给革了。"

"请母后明鉴，儿臣纵有天胆也是母后一手扶持大的，怎会对母后有所不恭不敬不忠不孝呢？望母后不要听信谣言、受人蛊惑，对儿臣有所猜疑。"

"哼！母后这一把年纪，已不会受人蛊惑，只怕皇上听信妖言，把祖宗的礼仪法度也给忘了。"

“请母后放心，儿臣的变法新政只是为了发扬祖上的优良传统，光复先人的鸿大业绩，儿臣决不会忘记根本，背弃祖宗的。”

慈禧的面色缓和了许多，这时，她才变换一种口气说：“皇上的难处母后当然明白，母后的难言之隐皇上也应理解。这不，最近母后接到朝中许多大臣弹劾翁同龢的折子，皇上如何处置，母后就为这事才请皇上来此商议的。”

光绪一愣，心道：翁师傅为人正直，做事光明正大，心胸也坦诚，怎会惹得许多朝臣反对呢？如果真有，也只可能是一些顽固反对变法新政的人在诬陷翁师傅。想至此，忙解释说：“请太后明鉴，翁同龢为人坦诚，做事果敢，也能识大体顾全局，并没有什么不轨行为，这只是有人陷害罢了。”

慈禧一听，气就不打一处来，冷笑道：“果不出所料，翁同龢倚老卖老，独揽军机大权，时有张狂之语出口，不把朝中大臣放在眼中，有时连皇帝和太后也不放在心中，目空一切，骄傲自大。最近一段时间，又聚众拉帮结伙诽谤时政，做事不力，反而口出狂言，搪塞皇命。皇上不知责怪，反而处处维护，是何道理？”

“请太后明鉴，容儿臣回去详细调查后再报请太后批示。如果一切如太后所说，儿臣决不会袒护他，定当重责，只怕这是有人在陷害翁同龢，万万不可听信一面之词。古语道：‘兼听则明，偏听则暗。’最好是详细调查后再做决定吧，不知母后意下如何？”

“皇上口口声声说是有人陷害翁同龢，分明是在袒护他，为他开脱罪责，难道是母后陷害他不成？”

“儿臣不敢！儿臣并不是在袒护翁同龢，儿臣只是觉得尚无证据，如果就此处置他，众人恐怕不服。”

“众多朝臣一致上书弹劾他，这还用再调查吗？况且，母后也早就发觉翁同龢以两朝帝师的身份到处招摇撞骗，有辱皇家尊严，不可不给予惩处，但母后念他是两朝的老臣，又曾在军机处行走，当年教育皇上读书也有功劳，不准备追究其责任，只说年老体弱，开缺回原籍就是。这已是母后开恩，看在皇上的分上才这么处理的，否则必当重责。如此处理皇上可有什么异议？”

光绪愣了一会儿，想再为翁师傅辩护几句，看太后那气势，知道说也没有用，等太后消消气，自己再详查一下，了解是谁在诬陷翁师傅，然后恳请太后澄清事实真相，现在只好暂时答应太后，缓解临时的尴尬。

于是，光绪低声下气地说：“既然母后已做出这样的决定，儿臣还能说什么，一切听从母后的吩咐就是。”

慈禧心中十分高兴，面含喜色地说：“皇上能够以大局为重，不徇私情，也不枉母后的一番栽培。既然皇上同意母后的裁决，那就快起草一份朱谕吧！”

光绪忙说道：“待儿臣回去后，仔细酌斟一下再起草也不迟。”

“皇上出口变法，闭口新政，怎么皇上教训他人可以，一到自己身上就拖拖拉拉，得过且过了？”

“儿臣做事历来讲求功效，今日能做完的事决不拖到明天，从来不敢拖延塞责。”

“那皇上的一份诏书为何还这么推三诿四，是何用意？”

“儿臣只想回去——”

“莫非皇上还是不忍心下手去革除你的翁师傅一职？王子犯法与民同罪，皇上都能毫不迟疑地把李鸿章驱逐出军机处，对待自己的亲信难道就下不了手吗？那好，皇上如果不下诏，本宫亲自下诏处理这事，皇上今后也不要再搞什么变法活动了，身为一国之君，做事不能公正，何以服众呢？”

光绪含泪说道：“好！儿臣这就下诏。”

维新变法之势如箭在弦，不得不发。光绪为了能赢得太后对变法的支持，不得不做出妥协让步。他忍痛拿起笔，含泪起草了一份朱谕：

协办大学士、户部尚书翁同龢近来办事多不允协，以致众论不服，屡经有人参奏。且每于召对时谘询事件，任意可否，喜怒见于辞色，渐露揽权狂悖情状，断难胜枢机之任。着即开缺回籍。

钦此

光绪忙了。

珍妃也忙了。

自从光绪着手变法以来，光绪就废寝忘食地扑在养心殿内规划、书写和群臣一道商讨，几乎天天不离养心殿，很少有闲暇时间到后宫里去陪陪珍妃。珍妃几乎每天到养心殿来陪伴光绪，和光绪一齐处理变法的事，帮助光绪整理材料，抄写文件，甚至为光绪出主意拿意见。

此时，珍妃不再是光绪心中的美人、宠妃，她已成为光绪的亲密战友、得力帮手。

光绪实在劳累，珍妃也体谅心疼自己的丈夫。由于变法以来的琐事繁多，光绪的精力都倾注在这当务之急的国家大事上，她是一个善解人意的女人，更会体贴人，知道皇上身体本来就弱，又诸事缠身，哪有那么多精力花在自己身上呢？她体谅丈夫、谅解皇上，但也忍不住几次向光绪暗示，可光绪都没有明白她那含情的目光，也许光绪早就明白了，故作不知，要把更多的精力投入到变法新政上去吧！

今天，珍妃又打扮得婀娜多姿、娇美动人，她在景仁宫等待着，等待着皇上的到来。早晨上朝前，光绪已经答应她，今晚保证什么朝中大小事都不再过问。

珍妃焦急地等了一会儿，不见皇上到来，她有点急，按时辰皇上该来了，但仍不见皇上的身影，到底怎么了？珍妃心神不定地猜测着。

突然，光绪的贴身太监寇连材来到景仁宫，神情沮丧地报告说：“珍妃娘娘，皇上一天都没有进一粒饭食了，茶水也不思，请娘娘去劝慰一下。”

珍妃一惊，忙问道："出了什么事？"

"回娘娘，奴才也不太清楚，只听说是为了翁师傅开缺的事。"

珍妃又是大吃一惊："翁师傅犯了什么错，被开缺了？"

"这个，奴才也不清楚，听说是老佛爷逼迫皇上那样做的。"

珍妃已明白了八九分，急忙随寇连材来到养心殿。

光绪躺在榻上，满脸泪水，眼睛也已红肿了，简直哭成了泪人。光绪一见珍妃到来，像一个在外面受到委屈的孩子，突然回到家中看见了大人，禁不住失声哭了起来。

珍妃见心爱的皇上到了这种地步，也十分伤心，内心涩涩的，他是男人，大清国第一号的男人。人们说男人有泪不轻弹，皇上哭到这种程度，是多么伤心，承受了多大的委屈呀！作为爱妃，珍妃再也控制不住自己的感情，抱住光绪也哭了起来。

二人抱头痛哭。

许久，珍妃才止住泪水，安慰说："翁师傅的事还有挽回的余地吗？"

光绪摇摇头："谕旨已经下了。"

珍妃叹息一声："既然这事已成事实，伤心还有什么用呢？皇上想开一点儿，形势所迫，翁师傅是可以理解的，他不会埋怨皇上的。"

光绪长叹一声："翁师傅与朕不是一般的皇帝与臣子的关系，也不是普通的学生与老师的关系，他是朕的精神靠山，是朕的顶梁柱。"

光绪说着，不争气的泪水又涌了出来。

是呀，翁同龢在皇上心目中的位置是任何人也不能代替的。这一点，珍妃十分清楚，当年光绪像孤儿一样被抱进皇宫大内，早年最关心他、体贴他，视他为亲生儿子的慈安太后也过早逝去。在后来的入学教育中，在光绪和翁同龢二十多年的师生共处中，翁同龢把自己的全部心血都倾注在他身上，翁同龢几乎成了光绪心理上的母亲，成为光绪思想的一个支柱。眼下的维新运动就是在翁同龢的鼓励、举荐和多方周旋下进行的，维新运动不能没有翁师傅这个舵手、这面旗帜。

曾几何时，光绪帝曾许下诺言，将来他独立执政一定重用翁师傅，让他出将入相，帮助自己重振大清基业，光大大清王朝的影响，重新恢复昔日的光辉。可是，自己的诺言不但没有实现，而且还要亲自结束翁师傅的政治生涯，亲自下诏抽去这维新运动中的一个栋梁。

是滑稽？是无奈？是可笑？还是可气？

更令光绪可气的是太后竟突然下诏，命令一品以上官员的升迁必须亲自到老佛爷那里谢恩。太后早就明确地表示颐养天年，不再过问政事，这一规定不是明显向光绪挑战，准备夺回大权，妄想垂帘听政或重新登台执政吗？

唉，天哪！你为何这般无情？

光绪和珍妃相拥着，在这养心殿度过了一个难眠的夏夜。夏夜，对痛苦难眠的人是那么漫长，面对疲劳多困的人又是那么短暂，两个眼皮几乎刚一接触，天就亮了。

这样的夏夜实在难眠，翁同龢也是一夜没有合眼，他辗转反侧，回顾了自己悲惨的一生。尽管他有一个值得骄傲的家庭，几辈人中，代代人才辈出，都曾出将入相，权倾一时。在常熟老家，这个人杰地灵、物华天宝的鱼米水乡，他翁同龢也是名噪一时的。在当年的进士科考中，自己是技压群英、金榜夺魁的状元，怎能不令人骄傲呢？

后来几十年从政的生活也是令人羡慕的，历经三朝、身为两朝帝师，又是军机协办大臣，真可谓光宗耀祖了。然而，其中的辛酸谁又知晓呢？宦海沉浮，几上几下，特别是任光绪帝老师时，几乎把后半生的所有心血都倾注在光绪身上，希望通过天子门生的机遇去实现他一生的梦想与追求。一次又一次的事件让他失望了，并不是他所教出的学生没有思想、没有能力，而是没有实权，不能够放手大胆地做自己要做的事。

旧时的希望破灭了，新近又燃起了希望的火苗，皇上大刀阔斧的变法维新，他竭力支持，他愿当一名维新变法的马前卒，都是这么大年纪的人了，他还顾忌什么呢？在生命的尽头，能尽自己所能再拼一拼，死而无憾呀！对于这开缺回籍的命运他早就有心理准备，并不感到惊讶，相反有点奇怪呢！庆幸自己怎么有一个这么好的归宿。他想象的结果是血洒京城，暴尸街头，尽管那样他也值得，因此，得到一个开缺实在是太后开恩了。

能回原籍，这是他的夙愿。树高千丈，叶落归根，常熟老家有他长眠地下的双亲。人们不是常说忠孝不能两全吗？长期在京为官，在父母的晚年自己没能尽孝，如今回去守一守坟墓也是好的，死后能长伴双亲也是值得的。多年前，自己被太后赶回老家养病时，他就立志永远待在家中，再也不当官了，可不知为何，一旨令下，他又不辞辛劳地回到京城，直到今天。

翁同龢对这样的结局是有心理准备的，并觉得是万幸的，但他也有一丝哀怨，他没想到会这么早就被开缺了，这是出乎他意料之外的。他想等到变法成功，自己即使不被开缺也将功成身退，但他没能等到这一天，怎能没有一丝伤感呢？

翁同龢一夜没有合眼，天刚泛白就早早起来，准备向皇上辞行。也许这一去将老死家中，可能是与皇上的最后一面了，师生情谊重，他理解光绪的处境，也明白光绪对他的感情，他知道皇上是迫不得已，他也不埋怨什么，早早来到皇宫大内，等候在养心殿外。

他袖着手，缩着肩，这夏日不冷呀，为何还这般瑟缩？一阵晨风吹来，飘动的花白胡子拂在沧桑多皱的脸上，翁同龢觉得更有点清寒，便向前挪挪身子，靠在一根廊柱上。

不知何时，一个小太监钻了出来，用手拍一下翁同龢的肩背说："翁大人，让你久候了。奴才奉万岁爷之命来回翁大人，皇上有要事缠身不能会见翁大人了，不劳翁大人久候。皇上让奴才把这把折扇交给翁大人，皇上特别叮嘱，大人此去千里迢迢，一路保重，他日必有相见之日。"

翁同龢先是一愣，继而听明白了一切，他接过小太监递上的折扇，打开一看，正是皇上当年读书时，自己亲手送给他的，但这扇骨已由竹片变成了象牙，又精心裱过。在那“难得糊涂”几个字下面新添了两行工整的朱笔小楷，这是他当年手把手教皇上写过的字：

万事云烟忽过，百年蒲柳先衰，而今何事最相宜？宜醉、宜游、宜睡。

早趁催科了纳，更量收入支出。阿翁依旧管些儿：管竹、管山、管水。

抑制不住的泪水在翁同龢饱经风霜的脸上无声滑落，那泪顺着一道道深深的皱纹纵横而流满脸面，他也不擦，收起折扇向养心殿深深一鞠躬，然后转过身，佝偻着微驼的身子，颤巍巍地向外走去。走到宫门处，忽然觉得背后有双眼睛似乎正注视着自己，这也许是心灵的感应吧，他慢慢转过身。养心殿门口光绪正两眼红肿噙满着泪水，紧咬双唇，在珍妃的搀扶下，一言不发地目送翁师傅离去。翁同龢泪如泉涌，双手捧着扇子向光绪和珍妃深深一揖一拜到地，然后投来深情的目光，泪眼中，一切都在打转，人也模糊了。

许久，翁同龢才急忙转过身，低着头，静静地走了。

谁曾想，这竟是他们师生的最后一面。

翁同龢带着无限的辛酸与感慨，悄悄回到江苏常熟老家，打开自己尘封的茅舍，在一片小园和几亩薄地的将养下，忘却宦海的沉浮，陶醉于山野田园和几本发霉的书页中，终于在光绪三十年五月二十日（1904 年），在他的那张竹椅上，手捧着光绪帝相送的那把折扇悄然死去，享年七十五岁。书桌上留下临终时的一首诗：

六十年中事，凄凉到盖棺。

不将两行泪，轻向汝曹弹。

可见，他的晚年并没有像陶渊明那样看破时尘，寄情田园，而是仍寄心光绪皇上，为自己终生的梦想没能如愿而遗憾。

光绪在珍妃的搀扶下，站在养心殿门口，目送翁师傅那微驼的、颤巍巍的身影消失在夏日的晨曦中。此时此刻，他心如刀绞、肺如剑击，他多么想扑上前去叫一声“翁师傅”，并把他挽留下来，可他不能。他有千言万语想对翁师傅说，然而，他什么也不能说，他失望、惭愧、内疚，他无法面对翁师傅苍老的容颜，也唯恐控制不住自己的感情而失态。尽管他让小太监转告翁师傅，“日后会有相见之日”，但他自己十分清楚，这“日后”不知是何年何月，也许这一次就是生离死别，将永远不能再有相逢之期。翁师傅已是七十有零的老人，人生春秋还能有几何？而对于他，这次变法运动的前途无法估计，他早已抱定愿与变法共存亡的思想，也许这变法的失败是他皇位的终结，甚至是生命的结束。

翁师傅的身影早已消失了，光绪仍站在养心殿门前，呆立无语。光绪几经珍妃劝说才走回殿内，他扑卧在床上失声哭了起来。珍妃知道皇上身体虚弱，又长期受到太后的压抑已患有一种抑郁症，与其憋在心中不如痛痛快快地哭出来，也许心里会好受一点儿。因此，珍妃也不相劝，任其痛哭。

养心殿回肠荡气，艾艾凄凄。

这时，珍妃见进来一个奏事太监，想说什么又不敢说，也许是见皇上如此伤心而不愿打搅。

珍妃急忙走出来问道：“你有事奏报皇上？有什么事先告诉我吧，等会儿我来转告皇上。”

“回珍妃娘娘，刚才恭王府来人送出信儿，说恭亲王爷昨晚上去世了。”

珍妃一听，又是大吃一惊，这真是祸事纷呈，走了一个翁师傅，又死去一个六王爷。对于皇上，这两人都是极为重要的人，翁同龢且不说了，是皇上的主心骨，是感情上的靠山。这恭亲王在朝中的地位不用说了，是皇叔，曾是三朝议政王，又是军机大臣，掌管总理各国事务衙门多少年。虽然几经沉浮，但他的位置是任何人所不可替代的，每当朝中遇有急迫之事都是恭亲王力挽狂澜。从热河政变到甲午海战，每件大事都离不开恭亲王。更为重要的，光绪独立执掌朝政后，帝后之间的矛盾越来越尖锐，只有恭亲王奕䜣能在帝后之间起到一个缓冲制衡矛盾的作用。整个皇支亲王，老的老，少的少，无为的无为，避世的避世，更有一些沉醉于声色犬马、歌舞妓院，唯有醇亲王和恭亲王积极进取。

醇亲王一死，奕䜣不自觉地成了光绪的精神靠山。许多问题上，奕䜣在帝后之间也总是有意无意倾向于皇上的，光绪很感激这位皇叔。光绪也十分明白，朝中的王公大臣，太后只怯恭亲王一人，只有他可以与太后抗衡，只有他可以在帝后之间的矛盾冲突中起到一个调解作用，其他人是没有资格的。不知从何时起，光绪把恭亲王看作自己的一个政治靠山，好多疑难问题都向他请教。

珍妃见皇上从昨日到今天已经承受那么多的不幸，心早已伤透，不想再把这不幸的事告诉他，让皇上本已沉重的心再添忧愁。但她也知道这事是瞒不住皇上的，也不能瞒他，于是就轻轻走过去，强抑悲痛，用巾帕给皇上拭去泪水，哽咽地说："皇上节哀，还有一件不幸的事，臣妾不敢隐瞒，请皇上珍重龙体要紧，万事想开点儿，生老病死一切听命自然。"

珍妃这么一说，光绪先是一怔，忙问道："到底出了什么事？爱妃请说。"

"恭王爷昨晚薨逝了。"

此话一出，光绪的心咯噔一下，只觉天旋地转，竟然晕了过去。珍妃急忙大喊，唤来几名侍从太监给皇上捶胸按腹，又派人去请御医。

好久，光绪才苏醒过来，御医把了一会儿脉，并没有什么大病，只是身体虚弱，又受到一点刺激，悲伤过度，心率一时振动失调所致，便开了几剂补药。

光绪醒来就立马要到恭王府吊唁，珍妃和几位侍从大臣极力相劝才暂时没有去。

当天下午，光绪觉得身体舒适多了，再次提出去恭王府吊唁之事，众人见皇上态度坚决，也不再相劝。

光绪来到恭亲王灵堂前，内心一阵绞痛，鼻子一酸，泪眼吧嗒，但他终于控制住自己的感情，没有当众哭出声来。致过哀，烧过纸钱，命内务府拨银万两为恭王爷治丧，谥号忠王，又特谕恭王之子载滢世袭亲王之位。

回宫的途中，光绪说不出的伤心，特别是在这维新变法已大张旗鼓的当儿，恭亲王的去世是一大损失。近支王公中，恭亲王是比较有才能又具有务实思想的人，他曾竭力兴办洋务，接受西学思想，也积极支持维新变法活动。光绪信任他，也乐于和他在一起商讨朝中大事。如果说他信任翁同龢是因为几十年的师生相处，在他俩之间已达到了一种心灵的默契，那么恭亲王则是由于其父辈一样威严沉稳的风度令他信服。

他和醇王爷，名义上是君臣关系，但那种天然的父子间的血亲关系是任何其他的形式所无法替代的。自醇王死后，奕䜣作为皇叔理所当然地承担了父辈的责任，在自己与太后的每一次明争暗斗中，恭王爷总是站在自己身后，充当自己的靠山。在这维新变法的序幕拉开后，他与太后的矛盾也越来越白炽化，正在他急需来自实力人物支持的时刻，自己的精神支柱、政治靠山突然离他而去，他将如何与太后争锋呢？没有能力争锋，这变法的结局是可以想见的。

光绪回到养心殿，就倒在床上睡了，睡不着也睡，他的精神已极度沮丧，几乎到达崩溃的边缘。

没有信心，更没有斗志。

哭也哭过了。

心已伤透了。

但事情不能不做，光绪在珍妃的劝慰和鼓励下，又重新振作起来，他决定破釜沉舟，把变法运动进行到底，把已制定的一系列法规法则贯彻下去。光绪又大胆地提拔了一批年轻有为的官员，康有为保荐的徐致静、梁启超都得到了重用，他的弟弟康广仁也破例委以重用。

不多久，接到《明定国是》诏书的各省巡抚也纷纷推荐人才。湖南巡抚陈宝箴保荐了刘光第、杨锐，侍郎徐致静保荐了谭嗣同、林旭。户部左侍郎张荫桓举荐了王锡蕃，御史杨深秀举荐了丁维鲁，湖广总督张之洞也不断向光绪帝推举人才。

一时间，朝廷内外的官员纷纷行动起来。张之洞忙于改订科举的章程，王凤文负责整顿矿业，萧文吉管理茶丝，御史曾宗彦开办农务，王锡蕃主张办商业。一些思想较为保守的满族官员也居然上书言事，请办报馆。光绪帝见奏章如雪片飞来，很是高兴，对献策献计的人各有奖赏。

当然，光绪帝的变法新政也惹恼了一些顽固守旧的人物，他们一方面对朝廷下达的各项变革措施阳奉阴违，诋毁破坏，另一方面也在搜寻变法新人的过错，及时奏报太后，寻找反扑的机会。

一天，礼部主事王照上了一份奏折，这份奏折送到军机处时，恰巧被礼部堂官怀塔布素瞧见，他看了一会儿奏折的内容，真是又惊又喜，忙悄悄揣在怀中，以便进呈给太后。

也许正应了螳螂扑蝉，黄雀在后那句话吧，怀塔布素这个动作被御史杨深秀看见。待怀塔布素走后，杨深秀立即奏报皇上。光绪一听，勃然大怒，下令把怀塔布素找来。

怀塔布素正准备把王照上的奏折呈报给太后，忽见皇上派人来找，不得不来到养心殿面见皇上。光绪一见怀塔布素，便喝问道："你身为礼部堂官，明知朕的法令已颁布多日，不允许私自扣压下臣呈递的折子。明知故犯，是何居心？"

怀塔布素自觉自己做得隐秘，不会有人知道，仍强辩说：“微臣积极执行圣上的各种变法举措，并无什么越轨行为，微臣愚笨，请皇上明示。”

“有人奏报，说你私藏奏折，是否有这回事？”光绪气愤地反问。

怀塔布素心中一惊，仍装作不知地说：“皇上明鉴，这是有人在诬陷微臣，请皇上不可听信谗言。”

光绪更火了，一拍御案，骂道：“怀塔布素，你竟如此卑鄙，私藏王照的奏折还在此抵赖，不加严惩你是不会从实招来的。来人，给朕拖下去重责四十大板。”

怀塔布素一听，这下完了，皇上什么都知道了，瞒是瞒不住了，急忙掏出王照的奏折呈上，又跪下磕头求饶：“皇上英明，饶恕罪臣这一次吧，臣今后再也不敢了，请皇上饶命。”

光绪冷哼一声：“暂且饶过你这一次，不过，朕知道你居心不良，时常在太后面前讲一些不三不四的话，最近又几次聚众诽谤变法新政。朕不再追究你以往的责任。如今罪当革职，永不叙用，你回去吧。”

怀塔布素偷鸡不成反蚀一把米，只好灰溜溜地退出养心殿。

光绪把王照的折子从头到尾细读一遍，很是满意，便召王照上殿。

王照来到养心殿叩见光绪帝，礼毕，光绪微笑着说：“王卿在奏折中向朕提出剪发易服的事，很合朕的心意，朕想当面同王卿商讨一下这事。”

王照一听自己的建议被皇上采纳了，很是高兴，便说道：“剪发易服并不是我朝的先例，古时就有这样的改制。战国时，赵武灵王胡服骑射，北魏时孝文帝改制也有易服一事。不仅中国古代有这样的例子，西洋也有这方面的先例，俄国彼得一世也曾易服。”

光绪点点头：“我朝蓄发长袍由来已久，如果现在突然实行剪发，学习西洋人的服装，是否会招致国内大乱呢？”

“皇上不必多虑，剪发易服有利于生产劳作，也有利于军人作战，更有利于人体卫生，怎会引起大乱呢？至于顽固保守之人的反对是难免的，只要皇上顶住一时的压力，改变以后，全国上下一律短发西装，人们也就习以为常了。偶尔有几人仍是留着长长的辫子，穿着长袍，那才令人反感呢！”

光绪仍有点疑惑地说：“我朝祖上留下习俗，头发是父母传下的根本，人在发在，发亡人也亡，如果下令剪发，这岂不是大逆不道吗？朕能够理解，一般的官员能否接受呢？”

“每一种法令的实行都难免有反对之人，剪发易服也不例外，只要皇上率先做出表率，上行下效，朝中大臣再效仿皇上所作所为，民以官为楷模，长久下去，这些陋习会改掉的，请皇上不必多虑。”

光绪思考一会儿，说道：“这事还不能马上施行，等考虑成熟，待奏请太后应允再推行吧。”光绪缓一下接着说道，“王卿的建议很有价值，朕为了表示嘉奖，赏你三品顶戴。”

王照立即称谢。

怀塔布素一脸哭相回到家中，妻子见状，忙问缘由，一听丈夫被革职，并且永不叙用，更是又惊又气，便对丈夫说道：“你虽在朝中做官多年，也这般无用，不能把那折子上的内容奏知太后，一定要取回那折子吗？”

怀塔布素叹口气：“我也是为了向太后回报才这么做的。谁知私藏奏折的事被他人发现了，才落得如此下场。如果不被别人发现，只要把那王照的奏折向太后面前一放，就有皇上好受的。”

“你知不知道是何人奏报给皇上的？”

“听说是御史杨深秀。”

怀妻一听，咬牙切齿地说：“好个杨深秀，他能在皇上面前告发你，你也要设法在太后面前告发他。”

怀塔布素哭丧着脸说：“如今弄到这般地步，我还有什么资格去告杨深秀的状呢？”

“哼！你不行还有我呢！”怀妻阴阴地说，“我常到太后那里打麻将，和太后混得很熟，有机会一定在太后面前诽谤杨深秀几句，让他也知道老娘的厉害。”

“毁誉杨深秀那是以后的事，当务之急是汇报太后，把我的官职给恢复过来。”怀塔布素怂恿妻子说。

怀妻叹口气说：“唉，这事有多大希望我也不知道，只能见机行事，试试看了。”

原来怀塔布素经常到慈禧那里打小报告，久而久之便和李莲英交上了朋友。在李莲英的引荐下，怀妻经常到颐和园陪伴太后打牌、下棋或做一些其他的活动。这样一来，怀妻竟成为太后面前红人，许多别人不敢讲的话，她都敢当面讲给皇太后听。

这天，怀妻乘着一台单轿来到颐和园，面见太后。此时，太后正和荣寿固伦公主和几名宫女一同打麻将。一听说怀妻来了，马上喜笑颜开，令人传进。她早已嫌那宫女缩手缩脚，打得不够过瘾，单等怀妻到来好换下这宫女。

慈禧一见怀妻穿的是命妇服，便明白了七八分，她也听到怀塔布素被革职的消息，知道怀妻是来求情的，至于为何被革职，慈禧也不太清楚，反正都是与皇上闹什么变法有关。

慈禧也不过问，便命怀妻脱去外衣，在桌前打牌。四人哗哗啦啦洗牌、码牌。怀妻也不提其他事，只当没有发生任何事，从容地出牌、抓牌。

慈禧那高兴的劲儿像个孩子，唠唠叨叨，不时惊呼怪叫。自怀妻来后，慈禧面前的一堆筹码全被怀妻赢了过去。

荣寿固伦公主皱皱眉，几次向怀妻示意，怀妻只做没看见，不做任何反应，仍然照赢不误。

通常打牌，众人总是让着太后，尽量出牌让太后赢，大家只是哄着太后高兴。慈禧一赢，便十分高兴，常常赏赐给牌友一些精致的小礼品。

今天怀妻的这个打法可是从来没有的，只管让太后输，众人直犯嘀咕，可又不好当面向怀妻点出来。否则，老佛爷的面子往哪里搁。

眼看慈禧的一堆筹码快要被怀妻赢完了，怀妻才低着头，做出一副委屈的样子，泪眼吧嗒地说："奴婢有天大的胆也不敢赢老佛爷的筹码，这些都还给太后，奴婢只是有点气不过。"

怀妻说着，把面前的筹码推给慈禧。

"福晋怎么气不过，可是为礼部堂官被裁的事？"慈禧脸一沉说。

荣寿固伦公主和周围的宫女顿时也都吓得脸色变了，认为怀妻太不恭敬了，怎能这样同太后说话呢？

怀妻这才止住哭泣，把朝中的事向老佛爷汇报一遍，又强调了朝中的许多老臣都对皇上的所作所为看不惯，谁敢提出异议便遭到惩罚。

慈禧沉着脸，仍是一言不发。

怀妻又大着胆子说道："皇上听信康有为、梁启超、杨深秀等人的蛊惑，变更祖制，太后可以不管，可还有更恼人的事，老佛爷可一定要管了，否则这祖上留下的一些基业可完了。"

众人更是吃惊，怀妻今天怎么如此大胆，竟敢说出这般丧气不吉利的话，固伦公主立即在桌下用脚碰一碰怀妻，示意她不要讲下去。可她仍然不予理睬，照样讲下去。

"最近风传皇上听信王照的主张，搞什么剪发易服，纷纷传闻皇上已命人购置洋人服装，准备先在宫中改穿，然后实行剪发呢！康有为还撺掇皇上革去朝中一切旧臣，告庙革新，改元开化，连国号也改掉。奴才来此也不光是为自家求请老佛爷出面约束一下，更是为大清几百年社稷着想。如果再不管一管，让这一帮人闹腾下去，祖宗的基业何在？请老佛爷思量一下。"

慈禧铁青着脸，仍是一声不响。

怀妻把心中事先想好要说的话都抖落个干干净净，仍不见老佛爷有丝毫反应，很是失望。

突然，慈禧麻利地顺手甩出一张牌，“啪”的一声打在桌子正中间，众人都吓了一跳。

嗬，一个紫红的“中”字特别醒目夺人，像一柄饮血的宝剑放着寒光。

慈禧把牌一摊：“我和了。”

怀妻皱锁的眉头仿佛被那带血的宝剑挑开了，眉结一松，面露笑意。

“哼！我就不信能闹腾出格儿来！”慈禧意味深长地把输出的筹码又拢了回来说。

众人都不敢说话。

第三十四章

护祖制太后惯掣肘
感密诏诸君欲献身

“儿臣决定学习西洋人留短发穿短装……”光绪还要说下去，猛听慈禧太后一声怒喝：“住嘴！像你这种闹法，大清气数都让你给改尽了！别的事母后依着你，剪辫易装这件事是万万不准的，你就死了这条心吧！”

康有为从上海回来，并请来了英国传教士李提摩太作为光绪皇上的顾问大臣，准备新开懋勤殿处理国事。光绪唯恐太后不同意，又专门让谭嗣同搜罗整理了历代王朝开殿办事的先例，以便面呈太后，请太后答允。

一切准备就绪，光绪来到颐和园乐寿堂，刚到门口，迎面碰到李莲英，李莲英知道皇上又为着变法的事来求太后的，便上前低声说道：“皇上可得小心点儿，老佛爷最近心情不好，脾气也暴。”

光绪一听，也不知真假，心里沉甸甸的。既然来了，硬着头皮也得进去。行过大礼，光绪忙问道：“母后身体最近可好？儿臣最近忙于国事来园问安次数减少了，请母后见谅。”

慈禧不冷不热地说：“还有人挂念着母后，皇上只怕早就把母后忘到九霄云外去了，今番来园恐怕不是来向母后问安的，而是另有所求，是吗？”

光绪见太后点穿，也不隐瞒，便坦诚说：“儿臣今日来此，一是向母后请安，看望母后身体可好；二是有事请示母后。”

“什么事皇上不能自己做主，还要跟母后商量，母后不是同你说过吗？大小事皇上思量着做就是，皇上自己拿主意吧！”

“还是请母后给拿个主张，儿臣不能做主，这是朝中大事。”

慈禧心道：谅你也不敢隐瞒，我倒要看看是何大事！便问道：

“什么事，皇上请说吧，看母后能否拿得了主张。”

“儿臣准备开启懋勤殿处理朝事，并聘请西洋人做顾问，母后以为如何？”

“就为这事？母后听说那洋人顾问叫李提什么太，人都被康有为从上海请来了，大局已定了，还来找母后拿什么主张，你自己早已决定了，此时再来园中不过是走个过场，行与不行你都照样做，这不是成心气死母后吗？”

光绪先是一惊，自己的一举一动太后都了如指掌，又听太后这么一说，心里有说不出的滋味，内心更加沉重。他仍赔着小心说：“康有为把那洋人请来并没有马上决定开殿的事，只是询问一下情况，儿臣这就来请示母后了，并不敢私自做有所违逆母后的事。”

慈禧思考一会儿问道：“这开殿处理朝政的事是否有先例？万事总要有个说法。”

“回母后，开殿处理朝政的事我朝虽没有先例，但历史上是有成例的。”

光绪说着，把谭嗣同整理好的成例递了上去。慈禧接过卷子也不翻看，随手把它丢在旁边，说道：“皇上只要想做的事总会找到借口和先例的，这事也就由着你。我倒要问你另一件事：剪发易服，驱逐旧臣，改元开化，标举西法可有这么回事？”

“这——，并非像别人传闻的那样。”

“怀塔布素是怎样被革职的？”

“他不听改制，私自扣压奏折，并倚老卖老，蛮不讲理。”光绪辩解说。

“我再问你，怀塔布素扣压的折子是何内容？”

“剪发易服，推行西装。”光绪老老实实地说。

“听说皇上还赏提出这项建议的王照三品顶戴，看样子，皇上是准备剪发易服了？”

“回母后，儿臣本打算等一段时间再向母后汇报这个问题，既然母后问起，儿臣也就实说了，剪发易服自古就有，昔日赵武灵王胡服骑射使赵国强大起来，成为战国七雄，西洋也有俄国的彼得大帝剪发易服让俄国强大的成案，儿臣决定我朝改革这长袍畜发的陋习，学习西洋人穿短装……”

光绪还要说下去，猛听慈禧太后一声怒喝：“住嘴！像你这种闹法，只怕改不到哪儿去，大清的气数也就让你给改尽了。头发是父母给的，人在发在，发亡人亡，自古都是这样，别的事母后依着你，这件事是万万不准的，你就死了这条心吧！”

光绪又重新跪下叩头说：“儿臣这样做是为时势所逼呀。如今大清是内忧外患，西洋列强瓜分豆剖，日本仍贪心不足，国内饥民四起，强人揭竿，内乱不止，就是祖宗有灵也会支持儿臣的变法改制。儿臣变法是为了图强，不让祖宗留下的土地再失去，儿臣怎能忘记祖训呢？如果再不变制，大清将亡了，儿臣将永被后人讥笑，留下千古骂名，何以有脸再见先人？”

光绪说着，已痛哭于地，泣不成声。

慈禧见光绪这样不听自己的劝告，反而为自己强辩，气急败坏地说：“如此嘴硬，口口声声说是为了祖宗，祖宗有你这不肖子孙实在是祖上的不幸。我把你迎入宫中，一手把你扶养成人，入承大统，没有我哪有你的今天？如今翅膀硬了，反而来惹我生气，真想让母后气死不成？”

光绪抽泣着，半天说不出话来，好久才强忍住悲愤，倔强地说：“变法改制儿臣心意已决，如果太后不答应儿臣，请太后废了儿臣的皇位吧，否则，儿臣决计变法维新到底！”

慈禧一听，顿足大哭说：“载湉，你如此忘恩负义，真要逼死母后不成？”

慈禧浑身颤抖，几乎坐立不住，光绪急忙上前扶住太后。李莲英也赶紧上前去给太后捶背，并温声温语安慰说：“老佛爷息怒，老佛爷别哭伤了身子，皇上年轻气盛，一时性急说出这番气话，太后不必挂在心上，不如让万岁爷先回宫反省反省，到时再来向老佛爷赔礼吧。”

慈禧哭泣着，向外摆摆手。

光绪抹着眼泪躬身退出。

光绪帝回到养心殿，长吁短叹，思前想后还是不能与太后闹翻，决定向太后赔礼，请求太后原谅。

第二天，光绪命御膳房的太监为太后备上一桌上等筵席，送到颐和园。光绪也亲自到颐和园乐寿堂跪请太后，并向太后认错请罪。

慈禧两眼红肿，一脸怒气，不愿接受光绪送来的筵席，经光绪再三恳求，慈禧才勉强起身赴宴。席间，光绪唯恐再惹太后生气，总是强作笑脸，不住地为太后夹菜。今天，光绪一改平时吃饭时沉默寡言的习惯，一有机会就向慈禧赔礼，说一些恭维入耳的话。慈禧也不搭理，独自默默捡几样可口的菜吃一些，喝几杯花雕黄酒。光绪也觉无味，但仍是硬着头皮，强作笑脸地劝酒夹菜。

光绪的谄媚、殷勤并没有达到预期的效果，慈禧仍是不理不睬。后来，光绪也腻烦了，索性放下筷子不再说话，也生起了闷气。

慈禧见光绪放下筷子，也放下手中的筷子，扫一眼生闷气的光绪，对李莲英说："小李子，我们走吧，皇上吃饱了。"

说完，接过宫女递来的手帕擦擦嘴，又剔一剔牙，便起身离去。

光绪坐在桌旁，望着慈禧太后扬长而去的背影，心里像打翻的五味瓶极不是滋味。他呆呆地坐了一会儿，贴身太监寇连材悄悄地催道："万岁爷，咱们回宫吧？"

光绪咬咬牙，终于叹息一声随寇连材回宫。

珍妃早就等候在养心殿外，见光绪回来，急忙迎上去，一看光绪那无精打采的神情，便明白了几分，主动上前挽住光绪，把他搀到屋里，这才柔声说道："皇上应以国家大体为重，万事想开点儿，不必为一些鸡毛蒜皮的事伤了身子，今后的事多着呢！"

光绪握住珍妃的手，叹口气说："爱妃说得对，一切从国家大体出发，不必拘于小节。司马迁在《史记·项羽本纪》的鸿门宴一节里说得好：‘大礼不辞小让’，朕也想放开手脚干一番惊天动地、轰轰烈烈的大事。”

珍妃笑了：“皇上所做的事本来就是惊天动地、轰轰烈烈的大事嘛！”

光绪轻轻摇摇头：“朕先前做事处处受太后挟制，听命于太后，事事不能如意，这才闹到这种地步。朕想通过这次变法摆脱太后的约束，堂堂正正地做一个皇帝，像先祖康熙、雍正、乾隆那样辉煌一时。”

珍妃也微叹一下：“皇上的难处臣妾理解，想通过这次变法摆脱太后的约束也非易事。太后岂能容皇上违背她老人家的意志？剪发易服的事才刚刚提出，尚未实施行动，太后就发这么大的火，更何况皇上要做出更出格的事呢。”

光绪沉思一会儿，压低声音对珍妃说：“朕想效法康熙爷摆脱鳌拜等人干预朝政的办法来摆脱太后掣肘。”

珍妃一听，吓了一跳，忙小声说道：“此事万万不可莽撞，稍一不慎，后果不堪设想。”

当年康熙八岁继位，受制于鳌拜等人，后来他智擒鳌拜，剪除逆党才得以独掌天下。现在光绪突然提出要效法先祖康熙，这不就是准备发动宫廷政变吗？珍妃当然害怕事情不成而遭到杀身大祸，才这样劝说光绪。

光绪沉默了好久，才无奈地说：“朕也不想走此下策，只怕朕不下手，太后就已行动了，与其到那时朕做太后的阶下囚，不如朕豁出去，死也死得轰轰烈烈。”

珍妃忙问道：“皇上到颐和园发现什么异常情况了吗？”

“太后最近把她的亲信大臣王文韶调入军机处，填补翁师傅的空缺，并安插在朕的身边，可能就是为着在朝政上监视朕。这还不能说明什么，太后又授任荣禄为直隶总督、北洋大臣，统辖警卫京津的北洋三军，以文渊阁大学士身份署直隶总督，这是我朝从来没有的事。太后这样做决不是随便所为，而是有所图谋，欲对维新变法新人进行血腥屠杀，用意不小呀。”

珍妃想了想，说道：“太后这样做也许只是向皇上表示一下自己的态度，也向朝内朝外的大臣表明自己权力在握，向维新人士发出警告，也不至于对皇上和维新之士下毒手。”

光绪摇摇头：“太后为人处事的手段朕十分清楚，她出手狠毒，决计不会给你任何回旋的余地，不置你于死地是决不会善罢甘休的。今天，朕到颐和园去，碰见许多行踪十分可疑的人。近来，朕也得到谭嗣同等人的报告，说京城戒备比往昔森严，似乎有什么大的军事行动似的。太后可能已有将维新人士一网打尽的准备，害人之心不可有，防人之心不可无，不怕一万，就怕万一，对太后还是及早提防为妙。”

“既然皇上这么说，臣妾也不阻拦，只是皇上行事一定要慎重、细心，万万不可因小失大，落得个鱼死网破的结局。”

“爱妃说得也是，朕不在逼不得已时决不出此下策。如果朕被迫那样做时，爱妃也不必担心，朕自从变法之日起就抱定与变法共存亡的信念。假如事情不济，朕血洒午门，爱妃可想方设法逃出宫去，做一民间女子吧，不必羡慕皇宫大内的奢侈豪华，宫中实在是一座毁灭人的监狱。”

珍妃抱着光绪，泪流满面哽咽地说道：“皇上难道不了解臣妾的心迹吗？臣妾自从进入宫来，偶遇皇上，彼此便心心相印，臣妾也再无所求，只希望能整日服侍皇上安度终生，不再慕富贵、求荣华。只愿和皇上一起共度国难，不求同生，但愿同死。”

珍妃说着，早已泣不成声，光绪把她紧紧拥在怀中，好像这就是生离死别。

的确，从《明定国是》诏书颁发以来，朝中不幸的事接连不断，先是翁师傅被开缺，接着恭亲王薨逝，后来是围绕罢黜李鸿章的事，现在又围绕剪发易服的事，和太后的关系越来越紧张。还有许多其他方面的压力，都让光绪每天透不过气来。

今天明明是心事重重，又悲又哀，光绪把这许多烦人的事儿一股脑儿扔了，他要快活，他要让爱妃快活，他觉得自己贵为天子却是一个不合格的丈夫，让心爱的人为自己委屈受苦。

“爱妃瘦多了！”

“皇上也瘦多了！”

“朕让爱妃跟着受了许多连累，朕心不忍。”

“臣妾早把一切献给了皇上，无怨无悔。”

“朕今年都快三十了，古语道：三十而立，事业有成。朕虽是一国之主，而立之年却一事无成，这番改制也不知结果如何，吉凶难卜啊！”

“是啊，皇上都快到而立之年了，却没有龙子，臣妾惭愧，臣妾一定要为皇上怀一个龙胎，也让皇上后继有人，早日为皇上分忧解愁。要么臣妾让御医给检查一下，看看臣妾有无生育能力，如果不行，皇上就请移情别恋，让皇后或其他妃子给皇上怀一龙胎。”

光绪流泪了，默默地，那泪从深陷的眼睑涌出，在光绪消瘦的脸上滚动。

珍妃见皇上刚刚快活起来的心绪又转为伤心，心中十分不安，忙自责说：“皇上恕罪，都是臣妾不好，不能给皇上生有龙子，让皇上失望。”

“不！”光绪一把抱住珍妃，失声哭道，“是朕不好，朕已让御医检查过，朕没有生育能力。”

珍妃惊呆了，这是她从来也没有想到的事。

二人再次抱头痛哭。珍妃哭喊道：“天呐，为何这么不公平！这是谁在作孽？”

光绪整整一天也没有接见任何人，他苦苦思索了一天，终于在黄昏时分想通了，也下定了决心。一不做，二不休，干脆来个兵谏太后，强迫她答应自己把维新变法进行到底，这样也可夺下太后的大权，永绝后患。

光绪迈出大殿仰望晚霞即将消失的西方天际，心事悠悠。太后都是这西天的落日了，为何还这么权欲熏天，对自己如此保守苛刻？自己出此下策，不是儿臣不忠不孝，只怪太后逼迫太甚。狗急也跳墙呀，何况朕是一国之君呢？自古宫廷都是这样：李世民玄武门事变，兄弟残杀；李隆基弑父继位；赵光义逼死宋太祖；明成祖朱棣起兵反叛逼走侄儿建文帝。远的不说，就是我朝不也是为争皇位相互残杀吗？雍正帝为争大统对诸位亲王是何等残忍！咸丰帝与父辈几位亲王不也是明争暗夺吗？太后不是热河政变哪有今天？她能够这样，朕何尝不能这样呢？朕不得已铤而走险也是上行下效吧！

光绪想归想，真让他做起来还是有点优柔寡断、顾虑重重的。多少年来，太后的淫威早已在他心目中留下了深刻的伤痕，以至于提起太后他就心里发怵。让他去反叛太后真是难上加难，更不用说，让手无缚鸡之力的他去带兵围攻颐和园了。

直到深夜，光绪才最后下定了决心，他披衣起床，伏案疾书一封，并工工整整把诏书折叠好，这才上床睡觉。他能睡得着吗？翻来覆去，迷迷糊糊之中东方已经发亮。

光绪起来，立即派心腹太监传唤军机处行走杨锐入宫进见。

杨锐来到殿内，光绪屏去其他人。这时，光绪眼圈一红，长叹一声："为变法新政的事，朕和太后的矛盾已无法化解，太后已执意剪除变法，杨卿有何看法？"

杨锐不知光绪这话到底是什么意思，只好试探着说："微臣听命于皇上，一切由皇上做主，臣愿为变法赴汤蹈火，在所不辞，有什么打算，皇上尽管吩咐吧！"

光绪拉着杨锐的手，沉痛地说："杨爱卿是朕最信得过之人，朕不得已才出此下策，如果不这样，你等变法维新人士将被太后一网打尽，朕为了你等性命着想，也为大清江山着想，决定对太后及其亲信之人采取非常措施。朕托卿带出这封诏书，请卿与康、梁、林、谭等卿仔细筹划，小心行事。如果遇到非常之时，可立即焚毁。朕将大清的国运完全托付给杨卿了，请杨卿慎重行事，不要辜负朕的一片苦心。”

杨锐热泪盈眶，急忙跪倒在地，双手接过诏书，郑重地说：“请圣上放心，微臣杨锐誓与此诏共存亡，愿用热血捍卫圣上的变法新政！”

说完，纳头一揖。

杨锐怀揣诏书，神情十分庄重地安慰光绪几句，便匆匆告辞离去。

杨锐离开紫禁城，哪敢怠慢，立即秘密地把康有为、梁启超、谭嗣同、文廷式、林旭、杨深秀、刘光第几人召集到他的家中。

这几人凑齐之后，见杨锐庄重的神色都不知出了什么事，忙问道：“到底怎么了？”

杨锐派人在外放哨，并布下暗岗，这才进入厅内，取出光绪帝让他带出的密诏，几人一齐跪下共览，只见诏书写道：

近来朕仰窥皇太后圣意，不愿将法尽变，并不欲将此辈老谬昏庸之大臣罢黜，而用通达英勇之人，令其议政，以为恐失人心。虽经朕累次降旨整饬，而并且随时有几谏之事，但圣意坚定，终恐无济于事。即如十九日之硃谕，皇太后已以为过重，故不得不徐图之，此近来之实在为难之情形也。朕亦岂不知中国积弱不振，至于阽危，皆由此辈所误，但必欲朕一旦痛切降旨，将旧法尽变，而尽黜此辈昏庸之人，则朕之权力实有未足。果使如此，则朕位且不能保，何况其他？今朕问汝：可有何良策，俾旧法可以全变，将老谬昏庸之大臣尽行罢黜，而登进通达英勇之人，令其议政，使中国转危为安，化弱为强，而又不至有拂圣意。尔其与林旭、刘光第、谭嗣同及诸同志等妥速筹商，密缮封奏，由军机大臣代递，候朕熟思，再行办理。朕实不胜十分焦急翘盼之至。

特谕

众人看罢诏书，起身坐起，都神态凝重，沉思良久，虽然诏书中没有明说让众人谋划图谋太后的事，但已隐隐约约道出光绪皇帝的这个心思。怎么办？众人心中也已明白皇上的处境和他们自己的处境。最后，谭嗣同率先打破沉默说：“既然皇上有旨，我等还犹豫什么，皇上此举也是深思熟虑不得已而为，如果不这样，恐怕皇上可危，我等命也将休，事情急迫，必须早做准备。”

林旭接着说道：“谭兄说得对，现在是危急存亡的时候了，你不图谋她，她可就图谋我们了。我也发现最近京中似有大变，京中的警戒较往日特别紧严，盘查也特别仔细，估计皇上探得太后已经开始行动了，才下诏让我等谋划对策。”

“就是，表面上太后深居颐和园，不问朝政，实际上密切注视朝中动向，大量亲信安插在朝中要害部门，对变法新政之事了如指掌。”杨深秀也发表意见说。

“既然如此，大家应拿出对策，应付眼前的非常局势。保住皇上，保住变法才可。”康有为着急地说。

“还能有什么对策，办法只有一个，就是兵谏太后，逼迫她支持变法。”谭嗣同不耐烦地说。

“兵谏？我等都是手无缚鸡之力的书生，如何能操刀入宫胁迫太后呢？”梁启超有点胆怯地说。

文廷式说道：“对太后进行兵谏，并不是要你我亲自提枪入宫去迫太后，而是让我等密谋这事，寻找一位带兵的将军参与这事，然后由他出面带兵入宫围攻太后，发动政变。”

“文廷式说得对，现在关键就在于让哪位大臣起兵行事呢？”林旭困惑地说。

众人你一言我一语，议论了好久仍是没有个眉目。谭嗣同沉默了一会儿，分析说：“如今执掌京津兵权的是新任直隶总督荣禄，太后命荣禄接任直隶总督兼北洋大臣，这是明摆着把兵权握在自己手中，以便随时拥兵胁迫皇上。外地兵力山高路远，远水不解近渴，只能从京津附近地区寻找可以对抗荣禄的人。”

“不可能！”刘光第微微摇摇头说，“荣禄节制北洋三军，其下有三支部队：聂士成的武毅军目前移驻长芦，董福祥的甘军移驻长辛店，还有淮军，再加上这京中一提七镇的绿营兵人数十万有余。此外，他手下还有袁世凯新练的陆军部队。如此雄厚的实力在京津无与伦比，谁能够和他抗衡呢？要想找到兵变的人恐怕很难。”

“不见得，荣禄手下有如此军队，这些统兵的大将军未必都和他沆瀣一气，狼狈为奸，屈从太后的淫威，我们可以从聂士成、董福祥、袁世凯等人身上打主意，寻找能够起兵反叛荣禄的人。”杨锐提议说。

谭嗣同马上表示赞成：“这个主意不错，我认为聂士成可以作为我们寻找的对象。这人一向较为耿直，在甲午之战时也是积极主战的，曾和马金叙等人在虎山抵抗日军，作战较为英勇，也许对荣禄等人不满，有背弃之心，只要拿出皇上的谕旨前往游说，他不会不从。”

“董福祥也可以争取。”林旭建议说。

“我看这两人都不如袁世凯可靠。”康有为打断林旭的话说道，“聂士成、董福祥都是旧派官员，思想守旧，对变法认识不够，未必能够听从我等的劝说。如果劝说不成，反而泄露了皇上机密大事，到那时悔之晚矣，不如首先拉拢新派人物袁世凯，他现在是直隶按察使，兼做荣禄的练兵总办，负责操练新建陆军，有维新思想，倾向变法，还是强学会的一名成员，也算是我们自己阵营的人，我认为此人最合适。”

康有为说完，大家认真考虑了一会儿。

文廷式也说道：“袁世凯早在四年前就加入了强学会，很有维新思想，也懂得西学，可以重用。”

谭嗣同仍顾虑重重地说："袁世凯的底细我们不清楚，他曾是淮军将领吴长庆手下的人，后投靠李鸿章才得到重用，到朝鲜任通商大臣，甲午之战时在天津组成一个十营的'定武军'，如今把这定武军改编为'新建陆军'。虽然加入了强学会，但他是李鸿章的人，万一把机密泄露出去，后果不堪设想。请诸位三思。"

梁启超反对说："如果袁世凯不合适，有泄密的可能，那么聂士成、董福祥就更不合适了，他们难道没有泄密的可能吗？"

谭嗣同无话可说。

最后，大家一致认定袁世凯最合适，决定派人去游说袁世凯，然后再做下一步行动的准备。

光绪帝坐在养心殿内，心神不宁，顾虑重重，等待杨锐等人的消息。正在焦急时，忽报杨锐求见，他立即命人让杨锐入内。

杨锐进入殿内，拜见完毕，等众人都退出时，才奏报说："皇上不必多虑，我等已经商议停当，正在寻找一个握兵权的官员协助就可以了。"

光绪一喜，忙问道："寻得何人？"

"荣禄手下负责练兵的总办袁世凯，此人正在操练一支西式新军，非常精锐，只要此人愿意协助，大事可成。"

光绪沉思一会儿，说道："此人朕也听说过，他是直隶按察使，兼职操练陆军，不知杨卿是否派人前往探寻？"

"正是为此事，臣才再见皇上，请圣上下一谕旨，让袁世凯来京候命，袁世凯一定应诏入京，再协商合作的事。"

光绪沉默片刻，问道："此人是否忠于朕？"

"初步了解，此人尚可，他是强学会成员，和康有为、文廷式都有交往，思想先进，有维新变法主张。至于是否愿意协助皇上图谋大事，可以先把他召进京，通过言谈再做考虑。"

光绪也觉得目前只能这样，点头说道："此事就拜托杨卿全盘处理了。"

光绪又回到御案前，迅速草拟诏书一份交与杨锐，再三叮嘱，杨锐才拜别而去。

杨锐回到寓所，把召见袁世凯的诏书交给康有为，让康有为负责派人送往天津，面见袁世凯。

康有为也不敢耽搁，立即派他的弟子徐仁禄前往。因为徐仁禄是吏部侍郎徐致静的儿子，也是朝中新任命的官员，让他前往天津不会有人怀疑。

徐仁禄怀揣圣旨来到天津小站，见过袁世凯，奉上诏书。袁世凯很是惊慌，他仅是直隶按察使，突然有圣旨直接下到他手中，怎能不感到奇怪呢？更何况诏书只是让他奉命火速进京候命，并没有提到什么内容。

袁世凯曾经和徐仁禄有过一面之交，知道他是康有为的学生，如今皇上正在维新变法，康有为是皇上身边第一号红人，他也想结交康有为，于是面露恭敬之色说道："康大人最近挺忙吧？"

"师傅受皇命所托，负责变法的许多事宜，几乎每日操劳到深夜。"

"卑人特别敬仰康大人的学识和胆略，以及他为大清社稷不辞辛劳的精神。我早在四年前，康先生首创强学会，宣传维新之际，就是怀着对康先生的追慕之心，加入了强学会的，对康先生的许多著书都细细读过。这次奉命进京，有时间一定亲自去拜会一下康先生。"

徐仁禄见袁世凯说得这样诚恳，十分高兴，也兴奋地回答说："康师傅对袁兄也极为推崇，他多次同在下提到袁兄，说袁兄懂得西学，支持维新，又有变法改制的思想，勇于革新，自己率先采用西学操练新军，实在可嘉，是当今大清领兵将领中最有前途的后起之秀，将来一定成为朝中栋梁之材。"

袁世凯一听，哈哈一笑："这恐怕不是康先生的话，而是徐兄的恭维之辞吧！"

“也许袁兄不信吧，到京中袁兄就明白徐某不是在恭维袁兄了。实不相瞒，袁兄这次受皇上召见，就是康师傅极力在皇上面前保荐的结果，在师傅的举荐下，皇上也很器重袁兄，这次进京定会高升的。”

袁世凯仍是将信将疑，忙说道：“在下先谢过徐兄，到京中一定亲自拜会康大人，再行谢意。”

徐仁禄满心欢喜，认为自己游说成功，便辞别袁世凯回京复命。

初秋的清晨凉飕飕的，浓浓的雾气尚没散去，光绪就起来了。这几天他总是心神不宁，天不明就醒，一醒就再也睡不着了。

光绪在养心殿门前的小路上走着，他踏着青石板路，看着沙沙落下的金黄色叶子，心里有一种说不出的味道。他不知道杨锐等人谋划得怎样，这袁世凯到底是不是可靠，光绪都在揣测着。更令他不安的是太后昨天又送来信，让他今早到颐和园见驾，到底是什么事，光绪不得而知，难道自己图谋太后的事被太后知道了？不可能，光绪否定说，太后怎么会知道呢？自己做的是那样秘密。如果太后真的知道早就对自己大发雷霆、毫不客气了。不过也说不准，自己周围有许多人都是太后的耳目，他说不准谁是太后的眼线，谁都像，谁又都不像，光绪疑惑了。无论如何，这颐和园是一定要去的，就是太后知道了也要去，是刀山，是火海也要前往，躲是躲不掉的。光绪决定马上就去。

雾虽然散去，早晨不暖的阳光被破棉絮似的云块挡住，天气显得阴凉而又潮湿，乐寿堂外一片凄凉。光绪腹内空空地跪在门外，浑身直打哆嗦。

就这样，光绪已跪了近一个时辰，太后仍未传话让他进去，他心中早就窝火了，更增加了发动宫廷政变的决心。

慈禧终于慢条斯理传出话来：“让皇上进见吧。”

光绪站了起来，两膝都跪麻木了，几乎站立不稳，两个太监忙上前将他搀住，他才稍稍平稳一些。不过，浑身的衣服已被露水浸湿了。

慈禧盘腿坐在炕上，见光绪进来，瞅一眼哆哆嗦嗦的皇上，淡淡地说道：“皇上冷吗？”

“不，不冷。”光绪搓着手说。

慈禧又训斥说：“身为一国之主，君临天下，也该拿出皇帝的威严，像你这缩头缩脑的熊样，哪有皇帝的气势，衣冠不整的。”

无论怎么训斥，光绪就是不吭声。

慈禧训斥几句，接着语气稍稍缓和地说：“皇上整日忙于变法、改制，可听到什么谣传没有？”

光绪的心咯噔一下，以为自己给杨锐密诏的事被慈禧探出了风声，忙忐忑不安地问：“母后听到什么风声，儿臣怎么没有听说？”

慈禧叹口气说：“皇上搞维新，闹腾什么变法只要不出格，我可以不管，但这谣传母后可不能不问！”

光绪的心更沉了，讷讷地问道：“母后到底听到什么谣传，请直说吧。”

慈禧这才说道：“据说康有为倚仗皇上的恩宠，在外胡言乱语，肆意诋毁皇上和本宫，实在是无法无天，这样下去，皇上和母后的名誉可就给毁了，如此大逆不道的人，皇上可以不管，我却不能不问。皇上最好将此人拿办，这样才能杜绝谣言，皇上以为如何？”

光绪沉吟半天，才吞吞吐吐地说：“母后之言儿臣一定谨记，不过这事未必属实，待儿臣查明事实真相再做处置也不迟。”

说这话的时候，光绪一颗怦怦直跳的心落了地，太后并不知道他送出密诏的事。但光绪也是冷汗直冒，他所担心的另一件事终于发生了，什么康有为在外诋毁他和太后，这不过是母后准备铲除维新变法人士的一个借口，这也是太后向维新人士动手的前兆。光绪正在思考如何对付，就听太后冷冷一笑，说道：“我知道你不忍心，不过，如果皇上不同意惩办康有为的话，老身也由不得你了，我出面来管！”

慈禧稍稍缓口气，又说道：“为了尊重皇上的意见，母后给你两天考虑时间，待皇上考虑后，母后再听你的主张。”

光绪木然地坐了一会儿，才说道：“请母后放心，如果康有为真这么胆大妄为，儿臣一定会严加惩办的。”

“好吧，这事就依你！”慈禧终于松了口，“不过还有一事要告诉皇上。”

光绪刚刚放下的心又提到嗓子眼儿，他不知太后又要怎么作难他，便怯怯地问：“还有何事，请母后明告。”

“荣禄节制北洋三军，治军严明，训练有方，为了耀兵东洋，炫我大清国力蒸蒸日上，荣禄多次上奏，要求让母后到天津阅兵。母后也认为可以借阅兵炫耀一下我大清的实力，也不让西洋诸国小瞧我大清，母后已答应荣中堂的邀请，约定在八月十五中秋节之际会同皇上和朝中诸大臣及外国使馆的人在天津参加阅兵仪式。母后已令军机大臣把这则事宜宣布中外，到时请皇上务必前往。”

这话一出，光绪的心可是怦怦乱跳。光绪已得到报告，荣禄最近调兵频繁，不断向北京周围集结部队，他已把聂士成率领的武毅军，由驻防的长芦调到天津，屯扎在陈家沟一带，截断北京与天津之间的联系。又把董福祥所率领的甘军调到北京城外长辛店一带留驻，似乎随时准备进驻城内。这几天，紫禁城和颐和园的把守都更为严密，每个城门都不同程度增加了步军统领衙门的八旗兵，对进出宫门的人都严加查询，一遇有可疑的情况，便有内线迅速报告颐和园。杨锐两次进宫都挖空心思，找到两个合适的借口才得以进去。

光绪也知道，自己周围有许多太后的耳目监视自己的一举一动，自己的密诏刚刚送出去两天，太后就这样加快了行动的步伐，光绪怀疑自己的行动已被太后发觉，仔细一想又不可能，估计这是太后早就有剪灭变法的预谋。先赶走翁师傅，今天又要拿办康有为，这八月十五天津阅兵可能就是政变的时机，说不定到时候要捕获自己呢?

光绪这一想，着实害怕了，额上、鼻上直冒汗，脸也微微有点惨白。

慈禧见光绪憋了半天不说话，脸色还有点异样，便不高兴地说:“皇上不同意吗?这上谕都已电告中外，更改已不可能了。这事就这么定了。”

光绪这才说道:“既然母后已电告中外，日期已定，儿臣到时陪同母后前往就是。母后这么大年岁了尚为大清社稷不辞辛劳，儿臣还能说什么。”

慈禧见光绪话中有话，十分不悦，冷冷地说:“皇上还没用早膳吧，随母后在此用膳，不知皇上意下如何?”

光绪怕两人这样僵持下去，话不投机，弄出尴尬局面，忙推说有事，匆匆离开颐和园回宫。

一路上，光绪十分气恼也十分害怕。恼太后自作主张，以上谕形式电告中外这天津阅兵的事。不过，太后自作主张所做的事何止这一件呢?怕的是天津阅兵好像鸿门宴，凶多吉少。

第三十五章

掷孤注倚重袁世凯 料大局佩服李鸿章

谭嗣同稍稍迟疑一下，从内衣里取出折叠好的纸片，递给袁世凯说：“兄台请看这个。”袁世凯接过纸片凑近烛台一看，顿时一惊：“这是皇上的御笔！”袁世凯把光绪帝的密诏从头到尾细细读了一遍，沉吟半晌没有表态……

光绪刚到养心殿坐下，那边就有奏事太监来报，说天津按察使袁世凯奉命求见皇上，光绪立即命他进殿见驾。

袁世凯进得殿内，恭恭敬敬下跪行叩拜之礼：“臣袁世凯叩见万岁万万岁！”

“袁爱卿免礼请起！”

“谢皇上！”

袁世凯站起，光绪命他坐下，这才打量一下康有为极力推荐的人才，只见他身材魁伟，高大结实，一脸横肉鼓鼓的。硬硬的短胡子像刺猬的屁股，肥厚的嘴唇敞开着，露出几颗又黄又大的长牙。鼻梁高挑似有一股正直气概，再看那一对凹陷的双眼，又透着几分狡黠。从外表看，这袁世凯确实像个勇武之人，有让人胆怯三分的感觉。

光绪打量一会儿，这才说道：“袁爱卿在天津操练新军十分辛苦吧？”

“回圣上垂问，为国尽职，为朝廷卖力是微臣的职责，怎敢说‘辛苦’二字。而圣上日理万机操劳国事，最近又锐意革新实在是辛苦啊！”

“袁爱卿所训练的新军与旧式部队相比到底有哪些区别呢？”

“回圣上，微臣所操练的新军全部采用西洋军队的装备方式，武器弹药都是从西洋购得，是当今世上一流的装备。像克虏伯大炮、格鲁森陆炮和麦新快炮，枪也是一流的毛瑟快枪，命中率高、射程远。那操练方式也都是西式行军布阵方式，行、立、卧、坐、跑、站、转、退都有十分严格的标准。待八月中旬天津阅兵时，圣上一定会大开眼界的。”

一提到天津阅兵，光绪的心就一阵子发紧，知道那一去必然凶多吉少，太后把自己调到天津，就是让荣禄发动兵变，胁迫他做出许多让步的，怎样才能在天津阅兵时保住自己，万无一失呢？光绪心中是一片茫然。

光绪问一会儿袁世凯关于操练新军的情况，便又试探着问：“袁爱卿所操练的新军有多少人马？”

“七千余人。”袁世凯答道。

“才七千？”光绪重复了一句，轻轻摇摇头，“太少了，和荣中堂所指挥的北洋三军相比实在不足道，北洋三军有十多万人呢！”光绪说着，神情十分沮丧。

袁世凯见皇上听说自己的新军才七千人时神情十分黯淡，不知何故，忙说道：“新军七千人，少是少点，可这七千人作战能力强、水平高，与旧军相比，至少也可以抵上旧军的七万人吧。”

光绪怕言多有失，初次见面不便多言，于是改口说：“朕是说七千新军太少了，应大胆地改编新军，而旧式军队可以少一点，新军越多越好，否则，如何能与西洋的军队抗衡呢？军弱则国弱。”

“皇上见教得对，只要圣上大力支持，微臣一定多多编练新军，效命皇上。”

“袁爱卿操练新军有方，朕十分欣慰，如今朕正着手维新变法改制正是用人之际，康有为向朕举荐了袁爱卿，朕今日一见果然是我大清难得的栋梁之材，朕将重用于卿，提升袁卿为兵部侍郎候补。”

袁世凯一听，皇上如此厚爱，如今是无功受封，受宠若惊，急忙跪下谢恩说："微臣无功破格受封，自觉十分惭愧，他日皇上有用微臣时，微臣甘愿为皇上效犬马之力。臣在此谢主隆恩！"

袁世凯说完，纳头又是一揖。光绪急忙扶起袁世凯说："袁爱卿不必自谦，京中诸臣都一直夸赞你兵练得好，朕在此提升你并非是无功受赏，操练新军本身就是大功一件嘛，希望袁爱卿今后多多操练新军，朕大力支持你，如有什么请求，可随时奏来。"

"谢皇上恩典。"

"朕考虑改革军制，应把新军和旧军分开统率，今后袁爱卿练兵和荣禄可以各办各事，不必受他挟持，新军是国家栋梁，袁爱卿尽管自作主张操练，有事直陈到朕这里就是，你好自为之吧！"

光绪这话一出，袁世凯就听出话外之意，但也不便直问，心中猜出几分，他这次从天津来时就颇感意外，现在一听皇上之言，当然明白许多。等光绪召见完毕，袁世凯立即满腹狐疑地退出紫禁城，回到住所——法华寺。

袁世凯回到法华寺，心神不定地刚刚坐下不久，就接到奏事太监送来的光绪帝上谕，急忙跪下接过圣旨，只见上面写道：

直隶按察使袁世凯开缺，以侍郎候补递之，专办练兵事务，并随时具奏应办事宜，不得有误。

特谕

袁世凯看罢光绪手谕，心中更是惊慌，他从天津来京时就已觉察出朝中可能要出大事。因为荣禄所属北洋三军最近调派十分频繁，来到京中更见各处盘查十分紧张，刚才出入宫廷时，守卫兵丁也是再三查问。这种种迹象表明，朝中政权可能要有所动荡。再加上刚才光绪皇帝的一番话，袁世凯已明白八九分，这一定与皇上维新变制有关。到底朝中将发生何等大事，袁世凯一时尚不知深浅，考虑再三，他决定找一找自己的旧主子李鸿章打探一下，是否能得出一点儿见机可行的消息来。

想到这里，袁世凯便离开法华寺，到李鸿章府上拜访一下。

光绪越来越感到自己的衣食起居都越发受到限制和监视，形势越来越紧张，光绪估计太后行事的时期已经接近。怎么办呢?宫中被严密监视起来，出入宫廷的人都必须被细细搜查，外臣已经很难进入宫内，光绪有一种“山雨欲来风满楼”之感。他如一只热锅上的蚂蚁，坐立不安。

珍妃也看在眼里，急在心里，提议说:“既然形势发展到这种地步了，皇上也不必顾虑太多了，豁出去行事吧，好歹臣妾陪着皇上。”

光绪来回踱几步说:“也不知杨锐、康有为、谭嗣同等人谋划得怎样了，如果行动的希望不大干脆让他们一走了之，暂且躲过这个风头，过一阵再做打算吧！”

珍妃着急地说:“他们走了，那皇上的安危将咋办呢?”

光绪摇摇头:“太后的目标在于捕获朕的这些维新派人士，对朕太后不会怎样吧！”

“太后行事历来赶尽杀绝，决不会留下后患，皇上不可不防！”珍妃焦虑地说。

光绪摊开双手，无可奈何地说:“就是逃，朕又能逃到哪里呢?古语道:‘留得青山在，不怕没柴烧。’朕苦心经营的变法事业全靠康、梁等人，而太后已命令朕拿办康有为。朕迫于太后之命已革除一个翁师傅，对康有为再也不能听从太后的吩咐了，朕决定送出信去，让他远走他乡，观看京中变动再做打算。”

“那皇上应该尽快下道上谕通知康有为，让他得到讯信及早行动。”

“可宫中盘查甚紧，朕的手谕很难送出去，一旦被太后发觉，等于打草惊蛇，太后会立即采取行动的。”

“这——”珍妃也犯难了，忽然她灵机一动，“宫中有个惯例，后妃娘家进送食物是屡进不禁的，皇上的手谕可放在这食物内带出宫，然后让臣妾的哥哥志钧转交给文廷式或康有为。”

别无他法，也只好如此，光绪立即展开纸，提起笔，草拟一道圣谕：

> 工部主事康有为，前命其督办官报局，此时闻尚未出京，实堪诧异，朕深念时艰，思得通达时务之人，与商治法。闻康有为素日讲术，是以召见一次，令其督办官报。诚以报馆为开民智之本，职任不为不重，现筹有的款着康有为迅速前往上海，毋得迁延观望。

珍妃把光绪的诏书折叠好，唤来自己的心腹太监杨大树，命他把诏书缝进衣内，然后携带宫中的一些珍食，以给珍妃娘家送食为名把诏书带出宫去，并让自己的哥哥志钧设法转交康有为。

珍妃再三叮嘱后，杨大树才领命而去。

康有为接到志钧送去的诏书后，立即召集文廷式、谭嗣同、林旭、杨锐、杨深秀、刘先第、张元济等人来南海会馆康有为寓所商量对策。

大家感到事情急迫，一时都觉得束手无策，议论纷纷。

康有为说道：“为解救皇上，现在最重要的就是杀死荣禄夺回兵权，然后围攻颐和园，胁迫太后让步。而能做到这一点的只有袁世凯，目前袁世凯尚在京中，可派人速去联系决定下一步的行动方案。”

“袁世凯这人是否可靠？”谭嗣同问。

“根据徐仁禄去天津私会袁世凯的谈话内容看，袁世凯极为倾向维新，又有变法的思想，最近皇上也已经接见了他，并授予兵部侍郎候补的官衔，估计袁世凯一定会感激皇上愿意效命的。”康有为分析说。

“如果是这样，现在就立即派人去见袁世凯，然后相机行事。”

杨锐说道。

“仅这样去见不好，必须派人到宫中让皇上给袁世凯下一道诏书，令他捕杀荣禄、兵谏太后，然后取代荣禄任北洋大臣、直隶总督，这样袁世凯便是奉旨行命，又有高官厚禄做诱饵，一定会从命的。”康有为截住杨锐的话说。

林旭沉吟一下说：“现在进出宫闱盘查甚严，容易引起太后的注意，就是皇上写下诏书如何带出宫呢？万一被搜查出来，一切不都完了。”

“这事仍由志钧去做，他是珍妃的哥哥，让他派家人以向后妃进献食物为名把我们的建议传给皇上，同时也负责带出皇上的谕旨。”文廷式插话说。

“也只有这样。”康有为说道，“此事就交给文廷式负责办理。其余人等候待命，随时准备行动。”

这时，梁启超提醒说：“这南海会馆已引起太后眼线的注意，如果我等连续在此集会容易暴露目标，最好换一个地点更安全一些。”

“启超提醒得也对。”康有为说道，“那么换到哪里呢？”

梁启超苦想一会儿说：“要么到金顶庙容闳大师的寓所，他是我的一位远亲，为人忠厚老实，也支持维新，在那里不易引起怀疑。”

“好吧，今天晚上就在金顶庙集会，启超负责联络，等文廷式取得皇上诏书就立即派人去见袁世凯。”

“如果能取得皇上诏书，谁去拜访袁世凯最合适呢？”杨深秀问道。

“启超曾经和袁世凯在强学会有过交往，他去较合适。”康有为说。

“启超应留守金顶庙，负责各处联络工作，还是我去吧，”谭嗣同自荐说，“我和袁世凯也曾有一面之交，彼此稍稍相识。另一方面，袁世凯突然从天津奉诏来京并受到皇上的召见和提升，一定会引起荣禄和太后亲信的密切注意，去拜访袁世凯只能深夜前往秘密进行，不能明来。这深夜行动，你们多是书生出身不会武功，万一遇到不测只得束手就擒。我虽不才，多少习过一点儿武功，必要时也可应付一二。再者，我去见袁世凯，再进一步观察一下他的态度，行则更好，不行再见机行事，尽量不能把机密泄露出去。”

谭嗣同这么一说，大家也都觉得合适，都一致同意他前往会见袁世凯。

最后，林旭又提议说：“文廷式、谭嗣同等人负责与皇上和袁世凯这方面的联络工作，我们几人也不能如此坐等，也应该多方面活动，设法营救皇上，动用的力量越多越好。”

康有为赞同说：“林旭的建议是正确的，皇上下诏让我以办报馆为名，火速离开北京，逃往上海，我怎能忍心弃皇上而不顾呢？虽然皇上的用意在保存维新力量，但我等决不能抛弃皇上，仅靠一个袁世凯，万一不成功怎么办呢？”

张元济十分伤心地说：“我等手无兵权，本身又无缚鸡之力，能怎么办呢？”

康有为思考一会儿，最后无可奈何地说：“我们可以向洋人求救，让他们出面给太后施加压力，力争能保住皇上的性命和皇位，然后再做下一步打算。”

“向哪国求救呢？远水解不了近渴。”张元济反对说，“甲午朝鲜东学党暴乱不就是求救国外引起国内大乱吗？万一国外势力趁机拥兵我朝，引起内外纷争，兵戈大动，事与愿违，我等不就成了千古罪人了吗？”

“元济说得也在理。”康有为自觉不妥，顿一下又说，“皇上原打算开懋勤殿办事，并聘请英国人李提摩太和来华游历的日本前任首相伊藤博文为顾问。现在看来，这开殿办事的事将成为泡影，但这两人都在京城，我们可以去走访这两人，请求他们口头上去劝说太后，并电告各国维护皇上变法，能否从舆论上给太后一些压力，稍稍向皇上让步一下。我们尽力去做，能成则成，不成这是天意，也可问心无愧了。”

众人见康有为十分伤感，他的这个主张也有一定道理，也都同意试一试，反正形势发展到这一步，只能见医就投，死马当活马医了。

光绪如笼中的野兽，被困在深宫内，虽然饮食起居还像从前一样，可这在光绪感觉中末日将临了，几乎没有任何外界的大臣入内求见，他也不知道宫外消息，到底康、梁、林、杨等人图谋规划如何？他一无所知，康有为是否远离京都逃亡上海他也无从知晓。

从门到窗子十步，从窗子到门十步。光绪在这殿内已不知来回踱了多少遍，就是想不出个妙法，就这样，光绪已经一天一夜没合眼了，贴身太监寇连材看在眼里疼在心里，他是太后派来监视光绪的，可在彼此相处的接触中，在帝后之间的对比中，他早已倾向这辛苦俭朴的皇帝了。但他只是一个太监，无权的奴才，只能同情而已，最多是不向慈禧回报光绪近来的秘密行动。这一切，寇连材确实这样做了，否则，现在的光绪早已成为太后的阶下囚了。

光绪终于在困乏交加下趴在桌子前睡着了，寇连材不敢惊动圣驾，唯恐叫醒皇上，他就再也睡不着，只好无可奈何地叹息一声，摇摇头。

八月的夜晚已是寒夜，光绪单薄的衣衫在清凉的烛光中越发显得单薄。一阵微风吹来，烛焰晃了几下，窗纸也沙沙地响几下，光绪在睡梦中裹紧身子。不知何时，珍妃已站在他面前，见皇上这个样子，心中一阵辛酸，忙到床上取出一件外衣给皇上披上。

这时，光绪恰巧醒了，他看见站在身边的爱妃和身上的外衣，心头一热，伸手握住珍妃冰冷的小手：“爱妃，你——”

“皇上，臣妾没事，你也要注意龙体。”

珍妃说着，将皇上拥到里间。这时，珍妃才小声说道：“外面行事挺顺利，请皇上再给袁世凯下一道圣旨，这样，袁世凯就可奉诏举事了。”珍妃说着，便把娘家人以进宫送食为名所带的便条递给皇上。

这是文廷式的手迹，光绪一眼就认出了。一个大海中落水的人，即将溺死前，就是看见稻草也会当作救命绳。光绪心中又掠过一丝希望之光，他兴奋地对珍妃说：“好，朕马上就写，爱妃再设法让人带出。”

珍妃点点头：“那送食的家人被臣妾留在宫中，只等皇上的圣旨呢！”

光绪铺纸提笔，迅速写下这人生最后一道诏书交给珍妃，他把所有的希望都寄托在这份密诏上。珍妃立即像上次一样，又把这道诏书缝进衣内，然后让那家人穿上，设法带出宫去。

等那携带诏书的家人走后，光绪和珍妃并没有特别的激动，他们的心更乱了，他们翘首以待。他们二人几乎是相拥而坐，等待着这难挨的分分秒秒。

也许天公不作美，好端端的晴天，这两天又阴晦起来，整个北京上空都是瓦块似的。铅灰色的阴云笼罩着紫禁城，这真是所谓的“黑云压城城欲摧”，是否还会有“甲光相照金鳞开”的时候呢？

八月初三的夜晚，天仍是阴沉沉的，这正是夜访袁世凯的好时候。谭嗣同接过文廷式手中的密诏把它揣在贴身衣袋里，又拿出一把事先准备好的锋利短剑，把它别在腰间，外罩一身夜行紧身服。谭嗣同准备齐全，便辞别文廷式，向法华寺候补侍郎袁世凯临时寓所出发。

谭嗣同潜行暗伏，几经周折，终于来到袁世凯寓所门前，他双手使劲砸着大门，并压低嗓子叫道：“慰亭，慰亭，请开门，请开门。”

不多久，屋里亮了灯。

袁世凯起来，亲自给谭嗣同打开门，惊讶地喊道："复生，是你？"

谭嗣同闪身进门，这才气喘吁吁地说："现在不是说话的时候，到屋里再说吧。"

二人进屋，袁世凯借着灯光，看见谭嗣同铁青的脸和直喘的神色，吓了一跳，忙说道："复生深夜来访，莫非出了什么重要的事？"

谭嗣同也不答话，不待让坐就在床边坐下了，用衣袖擦一下脸上的汗珠，稍稍停了一下，才说道："深夜来此，搅了慰亭兄的好梦，实在抱歉。不过事出突然，不得已才这样，望兄台多多包涵。"

袁世凯突然看见谭嗣同腰间的短剑，心一下子提到了嗓子眼儿，哆嗦地说："到底出了什么事？复生快说吧。"

谭嗣同这才缓缓说道："小弟与兄台虽不算至交，但都同为强学会成员，也曾谋过几次面，小弟深夜来此，实在是有要事相求，不知兄台能否出力相助？"

袁世凯小心应付说："复生与袁某见外了，你我虽然共事不多，但都是强学会成员，可算得上志同道合的同志，复生的事，袁某有责任承担。既然能想到为兄，你就不必见外了，快说出来看看为兄能否为你分忧解难？"

"兄台认为当今圣上怎样？"

袁世凯一愣，随口说道："锐意改制革新，志在振兴大清，可算得上一代圣主。"

"天津阅兵的事，袁兄知道吗？"

"当然，怎么？"

"这是一个天大的阴谋，太后与荣禄串通好，要在阅兵时发动兵变抑或还要提前行事，逮捕皇上，谋反作乱，铲除维新。"

"有这等事？"袁世凯惊问道。

其实，袁世凯从最近京中严峻的形势中，也感到要发生大事。前天他亲自拜访了他的老主子李鸿章，更得到十分可靠的消息，但究竟如何行事，他一无所知。谭嗣同所说的，既在他的意料之中，又在他的意料之外。

谭嗣同稍稍迟疑一下，从内衣袋里取出折叠好的纸片，递给袁世凯说："兄台请看这个。"

袁世凯接过纸片凑近烛台一看，顿时一惊："这是皇上的御笔！"

袁世凯把光绪帝的密诏从头到尾细细读了一遍，沉吟半晌没有表态。

谭嗣同见状十分生气，郑重地说："普天之下，能救圣上的只有兄台一人，袁兄想救则救，不救可以到颐和园内告发，这样就可作为晋级提升的资本了，复生甘愿在此就擒。"

袁世凯一听，十分生气地说："复生把我袁某看成什么人了？我袁世凯岂是贪生怕死、苟且偷安、出卖朋友的小人？皇上是天下人所敬仰的君主，你复生能为皇上抛头颅洒热血，我袁世凯就不能解救皇上于危难吗？救驾责任不是你一人就可以承担的，我袁某也同样有救驾之心。只是这等大事岂可莽撞行事，稍有不慎，我等性命不足惜，连累了皇上可是千古之罪。"

谭嗣同一听，心中十分感动，急忙施礼说："请慰亭兄恕罪，小弟也是迫不得已才这样激袁兄的，如果袁兄真是这样的人，还值得小弟深夜来访吗？"

袁世凯这才转怒为喜地说："让我们来好好筹划救驾之事，为兄想先听一听复生的打算？"

"荣禄等密谋在天津阅兵时劫驾作乱，近日京津兵马调动频繁，估计荣禄可能提前行动，万一真的如此，事情就更急了，而天下能救皇上、保护圣主的人仅兄台一人，希望兄台担当大任，清君侧，除内奸，安定天下，维护维新，整顿宫廷，这是千秋万代的大业，袁兄将功高盖世，名垂青史。不过，荣禄是袁兄的上司，对袁兄也十分器重，不知袁兄做何考虑？"

"袁某担当大任，表功天下，汗青垂名是不敢当的，救皇上于危难，维护大清基业，袁某是愿意做的。维护大局，个人私恩小利何足道呢？但荣禄老奸巨猾、智勇双全，是当世的奸雄，一般人难以算计他。如果天津阅兵时，荣禄想图谋不轨，可以让皇上躲在我营中，那时，愚兄杀一荣禄就像杀一条狗一样容易了。如果荣禄密谋提前行事，我必须立即赶回天津，时刻关注荣禄的行动，想法截断荣禄和北京的联系，一旦荣禄有所行动，我可以在半路上将他捕获。那时，再带兵入京围攻颐和园，兵谏太后，逼迫她让权就易如反掌了。不知复生有何感想？"

谭嗣同一听，大喜，叹服说："袁兄不愧为智勇之人，谋划很好，一切就拜托兄台了。皇上安危、国家社稷命运系于兄台一人，兄台三思后慎重行事吧！"

"为兄明日即刻返津，详细筹划这事，到时再与复生相会吧！"

谭嗣同又叮嘱几句，这才拜别袁世凯离去。

谭嗣同刚走了没多久，突然感觉到身后似乎有人跟踪，急忙闪身拐进一个胡同，悄悄紧贴墙站立着。果然，一个黑影探头探脑向这胡同蹑手蹑脚走进来。谭嗣同躲在旁，待那鬼鬼祟祟之人走近时，猛地飞身扑上去，卡住那人脖子，把这人生擒住。

谭嗣同用衣带将这人捆住，并堵住喉咙，然后把他携走。费了九牛二虎之力，谭嗣同才把他携到金顶庙。

众人早已等得焦急，一见谭嗣同安全归来，十分欢喜，问明情况后更是长长出了一口气，都一致认为这宝押在袁世凯身上是押对了。并马上提审这捉来的奸细。

"说，你叫什么名字？谁派你跟踪我的？"

这人只是低头不语，装聋装哑。谭嗣同生气了，一拍桌子骂道："大胆的狂徒，不从实招来，我宰了你！"

说着，谭嗣同掏出短剑上前把这人提了起来，准备把刀插进那人的胸口。

那人一看来真的，急忙大喊："饶命，我说！"

谭嗣同这才松开他，说道：“老实交代放你一条生路，不老实死路一条！”

“小的叫王大有，是李大人派我去监视袁侍郎的，不想碰到谭大人了。”

“哪个李大人？”

“李，李鸿章。”

此言一出，众人吃了一惊。

谭嗣同又问道：“李鸿章为何监视袁侍郎？”

“李大人知道袁侍郎进京的事，还知道皇上新提升了袁侍郎，估计袁侍郎突然进京一定有什么图谋，就悄悄派小的在法华寺周围监视袁侍郎的一举一动，并打探去见袁侍郎的每一个人。”

“你听到我和袁侍郎说了什么话？”

“小的什么也没有听见，小的无法靠近袁侍郎的寓所，只能远远地盯着，然后跟踪查看一下是谁就行了。”

谭嗣同点点头：“除了你之外，李鸿章还派了什么人？”

“就小的一个。”

“哼！不老实就宰了你！”

“小的不敢胡言，李大人就派小的一个也只是监视一下并无其他行动。”

谭嗣同沉吟一下，又问道：“袁侍郎近几天有谁拜访过他？”

“这几天拜访袁侍郎的就谭大人一个，不过，袁侍郎外出了几次。”

“他都去了哪些地方？”

“这小的不清楚。”

谭嗣同和众人互相望了一眼，然后，对王大有说道：“你交代的还算诚实，暂且放了你。”

谭嗣同说着，便把那人带出门，趁他不注意，一刀结果了那人的性命。谭嗣同又和众人立即把尸体掩埋好，擦干血迹，这时天已放亮。众人回到里屋都感到形势更加急迫，有剑拔弩张之势。

谭嗣同严肃地对众人说："袁世凯已经答应在下的要求，也接受了皇上的密诏，今日就回天津谋划去了，事情成与不成只能等待袁世凯谋划的结果。我们也不能在此坐等，必须积极准备，从舆论上取得外国使馆的支持，他们能出一份力则出一份力，不能就作罢，但我们必须去活动。另一方面，从刚才那奸细的口中也可得知，太后及其亲信之人也已闻到点风声，我等也要早做准备，小心行事，以防万一。"

为了不引起别人注意，康有为等也不再长时间讨论，都简短说几句，便各自悄悄离去，分头行事去了。只留下梁启超一人在金顶寺守候各处消息。为了安全起见，谭嗣同力劝康有为不必回南海会馆，就暂住金顶庙，派人去取所需用物及朝中资料。

太阳已经升起老高，李鸿章正在客厅和儿女亲家杨崇伊商讨朝中大事。

正在这时，他派出去打探王大有和袁世凯的人回来了，李鸿章迫不及待地问道："王大有人呢？"

"回老爷，根本没有王大有的踪影，奴才也查问了许多人，都说根本没见到什么人。"

李鸿章紧紧问道："袁世凯呢？"

"听法华寺的人说早晨起来就回天津了。"

李鸿章的心咯噔一沉，在客厅来回踱几步，捋着白花花的胡子沉思起来，过了一会儿，他又问道："别的还探听到什么没有？"

那人摇摇头："就这些。"

李鸿章挥挥手，示意那人退下。

一直沉默的杨崇伊说："这样看来，王大有可能被袁世凯杀害了，这就意味着我们的推测是正确的，袁世凯一定投靠了皇上，他匆匆回津一定是设法阻挠荣禄在天津阅兵时的兵变。"

李鸿章没有说话，只是摇摇头。

杨崇伊忙改口说："难道袁世凯回天津发动兵变，逮捕荣禄去了？”

李鸿章这才淡淡地说道：“依我之见袁世凯决不会与荣禄作对，也就是说，他不会站在皇上一边反对太后的。”

“怎么见得呢？”

“袁世凯曾是我的属下，跟从我多年，他是怎样的人，我还不清楚吗？”

“李大人，如果是这样的话，你我怎样行事呢？”杨崇伊试探着问。

李鸿章叹口气说：“我已经老了，快要入土的人了，如今也没有了实权，不再想介入任何一方的杀伐，只想静静地待在家中，多活几年。”

杨崇伊对李鸿章的回答十分不满，心道：你李鸿章也太狡猾了，跟我这儿女亲家都不讲实话，你是说一套做一套，如果你真的不想介入这场宫闱之变，又何必那么关心袁世凯的一举一动呢？

李鸿章见杨崇伊没有讲话，知道他对自己刚才的话有所不满，又转口说道：“杨大人与我不同，你正值当年，不可错过眼前这个大好时机，看准形势可以平步青云。当然，稍一不慎，也有可能祸及满门。”

杨崇伊忙问道：“以亲家之见，这赢家是帝还是后呢？”

“这还用问吗，当然太后是大赢家了，别说是当今圣上，就是当年的肃顺、载垣之流，慈安太后、奕䜣、奕譞等人又怎样呢？”

“怎样才能做得完好，让太后满意呢？”

李鸿章捻须微微一笑：“见机行事，投其所好即可。”

杨崇伊还是一脸茫然，却又不好直问，否则显得他太没有水平了，口中轻轻念叨着：“见机行事，投其所好。”

李鸿章见杨崇伊仍然不能领会他话的意思，心中直骂，但话又不好说出口，只好进一步开导说：“太后最放心不下的就是朝中大权旁落，杨大人只要投其所好，上一奏折推崇太后几句，然后恭请太后再掌朝政就可以了。”

杨崇伊这才恍然大悟地说：“亲家说得对，只要奏报皇上违背祖制、胡乱作变，然后请太后清君侧、安社稷，重新执掌朝政。太后一定欢喜，到那时……”

李鸿章见杨崇伊得意忘形的样子，十分厌恶，心道：就你这德行，给太后洗脚也不够料，还想高官厚禄呢！

李鸿章为了不让杨崇伊在这里令他恶心，便说道：“杨大人不可迟疑，否则，被别人抢先，这前功就白费了，无论做什么事都要抓住时机！”

“是是，我马上回府具折一封，亲自送到老佛爷手里。”

杨崇伊说完，立即拜别李鸿章回府而去。

杨崇伊回到府中一点儿也不怠慢，立即草书一份奏折，不待墨干，便急急忙忙揣着奏折直奔颐和园。

这几日颐和园也盘查得特别紧严，可疑的人和外臣没有太后命令一律不允入内。由于杨崇伊是便服，又步履匆匆，说话吞吞吐吐，立即被守门人抓住了，就要押走。

这时，李莲英恰巧路过这里，杨崇伊忙大喊：“李总管快来救我。”

李莲英一怔，见是杨崇伊，忙说道：“这是杨御史，你们快松绑。”

守门人这才松绑。杨崇伊活动一下被绑疼的筋骨，向李莲英道谢说：“多谢李总管，否则，在下今天可就苦了。”

“到底怎么了，他们怎么把杨大人捉住了。”

“唉，我有要事面见太后，可他们不信，认为我是可疑之人，就这样被抓了。”

李莲英知道杨崇伊和李鸿章是儿女亲家，今日匆匆便服来宫，一定是听到什么消息，奉李鸿章之命向太后报信的，他也不假思索就把杨崇伊带进乐寿堂。

慈禧太后正在午睡，听说杨崇伊有要事求见，她知道这是李鸿章派来的，立即命他进来。拜见之后，杨崇伊也不多说，急忙呈上折子。慈禧接过一看，嗬，“请太后即日训政折”。

折子不长，太后反复看了两遍，正合她心意，说出了她想说却又不便说的话，自然十分高兴，夸奖说：“杨大人能留心国事，处处为大清着想，这精神实在可嘉，如果朝中诸臣人人都像杨御史这样，本宫就不会这么操劳了。杨御史这折子上得很好，只是恳请老身再次临朝训政这一点恐怕不合适吧？”

“怎么不合适！”

“我年岁已大，老胳膊老腿的，谁还听我的呢？更何况，我已多年不问朝政，朝廷中的一班老臣也都早已归顺了皇上，他们能服吗？”

杨崇伊一听，心知太后有重新执政的心思，这不过是客气一下罢了，忙讨好说：“太后今年才六十挂零的人，也不算老嘛，许多皇上不都是六十多岁才出政绩，像乾隆爷到八十多岁不还能当朝执政吗？太后这是正当年，脑子经历的事多，处理朝政也经验丰富，可不像当今皇上，年纪轻轻的，但心软耳朵薄，听不进几句好话，别人一说怎么好就立马做起来，也不考虑后果，只会蛮干，常言说，‘嘴边没毛，办事不牢’，就是这个道理。太后也不必担心朝中旧臣不服，微臣私下同许多老臣交谈，他们都对当今圣上违背祖制，闹什么变法不满，全都思念着太后，希望太后早日临朝执政呢！太后就不用推辞了，不考虑别的，太后你老人家一手建立起的这大清政绩可不能白白给毁了。”

杨崇伊的这一阵海吹海拍可把太后给乐坏了，慈禧眉开眼笑地说：“平时里我倒听李中堂夸过几次杨大人，可老身只待在这园子中看着山水，玩玩鸟，哪有机会见外臣。今日一见杨大人才知杨大人是这等忠于朝廷，又是如此有才干，任御史一职太委屈杨大人了，等老身忙过眼前这些烦人的事，一定给杨大人提升提升。”

杨崇伊一听，十分高兴，忙致谢说：“多谢老佛爷提携！”

杨崇伊又和慈禧闲聊了一会儿，这才心满意足地退出去。

杨崇伊走后，慈禧静静地考虑一会儿便唤来李莲英、崔玉贵等人，命他们马上去请大学士李鸿章、庆亲王奕劻、端郡王载漪，以及自己的几位亲信大臣，让他们速到颐和园玉澜堂，说有事相商。

吩咐完毕，慈禧心中一阵释然，她有一种多少年没有的冲动，觉得自己多年前失去的东西又要回到自己手里，说不出是兴奋还是感叹。

第三十六章

珍娘娘拼死护君主
寇公公舍命骂朝堂

珍妃边挣扎，边撕心裂肺地哭喊着：“皇上请多保重，臣妾生不能与皇上白首偕老，死后也定要在九泉相见……”光绪内心如针扎锥刺一般，望着珍妃被拖出去的背影，大叫一声：“爱妃等我——”便一头昏厥过去……

袁世凯自谭嗣同走后再也没有合眼，从头到尾把光绪皇帝的密诏反复读了几遍，几乎可以一字不差地背出来。心中也一直在闹腾着密诏的事和近来多变的时局。天刚明，他就迷迷糊糊地爬起来，直奔天津而去。

路上，袁世凯的大脑也在飞转着，盘算着这件事的得失和如何做得最完美。他已私下拜会了李鸿章和庆亲王奕劻，对京中大局心中已有了底，胳膊是拧不过大腿的，皇上依靠一些手无缚鸡之力而傻得可爱的书生在和有权有势的太后斗，那是以卵击石，飞蛾扑火自取灭亡，他怎么能愚蠢到这种程度，做这种无异于自杀的事呢？自己才不会那样傻呢！

当初，他从河南项城老家来京中投奔父亲的好友吴长庆，由于吴长庆不在京中，他几乎到了穷途末路的地步，无意之中结识了正处失意的醇亲王奕譞，在醇王府过了几年，后经醇亲王推荐，找到吴长庆，立即得到重用，又获得李鸿章、奕䜣的赏识，从此官运亨通，从朝鲜回到天津，如今做了北洋大臣的练兵总办，最近皇上又无功封他为兵部侍郎候补。尽管这官不是白升的，皇上是有求于他，现在看来是明摆着的，但毕竟是提升了。当然，皇上对他的提升这是皇上一厢情愿，自己并不感激皇上的美意。名曰提官，实际上是把他向死的火坑里推，当然不能上当了。

袁世凯回到天津小站，又立即召来他的三个得力亲信，人称陆军三杰：段祺瑞、冯国璋、王士珍共同再次谋商这事，听听他们的意见。

等到他的陆军三杰看过皇上的亲笔密诏，袁世凯便问道："你们三人有什么想法尽管说出来，不必有什么隐瞒，然后我们再决定如何行事。"

段祺瑞首先说道："袭杀荣禄，挥师入京勤王，围攻颐和园，兵谏太后，逼迫太后让权，这不过是皇上和几个维新书生的美好想象，实在是无稽之谈，可笑可笑！"

"何以见得？"王士珍不满意段祺瑞什么都自作聪明的见解。

"何以见得？道理很简单。"段祺瑞说道，"荣禄所辖北洋三军，董福祥的甘军有一万五千多人，并配备有克虏伯大炮、毛瑟快枪，实力不下我军。而战斗力最强的是聂士成的武毅军，装备也较精良。此外，还有淮军、练军和一提七镇的绿营，总数超过十万人。别的不说，目前荣禄已把武毅军调驻陈家沟一带，截断了京津之间的联系，就是我军杀了荣禄，是否就能打破这实力最雄厚的武毅军而开进京城呢？"

王士珍仍不服气地说："聂士成一直都主张抗战，和皇上意见是一致的，对于当前的维新改制也非常支持，皇上可以下密诏给袁大人，难道不能也下密诏给聂士成、董福祥吗？劝他们也带兵入京勤王。到那时，我们三军齐上还怕谁呢？"

段祺瑞摇摇头："这是不可能的，就是皇上下密诏给聂士成、董福祥等人，他们也不会倒戈谋杀荣禄，最多观望不出兵。就是我军到了北京，京中还有许多兵马呢！神机营马步军近二万人驻扎颐和园和三海一带，由太后亲信大臣庆亲王奕劻统领。此外，还有世铎带领的内外两个火器营也有七千多人，像骁骑营、健锐营、云梯特种部队，人数加起来也不少于万人。当然，还有崇礼所带领的八旗护军营，驻扎在紫禁城内外也有万人。庄亲王载勋统领的步军巡捕五大营仍有一万多人。这样，用我军七千多人兵力去抗衡几乎近二十倍的敌兵，简直是以卵击石、自取灭亡，我段祺瑞决计不干。”

王士珍不说话了。

过了一会儿，袁世凯问一直没有讲话的冯国璋是什么态度。冯国璋这才说道：“刚才段兄已经分析过，我军所面对的部队将近二十倍于我军。当然，如果真的打起来，这近二十万的兵力也不一定都是我军的敌人，但我们吃苦冒险的结局呢？可能是赔了夫人又折兵，一点儿好处也捞不到，白白送死。”

“如此说来，袁大人手中的这份皇上亲笔密诏就等于一张废纸了？”王士珍还是有点儿不服气地说，“将来皇上怪罪下来，谁担当得起呢？”

“如果皇上成为太后手中的阶下囚，性命都不知能否保得住，他还有能力怪罪外臣吗？到那时，这圣旨还不是废纸一张？”段祺瑞反驳说。

袁世凯早已有了主张，见三人中有两人和自己意见一致。唯一有点看法的王士珍现在不吭声了，袁世凯这才开口说道：“你们的观点我都明白了，少数服从多数，将来有问题，一切责任由我袁世凯担着。现在我们都慎重考虑一下这份御笔密诏如何处置呢？”

“如果不答应皇上的要求，不听从维新人士的劝告，我们不帮皇上，也不帮太后，在帝后之间保持中立，这密诏的事权当没有发生，不闻不问，把它给烧了。”

冯国璋话音刚落，段祺瑞就立即反驳说：“不可！皇上率先把密诏送到我们军中，是指望我等起兵救驾，解被困之围。如果不上前就意味着背叛了皇上，皇上也会怪罪的，那些维新人士也同样会埋怨袁大人。与其这样，倒不如反对一方，支持一方。”

“支持哪一方呢？”王士珍又忍不住问道。

“当然是站在太后立场上反对皇上，反对维新变法喽。”段祺瑞不无得意地说。

“这样岂不太卑鄙了？”王士珍有点顾忌地说。

段祺瑞更得意了，说道：“卑鄙，自古都是胜者王侯败者贼，窃钩者贼，窃国者侯。只要袁大人把皇上的密诏呈给荣禄，再飞奔到太后那里，袁大人就是有功之臣了，将来太后论功行赏时，何愁袁大人不升迁呢？袁大人高升了，我们几个做兄弟的当然也沾光了。”

段祺瑞说完，哈哈大笑，其他几人也各怀心事地附和着笑起来。

袁世凯找到荣禄，把光绪皇帝的密诏呈给荣禄。荣禄一看，大吃一惊，立即命袁世凯在天津看护直隶总督和北洋大臣的印信，自己星夜赶回北京面见太后。

荣禄来到颐和园时已近午夜，慈禧太后已经入睡。奏事太监来报说荣禄从天津赶回有要事求见太后。慈禧一听，知道天津那边可能有重大事情发生，否则荣禄不会深夜来京叩见，便起身传见。

荣禄一见太后，放声就哭，慈禧惊问道：“荣中堂，不必这般悲伤，到底出了什么事？”

荣禄这才重新跪下奏道：“回老佛爷，荣禄差点儿脑袋搬了家，事出急迫，奴才就连夜来了，唯恐太后也受人的暗算呢！”

“到底怎么回事，你且直说来，有我给你做主，你怕天塌地崩不成？”慈禧见荣禄哭哭啼啼的样子也急了。

荣禄这才止住悲伤，呈上皇上的亲笔密旨说：“请老佛爷过目，一切都在这儿呢！”

慈禧接过密旨，靠近灯光一看，只见上面写着：

朕自冲龄继承大统，政权皆操于太后之手。太后豢养一班逆臣不思进取、昏庸无能且横行霸道。二十余年朕遭到无尽困苦，偶有不合，辄为其奴才所辱。朕虽有帝之名而无帝之实也！朕不想徒有虚名，也不愿为天下人笑而愧对列祖列宗。每思此事，心疼心痛！今着兵部侍郎候补袁世凯星夜出京率其部克日举事，袭杀直督荣禄，其缺即让袁世凯补授。并随即率领步军进京铲除异党，捍卫皇室，兵谏太后，令其归权于朕，请勿负朕意。

钦此

慈禧看完光绪密诏，怒火油然而生，咬牙切齿地骂道："虎不伤人，人倒敢伤起虎来了。好个不知天高地厚的载湉，竟敢如此忘恩负义，我能立他，也能废他，看他奈我何！"

慈禧骂着，不觉也伤心起来，眼泪扑簌簌地直往下落。表面十分悲伤，内心实在是高兴得很，她有这份光绪亲手所书的密诏，废黜光绪的皇位就名正言顺了，不会有人阻挠。

昨日，慈禧命令李莲英、崔玉贵等人去请自己的一些亲信大臣，并把御史杨崇伊的折子给大家看，让大家提个建议。一些跟随慈禧多年的亲信自然明白慈禧召集他们的目的是为了废除帝位重新执政，也就一起恭请慈禧早日登上皇位，临朝执政。当然，也有几位稍稍忠厚一点的大臣未发表任何意见，一切由着慈禧作孽下去。也有个别大臣极力反对慈禧废黜帝位，自己独掌大权。

这一下可有把柄了，终于找到充足的理由，能够堵那些令慈禧讨厌的老大臣的嘴了。

慈禧立即派荣禄、李莲英、崔玉贵等人连夜去请昨天所请的朝中几位德高望重的老大臣，向他们宣布皇上的罪状，然后决定处理皇上违背祖制、大逆不道的罪责。

夜已经很深了，天仍是阴沉沉的，没有一颗星星。凉丝丝的秋风扑面而来，给人一种说不出口的寒意，虽不十分刺骨，却令人从心底感到清冷。就在这样的夜晚，谭嗣同才刚刚办完今天要办的另一件大事从朋友家回来。

突然，谭嗣同发现前面有几个身影在晃动，他悄悄紧走几步，尽量追赶上他们，原来是一乘四人抬的轿子在急急忙忙地走着。深更半夜，这么匆匆忙忙干什么，谭嗣同脑中仅是这么一闪，仿佛预感到什么，他立即紧紧尾随而行，看看这轿子到底抬往何处？

不多久，谭嗣同便发现这轿子是往颐和园方向去的，他觉得更有盯梢的必要了。果然，这轿子是抬往颐和园的，但他无法看清这是谁的轿子，因为前面已有重兵把守，他无法接近。就在这时，又一乘轿子也抬了过来。这次他从轿前那个人手提灯上的“李”字知道，这轿中人不是李鸿章还能是谁。

谭嗣同躲在旁边悄悄观察了一会儿，又发现有几乘轿子抬进了颐和园。这时，谭嗣同的心怦怦乱跳，深更半夜，这些轿中人一定是慈禧召见的朝中大官，太后深夜召见外臣一定有什么重大的事情发生了。什么事情呢？谭嗣同思索着，是不是与皇上的那份密诏有关呢？极有可能，难道袁世凯是一位当面一套背后一套的伪君子，在太后那里密告了皇上？谭嗣同不能确定，但他十分清醒地意识到，皇上的处境很危险，所有维新变制的人都已面临灾难。

怎么办？他来不及细想下去，立即转身离开，直奔金顶庙容闳的寓所。

康有为、梁启超还没有睡，他俩见谭嗣同慌慌张张赶回来，一脸严肃的神色，忙问道：“复生，你深夜到来有什么消息吗？”

谭嗣同点点头，稍稍喘口气，才把刚才所见到的情况向康、梁二人讲述了一下。

康有为沉思一会儿，说道：“太后可能得到什么风声，也许是谁出卖了我们，这场宫廷政变已势不可免，怎么办？”

“我们最好先躲一躲。”梁启超建议说。

谭嗣同摇摇头：“能躲到哪里呢？只要政变一发生，太后一定下令搜捕京城，对维新人士进行搜捕，躲是没有用的，躲过初一躲不过十五。”

“皇上已经给康先生下过圣谕，让他到上海办报馆，我们不如先逃到上海，躲过这阵风头，再根据情况决定对策。”

康有为叹口气：“启超说得对，先躲躲，观察一下局势再说，并非我等怕死，皇上让我到上海也是让我躲避一下，目的在于保存维新实力，将来有机会再东山再起。如果我等均被捕了，这维新改制的重任落在谁肩上呢？”

谭嗣同稍稍迟疑一下说：“我等都走了，那皇上怎么办呢？”

梁启超马上接着说：“皇上没有问题的，古话说，虎毒不食子。无论如何，皇上是太后的义子，更何况，皇上是一国之君，太后若对皇上过分难为的话，难免遭天下人非议。”

谭嗣同反对说：“太后是怎样的人，心狠手辣也是天下所共知，在这危机存亡的时候，我等不思为皇上卖命，救皇上之危，却一心想逃避灾难，置皇上于不顾，作为臣子，我等受皇上隆恩，不谋图报，实在是不忠不孝呀！”

梁启超看看康有为，征求他的意见说：“康师傅，你认为应该怎样？”

“如果圣上蒙难，我等不能尽忠尽孝，实在是不仁不义，但眼下虽然估计到可能发生不测，但是否属实却不能断定。万一太后召集众臣是有其他的事，我等在此岂不是杞人忧天，疑心太重，皇上也就没有什么危险可言了，逃与不逃也不十分重要。”

“那广厦兄认为当前最重要的是什么呢？”

“静观宫中动向，打探朝中变动。”

梁启超赞成说：“最好打探出宫中的确实消息，然后再决定走与留。”

“就怕到那时你们想走都走不脱了。”谭嗣同颇带讽刺地说。

“难道谭兄就不打算暂时躲避一下？”梁启超反问道。

“哼！要躲你们去躲吧，我要留在这里组织同仁想法救助皇上。国外变法没有不流血的，今日中国没有听说因为变法而流血牺牲的人，这是我们大清的不幸啊，如果需要的话，就从我谭嗣同开始吧！我是宁死不离京半步，愿用鲜血和生命陪同皇上受难。要走你们走吧，我不反对，人各有志！”

康有为见谭嗣同这么倔强，说的时候十分生气，便委婉解释说：“复生，你不必这么气恼，我们也非贪生怕死的伪君子，但在目前还没有了解详情的时候最好不要意气用事，因小失大，如果牺牲我们几个人的生命就能保住皇上、保住新法，那我康有为第一个走上刑台，但这有用吗？”

谭嗣同不再吭声。

梁启超想了想说：“康师傅打算怎样做，你就直说吧！”

“启超，你明天到日本使馆去，伊藤博文尚在，我昨天已会见了他，他答应面见太后和皇上，支持中国变法新政。你明天再次去同他谈论这事，可以暂留住日本使馆，关注朝中动向，打听宫中消息。如果宫中有变，你可让日本使馆庇护你，并请求日本驻华公使通过舆论为皇上解难，使太后不至于过分难为皇上。然后，再根据情况决定去留。”

“那康师傅，你呢？”梁启超禁不住问道。

康有为微微叹口气，说道：“我准备立即到天津面见袁世凯问明情况，再做下一步打算。”

梁启超担心地说：“如果袁世凯真的向太后或荣禄供出皇上密诏，你这一去岂不是自投罗网。”

康有为摇摇头：“我到天津后会见机行事的，万一袁世凯背叛了朝廷，出卖了我们，我一定设法组织人刺杀他，不成就远走上海。”

过了一会儿，康有为见谭嗣同仍不说话，知道他还在生气，便走上前拍拍谭嗣同的肩膀，语重心长地说：“复生，你执意留下我也不反对，能有一人留下是再好不过，为兄就拜托了，你有机会，一定尽快把这消息通知他们几个，越快越好，我先行一步，连夜到天津去见袁世凯。”

康有为说的时候，眼睛有点湿润。

谭嗣同站了起来，握住康有为的手说：“我错了，错怪了你们，如果宫中真的政变，必然大规模搜捕维新人士，我们的处境就危险了，不能都坐以待毙，能设法走出一些更好，都死了，将来报仇的人都没有了。”

谭嗣同也哽咽了，顿了顿又说道：“万一我死了，这变法新政的事就由你们完成吧。”

生人作死别，这是何等悲凄与难受，谭嗣同握住康有为和梁启超的手，目送他们消失在茫茫的暗夜中。

天仍是阴沉沉的，也是闷闷的，仿佛积郁多日的阴雨马上就要来临。谭嗣同望着这沉沉暗夜，他稍稍定定神，决定立即去通知林旭、杨锐、文廷式等人。

颐和园乐寿堂。

灯光通明，气氛异常，整个大堂一片寂静，静到人们几乎可以听到对方的心跳。

慈禧坐在高高的大堂上，左边站着李莲英，右边站着崔玉贵，两边坐满了亲王大臣和几位中枢大臣，有李鸿章、荣禄、杨崇伊、庆亲王奕劻、端郡王载漪、礼亲王世铎、庄亲王载勋和怀塔布素等人。

大家沉默着，不知发生了什么事，但都感到事关重大，否则太后不会深夜召见众亲王大臣的。但是人们又没有发现皇上的影儿，满腹狐疑，又不敢议论。这些人中，唯荣禄内心平静，说平静也是假话，他是心花怒放。就在这时，慈禧扫了一眼众王公大臣，清清嗓子，开口说道：“人也来得差不多了，咱们开始决定大事。”

说这话的时候，还是心平气和，马上，慈禧就厉声说道：“虎不伤人，倒有伤虎人！我把载湉从醇王府迎到宫中立为皇帝，这许多年来，一把屎一把尿把他抚养成人，又归政于他，让他正正规规地当个大清国的皇上，我也就回到这园子中颐养天年，除非特别重大的事，其他的则是对朝中诸事不闻不问。想不到皇上竟听信妖言，闹起变更祖制的事来，治国治家不能一成不变，我也依了他，想不到越闹越不成样，把祖宗留下的东西全抛在脑后，要求把你们一班子老臣都给革职，还要购置西装、剪发易服，这不是毁祖忘本吗？”

慈禧停了停，又提高了嗓门：“这样闹下去，哪里还有大清的影子，不是全成为不中不洋的混混儿，我不能忘记祖训，也不能不管，仅仅把皇上叫来数落一顿，载湉就以为翅膀硬了，要置我于死地。”说着，慈禧把面前案上的一个纸卷递给李莲英说：“你拿给他们看看，这样的不肖子孙留之何用？我决定废了载湉的皇位，另立新君！”

此话一出，众人虽早已估计到几分，可仍然十分震惊，纷纷议论起来，也都传看着光绪写给袁世凯的那份密诏。

过了一会儿，慈禧待众人稍稍平静一下，抽抽啼啼地哭道：“如果不是袁世凯、荣中堂忠心，连夜赶来报信，我和诸位王公大臣早已做了载湉的阶下囚。深夜召你们来就是商讨这件急事，你们商议一下，现在如何处理眼下的紧迫之事。”

这里几乎都是慈禧太后的亲信，当然对太后是唯命是从，但牵扯到废除皇上的大事，谁也不好开口，都你望望我，我望望你。还是荣禄首先上前说道：“启禀老佛爷，依微臣之见，当务之急就是搜捕康有为、梁启超、谭嗣同等人，他们妖言惑众，是皇上听信了他们的妖言才闹到这地步的。应连夜派兵捉拿这些毁祖变制的狂徒，否则，走漏了风声，可就不利了。至于对皇上的处置，等明日太后亲自到宫中质问皇上，看皇上是否有愧于太后，再做决定。”

怀塔布素也上前奏道：“荣大人所言极是，应先抓住康有为等变法改制的一班罪孽是上策。当然，皇上不知体谅老佛爷的慈爱之心，做下这等大逆不道、以下犯上的事也不应饶恕，最好暂押后宫，由老佛爷临朝当政，平息这次事件后，再决定对皇上的处置。”

这话慈禧听了特别入耳，频频点头，待怀塔布素说完，慈禧转向李鸿章：“李中堂有何看法？”

“就按荣中堂所说的去做吧，待查明事端再做下一步决定。”

李鸿章很精明，他知道提出废除皇位的事非同小可，稍一不慎会招致杀身之祸和天下人共怒，所以，他说按荣禄的话去做而不说按怀塔布素的建议做。慈禧当然也明白李鸿章的意思，就对众人说道：“各位王公大臣还有什么意见请奏来，如果没有，就按荣中堂的意见去做，连夜搜捕朝廷罪臣康有为等人，一个也不能放过，并查封会馆，缉拿要犯。这事由荣中堂和庆亲王去负责。”

这时，天快破晓了，但仍是黑沉沉的，慈禧也无睡意，在乐寿堂内静坐等待消息。

养心殿东暖阁。

光绪拥着珍妃沉睡着，腮边挂着泪痕。说是沉睡，其实这多日以来，光绪都没有真正睡过一个好觉，总在时睡时醒中。

这是梦中忘却泪，泪里又寻找梦，充满痛苦又充满希望的人生。

突然，光绪在睡梦中一声惊呼：“爱妃救我！”

珍妃一翻身坐起来，晃动着光绪，叫道：“皇上醒醒，皇上醒醒！”

光绪睁开蒙胧的双眼，用手勾住珍妃的脖子，心有余悸地说：“爱妃，别离开我，朕怕！”

“皇上怕什么，做什么噩梦了吗？”

光绪点点头：“朕梦见荣禄带着许多人来追杀朕，朕就吓得在宫中跑，却怎么也跑不动，两腿好像给什么绊住了，情急之中就叫爱妃救我。”

珍妃认真地说：“皇上不必担心，人们常说梦与现实正好相反。皇上梦见荣禄带兵来追杀皇上，一定是皇上斩杀荣禄，这是好梦。”

光绪笑了，珍妃也笑了。

正在这时，贴身太监寇连材慌慌张张跑来，隔门在外大喊：“皇上请起，皇上请起，太后突然来了，已到西直门。”

光绪和珍妃都着实吃惊不小，没听到任何消息，太后突然到此，决非好事。珍妃立即起来，光绪却惊慌得穿不上衣服。珍妃起后，才服侍光绪穿戴好衣服。

这时，天刚刚透亮，仍是阴沉沉的天气，开始刮起了雨星。

光绪刚刚来到养心殿正殿坐好，慈禧太后就在一大帮人的簇拥下走了进来，光绪急忙跪下迎驾，还没等开口，就见慈禧指着手中一件小衣服，凶狠地说道：“载湉，我哪里对不起你！你自五岁入宫，我对你照顾得胜过亲生，呕心沥血，把你抚养成人，又把你推上这九五之尊，想不到你长大了，竟起了歹心算计我，要置我于死地，你良心何在？天理何在？不忠不孝有何面目见列祖列宗？”

慈禧说着，痛哭起来，似乎特别伤心。

光绪被慈禧太后的这副架势吓坏了，心知密诏一事败露，也吓得跪地痛哭起来，不住叩头请罪，说道：“请太后明鉴，儿臣怎敢忘本，怎敢忘记母后养育之恩和对儿臣的再造之德，一定是太后误听他人之言，错怪了儿臣。”

慈禧更气了，从袖里取出那封密诏，往地上一甩，喝问道：“这也是母后错怪你吗？”

光绪一把抓过地上的密诏，撕得粉碎，再次叩头请罪说：“儿臣给袁世凯这封手谕决无惊动母后之意，只是令他扫除阻挠变法的旧党。儿臣纵吃了熊心豹子胆也不敢对母后有丝毫不敬，请母后明察，请母后饶恕儿臣！”

慈禧不哭了，也不理睬，扫了一眼这大殿，往正位上一坐，冷哼一声，厉声说道：“来人，把皇上御衣扒去，押往瀛台！”

不由分说，上前几人，抓住光绪帝，扒去光绪身上的龙袍。

就在这时，猛听一声撕心裂肺的大喝：“不能，你们不能！”

众人急忙回头，躲在东暖阁内的珍妃再也忍不住了，哭喊着，披头散发地扑了上来去拉光绪。

两个太监急忙上前摁住珍妃。珍妃又跪行着来到慈禧面前叩头哀求说：“请老佛爷明察，万岁爷一向恭敬仁孝，对太后百依百顺，是万万不敢有越轨的念头，臣妾以死担保皇上没有图谋老佛爷之心，请太后饶过皇上，臣妾甘愿为太后做牛做马，侍奉老佛爷一辈子……”

慈禧太后更气了，本来她就对珍妃厌恶，一直怀疑皇上的所作所为都是珍妃从中挑唆的，见珍妃竟敢不顾一切地逆着她的意愿给光绪求情，真是气不打一处来，恶狠狠地骂道：“真是反了，这个小妖精也竟敢对我这么不敬！载湉如此胆大妄为都是受你这个狐媚子的挑唆，你不知思过认罪，还敢求情，你不是要死吗？我偏不让你死，让你受够人间所有的苦再让你去死！”

珍妃早已知道慈禧是怎样的人，她知道自己的哀求是没有用的，只能助长慈禧和她的一帮亲信更加嚣张的气焰，也就不再哀求，不再哭泣，用手一捋披下的头发向后一甩，微微冷笑一声：“你口口声声维护大清朝的根本，实际上是一点点地葬送祖宗的家业，甲午战败，国人都说你太后卖国，你却让这罪名由皇上承担。皇上意欲变法图强，你又以维护祖制为借口阻碍变法，抵制维新！你整日说向皇上放权归政，却又把大权揽得死死的，什么权力也不放给皇上，还处处派人监视皇上的行动……”

珍妃还要讲下去，慈禧太后真是气晕了，她长这么大还没有人敢在她面前这么放肆，指责她的不是呢！于是气急败坏，跺脚咆哮道：“崔玉贵，你们这帮无用的东西，愣着干吗，还不快给我狠狠掌嘴！”

崔玉贵急忙道一声罪，一步跨上前，伸手拉起珍妃，又揪住珍妃的下巴，伸开胳膊，啪啪就是两下。

“再打，狠狠掴这小蹄子的嘴巴，看她再敢言乱语。”

崔玉贵左右开弓又是几巴掌，珍妃已经两腮红肿，嘴角流血，说不出话来。

“太后，饶过她吧，这不干她的事。”光绪身着单薄的衣服，瑟瑟地跪下哀求说。

慈禧面呈鄙薄之色，轻蔑地说道：“哼哼，好好，她疼你，你也疼她，你不是心疼这个小贱人吗？我成全你们，让你疼个够！”

慈禧说着，转脸对李莲英说道：“小李子，到后面取壶酒来，给这个狐狸精暖暖身子。”

李莲英急忙跑了出去。

殿内的王公大臣和妃嫔、宫女、太监都屏住呼吸，不敢吭声。

李莲英取来了一壶酒，荣寿固伦公主上前接过酒壶，跪在慈禧太后膝前，声泪俱下地苦苦哀求说：“母后，念皇上和珍妃都还年轻，在你老人家眼里是孩子，大人不记小人过，看在死去先皇的分上，也想想咱大清如今是老的老、少的少，正是青黄不接的时候，饶过他们这一次，让他们好好闭门思过吧。”

荣寿固伦公主想到自己一生守寡，又想到不久前才逝去的阿玛恭亲王奕䜣，她不想再看到这皇族中又有血案发生，又有人死去，她哭得那么伤心，说得那么真诚。

在场的人都流泪了，一起跪了下来。

慈禧拉着哭成泪人儿的荣寿固伦公主的手哽咽着说：“孩子，你真当皇额娘的心这么狠吗？额娘也是无奈呀！皇上听信谗言变更祖制，把祖上留下的东西都改得面目全非，额娘刚插手管一管，皇上就想加害额娘。珍妃不知劝阻皇上，反而怂恿皇上胡乱作为，竟斗胆冲撞额娘，胆大妄为到这种地步，目无家法，不守规矩，扰乱后宫，大逆不道，不杀何以服众，将来这宫中的规矩还要不要？”

荣寿固伦公主也拉着慈禧太后的手，继续哭着哀求说：“珍妃也是一时情急，鬼迷心窍，才说出那番不恭不敬的话。平日里，珍妃不也是很讨额娘的欢心吗？就是打死她，她也不会说出那番混账的话。额娘只当珍妃昏了头，被鬼迷了心性，那些话不是出自她的心意，请额娘看在固伦和众王公大臣的份上饶过珍妃吧。”

慈禧伸手把固伦公主拉起来，缓了口气说：“不论如何，后宫离隙，帝后之间不和，皇上专宠珍妃总是她的错，如果不加严惩，这宫中的规矩如何维持下去。皇上闹变法，如今闹得人心恐慌，天下震惊，这也与珍妃从中搬弄是非有关，即便不杀，也不能再让她待在宫中狐媚皇上。”

慈禧说着，提高了声音：“来人，将珍妃押下，先打进冷宫，闭门思过，非本宫懿旨不得私自放出。崔玉贵！”

“奴才在！”

“着人把景仁宫封起来，无论宫女太监，凡是跟随珍妃一溜神气、不守规矩的一律严加惩处，不可徇半点私情！”

“嗻！”

崔玉贵带着几人把珍妃拖了出去。珍妃边挣扎，边撕心裂肺地哭喊着：“皇上，请多保重，臣妾生不能与皇上白首偕老，死后也定要在九泉相见……”

光绪只是跪在太后面前哀哀凄凄地哭，看到心爱的妃子被一帮杀人不眨眼的奴才拖走，也许这将是生离死别，他内心如针扎锥刺一般，痛苦到了极点，回首望着珍妃被拖出去的背影，大叫一声：“爱妃等我——”一头昏厥过去。

众人急忙上前去扶光绪，那边又有人去传太医。

光绪终于醒来，睁开泪眼看了一下众人也不说话，只是哭。慈禧也不理会，命李莲英把光绪带往瀛台思过。

光绪也不哭喊，也不挣扎，任人摆布，低着头，失魂落魄一般地走了。

众人谁也不讲话，都怕光绪的晦气沾染到自己身上，任凭慈禧发作。正在这时，从众人后面挤进一个太监，也不说话，走上前，扑通跪在慈禧面前，嘭嘭嘭磕了三个响头才哀求道：“奴才请太后开恩，饶过皇上吧。中国这么多人，唯皇上一人最最受苦。”

这话一出，可把慈禧给气坏了，她原以为是向她磕头求饶呢，想不到竟是说出这一番话，便厉声喝问道：“寇连材，你这个狗奴才，皇上身为一国之主怎说是最苦的人，谁给皇上苦吃，你给我好好讲个清楚，否则，本宫一定杖毙你！”

寇连材早已置生死于不顾，他是慈禧派往养心殿服侍光绪而实际上是监视光绪的，后来却被光绪的生活起居所感化，不再充当慈禧的眼线。光绪的许多事都没有汇报给慈禧，早已令慈禧不满，这些寇连材都十分清楚。他今天见光绪到了这种地步，这些王公大臣都被太后淫威所吓倒，除固伦公主外，没有人给皇上说一句话。他再也忍耐不住，不顾一切地站出来愿用死来维护皇上的一点利益。他也知道自己人微言轻，但他仍要说，愿用死报答皇上为天下百姓着想，敢于变更祖制的行为。于是，寇连材不慌不忙地说：“回老佛爷，皇上虽然身为一国之主，但事事不得如意，不能按自己的心意办事，甚至连自己心爱的人也保不住，能不算苦吗？”

众人一听，个个面面相觑，心道：这个寇连材是活得不耐烦了，鬼使神差来说这一番不中听的话。接着，又听寇连材说道：“甲午战后，皇上面对破碎山河，想改变这落后挨打的局面，一心扑在变法新政上，每日操劳到深夜，许多天都彻夜不眠。奴才实在不忍皇上一天天消瘦下去，多次劝皇上早点休息，皇上都是和衣而卧。有一次，皇上批阅公文太晚了，竟不知不觉趴在案上睡着了，奴才悄悄给皇上披了一件外衣。不想，皇上醒了又继续批阅公文。皇上身为一国之主，知道国库的岁币银子都给老佛爷建颐和园用了，剩余的又要还外债，几乎把开支压到最低限度，一件内衣破了都舍不得换件新的，让奴才拿去给内务府的人补补又穿。刚才，大家都看到了，皇上的龙袍给太后着人扒去，那里面的内衣背上不是有块巴掌大的补丁吗？那就是奴才找人补的。中国之大，皇上何等清贫，从古至今，有几个皇帝穿带补丁的衣服……”

寇连材哭着说着早已泣不成声。

众人只是你看看我，我看看你，谁也不敢乱插话。慈禧的脸气得铁青，心道：今天真是晦气，连一个奴才也敢不知死活地来指责本宫，真是反了！慈禧不待寇连材说下去，猛地站起来，一拍御案，大吼一声：“来人，把这个吃里爬外的狗奴才给我拉出去杖毙！”

慈禧话音一落，从旁边走上来两人就把寇连材拖出去。寇连材边被拖出去，边骂道：“老佛爷，你这样作威作福下去是不会有好下场的，大清的三百年基业一定会葬送在你手里的，你可以把我杀了，却不能把所有的人都杀了……”

声音越来越小。众人只见慈禧太后气得眼泪吧嗒，却不敢出面劝慰。不多久，那两名行刑太监来报，说寇连材已被杖毙，只是这小子太硬，死也不说求饶的话，眉也不皱……

慈禧一挥手，打断汇报的两个太监讲话：“都别说了！查一查这宫中是否还有寇连材的死党，一并从严处罚，宁可错杀百个也不让一个漏网。”

吩咐完毕，慈禧稍稍喘口气，仍是余怒未消，坐在大殿中央，生着闷气。众人见太后不说回去，谁也不敢乱动。

第三十七章

谭嗣同慷慨赴大义 袁世凯得意揽肥差

谭嗣同更觉得伤心，他流泪不是胆怯，他为这如此麻木不仁的国民而流泪。他想放声大笑，然而，他没能笑出来就人头落地了，面孔上留下既哭又笑的表情，他哭什么？他又笑什么？天下之大，又有谁知道呢？

正值这时，外面来报，说荣禄和刚毅求见。慈禧处理完这宫中的事，正急需了解捉拿维新逆党的情况，不想他们来了，立即命他们进来。

荣禄率先进来奏报说："启禀太后，所有维新逆贼除逆党首领康有为、梁启超外，其余全部被抓，名单在此，请太后过目。"

慈禧接过荣禄递上的维新人士名录，从头到尾扫视一下，上面写满了人名，她常听说的有康广仁、谭嗣同、林旭、刘光第、杨锐、杨深秀、张荫桓、徐致靖、陈宝箴、张元济等人。还有许多她不熟悉的名字。

慈禧看罢，把名册放在御案上，又问道："逆党之首康有为是朝廷要犯，为何没有捕获？"

荣禄急忙回奏道："回老佛爷，据报，康有为十分狡猾，他在接到皇上的一份密诏后就偷偷溜往上海了。臣已电告上海的官府，严加搜查，务必缉拿归案。"

荣禄唯恐慈禧责怪他办事不力，便把康有为逃跑的责任推到光绪身上，说是光绪私自放跑康有为。慈禧听后，点点头，又问道："听说康有为还有一个得意弟子叫梁启超，负责办理《时务报》，为何也不见这人的名字？"

荣禄知道这事也不可隐瞒，便小心翼翼地答道："据报，梁启超逃到日本驻华领事馆去了，臣也带人去追捕，可日本人推说没有此人，不准到里面搜捕，请太后定夺，要么臣再次去强行搜捕。”

慈禧也怕她铲除维新人士的事引起各国驻华公使不满，招致意想不到的麻烦。况且，慈禧也是“一朝被蛇咬，十年怕井绳”，对洋人特别忌讳，对这日本人更是畏惧三分，便向荣禄挥挥手说：“既然日本公使说梁启超不在他们使馆中，也许可信，谅那姓梁的也没有多少能耐，日本人决不会为一个逆党分子与我朝过意不去，这事就暂且过去，到其他地方严加搜寻，如果京中没有，可以电告全国通缉康、梁两个漏网之人。”

“臣一定照办不误，定不让一个逆党分子漏网，就是他们逃到海外，臣也要给老佛爷捉拿归案。”

这话真让荣禄说对了，康有为连夜赶到天津，一打听果然是袁世凯向荣禄告密了，他知道大势已去，连夜从天津乘船逃往上海。在上海，在英国驻上海领事的帮助下逃亡香港，后辗转到美国去了。梁启超呢？他避难到日本使馆，在日本驻华领事的安排下，扮成洋人，逃出北京，从天津乘船逃往日本去了。当然，荣禄只夸下海口来安慰一下慈禧，他并没有能够抓住这两人。

慈禧听完荣禄的回报，又想了想问道：“文廷式呢？”

荣禄又是一怔，他竟把这人给忘了。

刚毅急忙代他奏道：“臣已去文廷式家中搜捕了，没有此人，目前只听报说是下落不明，臣已派人把四个城门牢牢封死，进出人严加查问，只要他在京中，就一定能够捕获，请太后放心！”

慈禧满意地点头说道：“辛苦你们两位了，对已捕获的逆党要严加看管，等待审讯惩处，不得有丝毫闪失。对康、梁、文等人一定不可敷衍、细细搜查，决不能让一人漏网，京中没有，电告全国通缉。哼！除非他们能够插翅飞到国外去，老身就不信邪，治不了几个臭小子！”

慈禧说完，看了一眼众人，又环视一下这高大的大殿，心中一阵轻松，一种久违的感觉袭上心头，她轻轻用手摸摸这光滑的椅背，多年过去了，这椅背仍是那么光滑，和多年前的感觉仍是一样。

今天是光绪二十四年八月初六，即 1898 年 9 月 20 日。

从光绪二十四年四月二十三日（1898 年 6 月 11 日）光绪皇帝正式颁布《明定国事》诏书那日到八月初六（9 月 21 日），慈禧太后拘禁光绪帝止，整整一百零三天，史称“百日维新”。这也就是大清朝三百年历史中轰轰烈烈的戊戌变法。

几日后，慈禧太后在杨崇伊、怀塔布素、荣禄等一帮亲信大臣的劝进声中，才假惺惺地登上太和殿宝座，重新操起她一度退让的大权，并接连下了一系列懿旨取消光绪皇帝所颁布的各种维新方案，恢复所有的旧制。接着，慈禧下令刚毅把谭嗣同、林旭、刘光第、杨锐、杨深秀、康广仁等维新激进派交刑部审议。

为了进一步打击维新派的残余势力，慈禧对所有参与维新变法，并表现积极的官员都给予不同程度的处分。张元济被革职，陈宝箴被革职永不叙用。张荫桓被充军发配，徐致靖被监禁。

“天津阅兵”本来就是慈禧太后和荣禄密谋的一个诡计，目的在于以阅兵为掩耳发动兵变，将光绪帝等人捕获。如今，光绪已被囚禁瀛台，天津阅兵也就失去了原有的意义。于是，慈禧太后发一道谕旨电告中外，以太后身体不爽、皇上有病为借口取消天津阅兵。

1898 年 9 月 28 日，刑部议定，把谭嗣同、林旭、刘光第、杨锐、杨深秀、康广仁六人押赴西街菜市口斩首示众。

北京的天气依旧是灰蒙蒙的，虽是九月，本应秋高气爽，天高云淡。但这铅块似的云低低的，把北京压得几乎透不过气来，灰色的云应和着一排排低矮的灰色建筑，更让人有一种说不出口的压抑和晦气。

刑部大堂里一个沉重的铁门打开了，狱卒佝偻着身子向里面望着，六人一个不少，或坐或站或卧，他们都戴着木枷和镣铐，但一点儿也不像在坐牢，人人脸上洋溢着微笑，谈论着他们最感兴趣的话题，仿佛是几位要好的朋友在闲聊，兴致还挺高呢！那边的狱壁上有一首绝句：

望门投止思张俭，
忍死须臾待杜根。
我自横刀向天笑，
去留肝胆两昆仑。
——谭嗣同
戊戌年八月十二

狱卒识得一些字，他默默地念叨一遍，却不知道这诗是什么意思，心里骂道：真是不知死的鬼，你还横刀向天笑呢，马上就有人在你脖子上横刀，让你向天哭呢！这些穷酸读书人是死有余辜呀！

另一个狱卒扯着破锣似的嗓子喊道："奉刑部大人之命，今日着你们六人去西市正法，你们有什么临终遗言要交代的，可以写下来。"

那狱卒说完，递上纸笔。

谭嗣同仰天大笑一声，指着墙上的诗说道："这就是我谭嗣同的遗言，请你转告中国的后世之人吧！"

林旭一把抢过纸笔，把纸撕得粉碎，笔也"啪"的一声折断了，仍愤愤地说："请你们的刑部大人转告慈禧，二十年后，我林某又是一条汉子，仍要维新，仍要变法！"

刘光第叹息一声说道："我等死去，大清王朝的正气也就随之而尽，后继者何在？"

康广仁爽朗一笑："如今八股已废，中华将人才辈出，我辈虽死，中国强盛之日指日可待，林兄何必叹息呢？"

杨锐接着说道："今日我等赴难，天地为之悲泣，日月都已无光，能够如此，我满足了，死就死吧，快哉，快哉！”

杨深秀见众人都丝毫没有畏惧之色，似乎这不是去死，好像去赴宴一般，也一扫刚才浮上心头的一点悲情，慷慨激昂地说：“仰天大笑出门去，我辈岂是蓬蒿人？只可恨变法未成身先死，国难不去，外患未除……”

杨深秀还要说下去，那边狱卒叫道：“刑部大人见你等如此年轻就早早夭亡，大发慈悲，准允你等留下只言片语，而你们竟如此不识好歹，这也怪不得我等心狠，现在不必多言了，请上囚车吧！”

也没容狱卒督促，谭嗣同率先跨出狱门，拖着沉重的铁镣走进木笼囚车，其余几人也都昂首阔步，随后而行。

囚车在长安大街缓缓而行，街道两旁站满了围观的群众。不时有人指指点点，还夹杂着叫卖之声，在快到菜市口时，有一些大胆的市民竟对着他们叫骂起来，还不时扔来石块、瓦片，砸在他们的囚车上。

谭嗣同尽量把头抬得高一些，不想让那飞来的石块、瓦片砸在他的头上、身上，由于双手被沉重的木枷禁锢得牢牢的，丝毫也挪动不得，他只得叹息一声闭上双眼。他觉得悲伤，并不是瓦片、石块砸疼了他而悲伤，他为这麻木不仁、执迷不悟的国民不觉醒而悲伤。这时，他忽然觉得自己太不明智了，应该像康有为、梁启超那样逃走。

他得到消息最早，他逃走是有充分条件的，他在把自己的文稿书籍托付梁启超送到日本使馆时，许多日本使节都极力劝他逃往日本。然而他没有这么做，他仍慷慨激昂地重复着他说过的一句话：中国变法有流血的，就从我谭嗣同开始！

就这样，他视死如归地留下了，他要用自己的鲜血唤醒大清朝这些麻木的国民。可是，现在他忽然觉得他的鲜血将会白流，这些国民已麻木到不可救药的地步，并不是几个人的鲜血能够擦亮他们的眼睛，也许要几代人的努力才会令他们觉醒。他们现在已没有机会了，那就只好等待康有为、梁启超等人的努力奋斗了。

他伤心在这人头攒动的菜市口上，没有人能够理解他们，他们为这些麻木的人的解放去赴死，而得不到他们这些人的一点儿同情和理解。相反，把他们当作朝廷的叛逆，天下的罪人一样唾骂、殴打，他能不伤心吗？

就在刽子手高举大刀的刹那，他情不自禁地滚下两行热泪。谭嗣同听到旁边有人说：瞧，那个罪恶滔天的家伙胆怯了吧，他害怕得哭了。

谭嗣同更觉得伤心，他流泪不是胆怯，他为这如此麻木不仁的国民而流泪。他想放声大笑，然而，他没能笑出来就人头落地了，面孔上留下既哭又笑的表情，他哭什么？他又笑什么？天下之大，又有谁知道呢？

如注的热血从六人的脖颈汩汩流出，染红了菜市口的街面！

流淌的血静止了，也不再殷红，而变得有点暗淡了，六个倔强的躯体和头颅被运走了，地上只剩下这结块的暗淡的血渍，围观的人仍没有散去，还在四周站着，互相指点着、评论着。一个人说这是姓谭的身上流下的，另一个说不对，是姓林的身上淌出来的，你一言，我一语，两人竟争吵起来，进而发展到大打出手。

围观的人不再欣赏那暗黑的血渍，又开始把这两位因争执而对打的人围了起来，兴趣似乎更浓了。

"戊戌六君子"的鲜血终于一点儿也不剩了，也许还剩下一点儿，那正好染红了荣禄和袁世凯一品大员官帽上的红顶子。荣禄升为军机大臣，总理各国事务衙门；袁世凯升任山东巡抚；裕禄调任直隶总督。其他人如怀塔布素、刚毅、杨崇伊等也都加官三级。

当然，倒霉的也仍大有人在，杀头的，充军的，监禁的不算，也连累了许多人，文廷式下落不明，但全家被抄，王照、黄遵宪也同样被抄了家。

维新运动掀了过去，但这场剪灭新政变法的活动中，得到最大好处的当然是老佛爷，她由大清王朝政权的幕后重新走上台前，这是她第三次临朝听政了！

山东济南巡抚大堂，新任山东巡抚袁世凯为了在这初来乍到之地显示一下自己的能力，做几件大事向老佛爷表表功，同时，也想从牢狱诉讼的案子中捞一笔可观的收入，便在上任的第三天就下令查处多年积压的案子来。这可能就是所谓的新官上任三把火吧。

袁世凯下令让属下查处一些尚没了结的陈年旧案，自己也在无聊之际把巡抚大堂上的一摞蒙垢的案宗拿过来信手翻检一下。不巧，他这么随手一翻，竟发现一道圣旨，仔细一看，原来是光绪皇帝写给原任山东巡抚毓贤的。上写道：

> 山东巡抚毓贤，朕闻悉二十余年前山东巡抚丁宝桢一案系冤案，乃是受人诬陷所致。着令汝细细访查，明其真相，给丁抚平冤昭雪，不可有误。
>
> 特谕
>
> 光绪二十四年正月初八

袁世凯看完光绪谕旨，想了想，这山东巡抚丁宝桢一案他在多年前也曾听说过，有人说冤，有人说是因为安德海一事得罪老佛爷咎由自取，当然也有人说罪有应得，总之，众说纷纭。袁世凯心道：管他冤不冤，能够去诬陷巡抚大人的也一定是个不大不小的官儿，正可以从中捞他一笔。

于是，袁世凯找来过去在这巡抚衙门当差的属下询问详情。结果问了多人都一问摇头三不知，这也难怪，这事已经过去二十多年了，其间巡抚大人也几度易人，这衙门内当差的也更换频繁，对那些陈年旧账，只要不关自己的事，谁也懒得过问。更何况，衙门当差的人都习得一套官场的阅历：该说的则说，不该说的一定不能说；能问的则问，不能问的千万不要问。

袁世凯问不出个所以然，眼看到嘴的一块肥肉就要丢掉了，很是恼火。

恰在这时，一个当差的后生听到这个消息，心中一喜，嗬！自己的好运来了。他急急忙忙跑到巡抚大堂门前汇报，说自己对那丁巡抚的案子知道一些。袁世凯闻报立即让他进去详询。

这人来到巡抚大堂，跪下磕个响头，袁世凯命他起来，一看，嘿，才是个二十多岁的毛头小伙子，这事发生时差不多他还没出生呢！怎会知道丁宝桢的案子情况呢！袁世凯不相信地问了一句："你知道那丁宝桢案子的事？"

这年轻人立即点点头，向袁世凯讨好地说道："回袁大人，小的叫刘毛，来这里当差才两年，不是小的夸口，我不但知道这丁宝桢的案子，而且还了解其内幕呢！"

袁世凯奇了，仍不相信地问道："你且说说看，如果能给本大人提供可靠的线索，破了此案，本大人重重赏你！"

刘毛抬眼看看周围没有人，就向前挪挪凳子，压低声音说道："袁大人，这事可非同小可，有一个很大的秘密呢！小的不说也罢，说了只怕袁大人也破不了此案呢！"

袁世凯一怔："怎么？你说给本官听听。"

"袁大人是初来上任的新官，不了解这济南当地的情况，曾有几任巡抚上任都想查明一下这个案子呢！但都没有任满期限就调任了，有一任山东巡抚叫张耀的还曾奉皇上旨意查处呢！结果也是虎头蛇尾。"

袁世凯见这刘毛虽然年轻，却说得头头是道，估计他一定知道一些情况，便又问道："你刚才说这案子背后有一个很大的秘密，到底是怎样的秘密，详细讲讲。"

刘毛挠挠头："袁大人，小的讲了，你可不能告诉别人是小的讲出去，否则，你打死我也不讲。"

袁世凯笑了："你放心，有本大人给你撑腰谁也不敢怎么你，你尽管放心说吧。”

“丁宝桢丁巡抚是无辜的，他是受如今的山东河粮道总督王正起陷害被革职的。”

袁世凯吃惊不小，盯住刘毛问道：“你怎么知道，可不能信口开河，诬陷朝廷官员，那可要杀头的。”

“袁大人不信可以查查二十多年前的案卷，那时王正起是这济南知府，火烧洋教堂的人是他派人抓的，当时他解送到丁巡抚那里，而他又暗中派人劫狱放人，然后从中捣鬼，密奏朝廷，报告丁巡抚私放朝廷案犯，结果丁巡抚被革职，王正起却因此走了官运。”

袁世凯对刘毛之言似信非信，说不信吧，他说得却也像这么回事，似乎也合情合理，说信吧，这刘毛如何能了解这等官府中鲜为人知的内幕。袁世凯不置可否地问道：“这些秘密你怎么知道的？”

“小的有个三爷叫刘鹗，曾经是那济南府的府台王正起的幕宾，整个破获山东洋教案就是我这三爷给从中周旋的。当然，诬陷丁巡抚的主意也是我那三爷出的。”

“你那三爷如今在什么地方？”

刘毛气愤地说道：“我那三爷对王正起那么忠心，满以为能随王正起高升呢！谁知王正起因奏报丁宝桢有功升任河粮道总督后，不但没有提升我那三爷，反而因他知道那事的内幕，找了个错把我三爷充军发配了，这还不算，他还派人在半路上追杀。幸亏我三爷机警，事先花重金买通狱卒，从中移花接木，找一个尸体代替了，王正起以为我三爷早死了，其实他已隐姓埋名回河北老家去了。”

袁世凯沉吟一会儿，郑重地对刘毛说道：“在案子没有破获之前，你千万不能告诉第二个人，一定要严守秘密，你那三爷刘鹗的事也一定不能乱说，否则，你和你三爷都活不成。这事我给你保密着，等破了案再重重有赏，先给你一锭银子算你提供线索的奖励，你就仍留在这衙门内当差，好好干，本大人不会亏待于你。”

刘毛起先还很害怕，一见袁大人有赏十分高兴，磕过头，谢过袁大人高高兴兴地退去了。

袁世凯待刘毛退出后，站起来，独自在衙门内走了一圈，心中十分高兴。不知我这袁家的老坟埋到哪块风水地里去了，如今可是官运与财运都亨通呢！自八月到现在，短短几个月，连升多级，可谓一步青云。看，这刚刚上任，财运又来了，山东河粮道总督是个肥缺，王正起这许多年不知捞了多少银两，如今我一定趁机敲他一笔竹杠。现在的社会，要想当官必须有三个条件，那就是拍马逢迎，出卖朋友，当然还要有钱陪着。我这许多年，前两点倒学会了不少，可这白花花的银子可是硬家伙，虽然在天津时也捞了一些，但数目太少，不够巴结上司的，来这山东可不能白来，这第一个大案一定要榨王正起二十万两不可，否则我不能给他私了。有了银子，又可高升了，哈哈……

想到这里，袁世凯得意地笑了起来。

袁世凯当天晚上便写了一封威吓利诱的密信，着人快马飞递给河粮道总督王正起。

河粮道总督王正起听说袁世凯新任山东巡抚，正准备致电恭贺，突然听见属下说有山东巡抚送到的函件，他急忙拆开，这一看着实吃惊不小。万万没有想到，这袁世凯刚一上任就把多少年前陈年旧账翻了出来，看那口气，胃口还不小呢！

王正起满以为那事已过去二十多年，当时知道底细的人差不多都已不在，那事就神不知鬼不觉地过去了，谁知这袁世凯今又提起，还向他敲竹杠呢！以前虽然也有个别巡抚在朝廷的催促下，敷衍了事地过问一下，但都不了了之。当然，王正起也从中做了不少手脚。想不到这袁大头又重提旧事，想敲他的竹杠，王正起怎能不气，心道：你这毛小子，是新官上任三把火，没有钱可以向王大爷说一声，给你三两，也不能这样做不近人情的事，你当我王正起是省油的灯，想敲竹杠，没门儿！反正人都死了，事情也过了多年，就是你抓住几个义和拳的人也问不出个所以然，我怕你袁大头怎的？你只是怀疑，有种的，拿出证据来，我倒要瞧瞧你袁世凯有多大本领，谁不知道谁呀，你当上这个巡抚还不是拿维新党的血换的？

王正起把袁世凯送来的敲诈信撕得粉碎，决定不理睬他。

袁世凯满以为他的那封敲诈信会令王正起惊恐万分，立即亲自来向他进贡，却想不到，那封信却如泥牛入海杳无踪影。

袁世凯十分生气，心道：好个王正起，不给你点手段瞧瞧，也不知我袁大头的厉害！

一不做，二不休，袁世凯又派人给王正起送去第二封信。

王正起在暗暗自鸣得意，认为自己的不买账压服了袁世凯，却想不到第二封信又送来了。这次，王正起不能不着慌起来。信中详细叙述了他如何接受刘鹗的建议去破获济南火烧洋教堂的案子，也具体描述了他如何劫狱放人和向慈禧太后奏报的事，句句是实，如同亲眼所见一般。这可让王正起坐卧不安了，他知道袁世凯是怎样卑鄙的人，什么事都能干得出来。况且，他也知道袁世凯如今在荣禄、李鸿章、太后心目中的位置，只要他决计和自己为难，自己是不会有好结果的。

万般无奈的情况下，王正起亲自来到济南山东巡抚衙门，亲自拜会袁世凯，先探一下这袁大头的口风，然后再见机行事。

袁世凯闻报说山东河粮道总督王正起来访，心中自然十分高兴，只要这姓王的老小子屈服，就不愁他不送金银来。但是，为了显示礼貌，他也亲自迎出衙门大堂。

两人假惺惺地寒暄几句，双双走入客厅，彼此又谦逊一番才分宾主之位坐定。

袁世凯明知故问地说：“王大人千里迢迢来此，不知有何贵干，如果袁某能帮得上忙的尽管说来，不必客气，你我虽然没有谋过面，但彼此都是久仰之人吧，不必过谦。”

王正起见袁世凯十分狡猾，也不好立即点出，只好附和着说道："在下听说袁大人荣升山东巡抚，本打算早来拜会，因公务缠身一直没有机会亲自前来拜会。本打算致函祝贺，但考虑书信不足以表达心志就这样拖了下来，一直拖到今日才有机会相见，甚憾，甚憾，还请袁大人多多包涵。"

"王大人太客气了，彼此彼此。袁某也准备亲自前往贵处登府造访，但因初来乍到，一切不甚熟悉，又要料理一下上任巡抚积压的一些问题。袁某做事向来讲求神速，不喜拖泥带水，因手头有一些急需办的事要做，就没能及时前去看望王大人，也请王大人多多体谅。"

"啊哈，客气，客气！不过，袁大人在百忙中能连去两封信已让王某承受不住了，为了表示敬意，这才亲自来了，想当面向袁大人请教。这里也无外人，你我就直接爽快谈谈吧！"

袁世凯大拇指一竖，说道："好，王大人痛快，我袁某是武人出身，说话粗鲁，但喜欢直爽，王大人就先说吧！"

王正起忙推辞道："哦，哦，还是袁大人先说吧，你是主，我是宾，万万不可喧宾夺主，还是袁大人先说吧！"

"王大人先说吧，你是客。"

"不不，还是袁大人先说吧，客随主便。"

袁世凯见推辞不过，这才率先说道："王大人，咱明人不说暗话，我最近在处理一个陈年案子，经审查发现与王大人有牵连，就致函请复王大人，本不打算如此，实在是公务所逼啊，还请王大人海涵。"

"袁大人，在下在这济南府供职多年，处理案子也较多，难免得罪一些人，可能有人想陷害本人，袁大人刚刚上任，可要小心被他人所利用。"

袁世凯想不到王正起竟如此老奸巨猾，也不再客气地说道："朝廷多次派人严查原任山东巡抚丁宝桢一案，初步发现丁宝桢被人陷害，受冤才被革职，现已查明这陷害之人就是王大人。"

王正起想不到袁世凯竟这么不讲情面，赤裸裸地把自己抖了出来，心中十分惊讶却又镇静地说：“袁大人向来办事公正合理，可不能冤枉好人，应讲求证据所在，下官也为官多年，什么场合都见过，可不是被人三言两语就能吓倒的。”

袁世凯嘿嘿一笑：“如果人证物证都在，王大人可怎么说呀？”

王正起一想：不可能，唯一知情的幕宾刘鹗早被自己充军发配，并着人在途中就给害死了。个别义和拳的人虽也有所耳闻，但由于自己派人化装劫狱的，他们也不可能知其内幕，一定是袁世凯在耍诈。想到这里，王正起仍然不慌不忙地说：“不知袁大人从何处得知这是我王某陷害丁宝桢，虽然当时我是丁宝桢的属下，但这火烧济南洋教堂的钦犯是从丁宝桢的衙门内放走的这是事实，至于是不是丁宝桢下令干的我就不得而知了。另外，对丁宝桢革职是朝廷下的旨意，也与我王正起无关。袁大人口口声声说我王某陷害丁宝桢到底从何说起呢？”

袁世凯见王正起是不见棺材不掉泪，冷笑一声，说道：“王大人当年有个幕宾叫刘鹗是吧？”

王正起一愣，说道：“不错，有个幕宾叫刘鹗，我对此人十分看重，想不到他竟是见利忘义的小人。他本来在我府上做事，后来竟背着我投到山东巡抚张耀门下，这还不算，竟胆大妄为，私自偷盗府库里的银饷被人发现。我一怒之下本打算将他处死，但念及旧情，把他充军发配了，后来听说他中途生病死了……”

没等王正起说完，袁世凯就打断王正起的话说：“王大人说的也有那么一点事实，但也有许多不符事实吧！据本官所知，这刘鹗并没有病死途中，而是很好地活下来了，这当然不是说他病死回生，而是王大人派去追杀王正起的人也同样收了刘鹗的钱，放了他一条生路，让他隐姓埋名地活下来了。而且活得很好，连王大人和他如何密谋的详情都记录下来了，还保留了一些王大人当年所起草的上书奏折和许多函件呢！”

王正起听后大吃一惊，他当时虽知丢失了一些重要文件，但万万没想到被刘鹗私藏了，心里暗想：当初不该太相信他，应该把他置于死地就好了。虽说充军，然后害死途中，照袁大头这么说，那刘鹗真的没有死，这下可就完了。怎么办？

“袁大人，我倒想见一见那刘鹗，本人有好多话儿要询问他呢！如果他真的没死，就让在下见识见识他，也好澄清当年府库被盗的真实情况。”

袁世凯见王正起还是这样抵赖，顿时勃然大怒，厉声说道：“王正起，你我无冤无仇，你以为我袁某真想把你搬倒不成，我这样做纯粹是为了你的前程着想，才不想把事情闹大，私下把这事告知你，如果我决计搬倒你，早就上奏朝廷，还用得着和你在此浪费口舌吗？如果我没有掌握到确凿证据岂敢对你横加怀疑，在这山东，你王正起又是好惹的不成？如果你一意孤行，执迷不悟的话，可别怪我袁世凯无情无义！你瞧瞧这是什么？”

袁世凯说着，递给王正起一样东西，正是当年丢失的一些文书，还有自己的亲笔信。“这是物证，如果你需要人证的话，那更容易！”

王正起早已吓得满头大汗，急忙用袖子抹一下额头的汗，结结巴巴地说：“袁——袁大人，请你高抬贵手，这事就全靠袁大人开恩了，下官一切听从你袁大人的吩咐。只要私了，怎么都行，任你袁大人开价，我知道袁大人是非常讲义气的，一定会为下官着想。”

袁世凯心中冷哼一声：你和我斗！表面上仍不动声色地在客厅踱了两步，慢慢停下来说道：“这个案子已经是二十多年前的事了，许多知情者死的死、逃的逃，丁宝桢也早已革职在家，不知死活，想瞒也是能够瞒住的，只要销毁物证，把人证也给除去就万事大吉了。但话又说回来，丁宝桢可是朝中响当当的一品大员，在众臣中享有较高的声望，虽然他已革职还乡，但许多朝臣提起他仍十分敬重，纷纷为他鸣不平，有人多次上书朝廷要求为他平反昭雪，重新清查这个案子。”

袁世凯说着递过去一份光绪手谕，接着说道：“这事弄不好你我都要倒霉的，当然，办法也不是没有，就看王大人肯不肯配合了？”

王正起翻了一下眼睛，瞅瞅袁世凯，心里说道：今天算我栽了，就由你宰一回吧，待我摆平这事再想法和你袁大头算账。心里这么想，嘴上却不敢这么说，只得脸上堆满带皱纹的笑容，讨好地说道：“这事全靠袁大人帮忙了，只要能敷衍下去不让外人知道怎么都行。请袁大人多多费心拿个主意吧。反正这事已是陈年旧账，只要袁大人不提，这事还是好办的。”

袁世凯微微摇摇头：“话不能这么说，我袁某为朋友两肋插刀都可以，这事当然会给你隐瞒住的，只是那刘鹗还活着，许多义和拳的人还在，他们难免将此事泄露出去。”

王正起马上低眉讨好地说：“依袁大人之见这事如何处理最好呢？”

袁世凯做了一个杀的手势，说道：“无毒不丈夫，要想成大事就得手段狠一些，你不是当年派人没有杀死那刘鹗吗？今天再把他干掉，至于那些义和拳的人你就不用担心了，有我在呢，一定会给你个干净利索、永无后患的！不过——”

袁世凯话锋一转，卖个关子。

王正起马上会意：“袁大人不仅为我王某着想，也为山东的太平和大清朝的利益着想，对那些拳民也不能手软，如此闹下去是要出事的，要像当年南方的太平天国一样，就怕捂都捂不住呢！”

袁世凯哈哈一笑：“我早已听说义和拳的拳民闹得疯呢，上任巡抚毓贤不但不予制止反而怂恿，有这么回事吗？”

王正起立即点头哈腰地说：“有，有！那毓贤的爱妾难产，请医生用药却不灵效，结果找来一个叫张鸾的义和拳拳民施展法术诊治，胎儿果然生下了，母子平安。毓贤要重赏那张鸾，张鸾分文不取，要求毓贤贴出告示保护义和拳拳民，说他们志在扶清灭洋，是义民。这样一怂恿，那些义和拳便胡作非为起来，势力也越发展越大，现在整个山东到处都是，不狠狠治一治，岂不翻了天？袁大人刚刚上任当然不知道，后天会听报的，这事袁大人不能不问呀！”

袁世凯摸摸粗大的胡子茬，摇头晃脑地说：“我不仅会镇压他们，还要上奏老佛爷治毓贤的罪呢。只是这出兵动众的费用一时凑不齐全，也许要拖一拖，不知拖到驴年马月呢？”

袁世凯说着，有意无意地扫了王正起一眼，王正起马上会意，急忙说道：“袁大人放心，下官鼎力支持袁大人出兵剿灭拳匪，如果军费缺一点的话，我王某可以适当赞助，但不知——还缺多少？”

袁世凯也不说话，伸出两个指头晃了晃。

“两万？”

袁世凯摇摇头。

“二十万？！”

袁世凯这才微笑着点点头。

王正起心中一惊，这小子也太黑心了，二十万！这不要我的命吗？心里这样想，嘴上却不能这么说，便硬着头皮说道：“为了我们山东的太平，也为了大清的安稳，我王正起倾家荡产也要给袁大人凑上这二十万两银子。”

袁世凯见王正起答应了，自然也爽快地说道：“王大人爽快，我袁某向来做事也不拖拉，这事还是尽快办妥为上策，当然，有的事也要王大人协助一下。”

“有什么吩咐，袁大人尽管说。”

“至于那刘鹗，待王大人把银子送来，我派人会同王大人布置干掉他，然后斩草除根，永不留下后患！”

王正起别无良策只得先告辞回去，派人把二十万两的粮饷先送来一半，推托说临时凑不齐，先除去心腹之患然后再送来另一半银两。袁世凯立即派刘毛去找他三爷，名义上是请他三爷做人证，这样就可惩办王正起，给丁宝桢和刘鹗平反昭雪。暗中，袁世凯已悄悄派出两名杀手尾随刘毛，等到见着刘鹗后立即将两人同时干掉。

袁世凯为了彻底剿灭山东境内的义和拳，并没有立即派兵到各地捕杀教民，而是买通义和拳中的一些内部拳民，供出他们的头领，一点点摸清各坛的总坛和分坛的位置及头领，然后神不知鬼不觉地派兵突然赶到，杀他们一个措手不及。就这样，济南附近的义和拳各坛都被毁坏了。

一批又一批的拳民被杀，更激起了山东境内义和拳的愤怒，他们纷纷组织起来，由暗到明，拉起队伍和清兵对抗。海静大师的弟子心诚和尚成为一方首领，赵大顺的儿子赵三多也拉起了队伍，他们都一改原先的东躲西藏，拿起长矛大刀和官兵捉起了迷藏，一时间也搞得山东巡抚袁世凯坐立不宁。

山东的义和拳纷纷闹事，邻近各省的拳民也一起呼应，并起兵助威，这义和拳运动之势头像平原上的烈火，越烧越旺，从山东影响到河北，连天津和北京也暗中流传起义和拳的传播信号来。

袁世凯本打算让王正起出钱，自己带兵剿杀几个拳民，压一压山东的义和拳势力，也有利于自己的管辖。钱是捞到了，却没有想到这些拳民是天不怕、地不怕，你越是杀他们，他们越是和你斗，事情竟然发展到今天这不可收拾的地步。他也怕老佛爷怪罪下来自己担当不起，为了推脱责任，他在王正起的教唆下给老佛爷上了一份奏折，说山东拳民闹得凶，这都是上任山东巡抚毓贤姑息养奸，怂恿允许支持的，请求老佛爷治毓贤的罪。这样，袁世凯就把所有的责任推脱得一干二净。

第三十八章

困瀛台病龙遭虾戏
因冷宫伤凤被鸦欺

崔玉贵伸出舌头舔一下流出的血，恶狠狠地叫道："都给我拿下！"十几个人一拥而上，抓住光绪沿着冰面死命拖了过去。光绪挣扎着，望着空旷的天空怒骂道："崔玉贵，只要朕有出头之日，一定抄你满门、扒你祖坟……"

南海瀛台涵元殿。

光绪掀开盖在身上的被子，哆哆嗦嗦地下了床，来到殿门口，凭栏远望，好一场大雪把天地裹了个严实。一夜之间，周围的亭、台、楼、榭都罩上一层厚厚的积雪，红墙裹素，交相辉映，鲜明夺目，令人目眩头晕。大雪压青松，翠柏迎风挺立，让人觉得坚贞与沉稳。

光绪站了一会儿，思绪万千，心潮起伏，他想到自己虽为一国之主，却遭遇了悲惨不堪的命运，甚至不如南唐后主李煜。由此，他想起南唐李后主的那首《虞美人》的词：

春花秋月何时了？
往事知多少！
小楼昨夜又东风，
故国不堪回首月明中。
雕栏玉砌应犹在，只是朱颜改，
问君能有几多愁？
恰似一江春水向东流。

唉！"只是朱颜改"，光绪情不自禁地摸一下瘦得皮包骨头的下巴，更加伤痛，嘴里念叨着：几多愁，几多愁，朕的愁哪能像东流的春水可以一泻千里倾吐而尽呢？它分明像眼前南海上厚厚的冰层，只能越结越厚，越厚越坚，最终把朕积郁而死。还有那爱妃珍儿，她在哪儿？此时此刻，她也在面对这冰封的大地思念朕吗？

光绪的脸上不知何时已挂满了泪水，他悄悄地抬起胳膊轻轻擦去，唯恐被监视他的人看见，报告给太后，那样他不知又要遭什么臭骂与处罚呢！

正在这时，小吴太监不知从何处弄来一盆炭火，怀里还揣着两个红薯。老远，他就吆喝着："皇上，我们烤红薯吃喽！"

小吴太监放下火盆，用棍棒支起一个小小的架子，开始烤红薯，不多久，一股浓浓的香气飘了出来。光绪闻到这香气才觉得有点儿饿了，早晨起来到现在还没吃东西呢，肚里咕咕地叫。

忽然，光绪听到不远处一阵噼里啪啦的鞭炮声，接着，零零星星的鞭炮声便接连不断地响了起来。光绪一愣，回过头问道："小吴，今天是什么日子？"

"皇上，今天是大年初一！新年到了。"

"新年，新年。"光绪念叨着，有点失魂落魄。

小吴太监一见皇上如痴似傻的神色，忙喊了一声："皇上，红薯好香哩，快来吃吧！"

光绪这才醒过神来。走进殿内，小吴太监已把红薯烤好，把个大的一个递给了光绪，自己留一个小点的。光绪用袍衣托着滚烫的红薯，口水直流，他早已饿极了。尽管红薯对于光绪算不得好东西，他也曾经吃过，但那是御膳房特制的拔丝红薯，像这种吃法他还是头一次。如今不同了，他虽有一个皇帝的名号，实际沦为囚徒，和周围的几名看守他的太监地位没有什么两样。

起初，这些太监奉命来看守光绪，彼此有点拘谨，渐渐地混熟了，相互也没有什么芥蒂。光绪的人缘还挺不错的，小太监也乐意和他一道厮混，请光绪给他们讲史说书，教他们几句诗词。

他们也经常外出办事，偷偷地买一些饼子、花生米、肉干或冰糖葫芦之类的来孝敬光绪。许多时候，光绪都吃不饱饭，也示意有人能接济一点儿。因此，对太监们的伙食补贴他也从不客气，和他们一同分享，在这座孤岛似的涵元殿内，没有主子和奴才的分别，等级差别荡然无存，他们的生活方式都差不多，过着囚徒一般的生活。每天想着点子打发时间，他们这些太监也怕光绪一个人闲着愣坐，那样，皇上又会想念他的过去，思念他的珍妃，与其让皇上这样痛苦，还不如和皇上一起开开心呢！太监们还可以偶尔出去一下，买点东西，光绪是半步也不能够离开这里，就是想走也走不掉。人们不是说插翅难逃吗？在这样一个水域中，光绪只有插翅才能飞出去，但无数慈禧太后的眼线盯着他，飞能飞到哪里？

光绪待红薯稍凉一下，就学着小吴太监的样子，把红薯皮用手揭去，咬着红薯吃，嘴不停地吹着红薯上的热气，哆嗦着。他学着小吴太监在烫手的时候忙颠了颠红薯，并挠挠耳根，然后擦一下嘴巴。这样，那红薯上的灰就抹在嘴上、鼻子上，像唱戏时化过装的小丑。光绪看着小吴太监滑稽的样子笑了，小吴太监看着光绪横一道竖一道的花脸也笑了。

光绪一扫刚才的不快，变得开心起来，他现在也不觉得有多冷了，浑身舒适了许多。他把红薯皮向南海的冰面上一扔，活动一下筋骨说：“湖面上的冰能够跑人了，朕想上去玩玩。”

小吴太监也把红薯皮向冰面一扔，嘿嘿笑道：“好呀，奴才也随皇上出去溜达溜达。”

小吴太监跑进殿内取来一件黑布大棉袄，哗地一下抖开，看着皇上。光绪会意，也不推辞，便把小吴太监的这件棉袄穿上了。嘿，还挺像呢！小吴太监笑了。

“走！”

光绪一甩肥大的棉袄袖子，又招呼一下站在旁边的三个太监，叫他们一起玩。

冰面上，本来滑滑的，由于铺上一层不薄也不厚的积雪，走起来特别带劲，一步一个脚印，一步也咯吱一声。光绪很兴奋，走了一会儿，仍不过瘾，索性在上面跑了几圈，有点小喘，光绪放慢了脚步，咳嗽几声，似乎想把满肚子的晦气吐个干净。现在好受多了，猛吸几口新鲜的空气，便招呼几个太监一起打雪仗扔雪团。

太监们都兴奋起来，叫喊着，扔着雪团，追逐着，打闹着，还不时滑倒在冰面上，满身都是雪。好不快活，这是光绪从入宫以来，几十年所没有的欢快和无拘无束。

大家都累了，停了下来，光绪独自喘着粗气，散散步，他一步一步向前走，像个自由人无拘无束地在天地间漫游一样，好自在，什么都可以想，什么都可以不想。他正沉浸在这大自然的静谧和天地间的圣洁之中，突然听到身后一声惊讶地叫喊："万岁爷快留步！"

小吴太监慌慌张张地追了上来，一把抓住光绪的衣襟，气喘吁吁地说："皇上，往回走吧！"

光绪这才注意到，自己不知不觉已走上了岸，光绪叹口气说："趁现在没有人，朕想在这岸边坐坐。"

光绪说着，两行清泪从眼角溢出，说不出是兴奋还是委屈。小吴太监见皇上这样，也不忍阻止，他跑回去向那三人招了招手，大家都围了过来，共同嘀咕几句，似乎下决心为皇上破一次例，陪皇上在这岸边玩一会儿。

正在这时，小吴太监用胳膊抵一抵光绪的后背，示意他快回去。

光绪猛抬头，不禁一惊，整个心一下子凉了个透。

崔玉贵领了几个太监不知何时已站在他面前，旁边还有一群披着斗篷的军士，手里都握着铁锤和铁镐。

好久，光绪才回过神来，勉强伴着一丝苦涩的微笑冲着崔二总管拱拱手。

崔玉贵在雪地上微微一跪，阴阳怪气地说："奴才奉老佛爷之命前来捉拿挟持皇上外出之人，这是老佛爷怕皇上遭到不测，老佛爷叮嘱奴才一定要严惩挟持皇上之人。"

崔玉贵说着，一挥手，他身边的人一齐上前把小吴太监等几人一齐拿住了。

光绪肚里憋了半年多的火一下子冒了出来，张口大骂："崔玉贵，你这个狗奴才，谁告诉你是他们挟持朕外出，是朕自己要出来赏雪的，如果你要抓人，就把朕抓去好了！"

崔玉贵奸笑两声，露出一对黑黑的大牙，嗬！此人连牙都是黑的，心就更不用说了。崔玉贵说道："奴才是奉太后懿旨抓人，请万岁爷也不要抗旨，这里不关万岁爷的事，望皇上好自为之。"

光绪两手一伸，挡住被抓的太监："这里不关他们的事，朕同你们一起去找太后评理！"

崔玉贵不耐烦地说道："要去皇上自己去找老佛爷说去，奴才只是奉命抓人，其他事一概不问，走！"

光绪在悲愤中再也忍耐不住自己的感情，他抡起巴掌朝崔玉贵的脸上狠狠抽了两耳光，骂道："狗奴才，你也骑在朕的头上拉屎！"

崔玉贵先是一愣，但马上恶狠狠地命令道："快送万岁爷回宫！"

几个太监上前将光绪往冰面上拉，那被抓的几个太监见状，气愤不过，大喊一声挣脱出来和这些太监打成一团。

光绪也挣了出来，腾出手来狠命地朝崔玉贵的脸上打去。

鲜血从崔玉贵的嘴角流下，他伸出舌头舔一下流出的血，恶狠狠地叫道："都给我拿下！"

几十个人一拥而上，把那几个太监按倒在地并捆了起来，几个人抓住光绪的胳膊和腿以及辫子把光绪沿着冰面死命拖了过去。

光绪忍着疼，挣扎着，望着空旷的天空哭喊着："崔玉贵，只要朕有出头之日，一定抄你满门、扒你祖坟……"

光绪终于被拖进了瀛台，太监才松开他的辫子，哄地一下子跑开了。光绪翻身追出去，远远望见崔玉贵押着几名看守自己的太监向远处走去。他想跑过去，但已经不可能了，四周围满了军士，正挥动着锤子和铁镐砸南海上面的冰。

一阵咚咚的砸冰声，像砸在光绪的心上，他简直要疯了，气得叫喊不出，狠命地跺着脚，眼前一黑，一头栽在台阶前。

南海上又出现一片水域，上面浮动着破碎的块冰。那以后，只要南海结冰，就有一帮人不厌其烦地砸冰，似乎是在想永远也不让它再上冻。

每当光绪看到一群人砸冰的时候，光绪总想到为他被杖毙的几个太监，内心有说不出的惆怅与怨恨，那每一声砸冰的声响，似乎都是砸在他的心上。

光绪的心早就给砸碎了。

紫禁城仪銮殿。

慈禧太后指着下跪的崔玉贵说道："你做得完全正确，那南海上的冰一定要砸，天天砸，永远不让它结冰，哼！真是岂有此理。想逃，逃到天边老身也要把他抓回来，我不信他能逃出老身的手心？"

崔玉贵用手拭一下嘴角的血渍，摸摸红肿的脸问道："老佛爷，那几个支持皇上外逃的太监将如何处理呢？"

"统统杖毙，看谁敢再支持皇上外逃！"慈禧缓了一下，看看崔玉贵红肿的脸心疼地说，"让你受委屈了，以后对皇上不必那么客气，他既然不仁那就不能怪我们不义了，一切由不得他！"

崔玉贵会意地点点头。

慈禧想了想又说道："这些事不能传到外面去，自己心中有数就是。"

"奴才明白！"

慈禧为何这样叮嘱呢？原来宫中最近发生了一件事。

快要过年了，按旧例，外臣是要给宫中进贡礼品的，许多大臣都送来了贡品。一个小太监把外臣送的食品送到光绪居住的瀛台，不巧被别人发现了。慈禧知道后立即将那小太监抓来拷问是谁的指使，情急之中，小太监信口讲道是朝中大臣指使，再问他是哪位大臣时，他讲不出来了。慈禧一怒之下杖毙了这个小太监，但她心中却嘀咕怕真是朝中大臣的唆使。她害怕光绪可能有什么言论传到朝中大臣耳朵中，从而许多大臣可能会同情皇上转而反对太后，那时慈禧就不好收场。因为她最近不断听到亲信奏报，一些朝中大臣和外臣甚至外国使馆的人都纷纷谈论想让光绪重新回到皇位上，入宫主持朝政。这是慈禧最忌讳的。

偏偏最近发生了小太监私献贡品和几个太监协同光绪外逃的两件大事，惹得慈禧十分窝火。为了防患未然，她才下令严加看管皇上，不得有丝毫怠懈。

崔玉贵刚刚领命去杖毙那几个支持光绪外逃的太监，就有奏事太监来报，说总理衙门大臣荣禄求见，慈禧立即命他进来。

荣禄入内，跪拜礼毕先呈上一份奏折，慈禧从头到尾细细看了一遍，略一思索便问道："荣中堂对袁世凯的这一奏折有何看法啊？"

荣禄扶正了官帽，先看看太后的表情，揣摩一下太后的心思说道："拳民闹事已非一日，但近年来越闹越大，由暗而明，祸及京津，这不能不说与毓贤的怂恿和支持有关，至于对毓贤的惩办是小事，当务之急是想法扑灭拳民的气焰，如果不及时妥善处理，有可能发展成当年的太平天国，到那时再压就如燃起的大火，着了起来是难以扑灭的。不知老佛爷意下如何？"

慈禧点点头，说道："荣中堂说得有理，防患未然，防微杜渐，把拳民消灭在萌芽中，这是不可懈怠的。袁世凯做得对，早早镇压，消弭患祸，应当给予嘉奖。你再电告直隶总督裕禄和刚毅等人，从速出兵铲除各地教坛，制止拳民活动，以防事态扩大。"

"是！"荣禄微驼的背一鞠躬。

慈禧看着荣禄已显露老态龙钟的样子，心中也是一阵心酸，想起当年京城西郊时的天真烂漫和风情野恋，如今一晃几十年过去了，其中的酸甜苦辣是一语难尽。

慈禧微微叹息一声问道："荣中堂贵庚几何了？"

荣禄一愣，想不到太后突然问起这个，稍一迟疑，忙答道："回太后，微臣都七十有二了。"

慈禧十分伤感地笑了笑："古语说，'七十三、八十四，阎王不请自己去'。日子过得真快呀！"慈禧又有意无意地扫了一下荣禄多皱的脸，十分认真地说，"荣中堂，本宫还有一件大事想请你参谋一下。"

慈禧没有继续说下去，荣禄忙问道："老佛爷请讲！"

"这事十分重大，今晚你到储秀宫来，到时才同你详谈，你先下去吧！"

荣禄直着两眼看看太后毫无表情的样子，也猜不出什么，忽然内心一紧一亮，若有所悟地恭敬答道："臣遵命！"说完躬身退出。

慈禧望着荣禄退出去的身影，一跛一拐，再也没有当年叱咤风云的威武和英俊，她喃喃自语：老了，老了。慈禧下意识地摸了一下自己的额头，虽然尽各种可能保护自己的容颜不老，但岁月不饶人啊！

一阵寒风吹来，慈禧打了个寒战。也不知怎的，今天为何这么伤感呢！

人虽有情，岁月无情。

就在慈禧心猿意马，想入非非的时候，承恩公崇绮和大学士徐桐求见。慈禧让他们进来，礼毕，崇绮心神不定地看一眼徐桐，徐桐略一点头，崇绮便奏道："启禀老佛爷，你吩咐让奴才做的事我等做了，只是情况不大好。"

慈禧眼一翻问道："怎么不大好？"

徐桐这才接着说道："对于废立的事朝中诸大臣多不赞成，他们一致认为光绪皇上并无失德的表现，无故废除帝位恐招来天下大乱，不主张太后的这一做法。”

“这都有哪些大臣？”慈禧气愤地说。

“许多大臣都这么认为，像徐用仪、王文韶、许景澄、孙毓汶甚至李鸿章也不同意废除皇上帝号。还有一些外臣也纷纷致电反对废除皇上的皇位，如两江总督刘坤一、两湖总督张之洞都多次拍来电报或送来奏折反对废立的事……”

慈禧没等徐桐说完，用力拍了拍御案，恶狠狠地说道：“真是岂有此理！刘坤一和张之洞都是光绪的同党，自甲午之战时就结集一起。当时极力怂恿皇上同日本作战，结果是大败而归，割地赔款。去年皇上闹腾变法，他们二人又多次致电鼓吹，在地方闹得比京城还凶，那谭嗣同、林旭等逆党不就是他们推荐的吗？可见他们和皇上是串通一气的，早晚我要收拾收拾这两个好小子！”

停了一会儿，慈禧又怀疑地问了一句：“李鸿章也不赞同吗？”

崇绮点点头。

“哼！这个李老头子是越活越老糊涂了，如果不想在京中待了，就让他下去好了，我也不想见到他。徐大人——”

“微臣在！”徐桐忙答道。

“你代本宫拟一份手谕，调李鸿章出任两广总督之职，革去文华殿大学士的职位。哼！顺我者昌，逆我者亡，我倒要看看还有谁敢反对废立一事，李鸿章就是他们的镜子！”

慈禧太后为何要拿她最得力的大臣李鸿章开刀呢？这是有原因的。

自甲午之战后，李鸿章作为大清全权代表签订了丧权辱国的《马关条约》，虽然这些条约的内容是太后默许、皇上答应的，但他毕竟是亲自谈判的交涉者、换约人。为了这一条约，帝后之间几乎反目成仇，而且还爆发了震惊中外的康有为、梁启超等人倡导的公车上书事件。李鸿章被国人骂作第一号的大汉奸，无论到哪里，只要一公开露面就有人骂他卖国贼。为此，李鸿章窝了一身病，这一病将近半年，正赶上康有为等人闹腾维新变法。李鸿章装病躲在家中，不支持也不反对，慈禧为这事多次询问对策，他只推说有病不了解外情而不表态。慈禧见他对自己要起了滑头，十分不满。如今，慈禧想废除光绪的皇位，他又公开反对，能不令慈禧生气吗？这才决定给他点颜色看看，等于将他放逐京外，贬谪出京，这一处罚，对于风烛残年的李鸿章确实是一个不小的打击。当然，慈禧这样做也是杀鸡给猴看，让中外臣工知道，这么得宠的李鸿章，在大清有那么高的声望和地位，公开反对废立的事都遭到处罚，更何况你们这些大臣呢！

崇绮知道慈禧做事向来说一不二，她决定了的事谁也不能更改，也不敢为李鸿章求情，只得试探着问道："这事是否再同军机处商议一下？"

"不必了！"慈禧气呼呼地说。

过了一会儿，慈禧又问道："除此之外，你们还听到什么？"

徐桐想了想答道："外面纷纷传说皇上正在生病，并且病得不轻，不知是否有这等事。"

慈禧不置可否地说："生老病死是人之常情，本宫也都这一把年纪的老人了，说不定哪天就一病不起呢！"

崇绮忙说道："太后玉体健康、面色纯正，是长寿之相，不可说不吉祥的话。俗话说'吉人自有天相'，这大清朝的国运全靠太后支撑呢！"

慈禧笑了笑说道："承恩公太会说话了，口口声声高喊万岁，哪有万岁的事呢！这不过是图个吉祥罢了。"慈禧忽然又话题一转，说起了正事。

"无论别人怎么嚼舌头，说一些不三不四的话，你俩一定要站稳立场，这废立的大事就交给你们了，你们再同荣禄等人协商一下，这事应尽早确定下来。如果没有其他事，请跪安吧！"

慈禧说完，闭上眼睛休息起来。

荣禄一天都心神不宁，他一直在回味着出宫时太后那句意味深长的话，今天晚上让他进宫商议大事，显然是废立的事。外面传扬着太后决心废黜光绪的事，但自己进宫时她为何只字不提呢？从崇绮和徐桐两人的叙说分析，太后真的下定决心，连出面干涉这事的李鸿章都给贬出了京城，别人谁还敢说什么呢？如果今晚太后问起，我该如何说呢？这事不能不慎重。他知道李鸿章在官场几十年了，无论朝内朝外，甚至还有外国都享有挺高的威望，做起事来是特别注意分寸的，决计不会随随便便信口开河，他提出反对意见也是经过深思熟虑的，决不会拿自己的老命开玩笑。如果太后问起这事时，我就来个不反对也不赞成，见机行事吧。

李莲英悄悄把荣禄引到储秀宫太后的寝房，李莲英退下之后，慈禧问荣禄："按你这么说，你支持皇上闹腾变法、改变祖制喽？"

"不，不，西洋的许多东西是好的，可以拿来使用，但皇上忘记祖宗，把祖制改得面目全非是不应该的。"

"我准备废黜皇上的事你也听说了？"

"以前听朝臣议论过这事，我还认为是谣传呢！今天，崇绮和徐桐到我府上提到此事，并说为了废立之事，太后把李鸿章也给贬出京城，有这事吗？"

"嗯，我今天让你来就是商量废立的事，你谈谈自己的主张吧！"

荣禄知道接触实质问题了，他不能推诿，但也不直接回答慈禧提出的问题，而是旁敲侧击："老佛爷把李鸿章赶出京城，可知道他为何反对废立的事？"

慈禧一愣："怎么？到底为了何事？"

荣禄这才得意地说："太后整日待在宫中，当然不了解外面的情况了，李鸿章也十分赞成废黜皇位的事，但他也没有办法，最近各个使馆内的洋人叫嚷得厉害，他们一直要求让皇上亲政、太后归政，他们也听到废立的事，纷纷表示，他们只知道有光绪帝而不知道有皇太后，如果废黜帝位，各国将一致出兵来华，逼迫太后归政呢！"

"真有这事？"

“荣禄再大胆也不敢欺骗太后！”

“哼！这些洋人也欺人太甚了！我大清好心好意让他们留住北京，并允许建造使馆作为长久居住之地，对他们也够友善的了，他们却要得寸进尺，跑到我老佛爷头上拉屎撒尿，真是岂有此理，干预起我朝内政来了，我偏不服气，就和这些洋人斗到底，看他们奈我何？”

荣禄刚才一番添油加醋的话是为了让慈禧太后害怕洋人，取消废立的事，想不到后果竟是这样，她偏偏不信邪，要和洋人斗。

荣禄忙说道：“凭我朝目前的实力是打不过洋人的，更何况他们是多国联合呢！自甲午重创后，我朝国势更弱，如果再打，那后果可能更可怕，割的地赔的款比《马关条约》还多，到那时后悔也晚了。”

慈禧本来害怕洋人，更害怕打仗。当然，她更怕人让她重新归政，让权给光绪，这第三次临朝听政得之不易，现在让她轻易放手，她是一千个不乐意。但一听到荣禄的那番真真假假的话，也确实犹豫了，忙问道：“依你之见呢？”

荣禧早已想好了处理废立之事的措施，便故作沉思，说道：“这废立一事是早晚的事，但不必过急嘛！有句成语说，欲速则不达。”慈禧见荣禄婆婆妈妈，说话也啰里啰唆，半天不接触正题，十分生气地把荣禄一推，说道：“有话就说，别这么吞吞吐吐的。”

荣禄只好直接说道：“皇上仍让他做他的皇上，可以让他待在瀛台里，有其名无其实就是，如果碰到一些重大的礼仪活动，非皇上出面不可，再着人把皇上拉出来就是。老佛爷你继续临朝听政。太后不是让御医放出口风，说皇上病体较重吗？这样，可以不废帝号，先立大阿哥作为皇上的子嗣，为废立做好充分准备，一旦时机成熟，这废立的事就轻而易举了。请太后三思！”

慈禧认认真真沉思了一会儿，觉得目前也只好这样，如果不顾一切地废掉皇上，本朝大臣反对不说，洋人一齐公开反对她老佛爷而拥立光绪，到时可不好收场。

慈禧终于叹息一声："唉！这事就交给你去办吧，你可在诸多亲王贝勒中认真观察一下，早日选定几位继承人，让我参考一下，最后确定由谁嗣立为大阿哥。"

慈禧终于按照荣禄的想法去做了，荣禄这才在心中长出一口气。当然，荣禄和李鸿章反对废黜光绪帝位，并不是他们处处为皇上着想，一心要解救皇上于危难处境。他们这样做的目的实在是为慈禧太后和他们自己的利益着想，因为废除光绪帝位，可能会引起天下大乱和共愤。而因这事爆发了战争那是得不偿失。

因此，荣禄才征得李鸿章的同意，竭力劝阻慈禧太后暂缓废黜帝号。

过了一会儿，慈禧才说道："这么说贬谪李鸿章的事是本宫的不应该了，可懿旨已下，怎么收场呢？"

"既然是太后决定了的，就让李老头子到广州待几天，然后找个借口把他调回京城就是，太后不必担心！"

慈禧长长出口气："这事就这么做吧，以后再讲吧，天也不早了，让我们休息一会儿吧！"

周围仍是一片漆黑，虽然到黎明还有好几个时辰，但荣禄已无睡意。

宁寿宫西北角一个偏僻的小院，小院北面有三间破旧斑驳的屋子，最西头一间屋子的门上倒锁着一把锈迹斑斑的锁，似乎好久没有人打开过。这间屋子和外界取得联系的是一扇可以活动的窗户。

天已经完全暗了下来，周围一片漆黑，没有丝毫的光亮。就在这间黑暗的屋子里，一个活物正在墙角用双手抠挖着她每天都偷偷抠挖的一个小洞。好久，她才从小洞中取出那简陋得不能再简陋的餐具。白天她是不敢拿出去使用的，要是让太监发现是要没收的，弄不好还得挨一顿臭骂。这几样餐具还是一位好心的宫女偷偷从那窗户中递过来的。

自从慈禧太后发动兵变把光绪囚禁瀛台那天起，珍妃就失去了自由。慈禧本打算将她赐死，经过荣寿固伦公主的苦苦求情，慈禧终于开了恩，死罪免去，活罪不饶，把她打进了冷宫。

冷宫并不是一个具体固定的地方，但必须是位置十分偏僻，很少有人居住，也不常有人走动，年久失修破烂不堪的所在，它专门用来关押、囚禁那些犯了宫规的嫔妃，凡被贬入冷宫的嫔妃不仅失去往日的荣华富贵，连一般宫女都不如，几乎同犯人相差无几，吃的是残食剩饭，穿的是破衣烂衫，没有自由，没有快乐，有的只是辛酸和苦难。

珍妃就这样被无情地折磨和煎熬着，像一棵任人践踏的小草，求生不能，求死又不得。

这间牢房里，珍妃的一举一动、一言一行都受到慈禧心腹爪牙的监视，这里面是不准许存放任何东西的，连自杀的工具都没有。每天的两顿饭有人从窗户递进去，甚至屎尿都在这屋里解决，只有两只马桶轮换着，腥臊、潮湿、阴暗、孤独是可以想象的。

为了摧垮她的意志，慈禧派人从人格上侮辱她、虐待她。每逢节日、忌日、初一、十五吃午饭的时候，一名老太监就代表慈禧太后履行一种神圣的职责，先列举珍妃的种种罪过，然后指着珍妃的鼻子和脸痛斥一番，说一些不堪入耳的话。每当这个时候，珍妃都必须低首跪着，恭恭敬敬地听着，等到训斥数落完毕，珍妃还必须向老太监叩头谢恩。

珍妃就这样在生与死、仇与恨、血与泪之间挣扎着，她思念着她心爱的人，她知道光绪帝的处境并不比她好多少。但她不能死，她决心以百倍的勇气活下去，活到罪恶多端的“人间活阎王”慈禧死去，活到光绪重掌大权扫除群魔来解救她为止。她下定决心要寻求到属于她的自由和幸福。

许多时候，当她被这沉沉的黑暗包围怕了，被这死一般的静折磨够了时，她就在这黑洞洞的屋子里沿着墙边奔跑，不多久就转晕了，倒在地上，直到自己昏沉沉的重新醒来。有的时候，珍妃趴在窗户下，从狭小的缝隙中向外望去，可是，她看不到蓝天白云，听不到啾啾鸟鸣，更闻不到醉人花香，见到的只是高大森严的宫墙。一个生命就在这狭小的空间里苟活着。

夜已经很深了，珍妃整日都在黑夜中生活着，没有白天，睡也睡不着，她又来到窗前，使劲向外望去，哪怕能看到遥远的天际有一颗闪烁的星星，也会令她惊喜！可是，什么都没有，一切仍是黑暗，黑暗！

珍妃失望极了，她又倒在墙角呼呼地睡起来，睡不着也睡。

迷迷糊糊，不知什么时候，突然听到一声连一声的呼喊。她一翻身坐了起来，这声音太熟悉了，就是从那遥远的天国里传来，珍妃也能听见。尽管声音很低，是压着嗓子喊叫的，但每一个字眼、每一个声符都如锤子一般敲击她的心坎。

是他，就是他，皇上，皇上！珍妃的每条神经都从休眠中活跃起来，她不敢相信自己的耳朵，但这是真的，不是在做梦。

珍妃循着声音向那唯一和外界联系的窗口望去，一个熟悉的身影站在那里，木偶一般，却仍急迫地喊叫着："珍儿，珍儿，我的爱妃！"

珍儿来到窗前，在这黑暗里她看不到光绪的表情，但她能感应到光绪的心跳。两人在这一刹那间都说不出话来，静默片刻，不约而同地伸出手来，从铁窗的空隙伸向对方，抚摸着对方的脸庞和脖颈。好久，光绪才从心底吐出几个字："爱妃，你瘦多了。"

"皇上，你也是。"

抑制不住的热泪夺眶而出，在泪光中珍妃寻找着皇上脸上这几百个日日夜夜的相思之苦。此时此刻纵有千言万语也无从说起，光绪握住珍妃的手说："我现在被囚禁瀛台，环境比你这里好一些，但也好不到哪儿去。我曾多次让太监打探爱妃的下落都一无所知，最近才探出口风，听说爱妃被关押在这里，多亏几位好心人的相助，我才从瀛台逃出来，到这里看望爱妃。"

珍妃哽咽了，她想把这几百个日日夜夜的委屈哭出来却又不敢，唯恐惊动他人，若是那样他们两人又不知要受到什么样的处罚。珍妃泪流满面地说：“皇上冒着生死危险来看望珍儿，让珍儿万分感动，古语说：‘相识贵相知。’珍儿受皇上隆恩，与皇上相知，将终生感激皇上的恩宠之德，这生没有机会，来生一定再图相报，请皇上多保重龙体，自己照料自己，以后不要冒这么大的危险来看望臣妾了，就当臣妾已经死了。”

珍妃早已泣不成声，她爱皇上，她渴望和皇上相依相偎，永不分离，但她又为皇上的安危着想，忍痛说出这番话。

光绪也是热泪纵横，他边给珍妃擦去脸上的泪水，边安慰说：“爱妃不要说出这些让我伤心的话来，我知道自己只有皇帝之名，实际上连个奴才也不如，自己心爱的人都保不住，算一个什么男人！”

光绪气愤得用手击打着铁窗。珍妃也不想伤皇上的心，她是发自内心为皇上着想。但这些话在光绪听来又会怎么想呢？珍妃双手攥住光绪的手说：“皇上，臣妾并没有埋怨皇上的意思，只想让皇上忍受住苦难，只要不死，出头的日子会有的，请皇上多保重！”

“爱妃，朕知道你再苦也不会埋怨朕，但朕有愧于你，让你跟着受到牵连，我于心不忍啊！”

“皇上，千万别这么说，人生得一知己足矣，臣妾一个弱女子还渴求什么呢？俞伯牙摔琴遇知音，臣妾只要知道皇上一切还好就比什么都幸福，皇上今天来看臣妾一次，臣妾就是死也满足了。”

夜，沉沉暗夜，两个苦命的人四手相执，久久不忍松开，他们要把对方的一切都留在心间。

“皇上，时候不早了，请回吧，否则让别人发现了，那就糟了，不知又要连累多少人呢！”跟着负责放风的太监催促说。

光绪不忍松手，他咬着嘴唇说一声：“爱妃，多保重，朕一定救你！”

珍妃也强忍血泪说一声：“皇上保重！”

光绪和随身的一个小太监消失在茫茫黑夜中，珍妃晃动着铁窗，跺着脚，失声地哭了起来。那哭声多么凄惨，多么悲哀，多么无奈，又多么绝望，撕心裂肺，在暗夜中回旋。但在这月黑风高的夜晚，那惨绝的哭声并不能传播多远，很少有人听见，就是有人听到也只能报以同情的叹息。

光绪也是一路泪水洒地，回去后病躺在床上多日，不吃不喝，后在贴身太监的好言相劝下，才渐渐稳定了情绪，慢慢吃起饭来。

光绪与珍妃都没想到，这是他们人生的最后一面。

荣禄府上的客厅里灯光通明，承恩公崇绮、大学士徐桐、协办大学士刚毅、兵部尚书徐用仪正在激烈争论着为光绪帝立嗣的事。

不久前，慈禧已在储秀宫召见了近支亲王溥字辈的幼童，并在体和殿赐宴，席间，慈禧和几位军机大臣把众多孩子的言行举止仔细观察，他们要寻得一位合适人选。几经筛选，选出了两位大阿哥候选人，一位是端郡王载漪的儿子溥儁，另一位就是庄亲王载勋的儿子溥信。究竟谁能登上这大阿哥的位子，端郡王载漪和庄亲王载勋都施展了自己的全部解数。谁不想让自己的儿子当选大阿哥呢？事实明摆着，当选上了大阿哥就等于皇帝的宝座上已坐上半只屁股，再稍一努力就可君临天下，成为众人山呼万岁的皇帝。儿子当上皇帝，父亲就是太上皇，再封个摄政王或辅政王之类的头衔，这大清的大权就可独揽。

醇王载沣、贝勒载澜本来也插手了这事，但由于儿子本身不争气，结果早早就被淘汰，没有资格参加最后的竞争。

载漪和载勋这几天都忙得焦头烂额，他们四处钻营，找关系给儿子拉选票。荣禄受太后委托全权负责这次选定大阿哥的事，因此，这些受载漪和载勋委托的人几番交锋，把论争的场地推向了荣大人的客厅。

夜已经很晚了，这些朝中权臣们却睡意全无，斗志越来越高，论辩越来越激烈。徐桐话音没落，崇绮就朗声说道："端郡王的儿子溥儁最有资格立为大阿哥，这是庄亲王的儿子溥信无法比衡的。"

徐用仪不服气地说：“你受载漪厚礼当然偏向溥儁了，我看溥信更合适，他为人老实，人又聪明，有一种仁义风范，将来承继大统是大清的福分。”

刚毅早就沉不住气了，冷冷一笑：“溥信今年才十一岁，如此年幼，怎能看出将来，人是多变的，也许将来会变得残忍粗暴，性好杀生呢？依我之见，溥儁更合适一些，从血亲上是皇室正宗。”

崇绮忙接着说道：“这话不错，按照清宫礼制，奉太祖之父显祖为大宗，他的直支子孙为宗室，系金黄色带子为标志，而太祖叔伯兄弟的旁支子孙称为觉罗，以系红色带子为标志。端郡王载漪是仁宗嘉庆帝第三子惇亲王绵恺的孙子，后来过继给端王绵忻的，与皇上是一承血脉，理应立为大阿哥。”

徐桐不服气地说：“若论黄带子与红带子，庄亲王也系黄带子，同为皇室血脉，在这一点上应该扯平。当选大阿哥将来是要承继大统，理应讲究德才，从这点看，溥信更好。”

刚毅一拍桌子：“按你这么说，溥儁是无德无才之人了？”

徐用仪笑了：“何必发这么大的火呢？徐大人可没说溥儁无德无才，要说是你自己亲口说的呀！”

荣禄见大家争执了半天也没有结果，站起来说道：“众位大臣有话好说，不必大吵大闹，我们在这里唇枪舌剑论个不休，这事最后裁决还要由太后做主，老佛爷说是谁就是谁，太后只让我们拿点参考意见，只是参考。”

荣禄把“参考”两字说得特别重，大家都沉默了。徐用仪十分不满地说：“荣大人话不能这么说，我等吃朝廷俸禄当为朝廷卖力。太后既然把这选大阿哥的事委托给荣大人和我等，我等理应认真考虑，为大清选出最合适的接班人来。如果让太后一人做主，她一定会选定端郡王的儿子溥儁。”

刚毅十分不满地说：“何以见得？”

“端郡王的福晋是太后的娘家侄女，从这点看，溥儁身上有那拉氏的血统，太后当然偏向他了。当年穆宗宾天之时，在选定大统继承人时，太后一意孤行选定当今圣上，还不是因为圣上的母亲是太后妹妹的缘故吗？”

众人想不到徐用仪竟把这事说破，这是人人皆知的事，人人却心里有话而嘴里不说，想不到徐用仪竟这么大胆，真是不要命了。果然不出所料，不久以后，为了一件小事，慈禧太后就把徐用仪给杀了，主要原因就是他说了不该说的话。

荣禄见徐用仪把话说破，也只好亮出自己的观点：“太后之所以现在命我等选立大阿哥，其意不言自明，种种传闻大家也都听到了，既然这样，太后对于立谁为大阿哥一定心中有数，我们都随太后左右多年，对太后的心思和脾气应该了解，如何做这件事，我不说大家也都明白。”

众人这下真的不说了，荣禄的话已不能再明白了。徐桐和徐用仪受庄亲王之托白忙乎一阵子，结果仍是端郡王之子溥儁成为众人不得不赞成的待定大阿哥。

第三十九章

叹阿哥如此成大器
笑太后这般扬国威

正在这时，溥儁带着两只法国卷毛犬来到储秀宫给慈禧太后行拜礼。慈禧见溥儁和两只小狗同时进来了，皱了皱眉，喝问道："溥儁，你入宫怎么带着两只西洋野狗，这成何体统？你也不小了，应用心攻读，将来好承续大统。"

仪銮殿。

慈禧一反往日不愿接见外国人的习惯，赐宴招待了各国驻华公使及公使夫人、小姐们，还一一赠送了礼品。慈禧亲自把盏，为英、法、德、日、美等国的公使夫人斟酒，畅叙友谊。

慈禧太后的用意大家都十分清楚，目的在于争取各国同意立大阿哥的事，这样，就可加快废立的进程。光绪不废，始终是太后的一块心病。

俗话说："拿别人的手短，吃别人的嘴软。"慈禧以为既请了客又送了礼，双管齐下，是一定会达到她预期的目的的。

因此，待众客人酒足饭饱之后，慈禧示意荣禄向各国公使提出自己的主张，争取他们的支持。荣禄清理一下嗓子，向各国公使赔着笑脸说："我朝皇上已过而立之年尚无子嗣，为了我朝的长治久安，也为了贵国在华的利益，确保中外友好，长久通商通航，互惠互利，我朝拟为皇上立嗣，建大阿哥，请各位在华公使及夫人给予热情支持，如有什么看法请发表一下，让我们共同参考一下。"

慈禧心想，只要荣禄话一落音，各国公使及夫人们一定会鼓掌支持。虽然她也知道各国公使对囚禁光绪帝、剪除变法表示不满，但她相信有钱能使鬼推磨。这回，慈禧的经验不灵了。

荣禄的话音落下好久，既没有人鼓掌，也没有人说赞成，大家都在沉默。

慈禧在等待。

英国公使窦纳乐率先打破了沉默，他站起来，操着很熟练但书本气很重的北京话说：“我大英帝国以往和你们清政府的外务交涉都是以光绪帝的名义进行的，我大英帝国只认定‘光绪’二字，其他人概不理会，不知其他各国有何打算？”

窦纳乐刚坐下，日本公使大村一郎也站起来说道：“贵国向我日本天皇提出引渡康有为、梁启超的事，由于两国在法律、体制、国情上差别太大，目前无法合作，等到光绪皇上把变法一事进行到底再谈这事吧！”

俄国公使也站了起来，说道：“太后再次出宫训政一事我国给予大力支持，并寄予厚望，但贵国政府废黜皇上另立大阿哥一事，我代表我国政府向贵国提出忠告，暂缓进行。”

其他几国公使仍是沉默。慈禧见这些蓝眼睛、黄头发、白皮肤的家伙既吃了自己的，又拿了自己的，却不给她讲话，相反，都一齐反对她，可把慈禧气晕了。她一甩袖子走进内厅。

一场宴请各国公使的筵席就这样不欢而散。

储秀宫。

慈禧太后正在训斥荣禄，荣禄跪在地上一声不响，耷拉着脑袋任凭太后数落，只听慈禧说道：“听你们建议本宫宴请各国公使，说他们得到好处一定会为我们讲话的，现在却是赔了酒宴又损物，我老佛爷的面子也给丢光了。闹到这种地步，各国公使是这个态度，你看如何收场？”

荣禄半天才回过味来，讷讷说道：“要么把选定的大阿哥暂且压下，等过了一段时间，容奴才私下同他们通融一下再做打算。”

“屁话！”慈禧一拍桌子说道，“大阿哥已经选定，我们就按自己的主张去做，不必管洋鬼子的态度，他们赞成也好，不赞成也好，这事本宫做定了，看他们奈我何！传本宫的话，委派承恩公崇绮为师傅，召翰林侍讲宝丰、崇寿为侍读，辟弘德殿西苑为书房，选大学士徐桐照料大阿哥溥儁。”

正在这时，溥儁带着两只法国卷毛犬来到储秀宫给慈禧太后行拜礼。慈禧见溥儁和两只小狗同时进来了，皱了皱眉，喝问道："溥儁，你入宫怎么带着两只西洋野狗，这成何体统？你也不小了，应用心攻读，将来好承续大统。”

溥儁跪在地上，翻翻眼皮，偷眼瞅瞅太后，他的两只小狗一左一右，趁慈禧不注意的时候，溥儁偷偷伸伸舌头。两个小狗也同时伸伸舌头。

溥儁待慈禧训斥完毕，忙说道："回老佛爷，这两只狗可不是野狗，是从法国进口过来的，挺通人性的，太后不信，小的可以让它们表演给老佛爷开开心。”

慈禧看着一对可爱的小狗，也很开心地说："你就让它们表演一下，我倒看看怎么个通人性。”

溥儁马上来了精神，站了起来，冲着小狗喝道："小宝、二宝，快给老佛爷请安！”

果然，那一对小狗冲着慈禧抬抬爪子，汪汪叫两声。

慈禧乐了。

"小宝、二宝，快给老佛爷磕三个响头！”

嘿，那对活宝还真听话，立即跪下给慈禧磕了三下。

这样，慈禧更乐了。

众人想笑却又不敢笑，只看太后一人发笑。荣禄微微叹一声，轻轻摇头。

慈禧突然也觉得大殿之上，这么多人围着狗看实在不雅，便收敛笑容对溥儁说道："今年你都十六岁了，正是用心刻苦攻读的时候，万万不可荒废了学业。我已为你指定了师傅，改天选定吉日为你举行入学典礼，你可以退去了。”

溥儁忙抱起他的两只爱犬向外走。

慈禧忽然想起了什么，忙喊了一声："溥儁留步！”

溥儁一愣，忙停下来回过头，呆呆地望着老佛爷，问道："老佛爷要是喜欢这狗的话，小的就给老佛爷玩了。”

慈禧哭笑不得，马上放下脸一本正经地说道：“回去把你的两只狗养在家里不许随身携带，到处招摇过市，那会影响你做大阿哥的形象。”

“是！”溥儁忙点头答道。

“还有一件事，明天军机大臣、兵部尚书徐用仪考核八旗官学，你可在御前大臣的陪同下乘御马校检八旗，不得有误！”

溥儁一听，乐了，这可是最露脸、最威风的事，骑在御马上，由御前大臣持节引路，那是皇上做的事，多有气派！溥儁急忙跪下叩首叫道：“孩儿遵命，谢太后信任。”

说完又重新抱起他的一对卷毛狗退出大堂。刚到殿外，小狗就汪汪地向进来的两个陌生人吼叫起来。

大殿之内的慈禧太后和荣禄等人都是一愣，直皱眉，但谁也没说什么。

恰在这时，李莲英进来禀报，说直隶总督裕禄和军机大臣刚毅求见。

慈禧点头恩准。礼毕，慈禧问道：“裕禄你不在直隶守着，到京城有什么事奏报？听说直隶一带的拳匪活动频繁，也比较嚣张，是吗？”

裕禄一听，心中也是十分惊慌，显然，太后话中含有不满和责备的意思，他急忙躬身奏道：“本来京津一带是没有义和拳教民的，只因袁世凯升任山东巡抚后，一改毓贤的安抚措施，大规模屠杀义和拳教民，招致山东一地的义和拳教民活动由暗而明，官民冲突加剧，许多教民逃离山东，来到京津一带，把义和拳的活动也带到京津，请太后明鉴，如今的义和拳活动升级，官民冲突越来越多，势头一浪高过一浪，这都是袁世凯随意杀戮拳民所造成的。据奏报，袁世凯不仅在山东内滥杀，还私下派人到河北一带滥杀呢！”

慈禧见裕禄把拳民闹事的责任都一口推给了袁世凯，并口口声声说袁世凯是滥杀，心中十分不悦地说道：“拳民聚众闹事，与朝廷为敌，图谋不轨，不早加惩治，如此之势发展下去必然危害朝廷，有碍统治，决不能再发生第二个太平天国运动了，袁世凯有先见之明，率先严加防范，及时镇压是有功于我朝，怎能说是滥杀呢？”

裕禄忙跪下奏道：“微臣愿以全家性命担保，义和拳并没有与朝廷为敌，也没有和官兵刀兵相见，他们设坛目的是练武强身，对抗洋人洋教，专门捣毁洋教坛，驱赶我大清国土上的洋人，他们的口号就是：扶清灭洋。义和拳是为我大清朝服务，专门和洋人作对的，臣不敢有一句诳言，请太后明鉴。”

慈禧将信将疑，从裕禄说话的内容和神色看，不似是谎言，谅他也不敢说谎。慈禧也曾听端郡王载漪和庄亲王载勋私下说过，义和拳无大碍，他们虽然闹得凶，但都不是与官府相斗，只要官府不派兵镇压，义和拳就不会与清兵为敌，据说义和拳痛恨洋人，专与洋人作对。慈禧看看刚毅，问道：“裕禄所说的话是真的吗？”

刚毅立即跪下奏道：“启禀太后老佛爷，裕禄大人的话句句是真，臣可以用性命作保，尽管风传义和拳闹得满城都是，臣负责这京城的军务工作，却不曾发现一起拳民和官兵作对的事，可见他们是忠心于朝廷的。太后何不招抚拳民抵制洋人呢？如今洋人也太猖狂了，不仅干预我朝国事，还暗里营救维新逆党，康、梁等人得以逃出国外，在海外办报、为皇上呐喊助威，还不都是洋人的怂恿。要不是洋人，太后也早就完成废立的大事，拖到今天尚没有结果都是洋人在作祟，太后不必处处惧怕洋人，只要发动义和拳就能打败洋人，报先皇文宗当年的热河之辱，也可洗甲午战败之耻，重新夺回被割领土。”

慈禧思索一会儿问道：“那些拳民赤手空拳怎能抵挡住洋人的洋枪洋炮呢？让他们赤膊上阵是以卵击石白白送死。”

裕禄又跪下奏道：“臣亲眼看见义和拳教民人人练有神功，个个懂得法术，他们会飞檐走壁，刀枪不入，怕什么洋枪洋炮？太后放心招抚他们吧，只要出一则告示将他们安抚，大清不日就可打败洋人，恢复先祖的荣耀，一洗这多年来的屈辱。”

慈禧也给说动心了，她倒真想惩治一下洋人，出一出那天宴请后的耻辱，但她还是怀疑义和拳的忠心和能力。慈禧沉默良久才对他们俩说：“你俩先退回吧，这事也不能本宫一人做主，待本宫考虑成熟，并请朝中大臣一致协商后再做定夺吧！”

众臣都告退了，慈禧一人僵坐在那里，心却乱糟糟的，满脑子的“洋人——义和拳——皇上——阿哥”，如此翻来覆去地乱搅混一通，也理不出个头绪来。

光绪二十六年五月十七日（1990年6月13日）。

一辆福特牌汽车从东交民巷使馆区开出，隆隆地轰响着，喷着黑烟，一溜烟似的向天津方向开去。插在汽车旁边的日本太阳旗迎着旭日呼啦啦地飘动着。

董福祥正在帐中吸着大烟，一个卫兵进来报告说：“报告董大帅，有一辆插着日本旗的使馆汽车向这里开来，可能是开往天津的。”

董福祥放下烟枪，眨巴一下眼睛说道：“管他的！先拦住再讲！”

“是！”卫兵下去了。

卫兵立即在官道中间设置了横木，汽车被迫停下来，从上面下来一个日本人，先鞠一个躬，他操着纯正的北京话说：“鄙人是日本使馆书记官杉山彬，奉使馆大人之命接我国的卫队保护使馆不受拳民骚扰，请阁下放行！”

一个卫兵哗啦一声拉开枪栓，斜着眼睛喝问道：“是不是要带兵入侵我大清京都，我看没安好心，弟兄们，是不是？”

“对，占我辽东，占我台湾，不是好东西！”有人附和着。

“你，你们怎么出口不逊，还骂人？”杉山彬很恼火。

“嗯，骂人，老子还要揍人呢！”那卫兵说着抡起了巴掌向杉山彬靠了上去。

“你敢！”杉山彬拔出了手枪。

“妈的，他敢和老子动手！”那卫兵边骂边飞起一脚把杉山彬的枪踢飞了。

接着，有人大喊：“揍日本人，给甲午之战死难的弟兄报仇！”

许多卫兵一哄而上围了上来，杉山彬还来不及还手就被打死在地。

坐在车上的德国公使克林德见事情不妙，掉转车头就要逃跑，一个士兵大喊一声：“打洋人呀，别让他跑了！”

众人一齐举枪射击，德国公使克林德也被当场打死。

董福祥听到报告，也是吃了一惊，骂道：“让你们拦下来，也没让你们打死。老子要是受到处罚，回来立即崩了你们！”

董福祥知道这事隐瞒不住，立即入京面见顶头上司载漪，汇报情况。载漪一听，把大拇指一竖，说道：“好样的，董老弟是条汉子，对日本人就不能客气，不过，这事早晚要报到太后那里，有点棘手……”

董福祥刚刚落地的心又悬了起来，忙哀求说：“端王爷，你是小弟的顶头上司，这事你可不能不管，必须给小弟想个法子。”

端郡王载漪立即派人找到刚毅、徐桐、赵舒翘，他们协商了一会儿。

刚毅眼睛一亮说道：“有了，小弟有一个一箭三雕的妙计。”

“什么妙计，快说！”董福祥催促着。

“嘿，我们捏造一个公使团的警告书，就说洋人再次向太后提出最后通告，令她立即归政，并废去大阿哥，即日让光绪皇上临朝执政……”

话没说完，端王载漪就吼叫说：“不行！我的儿子费了九牛二虎之力才当上大阿哥，岂能轻易给废了？”

刚毅忙说道：“我不是让太后废去大阿哥，而是让太后马上把大阿哥推上皇帝宝座，端王误会我的意思了。”

“你且说说看！”载漪捻着山羊胡子，眯着小眼说。

“小弟是说，太后一看到这份假的公使团警告书一定十分气恼，更加痛恨洋人，我们再趁机上奏太后，让她同意义和拳是合法的，并答应让义和拳对付洋人，仗一打起来，你我等人就可大权在握了，那时，大阿哥就可立即被我等推上皇位。另一方面就是，只要和洋人交兵，董将军部下杀死洋人的事就是正当的交兵。”

“还有一雕呢？”

“这一雕就是太后在那公使团的警告书恫吓下，更加害怕光绪皇上临朝执政，废立之事便水到渠成。”

“嗯，妙计，妙计！”载漪频频点头。

慈禧太后接过刚毅和载漪递上来的公使团警告书，草草看了一下，气得脸色发青，一把撕得粉碎，扔在地上，怒气冲冲地骂了一句：“洋人实在可恶，干预起我朝内政来，一定要把他们赶走，不如此，他们岂不要骑在我大清国的头上拉屎撒尿！”

载漪趁机说道：“太后放心，奴才已电告董福祥的甘军、聂士成的武毅军进京，只要他们到来，把使馆给围住，洋人一个也逃不掉。”

刚毅也补充说：“老佛爷，这年月可不能软弱，他们洋人是试着水往前蹚，这次软了，下次还不知干出什么更不像话的事来，我大清国又不弱，也拿点颜色给他们看看！”

慈禧沉默不语，恰在这时，直隶总督裕禄发来急电，说英国海军中将西摩尔率二十四艘军舰集结在大沽口，炮轰天津，准备进犯北京。

慈禧把电文往桌子上一拍，勃然大怒地骂道：“洋人欺我太甚！”

刚毅急忙跪下奏道：“太后息怒，臣有一个建议可以抵挡洋人入侵，打败西摩尔，赶走外国公使。”

“你快说说，让本宫看看能否采纳。”

“京津等地义和拳拳民有几十万人，他们的口号是‘扶清灭洋’，太后可下一道谕旨，承认他们是合法的，受朝廷招安，立即组织起来抵抗洋人入侵，有功者重赏或赐给高官，这样，不但可以打败洋人，也可借洋人之手剪除内乱，一举两得的事，不知太后意下如何？”

慈禧也觉得这事可行，但她向来狡猾，有功则拉到自己身上，有过则推给别人，这等牵扯到国家命运的大事，万一有个差错，责任由谁来承担，她是不愿意背这黑锅。于是，太后心生一计，决定把这事推给光绪帝去做。

慈禧沉默片刻，才缓缓说道：“这等大事不是本宫一人可以担当起的，必须通过众大臣商讨之后决定，明日你们可极力争辩此事，到时再定吧！”

慈禧嘴里这样说着，心里对义和拳仍是将信将疑，在她心目中，洋人固然该杀，但洋人不外乎要求割一些地、赔一些钱，大清国有的是地，有的是钱。而义和拳就不同，如果他们口头上“扶清灭洋”，暗中却在密谋推翻朝廷，到时再出一个洪秀全岂不更糟！

仪銮殿东暖阁内挤得水泄不通。

王公贝勒、御前大臣、军机大臣、六部九卿在这里集合讨论两件事：一是对洋人是战是和；二是对义和拳是剿是抚。慈禧太后为了不背黑锅，连光绪帝也从南海瀛台给牵了出来，正正规规地坐在自己身旁。

工部左侍郎、总理衙门行走许景澄晚来一步，这时殿内已挤满了人，他只好跪在殿外。慈禧一见，招手让他入内跪在光绪御座的旁边。

慈禧见人已到齐，摆摆手让大家安静，这才发问：“众王爷及本朝大臣，最近京津发生的一些大事大家也都知道，本宫不再赘述，今天让大家来就是商讨这事的。大沽炮台危在旦夕，天津失陷，那么北京也就等于拱手送给洋人，对此是战还是和，如果战又怎么战，你等不必拘束，畅所欲言，最后再决定出主张来。”

太后话音一落，王文韶就先开了口：“老臣听说端王电告董福祥入京围攻使馆，这可万万使不得。我大清国如今国力匮乏，军士不振，怎能再结外仇，引起兵戈之乱？”

端王载漪不等王文韶坐下，就破口大骂说："王文韶老朽不中用了，这么胆小怕事。我清朝自道光爷至今屡遭洋人欺辱一直没能洗雪前耻，如今洋人打上门来，二十四艘舰艇集于大沽口，此时不战更待何时？难道洋人打我们的左脸，我们还要再伸出右脸不成？"

刚毅也站出来说道："我大清虽然屡屡受挫，但自太后临朝听政，一晃近四十年，励精图治，整顿武备，国力如日出东方蒸蒸日上，远非昔比。如今又操练了新军，洋人所拥有的精良武器我大清都有，洋人所没有的，我大清也有……"

徐用仪立即质问道："我大清有什么是洋人所没有的？你在此信口雌黄，夜郎自大。"

刚毅冷哼一声："如今京津地区出现义和拳，拥有十万之众，他们人人都是扶清灭洋的义士。这些拳民的出现是我大清恢复先朝荣耀的征兆，既然是祖宗有灵，上天降福给予神助，我等岂可错失良机？一旦错失，必是大清之不幸，古语说：机不可失，时不再来！识时务者为俊杰，懂天相者为智人。"

太常寺卿、总理衙门大臣袁永忙摇头说："不可，不可！义和拳是一帮乡野百姓，岂可成就大事？在下听说刚毅大人私下结交拳民，还曾多次入坛祭拜，莫非刚毅大人也入了义和拳？"

这一下可把刚毅给气坏了。

"你，你——"刚毅吹胡子瞪眼说不出话。

载漪见自己的同党遭到戏弄，岂肯坐视不顾，霍地站了起来，指着袁永说："辩论朝政怎能攻击人身？袁大人莫非受到洋人的什么许诺或得了洋人的什么好处，才处处为洋人辩解，做洋人的走狗？"

户部尚书立山抱打不平，插话说："端王口口声声不准人身攻击，却又自食其言，攻击他人是何道理？自己身子不正，如何管教他人？"

这话可把端王气坏了，他结结巴巴地说："本王如何身不正，你说说本王哪点做得不对，在什么地方管理不当？”

立山也是冷冷一笑：“大阿哥是你一手调教出来的吧？身为大阿哥，将来要承续大统，应该有德有才。你的溥儁如何？前几日代替皇上检阅八旗兵，竟怀里抱着两只小狗，古今中外，谁听说过这等奇闻？如果传将出去，岂不让人笑我大清？”

这事慈禧也听说了，回宫后十分气恼，命人狠抽了大阿哥溥儁二十鞭，并着人将那一对洋狗捕杀了。许多人知道也都顾及太后的面子而不提，想不到，立山为了攻击载漪竟把大阿哥的这件丑事给抖了出来。明着是揭载漪的不是，暗中这不是给太后难堪吗？大阿哥是太后一手扶起来的，大阿哥无德无才，太后任用这样的人，那么太后是怎样的人呢？慈禧的脸挂不住了，脸一沉，不耐烦地说：“现在是讨论与洋人战与和的事，怎么扯到大阿哥身上。简直是牛头不对马嘴，越扯越远了，散——”

慈禧的“会”字音还没出口，光绪突然眼睛一热，泪水盈眶地说：“朕也说几句！”

慈禧和众人都是一愣。原来光绪两眼无神地呆坐在御座上，听着大臣们乱糟糟地争吵，心里十分失望。他转过身，正碰着许景澄厚厚的眼镜片后那双期待和焦灼的目光。正在这时，他听到慈禧太后准备说散会，他知道，今天太后让他来只是做做样子，也许今后再没有这样做做样子的机会，便不顾一切地站了起来，把心里话吐出来。

众人都把目光投向光绪，只见光绪忘情地抓住许景澄的手，战战兢兢地说：“许卿出使西洋各国多年，又在工部及总理衙门当差，国内与国外的情况都十分清楚，卿认为我大清有无与洋人决战的实力呢？”

许景澄也是泪眼汪汪，他曾先后出使过西洋各国，通晓外文，在中外外交领域有较高的威望，有资格比较大清与西洋各国的实力。

“既然皇上垂问，臣斗胆据实相告，从大清现有实力看，是不能和西洋任何一国相抗衡的，更不用说几国联合在一起了，愚臣以为和为上策，对西洋求和，保护使馆，派兵征讨拳民，也许能够度过当前国危，否则，后果不堪设想……”

许景澄正在说下去，突然听到一声大喝：“许景澄太过放肆！”

原来是端王载漪发现许景澄和皇上的手相握着，才大喊打断许景澄讲一些丧气的话。

光绪脸吓得惨白，忙松开手。

许景澄也含泪低头请罪，再也不敢说上一句话。

慈禧再次宣布今天的讨论会解散。

当天下午，第二次讨论会仍在仪銮殿东暖阁举行。形势大变，兵部尚书徐用仪、户部尚书立山、内阁学士联元等人都一致赞同王文韶和许景澄的观点，主张对西洋采取求和态度。光绪帝也一反上午的沉默寡言态度，积极提出自己的主张，也是主和为上策。

光绪侃侃而谈显然是违背慈禧把他牵出来做装饰品的心谱，她十分恼怒，责备说：“甲午之时皇上一意孤行，极力主战，那时战败了，现在又一反往日的主战而转为主和，真是岂有此理！再求和，大清的祖坟都割出去不成？”

光绪似乎被太后的淫威所压迫够了，竟不顾一切地从御座上站起来，说道：“战与和将决定我大清的今后国运，朕不是贪生怕死不敢和洋人一决雄雌，朕所考虑的是国家积弱多年，如今刚刚恢复，兵力不足，理应发展生产，改革时弊，富国强兵。如果逞匹夫之勇而仓促迎敌，势必破坏我大清当前复苏的势头。”

端王载漪忙插上一句：“义和拳有扶清灭洋的义气，国家不鼓动还能压抑吗？外敌入侵，内乱再不止，国家何以生产，让拳民迎敌，这是以水克火，互相抵消，天机不可错过。”

光绪立即反驳说：“拳民凭一时之勇、鼓动之气、血肉之躯抗衡西洋训练有素且装备精良的部队，实在胜的希望渺茫。自古有言：‘寡不可以敌众，弱不可以敌强。’当今之势，我大清国与八国为敌，还是求和可以避免灾难。至于洗雪耻辱，待兵强国富之时，再出兵各国一一击败也不为迟。”

荣禄待皇上说完，站出来说道：“义和拳是成事不足、败事有余，昨晚在前门外大街纵火闹事，名义上是火烧洋货铺，实际上大火都烧到我大清国民自己的铺子上了。据报，正阳门楼也被烧了，二十多家店铺化为灰烬，京师最大的四家金融商行四恒——恒兴、恒利、恒和、恒源全部被毁，银票兑换都已受到冲击，几乎陷于瘫痪，这关系到京城百姓几十万人的生命财产呀！再如此闹下去，不等外敌入侵，我朝也难以自保。古人云：‘攘外必先安内。’不如先向列国求和，然后剿灭拳匪，再做下一步的讨论，不知老佛爷意下如何？”

慈禧也担心拳匪把事情闹大，对她的训政不利。但荣禄的话是在皇上刚刚说完后补充上去的，她十分气恼，恼荣禄为皇上帮腔，明明想赞成荣禄的建议，却碍着皇上，也不愿意说赞成。

这场讨论会又不欢而散。

沉沉暗夜没有月亮也没有星光，周围一片漆黑，人们都睡着了。

此时此刻，端郡王府的一个密室内却灯火阑珊，几个人正在悄悄商量一个天大的阴谋。

载漪来回踱了几步，踌躇地说：“根据今天集会讨论的情况看，太后在明天的会上一定会站在王文韶、许景澄等人一边，主张攘外必先安内，到那时，义和拳会遭到血腥的屠杀，拳民一散，我等大事也就化为乌有，前功尽弃，实在可惜！”

同元道长焦灼地说：“那怎么办？端王爷快拿个主意吧！不能再犹豫了，当断不断必有后患。”

载漪终于做了一个十分果断的手势，说道：“最后一张王牌该派上用场了！”然后转向一直沉默的赵德发，“你今夜就入宫，用东太后之死的秘密胁迫老佛爷答应我们，不能剿灭义和拳，并同意招抚义和拳抗击洋人。”

赵德发急忙摆手说：“端王爷，不可，万万不可！我入宫是凶多吉少，肉包子打狗有去无回！你想想，我进去了，太后能放我出来吗？这送上门的生意，岂有不做之理？”

载漪见赵德发执意不愿进宫面见太后，只好说道：“同元道长，你进去如何？”

同元想了想说：“赵总坛如果前往不便的情况下，贫道就亲自跑一趟，请赵总坛给老佛爷写一封信，我带那封信入宫就行了。”

载漪沉思片刻，点点头道：“这样也好，只要赵总坛还在，太后是不敢轻易对你怎样的。这事急迫，应尽快行动，否则，明天集会再决，一旦议定剿灭义和拳的计划，我们的打算就全盘皆输了。”

赵德发立即铺纸提笔写信一封。载漪和同元看后，一致认为可以，这才封好交给同元。

“同元道长，你现在行动吧！”载漪催道。

同元透过窗户望望黑洞洞的暗夜，又抬头看看挂在墙上的进口自鸣钟，略有顾虑地说：“如今已是深夜，很难叫开后宫大门，就是能够进去也会引起怀疑，不如明天早晨早早入宫，再和太后见面，递上此信，我想老佛爷会改变自己今天的主张，同意赵坛主的要求的。”

赵德发仍有一丝忧虑地说：“太后会信这一张空纸吗？况且，这是朝廷目前人人关注的大事，既然太后心意已定，我想这事就已难得改变了。我在宫中跟随太后多年，她的脾气我还是比较清楚的。”

同元笑了：“赵坛主，你一百个放心好了，这事就包在贫道身上吧。你想想：太后知道了解东太后之死内幕的人极少，这信是你亲自所写，老佛爷做梦都想抓住你，杀人灭口，这信中你已答应她，只要不屠杀义和拳，一定守口如瓶。更何况，她招抚了义和拳，还可以帮她抗击洋人，这是一举两得的事，她何乐而不为呢？”

赵德发仔细想了想，点头说：“试试看吧。”

载漪叹息一声：“唉，世事难料呀，真是计划跟不上变化。当初我们几人计划得好好的，只要京津义和拳一闹腾起来，我们就可趁此发展自己的势力，一旦成了气候，就可胁迫太后达到我们的目的。却想不到，半路上杀出个程咬金，太后忽然听信了徐用仪、袁永等人的意见，力主剿灭义和拳。幸亏有这张王牌，但也不知它是否能奏效呢！”

同元见载漪也有点泄气，安慰他说：“端王爷放心吧，就是太后已经下令出兵，我同元都能让她收回旨意，这事暂且这样议定，明天再做下一步打算，你休息吧，我和赵坛主回去了。”

端郡王载漪和白云观主持道长同元以及赵德发，他们三人是如何勾结在一起的呢？这逃出宫的大内侍卫又怎么当上义和拳的总坛主呢？这事说来话长。

当初赵德发是从宫里逃出来的，连夜混出京城，逃到山东老家暂时隐藏起来。这时，赵德发的堂弟赵大顺正在村里领导男女青年暗地里发展义和拳，并创设一个分坛，赵大顺任分坛主。赵德发为了躲避官府的追捕就加入了义和拳，由于他武功好，成了拳民的武术教练，再加上他是在大内混过的，行伍出身，见过世面，会拉拢人，很得当地义和拳民众的推崇，就从下边分坛混到了济南附近的鸡头山济宁寺总坛，在那里帮助总坛主海静大师管理山东各地的拳民活动。

在济宁寺，赵德发和张德成、曹福田等人相处甚好。当袁世凯到山东任巡抚后，一改毓贤支持义和拳的政策，大肆杀戮拳民，济宁寺遭血洗，海静大师和赵大顺也都遭了毒手。

赵德发当时在外办事，侥幸躲过厄运，他得知海静大师死难的噩耗后，立即联合赵大顺的儿子赵三多和海静大师的弟子心诚和尚，还有张德成、曹福田等人重新组建了义和拳总坛，继续和袁世凯的官兵周旋。由于赵德发的威望，他被推为总坛坛主。在袁世凯得到慈禧太后许诺后，变本加厉地捕杀山东境内的拳民。为了保存实力，寻求发展，赵德发便带领大部分骨干拳民转移到京津地区，发展义和拳的势力，这再次壮大了京津、河北等地的义和拳实力，也扩大了影响。

这心诚和尚不是别人，正是二十多年前在醇亲王府当差的李同山。由于他的堂弟和王府一个叫玲玲的秀女通奸被抓，结果堂弟被打死，玲玲也殉情撞死了，他被一个出家和尚救出，在走投无路的情况下，也一怒削发为僧，那位救他的和尚就是海静大师。

海静大师和白云观的主持志清道长曾是莫逆之交，由于这个原因，心诚和尚与志清、同元等人也都相熟。心诚和尚随赵德发来河北一带发展拳民，到处设坛，他来到京城后首先拜会了同元道长，两人一拍即合，渐渐由相熟到相知。正是由于心诚和尚的引荐，同元道长认识了义和拳的总坛主赵德发，虽然同元也知道赵德发是朝廷钦犯，但现在的赵德发不比往昔，手中有拳民几十万。同元也是个势利之人，并有勃勃野心，见赵德发可以利用，便主动和他交往，发展为知己，后来引荐给端郡王载漪。

同元由于和李莲英要好，经常出入宫廷，帮助太后驱邪避鬼，也偶尔出一些馊主意，慈禧太后害死醇亲王奕譞就与他有关。同元对朝中动向十分敏感，也有意结交一些权臣，他见端郡王日渐受到太后的重用，又掌握重权，便积极暗中往来，久而久之成为端郡王载漪的心腹，载漪的儿子溥儁能顺利被立为大阿哥也有同元的一份功劳。

载漪、同元、赵德发由于许多相似的心理和为人，他们在不长的时间里结为一个小团伙，且渐渐萌生了野心，决心凭自己的实力干一番惊天动地的大事，那就是谋取皇位。

第四十章

捐芳躯珍妃赴国难
丧灵魂清帝成行尸

光绪失魂落魄地乱跑乱喊着：“珍妃，朕来救你了……爱妃，你在哪里……”声音是那么凄惨，那么悲凉。突然，光绪来到一口井前，急忙大笑大叫着：“找到了，找到了，爱妃，你原来在这里。”说着，向那井里扑去……

就在端郡王府载漪、赵德发、同元道长等人秘密商议的同时，紫禁城储秀宫内也在商讨一件大事。

荣禄今晚前来就是探听一下太后的口风，明天的会议就要拍板是战还是和，是剿还是抚，可今天下午的会议上，太后的语气神态模棱两可，究竟是战还是和呢？作为总理衙门大臣，他必须和决定这件大事的最高权威——太后的意见保持一致，这样才能在群臣中取得绝大多数人的支持，否则会造成内部观点分歧太大，不利于目前的京津局势。正是这样，他才匆匆来到宫里，向太后讨教明天会议的意见。

慈禧早就猜中荣禄晚上会到来，没等荣禄开口，慈禧就训斥说：“荣中堂，今天下午你那话是什么意思？”

荣禄就知太后对他下午的发言不太满意，急忙辩解说：“臣考虑再三，现在确实不能打，万一战败，京津两地咫尺之遥，天津失陷，北京就立即陷入危机，如果京城不保，太后又要受车马之苦，远走他乡。太后如今已是风烛残年，如何经得住旅途劳顿呢？臣那样发话实际上是为老佛爷的身体着想，别无他意，请太后不必多疑！”

慈禧哼了一声，说道：“那你为何早不说、晚不说，偏偏在皇上话音落下之后立即发表见解，并和皇上的意见一致呢？”

荣禄迟疑一下，讷讷说道："老佛爷息怒，臣决无给皇上帮腔说话之理，臣是怕论辩双方矛盾激化才早早出面从中调和一下的。"

"但你那话分明是偏向徐用仪、许景澄、袁永等人，而反对载漪、刚毅等人。"

"请老佛爷明鉴，不论载漪等人的观点如何，但他气焰也太过张狂，当着这么多朝臣的面，一点儿也不把皇上放在眼中，说话太过放肆。就是皇上被囚，也并没有废去他的皇位，仍是一国之主，他有何资格指责皇上？今天对皇上这样，明天对太后也可能这样，臣实在看不惯，这才站出来反对他的。"

慈禧也不得不承认，端郡王大权独揽，做事越来越专断，特别是他的儿子溥儁立为大阿哥后，他更加骄横，有时对自己也不像以前那么听话。

慈禧又问道："荣中堂到底持什么意见呢？今天先透个底，你我先保持一致，明天的商讨会才能拍板确定。"

荣禄抬眼望一下太后，怯怯问了一句："老佛爷到底是战是和呢？"

慈禧笑了，仍不表态，只淡淡地说："本宫想听听荣中堂的，看看我们俩的意见是否一致，你可在手掌中写一字，我也在手掌中写一字，我们同时亮出，看看如何？"

荣禄点头同意，立即提笔在掌心写了一个字，慈禧也同样写了一个字。

慈禧笑着说："亮掌！"

两人同时大笑起来，真是不谋而合，他们手中都写一个"和"字。

荣禄心中一块石头着了地，他又和慈禧就当前战事闲聊一会儿，才告别慈禧回府。

第二天早晨，慈禧刚刚起来，还没用早膳，李莲英就入内禀报，说白云观的同元道长有要事求见太后。慈禧一听，心道：同元道长来，不是要点银两就是说一些神仙鬼怪一类的话，哪会有什么重要的事呢？于是对李莲英说：“传本宫旨意，就说本宫今天有重要的事和大臣商量，改日再见吧！”

不多久，李莲英回来了，递给慈禧一封信说：“同元道长回去了，说昨天晚上有一个莫名其妙的人让他今天来送给老佛爷一封信，也不知什么内容，既然太后有事不让见，也就算了，他把信让奴才转给老佛爷。”

慈禧接过信，未加思考，顺手拆开了，匆匆浏览一遍，大吃一惊，立即十分惊慌地说：“小李子，快，快去追赶同元道长，让他立即来见本宫。”

李莲英发现老佛爷神色突变，不知信中什么内容，也来不及细问，立即跑了出去。

慈禧又把信详细看一遍，信封写着“老佛爷亲启”的字样。信里面这样写着：

太后明鉴：

在下赵德发，曾是太后属下大内侍卫，无意间探得东太后死因，不料却被太后误会，以为在下准备以此要挟太后，便派人捕杀奴才。奴才被迫逃离京城，不得已成为义和拳民，并深得总坛主信任。古人云：“士为知己者死。”奴才偶尔听到太后要屠杀义和拳民，数万义民将惨遭杀害。奴才不忍看到生灵涂炭，血流遍地，没同任何人商量，私自致函恳请太后爱惜臣民，免杀拳民，顿首，顿首。

义和拳教是百姓为抗击洋教入侵，危害民众财产与生命而自发组织的义民，他们倡导“扶清灭洋”，积极从事烧毁捣毁洋教堂、杀死赶走洋人的活动，对朝廷他们忠心耿耿，决无二心，望太后体察，体察。

当今国是，洋人入侵，大清将危，京津数十万义民自发抗击洋人，此为朝廷之福，上天所赐，太后不可一意孤行，违背天意。理应顺天势合民意，招抚义民，承认其合法，让义和拳与朝廷上下官兵结为一体，众志成城，如此，何患洋人不退。请太后三思，三思。

倘若太后听从奴才之忠言劝告，表明太后虽为女流实为须眉英豪，乃一代明主，奴才钦佩之至，当立即自缚进宫，认罪伏法。反之，太后若执迷不悟，不思抗击洋人入侵，反把屠刀砍向义民，奴才必将真相公布天下，让万众一齐反对太后，共诛大清国贼，甚重，甚重！

赵德发　顿首

光绪二十六年五月二十三日

慈禧反反复复看着信，思考着这事，想着对策，心急如焚。她平日一直为赵德发流落江湖，下落不明而提心吊胆。事情一晃过去多年，虽多次派出明暗探外出寻找，结果都是大海捞针。但一直也没有听到任何有关东太后之死的传闻，时间一长，她也渐渐把这事忘却了。想不到，今天突然收到这样一封信，真是大出乎意料，令她坐卧不宁，心中十分恐慌。万一赵德发把真相公布天下，她慈禧的形象和威信马上会受到影响，光绪也就可以以此为借口重返朝廷，自己的心血算是白费了。真是投鼠忌器，可昨晚刚刚和荣禄协商好的决定怎么办？

慈禧正在胡思乱想的时候，李莲英和同元道士一起进来了。慈禧上下打量一下同元，不等他下跪叩拜就厉声问道："同元，这信你从哪里得到的？"

同元故作不知地说："这信是昨天晚上奴才正在白云观内打坐时，一位五十岁左右的人交给我的，说有重要的事告诉太后，但他又说他有急事要办，不能亲自面呈太后，就让我转送给太后。"

"他怎么知道你和宫内熟悉，这人分明是你朋友！"

慈禧从同元对那送信的人描述中，知道那人正是赵德发，所以才这样发问，她担心赵德发和这同元已经串通一气。

同元笑了：“老佛爷，贫道常入宫廷，和老佛爷、李总管等人熟悉，在北京城内谁人不知？”

慈禧一想这倒也是，于是缓和地问道：“你可曾拆看信的内容？”

同元一本正经地说：“老佛爷把同元看成是什么人了，那信封的封口太后也一定检查过，像拆过的吗？我只是受那人之托送一封信，其实这信与我不相干，我何必拆看内容呢？如果老佛爷认为是一些无关紧要的事也可说一说，如果太后认为这信中的事十分重要，不说也就是了。”

慈禧这才放了心，认为自己太多疑了，赵德发让同元来宫中送信是可以理解的。他不敢亲自来，同时，他又知道皇宫和白云观的特殊关系，平时是多有交往的。

慈禧又盯了一眼同元，这才装作无事的样子，淡淡地说：“其实也没有什么事，只是向本宫揭发一个官员贪赃枉法的罪行。本宫详问你，是想了解一下送信人是否和本宫有亲缘关系，别无他意。同元道长不必疑神疑鬼。”

同元心道：你才疑神疑鬼呢！你越是不敢说，越证明我的判断是正确的，你害怕了，这事也就等于办成了。

“那人所揭露的官员一定是朝中的大官儿，这事全凭老佛爷做主了，与贫道没有什么关系，贫道也不关心。总之，我的信送到了，其余的事太后自己处理吧。如果没有什么事，贫道告辞了。”

慈禧稍一思索，朝同元点点头：“你走吧！”

同元刚走，慈禧就对李莲英说：“小李子，迅速盯住同元的一举一动，你私下再派人到白云观去一趟，观察一些进出的人，是否有可疑的，如有发现立即奏来。”

慈禧说着，把信递给了李莲英，让他看后也拿个主意。李莲英看后大吃一惊，忙说道：“事情明摆着，暂缓剿灭拳匪，掩盖真相，处死赵德发为上策，古语说，‘攘外必先安内’。”

慈禧点点头：“好吧，速传荣禄入宫。”

荣禄正在家中吃早饭，忽见宫差来传，昨晚刚从太后那里回来，现在又派人来让他火速进宫，仅一夜之间，难道发生了什么重大的变故吗？

荣禄来到储秀宫见过老佛爷，慈禧二话没说，就告诉他今天的会议上要改变昨晚的计议，变和为战，改剿为抚。

荣禄急问为什么，慈禧只说她一夜不曾合眼，都在思索这事，反复思量，觉得载漪、刚毅的主张是正确的。

荣禄急了，再次跪下说："老佛爷三思，不可听信他人诳语而败坏国家安危的大事，还是和为上策！"

慈禧心神不宁，心乱如麻，见荣禄突然固执起来，对她的话也不言听计从了，大骂道："荣禄，你再多嘴，本宫革了你的职、要了你的命，你不必多问，照本宫旨意执行就是！"

荣禄见太后的脾气一夜间突然暴躁起来，对自己大发雷霆，也不体谅一下自己对太后一直忠心耿耿，心中也是一阵辛酸，七十多岁的人了，还渴求什么呢？该得到的早已得到了，该享受的也已经享受了，本应功成身退，而自己却执迷不悟，被人像数落孩子一般数落来数落去，太不值得了。

荣禄叹息一声，眼中几乎落下泪来。慈禧也觉得刚才有点过分，但荣禄怎么会知道她这一夜之间的变故呢？于是，缓和一下语气说："荣中堂，你先回仪銮殿等候吧，到时就按本宫所说的做，至于为何突然改变主意，本宫也有苦衷，改天同你详谈，现在不是谈论这事的时候。"

荣禄道一声安，郁郁寡欢地退下。

仪銮殿东暖阁。

高高的御座上，慈禧脸色有点苍白，神情严峻，一言不发，紧绷着脸坐着。旁边的另一个御座上却空着，光绪没有来。显然，慈禧是防备光绪从中生事，没有让他来。

讨论仍在激烈进行着，慈禧木然坐着，看着崇漪、刚毅等人和徐用仪、许景澄、袁永等人激烈论争。不知为何，她今天突然讨厌起徐用仪、许景澄等人来了。待众人都争论得差不多了，她扫了荣禄一眼，荣禄马上会意，出班说道：“各位王公大臣，从昨天争论到今天一直没有结果，这样争论下去仍不会有结果，依愚臣之见，当务之急，应找一个权威之人拿出主张，然后大家就这个主张进行裁定，决定战的有利方面多还是和的有利方面多。”

慈禧待荣禄说完，清理一下嗓子对众人说：“荣中堂说得有理，再这样争论下去也是没有结果的，应让一名权臣拿个主张，然后决定他的主张是否可行？既然这样，就让荣中堂拿个主张吧，他是军机大臣，总理各国事务衙门，了解中外情况，最有资格发表意见。现在就请荣中堂提个主张吧！”

太后发话了，众人谁还敢再说什么，都把目光投向荣禄。

荣禄再次站了起来，一拱手说道：“谢谢太后信任和各位王公大臣的期待，依愚臣之见，应该招抚义和拳，然后让他们和大清的官兵合为一体，统一编制，发给他们兵器，抗击外侵，这既可除内乱又可除外患，是一举两得的事，不知太后意下如何？”

慈禧立即点头说道：“本宫也是这么想的，不知其他大臣赞成荣中堂的主张吗？”

慈禧向载漪、刚毅等人投去期待的目光，载漪对慈禧今天的改变是早有心理准备的，当然心中十分高兴，自己的主张得到认可，那个宏伟的梦想就已经实现了一半，能不高兴吗？见太后向自己望一眼，马上站出来支持说：“荣中堂的见解就是卑职这几天极力争取的，我赞成。”

刚毅也立即附和起来。

昨天主张求和的一派从当时的形势看，马上就要压倒主战的一派，这求和的大事马上就可以定下来，然后就是具体做了。想不到一夜之间，情况突变，太后、荣禄倒向主战的一方，把论辩的形势给改了。徐用仪沉不住气了，急忙站起来说：“不可，万万不可，那是急功近利，以卵击石，自取灭亡的做法，那会葬送京津、葬送大清命运的。”

载漪从昨天到今天的对手主要就是徐用仪，他十分恼火，这个家伙处处和自己过不去。于是，他站起来冷笑道："徐用仪，你口口声声'和'，别人不知道其中原因，我还不知道吗？你出使西洋各国时，接受外国的许多贿赂，出卖我大清国的利益换取个人的好处。回国后，和外国使节交往甚密，经常出入西洋各国使馆，私通外人该当何罪？国难当头，食着朝廷俸禄却卖国求荣，充当汉奸，有何脸面在此发表见解？老佛爷，要想抗战到底，必须严惩汉奸，打击求和派人士，这样才能稳定人心，消除不利言论，朝廷上下团结一心，共同御侮。请太后定夺！"

慈禧刚要张口，许景澄忙抢着说道："载漪是血口喷人，我同徐用仪一起出使西洋多次，当然了解徐用仪，这是没有的事，请太后明鉴，不可听信小人谗言，误了国家大事。"

载漪指着许景澄说道："我本不想揭露你的丑恶，想不到你竟不知羞耻，这也不能怪我无情。许景澄，有人报告，说你昨天晚上从日本使馆里出来，这是为何？你和徐用仪串通一气投靠日本人当汉奸，处处维护洋人、袒护洋人，却在这里卖好，用心何在？"

刚毅马上接着说道："确实有士兵报告，说昨晚许景澄从日本使馆出来，究竟干什么不得而知，你且说说究竟去干了什么？"

许景澄急了，忙辩解说："去是去了，可我是——"

载漪没等许景澄说下去，打断他的话说："不必狡辩了，私通洋人，充做汉奸，罪证确凿，请太后圣裁！"

慈禧一听许景澄昨晚确实去了日本使馆，心中大怒。她本来对许景澄和皇上要和、多次为皇上说话就不满，昨天又手握光绪的手，当着满朝的文武大臣说出许多有利光绪的话，今天听载漪这么一说，也不问清情况，大喝一声："来人，把许景澄推出去斩首！"

两名锦衣卫士上前把许景澄推绑出去。

"太后，那徐用仪更可恶，许景澄都是受他指使，他是主谋，万万不可放过，请太后一并处罚。"

慈禧早就听到徐用仪为了立大阿哥的事，在外面说一些不三不四的话，现在，处于这个势头上，为了抗战扫平障碍，她也顾不了许多，决定杀几个人，消除求和派的口舌。于是下令把徐用仪、袁永、立山、联元等人一同处斩。

会议的形势马上变了，刚才还高呼求和的人都成了刀下鬼，谁还敢乱说呢，一个个都噤若寒蝉。还有几个主张求和的人也都把想法放在心里，谁再主张求和，那是自取死亡。于是，招抚义和拳抗击洋人的事就这样定下了。

光绪二十六年五月二十五日（1900 年 6 月 21 日），慈禧太后以光绪的名义发布诏书，宣布大清王朝对八国联军宣战。

宣战诏书写道：

> 朕今涕泣以告先庙，慷慨以誓师徒，与其苟且图存，贻羞万古，孰若大张挞伐，一决雌雄。连日召见大小臣工，询谋佥同。近畿及山东等省义兵，同日不期而集者，不下数十万人，下至五尺童子，亦能执干戈以卫社稷。
>
> 钦此

由于清政府正式宣战，并派官兵和义和拳包围了东交民巷使馆区，八国联军在德国军官瓦德西的率领下，猛攻大沽口，炮击天津。

不久，噩耗传来，直隶总督裕禄战死，李秉勤战败自杀，大清一代名将聂士成也壮烈殉国。联军攻破天津，直扑北京而来。

北京危急；

紫禁城危急；

老佛爷急得如热锅上的蚂蚁。

一大早，荣禄就气喘吁吁跑到储秀宫，十分惊慌地说：“太后，太后，大事不好了，董福祥的部队被击溃了，载漪逃跑了，京城指日就被攻下，应马上撤出京城。”

慈禧十分惊恐，战战兢兢地说：“撤，往哪里撤呢？我这一把老骨头还经得住折腾吗？”

“太后，再不撤就全完了，京城被攻破，我等都成了洋人的阶下囚，太后会受辱的，应马上收拾行李撤往西安，事不宜迟，再晚就来不及了。”

慈禧泪流满面：“悔不该当初……”

慈禧说不下去了，荣禄忙说道：“太后不必伤心，事到如今，只好如此了，此一时彼一时，我朝帝王出逃也不是一次了，现在就委屈太后一次吧！”

慈禧挥挥手，说道：“一切由你们处理吧！”

荣禄退下了，准备外逃的工作。

一切准备就绪，说是就绪，实际是仓皇收拾一下路上急用物品，掩埋一些宫中贵重物品。临行前，慈禧换上一身赶做好的农妇装束，派人把关押着的珍妃提出来，好歹她也是大清国皇妃，不能留下受辱，也应带走或做其他处理。

珍妃站在慈禧面前，人已瘦得皮包骨头，头发蓬乱着，脸色苍白，眼圈发青，脸上、额上也沾满了灰，一块一块的，那浑身的衣服就更不用说了，破得不成样子，也脏乎乎的，浑身上下散发着难闻的气味。由于长期关在黑暗里，猛一见阳光，珍妃睁不开眼，她眯着小眼。

慈禧看着她这可怜的样子，闻着刺鼻的气味，皱了皱眉，想把她带走，一同逃离京城，这也是慈禧良心发现才做出这个临时的决定。按她以前的脾气，早就把珍妃处死了。于是，不耐烦地吩咐道：“从今天起赦免了你的一切罪责，也让你洗心革面重新做人，好好服侍皇上。如今局势突变，不得已逃离京都，你也去收拾一下随身用品，马上准备出逃吧，事不宜迟，越快越好。”

珍妃眯缝着眼，看着太后一身农妇的打扮，心中也是一阵快慰，并没有立即动身，她对太后这身装束觉得好奇，想再欣赏一下太后的狼狈和滑稽。这下可把慈禧气恼了，大声呵斥道：“你这不知死的小蹄子还傻愣什么？难道还想留下来狐媚洋人不成？”

珍妃对太后的淫威早已习以为常了，她不慌不忙地理一下耷拉在额上的头发，平静地问道：“皇上呢？皇上也出逃吗？”

慈禧心急如焚，气急败坏地说：“混账的东西，皇上是一国之主，怎能留下受辱，这事不要你过问，本宫自有安排。”

珍妃突然扑通跪下，泣声说道：“臣妾请老佛爷明鉴，皇上是一国之主怎能出逃呢？他应留下与洋人交涉，这样才可免去我大清的当前国难。臣妾愿服侍皇上留在京城，等平息战乱后再接太后回京，要走太后先走吧！”

慈禧是耐着性子听珍妃讲了这几句话，等珍妃讲完，气是不打一处来，心道：这几年的关押还是没有给管教好，这样不识抬举的贱货留之何用，将来仍是一个祸根，后悔自己发了仁慈之心，于是冷冷一笑：“珍主儿说得也是，老身就成全你，先让崔玉贵给你寻一个临时安身的地方再做下一步的打算吧！”

慈禧转过身，注视一下崔玉贵，说道：“玉贵呀，你过来！”

崔玉贵心领神会，马上把耳朵靠近慈禧的嘴边，慈禧耳语几句，这才提高声音说：“玉贵领珍主儿去吧，不可怠慢了，否则本宫决不饶恕！”

崔玉贵毫无表情地走上前向珍妃深施一礼，然后说：“珍主儿，请随奴才走吧。”

珍妃跟着崔玉贵刚走几步，猛然预感到什么，急忙转过身，看见慈禧正在奸笑呢！忙回身向慈禧走来。

崔玉贵看一眼太后，慈禧不耐烦地挥了挥手。崔玉贵二话不说，伸手抓住珍妃，拦腰把她提起来，携在腰间向后院跑去。

珍妃哭喊着，奋力挣扎着。

崔玉贵怕看见的人多，忙随手掏一块方巾把珍妃的嘴给捂住，又急急忙忙向一个僻静的地方走去。走了一会儿，他有点气喘了，珍妃挣扎得更加激烈。崔玉贵突然看见旁边有一口井，他用力把珍妃拖到井边，一脚踢开井盖，一股逼人的冷气从井底直冲而上，崔玉贵一惊。这是一口多年不用的井，他清楚地记得，当年同治皇后的使女雪雁就被他扔在这口井里的。从那以后，这井就再也没用过，一直都是封上的，想不到今天又要扔进一个皇妃，这也是上苍的安排吧。

珍妃早已筋疲力尽，但求生的欲望支撑着她死命抓住崔玉贵的腿，不让他把自己往里推。

崔玉贵一手按住珍妃，一手撕下她抓住自己的手，恶狠狠地说：“珍主儿，你不要怪我崔玉贵狠，要怪你就怪老佛爷吧，死后到阎王爷那里告老佛爷的状，奴才只是执行命令，你识相点自己跳，不识相，就别怪奴才心狠手辣了。”

珍妃只是拼命向井台外面爬，她拽去塞在嘴里的方巾，拼命叫喊：“救命呀，救命呀，皇上，皇上，快来救我……”

惨绝人寰的叫声在空旷的后宫中回荡着，但没有一个人走过。

崔玉贵见珍妃不识趣，急忙抬起脚向珍妃瘦弱的身上跺去，一声惨叫，珍妃昏厥过去。崔玉贵这才一把提起珍妃的身子向井中投去。

“咚”的一声，井中泛起一阵白沫。

崔玉贵看了看深井再也没有动静，急忙搬起盖子封好，这才慌慌张张地跑出去追赶慈禧太后。

就在珍妃被害的时候。光绪在李莲英等的簇拥下从南海瀛台涵元殿走出来，跨过浮桥，光绪回首望一眼身后的瀛台，心中一阵绞痛，真是国难君难集于一身，抑制不住的热泪夺眶而出。

慈禧进院来了，看见光绪泪流满面的样子，心中也不是滋味，她估计皇上一定会说一些埋怨的话语，但光绪什么也没说。

慈禧十分难过地说：“皇上换换装准备逃吧，前线吃不住劲了，北京眼看就要被攻破，不能坐以待毙，留得青山在，不怕没柴烧，待局势稳定后，重返京城，仍由皇上执政吧。”

慈禧说着，叫人给光绪拿来一件黑布大褂和一顶蓝布小圆帽。光绪接过衣服，又看了看太后的一身农家妇女打扮，头裹花巾，胳膊上还挽着一个小布包，那长长的红指甲也剪了。光绪觉得有点好笑，又觉得有点悲哀，他难过地说："请皇太后明鉴，太后和后宫的妃嫔们先行一步，儿臣留守宫中和洋人交涉，力争保住京城，不让洋人打进北京来。"

慈禧一晃脑袋，十分老于世故地说："皇上别傻了，这是做不到的，洋人心狠手辣，什么事都干得出来，会让皇上受辱的。万一皇上有个三长两短，我怎么能对得起列祖列宗呢？紧急时，皇上外逃也是常有的事呀，识时务者为俊杰，今日受辱，将来再图雪洗就是，皇上别说痴话了，快快出逃吧！"

光绪想了想说："洋人是文明国度，儿臣向他们公使赔礼求情，他们总会体谅的吧！"

"不行，不行，自古哪有一国之主向别国的一个公使低首赔罪的。万一他们扣留皇上做人质，那我大清国将如何是好，当年宋朝徽、钦二宗不就是这样的下场吗？皇上不必多言了，事情实在急迫。"

"谁负责京中的事呢？"

"我已派人电告两广总督李鸿章，让他立即回京复命，和庆亲王奕劻一同全权负责与洋人交涉的事，皇上尽管走吧，不必多虑。"

光绪没有讲话，只点点头，然后换上手中的粗布衣褂，又戴上小圆帽，这才望望太后，张了张嘴又闭上了，慈禧见状，问道："皇上想说什么？"

光绪这才怯生生地说："请太后见谅，孩儿有事请求太后。"

慈禧估计到光绪想说什么，就随便说道："皇上想问什么，就直说吧。"

"谢母后。请母后饶恕珍妃，带她一同走吧，珍妃服罪已有两年，请求太后施加恩德，不念前嫌，放她一回吧。孩儿平生所疼爱的人也就是珍妃了，望太后垂怜，体谅孩儿凄苦之心，孩儿将终生不忘母后大恩大德，将来对母后一定言听计从，决不食言。"

光绪说着，早已泣不成声，最后竟呜呜哭起来，单薄的身子在一身粗布小褂的紧裹下，显得更加瘦小。

慈禧看着光绪可怜巴巴、凄凄苦苦的样子心里也不是滋味，光绪是自己看着长大的，在他身上也付出许多母亲应付的心血，到了今天这种地步，慈禧还能说什么呢？

慈禧猛抬头，看见崔玉贵紧绷着脸走来，知道事情已无法挽回了，但现在又不能给光绪说实话，只好淡淡一笑，惭然说道：“老身派崔玉贵去接珍妃出来了，可能正在收拾东西呢！”

崔玉贵来了，光绪急忙问道：“崔二总管，珍妃是否收拾好了东西？”

崔玉贵先是一愣，马上明白了，结结巴巴地说：“回老佛爷，回皇上，珍主儿，她，她……”

光绪急了：“她怎么了？”

“珍主儿不忍看到国破家亡的惨景，又怕受辱，一时想不开，随奴才回来的路上，奴才一不留神，她竟投井自裁了。”

“混账的东西，一定是你害的！”光绪挥掌就朝崔玉贵脸上打去。

“啪”的一声，崔玉贵捂住了脸，跪倒在地，苦苦地哀求说：“太后明鉴，皇上明鉴，小的冤枉，确实是珍主儿自己投的井。”

慈禧拦住光绪说：“皇上息怒，人死不能复活，皇上珍重龙体要紧，马上就要上路了。”

“我要去找珍妃！”光绪大叫一声，不顾一切地冲出人群向后面跑去。

慈禧瞪了崔玉贵一眼，命李莲英等人赶快去追皇上：“你等快去看着皇上，一步也不能离开，皇上要有一点儿差失，我要你们满门的命。”

光绪一口气跑到关押珍妃的那间小黑屋，紧锁的门早已打开，里面空无一人，他失魂落魄地乱跑乱喊着：“珍妃，朕来救你了……”

“爱妃，你在哪里……”

“爱妃，你在哪里……”

“爱妃，爱妃……”

声音是那么凄惨，那么悲凉。

突然，光绪来到一口井前，急忙大笑大叫着：“找到了，找到了，爱妃，你原来在这里。”

光绪说着，向那井里扑去。

跟在光绪后面的李莲英等人见状，大吃一惊，急忙奔跑着去拦光绪。

几个人抱住了光绪，好险呀！李莲英等人的心怦怦乱跳，仍是心有余悸。

众人抱住了光绪，他急得大叫一声，昏厥过去。

慈禧一边派人给光绪捶背揉胸，一边督促众人上路。她看看昏死的光绪，脸色那么苍白、蜡黄，消瘦的脸露出一根根暴凸的青筋，也叹息一声，口里不说什么，眼泪却已从苍老的脸上滚落下来……

西去阳关的大道上，几辆马车如惊弓之鸟，拼命地狂奔着，不时掀起一阵阵烟尘。他们边跑边向后看着，像是有人在追赶似的。

其中一辆车上，一位头裹花巾、胳膊上挎个粗布包的老妇人木然地坐着，看护着躺在身旁的一位戴着顶蓝色小圆帽、身穿粗布黑褂的年轻人，像是慈祥的母亲守护着多病的儿子。

母子连心啊，这对母子！
路悠悠；
车轮悠悠；
恨也悠悠，爱也悠悠；
岁月悠悠……

光绪二十七年三月三日（1901年4月21日）。

李鸿章和庆亲王奕劻代表大清王朝和英、俄、日、法、德、美、意、奥等国签订了《辛丑条约》，这就是历史上有名的“庚子赔款”，条约主要内容为：

一、清政府向各国赔款白银四亿五千万两，分三十九年还清，以海关常年税作担保；

二、在北京设“使馆区”，各国驻兵保护，中国人概不准在区内居住；

三、拆除北京至大沽炮台之间的炮台，北京至山海关铁路沿线要地由各国派兵驻守；

四、惩办义和团运动中参加反帝斗争的官员；

五、派王公大臣赴德、日谢罪，向死难者家属慰问。

这一条约彻底打垮了清政府，从历史的角度说，中国从此完全进入半封建半殖民地社会。

瀛台无计逃哀帝，
风雨如磐暗宫闱。
情天恨海恋旧人，
我以我血溅丘园。

山不转水转，水不转云转，云不转心转，心不转情在转。

慈禧回北京后，并没有实践自己的诺言，她仍把光绪禁锢在那碧波南海中间的瀛台内。小小瀛台锁住光绪的身，却锁不住一个有血有肉的人的思恋之心。就在这样一个狭小的地方，光绪每天都用步子丈量着狭小的空间：从门到窗子一丈，从窗子到门一丈。

大清国一代帝王，一位萌发革新思想，尝到欧风美雨的帝王，他在中国封建社会透着腐朽霉味的破屋子里，似乎看到新世纪黎明的曙光。但这间破旧的屋子尽管已经风雨飘摇，那位僵尸一般的老妇人仍用生命的最后一丝微弱的力量把破屋子搂得死死的，去窒息这位看到曙光的新人。

光绪在这位老人的看护下又苟活了八年，他要用顽强的生命力支撑下去，等待着看护自己的老人死去，等待着走出这破屋子去迎接新世纪的曙光。然而，那位老人会同意吗？

在一个残阳如血的黄昏，那位老人咳嗽着，招了招手，让服侍她多年的亲信靠近身边，耳语几句。

当天晚上，光绪帝就在南海瀛台涵元殿与世长辞了。

大清帝国最富有悲剧色彩和感情色彩的皇帝，带着遗恨与不平，瞪着一双永远也不能合上的眼睛悄然而去，给后世留下一个解不开的谜。

第二天下午，那位老人也溘然辞世，她身后响起一片呼喊：“老佛爷，老佛爷……”

这是历史的巧合？是命中的注定？抑或是人为的安排？

历史的车轮是不会被个别人所左右的，就在这位老人长逝的那天夜晚，中国南方一座楼房的窗口，一位姓孙的先生睁大了他黑色的眼睛，从北方陨落的流星中他看到了光明，他猛地扔出手中的烟蒂，顿时，漆黑的大地引爆了……